Fjodor Dostojewski

Der Doppelgänger

Frühe Prosa I

Deutsch von Wilhelm Plackmeyer und Georg Schwarz

Aufbau-Verlag

Mit einer Nachbemerkung von Michael Wegner

Arme Leute

> Ach, diese Märchenerzähler!
> Statt etwas Nützliches, Angenehmes, Erquickendes zu schreiben, graben sie tief Verborgenes aus ... Ich würde ihnen das Schreiben verbieten! Was soll das – man liest, man macht sich unwillkürlich Gedanken, und dann kommt einem allerlei Verschrobenes in den Sinn; wahrlich, ich würde ihnen das Schreiben verbieten; schlechthin verbieten würde ich es ihnen.
>
> *Fürst W. F. Odojewski*

8. April

Meine liebe, teure Warwara Alexejewna!

Gestern war ich glücklich, über die Maßen glücklich, mein Glück hätte nicht größer sein können! Wenigstens einmal im Leben haben Sie, die Sie so eigensinnig sind, auf mich gehört. Abends, so gegen acht, wurde ich munter (Sie wissen, meine Liebe, daß ich nach dem Dienst gern ein Stündchen oder zwei der Ruhe pflege), ich holte eine Kerze, legte mir Papier zurecht und spitzte die Feder, da blickte ich zufällig auf – wirklich, mein Herz tat einen Sprung! Sie haben also doch gemerkt, wonach mich verlangte, was ich so innig begehrte! Ich sah, die Gardine an Ihrem Fenster war ein wenig beiseite geschoben und über den Balsaminentopf gehängt, so wie ich es Ihnen damals nahegelegt hatte; gleich war mir auch, als tauchte Ihr liebes Gesicht am Fenster auf, als schauten Sie aus Ihrer Kammer zu mir herüber und dächten an mich. Und wie verdroß es mich, meine Liebe, daß ich Ihr reizendes Gesichtchen nur verschwommen sehen konnte! Einst haben auch wir gut gesehen, mein Herz. Das Alter, meine Liebe, ist keine Freude! Ich habe jetzt immer so ein Flimmern vor Augen; ich brauche abends nur etwas gearbeitet, geschrieben zu haben, schon sind am nächsten Morgen meine Augen gerötet und tränen, es ist mir peinlich vor anderen Menschen. Doch ich vergegenwärtigte mir Ihr strahlendes Lächeln, mein Engelchen, Ihr gütiges, liebevolles Lächeln; und mein Herz empfand dasselbe wie dazumal, als ich Sie küßte, Warenka, erinnern Sie sich? Wissen Sie, meine Liebe, mich dünkte gar, Sie drohten mir mit dem Finger. Taten Sie das nicht, Sie Schelmin? Sie müssen mir das alles unbedingt in Ihrem Brief ausführlich schildern.

Nun, und wie finden Sie unseren Einfall mit der Gardine, Warenka? Allerliebst, nicht wahr? Ob ich über der Arbeit sitze, ob ich mich schlafen lege, ob ich erwache, gleich weiß ich, auch Sie denken dort drüben an mich, erinnern sich meiner und sind gesund und munter. Ziehen Sie die Gardine zu, heißt das: „Gute Nacht, Makar Alexejewitsch, es ist Zeit, zu Bett zu gehen.“ Ziehen Sie sie auf, heißt das: „Guten Morgen, Makar Alexejewitsch, gut geschlafen?“ oder: „Wie geht es Ihnen, Makar Alexejewitsch? Was mich betrifft, so bin ich, dem Schöpfer sei Dank, wohlauf und guter Dinge.“ Sehen Sie, mein Seelchen, wie sinnreich das erdacht ist; auch auf Briefe können wir verzichten! Schlau, nicht wahr? Und das war mein Einfall! Was sagen Sie nun, wie verstehe ich mich auf derlei Dinge, Warwara Alexejewna?

Warwara Alexejewna, mein Herz, ich vermelde Ihnen, daß ich diese Nacht wider Erwarten gut geschlafen habe, was mich recht freudig stimmt; denn wenn man ein neues Logis bezogen hat, findet man meist keinen Schlaf; nichts ist so, wie es sein soll! Aber als ich heute aufstand, verspürte ich Kraft und Mut in mir wie ein junger Falke! Was ist das auch für ein schöner Morgen, mein Herz! Unser Fensterchen steht offen; die Sonne scheint, die Vögel zwitschern, die Luft ist erfüllt von Frühlingsdüften, und die ganze Natur belebt sich, ja, und auch alles andere steht mit ihr in Einklang, hat seine Richtigkeit, ist frühlingshaft. Ich habe heute sogar recht angenehm geträumt, und all meine Träume galten Ihnen, Warenka. Ich verglich Sie mit einem himmlischen Vöglein, das geschaffen ist, den Menschen zu trösten und die Natur zu zieren. Gleich kam mir der Gedanke, Warenka, daß wir in Angst und Bedrängnis lebenden Menschen die Vögel unter dem Himmel um ihr sorgenfreies, unschuldiges Glück beneiden müssen, nun ja, dieser und ähnlicher Art waren meine Gedanken; das heißt, ich stellte immerzu solche abwegigen Vergleiche an. Ich besitze ein Büchlein, Warenka, in dem das ausführlich geschildert wird. Dies hier schreibe ich, weil Träumereien unterschiedlich beschaffen sein können, mein Herz. Jetzt ist Frühling, und was man auch denkt, es ist so angenehm, klar und geistreich, und liebliche Träume wandeln einen an; man sieht alles in rosigem Licht. Daher habe ich das niedergeschrieben; übrigens, es stammt aus dem Büchlein. Dort bekundet der Verfasser in Versform ein ebensolches Verlangen, indem er schreibt:

Ein Vogel, ein Greif, warum kann ich's nicht sein!

Und so weiter. Es enthält noch manch anderes, na, in Gottes Namen! Aber wohin haben Sie sich heute morgen begeben, Warwara Alexejewna? Ich war noch nicht für den Gang zum Dienst gerüstet, da schwirrten Sie schon wie ein Frühlingsvögelchen aus dem Zimmer und schritten hübsch und heiter über den Hof. Wie freute ich mich, Sie zu sehen! Ach, Warenka, Warenka! Seien Sie nicht traurig; mit Tränen hilft man dem Leid nicht ab, ich weiß das, mein Herz, weiß das aus eigener Erfahrung. Jetzt haben Sie Ruhe, und auch Ihre Gesundheit hat sich etwas gebessert. Ja, und was macht Ihre Fedora? Ach, sie ist eine wackere Frau! Schreiben Sie mir, Warenka, wie Sie mit ihr dort leben und ob Sie zufrieden sind. Fedora ist ein wenig mürrisch; aber geben Sie nichts darauf, Warenka. Soll sie in Gottes Namen so sein! Sie ist so herzensgut.

Ich schrieb Ihnen schon von der Therese hier, auch einer herzensguten, rechtschaffenen Person. Wie war ich unserer Briefe wegen in Sorge gewesen! Wer würde sie überbringen? Und da hat uns der Herr glücklicherweise Therese beschert. Eine gute, sanftmütige Frau, die nicht viel Worte macht. Aber unsere Hauswirtin ist einfach erbarmungslos. Alle Arbeit bürdet sie ihr auf und behandelt sie wie einen alten Lumpen.

Nun, in was für eine Räuberhöhle bin ich geraten, Warwara Alexejewna! Ist das eine Wohnung! Wo ich früher ganz für mich allein gelebt habe, Sie wissen es ja selber, still und friedlich; das Summen einer Fliege konnte man hören. Hier hingegen Lärm, Geschrei, Spektakel! Doch Sie wissen ja noch nicht, wie sich das hier verhält. Stellen Sie sich also einen langen Korridor vor, schmutzig und dunkel. Zur Rechten befindet sich eine durchgehende Wand, während zur Linken Türen sind, nichts als Türen, eine ganze Flucht, wie im Hotel. Ja, und diese Zimmer werden vermietet; man wohnt zu zweit, zu dritt darin. Fragen Sie nicht nach der Ordnung – eine Arche Noah! Aber es scheinen anständige Leute zu sein, alle so gebildet und gelehrt. Einer ist Beamter (auf literarischem Gebiet tätig), ein belesener Mann, spricht von Homer, von Brambäus, von den verschiedenen Dichtern, die sie dort haben, er spricht über alles, ein kluger Mann! Dann wohnen hier zwei Offiziere, sie spielen immerzu Karten. Außerdem ein Marinefähnrich und ein englischer Lehrer. Mein Herz, gedulden Sie sich; um Ihnen ein Vergnügen zu bereiten, werde ich sie im nächsten Brief satirisch schildern, das heißt, Ihnen in aller Ausführlichkeit beschreiben, wes Geistes Kind sie sind. Unsere Wirtin, eine alte Frau, klein und schmuddlig, läuft den ganzen Tag in Pantoffeln und Schlafrock herum und zankt mit Therese. Ich wohne in der Küche, es trifft die Sache aber weit genauer, wenn ich sage: An die Küche schließt sich ein Raum an (unsere Küche ist, das muß ich erwähnen, sauber, hell und sehr gut ausgestattet), eine Kammer, ein bescheidener Winkel ..., das heißt, oder besser gesagt, es ist eine große Küche mit drei Fenstern, und darin ist parallel zu der einen Seitenwand eine Trennwand gezogen, dergestalt hat man ein zusätzliches Zimmer, ein Extrazimmer gewonnen; ich habe Platz, Bequemlichkeit und auch ein Fenster, kurzum, es ist für alles gesorgt. So, das wäre mein Eckchen. Nun denken Sie aber nicht, mein Herz, es habe damit noch eine andere Bewandtnis, eine verborgene, es sei – eine Küche! Ich wohne in diesem Zimmer zwar hinter einer Trennwand, doch das will nichts besagen; ich bin von aller Welt abgeschieden, lebe still, lebe ganz für mich allein. Ich habe das Bett aufgestellt, den Tisch, die Kommode und zwei Stühle, auch das Heiligenbild hängt an der Wand. Gewiß, es gibt bessere

Wohnungen, vielleicht sogar weit bessere – aber die Hauptsache ist die Bequemlichkeit, der Bequemlichkeit wegen habe ich das alles auf mich genommen, glauben Sie nicht, etwas anderes habe mich dazu bewogen. Ihr Fensterchen liegt vis-à-vis, auf der anderen Seite des Hofes; und der Hof ist klein, ich sehe Sie hin und wieder, und das ist für mich Pechvogel jedesmal ein Lichtblick, und es ist billiger. Das geringste Zimmer kostet hier mit Beköstigung fünfunddreißig Papierrubel. Das ist nichts für meine Börse! Mein Logis kostet mich sieben Papierrubel, dazu die Beköstigung siebzehneinhalb, das macht vierundzwanzigeinhalb, früher zahlte ich genau dreißig, dafür mußte ich mir auch vieles versagen; Tee konnte ich nicht alle Tage trinken, jetzt hingegen kann ich sowohl für Tee als auch für Zucker etwas erübrigen. Wissen Sie, meine Liebe, es ist irgendwie beschämend, wenn man sich keinen Tee leisten kann; hier wohnen alles wohlhabende Leute, und da ist es halt beschämend. Ich trinke ja nur der anderen wegen, Warenka, um des Scheines, des guten Tones willen; im Grunde liegt mir gar nichts am Tee, ich bin nicht anspruchsvoll. Überlegen Sie, bleibt als Taschengeld viel übrig, da man doch immer wieder etwas benötigt, ein Paar Stiefel, ein Kleidungsstück? Und damit wäre mein Gehalt schon erschöpft. Ich murre nicht, ich bin zufrieden. Es reicht aus. Seit Jahren schon reicht es aus; mitunter bekommt man auch Gratifikationen. Nun, so leben Sie wohl, mein Engelchen. Ich habe ein paar Balsaminentöpfe gekauft und eine Geranie, nichts Teueres. Aber vielleicht mögen Sie lieber Reseden? Es gibt auch Reseden, schreiben Sie es; ja wissen Sie, Sie müssen alles recht ausführlich schreiben. Übrigens, mein Herz, Sie dürfen sich nichts dabei denken oder gar an mir zweifeln, weil ich so ein Zimmer gemietet habe. Nein, die Bequemlichkeit hat mich dazu veranlaßt, sie allein hat mich verlockt. Ich spare nämlich, mein Herz, lege mir etwas beiseite; ich besitze ein wenig Geld. Achten Sie nicht darauf, daß ich so schüchtern bin und den Eindruck erwecke, eine Fliege könnte mich umpusten. Nein, mein Herz, ich bin nicht auf den Kopf gefallen und von Gemüt ganz so, wie es einem Menschen von festem, unerschütterlichem Sinn ansteht. Leben Sie wohl, mein Engelchen! Fast zwei Seiten habe ich Ihnen geschrieben, dabei ist es für mich höchste Zeit, zum Dienst aufzubrechen. Ich küsse Ihre Fingerchen, mein Herz, und bleibe

Ihr allerdemütigster Diener und treuester Freund

Makar Dewuschkin

PS: Um eines bitte ich: Antworten Sie mir recht ausführlich, mein Engelchen. Anbei schicke ich Ihnen ein Pfund Konfekt; lassen Sie es sich munden, und sorgen Sie sich um Gottes willen nicht um mich, und machen Sie mir keinen Vorwurf. So, nun leben Sie wohl, mein Herz.

8. April

Gnädiger Herr Makar Alexejewitsch!

Wissen Sie, daß ich Sie nun doch gehörig schelten muß? Ich schwöre Ihnen, lieber Makar Alexejewitsch, es fällt mir schwer, Ihre Geschenke anzunehmen. Ich weiß, was diese Sie kosten, welche Entbehrungen Sie auf sich nehmen, worauf Sie alles verzichten. Wie oft habe ich Ihnen erklärt, daß ich nichts, aber auch gar nichts brauche; daß ich nicht einmal imstande bin, Ihnen jene Wohltaten zu vergelten, mit denen Sie mich bislang schon überhäuft haben. Wozu diese Blumentöpfe? Nun ja, die Balsaminen mögen noch angehen, aber wozu die Geranie? Kaum sage ich ein unbedachtes Wort, wie beispielsweise von der Geranie, schon kaufen Sie eine; sie war gewiß teuer. Was für reizende Blüten sie hat! Leuchtend rot, wie kleine Kreuze. Wo haben Sie nur diese hübsche Geranie her? Ich habe sie mitten ins Fenster gestellt, dort ist sie am besten zu sehen; auf den Fußboden stelle ich ein Bänkchen; darauf kommen noch mehr Blumen; lassen Sie mich nur erst reich werden! Fedora ist vor Freude ganz außer sich; unser Zimmer gleicht jetzt einem Paradies, so sauber und hell. Wozu aber das Konfekt? Ich habe es Ihrem Brief gleich angemerkt, daß da etwas nicht stimmt – Frühlingsdüfte und Paradies, die Luft weht lau, und die

Vögel zwitschern. Was soll das, denke ich, vielleicht stehen da gar noch Verse drin? Wahrhaftig, Makar Alexejewitsch, Ihrem Brief fehlen einzig die Verse! Zarte Gefühle, Träumereien in rosigem Licht – alles ist da! An die Gardine hatte ich übrigens gar nicht gedacht; sie muß von allein hängengeblieben sein, als ich die Blumentöpfe umstellte; da haben Sie's!

Ach, Makar Alexejewitsch! Was Sie auch sagen, wie Sie mir auch Ihre Einkünfte vorrechnen, um mich zu täuschen, um mir zu beweisen, daß Sie diese allein für sich ausgeben, Sie können mir nichts verheimlichen und verbergen. Ich weiß genau, Sie verzichten meinetwegen auf das Nötigste. Wie sind Sie zum Beispiel auf den Einfall gekommen, ein solches Zimmer zu mieten? Wo man Sie stört und belästigt; wo es eng und unbehaglich ist. Sie sind gern allein, aber was tut sich nicht alles rings um Sie. Dabei könnten Sie, nach Ihrem Gehalt zu urteilen, weit besser wohnen. Fedora meint, Sie hätten früher unvergleichlich besser gewohnt als jetzt. Haben Sie Ihr ganzes Leben so zugebracht, in Einsamkeit, unter Entbehrungen, ohne Freude, ohne ein freundliches, liebes Wort, in einem gemieteten Winkel bei fremden Menschen? Ach, lieber Freund, wie dauern Sie mich! Schonen Sie wenigstens Ihre Gesundheit, Makar Alexejewitsch! Sie sagen, Ihre Augen werden schwächer – so schreiben Sie nicht bei Kerzenlicht; wozu auch? Ihr Diensteifer ist Ihren Vorgesetzten gewiß ohnehin bekannt.

Noch einmal bitte ich Sie, geben Sie für mich nicht so viel Geld aus. Ich weiß, Sie lieben mich, aber Sie sind selber nicht reich ... Auch ich bin heute fröhlich erwacht. Mir war so wohl zumute; Fedora wirtschaftete schon geraume Zeit herum und hatte auch für mich Arbeit besorgt. Ich freute mich so; ich ging nur Seide kaufen, dann machte ich mich schnell ans Werk. Den ganzen Morgen war ich so beschwingt, so heiter. Jetzt aber bedrängen mich wieder düstere, trübsinnige Gedanken; alle Freude ist gewichen.

Ach, mir wird etwas zustoßen. Was wird mein Geschick sein? Es ist so schwer für mich, in dieser Ungewißheit zu leben, keine Zukunft zu haben, nicht einmal mutmaßen zu können, was aus mir wird. Blicke ich zurück, so graust mich. Da ist so viel Leid, daß mir beim bloßen Gedanken daran das Herze brechen will. Mein Lebtag werde ich unter Tränen die bösen Menschen anklagen, die mich ins Verderben gestürzt haben!

Es dämmert. Höchste Zeit, an die Arbeit zu gehen. Ich wollte Ihnen so vieles schreiben, allein die Zeit drängt, ich muß die Arbeit beenden. Eile tut not. Gewiß, Briefe sind etwas Schönes; sie bringen Abwechslung. Aber warum besuchen Sie uns nie? Wie kommt das, Makar Alexejewitsch? Sie haben es jetzt doch so nahe und mitunter auch ein bißchen freie Zeit. Besuchen Sie uns also, bitte! Ich habe Ihre Therese gesehen. Sie schien mir recht krank zu sein; sie tat mir leid; ich habe ihr zwanzig Kopeken gegeben. Ja, beinahe hätte ich es vergessen: Schreiben Sie unbedingt und recht ausführlich über alles, was Sie so erleben. Was für Menschen um Sie sind und ob Sie gut mit ihnen auskommen. Ich möchte das alles gern wissen. Denken Sie daran, schreiben Sie unbedingt! Heute werde ich die Gardine eigens ein wenig zurückschieben. Gehen Sie etwas früher schlafen; gestern habe ich bis Mitternacht Licht bei Ihnen gesehen. So, nun leben Sie wohl. Heute ist für mich ein Tag voller Wehmut, düster und bedrückend. Eben so ein Tag. Leben Sie wohl.

Ihre Warwara Dobrosselowa

8. April

Gnädiges Fräulein Warwara Alexejewna!

Ach, mein Herz, ach, meine Liebe, da ist mir in meinem trübseligen Dasein vielleicht ein Tag beschert worden! Ja, Warwara Alexejewna, Sie haben sich über mich alten Mann lustig gemacht! Aber es ist meine Schuld, ganz allein meine Schuld! Ich hätte mich auf meine alten Tage, da ich kaum noch Haare auf dem Kopf habe, nicht in Liebesgeschichten und Zweideutigkeiten einlassen dürfen ... Und noch eines will ich sagen, mein Herz: Merkwürdig ist der Mensch zuweilen, sehr merkwürdig. Du liebe Güte, was redet, was faselt er nicht manchmal zusammen! Und was kommt heraus, was hat man davon? Überhaupt nichts hat man davon, und heraus kommt ein solcher Unfug, behüt mich Gott: Mein Herz, ich zürne nicht, ich ärgere mich nur so sehr, wenn ich an all das zurückdenke, ärgere mich, daß ich Ihnen so hochtrabend und töricht geschrieben habe. Dabei bin ich heute aufgeblasen wie ein Stutzer zum Dienst gegangen; ich hatte so ein Leuchten im Herzen. Ganz ohne ersichtlichen Grund war ich so festlich gestimmt, so heiter! Voller Eifer machte ich mich an meine Schreibarbeit – und was ist am Ende herausgekommen! Sobald ich um mich blickte, war alles düster und grau wie zuvor. Immer noch dieselben Tintenflecke, immer noch dieselben Tische und Akten; und auch ich immer noch derselbe; ich war haargenau der geblieben, der ich gewesen war – wozu also hatte ich mich auf den Pegasus geschwungen? Und woher rührte das alles? Daher, daß die Sonne hervorgelugt hatte und der Himmel blau geworden war! Oder etwa nicht? Ja, was für Wohlgeruch kann schon entstehen, wenn unter den Fenstern im Hof was weiß ich nicht alles liegt! In meiner Torheit habe ich mir das alles nur eingebildet. Aber es widerfährt dem Menschen eben von Zeit zu Zeit, daß er sich in die eigenen Gefühle verstrickt und ungereimt daherredet. Das kommt von nichts anderem als von überschüssiger, törichter Herzensglut. Ich ging nicht, ich schleppte mich nur noch nach Hause; mit einem Mal tat mir der Kopf weh; und so kam eins zum anderen. (Ich hatte wohl Zug in den Rücken bekommen.) Wie ein rechter Narr hatte ich mich am Frühling ergötzt und war im dünnen Mantel losgegangen. Auch hinsichtlich meiner Gefühle irren Sie, meine Liebe. Sie haben deren Erguß ganz falsch gedeutet. Väterliche Freundschaft beseelte mich, einzig reine, väterliche Freundschaft, Warwara Alexejewna; denn ich nehme bei Ihnen, die Sie das bittere Dasein einer Waise führen, die Stelle des leiblichen Vaters ein; ich spreche zu Ihnen ehrlich, aus reinem Herzen, wie ein Verwandter. Was immer es damit auf sich hat, so bin ich mit Ihnen doch verwandt, wenn auch weitläufig, bin, wie man so sagt, um zehn Ecken herum, Ihr Verwandter, und zwar Ihr allernächster Verwandter und Ihr Beschützer; denn dort, wo Sie zuerst Schutz und Beistand suchen durften, wurden Ihnen Schmach und Treulosigkeit zuteil. Bezüglich der Verse möchte ich Ihnen, mein Herz, sagen, daß es mir auf meine alten Tage übel anstünde, mich im Dichten zu üben. Verse sind Unfug! Fürs Versemachen werden Kinder in der Schule jetzt mit Prügeln bestraft ... so ist das, meine Liebe.

Was schreiben Sie da, Warwara Alexejewna, von Bequemlichkeit, von Ruhe und allerlei anderen Dingen? Mein Herz, ich bin nicht nörglerisch und anspruchsvoll, nie habe ich besser gewohnt als jetzt; warum also sollte ich auf meine alten Tage an allem etwas auszusetzen finden? Ich habe genug zu essen, habe Kleidung und Schuhwerk; was will ich mehr? Ich stamme nicht von Grafen ab! Mein Vater war nicht adligen Geblüts und hatte samt seiner Familie geringere Einkünfte als ich. Verwöhnt bin ich nicht! Übrigens, um die Wahrheit zu sagen, in meiner alten Wohnung war alles unvergleichlich besser; ich fühlte mich freier, mein Herz. Gewiß, mein jetziges Domizil ist auch schön, in mancher Hinsicht geht es hier sogar lustiger zu und, wenn Sie so wollen, abwechslungsreicher; ich habe nichts dagegen, aber ich trauere dem vorigen immer noch nach. Wir alten, das heißt wir älteren Leute hängen an alten Dingen, als wären es leibliche Verwandte. Wissen Sie, es war so eine ganz kleine Wohnung; die Wände waren ... aber, was soll ich viel Aufhebens davon machen! Die Wände waren wie alle Wände, sie tun auch nichts zur Sache, aber die Erinnerungen an alles, was ich einst besessen, stimmen mich traurig ... Es ist ein eigen Ding, das Herz wird mir schwer, obwohl die Erinnerungen wohltun. Selbst Mißlichkeiten, mit denen ich zuweilen haderte, verklären sich in der Erinnerung und stehen anmutig vor meinem geistigen Auge. In aller Stille lebten wir, Warenka, ich und meine Wirtin, eine alte Frau, die mittlerweile gestorben ist. Auch an diese gute Alte denke ich jetzt mit Wehmut zurück! Sie war eine liebe Frau und nahm nicht viel für das Zimmer. Immerzu strickte sie mit ellenlangen Nadeln Decken aus allerlei Resten; das war ihre einzige Beschäftigung. Für das Licht kamen wir gemeinsam auf, und daher arbeiteten wir auch beide am selben Tisch. Sie hatte eine Enkeltochter, Mascha – in meiner Erinnerung ist sie noch ein kleines Mädchen –, jetzt wird sie wohl dreizehn Jahre alt sein. Eine richtige kleine Schelmin war sie, so fröhlich und ausgelassen, immerfort brachte sie uns zum Lachen; so lebten wir drei zusammen. Manchen langen Winterabend haben wir an dem runden Tisch gesessen, Tee getrunken und gearbeitet. Damit Mascha, der kleinen Schelmin, die Zeit nicht lang wurde und sie keine Possen trieb, erzählte ihr die Alte zuweilen Märchen. Und was für Märchen das waren! Da hörte nicht nur ein Kind zu, sondern auch ein gesetzter, gescheiter Erwachsener. Nun ja! Ich selbst pflegte mir ein Pfeifchen anzuzünden und lauschte so hingebungsvoll, daß ich die Arbeit darüber vergaß. Das Kind aber, unsere kleine Schelmin, wurde nachdenklich; es stützte sein rosiges Wänglein in die Hand, sperrte das niedliche Mäulchen auf und kuschelte sich ganz eng an die Alte, sobald ein Märchen gruslig wurde. Wir hatten unsere Freude, wenn wir sie ansahen; und man merkte gar nicht, wie die Kerze herunterbrannte und der Schneesturm draußen heulte und tobte. Es war ein behagliches Leben, Warenka; und so brachten wir gemeinsam beinahe zwanzig Jahre zu. Aber ich verplaudere mich! Vielleicht mißfällt Ihnen gar ein solches Thema, und auch mir wird bei dem Gedanken daran das Herz nicht leichter, zumal jetzt, da es dämmert. Therese geht ihrer Arbeit nach, mir tut der Kopf weh, und auch der Rücken schmerzt ein wenig, ja, meine Gedanken sind so wunderlich, als schmerzten auch sie; traurig ist mir zumute heute, Warenka! Was schreiben Sie da, meine Liebe? Wie kann ich zu Ihnen kommen, mein Täubchen? Was würden die Leute sagen? Ich müßte den Hof überqueren, das würde meinen Hausgenossen auffallen, sie würden Fragen stellen, Gerüchte, Klatschgeschichten würden ihren Lauf nehmen und der Sache einen anderen Sinn geben. Nein, mein Engelchen, lieber sehe ich Sie morgen bei der Abendmesse; das ist vernünftiger und für uns beide unverfänglicher. Und verargen Sie mir diesen Brief nicht, mein Herz; ich habe ihn durchgelesen und sehe, wie zusammenhanglos alles ist. Ich bin ein alter, unwissender Mann, Warenka; in der Jugend habe ich nichts gelernt, und wenn es jetzt von neuem ans Lernen gehen sollte, würde nichts mehr in den Kopf hineinwollen. Ich bekenne, mein Herz, ich bin kein Meister im Erzählen und weiß ohne Wink und Spott von anderer Seite, daß ich, soll etwas recht kunstvoll geraten, dummes Zeug schwatze. Ich habe Sie heute am Fenster gesehen, habe gesehen, wie Sie den Store herabließen. Leben Sie wohl, leben Sie wohl, Gott behüte Sie! Leben Sie wohl, Warwara Alexejewna.

Ihr selbstloser Freund

Makar Dewuschkin

PS: Satirisches, meine Liebe, schreibe ich jetzt über keinen Menschen mehr. Ich bin zu alt, Warwara Alexejewna, mein Herz, um aus eitler Lust die Zähne zu fletschen. Man würde mich verlachen, und es würde sich das Sprichwort bewahrheiten: Wer anderen eine Grube gräbt, fällt selbst hinein.

9. April

Gnädiger Herr Makar Alexejewitsch!

Also schämen Sie sich gar nicht, mein Freund und Wohltäter, Makar Alexejewitsch, so mutlos und launisch zu sein. Sind Sie gar gekränkt? Ach, ich bin oft unvorsichtig, hätte aber nicht gedacht, daß Sie meine Worte als Spott und Stichelei auffassen würden. Seien Sie versichert, ich würde mich nie unterstehen, über Ihre Jahre und über Ihr Wesen zu spotten. Dies ist alles nur aus Unbesonnenheit geschehen und mehr noch, weil ich mich so entsetzlich langweile, und was tut man nicht aus Langerweile! Ich vermutete, Sie selbst hätten sich in Ihrem Brief ein wenig lustig machen wollen. Ich war zutiefst betroffen, als ich sah, daß Sie unzufrieden mit mir sind. Nein, mein guter Freund und Wohltäter, Sie würden irren, wenn Sie mich der Empfindungslosigkeit und des Undankes verdächtigten. Ich weiß in meinem Herzen alles zu schätzen, was Sie für mich getan haben, indem Sie mich vor bösen Menschen bewahrten, vor deren Nachstellungen und Haß. Ich werde ewig für Sie beten, und wenn mein Gebet zu Gott dringt und der Himmel es erhört, werden Sie glücklich sein.

Ich fühle mich heute sehr unwohl. Mal ist mir heiß, mal kalt. Fedora sorgt sich sehr um mich. Sie sollten sich nicht scheuen, uns zu besuchen, Makar Alexejewitsch. Was geht das die Leute an! Wir sind miteinander bekannt, fertig! ... Leben Sie wohl, Makar Alexejewitsch. Mehr gibt es nicht zu schreiben, und ich könnte auch nicht, ich fühle mich schrecklich unwohl. Noch einmal bitte ich Sie, mir nicht zu zürnen und meiner immerwährenden Achtung und Anhänglichkeit versichert zu sein, mit denen zu verbleiben die Ehre hat

Ihre allerergebenste und gehorsamste Dienerin

Warwara Dobrosselowa

12. April

Gnädiges Fräulein Warwara Alexejewna!

Ach, mein Herz, was machen Sie! Mich jedesmal so zu erschrecken! In jedem Brief schreibe ich Ihnen, Sie sollen sich in acht nehmen, sich warm anziehen, bei schlechtem Wetter nicht ausgehen, immer Vorsicht walten lassen, aber Sie, mein Engelchen, hören nicht auf mich. Ach, mein Täubchen, es ist gerade so, als wären Sie ein Kind! Wo Sie doch so schwach sind, schwach wie ein Strohhalm, ich weiß das. Kaum weht ein Lüftchen, schon kränkeln Sie. Deshalb müssen Sie sich vorsehen, müssen um sich selbst besorgt sein, Gefahren meiden und dürfen Ihren Freunden nicht Kummer noch Harm bereiten.

Sie bekunden den Wunsch, mein Herz, Näheres über mein Tun und Treiben und alles, was mich umgibt, zu erfahren. Mit Freuden eile ich, Ihrem Wunsch zu entsprechen, meine Liebe. Ich beginne der Ordnung halber ganz vorn, mein Herz. Da wären als erstes die Treppen in unserem Haus – im Vorderaufgang sind sie recht passabel; besonders die

Herrschaftstreppe, sie ist sauber, hell und breit, alles Gußeisen und Mahagoni. Dafür dürfen Sie nicht nach der Hintertreppe fragen – eine Wendeltreppe, feucht, schmutzig, die Stufen schadhaft und die Wände so schmierig, daß die Hand klebenbleibt, wenn man sich dagegenstützt. Auf jedem Treppenabsatz stehen zerbrochene Truhen, Stühle und Schränke, hängen Lappen, sind die Fenster ausgeschlagen; da stehen Kübel mit allerlei Unrat, mit Schmutz, mit Kehricht, mit Eierschalen und Fischblasen; der Geruch ist abscheulich ... kurzum, es ist nicht schön.

Ich beschrieb Ihnen schon die Lage der Zimmer; diese ist, das kann man nicht anders sagen, zweckmäßig, das stimmt, aber in den Zimmern ist es stickig, nicht, daß es schlecht röche, es ist vielmehr, wenn ich so sagen darf, ein leicht modriger, scharf-süßlicher Geruch. Der erste Eindruck ist ungünstig, doch damit hat es nichts weiter auf sich; man braucht nur ein paar Minuten hier zu sein, dann vergeht dieser Eindruck unmerklich; denn dann hat man selber einen schlechten Geruch an sich, die Sachen riechen, die Hände riechen, alles riecht – ja, und so gewöhnt man sich daran. Zeisige gehen bei uns immer wieder ein. Der Marinefähnrich hat sich schon den fünften gekauft, sie können in der Luft hier einfach nicht leben. Unsere Küche ist groß, geräumig und hell. Freilich ist es morgens, wenn Fisch oder Rindfleisch gebraten wird, ein wenig rauchig, auch wird überall Wasser verspritzt und verschüttet, dafür ist es abends ein Paradies. In der Küche hängt immer alte Wäsche auf der Leine; und da mein Zimmer nicht weitab liegt, das heißt fast an die Küche grenzt, so belästigt mich der Wäschegeruch ein wenig; aber keine Bange, hat man erst eine Weile hier gewohnt, findet man sich auch damit ab.

In aller Frühe, Warenka, bricht hier ein geschäftiges Treiben an, da wird aufgestanden, hin und her gelaufen, gepoltert, da erhebt sich, was zum Dienst muß oder auch nur so dem eigenen Antrieb folgt; alle wollen Tee trinken. Die Samoware gehören größtenteils der Wirtin, sie reichen nicht, und so müssen wir Schlange stehen; und wer sich mit seiner Teekanne nicht richtig einreiht, dem wird sogleich der

Kopf gewaschen. Auch mir wäre das beim erstenmal beinahe so ergangen, und ... aber, wozu davon schreiben! Ich habe mich hier mit allen bekannt gemacht. Mit dem Marinefähnrich zuerst; er ist so offenherzig, hat mir alles erzählt – von seinem Vater, von seiner Mutter, von seiner Schwester, die mit einem Tulaer Gerichtsassessor verheiratet ist, und von Kronstadt. Er versprach mir seine Protektion in jeder Hinsicht und lud mich auf der Stelle zum Tee ein. Ich fand ihn in ebenjenem Zimmer, in dem hier für gewöhnlich Karten gespielt wird. Dort setzte man mir Tee vor, und ich sollte mich unbedingt an ihrem Glücksspiel beteiligen. Ob sie sich über mich lustig machten oder nicht, weiß ich nicht; sie hatten schon die ganze Nacht hindurch gespielt, und als ich eintrat, spielten sie noch. Kreide, Karten und das ganze Zimmer voller Rauch, daß einem die Augen brannten. Mitgespielt habe ich nicht, von mir hieß es gleich, ich rede von Philosophie. Darauf sprach mich die ganze Zeit über keiner mehr an; und ich war, offen gestanden, froh darüber. Jetzt gehe ich nicht wieder hin; dort wird Hasard gespielt, das reine Hasard! Auch bei dem Beamten, der auf literarischem Gebiet tätig ist, finden abends Zusammenkünfte statt. Ja, da geht es sittsam und maßvoll, ehrbar und vornehm zu; ganz die feine Art.

So, Warenka, nebenbei möchte ich noch erwähnen, daß unsere Wirtin ein ganz abscheuliches Frauenzimmer ist, zudem die reinste Hexe. Sie haben Therese gesehen. Ja, wie sieht sie denn eigentlich aus? Wie ein gerupftes, mageres, schwindsüchtiges Küken. Im Haus sind ganze zwei Dienstleute – Therese und Faldoni, der Bursche der Wirtin. Ich weiß nicht, vielleicht hat er noch einen anderen Namen, aber er hört nur auf diesen; alle rufen ihn so. Er ist rotblond, Finne oder Este, krumm, stupsnasig und grob, immerzu liegt er sich mit Therese in den Haaren, nicht viel, und sie würden sich prügeln. Überhaupt kann ich nicht sagen, daß mein Leben hier eitel Wonne wäre ... Daß sich nachts einmal alle gleichzeitig zur Ruhe begäben und es still würde, kommt nie vor. Immer und ewig sitzen irgendwo welche und spielen, und was mitunter so geschieht, ist zu anstößig, als daß man es erzählen könnte. Dennoch habe ich mich mittlerweile daran gewöhnt, aber ich wundere mich, wie es verheiratete Menschen in so einem Sodom aushalten. Eine ganze Familie armer Teufel hat bei unserer Wirtin ein Zimmer gemietet, es liegt nur nicht in einer Reihe mit den anderen, sondern gegenüber, in einer Ecke, abseits. Es sind friedfertige Leute! Nie hört man etwas von ihnen. Sie hausen in einem einzigen Stübchen, wo sie eine Trennwand aufgestellt haben. Er ist Beamter, ohne Stellung, seit sieben Jahren des Dienstes enthoben, weil etwas vorgekommen war. Er heißt Gorschkow; ist so ein kleiner Grauhaariger, läuft immer in einem speckigen, abgewetzten Rock herum, daß es einem weh tut, ihn anzusehen; noch schäbiger als der meine! So etwas Klägliches, Schwächliches (wir begegnen uns zuweilen auf dem Korridor); seine Knie zittern, die Hände zittern, der Kopf zittert; ob von einer Krankheit – das weiß der Himmel; er ist so schüchtern, hat vor jedermann Angst und schleicht immer dicht an der Wand entlang; ich bin schon schüchtern, aber er ist es noch viel mehr. Seine Familie – das sind seine Frau und drei Kinder. Der Älteste ist ganz der Vater, genauso schwächlich. Die Frau war einst nicht häßlich, das sieht man ihr jetzt noch an; die Ärmste, sie trägt immer so erbärmliche Kleider. Wie ich hörte, haben sie bei der Hauswirtin Schulden; denn diese geht gar nicht sanft mit ihnen um. Wie ich hörte, hat Gorschkow irgendwelche Unannehmlichkeiten, derentwegen er auch seine Stellung eingebüßt hat ... ob er in einen Prozeß verwickelt ist, unter Anklage steht oder eine Ermittlung gegen ihn läuft, genau kann ich es Ihnen nicht sagen. Arm sind sie, arm – o Herr, mein Gott! Immer ist es still und friedlich in ihrem Zimmer, so als wohnte gar keiner darin. Selbst von den Kindern hört man nichts. Und es kommt auch nicht vor, daß die Kinder einmal spielen oder gar tollen, und das ist ein schlechtes Zeichen. Eines Abends wollte es der Zufall, daß ich an ihrer Tür vorübermußte; es war zu jener Stunde ungewöhnlich still im Haus; ich hörte es schluchzen, dann flüstern, dann wieder schluchzen, als ob da jemand weinte, und zwar so leise, so kläglich, daß mir das Herze brach; darauf ließ mich der Gedanke an diese armen Teufel die ganze Nacht nicht mehr los, so daß ich keinen rechten Schlaf fand.

Nun, leben Sie wohl, Warenka, meine teuere Freundin! Ich habe Ihnen geschildert, was ich vermochte. Heute denke ich den ganzen Tag nur an Sie. Die Sorge um Sie, meine Liebe, hat mein Herz ausgezehrt. Weiß ich doch, meine Liebe, daß Sie keinen warmen Mantel besitzen. Dieser Petersburger Frühling – Wind und Regenschauer mit Schnee vermischt, das ist mein Tod, Warenka! „Diese reinen, wohltuenden Lüfte", der Herr behüte einen vor ihnen! Meine Liebe, nehmen Sie mir meinen Brief nicht übel, ihm fehlt es an Stil, Warenka, an jeglichem Stil. Hätte ich doch Stil! Ich schreibe, was mir in den Sinn kommt, schreibe so, um Sie ein wenig zu erheitern. Hätte ich etwas gelernt, wäre es ein ander Ding; aber was habe ich schon gelernt? Meine Bildung ist keinen roten Heller wert.

Immer Ihr treuer Freund

Makar Dewuschkin

25. April

Gnädiger Herr Makar Alexejewitsch!

Heute habe ich meine Cousine Sascha getroffen! Entsetzlich! Auch sie wird zugrunde gehen, die Arme! Nebenbei erfuhr ich, daß Anna Fjodorowna mir noch immer nachspürt. Sie wird wohl nie aufhören, mich zu verfolgen. Sie sagt, sie wolle *mir verzeihen*, alles Vergangene vergessen und mich auf jeden Fall selbst aufsuchen. Sie sagt, Sie seien überhaupt nicht mit mir verwandt, verwandtschaftlich stünde sie mir näher, Sie hätten kein Recht, sich in unsere Familienangelegenheiten einzumischen, und es sei unschicklich und schandbar, daß ich von Ihren Almosen und auf Ihre Kosten lebe …, sie sagt, ich hätte ihre Gastfreundschaft vergessen, sie habe wahrscheinlich meine Mutter und mich vor dem Hungertode bewahrt, habe uns mit Speise und Trank versehen und unsretwegen reichlich zweieinhalb Jahre nichts als Unkosten gehabt, uns obendrein eine Schuld erlassen. Auch meine Mutter ließ sie nicht aus dem Spiel!

Wenn meine arme Mutter wüßte, was man mir angetan hat! Gott weiß es! ... Anna Fjodorowna sagt, in meiner Einfalt hätte ich nicht vermocht, mein Glück festzuhalten, sie selber habe mir mein Glück gewiesen, an allem anderen treffe sie keine Schuld und ich selber sei nicht für meine Ehre eingetreten, ja hätte es vielleicht auch nicht gewollt. Großer Gott, wen trifft denn dann eine Schuld? Sie sagt, Herr Bykow tue ganz recht und er heirate nicht jede, die ... aber was soll's! Es ist hart, Makar Alexejewitsch, solch eine Unwahrheit zu hören! Ich weiß nicht, was jetzt aus mir wird. Ich zittere, weine, schluchze; an diesem Brief habe ich zwei Stunden geschrieben. Ich dachte, sie würde wenigstens einsehen, daß sie an mir schuldig geworden ist; aber nun das! Beunruhigen Sie sich um Gottes willen nicht, mein Freund, mein einziger Wohltäter! Fedora übertreibt immer, ich bin nicht krank. Ich habe mich gestern nur ein wenig erkältet, als ich zu Mutter auf den Wolkowo-Friedhof ging, um der Totenmesse beizuwohnen. Warum sind Sie nicht mitgekommen; ich hatte Sie doch so darum gebeten. Ach, meine arme, arme Mutter, wenn du aus dem Grabe aufstündest, wenn du wüßtest, wenn du sähest, was man mir angetan hat! ...

W. D.

20. Mai

Mein Täubchen, meine Warenka!

Ich schicke Ihnen einige Weintrauben, meine Liebe; sie sollen, wie man sagt, gut für Genesende sein, und auch der Arzt empfiehlt sie zum Löschen des Durstes, also einzig und allein für den Durst. Neulich hätten Sie so gern ein paar Röschen gehabt, mein Herz; hier nun schicke ich Ihnen welche. Haben Sie Appetit, meine Liebe? Das ist die Hauptsache. Übrigens, Gott sei Dank, ist nun alles ausgestanden und vorüber, und auch unsere Mißgeschicke haben bald ein Ende. Lassen Sie uns dem Himmel danken! Was aber Bücher betrifft, so kann ich vorderhand keine beschaffen. Es gäbe hier, sagt man, ein gutes Buch, in ganz vortrefflichem Stil geschrieben; es soll gut sein, selber gelesen habe ich es nicht, aber hier wird es sehr gelobt. Ich habe es mir für mich selber ausgebeten, und es wurde mir versprochen. Nur ob Sie es lesen werden? Sie sind mir in dieser Hinsicht zu wählerisch; Ihr Geschmack läßt sich schwer treffen, ich kenne Sie, mein Täubchen; Sie gelüstet wahrscheinlich nur nach Poesie, nach Liebesfreud und Liebesleid – na schön, ich werde auch Gedichte beschaffen, alles werde ich beschaffen; wir haben hier ein kleines Heft voller Abschriften.

Ich bin wohlauf. Machen Sie sich, mein Herz, bitte um mich keine Sorgen. Und was Fedora Ihnen von mir erzählt hat, ist alles Unfug; sagen Sie ihr, sie hätte da etwas zusammengeschwindelt, sagen Sie es ihr unbedingt, der Klatschbase! ... Ich habe die neue Uniform beileibe nicht verkauft. Wozu auch, sagen Sie selbst, wozu sollte ich das? Es ist die Rede davon, daß ich eine Gratifikation von vierzig Silberrubeln bekommen soll, wozu also etwas verkaufen? Seien Sie unbesorgt, mein Herz, seien Sie unbesorgt; sie sieht immer schwarz, die Fedora, immer schwarz. Wir werden noch manch guten Tag erleben, mein Täubchen! Werden Sie, mein Engelchen, nur erst gesund, werden Sie um Gottes willen gesund, machen Sie mir altem Mann keinen Kummer. Wer sagt Ihnen, ich sei abgemagert? Verleumdung, nichts als Verleumdung! Ich bin das blühende Leben und so wohlgenährt, daß es mir selber peinlich ist, ich bin satt und vollauf zufrieden; wenn Sie nur erst wieder gesund wären! So, mein Engelchen, leben Sie wohl; ich küsse Ihre Fingerchen und verbleibe für alle Zeit

Ihr treuer Freund

Makar Dewuschkin

PS: Ach, meine Liebe, was haben Sie da wieder geschrieben! Was haben Sie sich da ausgedacht! Wie kann ich denn so oft zu Ihnen kommen, mein Herz, wie, frage ich Sie. Etwa im Schutze der Nacht, wo es zur jetzigen Jahreszeit gar nicht richtig dunkel wird? Außerdem, Engelchen, mein Herz, bin ich, als Sie krank und bewußtlos darniederlagen, fast nie von Ihrer Seite gewichen; ich weiß selber nicht, wie ich das alles bewältigt habe; danach habe ich meine Besuche eingestellt, denn man war schon stutzig geworden und stellte allerlei Fragen. Es wird ohnedies darüber geklatscht. Ich hoffe auf Therese; sie ist nicht schwatzhaft; denn, mein Herz, sagen Sie selber, was wäre, würde unser Verhältnis ruchbar? Was würden die Leute denken und sagen? Gedulden Sie sich also, mein Herz, und warten Sie ab, bis Sie wiederhergestellt sind; dann werden wir uns irgendwo, außerhalb des Hauses, ein Rendezvous geben können.

1. Juni

Liebster Makar Alexejewitsch!

Ich wollte Ihnen so gern für all die Mühe und Fürsorge, die Sie mir angedeihen lassen, für all die Liebe, die Sie mir erweisen, eine Annehmlichkeit und Freude bereiten, und so entschloß ich mich endlich, zum Zeitvertreib in meiner Kommode zu stöbern und meine Aufzeichnungen herauszusuchen, die ich Ihnen nunmehr übersende. Ich begann sie in einer Zeit, da mein Leben noch glücklich war. Sie haben sich oft voller Wißbegier nach meinem früheren Dasein erkundigt, nach meiner Mutter, nach Pokrowski, nach meinem Aufenthalt bei Anna Fjodorowna und schließlich nach meinem jüngsten Ungemach, und brannten so sehr darauf, dieses Heft zu Gesicht zu bekommen, in dem ich – Gott weiß, wozu – diese und jene Augenblicke meines Lebens festgehalten habe, daß ich nicht bezweifle, Ihnen mit dieser meiner Sendung ein großes Vergnügen zu bereiten. Mir war weh ums Herz, als ich das Heft wieder las. Mir ist, als wäre ich nach der letzten Zeile dieser Aufzeichnungen doppelt gealtert. Dies alles ist zu verschiedenen Zeiten geschrieben. Leben Sie wohl, Makar Alexejewitsch! Ich langweile mich jetzt schrecklich, und oft plagt mich Schlaflosigkeit. Ein überaus langweiliges Genesen!

W. D.

1

Ich zählte erst vierzehn Jahre, als mein Vater starb. Die Kindheit war meine glücklichste Zeit. Sie begann nicht hier, sondern weit weg, in der Provinz, an einem abgelegenen Ort. Vater war Verwalter auf den riesigen Ländereien des Fürsten P. im Gouvernement T. Wir wohnten in einem der Dörfer des Fürsten und führten ein stilles, bescheidenes, glückliches Leben ... Ich war ein mutwilliges Ding; meist tat ich nichts anderes, als Felder, Gehölze und den Garten zu durchstreifen, und niemand kümmerte sich um mich. Vater ging allezeit seiner Arbeit nach, Mutter besorgte die Wirtschaft; ich genoß keinerlei Schulunterricht und freute mich darüber. Meist lief ich schon in aller Frühe los – zum Teich, in den Wald, zur Heuernte oder zu den Schnittern, und es störte mich nicht, daß die Sonne glutheiß herniederbrannte, daß ich mich auf meinen Streifzügen wer weiß wie weit vom Dorf entfernte, daß mich das Buschwerk zerkratzte und mein Kleid manchen Riß davontrug – zu Hause setzte es zwar Schelte, indes ich kehrte mich nicht daran.

Und mich dünkt, ich wäre immer glücklich gewesen, hätte ich auf dem Lande bleiben und am selben Ort wohnen können. Doch ich mußte schon als Kind die Heimat verlassen. Ich war erst zehn Jahre alt, als wir nach Petersburg zogen. Ach, mit welcher Wehmut denke ich an unsere traurigen Reisevorbereitungen! Wie weinte ich, als ich von allem scheiden mußte, was mir so lieb gewesen. Ich erinnere mich, ich warf mich meinem Vater an die Brust und beschwor ihn unter Tränen, wir möchten wenigstens noch ein Weilchen auf dem Lande bleiben. Vater fuhr mich barsch an, Mutter weinte; sie sagte, es müßte sein, die Umstände geböten es. Der alte Fürst P. war gestorben, und die Erben hatten Vater die Stellung gekündigt. Vater hatte eine gewisse Geldsumme bei Petersburger Privatleuten angelegt. Da er hoffte, seine Verhältnisse ordnen zu können, hielt er seine persönliche Anwesenheit für unbedingt erforderlich. All das habe ich später von Mutter erfahren. Wir bezogen hier auf der Petersburger Seite Quartier und bewohnten es bis zu Vaters Tod.

Wie schwer fiel es mir, mich an das neue Leben zu gewöhnen! Wir kamen zur Herbstzeit nach Petersburg. Es war ein so lichter, warmer, sonniger Tag, als wir das Dorf verließen; die Feldarbeiten näherten sich dem Ende; in den Scheuern türmte sich das Getreide und tummelten sich lärmende Vogelscharen; alles war so hell und heiter gewesen, aber als wir hier in Petersburg eintrafen – Regen, mit Reif überzogener Herbstmoder, Schlackerwetter und eine Unzahl neuer, fremder Gesichter, ungastlich, unzufrieden, böse! Recht und schlecht richteten wir uns ein. Ich weiß noch, wie wir alle emsig sorgten und schafften, um den neuen Hausstand zu begründen. Vater war immerzu unterwegs, und Mutter hatte keine ruhige Minute – mich vergaßen sie völlig. Am nächsten Morgen, nach der ersten Nacht in der neuen Wohnung, gab es für mich ein trauriges Erwachen. Unsere Fenster schauten auf einen gelben Zaun. Draußen war es immerzu schmutzig. Passanten kamen selten vorbei, alle dick vermummt, jedermann fror.

Und zu Hause herrschten tagelang entsetzliche Trostlosigkeit und Langeweile. Verwandte, Menschen, die uns nahestanden, hatten wir fast überhaupt nicht. Mit Anna Fjodorowna lag Vater in Streit. (Er hatte bei ihr Schulden.) Immer wieder suchten uns Leute in geschäftlichen Angelegenheiten auf. Meist wurde gestritten, gelärmt, geschrien. Nach solchen Besuchen war Vater immer unwirsch und gereizt; da wanderte er oft stundenlang im Zimmer auf und ab und sprach kein Wort. Mutter traute sich dann nicht, ihn anzureden, und schwieg. Und ich setzte mich mit einem Buch in die Ecke, still und leise, und wagte nicht, mich zu rühren.

Drei Monate nach unserer Ankunft in Petersburg wurde ich in ein Pensionat gegeben. Wie unglücklich fühlte ich mich anfangs unter den fremden Menschen! Alles war so nüchtern, so freudlos, die Gouvernanten schrien nur herum, die Mädchen spotteten über alles, und ich war so menschenscheu. Wie streng es zuging, wie genau man es nahm! Für alles festgelegte Zeiten, gemeinsames Essen, langweilige Lehrer – das alles zermürbte, zermarterte mich zu Beginn. Auch schlafen konnte ich dort nicht. Manchmal weinte ich die ganze Nacht, die ganze lange, trostlose, kalte Nacht. Abends wiederholten und lernten alle ihre Lektionen; ich saß dann mit dem Konversationsbuch oder Vokabelheft da, wagte nicht, mich zu rühren, und dachte unablässig an unsere kleine Wohnung, an Vater und Mutter, an meine alte Kinderfrau, an ihre Geschichten ... ach, wie war mir traurig zumute! Selbst an die unscheinbarsten Dinge im Elternhaus erinnerte ich mich mit Freuden. Und immer wieder ging es mir durch den Sinn: Wie schön wäre es jetzt daheim! Ich säße in unserer kleinen Stube, am Samowar, zusammen mit den Meinen; es wäre so warm, behaglich und traut. Wie würde ich jetzt die Mutter umarmen, dachte ich, wie fest, wie innig! So dachte ich, weinte vor Heimweh still in mich hinein, und die Vokabeln wollten nicht in den Kopf. Wenn ich nur am nächsten Tag meine Lektion konnte; ich träumte die ganze Nacht vom Lehrer, von Madame, von den Mädchen; die ganze Nacht lang paukte ich im Schlaf die Lektion und wußte doch am nächsten Tag nichts mehr. Da hieß es dann knien, und man erhielt nur eine einzige Mahlzeit. Ich war immer so verzagt, so bedrückt. Anfangs machten sich alle Mädchen über mich lustig, hielten mich zum Narren, lenkten mich ab, wenn ich meine Lektion hersagte, kniffen mich, wenn wir geschlossen zum Mittagessen oder Tee gingen, und beklagten sich grundlos über mich bei der Gouvernante. Wie himmlisch war es dagegen, wenn am Sonnabendabend meine Kinderfrau kam und mich holte. Wie habe ich in überschwenglicher Freude die liebe alte Frau jedesmal geherzt und geküßt! Sie zog mich an, hüllte mich warm ein, und unterwegs vermochte sie kaum mit mir Schritt zu halten, während ich in einem fort schwatzte und erzählte. Kam ich nach Hause, war ich vergnügt und munter und umarmte die Meinen innig wie nach zehnjähriger Trennung. Nun wurde geplaudert, berichtet, erzählt; jeder wurde begrüßt, mit allen gelacht, gescherzt, getollt und gesprungen. Mit Vater gab es ernsthafte Unterredungen – über die einzelnen Wissensgebiete, über unsere Lehrer, über das Französische, über die Grammatik von L'Homond –, und alle waren wir zufrieden und guter Dinge. Noch jetzt stimmt es mich heiter, wenn ich an diese Augenblicke zurückdenke. Ich wandte meine ganze Kraft daran, zu lernen und dem Vater alles recht zu machen. Denn ich sah, er gab das Letzte für mich hin und plagte sich weiß Gott wie. Von Tag zu Tag wurde er finsterer, unzufriedener und böser, sein Wesen hatte sich vollends zum Schlechten gewandelt – die Geschäfte schlugen fehl, die Schulden wuchsen ins unermeßliche. Mutter weinte nicht und sprach kein Wort – aus Angst, sie könnte Vaters Unmut erregen; sie war leidend geworden; sie magerte ab und hatte einen üblen Husten. Wenn ich aus dem Pensionat kam, sah ich nur trübselige Mienen; Mutter weinte still in sich hinein, Vater war verärgert. Nun hagelte es Vorhaltungen, Verweise. Vater begann, er habe an mir keinerlei Freude, keinerlei Trost; sie sparten sich das Letzte vom Munde ab, aber ich könnte immer noch nicht Französisch; kurzum, alles Mißgeschick, alles Ungemach, alles wurde Mutter und mir zur Last gelegt. Wie konnte er die arme Mutter nur so quälen! Wenn ich sie anschaute, wollte mir manchmal das Herze brechen – hohl die Wangen, die Augen eingesunken, das Gesicht von so schwindsüchtiger Blässe. Ich aber bekam am meisten ab. Es begann immer mit Nichtigkeiten, und dann wurde Gott weiß was daraus; oft begriff ich nicht einmal, worum es ging. Was warf mir Vater nicht alles vor! Das Französische, daß ich ein törichtes Mädchen sei und unsere Pensionatsvorsteherin ein unachtsames, einfältiges Frauenzimmer; daß sie bei uns nicht auf Moral achte; daß er bislang keine Stellung habe finden können, daß die Grammatik von L'Homond keinen Pfifferling wert sei, die von Sapolski hingegen weit besser; daß man für mich eine Menge Geld zum Fenster hinausgeworfen habe, daß ich gefühllos und aus Stein sein müsse, mit einem Wort, ich armes Ding setzte alles daran, Konversation und Vokabeln zu pauken, und war doch an allem schuld und mußte für alles herhalten! Und das beileibe nicht, weil Vater mich nicht geliebt hätte, im Gegenteil, Mutter und mir galt seine innigste Zuneigung. Doch sein Wesen war eben so.

Sorgen, Kümmernisse und Fehlschläge peinigten den armen Vater aufs äußerste, er wurde mißtrauisch und griesgrämig; oft war er der Verzweiflung nahe, er achtete nicht auf seine Gesundheit, erkältete sich und war mit einem Mal krank; er brauchte nicht lange zu leiden – er verschied so jäh, so unerwartet, daß wir alle tagelang völlig fassungslos waren von dem Schlag. Mutter verfiel in eine Art Starre; ich fürchtete sogar um ihren Verstand. Kaum war Vater gestorben, suchten uns ganze Scharen von Gläubigern heim, die förmlich aus dem Erdboden wuchsen. Was wir besaßen, gaben wir hin. Auch unser Häuschen auf der Petersburger Seite, das Vater ein halbes Jahr nach unserem Umzug gekauft hatte, wurde veräußert. Ich weiß nicht, wie alles andere geregelt wurde, aber am Ende hatten wir kein Dach mehr über dem Kopf, keine Zufluchtsstätte, nichts zu essen. Mutter litt an einer auszehrenden Krankheit, wir konnten uns nicht selbst ernähren, hatten nichts zum Leben, uns drohte das Verderben. Ich war damals gerade vierzehn Jahre alt geworden. Da besuchte uns Anna Fjodorowna. Immer wieder sagte sie, sie sei Gutsbesitzerin und eine Verwandte von uns. Auch Mutter meinte, sie sei mit uns verwandt, nur sehr weit entfernt. Zu Vaters Lebzeiten hatte sie sich nie um uns gekümmert. Sie erschien mit Tränen in den Augen, beteuerte, sie nehme ja solchen Anteil an unserm Geschick; bemitleide uns wegen des Verlustes und unserer unseligen Lage, dann fügte sie hinzu, Vater sei selber schuld an allem gewesen, er habe über seine Verhältnisse gelebt, habe hoch hinausgewollt und allzusehr der eigenen Kraft vertraut. Sie äußerte den Wunsch, uns näherzukommen, stellte anheim, daß man beiderseits vergäße, was es an Unerquicklichem gegeben; und als Mutter erklärte, sie habe nie ungute Gefühle gegen sie, Anna Fjodorowna, gehegt, brach diese in Tränen aus, nahm Mutter mit in die Kirche und bestellte eine Seelenmesse für ihren Liebling (so nannte sie Vater). Darauf söhnte sie sich feierlich mit Mutter aus.

Nachdem Anna Fjodorowna in langen Einleitungen

und Vorreden unsere unselige Lage, unsere Verlassenheit, Hoffnungslosigkeit und Hilflosigkeit in grellen Farben geschildert hatte, forderte sie uns auf, bei ihr, wie sie sich ausdrückte, unterzuschlüpfen. Mutter dankte ihr, konnte sich aber lange nicht entschließen; da sich indes nichts ändern ließ und wir uns keinen anderen Rat wußten, erklärte sie Anna Fjodorowna am Ende, daß wir auf ihr Angebot mit Dank eingingen. Wie ist mir noch der Morgen in Erinnerung, an dem wir von der Petersburger Seite auf die Wassili-Insel hinüberzogen. Es war ein Herbstmorgen, klar, trocken und kalt. Mutter weinte; mir war entsetzlich elend zumute, das Herz wollte mir zerspringen, und mich bedrückte ein unerklärlicher, schrecklicher Kummer. Es war eine schwere Zeit. . . . .
. . . .

2

Zu Anfang, als wir, das heißt Mutter und ich, in unserer neuen Behausung noch nicht heimisch geworden waren, fanden wir es bei Anna Fjodorowna ein wenig fremd und unheimlich. Anna Fjodorowna besaß ein eigenes Haus in der Sechsten Linie. Dieses hatte insgesamt fünf hübsche Zimmer. Drei davon bewohnten Anna Fjodorowna und meine Cousine Sascha, die bei ihr erzogen wurde – eine kleine Waise, ohne Vater und Mutter. Ein Zimmer hatten wir inne, und im letzten Zimmer schließlich, gleich neben uns, wohnte Pokrowski, ein armer Student, Untermieter bei Anna Fjodorowna. Anna Fjodorowna ging es sehr gut, sie lebte üppiger, als man hätte erwarten dürfen; doch ihr Vermögen war rätselhaft, desgleichen ihr Tun. Emsig eilte sie hierhin und dorthin, war stets in Sorge und fuhr oder ging mehrmals am Tage aus; was sie aber tat, worum sie sich sorgte und wozu, das vermochte ich nie zu ergründen. Fortwährend kam Besuch, Gott weiß was für Menschen, immer in geschäftlichen Angelegenheiten und nur auf einen Sprung. Sobald es klingelte, rief Mutter mich ins Zimmer. Anna

Fjodorowna war Mutter darob entsetzlich böse und sagte immer wieder, unser Stolz gehe zu weit, entspreche nicht unseren Verhältnissen, und wenn wir wenigstens etwas besäßen, worauf wir stolz sein könnten – so redete sie stundenlang. Ich begriff dazumal nicht, warum sie uns unseren Stolz vorwarf; desgleichen habe ich erst jetzt erkannt, oder zumindest ahne ich es, warum Mutter zögerte, zu Anna Fjodorowna zu ziehen. Diese steckte nämlich voller Bösartigkeit; pausenlos peinigte sie uns. Bis auf den heutigen Tag ist es für mich ein Geheimnis, weshalb gerade sie uns angetragen hatte, zu ihr zu kommen. Anfangs war sie recht freundlich, dann aber, als sie sah, daß wir gänzlich hilflos waren und auf sie angewiesen, zeigte sie ihren wahren Charakter. Späterhin kehrte sie zwar eine große Liebenswürdigkeit gegen mich hervor, eine gewisse plumpe Liebenswürdigkeit, die schon an Schmeichelei grenzte, doch anfangs mußten Mutter und ich viel erdulden. Alle Augenblicke machte sie uns Vorhaltungen; immer wieder strich sie ihre Wohltaten heraus. Fremden stellte sie uns als ihre armen, unbemittelten Verwandten vor, eine Witwe und eine Waise, denen sie aus Barmherzigkeit, aus christlicher Nächstenliebe bei sich Obdach gewährt habe. Bei Tisch folgte ihr Blick jedem Bissen, den wir zu uns nahmen, und wenn wir nichts aßen, begann wieder die alte Leier – wir seien zu wählerisch; wir sollten getrost zulangen, was sie habe, gebe sie gern; ob wir denn sonst besser speisten. Auf Vater schimpfte sie ohne Unterlaß; er habe, meinte sie, etwas Besseres sein wollen als andere, und das sei übel ausgegangen; Frau und Tochter habe er an den Bettelstab gebracht, und hätte sich nicht eine mildtätige Verwandte gefunden, eine barmherzige Christenseele, dann hätten wir weiß Gott vielleicht in der Gosse verhungern müssen. Was sie nicht alles sagte! Ihre Worte trafen uns schmerzlich, doch mehr noch erfüllten sie uns mit Abscheu. Mutter weinte immerzu; ihr Zustand verschlimmerte sich, sie wurde zusehends hinfälliger; unterdessen aber arbeiteten wir beide von früh bis spät, trugen fertiggestellte Aufträge aus und nähten, was Anna Fjodorowna sehr mißfiel; immer wieder sagte sie, ihr Haus sei kein Modeatelier. Aber wir mußten uns doch kleiden, mußten für unvorhergesehene Ausgaben sparen, mußten unbedingt eigenes Geld haben. Wir sparten für alle Fälle und hofften, es würde uns im Laufe der Zeit möglich, woandershin zu ziehen. Doch Mutter hatte ihre Gesundheit bei der Arbeit vollends eingebüßt, mit jedem Tag schwand ihre Kraft. Wie ein Wurm nagte die Krankheit an ihrem Leben und brachte sie dem Grab immer näher. Ich sah alles mit an, fühlte alles, durchlitt alles; dies alles hatte ich vor Augen!

Tag um Tag verstrich, und ein Tag glich dem anderen. Wir lebten zurückgezogen, nicht wie in der Stadt. Anna Fjodorownas Heftigkeit ließ in dem Maße nach, wie sie sich ihrer Macht bewußt wurde. Übrigens hätte keiner je daran gedacht, ihr zu widersprechen. Unser Zimmer war von dem ihren durch den Korridor getrennt, neben uns aber wohnte, wie schon erwähnt, Pokrowski. Er unterrichtete Sascha in Französisch und Deutsch, in Geschichte und Geographie, in sämtlicher Wissenschaft, wie Anna Fjodorowna meinte, und dafür hatte er bei ihr Kost und Logis frei; Sascha war ein blitzgescheites Mädchen, obwohl ungebärdig und immer zu Streichen aufgelegt; sie zählte damals dreizehn Jahre. Anna Fjodorowna äußerte zu Mutter, es wäre nicht verkehrt, wenn ich auch Unterricht nähme, da ich meine Schulbildung im Pensionat ja nicht abgeschlossen hätte. Mutter willigte mit Freuden ein, und ich genoß ein ganzes Jahr gemeinsam mit Sascha Pokrowskis Unterricht.

Pokrowski war ein armer, sehr armer junger Mann; sein Gesundheitszustand gestattete ihm nicht, einem Studium regelmäßig nachzugehen, und er wurde bei uns nur aus Gewohnheit der Student genannt. Er lebte in bescheidenen Verhältnissen, so still und friedlich, daß in unserem Zimmer nichts von ihm zu hören war. Sein Äußeres war seltsam; sein Gang, seine Bewegungen wirkten linkisch, er sprach so wunderlich, daß ich anfangs nicht ernst bleiben konnte, wenn ich ihn anschaute. Sascha trieb fortwährend ihren Schabernack mit ihm, vornehmlich während des Unterrichtes. Zu allem Überfluß war er ein reizbarer Charakter, er erboste sich ständig, geriet wegen jeder Kleinigkeit außer sich, herrschte uns an, führte über uns Klage, und oft brach er den Unterricht ab und begab sich grollend in sein Zimmer. Dort saß er tagelang über den Büchern. Er besaß deren viele, alles so wertvolle, seltene. Er erteilte noch anderwärts Unterricht und bezog dafür ein Honorar, und kaum hatte er Geld in Händen, ging er sofort sich Bücher kaufen.

Mit der Zeit lernte ich ihn besser und näher kennen. Er war der gutmütigste, der ehrenhafteste, der beste von allen Menschen, denen zu begegnen mir vergönnt war. Mutter schätzte ihn sehr. Späterhin war er mein bester Freund, selbstredend nach Mutter.

Obwohl ich schon fast erwachsen war, beteiligte ich mich zu Beginn an Saschas Streichen, und manche Stunde zerbrachen wir uns den Kopf, wie wir ihn necken und aus der Ruhe bringen könnten. Wenn er sich ärgerte, wurde er furchtbar komisch, und das fanden wir ungemein vergnüglich. (Ich schäme mich, wenn ich daran zurückdenke.) Einst hatten wir ihn so in Harnisch gebracht, daß er den Tränen nahe war, und da hörte ich deutlich, wie er leise vor sich hin sprach: „Diese bösen Kinder." Ich war mit einem Mal betroffen; ich empfand Scham, Schmerz und Mitleid. Ich weiß noch, ich wurde rot bis über die Ohren und bat ihn beinahe unter Tränen, er möge sich beruhigen und sich unsere dummen Possen nicht zu Herzen nehmen, doch er schlug das Buch zu, brach den Unterricht ab und ging in sein Zimmer. Ich war den ganzen Tag vor Reue völlig zerknirscht. Der Gedanke, daß wir Kinder ihn mit unserer Grausamkeit zum Weinen gebracht hatten, war mir unerträglich. Wir hatten also auf seine Tränen gewartet. Wir hatten sie gewollt; es war uns also gelungen, ihm den letzten Rest Geduld zu rauben; wir hatten ihm, dem Armen, Unglücklichen, sein hartes Los gewaltsam vor Augen geführt! Ärger, Leid und Reue ließen mich die ganze Nacht nicht schlafen. Es heißt, Reue erleichtere das Herz – im Gegenteil. Ich weiß nicht, wie es kam, doch in meinen Gram mischte sich auch Eitelkeit. Mir lag daran, daß er mich nicht für ein kleines Mädchen hielt. Ich zählte damals immerhin schon fünfzehn Jahre.

Von Stund an strapazierte ich meine Phantasie und schmiedete tausend Pläne, wie ich Pokrowski plötzlich dazu bewegen könnte, seine Meinung von mir zu ändern. Doch ich war zuweilen schüchtern und zaghaft; ich konnte mich in dieser meiner Lage zu keinem Entschluß durchringen und begnügte mich allein mit Träumen. (Gott weiß was für Träumen!) Ich hörte lediglich auf, mit Sascha Unarten zu begehen; er brauchte sich nicht mehr über uns zu ärgern; meiner Eitelkeit aber war das zuwenig.

Jetzt nun ein paar Worte über den wunderlichsten, interessantesten und erbarmungswürdigsten aller Menschen, der mir je im Leben begegnet ist. Ich spreche von ihm an ebendieser Stelle meiner Aufzeichnungen, weil ich ihm bis zu diesem Zeitpunkt fast keine Aufmerksamkeit geschenkt hatte – so war alles, was Pokrowski anging, für mich plötzlich beachtenswert geworden!

Bei uns im Hause tauchte zuweilen ein alter Mann auf, schmutzig, schlecht gekleidet, klein, grauhaarig, plump und unbeholfen, kurzum, höchst merkwürdig. Auf den ersten Blick hatte man den Eindruck, ihm sei nicht wohl in seiner Haut, er schäme sich seiner selbst. Er drehte und wand sich ohne Unterlaß; aus seinen Grimassen und Gebärden konnte man beinahe untrüglich schließen, er sei nicht recht bei Verstande. So kam er zu uns, stand im Flur an der Glastür und wagte sich nicht ins Haus. Ging jemand vorüber, Sascha oder ich oder ein Dienstbote, der ihm, wie er wußte, gewogen war, schon winkte er, man solle zu ihm kommen, machte allerlei Zeichen, und erst wenn man ihm zunickte und ihn rief – das vereinbarte Zeichen dafür, daß kein Fremder im Haus sei und er, wenn er wolle, eintreten könne –, erst dann öffnete der Alte behutsam die Tür, lächelte froh, rieb sich vergnügt die Hände und ging auf Zehenspitzen geradewegs in Pokrowskis Zimmer. Er war sein Vater.

Später habe ich die Geschichte dieses armen alten Mannes in allen Einzelheiten erfahren. Er hatte einst irgendwo in Diensten gestanden und, da er nicht über die geringsten Fähigkeiten verfügte, die allerletzte, die niederste Stellung bekleidet. Als seine erste Frau (die Mutter des Studenten

Pokrowski) gestorben war, verfiel er darauf, ein zweites Mal zu heiraten, und zwar eine Kleinbürgerin. Bei der neuen Frau ging es im Hause drunter und drüber; jedem machte sie das Leben zur Hölle; jeder mußte sich ihr fügen. Der Student Pokrowski war damals noch ein Kind von etwa zehn Jahren. Die Stiefmutter haßte ihn. Doch das Schicksal meinte es gut mit dem kleinen Pokrowski. Der Gutsbesitzer Bykow, der den Beamten Pokrowski kannte und ihm früher manche Gunst erwiesen hatte, nahm sich des Jungen an und brachte ihn auf einer Schule unter. Er hatte Interesse an ihm, da er dessen verstorbene Mutter gekannt hatte, die als junges Mädchen von Anna Fjodorowna protegiert und mit dem Beamten Pokrowski verheiratet worden war. Herr Bykow, der mit Anna Fjodorowna befreundet war und ihr sehr nahestand, stattete die Braut in einer Regung von Großzügigkeit mit einer Mitgift von fünftausend Rubel aus. Welchen Weg dieses Geld genommen hat, ist unbekannt. Dies alles hat mir Anna Fjodorowna erzählt; der Student Pokrowski sprach selber nicht gern von seinen Familienverhältnissen. Es hieß, seine Mutter sei sehr hübsch gewesen, und so mutete es mich sonderbar an, daß sie eine so schlechte Wahl getroffen, das heißt einen so unscheinbaren Mann geheiratet hatte ... Sie starb jung, nach etwa vierjähriger Ehe.

Nach der Schule kam der junge Pokrowski auf ein Gymnasium und sodann auf die Universität. Herr Bykow, der häufig in Petersburg weilte, entzog ihm auch jetzt seine Gönnerschaft nicht. Da es aber mit Pokrowskis Gesundheit nicht zum besten stand, konnte er das Universitätsstudium nicht fortsetzen. Herr Bykow machte ihn mit Anna Fjodorowna bekannt, empfahl ihn ihr, und so wurde der junge Pokrowski als Kostgänger aufgenommen, unter der Bedingung, daß er Sascha in allem Nötigen unterrichte.

Der alte Pokrowski aber ergab sich aus Kummer über die Lieblosigkeit seiner Frau dem schlimmsten Laster, nüchtern war er beinahe überhaupt nicht mehr. Seine Frau schlug ihn, ließ ihn in der Küche hausen und brachte ihn dahin, daß er sich am Ende an Schläge und schnöde Behandlung gewöhnte und sich nicht mehr beklagte. Er war noch nicht so alt, doch infolge seiner verwerflichen Neigung abgestumpft. Das einzige Anzeichen eines edlen menschlichen Gefühls war die grenzenlose Liebe zu seinem Sohn. Man sagte, der junge Pokrowski gliche seiner verstorbenen Mutter wie ein Ei dem anderen. Hatte gar die Erinnerung an seine gütige erste Frau im Herzen des verkommenen alten Mannes diese unendliche Liebe zum Sohn geweckt? Der Alte konnte von nichts anderem mehr sprechen als von seinem Sohn, und er besuchte ihn regelmäßig zweimal in der Woche. Öfter zu kommen, wagte er nicht, weil dem jungen Pokrowski die väterlichen Besuche ein Greuel waren. Von allen seinen Unzulänglichkeiten wog am schwersten unleugbar die Geringschätzung für seinen Vater. Nun war der Alte freilich bisweilen das unleidlichste Wesen auf Erden. Erstens war er schrecklich neugierig, zweitens störte er seinen Sohn mit gänzlich belanglosen, unsinnigen Reden und Fragen ständig bei der Arbeit, und mitunter erschien er auch in angetrunkenem Zustand. Der Sohn gewöhnte dem Alten seine Laster, die Neugier und das ewige Gewäsch, allmählich ab, und schließlich hatte er ihn so weit, daß er seine Worte wie einen Orakelspruch befolgte und ohne Erlaubnis den Mund nicht aufzutun wagte.

Der Alte konnte sich nicht genug über seinen Petenka (so nannte er den Sohn) wundern und freuen. Wenn er ihn besuchen wollte, war seine Miene fast immer ängstlich und besorgt, wahrscheinlich von der Ungewißheit, wie ihn der Sohn empfangen würde; meist zögerte er lange, ehe er sich zum Eintreten entschloß, und wenn ich zufällig vorbeikam, fragte er mich wohl an die zwanzig Minuten lang aus, wie sich Petenka fühle, ob er gesund sei, in welcher Laune er sich befinde und ob er sich nicht vielleicht mit etwas Wichtigem beschäftige. Was er denn gerade tue? Ob er schreibe oder überlege? Hatte ich ihn hinlänglich ermutigt und beschwichtigt, entschloß sich der Alte endlich einzutreten, behutsam und leise öffnete er die Tür, steckte zuerst nur den Kopf ins Zimmer, und wenn er sah, daß der Sohn nicht ärgerlich wurde, sondern ihm zunickte, trat er still ins Zimmer, legte sein Mäntelchen ab und den zerdrückten, löchrigen Hut mit der halb abgerissenen Krempe und hängte alles auf einen Haken, und was er tat, das tat er leise, lautlos; dann setzte er sich vorsichtig auf einen Stuhl, schaute den Sohn unverwandt an und verfolgte jede seiner Bewegungen, um daran Petenkas Laune abzulesen. War der Sohn nur ein klein wenig mißgestimmt, und der Alte bemerkte dies, so erhob er sich unverweilt und erklärte: „Bin sozusagen nur für einen Augenblick vorbeigekommen, Petenka. Hab einen weiten Weg hinter mir und wollte ein bißchen ausruhen.“ Dann nahm er ergeben und ohne ein Wort sein Mäntelchen und Hütchen, öffnete behutsam die Tür und empfahl sich, ein gezwungenes Lächeln auf den Lippen, um das angestaute Leid in seinem Herzen zurückzuhalten und es den Sohn nicht merken zu lassen.

Hieß aber der Sohn den Vater freundlich willkommen, wußte sich der Alte vor Freude nicht zu lassen. Zufriedenheit sprach aus seinem Gesicht, seinen Gebärden, seinen Bewegungen. Wenn sich sein Sohn mit ihm unterhielt, erhob sich der Alte stets ein wenig vom Stuhl und antwortete leise und unterwürfig, fast andächtig und stets darauf bedacht, die gewähltesten, will sagen, lächerlichsten Wendungen zu gebrauchen. Doch die Gabe des Wortes war ihm nicht vergönnt, immer wieder verhaspelte er sich und verlor allen Mut, so daß er nicht wußte, wohin mit den Händen, wohin mit sich selber, und noch lange danach murmelte er die Antwort vor sich hin, als wollte er sie richtigstellen. Wenn ihm aber eine Antwort gut gelang, dann lebte der Alte auf, zupfte sich Weste, Halstuch und Frack zurecht und setzte eine Miene auf, aus der das Bewußtsein der eigenen Würde sprach. Manchmal faßte er so viel Mut, ging er in seiner Kühnheit so weit, daß er sich still vom Stuhl erhob, vor das Bücherbord trat, ein Buch herausnahm und sogar darin las, einerlei, was für ein Buch es war. All das tat er mit vorgetäuschter Gleichgültigkeit und Gelassenheit, als könnte er mit den Büchern des Sohnes immer so schalten und walten, als wäre die Freundlichkeit des Sohnes für ihn selbstverständlich. Aber einmal habe ich erlebt, wie der Alte erschrak, als Pokrowski ihn bat, die Bücher nicht anzurühren. Er geriet völlig aus der Fassung, stellte in der Hast das Buch auf den Kopf, darauf wollte er es richtig einordnen, drehte es um und stellte es mit dem Schnitt nach außen hin, lächelte, wurde rot und wußte nicht, wie er sein Vergehen wiedergutmachen sollte. Mit seinen Ratschlägen bewirkte Pokrowski, daß der Alte von den üblen Gepflogenheiten nach und nach abließ, und Pokrowski brauchte ihn nur dreimal hintereinander nüchtern gesehen zu haben, schon schenkte er ihm beim nächsten Besuch zum Abschied einen Viertelrubel, einen halben Rubel oder auch mehr. Hin und wieder kaufte er ihm Stiefel, ein Halstuch oder eine Weste. Dann war der Alte auf seine neuen Sachen stolz wie ein Gockel. Manchmal kam er zu uns herein. Er brachte Sascha und mir Pfefferkuchenhähne und Äpfel mit und schwatzte fortwährend von Petenka. Er beschwor uns, wir sollten eifrig lernen und gehorchen, und sagte, daß Petenka ein lieber Sohn sei, ein Muster von einem Sohn und obendrein gelehrt. Dazu zwinkerte er uns so komisch mit dem linken Auge zu und schnitt so lustige Grimassen, daß wir nicht an uns halten konnten und von Herzen über ihn lachten. Mutter mochte ihn sehr gern. Doch der Alte haßte Anna Fjodorowna, auch wenn er vor ihr am liebsten in den Erdboden versunken wäre.

Bald gab ich den Unterricht bei Pokrowski auf. Er hielt mich nach wie vor für ein Kind, für ein ungezogenes kleines Mädchen, nicht anders als Sascha. Das schmerzte mich sehr; denn ich wollte mit aller Macht mein früheres Verhalten wiedergutmachen. Doch ich blieb unbemerkt. Das verdroß mich mehr und mehr. Außerhalb des Unterrichtes sprach ich fast überhaupt nicht mit Pokrowski, ja, ich vermochte es nicht. Ich wurde rot und wußte weder ein noch aus, danach verzog ich mich in eine Ecke und weinte vor lauter Verdruß.

Ich weiß nicht, wie das ausgegangen wäre, hätte nicht ein merkwürdiger Umstand unsere Annäherung begünstigt. Eines Abends, als Mutter bei Anna Fjodorowna saß, ging ich heimlich in Pokrowskis Zimmer. Ich wußte, er war nicht zu Hause, und es ist mir wahrhaft unfaßlich, wie ich auf den Einfall kam, sein Zimmer zu betreten. Bislang hatte ich bei ihm nicht einmal hineingesehen, obwohl wir schon über ein Jahr Wand an Wand wohnten. Mein Herz pochte so stark, daß ich glaubte, es wolle mir aus der Brust springen. Mit einer eigenartigen Neugier sah ich mich um. Pokrowskis Zimmer war ziemlich dürftig eingerichtet, die Ordnung nicht übermäßig groß. An den Wänden hingen fünf lange Borde mit Büchern. Auf Tisch und Stühlen lagen Schriftstücke. Bücher und Schriftstücke! Ein sonderbarer Gedanke ergriff Besitz von mir, und gleichzeitig beschlichen mich Unbehagen und Ärger. Mir schien, ihm sei an meiner Freundschaft, meinem liebenden Herzen nichts gelegen. Er war gebildet, ich aber dumm und unwissend, ich hatte nichts, kein einziges Buch, gelesen ... Da ließ ich den Blick neiderfüllt über die langen Borde gleiten, die sich unter der Last der Bücher bogen. Mißmut überkam mich, Kummer, eine Art Raserei. Mich verlangte – und schon stand mein Entschluß fest –, diese Bücher zu lesen, allesamt, und zwar möglichst rasch. Ich weiß nicht, vielleicht war ich in dem Glauben, ich wäre, wüßte ich erst alles, was er wußte, seiner Freundschaft würdiger. Hastig trat ich an ein Bord; ohne zu überlegen, ohne zu zögern, nahm ich den ersten besten, verstaubten Band zur Hand und trug das entwendete Buch, errötend, erblassend, zitternd vor Angst und Aufregung, zu mir ins Zimmer, entschlossen, es des Nachts, wenn Mutter schlief, bei Lampenlicht zu lesen.

Wie groß aber war mein Verdruß, als ich, in unserm Zimmer angelangt, das Buch in aller Eile aufschlug und eine alte, halbvermoderte, von Wurmfraß durchsetzte lateinische Abhandlung vor mir hatte. Augenblicks kehrte ich um. Gerade wollte ich das Buch wieder aufs Bord stellen, da hörte ich im Korridor ein Geräusch, und ganz in der Nähe wurden Schritte laut. Meine Hände flogen in nervöser Hast, doch das unselige Buch war zwischen den anderen Büchern so fest eingezwängt gewesen, daß diese, nachdem ich es herausgenommen, sich ausgedehnt hatten und jetzt so dicht standen, daß für ihren früheren Gefährten kein Platz mehr war. Das Buch wieder hineinzuzwängen, dazu reichte meine Kraft nicht. Nun wollte ich mit aller Gewalt die Bücher beiseite schieben. Das Bord war an einem rostigen Nagel befestigt, und der hatte wohl eigens auf diesen Augenblick gewartet, um zu brechen. Das Bord fiel auf der einen Seite herab. Polternd rutschten die Bücher zu Boden. Die Tür ging auf, und Pokrowski trat ins Zimmer.

Erwähnt werden muß, daß er es nicht ausstehen konnte, wenn sich jemand an seinen Besitztümern zu schaffen machte. Wehe demjenigen, der seine Bücher anrührte! Nun ermesse man mein Entsetzen, als die Bücher, große, kleine, alle möglichen Formate, alle möglichen Größen und Stärken, vom Bord glitten, zu Boden fielen und unter Tisch und Stühle und durchs ganze Zimmer rollten. Ich wollte schon davonlaufen, doch dazu war es zu spät. Natürlich, dachte ich, natürlich! Aus, ich bin verloren! Ich bin unartig und übermütig wie ein zehnjähriges Kind, ich bin ein dummes Ding! Ein schrecklicher Nichtsnutz! Pokrowski erboste sich furchtbar. „So, das hat noch gefehlt!" schrie er. „Schämen sollten Sie sich, mir so einen Schabernack zu spielen! ... Ob Sie wohl je vernünftig werden?" Und er machte sich selbst daran, die Bücher aufzusammeln. Ich bückte mich schon, ihm zu helfen. „Lassen Sie, lassen Sie!" schrie er. „Sie hätten besser daran getan, nicht da einzutreten, wohin man Sie nicht bittet." Von meiner demütigen Geste allerdings schon ein wenig beschwichtigt, fuhr er gemäßigter fort, noch im schulmeisterlichen Ton, vom Recht des Lehrers, das er bis vor kurzem besessen, Gebrauch machend: „Nein, wann werden Sie mal gesetzter, wann kommen Sie zur Besinnung? Schauen Sie sich an, Sie sind doch kein Kind mehr, kein kleines Mädchen, Sie sind schon fünfzehn Jahre alt!" Und hier, wahrscheinlich, um zu sehen, ob er recht damit habe, daß ich kein kleines Mädchen mehr sei, warf er einen Blick auf mich und wurde rot bis über die Ohren. Ich war ratlos; ich stand vor ihm und schaute ihn mit großen Augen ganz erstaunt an. Er erhob sich und trat verlegen auf mich zu, er war furchtbar erregt, begann zu sprechen und entschuldigte sich für etwas, ich glaube, dafür, daß er erst jetzt bemerkt habe, daß ich ein so großes Mädchen sei. Endlich begriff ich. Ich weiß nicht, wie mir geschah, ich war verwirrt, bestürzt, errötete noch mehr als Pokrowski, schlug die Hände vors Gesicht und lief aus dem Zimmer.

Ich wußte nicht, was ich tun sollte, wohin vor Scham. Allein, daß er mich in seinem Zimmer angetroffen hatte! Drei Tage lang vermochte ich nicht, ihn anzublicken. Ich errötete jedesmal, und die Tränen traten mir in die Augen. Ganz und gar abwegige, verdrehte Gedanken wirbelten in meinem Kopf herum. Einer, der irrsinnigste, war der, ich wollte zu ihm gehen, mich mit ihm aussprechen, ihm alles bekennen, ihm alles offen kundtun und ihm versichern, ich hätte nicht wie ein törichtes kleines Mädchen gehandelt, sondern mit gutem Vorsatz. Ich war schon drauf und dran, diesen Gedanken in die Tat umzusetzen, doch gottlob fehlte es mir an Mut. Ich stelle mir vor, was ich angerichtet hätte! Mir schlägt heute noch das Gewissen, wenn ich daran zurückdenke.

Ein paar Tage später erkrankte Mutter ernstlich. Sie war schon drei Tage lang nicht aufgestanden, und in der dritten Nacht begann sie zu fiebern und zu phantasieren. Da ich Mutter pflegte, hatte ich bereits eine Nacht nicht geschlafen, ich saß an ihrem Bett, gab ihr zu trinken und reichte ihr zu bestimmten Stunden die Arznei. In der zweiten Nacht war ich am Ende meiner Kräfte. Zuweilen nickte ich ein, mir wurde grün vor Augen, mich schwindelte, und jeden Augenblick war ich bereit, vor Müdigkeit umzufallen, aber Mutters schwaches Stöhnen weckte mich, ich zuckte zusammen, die Müdigkeit wich für Sekunden, doch dann schlummerte ich abermals ein. Es war eine Qual. Ich weiß nicht, kann mich nicht entsinnen, aber ein furchtbarer Traum, eine furchtbare Vision suchte meinen wirren Kopf gerade in der Minute heim, da Schlafen und Wachen miteinander rangen. Von Entsetzen gepackt, erwachte ich. Im Zimmer herrschte Dunkelheit, die Nachtlampe war am Verlöschen, plötzlich erhellten Lichtstreifen das Zimmer, geisterten bleich über die Wand und verschwanden dann gänzlich. Mir wurde unheimlich zumute, Angst beschlich mich; meine Phantasie war von dem furchtbaren Traum erregt, ein wehes Gefühl würgte mein Herz ... Ich fuhr vom Stuhl hoch und stieß in meiner Qual und Beklommenheit unwillkürlich einen Schrei aus. Die Tür ging auf, und Pokrowski betrat das Zimmer.

Ich erinnere mich nur, daß ich in seinen Armen zur Besinnung kam. Er setzte mich behutsam in den Sessel, gab mir ein Glas Wasser und überhäufte mich mit Fragen. Ich weiß nicht, was ich erwiderte. „Sie sind krank, sind selber sehr krank", sagte er und nahm meine Hand, „Sie haben Fieber, Sie richten sich zugrunde, schonen Ihre Gesundheit nicht; kommen Sie zur Ruhe, legen Sie sich hin, schlafen Sie. Ich werde Sie in zwei Stunden wecken, beruhigen Sie sich ein wenig ... So legen Sie sich doch hin, legen Sie sich hin!" fuhr er fort, ohne mich etwas einwenden zu lassen. Die Müdigkeit hatte meine letzten Kräfte aufgezehrt, vor Erschöpfung fielen mir die Augen zu. Ich machte es mir im Lehnstuhl bequem, entschlossen, allenfalls eine halbe Stunde zu schlafen, und schlief bis zum Morgen. Pokrowski weckte mich erst, als es Zeit war, Mutter die Arznei zu geben.

Am nächsten Tag, da ich, tagsüber ein wenig zu Kräften gekommen, mich wieder anschickte, meinen Platz im Sessel an Mutters Bett einzunehmen, fest entschlossen, diesmal nicht zu schlafen, klopfte Pokrowski um die elfte Stunde bei uns an. Ich öffnete. „Sie werden Langeweile haben, wenn Sie so allein sind", sagte er. „Hier ist ein Buch für Sie; nehmen Sie es; die Zeit vergeht dann schneller." Ich nahm das Buch; ich weiß nicht mehr, was es war; auch habe ich dazumal kaum hineingesehen, obwohl ich die ganze Nacht nicht schlief. Eine sonderbare Erregung hatte sich meiner bemächtigt; ich vermochte nicht, an Ort und Stelle zu verharren; immer wieder stand ich auf und durchmaß das Zimmer. Zufriedenheit erfüllte mein Gemüt. Ich war so froh über Pokrowskis Aufmerksamkeit. Und es machte mich stolz, daß er meinetwegen keine Ruhe gehabt und sich Sorgen gemacht hatte. Sinnend und träumend verbrachte ich die Nacht. Pokrowski kam nicht wieder herein; ich wußte, er würde nicht kommen, und erging mich in Mutmaßungen über den nächsten Abend.

Am nächsten Abend, da sich im Hause alles zur Ruhe begeben hatte, öffnete Pokrowski seine Tür, blieb auf der Schwelle stehen und begann eine Unterhaltung mit mir. Ich kann mich jetzt an kein einziges Wort mehr entsinnen, das damals zwischen uns gewechselt wurde; ich weiß nur noch, ich war schüchtern und befangen, uneins mit mir selber und sah ungeduldig dem Ende der Unterhaltung entgegen, obwohl ich sie inbrünstig herbeigesehnt, den ganzen Tag davon geträumt und mir Fragen und Antworten zurechtgelegt hatte ... An diesem Abend wurde das erste Band unserer Freundschaft geknüpft. Solange Mutter krank darniederlag, brachten wir allnächtlich ein paar Stunden gemeinsam zu. Ich war meiner Schüchternheit langsam Herr geworden, auch wenn ich nach jedem unserer Gespräche Grund hatte, mich über mich selber zu ärgern. Übrigens gewahrte ich mit heimlicher Freude und stolzer Befriedigung, daß er meinetwegen seine greulichen Bücher vergaß. Zufällig und im Scherz kam die Rede einmal darauf, wie sie vom Bord gefallen waren. Es war ein seltsamer Augenblick – ich war *allzu* treuherzig und arglos; in heftiger Gemütsaufwallung und sonderbar feierlich gestimmt, ließ ich mich hinreißen, ihm alles zu bekennen ... daß ich darauf brannte zu lernen, etwas zu wissen, daß es mich verdroß, für ein kleines Mädchen, ein Kind gehalten zu werden ... Ich wiederhole, mein Gemütszustand war höchst sonderbar; eine tiefe Rührung hatte mich ergriffen, Tränen standen mir in den Augen; ich verhehlte nichts und erzählte ihm alles, alles – von meinen freundschaftlichen Gefühlen für ihn, von meinem Wunsch, ihn zu lieben, mit ihm in innigem Einvernehmen zu leben, ihn zu trösten, für seine Ruhe zu sorgen. Er sah mich seltsam an, betroffen, erstaunt, und sprach kein Wort. Plötzlich überkam es mich bang und düster. Mir schien, er verstand mich nicht, fand mich vielleicht komisch. Ich weinte los und schluchzte wie ein Kind, ich konnte nicht anders; es war wie ein Anfall. Er nahm meine Hände, küßte sie und preßte sie an seine Brust, er redete beschwichtigend auf mich ein und wollte mich trösten; er war tief ergriffen; ich weiß nicht mehr, was er zu mir sagte, ich weinte und lachte abwechselnd, ich wurde rot und war vor Freude keines Wortes fähig. Allerdings spürte ich trotz meiner Erregung, daß Pokrowski in einem gewissen Maße befangen und zurückhaltend blieb. Gar zu groß war wohl sein Erstaunen über meine Schwärmerei, mein Entzücken, diese jähe, hitzige, lodernde Freundschaft. Vielleicht mutete es ihn zuerst nur kurios an; später schwand seine Zurückhaltung, und schlicht und ehrlich wie ich ging er auf meine Zuneigung, meine herzlichen Worte, meine Aufmerksamkeit ein und beantwortete sie mit gleicher Aufmerksamkeit, ebenso liebevoll und herzlich, wie ein echter Freund, wie mein leiblicher Bruder. Mir war so warm, so wohl ums Herz! ... Ich hatte keine Geheimnisse vor ihm; er erkannte dies, und seine Bindung an mich wurde enger von Tag zu Tag.

Und wahrlich, worüber sprachen wir nicht alles in diesen quälenden und zugleich wonnevollen Stunden unseres Beisammenseins, des Nachts, beim flackernden Schein des Heiligenlämpchens, nahezu unmittelbar am Bett meiner armen kranken Mutter. Über alles, was uns in den Sinn kam, was aus dem Herzen hervorbrach, was ausgesprochen werden wollte – und wir waren beinahe glücklich ... Oh, wie war diese Zeit traurig und freudvoll – alles zugleich; und auch jetzt noch wird mir traurig und freudvoll zumute, wenn ich an all das zurückdenke. Erinnerungen, ob froh, ob bitter, sind immer quälend; zumindest geht mir das so; doch auch die Qual hat etwas Wonnevolles. Und wenn das Herz schwer und weh, matt und betrübt ist, dann erquicken und laben es die Erinnerungen, so wie Tautropfen nach einem heißen Tag in feuchter Abendstunde die arme, welke, von des Tages Hitze ausgedörrte Blume erquicken und laben.

Mutter war auf dem Wege der Besserung, doch ich saß weiterhin des Nachts an ihrem Bett. Oft gab Pokrowski mir Bücher; ich las, anfangs, um nicht einzuschlafen, später aufmerksamer, dann mit Begierde; vor mir tat sich auf einmal viel Neues, mir bislang Unerklärliches, Unbekanntes auf. Eine Flut neuer Gedanken, neuer Eindrücke brandete an mein Herz. Und je mehr Aufruhr, je mehr Wirrnis und Mühsal die neuen Eindrücke mir verursachten, um so lieber waren sie mir, um so wonniglicher erschütterten sie mein Gemüt. Jäh und unverhofft drängten sie sich in meinem Herzen und gönnten ihm fortan keine Ruhe. Chaos und Aufruhr beherrschten mein Gemüt. Doch diese seelische Strapaze vermochte nicht, mich zu zerrütten. Mein Hang zum Träumen war allzu stark, und das rettete mich.

Als Mutter genesen war, hatte es ein Ende mit unseren abendlichen Stelldicheins und langen Gesprächen; bisweilen konnten wir noch ein paar Worte wechseln, meist nur nichtssagende, belanglose, doch es machte mir Freude, allem eine Bedeutung zu verleihen, einen eigenen, tieferen Sinn. Mein Leben war erfüllt, ich war glücklich, still und friedvoll glücklich. So verstrichen mehrere Wochen ...

Einmal kam der alte Pokrowski. Er plauderte ein Weilchen mit uns, war ungewöhnlich heiter, aufgeräumt und gesprächig; er lachte, witzelte auf seine Weise und löste schließlich das Rätsel seiner Hochstimmung, indem er uns erklärte, in einer Woche habe Petenka Geburtstag, er werde aus diesem Anlaß seinen Sohn ganz gewiß besuchen; er werde eine neue Weste anlegen, und seine Frau habe versprochen, ihm neue Stiefel zu kaufen. Kurzum, der Alte war so glücklich und schwatzte über alles, was ihm in den Sinn kam.

Sein Geburtstag! Dieser Geburtstag ließ mir Tag und Nacht keine Ruhe. Für micht stand fest, ich würde Pokrowski unbedingt an unsere Freundschaft erinnern und ihm etwas schenken. Aber was? Schließlich verfiel ich darauf, ihm Bücher zu schenken. Ich wußte, er hätte gern die neueste Ausgabe von Puschkins gesammelten Werken besessen, und so beschloß ich, Puschkin zu kaufen. Meine Barschaft belief sich auf etwa dreißig Rubel, verdient mit Handarbeit. Dieses Geld hatte ich für ein neues Kleid gespart. Sogleich schickte ich unsere Köchin los, die alte Matrjona, damit sie in Erfahrung brächte, was der gesamte Puschkin koste. O weh! Der Preis für alle elf Bände betrug, Einbandkosten inbegriffen, mindestens an die sechzig Rubel. Woher das Geld nehmen? Ich überlegte hin und her und wußte keinen Rat. Mutter zu bitten widerstrebte mir. Natürlich hätte

Mutter mir aus der Verlegenheit geholfen; doch dann hätte jeder im Haus von dem Geschenk erfahren; außerdem wäre es dann zu einem Zeichen der Dankbarkeit geworden, zum Entgelt für die Mühe, die Pokrowski ein ganzes Jahr lang auf mich verwandt hatte. Mein Wunsch war, ihm ganz allein, ohne Wissen der anderen ein Geschenk zu machen. Und für die auf mich verwandte Mühe wollte ich für alle Zeit in seiner Schuld stehen, ohne jedes Entgelt, es sei denn das meiner Freundschaft. Endlich hatte ich einen Ausweg aus der vertrackten Lage gefunden.

Ich wußte, man konnte bei Antiquaren im Gostiny dwor ein Buch, das oft kaum gebraucht oder fast völlig neu war, manchmal zum halben Preis erstehen, sofern man sich nur aufs Handeln verstand. Ich beschloß, unbedingt in den Gostiny dwor zu gehen. So geschah es; tags darauf benötigten wir etwas, Anna Fjodorowna desgleichen. Mutter war unpäßlich und Anna Fjodorowna – was mir sehr zustatten kam – nicht aufgelegt, Einkäufe zu tätigen, daher wurden sämtliche Gänge mir übertragen, und ich machte mich mit Matrjona auf den Weg.

Zu meinem Glück hatte ich alsbald eine Puschkin-Ausgabe gefunden, eine sehr schön gebundene. Ich begann zu handeln. Zuerst verlangte der Mann mehr als im Laden; dann aber hatte ich ihn dahin gebracht – übrigens nicht ohne Mühe, ich mußte mich mehrmals zum Gehen anschicken –, daß er mit dem Preis auf zehn Silberrubel herunterging. Und was für einen Spaß bereitete mir das Handeln! ... Die arme Matrjona konnte sich gar nicht erklären, was in mich gefahren war und wozu ich so viele Bücher kaufte. Aber o Schreck! Mein ganzes Kapital bestand aus dreißig Papierrubeln, und der Händler war zu keinem weiteren Nachlassen zu bewegen. Schließlich verlegte ich mich aufs Bitten, immer wieder drang ich in ihn, und am Ende gab er nach. Er ging vom geforderten Preis ab, doch nur um zweieinhalb Rubel, und schwor bei Gott, er täte dies nur meinetwegen, weil ich so ein nettes Fräulein wäre, und er würde einem anderen diesen Preisnachlaß auf keinen Fall gewähren. Nur zweieinhalb Rubel fehlten mir! Ich war drauf und dran, vor Ärger zu weinen. Doch ein ganz unverhoffter Umstand kam mir in meiner Not zu Hilfe.

Unweit, an einem anderen Büchertisch, gewahrte ich den alten Pokrowski. Vier oder fünf Antiquare umringten ihn; pausenlos redeten sie auf ihn ein und brachten ihn um das letzte bißchen Verstand. Jeder bot ihm seine Ware an, und was sie ihm nicht alles anboten, und was er nicht alles kaufen wollte! Der arme Alte stand ganz zerschmettert in ihrer Mitte und war ratlos, was von dem Angebotenen er nehmen sollte. Ich trat zu ihm und fragte, was er hier täte. Der Alte war hoch erfreut; er liebte mich abgöttisch, vielleicht nicht weniger als seinen Petenka. „Tja, ich kaufe Bücher, Warwara Alexejewna", erwiderte er, „Bücher für Petenka. Er hat doch bald Geburtstag, und er schwärmt so für Bücher, und da wollte ich ihm welche kaufen ..." Der Alte hatte immer eine so komische Ausdrucksweise, und jetzt war er obendrein schrecklich aufgeregt. Bei welchem Buch er auch nach dem Preis fragte, stets hieß es: Einen Silberrubel, zwei Silberrubel, drei Silberrubel. Nach dem Preis größerer Bücher fragte er gar nicht mehr, er schaute sie nur begehrlich an, blätterte darin, drehte sie hin und her und stellte sie wieder an ihren Platz. „Nein, nein, das ist zu teuer", sprach er halblaut, „aber vielleicht was von diesen hier", und er ging die dünnen Heftchen durch, Liedersammlungen, Almanache, alles wohlfeil. „Ja, aber warum wollen Sie so etwas kaufen?" fragte ich ihn. „Das ist doch lauter wertloser Plunder." – „O nein", versetzte er, „beileibe nicht, sehen Sie nur, was das hier für schöne Bücher sind; sehr, sehr schöne Bücher sind das!" Die letzten Worte dehnte er in singendem Tonfall so kläglich, daß ich meinte, er hätte vor Ärger über den hohen Preis der schönen Bücher am liebsten geweint und sogleich würde eine Träne von seinen fahlen Wangen auf die rote Nase rollen. Ich fragte, ob er viel Geld habe. „Das hier", und damit zog der Ärmste sein in ein schmutziges Stück Zeitungspapier gewickeltes Geld heraus, „ein Fünfzigkopekenstück, ein Zwanzigkopekenstück und noch zwanzig Kopeken in Kupfer." Ich nahm ihn auf der Stelle mit zu meinem Antiquar. „Da, diese elf Bücher kosten zusammen nur zweiunddreißig Rubel fünfzig; ich habe dreißig, legen Sie die zweieinhalb zu, dann gehören die Bücher uns, und wir schenken sie ihm gemeinsam." Der Alte geriet außer sich vor Freude, er schüttete all sein Geld aus, und der Antiquar lud ihm unsere gesamte kleine Bibliothek auf. Mein Alterchen stopfte die Bücher in sämtliche Taschen, nahm sie in beide Hände und unter den Arm und schleppte alles zu sich nach Hause, nachdem er mir vorher sein Wort gegeben hatte, die Bücher am nächsten Tag still und heimlich zu mir zu bringen.

Tags darauf kam der Alte zu seinem Sohn und saß wie gewohnt ein Stündchen bei ihm, darauf kam er zu uns herüber und setzte sich mit urkomischer, geheimnisvoller Miene neben mich. Schmunzelnd und sich die Hände reibend, von Stolz und Freude erfüllt, ein Geheimnis zu haben, erklärte er mir, sämtliche Bücher seien unauffälligst zu uns transportiert worden und stünden in der Küche unter Matrjonas Obhut in einer Ecke. Sodann drehte sich das Gespräch natürlicherweise um den bevorstehenden Festtag; der Alte verbreitete sich darüber, wie wir das Geschenk überreichen sollten, und je mehr er sich in sein Thema vertiefte, je länger er sprach, um so deutlicher erkannte ich, daß er etwas auf dem Herzen hatte, das auszusprechen er außerstande war, nicht wagte, ja sogar fürchtete. Ich wartete und schwieg. Die stille Freude und Vergnügtheit, die ich bislang aus seinen seltsamen Gebärden, seinen Grimassen und dem Zwinkern des linken Auges mühelos hatte herauslesen können, waren dahin. Von Minute zu Minute wurde er unruhiger und bedrückter; schließlich konnte er nicht länger an sich halten.

„Hören Sie", begann er kleinlaut, „hören Sie, Warwara Alexejewna ... Wissen Sie was, Warwara Alexejewna ... Wissen Sie was, Warwara Alexejewna? ..." Der alte Mann war schrecklich verlegen. „Sehen Sie, an seinem Geburtstag nehmen Sie zehn Bücher und schenken sie ihm allein, ich meine, das wäre das Geschenk von Ihnen, Ihrerseits; ich würde dann nur das elfte nehmen, und das wäre dann das Geschenk von mir, ich meine, ein Geschenk im eigentlichen

Sinne meinerseits. So hätten Sie etwas zu schenken, und auch ich hätte etwas; wir hätten beide etwas zu schenken, nicht wahr?" Hier nun war es um den Mut des Alten geschehen, und er verstummte. Ich schaute ihn an; still und ergeben wartete er auf mein Urteil. „Ja, aber warum wollen Sie nicht, daß wir ihm die Bücher gemeinsam schenken, Sachar Petrowitsch?" – „Nun ja, Warwara Alexejewna, das wäre ... wo ich doch ... also ... das ..." Mit einem Wort, der Alte war gänzlich verwirrt, er wurde rot, verhaspelte sich in den eigenen Worten und kam nicht von der Stelle.

„Sehen Sie, Warwara Alexejewna", erklärte er schließlich, „ich schlage manchmal über die Stränge ... ich meine, ich möchte Ihnen vermelden, daß ich fast immer über die Stränge schlage, immer ... ich halte dafür, daß es ungut ist ... das heißt, wissen Sie, manchmal ist es draußen so kalt, und man erlebt auch allerlei Unerfreuliches, oder das Herz ist einem schwer, oder es geschieht etwas Schlimmes, dann kann ich manchmal nicht anders und schlage über die Stränge und trinke ein Glas zuviel. Petruschka ist das sehr unangenehm. Sehen Sie, Warwara Alexejewna, er wird dann böse, schimpft und hält mir allerlei Moralpredigten. Und so wollte ich ihm jetzt gern mit einem Geschenk beweisen, daß ich mich bessere und einen anständigen Lebenswandel beginne. Ich habe gespart, um ihm ein Buch zu kaufen, lange gespart; denn Geld besitze ich ja so gut wie nie, höchstens, wenn Petruschka mir was gibt. Er weiß das. Folglich würde er sehen, wie ich mein Geld verwende, und würde merken, daß ich das alles allein für ihn tue."

Der alte Mann tat mir entsetzlich leid. Ich überlegte nicht lange. Bang schaute er mich an. „Nun hören Sie, Sachar Petrowitsch", sagte ich, „Sie werden ihm alle Bücher schenken!" – „Wieso alle? Alle Bücher soll ich ihm schenken? ..." – „Ja, das sollen Sie." – „Und so, daß sie von mir kommen?" – „Ja." – „Ganz allein von mir? Also in meinem eigenen Namen?" – „Nun ja, in Ihrem eigenen Namen ..." Ich drückte mich doch wohl klar genug aus, aber der Alte begriff geraume Zeit nicht, was ich meinte.

„Tja", sagte er nachdenklich, „tja, das wäre schön,

wunderschön, nur, wie ist es mit Ihnen, Warwara Alexejewna?" – „Nun, ich würde ihm dann nichts schenken." – „Was!" rief der alte Mann fast erschrocken aus. „So wollen Sie Petenka nichts schenken, wollen ihm gar nichts schenken?" Der Alte hatte einen Schreck bekommen; er wäre gewiß auf der Stelle bereit gewesen, von seinem Vorschlag abzustehen, damit auch ich seinem Sohn etwas schenken könnte. Eine gute Seele war dieser alte Mann! Ich versicherte ihm, ich würde seinem Sohn herzlich gern ein Geschenk machen, wollte nur ihm, dem Vater, die Freude nicht nehmen. „Wenn Ihr Sohn froh und zufrieden ist", fügte ich hinzu, „werden auch Sie froh sein, und auch ich werde es sein; denn im stillen werde ich ein Gefühl haben, als ob ich ihm die Bücher geschenkt hätte." Damit war der Alte vollauf beschwichtigt. Er blieb noch zwei Stunden bei uns, doch die ganze Zeit über litt es ihn nicht an seinem Platz, immer wieder stand er auf, tat dies und jenes, wurde laut, schäkerte mit Sascha, gab mir verstohlen einen Kuß, kniff mich in den Arm und schnitt Anna Fjodorowna Grimassen. Am Ende jagte sie ihn hinaus. Kurzum, der Alte war vor Freude ganz aus dem Häuschen, wahrscheinlich wie noch nie zuvor.

Am bewußten Festtag erschien er Punkt elf Uhr, geradewegs von der Messe kommend, im sorgfältig geflickten Frack und wahrhaftig mit einer neuen Weste und in neuen Stiefeln. In jeder Hand hielt er ein Bücherpaket. Dann saßen wir alle im großen Zimmer bei Anna Fjodorowna und tranken Kaffee (es war ein Sonntag). Der Alte, glaube ich, begann damit, daß Puschkin ein ganz vortrefflicher Poet sei; darauf wechselte er, verwirrt und unsicher, mit einem Mal das Thema und meinte, daß ein anständiger Lebenswandel not tue und der Mensch, der keinen anständigen Lebenswandel führe, über die Stränge schlage, daß üble Neigungen den Menschen verdürben und vernichteten; er führte sogar mehrere Beispiele verderblicher Zuchtlosigkeit an und schloß, er habe sich seit einiger Zeit gründlich gebessert und führe jetzt einen mustergültigen Lebenswandel. Er habe auch schon früher empfunden, wie berechtigt die Ermahnungen seines

Sohnes seien, er habe das alles längst empfunden und sich auch immer zu Herzen genommen, aber jetzt habe er in der Tat mit Enthaltsamkeit begonnen. Und zum Beweis dessen schenke er ihm diese Bücher, die er von seinem lange ersparten Geld gekauft habe.

Als ich den alten Mann so sprechen hörte, konnte ich mich der Tränen und des Lachens nicht erwehren; wenn es galt, verstand er sich jedenfalls aufs Schwindeln! Die Bücher wurden in Pokrowskis Zimmer hinübergetragen und auf ein Bord gestellt. Pokrowski hatte den wahren Sachverhalt auf der Stelle durchschaut. Der Alte wurde zum Essen eingeladen. An diesem Tag waren wir alle so vergnügt. Nach dem Essen spielten wir – Pfänderspiele, Karten; Saschas Übermut kannte keine Grenzen, und ich ließ mich mitreißen. Pokrowski behandelte mich zuvorkommend und suchte ständig eine Gelegenheit, mit mir unter vier Augen zu sprechen; indes ich ging nicht darauf ein. Das war der schönste Tag in all diesen vier Jahren meines Lebens.

Jetzt aber folgen nur noch traurige, bedrückende Erinnerungen; die Geschichte meiner schwarzen Tage beginnt. Deshalb wird wohl auch meine Feder immer langsamer, sie weigert sich geradezu, weiterzuschreiben. Deshalb rufe ich mir wohl auch mit so viel Liebe und Hingabe die geringfügigsten Einzelheiten jedes glücklichen Tages meines kleinen Lebens ins Gedächtnis. Diese Tage waren von so kurzer Dauer; sie wurden abgelöst von Leid, bitterem Leid, und Gott allein weiß, wann es einmal ein Ende hat.

Mein Unglück begann mit Pokrowskis Krankheit und Tod.

Er erkrankte zwei Monate nach den hier geschilderten Begebenheiten. In diesen zwei Monaten mühte er sich rastlos, die Mittel für seine Existenz zu beschaffen; denn bislang war er ohne feste Stellung. Wie alle Schwindsüchtigen gab er bis zuletzt die Hoffnung nicht auf, daß er noch lange zu leben habe. Er hätte eine Lehrerstelle annehmen können; doch so ein Amt war ihm verhaßt. In den staatlichen Dienst konnte er in Anbetracht seiner angegriffenen Gesundheit nicht eintreten. Außerdem hätte er dann zu lange auf das erste Gehalt warten müssen. Kurzum, Pokrowski erlebte allenthalben nichts als Fehlschläge; seine Stimmung wurde düster. Sein Befinden verschlechterte sich; er achtete nicht darauf. Der Herbst kam. Mit einem dünnen Mäntelchen bekleidet, ging er jeden Tag aus, um seine Angelegenheiten zu betreiben, sich irgendwo eine Stelle zu erbitten, zu erbetteln, was ihn innerlich marterte; er holte sich nasse Füße, so manches Mal kam er durchnäßt nach Hause, und am Ende legte er sich ins Bett, um nicht wieder aufzustehen ... Er starb im Spätherbst, Ende Oktober.

Während seines Krankenlagers verließ ich sein Zimmer fast nicht, ich pflegte und bediente ihn. Oft schlief ich ganze Nächte nicht. Selten nur war er bei Besinnung; meist phantasierte er im Fieber; er redete Gott weiß was, von seiner Stellung, seinen Büchern, von mir, von seinem Vater... und so vernahm ich vieles aus seinem Leben, was ich früher nicht gewußt, ja nicht einmal geahnt hatte. In der ersten Zeit wurde ich von jedermann im Haus scheel angesehen; Anna Fjodorowna schüttelte den Kopf. Doch ich schaute allen freimütig ins Gesicht, und so hörte man auf – zumindest tat es meine Mutter –, Schlechtes von mir zu denken, weil ich Anteil an Pokrowskis Geschick nahm.

Hin und wieder erkannte Pokrowski mich, doch das kam selten vor. Er war fast immer besinnungslos. In manchen Nächten sprach er zu jemandem, dunkle, verworrene Worte, und seine Stimme klang in dem engen Zimmer so dumpf wie in einem Sarg; dann beschlich mich jedesmal ein Grauen. Vor allem in der letzten Nacht gebärdete er sich wie rasend; er litt entsetzlich, quälte sich furchtbar; sein Stöhnen ging mir durch und durch. Allen im Haus war bang und beklommen zumute. Anna Fjodorowna betete unentwegt, Gott möge ihn recht bald zu sich nehmen. Ein Arzt wurde gerufen. Der Arzt sagte uns, der Patient würde gegen Morgen unweigerlich sterben.

Der alte Pokrowski verbrachte die ganze Nacht auf dem Korridor, unmittelbar neben der Tür zum Zimmer seines Sohnes; hier hatte man ihm eine Matte hingelegt. Alle Augenblicke betrat er das Zimmer; er bot ein grauenerregendes Bild. Der Schmerz hatte ihn so mitgenommen, daß er keines Gefühls und Gedankens mehr fähig zu sein schien. Sein Kopf zuckte vor Entsetzen. Er zitterte am ganzen Leib und flüsterte ständig vor sich hin, als bespreche er etwas mit sich selber. Ich glaubte, er würde vor Kummer den Verstand verlieren.

Bei Tagesanbruch war der Alte, von seiner Seelennot erschöpft, wie ein Toter auf der Matte eingeschlafen. Um die achte Stunde begann der Sohn zu sterben; ich weckte den Vater. Pokrowski war bei vollem Bewußtsein und nahm Abschied von uns allen. Sonderbar! Ich konnte nicht weinen; doch das Herz wollte mir fast zerspringen.

Am schlimmsten und qualvollsten aber waren für mich seine letzten Augenblicke. Mit absterbender Zunge versuchte er immer wieder, einen Wunsch zu äußern, doch ich konnte seinen Worten nichts entnehmen. Das Herz wollte mir brechen vor Schmerz! Die ganze Zeit war er unruhig, irgend etwas bedrückte ihn, er mühte sich angestrengt, mit seinen erkalteten Händen ein Zeichen zu geben, darauf begann er wieder, mit rauher, tonloser Stimme kläglich zu bitten; doch seine Worte waren nur noch zusammenhanglose Laute, und ich konnte abermals nichts verstehen. Ich führte alle Hausgenossen zu ihm und gab ihm zu trinken, er schüttelte indes immer wieder traurig den Kopf. Endlich begriff ich, was er wollte. Er bat, daß man die Gardine zurückzog und die Fensterläden öffnete. Gewiß wollte er ein letztes Mal den hellen Tag, die Sonne sehen. Ich zog die Gardine zurück; aber der anbrechende Tag war freudlos und kummerschwer wie das arme, verlöschende Leben des Sterbenden. Die Sonne schien nicht. Eine neblige Wolkendecke verhüllte den Himmel; er war bleigrau, düster und traurig. Feine Regentropfen trommelten gegen die Fensterscheiben und vereinigten sich dort zu schmutzigen, kalten Rinnsalen; es war trüb und dunkel. Kraftlos drang das fahle Tageslicht ins Zimmer, kaum heller als das flakkernde Lämpchen vor dem Heiligenbild. Der Sterbende sah mich tieftraurig an und schüttelte den Kopf. Eine Minute später war er verschieden.

Die Vorkehrungen für das Begräbnis traf Anna Fjodorowna selber. Wir kauften einen ganz schlichten Sarg und mieteten ein Lastfuhrwerk. Zur Deckung der Auslagen nahm Anna Fjodorowna sämtliche Bücher und die sonstige Habe des Verstorbenen an sich. Der alte Mann stritt mit ihr, protestierte laut und trug so viele Bücher davon, wie er nur konnte, er stopfte sie in Taschen und Hut, wo er nur Platz fand, drei Tage lang schleppte er sich mit den Büchern ab und trennte sich auch dann nicht von ihnen, als es galt, in die Kirche zu gehen. An diesen Tagen war er wie von Sinnen, wie benommen, und mit besonderer Emsigkeit machte er sich ständig am Sarg zu schaffen – bald rückte er den Kranz auf dem Kopf des Toten zurecht, bald entzündete und putzte er die Kerzen. Es war ihm anzusehen, wie seine Gedanken umherirrten. Weder Mutter noch Anna Fjodorowna kamen zur Trauerfeier in die Kirche. Mutter war krank. Anna Fjodorowna wollte eigentlich mitgehen, doch sie bekam Streit mit dem alten Pokrowski und ging nicht. So waren nur der Alte und ich zugegen. Während des Gottesdienstes beschlich mich Angst, gleichsam eine Vorahnung des Kommenden. Mit Müh und Not harrte ich in der Kirche stehend aus. Endlich wurde der Sarg geschlossen, zugenagelt, auf den Wagen gehoben und davongefahren. Ich gab ihm nur bis ans Ende der Straße das Geleit. Der Kutscher schlug Trab an. Laut weinend lief der Alte hinterdrein; sein Schluchzen bebte und stockte vom schnellen Lauf. Der Ärmste verlor den Hut, aber er machte nicht halt, um ihn aufzuheben. Sein Kopf wurde naß vom Regen; Wind kam auf; die feinen Tropfen peitschten und stachen sein Gesicht. Der Alte schien die Unbilden des Wetters nicht zu spüren und lief weinend von einer Wagenseite zur anderen. Wie Flügel flatterten die Schöße seines fadenscheinigen Rockes im Wind. Aus sämtlichen Taschen ragten Bücher; krampfhaft hielt er ein riesiges Buch umklammert. Passanten zogen die Mützen und bekreuzigten sich. Manche blieben stehen und schauten verwundert auf den armen Alten. Immer wieder fielen ihm Bücher aus den Taschen in den Schmutz. Man hielt ihn an und machte ihn auf das Verlorene aufmerksam;

er sammelte es ein und jagte abermals dem Sarg nach. An einer Ecke gesellte sich ein altes Bettelweib zu ihm, das nun mit ihm gemeinsam dem Sarg das Geleit gab. Schließlich rollte das Fuhrwerk um eine Ecke und entschwand meinen Blicken. Ich ging nach Hause. In schrecklicher Not warf ich mich Mutter an die Brust. Fest und innig schloß ich sie in die Arme, küßte sie und weinte laut, furchtsam schmiegte ich mich an sie, so als wollte ich in meinen Armen den letzten Freund festhalten, ihn nicht dem Tod überlassen ... Doch der Tod stand schon hinter meiner armen Mutter! . . .
. . . .

11. Juni

Wie dankbar ich Ihnen bin, Makar Alexejewitsch, für den gestrigen Spaziergang zu den Inseln! Wie ist es dort schön, diese Frische, dieses Grün! Ich habe so lange nichts Grünes gesehen; als ich krank darniederlag, war mir immer, als müßte ich sterben, ganz gewiß sterben; nun werden Sie verstehen, was ich gestern empfand, was mich bewegte. Seien Sie mir nicht böse, daß ich gestern so traurig war; ich war so froh, so unbeschwert, doch in den schönsten Augenblicken wird mir immer traurig zumute. Und daß ich geweint habe – damit hat es nichts auf sich; ich weiß selber nicht, warum ich immerzu weine. Was ich empfinde, schmerzt und erregt mich; meine Erlebnisse haben etwas Krankhaftes. Der wolkenlose blaßblaue Himmel, der Sonnenuntergang, die Stille gestern – das alles –, ich weiß nicht, aber ich war gestern in einer Stimmung, da mir alle Eindrücke zur Last und Qual wurden, das Herz quoll über, und die Seele verlangte nach Tränen. Doch wozu schreibe ich Ihnen das alles? Es ist schon schwer genug, sich im Herzen darüber klarzuwerden, und noch schwerer läßt es sich in Worte fassen. Aber vielleicht verstehen Sie mich auch so. Ich könnte weinen und lachen! Wahrhaftig, was sind Sie doch für ein guter Mensch, Makar Alexejewitsch! Wie Sie mir gestern in die Augen geschaut haben, um darinnen zu lesen, was ich fühle, und wie Sie sich an meinem Entzücken ergötzten. Ein kleiner Strauch, die Allee, ein Streifen Wassers – und dazu Sie; Sie standen vor mir, zupften und strichen Ihre Sachen glatt und schauten mir unausgesetzt in die Augen, so als zeigten Sie mir Ihre Besitztümer. Das beweist, daß Sie ein gutes Herz haben, Makar Alexejewitsch. Ebendeshalb liebe ich Sie. So, und nun leben Sie wohl. Ich bin heute wieder krank; ich habe gestern nasse Füße bekommen und einen Schnupfen davongetragen; auch Fedora ist krank, somit wären wir beide nicht auf der Höhe. Vergessen Sie mich nicht und kommen Sie recht oft herüber.

Ihre W. D.

12. Juni

Warwara Alexejewna, mein Täubchen!

Da hatte ich gedacht, mein Herz, Sie würden mir das Gestrige in Versen schildern, es ist indes nur ein einziges schlichtes Blättchen geworden. Ich will damit sagen, daß Sie, wenn Sie auch wenig auf diesem Blättchen schreiben, alles ungemein artig und anmutig wiedergeben. Die Natur, die verschiedenen ländlichen Bilder und all das von den Gefühlen – kurzum, das haben Sie wunderschön gesagt. Mir fehlt das Talent dazu. Und schriebe ich zehn Seiten voll, es würde nichts herauskommen, es würde keine Schilderung ergeben. Ich habe es schon versucht. Sie schreiben, meine Liebe, ich sei ein guter Mensch, sanftmütig, unfähig, dem Nächsten ein Leid zuzufügen, offenen Sinnes für die in der Natur sich kundtuende Gnade des Herrn, und sprechen mir schließlich mancherlei Lob aus. Sie haben recht, mein Herz, das stimmt aufs Wort; ich bin wahrlich so, wie Sie sagen, und ich weiß es; aber wenn man etwas wie das von Ihnen Geschriebene liest, ist man unwillkürlich tief gerührt, und dann kommen einem schwere Gedanken. Und nun hören Sie mir zu, mein Herz, ich möchte Ihnen etwas erzählen, meine Liebe.

Ich beginne damit, daß ich gerade siebzehn Jahre alt war, als ich den Dienst antrat, und jetzt beträgt meine Dienstzeit bald dreißig Jahre. Nun ja, daran ist nichts Besonderes, ich habe etliche Uniformen abgetragen; ich bin zum Mann, bin gescheiter geworden, habe die Menschen kennengelernt; gelebt habe ich, das kann ich sagen, gelebt habe ich auf Erden dergestalt, daß ich einmal sogar für einen Orden vorgeschlagen werden sollte. Vielleicht glauben Sie mir das nicht, aber ich flunkere Ihnen wahrlich nichts vor. Doch wie das Leben so spielt, mein Herz, allerwärts finden sich böse Menschen. Und ich sage Ihnen, meine Liebe, ich bin zwar ungebildet und wohl auch einfältig, doch ein Herz habe ich wie jeder andere. Also wissen Sie, Warenka, was mir so ein böser Mensch angetan hat? Eine Schande ist's zu sagen; Sie wollen wissen, warum er das tat? Weil ich so friedfertig, weil ich so bescheiden, weil ich so gutmütig bin! Ich war nicht nach ihrer Art, und so fielen sie über mich her. Zuerst hieß es: „Makar Alexejewitsch, das und jenes haben Sie falsch gemacht", dann: „Makar Alexejewitsch brauchen Sie nicht zu fragen." Und jetzt heißt es nur noch: „Natürlich, das war mal wieder Makar Alexejewitsch!" Daran sehen Sie den Gang der Dinge, mein Herz, immer war Makar Alexejewitsch der Sündenbock; und ihnen fiel nichts Besseres ein, als meinen Namen in unserem ganzen Amt zum geflügelten Wort zu machen. Und nicht genug, daß er zum geflügelten Wort, ja beinahe zum Schimpfwort wurde, auch an meinen Stiefeln, meiner Uniform, meinen Haaren, meiner Figur fanden sie etwas zu bemängeln, nichts sagte ihnen zu, alles hätte anders sein müssen. Und so geht das seit undenklichen Zeiten Tag für Tag. Ich habe mich daran gewöhnt, weil ich mich an alles gewöhne, weil ich ein friedfertiger Mensch, ein kleiner Mann bin; und trotzdem – womit habe ich das verdient? Habe ich an jemandem schlecht gehandelt? Habe ich jemanden um die Beförderung gebracht? Habe ich jemanden beim Vorgesetzten angeschwärzt? Habe ich je um eine Gratifikation gebettelt? Habe ich etwa irgendwelche Intrigen gesponnen? Es wäre Sünde, wenn Sie dergleichen glaubten, mein Herz. Wozu hätte ich das nötig? Sehen Sie mich doch an, meine Liebe, habe ich das Zeug zum Streber und Ränkeschmied? Warum also, der Herr möge verzeihen, widerfährt mir so viel Mißgeschick? Für Sie, mein Herz, bin ich doch ein rechtschaffener Mann, aber Sie sind ja auch unvergleichlich besser als alle anderen. Was ist nämlich die größte Bürgertugend? Letzthin äußerte Jewstafi Iwanowitsch in einer privaten Unterhaltung, die wichtigste Tugend des Bürgers sei die Fähigkeit, Geld zu verdienen. Er sagte das im Scherz (ich weiß, es war im Scherz), aber die Moral davon ist, man darf niemandem zur Last fallen; und ich falle niemandem zur Last! Ich habe mein eigen Brot; gewiß, es ist gewöhnliches Brot, mitunter sogar hart und trocken; aber es ist mein, mit Arbeit erworben, sein Verzehr ist unanfechtbar und rechtens. Ja, was soll ich tun? Ich weiß selber, daß ich nicht wunder was vollbringe, indem ich Abschriften anfertige; und trotzdem bin ich stolz darauf – ich arbeite, arbeite im Schweiße meines Angesichts. Ja, was ist eigentlich dabei, daß ich Abschriften anfertige? Ist das eine Sünde? „Er ist Abschreiber", sagt man wegwerfend. „Diese Ratte von einem Beamten macht Abschriften." Was ist denn daran unehrenhaft? Meine Schrift ist sauber und deutlich, man kann seine Freude daran haben, und Exzellenz ist zufrieden; von den wichtigsten Schriftstücken fertige ich für Exzellenz Kopien an. Aber mir fehlt der Stil, ich weiß selber, es fehlt mir an dem vermaledeiten Stil; darum bin ich auch im Dienst auf keinen grünen Zweig gekommen, und auch an Sie, meine Liebe, schreibe ich jetzt ganz kunstlos und geradezu, eben das, was ich auf dem Herzen habe ... Ich weiß das alles; wenn nun aber jedermann wie ein Dichter schriebe, wer würde dann noch abschreiben? Diese Frage möchte ich stellen und Sie, mein Herz, darum bitten, mir darauf zu antworten. Ich erkenne jetzt, daß ich gebraucht werde, unentbehrlich bin und keinen Grund habe, mich von törichten Reden unsicher machen zu lassen. Sollen sie mich meinetwegen eine Ratte nennen, wenn sie finden, ich sei einer solchen ähnlich. Diese Ratte wird nämlich gebraucht, diese Ratte bringt Nutzen, auf diese Ratte ist man angewiesen, diese Ratte bekommt eine Gratifikation – so eine Ratte ist das! Aber lassen wir es genug sein, meine Liebe; ich wollte eigentlich gar nicht davon anfangen, und nun habe ich mich doch ein wenig erregt. Es tut halt gut, wenn man sich zuweilen selber Gerechtigkeit widerfahren läßt. Leben Sie wohl, meine Liebe, mein Täubchen, Sie meine liebevolle Trösterin! Ich werde kommen, ganz gewiß werde ich zu Ihnen kommen, Sie besuchen, mein Augapfel. Möge Ihnen inzwischen die Zeit nicht lang werden. Ein Buch bringe ich Ihnen mit. So, Warenka, leben Sie wohl.

Ihr Ihnen von ganzem Herzen zugetaner Gönner

Makar Dewuschkin

20. Juni

Gnädiger Herr Makar Alexejewitsch!

Ich schreibe Ihnen ganz schnell, bin in großer Eile, denn ein Auftrag soll zur vereinbarten Zeit fertig sein. Wissen Sie, es handelt sich darum, daß Sie einen vorteilhaften Kauf tätigen könnten. Fedora hat mir gesagt, ein Bekannter von ihr verkaufe eine nagelneue Uniform mit Weste und Mütze, und zwar, wie es heißt, so spottbillig, daß Sie zugreifen sollten. Sie sind doch jetzt nicht in Not; Sie besitzen Geld; Sie haben es selber gesagt. Ich bitte Sie, lassen Sie das Knausern; das sind Dinge, die Sie brauchen. Schauen Sie sich selber einmal an, in was für alten Sachen Sie herumlaufen. Eine Schande! Alles geflickt. Neues haben Sie nicht; das weiß ich, auch wenn Sie beteuern, Sie hätten etwas. Weiß der Himmel, wo Sie es versetzt haben. Also hören Sie auf mich, greifen Sie zu, bitte. Tun Sie es mir zuliebe; wenn Sie mich mögen, dann kaufen Sie.

Sie haben mir als Geschenk Wäsche geschickt; aber hören Sie, Makar Alexejewitsch, Sie ruinieren sich. Das ist keine Kleinigkeit, was Sie da für mich ausgegeben haben, das ist schrecklich viel Geld! Ach, Sie sind gar zu verschwenderisch! Ich brauche nichts; das war alles ganz überflüssig. Ich weiß, ja bin mir dessen sicher, daß Sie mich lieben; wahrlich, es ist überflüssig, mich noch durch Geschenke daran zu erinnern; es fällt mir schwer, sie von Ihnen anzunehmen; ich weiß doch, was für Ausgaben Sie dadurch haben. Ein für allemal – lassen Sie das; hören Sie? Ich bitte Sie darum, flehe

Sie an. Sie ersuchen mich, Makar Alexejewitsch, daß ich Ihnen die Fortsetzung meiner Aufzeichnungen schicke; Sie möchten, daß ich sie zu Ende führe. Mir ist rätselhaft, wie ich dies alles überhaupt habe niederschreiben können! Aber es ginge über meine Kraft, jetzt von der Vergangenheit zu berichten, nicht einmal daran denken mag ich; die Erinnerungen sind mir ein Greuel. Am schwersten fällt es mir, von meiner armen Mutter zu sprechen, die ihr armes Kind diesen Ungeheuern als Beute überlassen mußte. Mir blutet das Herz beim bloßen Gedanken daran. Das ist alles noch so frisch; ich bin noch gar nicht recht zur Besinnung, geschweige denn zur Ruhe gekommen, obwohl es schon länger als ein Jahr zurückliegt. Aber das wissen Sie ja alles.

Von Anna Fjodorownas Absichten habe ich Ihnen schon berichtet; sie bezichtigt mich des Undankes und weist jede Beschuldigung zurück, im Einvernehmen mit Herrn Bykow zu handeln! Sie möchte, daß ich zu ihr übersiedele; meint, ich führte ein Bettlerdasein, habe einen verwerflichen Weg eingeschlagen. Sie sagt, wenn ich zu ihr zurückkehrte, würde sie die ganze Angelegenheit mit Herrn Bykow ins reine bringen und ihn dazu bewegen, das Böse, das er mir angetan, wiedergutzumachen. Sie sagt, Herr Bykow wolle mir eine Mitgift geben. Sie sollen ihrer Wege gehen! Ich fühle mich auch hier bei Ihnen wohl, bei meiner guten Fedora, die mich in ihrer Anhänglichkeit an meine selige Kinderfrau erinnert. Zwar bin ich mit Ihnen nur weitläufig verwandt, doch schützen Sie mich mit Ihrem Namen. Jene hingegen kenne ich nicht; ich werde sie vergessen, wenn ich kann. Was wollen sie noch von mir? Fedora meint, das sei alles nur eitles Geschwätz, und am Ende würden sie mich in Ruhe lassen. Hoffentlich!

W. D.

21. Juni

Mein Täubchen, mein Herz!

Ich möchte schreiben, weiß aber nicht, wo ich beginnen soll. Es ist doch sonderbar, mein Herz, daß wir jetzt ein solches

Leben miteinander führen. Ich will damit sagen, daß meine Tage nie zuvor so freudvoll waren. Ja, mir ist, als ob mich der Herr mit Haus und Familie gesegnet hätte! Kindchen, Sie mein liebes, was machen Sie da für Aufhebens von den vier Hemden, die ich Ihnen geschickt habe. Die brauchten Sie doch, ich hatte es von Fedora erfahren. Sie zufriedenzustellen, mein Herz, ist für mich ein besonderes Glück; es macht mir nun mal Freude, ersparen Sie mir mithin die Vorhaltungen, mein Herz; lassen Sie mich gewähren und widersprechen Sie mir nicht. So etwas wie jetzt habe ich noch nie erlebt, mein Herz. Ich bin in die Gesellschaft eingetreten. Erstens bin ich nicht mehr allein; denn zu meiner Freude wohnen Sie ganz in der Nähe; und zweitens hat mich heute ein Mieter, mein Nachbar Ratasjajew, zum Tee eingeladen, jener Beamte, bei dem zuweilen Dichterabende stattfinden. Heute haben wir eine Zusammenkunft; wir wollen Literarisches lesen. Ja, mein Herz, da staunen Sie! So leben Sie denn wohl. Ich schreibe das alles ohne jeglichen erkennbaren Zweck und einzig, um Sie von meinem Wohlbefinden zu unterrichten. Sie haben mich durch Therese wissen lassen, daß Sie zum Sticken buntes Seidengarn benötigen; das kaufe ich, mein Herz, das kaufe ich, auch Seidengarn kaufe ich. Morgen werde ich die Genugtuung haben, Sie vollauf zufriedenzustellen. Ich weiß auch, wo ich es kaufen werde. Damit verbleibe ich

Ihr aufrichtiger Freund

Makar Dewuschkin

22. Juni

Gnädiges Fräulein Warwara Alexejewna!

Ich zeige Ihnen an, meine Liebe, daß sich hier im Hause etwas über die Maßen Bedauerliches zugetragen hat, etwas, das tiefstes Mitgefühl erheischt! Heute morgen um die fünfte Stunde ist bei den Gorschkows der kleine Junge gestorben. Ich weiß nur nicht, woran, es war wohl Scharlach, weiß der Himmel! Ich habe diese Gorschkows aufgesucht. Ach, mein Herz, diese Armut! Und welche Unordnung!

Aber das ist kein Wunder – die ganze Familie haust in einem einzigen Zimmer, lediglich um dem Anstand Genüge zu tun, hat man dieses mit ein paar Wandschirmen unterteilt. Ein kleiner Sarg steht auch schon da, ein ganz schlichter, aber recht hübscher kleiner Sarg; sie haben ihn fertig gekauft, der Junge war etwa neun Jahre alt; soll Grund zu Hoffnungen gegeben haben. Es dauert einen, wenn man sie sieht, Warenka! Die Mutter weint nicht, sie ist aber so traurig, die Ärmste. Jetzt, da sie der Sorge um eines der Kinder ledig sind, werden sie es wahrscheinlich ein wenig leichter haben; aber ihnen sind ja noch zwei geblieben, ein Säugling und ein kleines Mädchen von etwa sechs Jahren. Es ist in der Tat entsetzlich, wenn man mit ansehen muß, wie ein Kind leidet, dazu noch das eigene, und man kann ihm nicht helfen! Der Vater sitzt in seinem alten, speckigen Frack auf einem zerbrochenen Stuhl. Die Tränen laufen ihm herunter, vielleicht nicht mal vor Kummer, sondern weil er Triefaugen hat. Er ist so sonderbar! Wird immer rot, wenn man ihn anspricht, gerät durcheinander und weiß nicht, was er erwidern soll. Das kleine Mädchen, die Tochter, lehnt am Sarg und schaut so trübselig und grüblerisch drein, das arme Ding! Ich mag das nicht, Warenka, mein Herz, wenn ein Kind grübelt; so ein Anblick trifft mich zutiefst! Eine Stoffpuppe liegt neben ihr am Boden, sie spielt nicht; hält einen Finger an den Mund; steht reglos da. Die Wirtin gab ihr ein Bonbon; sie nahm es, aß es aber nicht. Traurig, Warenka, nicht wahr?

Makar Dewuschkin

25. Juni

Liebster Makar Alexejewitsch! Ich schicke Ihnen Ihr Buch zurück. Es ist ein ganz abscheulicher Schmöker, den man gar nicht in die Hand nehmen dürfte! Wo haben Sie denn diese Kostbarkeit ausgegraben? Im Ernst, Makar Alexejewitsch, finden Sie etwa Gefallen an solchen Büchern? Neulich haben Sie mir fest zugesagt, daß ich von Ihnen etwas zu lesen bekomme. Wenn Sie wollen, teile ich es mit Ihnen. Aber jetzt auf Wiedersehen. Mir fehlt wahrhaftig die Zeit, um mehr zu schreiben.

W. D.

26. Juni

Liebe Warenka! Das kam so, mein Herz, ich habe dieses Buch in Wirklichkeit nicht gelesen. Wahrhaftig, ich habe nur ein wenig darin geblättert, und da merkte ich, es war närrisches Zeug, um des Lachens willen geschrieben, um die Menschen zu belustigen; na, denke ich, das muß in der Tat etwas Heiteres sein; daran wird gewiß auch Warenka ihren Spaß haben; da schickte ich es Ihnen kurzerhand zu.

Aber jetzt hat mir Ratasjajew etwas echt Literarisches in Aussicht gestellt, nun werden Sie Bücher bekommen, mein Herz. Ratasjajew ist ein Kenner seines Faches, er schreibt selber, oh, und wie er schreibt! Er führt eine gewandte Feder und hat ungeheuer viel Stil; das heißt, in jedem Wort liegt etwas, selbst das gewöhnlichste, platteste, abgegriffenste Wort, das auch ich vielleicht mal zu Faldoni oder Therese sage, hat Stil bei ihm. Ich beteilige mich jetzt auch an seinen Abendgesellschaften. Wir rauchen, und er liest vor, manchmal fünf Stunden lang, wir lauschen nur. Ein Ohrenschmaus, nicht Literatur schlechthin! Ein Zauberwerk, Blumen, nichts als Blumen; jede Seite ein ganzer Strauß! Er ist so leutselig und zuvorkommend. Ja, und was bin ich im Vergleich zu ihm, was? Ein Nichts. Er – ein Mann von Ruf. Und ich? Ich bin einfach gar nicht existent; und doch genieße auch ich sein Wohlwollen. Ich schreibe für ihn ein paar Sachen ab. Aber glauben Sie nicht, Warenka, hier wäre schnöde Berechnung im Spiel und er mir nur deshalb gewogen, weil ich für ihn schreibe. Schenken Sie dem Klatsch, mein Herz, dem bösen Klatsch keinen Glauben! Nein, das tue ich aus eigenem Antrieb, aus freien Stücken, um ihm eine Freude zu machen, und wenn er mir seine Gunst erweist, dann, um auch mir eine Freude zu machen. Ich erkenne den feineren Sinn einer Handlungsweise, mein Herz. Er ist ein guter, ein sehr guter Mensch und ein Schriftsteller ohnegleichen.

Literatur ist etwas Schönes, Warenka, etwas sehr Schönes; das habe ich vorgestern bei diesen Leuten erlebt. Etwas Tiefes! Sie stärkt der Menschen Herz, sie belehrt, und noch so manch anderes stand darüber in einem Buch, das sie dort hatten. Es war sehr gut geschrieben! Die Literatur sei ein Gemälde, das heißt in gewissem Sinne Gemälde und Spiegel; Ausdruck von Leidenschaft, feine Kritik, erbauliche Unterweisung und Dokument. Das alles habe ich dort gelernt. Aber ich sage Ihnen ganz offen, mein Herz, ich sitze zwar unter ihnen und höre zu (rauche wohl auch wie sie meine Pfeife); sobald sie jedoch zu den verschiedenen Themen Streitgespräche führen, passe ich, da müssen wir beide, mein Herz, ganz einfach passen. Da erweise ich mich als ein rechter Tropf, und ich schäme mich und trachte den ganzen Abend, wenigstens ein einziges Wörtchen zur allgemeinen Unterhaltung beizusteuern, aber auch dieses einzige Wörtchen will mir nicht einfallen. Ich bedauere mich selber, Warenka, weil mir so alles abgeht, weil auf mich die Redensart zutrifft von dem, der dumm geboren ist und nichts dazugelernt hat. Was tue ich nämlich jetzt in meinen Mußestunden? Ich schlafe, ich Erznarr! Dabei könnte ich mich, statt ohne jeden Sinn zu schlafen, mit Ersprießlicherem beschäftigen; beispielsweise könnte ich mich hinsetzen und schreiben. Mir selber würde das zum Nutzen, anderen zur Freude gereichen. Sie sollten nur sehen, mein Herz, was für Einkommen diese Leute haben, der Herr verzeih es ihnen! Allein Ratasjajew! Was kostet es ihn, eine Seite zu schreiben? An manchen Tagen sind es fünf Seiten, und für eine kassiert er, wie er sagt, dreißig Rubel. Da schreibt er ein Anekdötchen oder sonst etwas Amüsantes – fünfhundert Rubel, ob du willst oder nicht, und wenn du dir die Haare raufst, aber das Geld muß her! Wenn nicht, dann nehmen wir das nächste Mal tausend! Wie finden Sie das, Warwara Alexejewna? Und damit nicht genug! Er besitzt ein Heftchen mit Versen, lauter ganz kurzen Versen – siebentausend, mein Herz, siebentausend will er dafür haben, denken Sie mal an. Das ist ja ein Immobiliarvermögen, ein Mietshaus! Er sagt, fünftausend wolle man ihm geben, aber darauf lasse er sich nicht ein. Ich rede ihm zu, sage, Väterchen, nehmen Sie die fünftausend und spucken Sie denen vor die Füße, fünftausend sind immerhin eine hübsche Summe! Nein, sagt er, die Spitzbuben werden mir sieben geben. Wirklich ein durchtriebener Bursche!

So, mein Herz, da ich einmal davon angefangen habe, sei's drum – ich werde Ihnen ein Stück aus den „Italienischen Leidenschaften" abschreiben. So heißt eines seiner Werke. Also lesen Sie, Warenka, und urteilen Sie selber.

„... Wladimir fuhr zusammen, wild brodelte in ihm die Leidenschaft und ließ sein Blut sieden ...

‚Gräfin!' rief er, ‚Gräfin! Wissen Sie, wie fürchterlich diese Leidenschaft ist, wie grenzenlos dieser Wahn? Nein, meine Träume haben mich nicht getäuscht! Ich liebe, liebe voll Ungestüm und Entzücken, besinnungslos. Alles Blut deines Mannes vermag nicht, dies ungestüm brodelnde Entzücken in meinem Herzen zu ertränken! Nichtige Hindernisse werden das allessprengende Höllenfeuer nicht bannen, das meine gemarterte Brust durchfurcht. O Sinaida, Sinaida! ...'

‚Wladimir! ...', hauchte die Gräfin fassungslos und lehnte sich an seine Schulter.

‚Sinaida!' rief Smelski entzückt aus.

Seiner Brust entrang sich dampfend ein Seufzer. Hoch loderte die Flamme auf dem Altar der Liebe und zerfurchte die Brust der unseligen Dulder.

‚Wladimir! ...', hauchte die Gräfin berauscht. Ihre Brust hob sich, ihre Wangen hatten sich gerötet, ihre Augen glühten ...

Eine neue, verhängnisvolle Ehe war geschlossen! . . .
. . . .

Eine halbe Stunde später betrat der alte Graf das Boudoir seiner Frau.

‚Na, mein Schatz, wollen wir für unseren lieben Gast nicht

den Samowar aufsetzen?' fragte er und tätschelte seiner Gattin die Wange."

So, mein Herz, jetzt frage ich Sie, wie finden Sie das? Gewiß, es ist ein wenig frei, doch dafür gut. Und was gut ist, muß gut bleiben. Erlauben Sie mir, daß ich Ihnen hier noch einen kleinen Ausschnitt aus der Erzählung „Jermak und Suleika" abschreibe.

Stellen Sie sich vor, mein Herz, der Kosak Jermak, der schreckliche, wilde Bezwinger Sibiriens, hat Suleika, die Tochter des sibirischen Herrschers Kutschum, gefangengenommen und sich in sie verliebt. Die Handlung ist, wie Sie sehen, der Zeit Iwans des Schrecklichen entnommen. Hier nun das Gespräch zwischen Jermak und Suleika:

„‚Du liebst mich, Suleika! O sag es noch einmal, noch einmal! ...'

‚Ich liebe dich, Jermak!' flüsterte Suleika.

‚Himmel und Erde, habt Dank! Ich bin selig! ... Ihr gabt mir alles, alles, wonach mein rastloser Geist seit der Knabenzeit getrachtet. Hierher also hast du mich geführt, du mein Leitstern; dazu also hast du mich den Steinernen Gürtel passieren lassen. Aller Welt werde ich meine Suleika zeigen, und die Menschen, die rasenden Ungeheuer, werden nicht wagen, mir eine Schuld nachzusagen! O wäre ihnen das heimliche Leid ihrer zarten Seele begreiflich, o wären sie fähig, das ganze Poem in einer einzigen Träne meiner Suleika zu sehen! O laß mich mit Küssen diese Träne trocknen, laß sie mich trinken, diese himmlische Träne, Unirdische!'

‚Jermak', sagte Suleika, ‚die Welt ist böse, die Menschen sind ungerecht. Sie würden uns jagen, uns verdammen, mein geliebter Jermak! Was soll in eurer eitlen, seelenlosen, kalten Welt ein armes Mädchen, das inmitten der Schneeweiten seiner sibirischen Heimat, in der väterlichen Jurte aufgewachsen ist? Die Menschen würden mich nicht verstehen, mein Teurer, mein Geliebter!'

‚Dann wird ein Kosakensäbel zwischen sie fahren!' rief Jermak und rollte wild die Augen."

Wie nun, Warenka, gebärdet sich Jermak, als er erfährt,

eigens für Sie gekauft. Lassen Sie es sich munden, meine Liebe, und denken Sie bei jedem Bonbon an mich. Die harten dürfen Sie aber nicht kauen, die müssen Sie lutschen, sonst bekommen Sie schlechte Zähne. Vielleicht mögen Sie auch kandierte Früchte? Schreiben Sie es mir. So, nun leben Sie wohl, leben Sie wohl. Der Herr sei mit Ihnen, mein Täubchen. Ich aber verbleibe für alle Zeit

Ihr ergebenster Freund

Makar Dewuschkin

27. Juni

Gnädiger Herr Makar Dewuschkin!

Fedora sagt, wenn ich wollte, würden sich gewisse Leute mit Vergnügen meiner Lage annehmen und mir eine sehr gute Stellung als Gouvernante verschaffen. Was meinen Sie, mein Freund, soll ich darauf eingehen oder nicht? Natürlich würde ich Ihnen dann nicht mehr zur Last fallen, auch scheint es eine einträgliche Stellung zu sein; andererseits graut mir davor, in ein fremdes Haus zu gehen. Es ist eine Gutsbesitzerfamilie. Wenn sie über mich Auskünfte einholen, allerlei Fragen haben, neugierig werden, was soll ich sagen? Außerdem bin ich so ungesellig und menschenscheu; an einem vertrauten Ort bleibe ich gern recht lange. Wo man heimisch ist, fühlt man sich am wohlsten, auch wenn man sich nur mit Hangen und Bangen durchschlägt, es ist immer noch besser so. Hinzu käme der Umzug; und weiß der Himmel, was für Pflichten ich dort haben würde; vielleicht stellen sie mich bloß als Kindermädchen an. Und dann diese Leute: Sie wechseln schon zum drittenmal in zwei Jahren die Gouvernante. Makar Alexejewitsch, raten Sie mir um Himmels willen, soll ich gehen oder nicht. Aber warum kommen Sie nie zu mir? Sie machen sich gar zu rar. Wir sehen uns nur noch sonntags bei der Messe. Wie menschenscheu Sie sind! Genau wie ich! Aber ich bin ja fast mit Ihnen verwandt. Sie lieben mich nicht, Makar Alexejewitsch, dabei ist mir, wenn ich allein bin, bisweilen so weh ums Herz. So manches Mal, namentlich in der Dämmerstunde, sitze ich mutterseelenallein zu Hause. Fedora ist irgendwohin gegangen. Dann sitze ich und hänge meinen Erinnerungen nach – denke zurück an alles, was gewesen ist, an Freud und Leid, ohne Unterlaß zieht es an mir vorüber, tritt flüchtig aus Nebelschleiern. Vertraute Gesichter tauchen auf (ich sehe sie beinahe leibhaftig vor mir) – meist ist es meine Mutter ... Und meine Träume erst! Ich spüre, daß meine Gesundheit zerrüttet ist; ich bin so schwach; und als ich heute morgen aufstand, wurde mir ganz übel; außerdem habe ich einen bösen Husten. Ich spüre, ich weiß, daß ich bald sterben werde. Wer wird mich begraben? Wer meinem Sarg folgen? Um mich trauern? ... Und dann müßte ich vielleicht an einem fremden Ort sterben, in einem fremden Haus, in einer fremden Kammer! ... Mein Gott, wie ist das Leben trostlos, Makar Alexejewitsch! Wie können Sie mich, mein Freund, nur immerzu mit Konfekt füttern? Ich weiß wahrlich nicht, woher Sie so viel Geld haben. Ach, mein Freund, behalten Sie das Geld um Gottes willen, behalten Sie es. Fedora verkauft einen von mir gestickten Läufer; fünfzig Papierrubel bietet man dafür. Das ist sehr anständig, ich hätte mit weniger gerechnet. Fedora werde ich drei Rubel geben, und mir werde ich ein Kleid nähen, ein ganz schlichtes, warmes. Ihnen mache ich eine Weste, ich mache sie selber und suche einen guten Stoff dafür aus.

Fedora hat mir ein Buch besorgt, „Die Erzählungen Belkins", ich schicke es Ihnen, sofern Sie es lesen wollen. Nur machen Sie es bitte nicht schmutzig und behalten Sie es nicht zu lange; es gehört fremden Leuten, ist ein Werk von Puschkin. Vor zwei Jahren habe ich diese Erzählungen zusammen mit meiner Mutter gelesen, und mir war traurig zumute, als ich sie jetzt wieder las. Sollten Sie irgendwelche Bücher haben, so schicken Sie sie mir, aber nur, wenn sie nicht von Ratasjajew kommen. Er würde Ihnen gewiß ein eigenes Werk geben, falls er etwas veröffentlicht hat. Wie können Sie Gefallen an seinen Sachen finden, Makar Alexejewitsch? An solchen Plattheiten... So, nun leben Sie wohl. Ich habe mich arg verplaudert! Wenn mir das Herz schwer ist, plaudere ich gern, einerlei, worüber. Das ist Arznei, es erleichtert, zumal wenn man sich alles von der Seele geredet hat. Leben Sie wohl, mein Freund, leben Sie wohl!

Ihre W. D.

28. Juni

Warwara Alexejewna, mein Herz!

Hören Sie auf mit Trübsalblasen! Sie sollten sich was schämen! Hören Sie auf damit, mein Engelchen; wie können Sie nur auf solche Gedanken kommen? Sie sind nicht krank, meine Liebe, nicht im geringsten; Sie sind das blühende Leben, wahrhaftig, das blühende Leben; ein wenig blaß zwar, aber dennoch das blühende Leben. Und was haben Sie da für Träume und Gesichte! Schämen Sie sich, mein Täubchen, und lassen Sie es genug sein; achten Sie nicht auf diese Träume, achten Sie einfach nicht darauf. Warum schlafe ich denn so gut? Warum stört mich das alles nicht? Sehen Sie mich an, mein Herz. Ich lebe unverdrossen meine Tage, schlafe ruhig, bin gesund und munter, so ein richtig wackerer Geselle, daß es eine Lust ist, mich anzuschauen. Also hören Sie auf, hören Sie auf damit, meine Liebe, so was ist schändlich. Bessern Sie sich! Ich weiß doch, was in Ihrem Köpfchen vorgeht, mein Herz, Sie finden immer etwas, wovon Sie träumen, worüber Sie sich grämen können. Hören Sie mir zuliebe damit auf, mein Herz. Zu fremden Menschen gehen? Nie und nimmer! Nein, nein und abermals nein! Was sind das für Einfälle, was ist in Sie gefahren? Und dann noch wegziehen! Nein, mein Herz, das erlaube ich nicht; um diese Ihre Absicht zu vereiteln, ist mir jedes Mittel recht. Ich werde meinen alten Frack verkaufen und in Hemdsärmeln auf die Straße gehen, aber Not sollen Sie bei uns nicht leiden. Nein, Warenka, nein; ich kenne Sie! Das ist Unsinn, nichts als Unsinn! Fest steht, an alldem ist Fedora schuld; das kann nur dieses törichte Frauenzimmer Ihnen eingeredet haben. Glauben Sie ihr nicht. Vermutlich wissen Sie, meine Liebe, noch nicht alles. Sie ist ein einfältiges, zänkisches, unverträgliches Weib; sie hat auch ihren Mann unter die Erde gebracht. Oder hat sie Ihnen womöglich Ärger bereitet? Nein, nein, mein Herz, auf keinen Fall dürfen Sie das tun! Was sollte dann aus mir werden, was bliebe mir dann noch? Nein, Warenka, meine Liebe, schlagen Sie sich das aus dem Kopf. Woran fehlt es Ihnen denn bei uns? Wir haben unsere Freude an Ihnen, und Sie mögen uns auch, also bleiben Sie doch weiterhin ruhig da wohnen; nähen oder lesen Sie, oder nähen Sie meinetwegen auch nicht, gleichviel, nur bleiben Sie bei uns. Sagen Sie doch selber, was sollte denn sonst werden? ... Ich werde Ihnen also Bücher beschaffen, und dann könnten wir ja auch meinetwegen wieder mal spazierengehen. Aber hören Sie davon auf, mein Herz, hören Sie auf, nehmen Sie Vernunft an und begehen Sie nicht aus eitler Laune eine Torheit! Ich komme zu Ihnen, und zwar schon bald, nur lassen Sie mich Ihnen dafür offen und ehrlich etwas bekennen: Das war nicht schön, meine Liebe, gar nicht schön! Ich bin gewiß ein ungebildeter Mann, und ich weiß, daß ich ungebildet bin, daß meine Schulbildung nichts wert ist, doch nicht darauf will ich hinaus, nicht um mich geht es hier, für Ratasjajew möchte ich mich, wenn Sie erlauben, verwenden. Er ist mein Freund, und darum trete ich für ihn ein. Was er schreibt, ist gut, sehr gut sogar, sehr, sehr gut. Ich kann Ihnen nicht beipflichten, unter gar keinen Umständen. Es ist blumig und impulsiv geschrieben, mit Figuren durchwoben, es enthält vielerlei Gedanken; sehr schön. Sie haben es vielleicht ohne innere Anteilnahme gelesen, Warenka, oder waren übel gelaunt, als Sie es lasen, hatten sich vielleicht über Fedora geärgert, oder Ihnen war etwas Mißliches widerfahren. Nein, Sie müssen das einmal mit innerer Anteilnahme lesen, am besten, wenn Sie froh und guter Dinge und so recht zufrieden sind, beispielsweise, wenn Sie ein Bonbon lutschen – dann sollten Sie das lesen. Ich bestreite nicht (wer würde das?), daß es bessere Schriftsteller als Ratasjajew gibt; viel bessere sogar, aber so, wie jene gut sind, ist auch Ratasjajew gut; sie schreiben gut, und er schreibt auch gut. Er tut es für sich allein, er schreibt nur eben so und handelt recht daran, daß er ab und zu was schreibt. So, mein Herz, leben Sie wohl; hierbei lasse ich es bewenden; ich muß eilen, denn ich habe noch etwas zu erledigen. Schauen Sie zu, daß Sie Ihre Ruhe wiederfinden, mein Herz, mein Augapfel, der Herr sei mit Ihnen; ich indes verbleibe

Ihr getreuer Freund

Makar Dewuschkin

PS: Haben Sie Dank für das Buch, meine Liebe, ich werde auch Puschkin lesen; und heute abend komme ich auf jeden Fall zu Ihnen.

1. Juli

Mein lieber Makar Alexejewitsch!

Nein, mein Freund, nein, ich kann nicht länger bei Ihnen bleiben. Ich habe mir die Sache überlegt und bin zu dem Schluß gekommen, daß ich höchst verwerflich handele, wenn ich diese vorteilhafte Stellung ausschlage. Dort ist mir zumindest mein täglich Brot sicher; ich werde mir alle Mühe geben, die Gunst der fremden Menschen zu gewinnen, ich werde mich sogar befleißigen, meinen Charakter zu ändern, wenn es nötig sein sollte. Gewiß ist es hart und schmerzlich, unter fremden Menschen zu leben, auf deren Wohlwollen angewiesen zu sein, nicht auffallen zu dürfen und sich zwingen zu müssen, doch Gott wird mir beistehen. Schließlich kann ich nicht ewig so menschenscheu sein. Das war schon einmal der Fall bei mir. Ich weiß noch, wie ich als Kind in das Pensionat kam. Sonntags konnte ich zu Hause nach Belieben tollen und springen, Mutter schalt zwar bisweilen, doch das störte mich nicht, mein Herz war eitel Freude und Sonnenschein. Nahte der Abend, wurde ich todtraurig, um neun mußte ich ins Pensionat zurück, und dort war alles fremd, streng und kalt, montags waren die Gouvernanten immer so mißgelaunt, mir wurde weh ums Herz, und ich konnte nur noch weinen; ich ging in ein Eckchen und weinte still in mich hinein, die Tränen verbarg ich, es hätte sonst geheißen, ich sei zu faul zum Lernen, dabei weinte ich gar nicht deswegen. Ja, und weiter? Ich lebte mich ein, und als ich das Pensionat verließ und Abschied nahm von meinen Gefährtinnen, da weinte ich abermals. Es ist nicht recht von mir, daß ich Ihnen beiden zur Last falle. Dieser Gedanke quält mich. Ich sage Ihnen das alles so offen, weil es mir zur Gewohnheit geworden ist, zu Ihnen offen zu sein. Sehe ich denn nicht, wie Fedora immer in aller Frühe aufsteht, sich über ihre Wäsche hermacht und bis tief in die Nacht hinein arbeitet? Aber ein alter Mensch schätzt die Ruhe. Sehe ich denn nicht, wie Sie sich mir zuliebe ruinieren, wie Sie die letzte Kopeke umdrehen und für mich ausgeben? Und das bei Ihrem Einkommen, mein Freund! Sie schreiben, Sie werden Ihr Letztes verkaufen, aber mich nicht dem Elend überlassen. Ich glaube es, mein Freund, ich glaube an Ihr gutes Herz, aber das sagen Sie heute. Sie sind jetzt unverhofft zu Geld gekommen, Sie haben eine Gratifikation erhalten, aber danach, was wird danach? Sie wissen selber, ich bin immer leidend; ich kann nicht arbeiten wie Sie, auch wenn ich es herzlich gern wollte, außerdem ist nicht immer Arbeit vorhanden. Was bleibt mir also übrig? Mich abzuhärmen und zwei armen Wesen, Ihnen beiden, zuzuschauen. Wie könnte ich Ihnen auch nur im mindesten nützlich sein? Und wieso bin ich für Sie so unentbehrlich, mein Freund? Was habe ich Ihnen Gutes getan? Ihnen gilt meine innigste Zuneigung, ich liebe Sie mit der ganzen Kraft meines Herzens, aber es ist mein bitteres Los, daß ich wohl zu lieben weiß, aber auch nur das – nicht aber Gutes zu stiften und Ihnen Ihre Wohltaten zu vergelten. Halten Sie mich nicht länger zurück, überlegen Sie und sagen Sie mir Ihre abschließende Meinung. In Erwartung derselben verbleibe ich

Ihre sie liebende

W. D.

1. Juli

Unsinn, Warenka, Unsinn, schlicht und einfach Unsinn! Man braucht Sie nur allein zu lassen, schon legen Sie sich in

Ihrem Köpfchen wer weiß was zurecht. Bald finden Sie das, bald jenes nicht richtig. Aber ich sehe jetzt, das alles ist Unsinn. Sagen Sie mir nur das eine, mein Herz, was vermissen Sie bei uns? Wir haben Sie gern, Sie haben uns gern, wir alle sind froh und glücklich – was wollen Sie mehr? Nun denn, was werden Sie unter fremden Menschen tun? Wissen Sie eigentlich, was es mit dem fremden Menschen für eine Bewandtnis hat? Nein? Dann haben Sie die Güte, mich zu fragen, und ich werde Ihnen sagen, was ein fremder Mensch ist. Ich kenne ihn, mein Herz, kenne ihn gut; ich hatte Gelegenheit, sein Brot zu essen. Er ist böse, Warenka, böse, so böse, daß einem das Herz schier bricht, so quält er es mit Vorwürfen, Ermahnungen und scheelen Blicken. Bei uns haben Sie es warm und gut, behaglich wie in einem Nest. Und wir wären völlig kopflos, wenn Sie fortgingen. Was sollten wir ohne Sie anfangen; was sollte ich alter Mann dann tun? Wir brauchen Sie nicht? Sie seien uns nicht nützlich? Wieso nicht nützlich? Nein, mein Herz, überlegen Sie selbst, wieso sollten Sie uns nicht nützlich sein? Sie sind mir sehr nützlich, Warenka. Sie haben einen so wohltuenden Einfluß ... Ich denke jetzt an Sie – und bin guter Dinge ... Ich schreibe Ihnen hin und wieder einen Brief und lege alle meine Gefühle dar, und darauf erhalte ich dann eine ausführliche Antwort von Ihnen. Ich habe Ihnen ein paar Kleidungsstücke gekauft, einen Hut machen lassen; bisweilen geben Sie mir einen Auftrag, und ich habe auch diesen Auftrag ... Nein, wieso sollen Sie zu nichts nütze sein? Ja, und was sollte ich auf meine alten Tage allein beginnen, wozu würde ich noch taugen? Daran haben Sie wahrscheinlich nicht gedacht, Warenka; nein, gerade das sollten Sie bedenken – wozu taugt er noch, wenn ich nicht mehr da bin? Ich habe mich so sehr an Sie gewöhnt, meine Liebe. Und was wäre das Ende? Ich würde in die Newa gehen, dann wäre alles aus. Ja, wirklich, Warenka, das würde geschehen; was bliebe mir denn ohne Sie anderes übrig? Ach, Warenka, meine Liebe! Sie wollen anscheinend, daß mich ein Fuhrmann nach Wolkowo bringt; daß nur ein altes Bettelweib hinter meinem Sarg herschlurft, daß man mich dort im Sand verscharrt und seiner Wege geht, mich dort allein läßt. Das wäre Sünde, mein Herz, Sünde! Wahrhaftig, das wäre eine Sünde, bei Gott, das wäre es! Ihr Buch schicke ich Ihnen zurück, Warenka, liebste Freundin, und wenn Sie wissen wollen, liebste Freundin, was ich von Ihrem Buch halte, dann kann ich nur sagen, daß ich im Leben nichts Schöneres gelesen habe. Ich frage mich jetzt, mein Herz, wie ich bis auf den heutigen Tag ein solcher Narr – der Herr verzeih mir – habe sein können? Was habe ich getrieben? Was bin ich für ein Hinterwäldler? Nichts weiß ich, mein Herz, nichts, aber auch gar nichts! Ich will es Ihnen rundheraus sagen, Warenka, ich bin ungebildet, ich habe bislang wenig gelesen, sehr wenig, so gut wie nichts; das „Bildnis des Menschen", ein gescheites Werk, habe ich gelesen, dann noch den „Kleinen Glockenspieler" und die „Kraniche des Ibykus", das ist alles, mehr kenne ich nicht. Jetzt habe ich in Ihrem Buch den „Postmeister" gelesen, und ich sage Ihnen, mein Herz, da lebt man nun so dahin und ahnt nicht, daß es ganz in der Nähe ein Buch gibt, wo das eigene Leben wie auf der Handfläche vor einem ausgebreitet liegt. Und was einem vor langer Zeit entfallen ist, das kommt einem, beginnt man so ein Buch erst zu lesen, allmählich wieder in Erinnerung, wird greifbar und verständlich. Und noch aus einem anderen Grunde habe ich schließlich Ihr Buch schätzengelernt – manches Werk, mag es sein, wie es will, das liest und liest man, aber zuweilen versteht man es beim besten Willen nicht, so verzwickt ist es. Ich beispielsweise bin begriffsstutzig, bin von Natur aus begriffsstutzig und kann darum nicht allzu anspruchsvolle Sachen lesen, aber so etwas lese ich, als hätte ich es selber geschrieben, als wäre das, bildlich gesprochen, mein eigenes Herz, so wie es in mir ist, als hätte ich es genommen, vor aller Augen das Innerste nach außen gekehrt und alles ausführlich geschildert – so ist mir dabei. Und die Geschichte ist so einfach, mein Gott, und wie! Wahrhaftig, ich hätte genauso geschrieben. Warum sollte ich es nicht? Ich empfinde doch das gleiche, ganz das gleiche, genauso wie in dem Buch, ich habe mich bisweilen selber in solchen Lebenslagen befunden wie beispielsweise dieser

Samson Wyrin, der arme Teufel. Ja, und wie viele solcher Samson Wyrins, solcher bedauernswerter Pechvögel, sind unter uns. Und wie gekonnt ist alles geschildert! Mir wären beinahe die Tränen gekommen, mein Herz, als ich las, wie er, der Sünder, sich bis zur Bewußtlosigkeit betrinkt, wie er sich grämt, den ganzen Tag lang unter seinem Schafspelz liegt und schläft, wie er sein Leid in Punsch ertränken will und wie er bitterlich weint und sich die Augen mit den schmutzigen Rockschößen wischt, wenn er an sein verlorenes Schäfchen, an seine Tochter Dunjascha, denkt. Ja, das ist naturgetreu! Lesen Sie es nur – das ist naturgetreu, das lebt! Ich habe dergleichen selber gesehen, das alles lebt hier gleich neben mir; nehmen wir zum Beispiel Therese – doch warum so weit gehen? – auch unser armer Beamter, er ist doch genauso ein Samson Wyrin, nur daß er *Gorschkow* heißt. Es ist eine alltägliche Geschichte, mein Herz, sie kann sowohl Ihnen als auch mir zustoßen. Auch einem Grafen, der auf dem Newski-Prospekt oder an der Newa wohnt, auch ihm kann es so ergehen, nur daß er eine andere Figur abgeben würde; denn die haben ihre eigene Art, einen feineren Ton, aber ergehen könnte es ihm genauso, und auch mir könnte so etwas zustoßen. So ist das, mein Herz, und da wollen Sie fort von uns; ich würde der Sünde erliegen, Warenka. Sie könnten sich und mich damit ins Verderben stürzen, meine Liebe. Ach, Sie mein Augapfel, schlagen Sie sich um Gottes willen alle diese aberwitzigen Gedanken aus Ihrem Köpfchen und martern Sie mich nicht unnötig. Ja, woher wollten Sie denn, Sie mein schwaches, unbefiedertes Vögelchen, etwas zu essen nehmen, wie dem Verderb, den Bösewichten entgehen? Lassen Sie es gut sein, Warenka, und bessern Sie sich; hören Sie nicht auf törichte Ratschläge und üble Nachrede, lesen Sie vielmehr Ihr Buch noch einmal, und lesen Sie es aufmerksam, es wird von Gewinn für Sie sein.

Ich habe mit Ratasjajew über den „Postmeister" gesprochen. Er sagte, das sei alles veraltet und jetzt seien Bücher mit Bildchen und allerlei Darstellungen in Mode; ich habe eigentlich gar nicht recht verstanden, was er meinte. Er schloß damit, daß Puschkin gut sei und das Lob des heiligen Rußlands gesungen habe, und noch manch anderes wußte er von ihm zu sagen. Ja, das ist sehr gut, Warenka, sehr gut, lesen Sie also das Buch noch einmal aufmerksam durch, befolgen Sie meine Ratschläge und beglücken Sie mich alten Mann mit Ihrem Gehorsam. Der Herr wird es Ihnen lohnen, meine Liebe, ganz gewiß wird er es Ihnen lohnen.

Ihr aufrichtiger Freund

Makar Dewuschkin

6. Juli

Gnädiger Herr Makar Alexejewitsch!

Heute brachte mir Fedora fünfzehn Silberrubel. Wie hat sie sich gefreut, die Arme, als ich ihr drei Rubel schenkte! Ich schreibe Ihnen in aller Eile. Ich schneidere jetzt eine Weste für Sie – entzückend der Stoff, gelb mit Blümchen. Anbei schicke ich Ihnen ein Buch mit allerlei Erzählungen; einige habe ich gelesen; die mit dem Titel „Der Mantel“ müssen Sie lesen. Sie dringen in mich, ich solle mit Ihnen ins Theater gehen. Wird das nicht zu teuer? Allenfalls auf den obersten Rang. Ich bin schon so lange nicht mehr im Theater gewesen, weiß gar nicht, wann zum letztenmal. Aber schon wieder kommen mir Bedenken, ob ... könnte dieses Unternehmen zu teuer werden? Fedora schüttelt nur den Kopf. Sie meint, Sie lebten neuerdings über Ihre Verhältnisse, und das sehe ich ja auch; was Sie allein für mich ausgegeben haben! Seien Sie auf der Hut, mein Freund, daß kein Unheil daraus erwächst. Fedora hat mir ohnehin von gewissen Gerüchten erzählt, Sie hätten, wie es scheint, Streit mit Ihrer Wirtin bekommen, weil Sie ihr Geld schulden; ich bange sehr um Sie. So, nun leben Sie wohl; ich muß mich beeilen. Habe eine Kleinigkeit zu erledigen; ich will die Hutbänder erneuern.

W. D.

PS: Wissen Sie, wenn wir ins Theater gehen, dann setze ich meinen neuen Hut auf und ziehe eine schwarze Mantille an. Ob das hübsch aussieht?

7. Juli

Gnädiges Fräulein Warwara Alexejewna!

... Immer wieder komme ich auf die Sache von gestern zurück. Ja, mein Herz, auch wir haben einst Torheiten begangen. Ich hatte mich in eine kleine Schauspielerin verliebt, bis über beide Ohren; nun wäre daran nichts Besonderes, doch eigentümlich – ich hatte sie so gut wie nie gesehen, war nur ein einziges Mal im Theater gewesen, und trotzdem verliebte ich mich in sie. Damals wohnte ich Wand an Wand mit fünf jungen Männern, einem ausgelassenen Völkchen. Mit diesen kam ich zusammen, zwar ungewollt, obwohl ich immer darauf bedacht war, einen angemessenen Abstand von ihnen zu wahren. Nun ja, um nicht zurückzustehen, gab ich ihnen in allem recht. Was erzählten sie mir nicht alles von dieser Schauspielerin! Jeden Abend, sobald Vorstellung war, zog die ganze Gesellschaft, der es mitunter am Nötigsten fehlte, ins Theater, auf die Galerie, und dann wurde die Schauspielerin immer wieder mit Beifall überschüttet und herausgerufen – sie gebärdeten sich wie toll! Und danach ließen sie einen nicht schlafen; die ganze Nacht hindurch redeten sie von ihr, jeder nannte sie seine Glascha, alle waren sie in sie verliebt, alle trugen sie ein und dasselbe Bild im Herzen. Auch mich Wehrlosen hatten sie aufgestachelt; ich war damals noch ein ganz junges Bürschchen. Ich weiß selber nicht, wie ich mit ihnen ins Theater gekommen bin, auf den vierten Rang, die Galerie. Sehen konnte ich nur ein Stückchen Vorhang, doch dafür alles hören. Die Schauspielerin hatte wirklich ein allerliebstes Stimmchen – wie eine Nachtigall so hell und voller Schmelz. Wir klatschten uns die Hände wund und schrien und schrien, kurzum, man war schon drauf und dran, zu uns heraufzukommen, und einer wurde tatsächlich hinausbefördert. Ich kam nach Hause und war wie berauscht! Einen Rubel hatte ich noch in der Tasche, und bis zur Gehaltszahlung waren es noch gute zehn Tage. Und was glauben Sie, mein Herz, was ich tat? Am nächsten Tag ging ich noch vor dem Dienst in eine französische Parfümerie und kaufte dort für mein gesamtes Kapital Parfüm und duftende Seife – ich weiß auch nicht mehr, weshalb ich das alles kaufte. Mittags aß ich nicht zu Hause, sondern promenierte die ganze Zeit unter ihrem Fenster. Sie wohnte auf dem Newski-Prospekt, in der dritten Etage. Dann ging ich nach Hause, ruhte ein Stündchen und ging wieder auf den Newski-Prospekt, um unter ihren Fenstern zu promenieren. Anderthalb Monate trieb ich das so; stellte ihr regelrecht nach; immer wieder nahm ich mir eine elegante Droschke und raste an ihren Fenstern vorüber; ich wurde verschwenderisch, machte Schulden, und dann war es plötzlich mit der Liebe aus – ich war es leid! Da sehen Sie, mein Herz, was eine Schauspielerin aus einem braven Mann machen kann. Aber ich war damals noch ein junges Bürschchen, ein blutjunges! ...

M. D.

8. Juli

Mein gnädiges Fräulein Warwara Alexejewna!

Ich beeile mich, Ihnen Ihr Buch, das ich am 6. dieses Monats erhielt, wieder zuzustellen, gleichzeitig möchte ich in diesem meinem Brief Ihnen einiges erklären. Es ist nicht schön von Ihnen, mein Herz, wahrlich nicht schön, daß Sie mich in diese Zwangslage versetzen. Mit Verlaub, mein Herz, einem jeden ist sein Platz im menschlichen Leben vom Allerhöchsten zugewiesen. Dem einen ist es beschieden, Generalsepauletten zu tragen, dem anderen, als Titularrat seines Amtes zu walten, dem einen, zu gebieten, dem anderen, in Furcht und Demut zu gehorchen. Das ist ganz nach der Fähigkeit eines jeden Menschen eingerichtet, der eine besitzt die, der andere jene, und wer welche Fähigkeit besitzt, liegt allein in Gottes Ratschluß. An die dreißig Jahre schon stehe ich im Dienst, ich versehe ihn untadlig, mein Lebenswandel ist einwandfrei, und noch nie hat man mir Unregelmäßigkeiten nachsagen können. Als Bürger habe ich – nach eigener Erkenntnis – Schwächen, aber auch Vorzüge. Meine Vorgesetzten schätzen mich, selbst Exzellenz ist mit mir zufrieden, und wenn ich auch bislang kein Zeichen sonderlichen Wohlwollens wahrgenommen habe, so weiß ich doch, daß Exzellenz zufrieden ist. Mein Haar ist im Dienst ergraut, einer schweren Sünde bin ich mir nicht bewußt. Gewiß, wer sündigt nicht im kleinen? Ein jeder sündigt, sogar Sie, mein Herz! Aber größere Vergehen und Eigenmächtigkeiten kann man mir nicht nachsagen; daß ich vielleicht gegen Bestimmungen verstoßen oder die öffentliche Ordnung gestört hätte – so etwas habe ich mir nicht zuschulden kommen lassen, so etwas hat es nicht gegeben; sogar einen kleinen Orden sollte ich bekommen – nun ja, sei's drum! All dies müßten Sie, mein Herz, doch bestens wissen, und auch er hätte es wissen müssen; wenn er sich schon daranmacht, so etwas zu schreiben, hätte er das alles wissen müssen. Nein, mein Herz, das hätte ich nicht von Ihnen erwartet, nein, Warenka! Gerade von Ihnen hätte ich dergleichen nicht erwartet.

Was denn? Das bedeutet ja, daß ich in meinen eigenen vier Wänden, wie immer es dort auch sein mag, nicht mehr sicher bin; ich kann, wie das Sprichwort sagt, kein Wässerchen trüben, füge niemandem ein Leid zu, fürchte Gott und kenne mich selbst, aber ich möchte, daß man auch mir nichts zuleide tut, daß man nicht in meine Hütte eindringt und nachschaut, wie es um meinen Hausstand bestellt ist, ob ich beispielsweise eine gute Weste besitze, ob ich, wie es sich schickt, Unterwäsche trage, ob ich Stiefel habe und wie sie besohlt sind, was ich esse, trinke und abschreibe ... Und was ist schon dabei, meine Liebe, wenn ich an Stellen, wo das Straßenpflaster schlecht ist, auf Zehenspitzen gehe, um die Stiefel zu schonen! Warum muß man vom anderen schreiben, daß er zuzeiten darbt und sich keinen Tee leisten kann? Als ob jedermann durchaus Tee trinken müßte! Ja, schaue ich denn jedem in den Mund, um zu sehen, was er da für einen Bissen kaut? Wem bin ich auf solche Weise zu nahe getreten? Nein, mein Herz, warum soll ich andere kränken, wenn man mich selbst in Ruhe läßt? An einem Beispiel will ich Ihnen zeigen, Warwara Alexejewna, wie sich das verhält. Da dient man jahraus, jahrein, eifrig und beflissen – und wie! –, sogar die Vorgesetzten schätzen einen (in welchem Maße, das sei dahingestellt, aber immerhin schätzen sie einen), und dann wird plötzlich unter deiner Nase, mir nichts, dir nichts, ohne jeden ersichtlichen Grund so ein Pasquill ausgeheckt. Gewiß, es trifft zu, man läßt sich bisweilen etwas Neues anfertigen, man freut sich, kann vor Freude nicht schlafen, neue Stiefel, zum Beispiel, ziehe ich mit wahrer Wollust an, das stimmt, dergleichen habe ich dabei empfunden; denn es ist gar zu schön, wenn man sein Bein in einem feinen, eleganten Stiefel sieht – das ist sehr treffend geschildert! Und dennoch muß ich mich wirklich wundern, daß Fjodor Fjodorowitsch dieses Buch hat achtlos durchgehen lassen, ohne sich dagegen zu verwahren. Freilich, er ist für sein hohes Amt noch recht jung und beliebt mitunter zu schimpfen, doch warum sollte er nicht schimpfen? Warum sollte er nicht schnauzen, wenn unsereiner es verdient hat? Aber nehmen wir beispielsweise an, er schnauzt nur der Form halber – ja, auch das darf er; er muß die Leute zur Arbeit anhalten, er muß ihnen Angst machen; denn – unter uns gesagt, Warenka – ohne Angst würde unsereiner keinen Finger rühren, jeder ist doch nur darauf bedacht, irgendwo eine Anstellung zu ergattern, damit er sagen kann, ich habe den und den Posten, aber mit Arbeit bleibe man ihm lieber vom Halse. Und da es verschiedene Dienstränge gibt und jeder Dienstrang ein ihm genau angemessenes Donnerwetter erfordert, so ist es nur natürlich, daß auch der Ton des Donnerwetters dienstrangmäßig abgestuft wird – das liegt in der Natur der Dinge. Die Welt beruht darauf, mein Herz, daß einer dem anderen gegenüber tonangebend ist, daß einer den anderen anschnauzt. Ohne diese Vorsichtsmaßregel ginge die Welt aus den Fugen, und um alle Ordnung wäre es geschehen. Ich staune wirklich, daß Fjodor Fjodorowitsch eine solche Schmähung hat achtlos durchgehen lassen.

Wozu wird dergleichen geschrieben? Wozu ist das nötig? Ob mir deswegen einer von den Lesern einen Mantel macht oder neue Schuhe kauft? Nein, Warenka, er liest das und verlangt noch nach einer Fortsetzung. Da ziehe ich mich mitunter gänzlich zurück, verkrieche mich, verberge meine wunden Punkte, wage so manches Mal nicht, meine Nase blicken zu lassen, weil ich vor dem Gerede zittere, weil man alles, alles auf der Welt zum Pasquill verarbeitet, und nun zieht auf einmal mein ganzes Berufs- und Privatleben durch die Literatur, alles wird gedruckt, gelesen, belacht und bekrittelt! Ich werde mich hier nicht mehr auf der Straße zeigen dürfen; denn in der Erzählung wird ja alles so haarklein geschildert, daß man unsereinen jetzt schon am Gang erkennt. Ja, hätte der Verfasser das alles wenigstens zum Schluß hin richtiggestellt, es etwas abgeschwächt, hätte er, zum Beispiel nach jener Stelle, wo sie dem armen Beamten Papierschnitzel auf den Kopf rieseln lassen, geschrieben, daß er, sozusagen, trotz allem ein braver, tugendsamer Bürger war, der es nicht verdiente, von seinen Kollegen so gehänselt zu werden, der seinen Vorgesetzten Gehorsam zollte (hier könnte man ein Beispiel anführen), keinem Menschen Böses wünschte, der an Gott glaubte und beweint wurde, als er gestorben war (wenn er schon wollte, daß er unbedingt stirbt). Das beste wäre jedoch, er ließe den armen Teufel nicht sterben, sondern gäbe der Sache eine solche Wendung, daß sein Mantel gefunden wird, daß der General, nachdem er Näheres von seinen Vorzügen erfahren hat, ihn in seine Kanzlei versetzen läßt, ihn befördert und ihm ein auskömmliches Gehalt gibt; begreifen Sie, das sähe dann so aus: das Böse wäre geahndet worden, die Tugend hätte triumphiert, und die Amtsbrüder aus der Kanzlei hätten allesamt das Nachsehen gehabt. Ich zum Beispiel hätte es so eingerichtet; aber so – was ist daran Besonderes, was ist daran Schönes? Es ist eine belanglose, abgeschmackte Alltagsgeschichte. Wie sind Sie nur darauf gekommen, mir solch ein Buch zu schicken, meine Liebe? Es ist ein boshaftes Buch, Warenka, es ist einfach nicht wahr, es kann doch nicht sein, daß es so einen Beamten gibt. Über so etwas müßte man sich beschweren, Warenka, offiziell beschweren.

Ihr gehorsamster Diener

Makar Dewuschkin

27. Juli

Gnädiger Herr Makar Alexejewitsch!

Die letzten Ereignisse und Ihre Briefe hatten mich überrascht, erschreckt, und meine Ratlosigkeit war groß, doch Fedoras Berichte erklärten mir dann alles. Nur warum gleich verzweifeln, warum sich plötzlich abgrundtief sinken lassen, wie Sie es tun, Makar Alexejewitsch? Ihre Erklärungen haben mich keineswegs befriedigt. Sehen Sie, war ich nicht im Recht, als ich es mir seinerzeit nicht ausreden lassen wollte, die gute Stelle anzunehmen, die man mir bot? Überdies hat mir die letzte Affäre keinen geringen Schrecken eingejagt. Sie sagen, Ihre Liebe zu mir habe Sie bewogen, mir manches zu verheimlichen. Daß ich tief in Ihrer Schuld stehe, wußte ich bereits, als Sie beteuerten, Sie würden für mich nur Ihr Erspartes ausgeben, das für alle Fälle auf der Bank liege. Jetzt, da ich erfahren habe, daß Sie gar kein Geld besaßen, daß Sie, als Sie durch Zufall von meiner Not hörten, gerührt waren und beschlossen, sich Ihr Gehalt vorschießen zu lassen und es für mich zu verwenden, daß Sie sogar Ihren Anzug verkauften, als ich krank war – jetzt, da all dies offenbar geworden ist, befinde ich mich in einer so qualvollen Lage, daß ich einfach nicht weiß, wie ich es aufnehmen und was ich davon halten soll. Ach, Makar Alexejewitsch, Sie hätten es bei Ihren ersten Wohltaten, zu denen Mitleid und verwandtschaftliche Liebe Sie bewogen, bewenden lassen sollen und hätten späterhin kein Geld für unnötige Dinge verschwenden dürfen. Sie haben unserer Freundschaft einen schlechten Dienst erwiesen, Makar Alexejewitsch, Sie waren nicht offen gegen mich, und jetzt, da ich sehe, daß Sie Ihr letztes Geld für mich ausgegeben haben, für Kleidung, Konfekt, Spaziergänge, Theaterbesuche und Bücher, jetzt zahle ich für all das teuer, indem ich meinen unverzeihlichen Leichtsinn bereue (habe ich es doch von Ihnen angenommen, ohne mich um Sie zu sorgen); und alles, womit Sie mir Freude machen wollten, hat sich jetzt für mich in bitteres Leid verkehrt, hat nichts als nutzlose Reue hinterlassen. Wohl ist mir aufgefallen, wie niedergeschlagen Sie in letzter Zeit waren, aber wenn ich auch bangen Herzens auf etwas gefaßt war, das, was jetzt geschehen ist, wäre mir nie in den Sinn gekommen. Wie konnten Sie sich in Ihrer Verzweiflung so gehenlassen, Makar Alexejewitsch! Was werden diejenigen, die Sie kennen, jetzt von Ihnen denken, was werden sie jetzt sagen? Sie, der Sie ob Ihrer Herzensgüte, Enthaltsamkeit und Vernunft bei mir und aller Welt so hoch in Ansehen standen, sind jetzt plötzlich einem so gräßlichen Laster verfallen, das man eigentlich nie zuvor an Ihnen bemerkt hat. Wie war mir zumute, als Fedora erzählte, man habe Sie betrunken auf der Straße gefunden und in Polizeibegleitung nach Hause gebracht! Ich war starr vor Entsetzen, obwohl ich, da Sie seit vier Tagen verschollen waren, mit etwas Außergewöhnlichem gerechnet hatte. Haben Sie sich denn überlegt, Makar Alexejewitsch, was Ihre Vorgesetzten sagen werden, wenn sie den wahren Grund Ihrer Abwesenheit erfahren? Sie sagen, alle lachen über Sie, alle wissen um unser Verhältnis und auch mein Name falle in den spöttischen Bemerkungen Ihrer Nachbarn. Achten Sie nicht darauf, Makar Alexejewitsch, und beruhigen Sie sich um Gottes willen. Mich erschreckt immer noch Ihre Geschichte mit jenen Offizieren; ich habe davon munkeln hören. Bitte erklären Sie mir, was für eine Bewandtnis es damit hat. Sie schreiben, Sie hätten nicht gewagt, sich mir anzuvertrauen, hätten befürchtet, durch ein Geständnis meine Freundschaft zu verlieren, Sie seien verzweifelt gewesen, da Sie nicht wußten, wie meiner Krankheit zu begegnen sei, Sie hätten alles verkauft, um mich zu unterstützen und mir das Spital zu ersparen, hätten sich Geld geliehen, soviel Sie nur konnten, und hätten alle Tage Unannehmlichkeiten mit Ihrer Wirtin – doch indem Sie mir das alles verschwiegen haben, wählten Sie das schlimmere Übel. Denn jetzt habe ich doch alles erfahren. Sie hatten Skrupel, mich zu dem Eingeständnis zu zwingen, daß ich der Grund Ihrer mißlichen Lage war, aber jetzt haben Sie mir mit Ihrem Verhalten doppelten Kummer bereitet. Das ist so überraschend für mich gekommen, Makar Alexejewitsch. Ach, mein Freund, Unglück ist eine ansteckende Krankheit. Unglückliche und Arme sollten einander meiden, um sich nicht noch mehr zu infizieren. Ich habe Ihnen Unglück gebracht, wie es Ihr stilles, zurückgezogenes Dasein nie gekannt hat. Das alles quält, tötet mich.

Schreiben Sie mir jetzt ausführlich, was Sie alles erlebt und warum Sie sich zu so einem Schritt entschlossen haben. Beruhigen Sie mich, wenn Sie können. Nicht Eigensucht bewegt mich, jetzt von meiner Ruhe zu sprechen, sondern Freundschaft und Liebe, die aus meinem Herzen nicht zu verdrängen sind. Leben Sie wohl. Voller Ungeduld harre ich Ihrer Antwort. Sie haben schlecht von mir gedacht, Makar Alexejewitsch.

Ihre Sie innig liebende

Warwara Dobrosselowa

28. Juli

Meine liebe, teure Warwara Alexejewna!

Nun, da alles vorüber ist und sich alles nach und nach ordnet, teile ich Ihnen, mein Herz, folgendes mit: Sie sind besorgt, was man von mir denken könnte, Warwara Alexejewna, worauf ich Ihnen umgehend erkläre, daß mir nichts über meine Würde geht. Deshalb unterrichtete ich Sie auch von meinem Mißgeschick und allen diesen Verfehlungen, und ich versichere Ihnen, daß meine Vorgesetzten bislang nichts erfahren haben und auch nichts erfahren werden, so daß ich nach wie vor ihrer aller Wertschätzung gewiß sein kann. Eines nur fürchte ich: üble Nachrede. Die Wirtin hier hat erst gezetert, doch jetzt, da ich mit Ihren zehn Rubeln einen Teil meiner Schuld getilgt habe, brummt sie nur noch, weiter nichts. Was die anderen betrifft, so sind sie harmlos; man darf sie nur nicht um Geld angehen, ansonsten aber sind sie harmlos. Und zum Schluß meiner Erklärungen möchte ich Ihnen sagen, mein Herz, daß ich die Wertschätzung, die Sie für mich hegen, höher veranschlage als alles in der Welt und daß sie mir jetzt, in meinem zeitweiligen Irrsal, unendlichen Trost spendet. Gott sei Dank, der erste Schlag und die ersten heiklen Eröffnungen sind vorüber, und Sie halten mich nicht für treulos und selbstsüchtig, weil ich Sie an mich gebunden und Sie hintergangen habe; ich hätte nicht die Kraft, mich von Ihnen zu trennen, und liebe Sie als meinen kleinen Engel. Voller Eifer versehe ich jetzt wieder den Dienst und komme meinen Obliegenheiten gebührend nach. Nicht ein Wort hat Jewstafi Iwanowitsch verloren, als ich gestern an ihm vorbeiging! Ich verhehle Ihnen nicht, mein Herz, daß mich meine Schulden und der üble Zustand meiner Garderobe arg bedrücken, aber auch das ist nicht der Rede wert, und ich flehe Sie an, verzagen Sie deshalb nicht, mein Herz. Sie schicken mir noch einen halben Rubel, Warenka, und dieser halbe Rubel zerreißt mir das Herz. So weit ist es also gekommen, so weit, nicht ich alter Narr stehe Ihnen, meinem Engelchen, bei, sondern Sie, mein armes Waisenkindchen, mir! Es war tüchtig von Fedora, daß sie Geld beschafft hat. Ich habe vorderhand keine Aussicht, welches zu bekommen, mein Herz, sobald aber wieder eine Hoffnung besteht, schreibe ich Ihnen Näheres. Was mich am meisten beunruhigt, das ist der Klatsch, der böse Klatsch. Leben Sie wohl, mein Engelchen. Ich küsse Ihr Händchen und bitte Sie inständig, werden Sie gesund. Ich schreibe nicht ausführlicher, weil die Pflicht mich ruft; denn mit Fleiß und Umsicht möchte ich meine dienstlichen Verfehlungen wiedergutmachen; die Schilderung aller anderen Erlebnisse und des Abenteuers mit den Offizieren verschiebe ich daher bis zum Abend.

Ihr Sie verehrender und von Herzen liebender

Makar Dewuschkin

28. Juli

Ach, Warenka, Warenka! Jetzt ist die Sünde auf Ihrer Seite und wird Ihr Gewissen belasten. Mit Ihrem Briefchen haben Sie mich vollends verwirrt und kopfscheu gemacht, erst jetzt, da ich Muße habe, in mein Herz zu schauen, sehe ich, daß es recht war, völlig recht, was ich tat. Ich spreche nicht von meinem Skandal (vorbei, mein Herz, vorbei!), sondern davon, daß ich Sie liebe und es beileibe nicht unvernünftig war, Sie zu lieben, beileibe nicht. Mein Herz, Sie wissen nicht Bescheid; wüßten Sie, wie sich alles verhält, warum ich Sie lieben muß, Sie hätten andere Worte für mich gefunden. Sie reden nur so vernünftig daher; ich bin sicher, in Ihrem Herzen sieht es ganz anders aus.

Meine Liebe, ich kann mich selber nicht genau entsinnen, was ich mit den Offizieren erlebt habe. Dazu muß ich erwähnen, mein Engelchen, daß ich zu jener Zeit in fürchterlicher Bedrängnis war. Vergegenwärtigen Sie sich, mein Schicksal hing schon seit einem Monat gewissermaßen an einem seidenen Faden. Es stand schlimm um mich. Vor Ihnen hielt ich mich verborgen, zu Hause desgleichen, doch meine Wirtin schrie Zeter und Mord. Nun hätte mich das nicht gestört. Mochte sie zetern, das nichtswürdige Frauenzimmer, aber erstens war es eine Schande, und zweitens hatte sie Wind von unserem Verhältnis bekommen – weiß der Himmel, woher – und posaunte nun Dinge im Hause aus, daß ich starr war vor Entsetzen und mir die Ohren zuhielt. Nicht so freilich die anderen, die spitzten nämlich die Ohren. Ich weiß jetzt noch nicht, mein Herz, wo ich bleiben soll …

Sehen Sie, mein Engelchen, alles das, dieser ganze Wust von Mißgeschicken, hatte mich vollends zermürbt. Plötzlich hörte ich von Fedora merkwürdige Geschichten, ein ruchloser Bewerber sei bei Ihnen vorstellig geworden und habe Sie mit seinem ruchlosen Antrag verletzt, tief verletzt, ich urteile von mir aus, mein Herz, weil ich selber aufs tiefste verletzt war. Da nun schnappte ich über, mein Engelchen, da war es endgültig um mich geschehen. Wutentbrannt stürzte ich hinaus, meine liebe Warenka, wollte zu ihm, dem Wüstling; ich wußte gar nicht, worum es mir eigentlich ging, ich wollte nur, daß man Sie, mein Engelchen, nicht kränkte! Nun, es war trostlos! Und dazu dieser Regen, dieser Straßenkot – mir war entsetzlich traurig zumute! … Schon wollte ich kehrtmachen … Aber da geriet ich auf Abwege, mein Herz. Ich traf Jemelja, Jemeljan Iljitsch, er ist Beamter, das heißt, er war Beamter; jetzt ist er schon kein Beamter mehr, denn inzwischen ist er bei uns entlassen worden. Was er treibt, weiß ich nicht, er schlägt sich so durch; mit ihm nun zog ich los. Und dann ... aber würden Sie Freude daran haben, Warenka, von den Mißgeschicken Ihres Freundes zu lesen, von seinen Nöten und den Versuchungen, denen er ausgesetzt war? Am Abend des dritten Tages ging ich, von Jemelja aufgestachelt, zu ihm, dem Offizier. Die Adresse hatte ich von unserm Hausknecht. Da nun einmal davon die Rede ist, will ich Ihnen auch sagen, mein Herz, daß mir dieser Bursche bereits vor geraumer Zeit aufgefallen ist; ich beobachtete ihn schon, als er noch bei uns im Haus logierte. Jetzt sehe ich ein, daß ich etwas Ungebührliches getan habe, denn ich war angetrunken, als ich mich bei ihm melden ließ. Ich kann mich wahrlich an nichts erinnern, Warenka; nur daran erinnere ich mich, daß viele Offiziere zugegen waren, oder ich sah alles doppelt – weiß der Himmel! Ich erinnere mich auch nicht mehr, was ich sagte, ich erinnere mich nur, daß ich in meinem edlen Zorn vieles gesagt habe. Nun ja, da warfen sie mich hinaus, da stießen sie mich die Treppe hinab, das heißt, richtig hinabgestoßen haben sie mich eigentlich nicht, nur so hinausgedrängt. Sie wissen ja, Warenka, wie ich nach Hause gekommen bin; und das wäre auch schon alles. Gewiß, ich habe mich gehenlassen, und mein Ehrgefühl hat gelitten, doch das weiß kein Unbeteiligter, keiner außer Ihnen weiß das; ja, und aus diesem Grunde ist die Sache so gut wie gar nicht passiert. Vielleicht habe ich recht – was meinen Sie, Warenka? Ich weiß nur eines ganz genau, daß nämlich voriges Jahr Aksenti Ossipowitsch auf die gleiche Weise gegen Pjotr Petrowitsch vorgegangen ist, jedoch heimlich, er tat es heimlich. Er hatte ihn ins Zimmer des Hauswächters gerufen – ich sah alles durch einen Spalt mit an –, und dort verfuhr er dann in gebotener Weise mit ihm, aber hochanständig, weil es keiner außer mir sah, und daß ich es sah, war ohne Belang, ich meine, ich habe zu keinem Menschen etwas gesagt. Ja, und danach taten Pjotr Petrowitsch und Aksenti Ossipowitsch so, als wäre nichts geschehen. Wissen Sie, Pjotr Petrowitsch ist sehr auf sein Ansehen bedacht, und deshalb hat er zu keinem ein Wort laut werden lassen, heute grüßen sie sich wieder und geben sich die Hand. Ich bestreite nichts, Warenka, ich maße mir nicht an, mit Ihnen zu rechten, ich bin tief gesunken, und, was das schlimmste ist, ich habe meine Selbstachtung verspielt, doch das ist mir wohl an der Wiege gesungen worden, das muß mein Schicksal sein, und dem Schicksal entrinnt man nicht, wie Sie wissen. So, Warenka, das wäre die ausführliche Schilderung meiner Leiden und Mißgeschicke, es bleibt sich gleich, ob man sie liest oder nicht. Ich kränkele ein wenig, mein Herz, und habe all meinen Frohsinn eingebüßt. Indem ich Sie meiner Ergebenheit, Liebe und Hochachtung versichere, verbleibe ich, mein gnädiges Fräulein Warwara Alexejewna,

Ihr gehorsamster Diener

Makar Dewuschkin

29. Juli

Gnädiger Herr Makar Alexejewitsch!

Ich habe Ihre beiden Briefe gelesen und dabei das eine um das andere Mal laut aufgestöhnt. Hören Sie, mein Freund, entweder Sie verschweigen mir etwas und haben mir Ihre unerfreulichen Erlebnisse nur zum Teil geschildert, oder ... wirklich, Makar Alexejewitsch, Ihren Briefen merkt man noch eine gewisse Verstörtheit an ... Kommen Sie um Himmels willen zu mir, kommen Sie heute; hören Sie, Sie wissen schon, kommen Sie einfach zu uns zum Essen. Ich weiß ja gar nicht, wie es Ihnen dort drüben ergeht und wie Sie sich mit Ihrer Wirtin geeinigt haben. Von alldem schreiben Sie nichts, und mir scheint, Sie verschweigen es vorsätzlich. So, mein Freund, auf Wiedersehen; Sie müssen heute unbedingt kommen; am besten würden Sie daran tun, wenn Sie immer zum Essen zu uns kämen. Fedora kocht sehr gut. Leben Sie wohl.

Ihre Warwara Dobrosselowa

1. August

Warwara Alexejewna, mein Herz!

Sie freuen sich, mein Herz, daß Gott Ihnen eine Gelegenheit beschert hat, Gutes mit Gutem zu vergelten und sich mir dankbar zu erweisen. Ich glaube es, Warenka, glaube an die engelsgleiche Güte Ihres Herzens, nur bitte ich Sie – und das soll kein Vorwurf sein –, mir nicht wieder wie damals vorzuhalten, ich hätte auf meine alten Tage ein Lotterleben begonnen. Na schön, war es eben eine Sünde, was soll man machen! – wenn Sie unbedingt wollen, daß es Sünde war; nur, so etwas von Ihnen zu hören, liebste Freundin, das trifft mich besonders schmerzlich! Sie dürfen mir nicht zürnen, daß ich das sage; in meiner Brust ist alles öd und leer. Arme Leute sind launisch – so hat es die Natur eingerichtet. Ich habe das auch schon früher empfunden, aber jetzt empfinde ich es noch stärker. Ihm, dem Armen, ist nichts recht; er sieht die Welt mit anderen Augen und schaut jeden Vorübergehenden scheel an, verstohlen blickt er in die Runde, und bei jedem Wort spitzt er die Ohren, ob da wohl nicht von ihm die Rede ist. Daß er unansehnlich sei? Daß er das doch spüren müsse? Wie er zum Beispiel von dieser Seite aussehe, wie von jener? Jedermann weiß, ein Armer gilt weniger als ein alter Lappen und keiner achtet ihn; was sie auch schreiben, die Federfuchser, was sie auch schreiben! – für den Armen bleibt alles beim alten. Und warum bleibt es das? Weil, wie sie meinen, bei einem Armen das Innere nach außen gekehrt sein muß; weil er nichts Heiliges haben darf, kein Ehrgefühl, nichts, nichts, nichts! Dieser Tage erzählte mir Jemelja, daß früher bisweilen für ihn gesammelt worden sei, und da habe man ihn für jedes Fünfzigkopekenstück regelrecht einer amtlichen Prüfung unterzogen. Man dachte, man gebe ihm die Fünfzigkopekenstücke ganz umsonst, aber nicht doch, man zahlte dafür, damit einem ein armer Mann vorgeführt wurde. Heutzutage, mein Herz, haben eben auch Wohltaten einen eigenartigen Beigeschmack, aber vielleicht hatten sie den schon immer, wer weiß! Entweder verstehen sich die Menschen nicht mehr darauf, oder sie sind schon wahre Meister darin, eines von beiden. Wahrscheinlich haben Sie das nicht gewußt, somit wissen Sie es jetzt! Bei manch anderem Thema muß ich ja passen, aber mit diesem bin ich wohlvertraut! Wieso weiß ein Armer über all das Bescheid, und warum denkt er so? Ja, warum? Nun, aus Erfahrung! Er weiß es zum Beispiel daher, weil so ein vornehmer Herr neben ihm hergeht, weil der in einem Restaurant verschwindet und im stillen bei sich denkt: ‚Was mag dieser arme Schlucker von einem Beamten heute essen? Ich werde Sote-papiljol essen und er vielleicht Grütze ohne Butter.' Aber was geht es ihn an, daß ich Grütze ohne Butter esse? Es gibt solche Leute, Warenka, es gibt sie, die denken nur an solche Dinge. Und sie laufen herum, diese frechen Pasquillanten, und sehen, daß man nicht den ganzen Fuß aufs Pflaster setzt, sondern nur die Fußspitze; daß der und der Beamte von der und der Behörde, ein Titularrat, Stiefel trägt, aus denen die nackten Zehen hervorlugen, daß sein Rock an den Ellenbogen durchgewetzt ist, und dann setzen sie sich hin und schildern das alles, und dieser Unflat wird gedruckt ... Aber was geht es ihn an, daß an meinem Rock die Ellenbogen durchgewetzt sind? Wenn Sie mir das unfeine Wort verzeihen wollen, Warenka, dann möchte ich Ihnen sagen, ein armer Mensch hat genauso ein Schamgefühl wie beispielsweise Sie, ein junges Mädchen. Sie würden sich ja auch nicht – entschuldigen Sie wiederum das unfeine Wort – vor aller Welt entkleiden; genauso hat es auch ein armer Mann nicht gern, wenn man in seine Hundehütte späht und nachschaut, wie es um seine privaten Verhältnisse steht – so ist das. Und diese Kränkung, Warenka, hat man mir zugefügt, im Bunde mit meinen Feinden, die es auf Ehre und guten Ruf eines braven Mannes abgesehen haben!

Im Amt saß ich heute da wie ein begossenes Bärlein, wie ein gerupfter Sperling und wäre vor Scham am liebsten vergangen. Wie habe ich mich geschämt, Warenka! Es ist dem Menschen nun einmal peinlich, wenn durch die Ärmel die nackten Ellenbogen schimmern und die Knöpfe nur noch an einem Faden baumeln. Und all das war – als müßte es so sein – bei mir der Fall! Da wird man unwillkürlich mutlos.

Und das Schönste, Stepan Karlowitsch hatte heute etwas Dienstliches mit mir zu besprechen, er redete und redete, und scheinbar beiläufig fügte er hinzu: „Soso, Väterchen Makar Alexejewitsch!“ Er sprach nicht aus, was ihm sonst noch im Sinn lag, aber ich ahnte es und wurde so rot, wie mein Kopf kahl ist. Freilich, dies will im Grunde nichts besagen, trotzdem grübelt man und ist besorgt. Sie werden doch nichts erfahren haben? Der Himmel verhüte es! Ich habe, wie ich bekenne, eine Person in Verdacht, in dringendem Verdacht. Diesen Halunken ist alles zuzutrauen! Für nichts und wieder nichts würden sie verraten, was für ein Privatleben man führt, denen ist nichts heilig.

Jetzt weiß ich, wer mir das eingebrockt hat: Ratasjajew war es. Er hat einen Bekannten in unserem Amt, wahrscheinlich hat er ihm in einem Gespräch alles erzählt, mit eigenen Ausschmückungen; oder aber er hat es in seinem Amt erzählt, und es ist zu uns durchgesickert. Bei uns im Haus wissen sie genau Bescheid und zeigen mit Fingern auf Ihr Fenster; ich weiß, daß sie das tun. Als ich gestern zu Ihnen zum Essen ging, steckten sie alle die Köpfe zum Fenster heraus, und die Wirtin sagte, der Teufel hätte sich mit einem Kind eingelassen, und auch Sie bedachte sie mit einem unanständigen Wort. Aber das ist alles nichts im Vergleich zu Ratasjajews niederträchtiger Absicht, Sie und mich in seine Literatur eingehen zu lassen und in einer feinen Satire zu schildern; er sprach selber davon, und gute Menschen hier im Haus haben es mir hinterbracht. Ich bin keines Gedankens mehr fähig, mein Herz, und ratlos, was zu unternehmen ist. Es hat eben keinen Zweck, eine Sünde zu verheimlichen, wir haben Gott, den Herrn, erzürnt, mein Engelchen! Sie wollten mir, mein Herz, zum Zeitvertreib ein Buch schicken. Lassen Sie es, mein Herz. Was ist denn das – ein Buch? Eine faustdicke Lügengeschichte! Auch ein Roman ist Unfug und um des Unfugs willen geschrieben, damit Müßiggänger etwas zu lesen haben; glauben Sie mir, mein Herz, glauben Sie meiner langjährigen Erfahrung. Und wenn man Ihnen mit Shakespeare kommt und sagt, es gebe immerhin einen Shakespeare in der Literatur, dann sage ich Ihnen, auch Shakespeare ist Unfug, das alles ist purer Unfug und nur dazu da, Hohn und Spott über einen auszugießen!

Ihr Makar Dewuschkin

2. August

Gnädiger Herr Makar Alexejewitsch!

Machen Sie sich keine Sorgen; so Gott will, werden sich die Dinge wieder ordnen. Fedora hat für sich und mich eine Menge Arbeit beschafft, und wir sind guten Muts ans Werk gegangen; vielleicht können wir alles in Ordnung bringen. Fedora argwöhnt, daß an meinen letzten Unannehmlichkeiten Anna Fjodorowna nicht unschuldig ist; doch das kümmert mich jetzt nicht. Mir ist heute ungemein froh zumute. Sie wollen sich Geld leihen – davor bewahre Sie der Herr! Später, wenn es ans Zurückzahlen geht, ist dann die Not groß. Schränken Sie sich lieber ein, so wie wir es tun, kommen Sie recht oft zu uns herüber und schenken Sie Ihrer Wirtin keine Beachtung. Was die anderen betrifft, die Feindschaft und Mißgunst gegen Sie hegen, so bin ich überzeugt, Sie quälen sich mit unbegründeten Zweifeln, Makar Alexejewitsch! Sehen Sie, ich habe Ihnen doch beim letzten Male gesagt, daß Ihre Ausdrucksweise überaus holprig ist. So, leben Sie wohl, auf Wiedersehen. Ich erwarte Sie auf jeden Fall bei mir.

Ihre W. D.

3. August

Warwara Alexejewna, mein Engelchen!

Ich beeile mich, meine Herzallerliebste, Ihnen mitzuteilen, daß ich wieder etwas Hoffnung geschöpft habe. Aber erlauben sie, mein Töchterchen – Sie schreiben, mein Engelchen, ich solle mir kein Geld leihen? Mein Täubchen, es geht nicht anders; um mich selbst steht es schlecht, und auch Ihnen kann am Ende plötzlich etwas zustoßen, sie sind ja so zart; darum schreibe ich doch, daß man unbedingt Geld borgen muß. So, und nun fahre ich fort.

Sie müssen wissen, Warwara Alexejewna, daß ich im Amt neben Jemeljan Iwanowitsch sitze. Das ist nicht jener Jemeljan, den Sie kennen. Er ist wie ich Titularrat, wir beide sind beinahe die Dienstältesten und gehören zum Stamm. Er ist eine gute Seele, ein selbstloser Mensch, macht keine großen Worte, und dabei schaut er immer so bärbeißig drein. Und er ist tüchtig, mit der Feder geht er um – reine englische Handschrift, um die ganze Wahrheit zu sagen, er schreibt nicht schlechter als ich, ein ehrenhafter Mann! Ein engeres Verhältnis hat zwischen uns nie bestanden, für gewöhnlich hieß es immer nur guten Tag und guten Weg; wenn ich mitunter ein Federmesser brauchte, kam es wohl auch vor, daß ich Jemeljan Iwanowitsch darum bat, kurzum, wir sprachen miteinander nicht mehr, als es das dienstliche Zusammensein erforderte. Und da sagte er heute zu mir: „Makar Alexejewitsch, Sie sind ja so nachdenklich." Ich sah, der Mann meinte es gut, und sprach offen zu ihm – so und so, Jemeljan Iwanowitsch, das heißt, alles habe ich ihm nicht gesagt, Gott bewahre, das würde ich nie tun, dazu hätte ich nicht den Mut, so sagte ich ihm nur einiges, daß ich in der Klemme bin und dergleichen. „Väterchen", sagte Jemeljan Iwanowitsch, „Sie sollten sich etwas borgen; zum Beispiel von Pjotr Petrowitsch, der verleiht Geld auf Zinsen; ich habe mir auch schon mal ein Sümmchen geliehen; die Zinsen, die er nimmt, sind mäßig und erschwinglich." Ha, Warenka, mein Herz tat einen Sprung. Immer wieder dachte ich, hoffentlich schenkt der Herrgott Pjotr Petrowitsch, dem Wohltäter, ein Einsehen, damit er mir etwas borgt. Ich rechnete mir schon aus, wie ich meine Schulden bei der Wirtin bezahlen, Sie unterstützen und meine Sachen gründlich ausbessern könnte; denn es ist ja eine Schande, ich wage nicht mehr, so dazusitzen, ganz abgesehen davon, daß sich unsere Lästermäuler schon lustig machen, aber in Gottes Namen, sollen sie! Manchmal kommt auch Exzellenz an unserem Tisch vorüber, na, der Himmel bewahre mich, daß er einen Blick auf mich wirft und merkt, wie unziemlich ich gekleidet bin! Exzellenz hält vor allem auf Ordnung und Sauberkeit. Wahrscheinlich würde er nichts sagen, aber ich würde vor Scham vergehen, so wäre das. Folglich faßte ich mir ein Herz, bezwang, so gut es ging, meine Scheu und begab mich zu Pjotr Petrowitsch, voller Hoffnung und vor Erwartung mehr tot als lebendig – alles zugleich. Ja, Warenka, und dann ist die Sache so dumm ausgegangen! Pjotr Petrowitsch war beschäftigt, er sprach gerade mit Fedossej Iwanowitsch. Ich trat von der Seite an ihn heran und zupfte ihn am Ärmel. „Pjotr Petrowitsch, hören Sie bitte, Pjotr Petrowitsch!" Er drehte sich um, und ich fuhr fort, so und so, dreißig Rubel, und so weiter. Zuerst wollte er mich nicht verstehen, dann aber, als ich ihm alles auseinandergesetzt hatte, lachte er nur, weiter nichts, und hüllte sich in Schweigen. Ich fing wieder von vorn an. Darauf er: „Haben Sie was als Pfand?" Darauf vertiefte er sich in seine Schriftstücke, schrieb und sah mich nicht mehr an. Ich war ein wenig verlegen. „Nein, Pjotr Petrowitsch", sagte ich, „als Pfand hätte ich nichts" und erklärte, ich würde, sobald ich mein Gehalt bekäme, alles zurückzahlen, ganz bestimmt, ich hielte dies für meine erste Pflicht. Da wurde er gerufen, ich wartete, er kam zurück und begann seine Feder zu spitzen, mich aber schien er nicht zu bemerken. Immer wieder hob ich an: „Pjotr Petrowitsch, ist es denn gar nicht möglich?" Er schwieg und tat so, als hörte er nichts, und ich stand unentwegt da. So, dachte ich, jetzt probiere ich's zum letztenmal, und zupfte ihn am Ärmel. Hätte er auch nur einen Ton gesagt, aber nein, er spitzte seine Feder und fing an zu schreiben; da ging ich. Sehen Sie, mein Herz, das mögen ja alles ehrenwerte Menschen sein, aber hochmütig sind sie, sehr hochmütig – was soll ich da? Was können wir von denen erhoffen, Warenka? Darum habe ich Ihnen das auch alles geschrieben. Jemeljan Iwanowitsch hat gelacht und den Kopf geschüttelt, doch er hat mir Hoffnung gemacht, der Gute. Jemeljan Iwanowitsch ist ein wackerer Mann. Er versprach mir, mich jemand anderem zu empfehlen; der wohnt auf der Wyborger Seite und verleiht ebenfalls Geld gegen Zinsen, er ist Beamter der vierzehnten Klasse. Jemeljan meint, der werde mir ganz gewiß etwas leihen; morgen, mein Engelchen, gehe ich hin zu ihm – na? Wie finden Sie das? Schlimm wäre, wenn ich nichts bekäme. Meine Wirtin ist drauf und dran, mich hinauszuwerfen, und weigert sich, mich weiterhin zu beköstigen, und auch meine Stiefel sind in einem erbärmlichen Zustand, mein Herz, und an den Sachen fehlen die Knöpfe ... und was mir nicht noch alles fehlt. Und was, wenn einem meiner Vorgesetzten diese Unschicklichkeit auffällt? Das wäre entsetzlich, Warenka, entsetzlich, ganz einfach entsetzlich!

Makar Dewuschkin

4. August

Lieber Makar Alexejewitsch!

Um Himmels willen, Makar Alexejewitsch, borgen Sie sich so bald wie möglich ein wenig Geld; ich würde Sie unter den gegenwärtigen Umständen auf keinen Fall um Hilfe bitten, aber wenn Sie wüßten, in welcher Lage ich mich befinde! In dieser Wohnung können wir unmöglich bleiben. Ich habe die abscheulichsten Unannehmlichkeiten erlebt; wenn Sie wüßten, wie verwirrt und erregt ich bin! Also stellen Sie sich vor, mein Freund: Heute morgen trat bei uns ein fremder Mann ein, in mittleren Jahren, fast schon alt, voller Orden. Ich war verblüfft, da ich mir nicht erklären konnte, was er von uns wollte. Fedora war gerade unterwegs und kaufte ein. Er begann mich auszufragen, wie ich lebe und was ich tue, und ohne eine Antwort abzuwarten, eröffnete er mir, er sei der Onkel jenes Offiziers; er sei seinem Neffen sehr böse, weil dieser sich so rüde aufgeführt und uns im ganzen Haus in Verruf gebracht habe; er sagte, sein Neffe sei ein grüner Junge und ein Taugenichts dazu und er sei bereit, mich in seine Obhut zu nehmen; er riet mir, jungen Leuten kein Gehör zu schenken, und fügte hinzu, er teile mein Leid wie ein Vater, hege väterliche Gefühle für mich und sei bereit, mir in allem zu helfen. Ich wurde über und über rot und war keines Gedankens fähig, beeilte mich jedoch nicht, ihm zu danken. Er ergriff gewaltsam meine Hand, tätschelte mir die Wange, meinte, ich sei über alle Maßen hübsch und er sei entzückt von meinen Grübchen (weiß der Himmel, was er alles daherredete!), und am Ende wollte er mich küssen, da er ja, wie er sagte, schon ein alter Mann sei (er war so widerlich!). Da kam Fedora. Er wurde ein wenig verlegen und erklärte abermals, er schätze mich wegen meiner Bescheidenheit und Sittsamkeit und wünsche sehr, daß ich ihm vertraue. Darauf nahm er Fedora beiseite und wollte ihr unter einem merkwürdigen Vorwand Geld zustecken. Fedora hat es selbstverständlich nicht genommen. Schließlich schickte er sich an zu gehen, er wiederholte noch einmal alle seine Beteuerungen, versicherte, er werde wiederkommen und mir ein Paar Ohrringe mitbringen (es war ihm wohl selber peinlich); er riet mir, die Wohnung zu wechseln, und empfahl mir eine wunderschöne, die er im Auge habe und die mich nichts kosten würde; er sagte, er habe mich sehr liebgewonnen, da ich ein braves, vernünftiges Mädchen sei, er warnte mich noch einmal vor der sittenlosen Jugend, und zu guter Letzt eröffnete er mir, er kenne Anna Fjodorowna, und von dieser solle er mir ausrichten, daß sie mich aufzusuchen gedenke. Da durchschaute ich alles. Ich weiß nicht, wie mir geschah; zum erstenmal im Leben sah ich mich vor so einer Situation; ich war außer mir und sagte ihm gehörig die Meinung. Fedora stand mir bei, am liebsten hätte sie ihn aus dem Zimmer gejagt. Wir kamen zu dem Schluß, daß dies alles Anna Fjodorowna bewerkstelligt hatte; wie hätte er sonst von uns wissen können?

Jetzt wende ich mich an Sie, Makar Alexejewitsch, und flehe Sie an, mir zu helfen. Lassen Sie mich in dieser Lage um Gottes willen nicht im Stich! Bitte, borgen Sie sich etwas, beschaffen Sie auch nur eine kleine Summe, wir haben nichts, womit wir den Umzug bezahlen könnten, und hier dürfen wir unter keinen Umständen länger bleiben, das rät auch Fedora. Wir brauchten höchstens fünfundzwanzig Rubel; ich werde Ihnen das Geld zurückzahlen, werde es mir verdienen; Fedora wird mir in den nächsten Tagen noch mehr Arbeit besorgen, lassen Sie sich daher nicht von hohen Zinsen abhalten, achten Sie nicht darauf und gehen Sie auf alles ein. Ich zahle Ihnen alles zurück, nur versagen Sie mir um Gottes willen nicht Ihre Hilfe. Es schmerzt mich, Sie in Ihrer jetzigen Situation behelligen zu müssen, doch Sie sind meine einzige Hoffnung! Leben Sie wohl, Makar Alexejewitsch, denken Sie an mich, möge Gott Ihnen Erfolg bescheren.

W. D.

4. August

Warwara Alexejewna, mein Täubchen!

Alle diese unerwarteten Schicksalsschläge erschüttern mich! Solche schrecklichen Mißgeschicke lassen mich völlig verzagen! Nicht genug, daß dieses Pack von Speichelleckern und nichtswürdigen Tattergreisen Sie, mein Engelchen, aufs Krankenlager werfen will, auch mich wollen sie zermürben, diese Speichellecker. Und das werden sie, einen Eid schwöre ich darauf, daß sie das tun werden! Aber ich bin eher bereit zu sterben, als Ihnen meine Hilfe zu versagen! Könnte ich Ihnen nicht helfen, Warenka, würde das mein Tod sein, mein wirklicher, wahrer Tod, und helfe ich Ihnen, so fliegen Sie mir davon wie ein Vögelchen aus dem Nest, und auf dieses Vögelchen lauern schon Eulen und Raubvögel, um es totzuhacken. Das ist es, was mich quält, mein Herz. Und dann sind Sie, Warenka, noch so grausam! Wie können Sie nur! Man quält Sie, man kränkt Sie, mein nestjunges Vögelchen, Sie erleben mannigfaltiges Leid, und da grämen Sie sich noch, daß Sie mich behelligen müssen, da versprechen Sie noch, Ihre Schuld abzuarbeiten, das bedeutet, um die Wahrheit zu sagen, Sie wollen sich bei Ihrer angegriffenen Gesundheit abplagen, damit ich bei Ablauf der Frist zahlungsfähig bin. Ja, überlegen Sie doch einmal, Warenka, was Sie da sagen! Wozu wollen Sie nähen, wozu arbeiten, wozu Ihr armes Köpfchen zermartern, sich die hübschen Augen verderben und Ihre Gesundheit ruinieren? Ach, Warenka, Warenka, sehen Sie, mein Täubchen, ich tauge zu nichts, ich weiß selbst, ich tauge zu nichts, aber ich werde alles tun, damit ich zu etwas tauge! Ich werde alles überwinden, werde mich nach einer Nebenarbeit umschauen, werde für Schriftsteller abschreiben, werde zu ihnen gehen, von selbst werde ich zu ihnen gehen und mich nach Arbeit drängen; denn sie suchen doch gute Abschreiber, mein Herz, ich weiß, daß sie welche suchen, aber daß Sie sich zugrunde richten, erlaube ich nicht; diese verderbliche Absicht lasse ich Sie nicht ausführen. Ich werde mir unbedingt etwas borgen, mein Engelchen, eher will ich sterben als mir nichts borgen. Weiter schreiben Sie, mein Täubchen, ich solle vor hohen Zinsen nicht zurückschrecken – ich werde nicht zurückschrecken, mein Herz, ich werde es ganz bestimmt nicht, ich werde jetzt vor nichts mehr zurückschrecken. Ich werde, mein Herz, um vierzig Papierrubel bitten; das ist doch nicht zuviel. Warenka, was meinen Sie? Ob man mir wohl so ohne weiteres vierzig Rubel anvertrauen würde? Das heißt, ich meine, ob Sie mich wohl für fähig halten, auf den ersten Eindruck hin Vertrauen und Glaubwürdigkeit zu erwecken. Ob man sich wohl auf Grund meiner Physiognomie, auf den ersten Eindruck hin ein günstiges Urteil von mir bildet? Überlegen Sie doch mal, Engelchen, ob ich Vertrauen zu erwecken vermag. Was denken Sie darüber? Wissen Sie, ich habe so eine Angst – das ist krankhaft, wirklich krankhaft! Von den vierzig Rubeln, Warenka, lege ich fünfundzwanzig für Sie beiseite; zwei für die Wirtin, den Rest behalte ich, um meine eigenen Ausgaben zu bestreiten. Wissen Sie, der Wirtin müßte ich eigentlich mehr geben, sogar unbedingt; aber wägen Sie die Sache einmal ab, mein Herz, rechnen Sie nach, was ich alles benötige, und Sie werden sehen, daß ich einfach nicht mehr erübrigen kann, folglich brauchen wir davon nicht weiter zu reden, brauchen uns nicht den Kopf zu zerbrechen. Für einen Silberrubel kaufe ich mir Stiefel; ich weiß gar nicht, ob ich mit den alten morgen noch zum Dienst erscheinen kann. Auch ein Halstuch müßte ich haben; denn mein jetziges ist bald ein Jahr alt; aber Sie haben ja versprochen, mir aus Ihrer alten Schürze sowohl ein Tuch als auch ein Vorhemd zu machen, also kann ich das streichen. So, damit hätte ich Stiefel und Tuch. Jetzt die Knöpfe, liebste Freundin! Sie werden mir beipflichten, meine Kleine, daß es ohne Knöpfe nicht geht; und an meinem Rock sind fast die Hälfte aller Knöpfe abgerissen! Ich zittere bei dem Gedanken, Exzellenz könnte auf diese Nachlässigkeit aufmerksam werden und sagen – ja, was würde Exzellenz wohl zu mir sagen? Mein Herz, ich würde gar nicht hören, was Exzellenz sagt; denn ich wäre schon gestorben, wäre auf der Stelle vor lauter Scham gestorben, ich vergehe ja schon bei dem bloßen Gedanken daran! Ach, mein Herz! So würden denn, nachdem alles Notwendige bezahlt ist, noch drei Rubel verbleiben; die würde ich zum Lebensunterhalt und zu einem halben Pfund Tabak verwenden; denn, mein Engelchen, den Tabak mag ich nicht missen, neun Tage schon habe ich keine Pfeife mehr geraucht. Offen gestanden, ich könnte mir welchen kaufen, ohne Ihnen etwas davon zu sagen, aber mir würde das Gewissen schlagen. Sie drüben sind in Not, Sie entbehren das Nötigste, da kann ich es mir hier doch nicht wohl sein lassen; darum auch sage ich Ihnen das, damit mich keine Gewissensbisse plagen. Ich bekenne Ihnen ganz offen, Warenka, daß ich mich zur Zeit in einer höchst mißlichen Lage befinde, das heißt, ich habe so etwas wirklich nie zuvor erlebt. Die Wirtin verachtet mich, kein Mensch hat mehr Respekt vor mir; dazu diese schreckliche Bedürftigkeit, diese Schulden; und vom Dienst, wo mich meine Beamtenkollegen von jeher nicht verwöhnt haben, mag ich jetzt, mein Herz, gar nicht reden. Ich vertusche alles, bin ängstlich darauf bedacht, daß es aller Welt verborgen bleibt, ich verberge mich selber, und wenn ich zum Dienst komme, hüte ich mich, jemandem aufzufallen und über den Weg zu laufen. Nur Ihnen gestehe ich das, dazu reicht mein Mut ... Was aber, wenn er mir nichts gibt? Nein, Warenka, lieber nicht daran denken und sich nicht vorher mit solchen Gedanken belasten. Deshalb schreibe ich Ihnen das auch, um Sie zu warnen, damit Sie nicht daran denken und sich nicht mit häßlichen Gedanken quälen. Ach, mein Gott, was soll dann aus Ihnen werden! Freilich, Sie könnten dann nicht ausziehen, und wir blieben beisammen – aber nein, ich würde nicht zurückkommen, ich würde einfach irgendwo sterben, verderben. Nun habe ich Ihnen des langen und breiten geschrieben, dabei müßte ich mich rasieren, man sieht anständiger aus, und ein anständiges Aussehen wirkt immer. Nun, gebe es Gott! Ich werde beten und mich danach auf den Weg machen.

M. Dewuschkin

5. August

Allerliebster Makar Alexejewitsch!

Sie dürfen nicht auch noch verzagen! Wir haben ohnehin Kummer genug. Ich schicke Ihnen dreißig Silberkopeken; mehr kann ich nicht erübrigen. Kaufen Sie sich, was Sie am nötigsten brauchen, damit Sie wenigstens bis morgen einigermaßen leben können. Wir selber haben so gut wie nichts mehr, und ich weiß nicht, was morgen wird. Es ist traurig, Makar Alexejewitsch! Übrigens, Sie dürfen nicht traurig sein; es ist schiefgegangen, da läßt sich nichts machen! Fedora meint, so schlimm sei das gar nicht, vorderhand könnten wir in dieser Wohnung bleiben, zumal mit einem Umzug nicht viel gewonnen wäre; denn wenn sie wollen, finden sie uns überall. Es ist nur nicht schön, jetzt hier zu bleiben. Wäre die Sache nicht so traurig, würde ich Ihnen noch mehr davon schreiben.

Was für einen sonderbaren Charakter Sie haben, Makar Alexejewitsch! Sie nehmen sich alles schrecklich zu Herzen; deshalb sind Sie auch immer der unglücklichste Mensch. Ich lese Ihre Briefe sehr aufmerksam und ersehe aus jedem einzelnen, wie Sie sich meinetwegen sorgen und quälen, weit mehr als um sich selber. Natürlich sagen alle, Sie haben ein gutes Herz, aber ich sage, es ist zu gut. Ich gebe Ihnen einen freundschaftlichen Rat, Makar Alexejewitsch. Ich bin Ihnen dankbar, sehr dankbar für alles, was Sie für mich getan haben, und mir geht das alles sehr nahe; urteilen Sie selber, wie mir zumute ist, wenn ich sehe, daß Sie auch jetzt, nach all dem Mißgeschick – dessen Ursache ich unfreiwillig war –, daß Sie auch jetzt nur für mich leben, für meine Freude, mein Leid, mein Herz! Wenn jemanden alles Fremde so betroffen macht, wenn jemand so tief mitfühlt, dann hat er freilich

Grund, der unglücklichste Mensch zu sein. Als Sie heute nach dem Dienst bei mir eintraten, erschrak ich, als ich Sie anschaute. Sie waren so bleich, so verstört, so verzweifelt, nicht wiederzuerkennen – und dies, weil Sie Angst hatten, mir von Ihrem Mißerfolg zu berichten, weil Sie fürchteten, mich zu betrüben, mich zu erschrecken, als Sie aber sahen, daß ich beinahe gelacht hätte, da fiel Ihnen förmlich ein Stein vom Herzen. Makar Alexejewitsch, grämen Sie sich nicht, verzagen Sie nicht, seien Sie vernünftig, ich bitte Sie darum, flehe Sie an. Sie werden sehen, alles wird gut, alles wird sich zum Besseren wenden; aber Sie machen es sich nur schwer, wenn Sie sich dauernd mit fremder Not plagen und quälen. Leben Sie wohl, mein Freund; ich flehe Sie an, beunruhigen Sie sich meinetwegen nicht allzusehr.

W. D.

5. August

Warenka, mein Täubchen!

Nun gut, mein Engelchen, nun gut! Sie haben also beschlossen, es sei so schlimm nicht, daß ich kein Geld bekommen habe. Nun gut, ich bin, was Sie betrifft, ruhig und zufrieden. Ich bin sogar froh, daß Sie mich alten Mann nicht allein lassen und in dieser Wohnung bleiben. Ja, und um ganz offen zu sein, meine Liebe, mir lachte das Herz im Leibe, als ich Ihren Brief las, in dem Sie so Treffendes von mir schreiben und meinen Gefühlen das gebührende Lob erteilen. Ich sage das nicht aus Eitelkeit, sondern weil ich sehe, wie sehr Sie mich lieben, wenn Sie sich so um mein Herz sorgen. Nun gut, wozu jetzt von meinem Herzen sprechen! Das Herz ist ein Ding für sich; aber Sie ermahnen mich, meine Liebe, ich solle nicht kleinmütig werden. Ja, mein Engelchen, ich selbst bin der Meinung, man darf ihn nicht aufkommen lassen, den Kleinmut; schön und gut, nur sagen Sie, mein Herz, was für Stiefel ziehe ich morgen zum Dienst an! Das ist der wunde Punkt, mein Herz; und so ein Gedanke kann einen zermürben, völlig zermürben. Vor allem, meine Liebe, es geht mir ja nicht um mich selber, wenn ich verzagt bin und leide; mir ist es einerlei, und wenn ich bei klirrendem Frost ohne Mantel und Stiefel herumlaufe, ich ertrage es geduldig, es macht mir nichts aus; ich bin ein einfacher kleiner Mann – was aber sagen die Leute? Meine Feinde, all die bösen Zungen – was sagen die, wenn man ohne Mantel losgeht? Es ist doch wegen der Leute, daß man einen Mantel trägt, und auch Stiefel trägt man ihretwegen. Darum, mein Herz, meine Liebe, brauche ich Stiefel, um meine Ehre, meinen guten Namen zu bewahren; haben meine Stiefel hingegen Löcher, ist es um das eine wie das andere geschehen, glauben Sie meiner langjährigen Erfahrung, glauben Sie mir, mein Herz; hören Sie auf mich alten Mann, der Welt und Menschen kennt, nicht aber auf irgendwelche Schreiberlinge und Schmierfinken.

Aber ich habe Ihnen ja noch gar nicht im einzelnen berichtet, mein Herz, wie es mir heute eigentlich ergangen ist, was ich heute durchgemacht habe. Ich habe so viel durchgemacht, so viel seelischen Schmerz an einem einzigen Morgen erlitten wie mancher nicht in einem ganzen Jahr. Und so war es: Als erstes brach ich ganz früh auf, um ihn auch anzutreffen und noch rechtzeitig zum Dienst zu kommen. War das heute ein Regen und Schmutz! Ich hüllte mich in den Mantel, mein Augapfel, und während ich so ging, dachte ich unablässig: O Herr, vergib mir meine Sünden und laß meine Wünsche in Erfüllung gehen. Als ich an der ...er Kirche vorüberkam, schlug ich ein Kreuz und bekannte reuig all meine Sünden, aber ich besann mich, daß es sich für mich nicht ziemt, mit dem Herrgott zu handeln. Ich gab mich ganz meinen Gedanken hin und mochte nicht nach rechts noch nach links schauen; einfach so, ohne auf den Weg zu achten, ging ich dahin. Die Straßen waren leer, die wenigen Menschen, die mir begegneten, waren so geschäftig, so abgehärmt, kein Wunder – wer geht schon zu so früher Stunde und bei solchem Wetter spazieren! Ein Trupp schmutziger Arbeitsleute zog an mir vorüber, sie knufften mich, das Pack! Schüchternheit befiel mich, mir wurde bange, an das Geld mochte ich, um die Wahrheit zu sagen, gar nicht denken – ich handelte auf gut Glück, einfach auf gut Glück! Unmittelbar an der Wosnessenski-Brücke löste sich von einem Stiefel die Sohle, ich weiß auch nicht, wie ich weiterging. Und da begegnete mir unser Schreiber Jermolajew, er nahm Haltung an, stand still und blickte mir nach, als wollte er um ein Trinkgeld bitten; ach, Bruderherz, dachte ich, ein Trinkgeld, woher soll ich ein Trinkgeld nehmen? Ich war schrecklich müde und ruhte einen Augenblick aus, dann schleppte ich mich weiter. Ich schaute in die Runde, suchte etwas, wo meine Gedanken verweilen konnten, was mich zerstreuen und mir ein wenig Mut machen würde, aber nein – nirgends konnten meine Gedanken verweilen, und zu allem Übel wurde ich so schmutzig, daß es eine Schande war. Schließlich gewahrte ich in der Ferne ein gelbes Holzhaus mit einem Mezzanin in der Art eines Belvederes – so, dachte ich, das ist es, so hat es Jemeljan Iwanowitsch beschrieben – Markows Haus. (Dieser Markow, mein Herz, ist derjenige, der Geld auf Zinsen verleiht.) Ich war ganz von Sinnen, und obwohl ich wußte, daß es Markows Haus war, fragte ich einen Polizisten der Stadtwache: „Bruderherz, wessen Haus ist das?“ Der Polizist, ein Grobian, versetzte maulfaul und widerwillig, so als ärgere er sich über jemanden, es sei das Markowsche Haus. Diese Polizisten sind ja so gefühllos – aber was habe ich mit denen zu schaffen? Das alles machte einen schlechten und ungünstigen Eindruck auf mich, eines kam zum anderen; aus allem zog ich Rückschlüsse auf meine Lage, und so ist das immer. Dreimal bin ich an dem Haus vorbeigegangen, und von Mal zu Mal wurde ich elender – nein, dachte ich, der gibt mir nichts, auf keinen Fall gibt der mir was! Ich bin für ihn ein Fremder, komme mit einem heiklen Anliegen, und meine Erscheinung ist alles andere als vertrauenerweckend – na gut, dachte ich, Schicksal, nimm deinen Lauf; nur damit ich es hernach nicht bereue, wegen einer Frage werden sie mich schon nicht auffressen – und so öffnete ich zaghaft die Gartenpforte. Da hatte ich wieder Pech – ein zottiger, dummer Hofhund drang mit rasendem Gebell auf mich ein. Ja, mein Herz, immer wieder sind es solche heimtückischen kleinen Zwischenfälle, die einen schockieren, einschüchtern und alle Entschlossenheit, mit der man sich gewappnet hat, zunichte machen; ich trat also mehr tot als lebendig ins Haus, wo mir sogleich noch ein Mißgeschick widerfuhr – ich tat einen Schritt, ohne achtzuhaben, was vor meinen Füßen war, und stolperte über eine Frau, die auf dem Fußboden vor der Tür Milch aus einem Melkeimer in Krüge seihte und nun alles vergoß. Das einfältige Weib kreischte auf und zeterte los: „Wo willst du hin, was hast du hier zu suchen?" Und ein Jammern und Barmen hob an. Ich erzähle das, mein Herz, weil mir in solchen Fällen immer so etwas passiert; es ist eben mein Los; stets strauchle ich über etwas Nebensächliches. Auf den Lärm hin steckte eine alte Hexe, die Hausfrau, eine Finnin, den Kopf zur Tür heraus, ich ging stracks auf sie zu und fragte, ob Herr Markow hier wohne. „Nein", sagte sie, stand da und musterte mich von Kopf bis Fuß. „Was wollen Sie denn von ihm?" Ich erklärte ihr, so und so verhalte es sich, und Jemeljan Iwanowitsch habe mir ... nun ja, und alles andere, kurzum, ich hätte ein kleines Anliegen. Die Alte rief ihre Tochter, und diese erschien, ein älteres Mädchen, barfuß. „Ruf Vater; er ist oben bei den Mietern." Und zu mir: „Bitte, kommen Sie herein." Ich trat ein. Das Zimmer zeichnete sich durch nichts Besonderes aus, an den Wänden hingen Gemälde, alles Bildnisse von Generalen, ein Diwan und ein runder Tisch standen darin, Reseden und Balsaminen – krampfhaft überlegte ich, ob ich nicht doch noch das Weite suchen sollte, ob ich bleiben sollte oder nicht; und wahrlich, mein Herz, ich wollte davonlaufen! Ich komme lieber morgen wieder, dachte ich; morgen wird besseres Wetter sein, ich warte bis morgen, heute ist die Milch verschüttet worden, und die Generale schauen so böse drein ... Ich wollte schon zur Tür, da trat er ein – ein ganz gewöhnlicher Mann mit angegrautem Haar und kleinen verschlagenen Augen, in einem speckigen, mit einer Kordel gegürteten Morgenrock. Er erkundigte sich nach dem Grund meines Kommens, darauf ich zu ihm: So und so, und Jemeljan Iwanowitsch habe mir ... und ob ich nicht vierzig Rubel ... und die Sache sei die – aber ich sprach gar nicht zu Ende. Ich sah es seinen Augen an, daß meine

Sache verloren war. „Nein", sagte er, „der Fall ist der, ich habe kein Geld; aber was hätten Sie denn als Pfand zu bieten?" Ich begann zu erklären, daß ich nichts als Pfand bieten könne, daß mir Jemeljan Iwanowitsch ..., kurz und gut, ich erklärte ihm das Notwendige. Er hörte mir auch zu, und dann erwiderte er: „Nein! Was kümmert mich Jemeljan Iwanowitsch. Ich habe kein Geld." Na schön, dachte ich, es mußte ja so kommen; ich habe es gewußt, geahnt – ja, Warenka, das beste wäre gewesen, die Erde hätte sich unter mir aufgetan; es war so kalt, ich hatte ganz klamme Füße, und eisig lief es mir den Rücken hinunter. Ich schaute ihn an und er mich, und zwar so, als wollte er sagen: Nun troll dich schon, Mann, hier hast du nichts verloren – wäre mir das bei anderer Gelegenheit passiert, ich hätte vor Scham weder aus noch ein gewußt. „Ja, was denn, wozu brauchen Sie das Geld?" (Denn darum hatte ich ja gebeten, mein Herz!) Ich wollte schon den Mund auftun, nur um nicht so müßig dazustehen, aber er hörte gar nicht zu. „Nein", sagte er, „ich habe kein Geld, sonst mit Vergnügen." Immer wieder schilderte ich ihm meine Lage, sagte, ich brauchte ja nicht viel und würde es ihm zurückzahlen, fristgemäß zurückzahlen, ja noch ehe die Frist abgelaufen sei. Und Zinsen könne er nehmen, soviel er wolle, und ich würde es bei Gott zurückzahlen. In diesem Augenblick dachte ich an Sie, mein Herz, an all Ihre Nöte und Mißgeschicke, an den halben Rubel von Ihnen – aber nein, erwiderte er, auf Zinsen komme es ihm nicht an, ja wenn ich etwas als Pfand zu bieten hätte! Aber so habe er kein Geld, bei Gott, er habe keines, sonst mit Vergnügen. Und das beteuerte er unter Anrufung Gottes, der Halsabschneider!

Nun, meine Liebe, ich weiß heute nicht mehr, wie ich hinausgelangte, wie ich durch die Wyborger Seite ging, wie ich auf die Wosnessenski-Brücke kam, ich war zum Umfallen müde, ich fror und zitterte am ganzen Leibe, und es war schon zehn Uhr, als ich zum Dienst erschien. Ich wollte mich etwas vom Schmutze reinigen, aber Snegirjow, der Hausdiener, meinte, das gehe nicht an, ich würde die Bürste ruinieren, und „die Bürste ist fiskalisches Eigentum, mein Herr".

So begegnet man mir jetzt, mein Herz, in den Augen dieser Herrschaften bin ich nichts Besseres als ein Fußabtreter. Und wissen Sie, Warenka, was mich umbringt? Nicht das Geld, wohl aber diese Aufregung Tag für Tag, all dies Flüstern, Lächeln, Spötteln. Möglich wäre auch, daß sich Exzellenz einmal unverhofft über mich äußert – ach, mein Herz, vorbei sind die goldenen Zeiten! Heute habe ich alle Ihre Briefe noch einmal gelesen; es ist traurig, mein Herz! Leben Sie wohl, meine Liebe, der Herr behüte Sie!

M. Dewuschkin

PS: Nun wollte ich Ihnen, Warenka, meinen Kummer halb im Scherz schildern, aber wie Sie sehen, mißlingt es mir, das Scherzen. Gern hätte ich Ihnen das Vergnügen bereitet. Ich komme, mein Herz, ich komme ganz bestimmt, morgen komme ich.

11. August

Warwara Alexejewna, mein Täubchen, mein Herz! Ich bin verloren, wir beide sind verloren, wir beide zusammen, endgültig verloren. Meine Reputation, meine Ehre – alles dahin! Um mich ist es geschehen, auch um Sie, mein Herz, auch um Sie ist es, mit mir zusammen, endgültig geschehen! Und ich bin es, ich, der Sie ins Verderben gestürzt hat! Man hetzt und verachtet mich, man macht mich zum Gespött der Menschen, meine Wirtin schilt mich nur; wie hat sie mich heute angeschrieen, wie hat sie mich heruntergemacht, für sie bin ich wertloser als ein Stück Holz. Und am Abend wurde bei Ratasjajew der Entwurf eines Briefes verlesen, den ich an Sie geschrieben hatte und der mir versehentlich aus der Tasche gefallen war. Du liebe Güte, gab das eine Hänselei! Immer neue Namen fanden sie für uns, und dazu lachten sie lauthals, die Verräter! Ich ging zu ihnen hinein und bezichtigte Ratasjajew des Treuebruchs; ich sagte zu ihm, er sei ein Verräter! Doch Ratasjajew erwiderte, ich selber sei ein Verräter und nur auf Eroberungen aus. „Sie haben Geheimnisse vor uns gehabt", sagte er. „Sie sind ein Lovelace"; und jetzt heiße ich bei allen nur noch Lovelace! Hören Sie, mein Engelchen, hören Sie, die wissen jetzt alles, die sind über alles im Bilde, über Sie, meine Liebe, wissen sie Bescheid und über alles andere; was es auch sei, sie wissen es! Und das Schönste! Faldoni haut mit in diese Kerbe, er ist auf ihrer Seite; ich wollte ihn heute zum Einkauf in die Wursthandlung schicken – da weigert er sich schlankweg, er habe zu tun. „Aber das wäre deine Pflicht", sagte ich. „Das ist es nicht", versetzte er, „Sie zahlen meiner Herrin kein Geld, also habe ich Ihnen gegenüber keine Pflichten." Ich mochte die Schmähung von ihm, einem ungebildeten Kerl, nicht hinnehmen und nannte ihn einen Esel; er darauf zu mir: „Selber einer." Im Glauben, er habe dem Schnaps übermäßig zugesprochen, daß er sich so eine Dreistigkeit erlaubte, sagte ich: „Bursche, du bist betrunken!" Doch er zu mir: „Wohl weil Sie mir was spendiert haben? Als ob Sie Geld hätten, sich zu betrinken; betteln ja selber bei einer Gewissen um zehn Kopeken." Und dann fügte er noch hinzu: „Ha, ein feiner Herr!" Da sehen Sie, mein Herz, wie weit es gekommen ist! Man schämt sich, daß man lebt, Warenka! Man kommt sich vor wie ein Narr und ist übler dran als ein Landstreicher ohne Paß. Es ist ein Elend! – ich bin verloren, einfach verloren! Endgültig verloren.

M. D.

13. August

Liebster Makar Alexejewitsch! Ein Unglück nach dem anderen bricht über uns herein, ich weiß mir auch keinen Rat mehr. Was soll jetzt aus Ihnen werden, zumal Sie auf mich nicht zählen dürfen; ich habe mir heute mit dem Bügeleisen die linke Hand verbrannt; ich ließ es versehentlich fallen, und dabei verletzte es mir die Hand und verbrannte sie mir, alles zugleich. An Arbeiten ist nicht zu denken, und Fedora kränkelt seit vorgestern. Quälende Unruhe erfüllt mich. Ich schicke Ihnen dreißig Silberkopeken; das ist nahezu alles, was wir besitzen, dabei möchte ich Ihnen jetzt in Ihrer Not so gern beistehen, Gott ist mein Zeuge. Ich könnte weinen vor Ärger! Leben Sie wohl, mein Freund! Es wäre mir ein großer Trost, wenn Sie heute zu uns kämen.

W. D.

14. August

Makar Alexejewitsch! Was ist nur in Sie gefahren? Sie fürchten Gott nicht, wahrlich! Sie bringen mich einfach um den Verstand. Schämen Sie sich! Sie richten sich zugrunde, denken Sie bloß an Ihren Leumund! Sie, ein anständiger Mann mit edlem Sinn und Ehrgefühl, wenn die Leute das erfahren! Sie müssen sich zu Tode schämen! Oder tut es Ihnen gar nicht leid um Ihr graues Haar? Nun, fürchten Sie Gott! Fedora hat gesagt, sie wird Ihnen jetzt nicht mehr helfen, und auch ich werde Ihnen kein Geld mehr geben. So weit haben Sie mich gebracht, Makar Alexejewitsch! Wahrscheinlich glauben Sie, es mache mir nichts aus, daß Sie sich so unanständig aufführen; Sie wissen noch nicht, was ich Ihretwegen auszustehen habe. Ich kann mich nicht mehr im Treppenhaus sehen lassen – alle starren mich an, zeigen mit Fingern auf mich und reden entsetzliches Zeug; ja, sie sagen unverblümt, ich hätte *ein Verhältnis mit einem Trinker*. Was meinen Sie, wie mir zumute ist, wenn ich dergleichen hören muß! Werden Sie gebracht, weisen alle Mieter verächtlich auf Sie, und es heißt: „Da bringen sie den Beamten." Und ich weiß nicht, wohin, so schäme ich mich für Sie. Ich schwöre Ihnen, ich ziehe fort von hier. Ich werde mich irgendwo als Dienstmädchen, als Waschfrau verdingen, aber hier bleibe ich nicht. Ich hatte Ihnen geschrieben, Sie möchten zu mir kommen, aber Sie sind nicht gekommen. Sie kehren sich also nicht an meine Tränen und Bitten, Makar Alexejewitsch! Woher haben Sie eigentlich das Geld? Geben Sie um des Schöpfers willen auf sich acht. Sie gehen sonst zugrunde, gehen sinnlos zugrunde! Welche Schmach, welche Schande! Gestern hat Ihre Wirtin Sie nicht hereingelassen,

Sie haben im Hausflur genächtigt – ich weiß alles. Wenn Sie wüßten, wie betroffen ich war, als ich dies alles erfuhr. Kommen Sie zu uns, hier wird Ihnen wieder froh ums Herz, wir werden gemeinsam lesen und der alten Zeiten gedenken. Fedora wird von ihren Wallfahrten berichten. Tun Sie es mir zuliebe, mein Freund, und stürzen Sie sich und mich nicht ins Verderben. Ich lebe doch nur für Sie, um Ihretwillen halte ich zu Ihnen. Und da machen Sie solche Geschichten! Seien Sie ein Mann von Charakter, standhaft im Unglück; denken Sie daran, Armut ist keine Schande. Und warum verzweifeln: Es geht alles vorüber! Wenn Gott will, renkt sich alles wieder ein, nur müssen Sie jetzt einen Halt finden. Ich schicke Ihnen zwanzig Kopeken, kaufen Sie sich Tabak oder sonst etwas, wonach Ihnen der Sinn steht, aber geben Sie das Geld um Himmels willen nicht für Dummheiten aus. Kommen Sie zu uns, kommen Sie unbedingt. Möglicherweise ist Ihnen das wie eh und je peinlich, das sollte es nicht, das wäre falsche Scham. Sie brauchen bloß aufrichtige Reue mitzubringen. Vertrauen Sie auf Gott. Er wird alles zum besten fügen.

W. D.

19. August

Warwara Alexejewna, mein Herz!

Ich schäme mich, Warwara Alexejewna, mein Augapfel, schäme mich sehr. Ansonsten, meine Liebe, was ist denn dabei? Warum darf ich mein Herz nicht ein wenig erfreuen? Dann denke ich nicht mehr an meine Stiefelsohlen, denn eine Stiefelsohle ist Unfug und bleibt immer eine gewöhnliche, widerwärtige, schmutzige Stiefelsohle. Und Stiefel sind ebenfalls Unfug! Auch die griechischen Weisen sind ohne Stiefel umhergewandelt, wozu also muß sich unsereiner mit einem so nichtswürdigen Gegenstand abplagen? Warum werde ich der Stiefel wegen geschmäht und verachtet? Ach ja, mein Herz, mein Herz, Sie haben mir da allerlei geschrieben! Fedora können Sie sagen, daß sie ein albernes, launisches, streitsüchtiges Frauenzimmer ist und obendrein dumm, unsäglich dumm! Was mein graues Haar betrifft, so irren Sie auch hier, meine Liebe, weil ich nämlich beileibe nicht so alt bin, wie Sie glauben. Jemelja läßt Sie grüßen. Sie schreiben, Sie seien tief betrübt gewesen und hätten geweint; und ich sage Ihnen, auch ich war betrübt und habe geweint. Zum Schluß wünsche ich Ihnen Gesundheit und Wohlergehen; was mich betrifft, so bin ich gesund und munter und verbleibe, mein Engelchen,

Ihr Freund

Makar Dewuschkin

21. August

Gnädiges Fräulein und liebe Freundin
Warwara Alexejewna!

Ich fühle, daß ich schuldig bin, fühle, daß ich an Ihnen schuldig bin, aber Sie mögen sagen, was Sie wollen, mein Herz, was nützt es, daß ich das fühle. Ich habe das alles auch schon vor meinem Fehltritt gefühlt, und doch bin ich moralisch gesunken, bin im Bewußtsein meiner Schuld gesunken. Mein Herz, ich bin nicht bösartig und hartherzig; und um Ihr kleines Herz zu zerreißen, müßte man, mein Täubchen, nicht mehr und nicht weniger sein als ein blutrünstiger Tiger; nun, ich habe das Herz eines Lammes und, wie Sie wissen, keinen Hang zum Blutvergießen; folglich, mein Engelchen, trage ich auch nicht die volle Schuld an meinem Fehltritt, ebenso können weder mein Herz noch mein Hirn dafür; ja, ich weiß nicht, was eigentlich daran schuld ist. Es ist eben eine undurchsichtige Sache, mein Herz! Sie haben mir dreißig Silberkopeken geschickt und dann noch einmal zwanzig Kopeken; es tut mir in der Seele weh, wenn ich Ihr armes Waisengeld betrachte. Sie haben sich das Händchen verbrannt und werden bald hungern müssen, und da schreiben Sie, ich möge mir Tabak kaufen. Nun, wie sollte ich mich in diesem Fall verhalten? Sollte ich Sie armes Waisenkind gewissenlos wie ein Räuber ausplündern? Und da bin ich denn moralisch gesunken, mein

Herz, das heißt, anfangs, als ich notgedrungen einsehen mußte, daß ich zu nichts nütze und kaum mehr wert bin als meine Stiefelsohle, fand ich es angemessen, mich für gänzlich bedeutungslos zu halten, ja nicht nur das, ich hielt mich für unschicklich, gewissermaßen anstößig. Nun ja, als ich dann aber die Selbstachtung verloren hatte und meine guten Eigenschaften und meine Würde verleugnete, da war es ganz aus, und ich strauchelte! Das ist mir vom Schicksal so vorbestimmt, dafür kann ich nicht. Eigentlich hatte ich nur ein wenig frische Luft schnappen wollen. Aber dann kam eines zum anderen – die Natur war so trübselig, das Wetter so kalt, es regnete, und dann lief mir auch noch Jemelja über den Weg. Warenka, er hatte schon alles verpfändet, was er besaß, alles hatte einen Abnehmer gefunden, und als ich ihn traf, hatte er bereits seit zwei Tagen keinen Tropfen mehr in den Mund bekommen und wollte nun die abwegigsten Dinge verpfänden, die kein Mensch als Pfand angenommen hätte, weil es solche Pfänder nicht gibt. Nun ja, Warenka, da habe ich denn mehr aus Mitleid mit der Menschheit als aus eigenem Antrieb nachgegeben. So ist die Sünde geschehen, mein Herz! Wie haben wir beide geweint! Auch an Sie dachten wir. Er ist ein sehr lieber, seelenguter Mensch und so empfindsam. Ich empfinde ja auch alles so sehr, mein Herz; mir passieren immer solche Dinge, weil ich alles so sehr empfinde. Ich weiß, was ich Ihnen, mein Täubchen, verdanke! Erst als ich Sie kennengelernt hatte, lernte auch ich mich kennen, und ich begann Sie zu lieben; vorher, mein Engelchen, war ich einsam, ich schlief förmlich und war eigentlich gar nicht auf der Welt. Meine Widersacher behaupteten immer, allein mein Aussehen sei anstößig, und sie verabscheuten mich, ja, und da fing ich an, mich selber zu verabscheuen; sie sagten, ich sei begriffsstutzig, und ich hielt mich in der Tat selber für begriffsstutzig; aber als ich Ihnen begegnete, brachten Sie Licht in mein finsteres Dasein, so daß es auch in meiner Seele und meinem Herzen hell wurde; ich gewann inneren Frieden und gewahrte, daß ich nicht schlechter bin als andere; daß ich nichts habe, womit ich glänzen kann, weder Schliff noch feinen Ton, aber daß ich doch ein Mensch bin, in Denken und Fühlen ein Mensch. Ja, aber jetzt, wo ich merke, daß ich vom Schicksal verfolgt und gedemütigt werde, will ich von meiner eigenen Würde nichts mehr wissen und bin, von Mißgeschicken gebrochen, moralisch gesunken. Und da Sie jetzt alles wissen, mein Herz, flehe ich Sie unter Tränen an, mich nicht mehr mit Fragen nach dieser Geschichte zu bedrängen; es zerreißt mir das Herz, und es ist für mich bitter und leidvoll.

Ich versichere Sie meiner Liebe, meiner Hochachtung und verbleibe

Ihr getreuer Freund

Makar Dewuschkin

3. September

Ich habe den vorigen Brief nicht beendet, Makar Alexejewitsch, weil mir das Schreiben schwerfiel. Hin und wieder habe ich Augenblicke, da bin ich gern allein, um mich ganz allein der Trauer, ganz allein der Schwermut hinzugeben, ohne fremde Anteilnahme, und solche Augenblicke finden sich jetzt bei mir immer öfter. Meine Erinnerungen haben etwas Rätselhaftes, das mich so mächtig und unwiderstehlich in seinen Bann zieht, daß ich mitunter stundenlang für meine Umgebung gefühllos bin und die Gegenwart völlig vergesse. Und in meinem jetzigen Dasein erlebe ich nichts, sei es Angenehmes, Schweres oder Betrübliches, das mich nicht an Ähnliches in meiner Vergangenheit, meist meiner Kindheit, meiner goldenen Kindheit erinnert! Doch nach solchen Augenblicken wird mir immer schwer zumute. Meine Kräfte schwinden, diese Träumerei zehrt an mir, und mein Gesundheitszustand wird ohnehin immer schlechter.

Doch heute war ein frischer, klarer, strahlender Morgen, wie sie hierzulande im Herbst selten sind, er hat mich neu belebt, und ich habe ihn voll Freude begrüßt. Es ist also schon Herbst! Wie habe ich den Herbst auf dem Lande geliebt! Ich war noch ein Kind, aber auch damals schon sehr empfänglich. Den Herbstabend liebte ich mehr als den Morgen. Ich weiß noch, zwei Schritt von unserem Haus entfernt lag am Fuße eines Hügels ein See. Dieser See – ich habe ihn jetzt förmlich vor Augen –, dieser See war groß, hell und klar wie Kristall! Manchmal, an stillen Abenden, lag er ganz ruhig; an den Bäumen am Ufer regte sich kein Blatt, und das Wasser war spiegelglatt. Diese Frische, diese Kühle! Tau netzt das Gras, in den Bauernhäusern am See leuchten Lichter auf, eine Herde wird heimgetrieben – und da schleiche ich heimlich aus dem Haus, um auf meinen See zu schauen, und so manches Mal versinke ich in diesen Anblick. Bei den Fischern brennt dicht am Wasser ein Bündel Reisig, und weit, weit übers Wasser ergießt sich der Schein des Feuers. Der Himmel ist so kalt, so blau und am Horizont feuerrot gestreift, und diese Streifen werden immer blasser; der Mond geht auf; die Luft ist so hellhörig, man vernimmt jeden Laut – ob ein aufgestörter Vogel davonflattert, ob das Schilf vom leisen Lufthauch rauscht oder das Wasser plätschert, weil ein Fisch gesprungen ist. Über dem blauen Wasser wallen weiße Schwaden, dünn und durchsichtig. In der Ferne dunkelt es; alles verschwindet im Nebel, doch in der Nähe sind die Umrisse noch scharf, wie mit dem Meißel behauen – ein Boot, das Ufer, die Inseln; ein Faß, am Ufer liegengelassen und vergessen, schaukelt sanft auf dem Wasser, ein Weidenzweig mit gelben Blättern neigt sich ins Schilf hinab, eine verspätete Möwe kommt geflogen, bald taucht sie ins kalte Wasser ein, bald steigt sie auf und entschwindet im Nebel. Ich schaute und lauschte – und empfand eine wundersame Seligkeit! Dabei war ich noch ein Kind, ein Kind! ...

Ich liebte den Herbst, den Spätherbst, so sehr, wenn das Getreide geerntet, die Arbeit getan ist, wenn man in den Bauernhäusern in abendlicher Runde beisammensitzt und alles schon auf den Winter wartet. Dann wird die ganze Welt düster, dunkle Wolken verhängen den Himmel, gelbe Blätter bedecken die Pfade am kahlen Waldessaum, und der Wald wird blau, wird schwarz – namentlich des Abends, wenn sich feuchter Nebel senkt, in dem die Bäume zu Schemen werden und sich wie Riesen ausnehmen, wie ungestalte, schreckeinflößende Gespenster. Manchmal verspätet man sich auf einem Spaziergang, bleibt hinter den anderen zurück, man setzt den Weg allein fort und beeilt sich – es ist so gruslig! Man zittert wie Espenlaub; gib acht, denkt man im stillen, aus dieser Baumhöhle schaut gleich ein greuliches Wesen; unterdessen fegt der Wind durch den Wald, er pfeift, rauscht und heult so kläglich, reißt eine Wolke Blätter von den dünnen Ästen und wirbelt sie durch die Lüfte, und ihnen hinterdrein zieht mit wilden, gellenden Schreien ein langer, breiter Vogelschwarm, er verdunkelt den Himmel und wirft allerwärts Schatten. Es wird unheimlich, und dir ist, als hörtest du eine Stimme, als flüsterte da jemand: „Spute dich, Kind, spute dich, säume nicht; gleich wird es hier unheimlich, spute dich, Kind!" Grauen erfüllt das Herz, und man läuft und läuft, bis man nach Luft schnappt. Ganz atemlos kommt man nach Hause; da geht es laut und lustig zu; uns Kindern werden Arbeiten zugewiesen – Erbsen enthülsen oder Mohnkapseln ausklopfen. Im Ofen prasselt feuchtes Holz; Mutter beaufsichtigt unser fröhliches Tun; die alte Kinderfrau Uljana erzählt Geschichten aus früherer Zeit oder grauenerregende Märchen von Zauberern und Toten. Wir Kinder schmiegen uns aneinander, und alle lächeln. Plötzlich verstummen wir ... Horch, was ist das? Hat es da nicht gepocht? Aber nein, es ist das Spinnrad der alten Frolowna, das surrt; war das immer ein Heidenspaß! Des Nachts können wir vor Angst nicht schlafen; furchtbare Träume suchen uns heim. Man wird wach, wagt sich nicht zu rühren und liegt zitternd unter der Decke, bis der Morgen graut. In der Frühe steht man auf, frisch wie eine Blume. Man schaut zum Fenster hinaus – Frost bedeckt Wald und Flur; feiner Herbstreif hängt an den kahlen Zweigen; hauchdünnes Eis überzieht den See; weißer Dampf steigt von ihm auf; munter zwitschern die Vögel. Weit und breit scheint hell die Sonne, und ihre Strahlen brechen das dünne Eis wie Glas. Helle, Licht und Frohsinn! Im Ofen prasselt wieder das Feuer; wir sitzen alle um den Samowar, und zum Fenster herein schaut Polkan, unser schwarzer Hund, der über Nacht erbärmlich gefroren hat, und wedelt freundlich mit dem Schwanz. Draußen reitet auf einem munteren Pferdchen ein Bauer vorüber, ins Holz. Alle sind so froh, so zufrieden! ... Ach, was für eine goldene Kindheit habe ich erlebt! ...

Nun habe ich, von Erinnerungen überwältigt, geweint wie ein Kind. Ich habe mich an alles so lebhaft, ach, so lebhaft erinnert, so leuchtend hell stand die Vergangenheit vor mir, und die Gegenwart ist so trübe, so dunkel! ...

Wie wird es enden, wie wird das alles enden? Wissen Sie, ich habe die Überzeugung, die Gewißheit, daß ich in diesem Herbst sterben werde. Ich bin sehr, sehr krank. Ich denke oft daran, daß ich sterben werde, aber ich möchte nicht gern auf diese Weise sterben – möchte nicht in dieser Erde hier begraben liegen. Vielleicht werde ich wieder bettlägerig wie damals im Frühling, dabei bin ich noch gar nicht recht bei Kräften. Und so ist mir jetzt sehr schwer ums Herz. Fedora bleibt heute den ganzen Tag außer Haus, und ich sitze allein. Seit einiger Zeit fürchte ich mich vor dem Alleinsein; mir ist dann immer, als wäre noch jemand im Zimmer, als spräche jemand zu mir; das ist vor allem, wenn ich über etwas nachdenke und plötzlich aus meiner Nachdenklichkeit aufschrecke, dann wird mir immer bange. Darum habe ich Ihnen einen so langen Brief geschrieben; wenn ich schreibe, vergeht es. Leben Sie wohl, ich lege die Feder nieder, weil es mir an Zeit und Papier mangelt. Vom Geld, das ich für meine Kleider und den Hut bekommen habe, ist nur noch ein Silberrubel übrig. Sie haben Ihrer Wirtin zwei Silberrubel gegeben, recht so; nun wird sie eine Zeitlang still sein.

Bringen Sie ein wenig Ihren Anzug in Ordnung. Leben Sie wohl; ich bin so müde; ich begreife nicht, woher diese Schwäche rührt; die kleinste Beschäftigung strengt mich an. Falls ich Arbeit bekomme – wie soll ich sie bewältigen? Das ist es, was mich tötet.

W. D.

5. September

Warenka, mein Täubchen!

Heute, mein Engelchen, habe ich allerlei erlebt. Erstens tat mir den ganzen Tag über der Kopf weh. Um mir frische Luft zu verschaffen, erging ich mich eine Weile an der Frontanka. Es war finster und naßkalt draußen. Schon um die sechste Stunde brach die Dämmerung herein, so ist das jetzt! Es regnete nicht, dafür war es neblig, und so ein Nebel ist nicht schlechter als ein tüchtiger Regen. Am Himmel zogen dunkle Wolken in breiten, langen Streifen dahin. Eine Unmenge Menschen bevölkerte die Uferstraße, und als müßte es so sein, hatten sie alle schreckliche, trostlose Gesichter – betrunkene Bauern, stupsnäsige Finnenfrauen, mit Stiefeln, barhäuptig, Handlanger aller Art, Droschkenkutscher, Leute meines Schlages, die hier etwas zu verrichten hatten; Buben, ein Schlosserlehrling mit gestreiftem Kittel, ausgemergelt, kränklich, rußverschmiert das Gesicht, in der Hand ein Schloß; ein ausgedienter, baumlanger Soldat – das war das Publikum. Um diese Stunde konnte es wohl nicht anders sein. Ein Schiffsverkehr herrscht auf der Fontanka! Man fragt sich, wie alle die Schiffe Platz haben. Auf den Brücken saßen Weiber mit nassen Pfefferkuchen und fauligen Äpfeln, eine wie die andere, schmutzig und naß. Es ist unerquicklich, an der Fontanka spazierenzugehen! Unter den Füßen feuchter Granit, zu beiden Seiten hohe, rußgeschwärzte Häuser; Nebel unten, Nebel oben. So ein trübseliger, so ein öder, dunkler Abend war das heute.

Als ich in die Gorochowaja einbog, war es schon ganz finster, und die Gaslaternen wurden angezündet. Ich bin schon ewig nicht mehr auf der Gorochowaja gewesen – es hat sich nie ergeben. Eine laute Straße! Was für herrliche Läden und Geschäfte; das glänzt und gleißt nur so – Stoffe, Blumen unter Glas, vielerlei bebänderte Hüte. Man denkt, das alles sei nur zur Zierde ausgestellt, aber nein, es gibt Männer, die kaufen das und schenken es ihren Frauen. Eine Prachtstraße! Sehr viele deutsche Bäcker sind auf der Gorochowaja ansässig; scheinen auch sehr wohlhabend zu sein. Dazu das ständige Hin und Her der Wagen; wie das Pflaster das nur aushält! Und dann diese prunkvollen Equipagen, die Fensterscheiben spiegelblank, innen alles Samt und Seide; die herrschaftlichen Lakaien mit Epauletten und Degen. Ich habe in alle Kutschen geschaut, immer saßen geputzte Damen darin, vielleicht Fürstinnen und Gräfinnen. Sicher war es die Stunde, da alles auf Bälle und Gesellschaften eilte. Es wäre interessant, einmal eine Fürstin oder überhaupt eine Dame von Welt ganz aus der Nähe zu sehen; das muß etwas Herrliches sein; bislang hatte ich noch keine Gelegenheit dazu; allenfalls habe ich so wie jetzt in einen Wagen gespäht. Dabei mußte ich an sie denken. Ach, mein Täubchen, meine Liebe, wenn ich jetzt an Sie denke, will das Herz mir brechen. Warenka, was macht Sie so unglücklich? Wieso sollen Sie, mein Engelchen, schlechter sein als andere? Für mich sind Sie so lieb, so schön, so klug; warum muß Ihnen ein so hartes Los zuteil werden? Warum fügt es sich immer, daß ein guter Mensch in Not und Elend lebt, während sich einem anderen das Glück förmlich aufdrängt? Ich weiß, ich weiß, mein Herz, es ist nicht recht, so zu denken, das ist Freigeisterei; aber um offen und ehrlich die Wahrheit zu sagen, warum verheißt die Schicksalskrähe mit ihrem Krächzen dem einen schon im Mutterleibe Glück, während ein anderer aus dem Findelhaus in die weite Welt hinausgeht? Und oft genug kommt es vor, daß gerade Iwan dem Dummkopf das Glück zufällt. Da, Iwan Dummkopf, wühl in Großvaters Säcken, iß, trink, sei guter Dinge; du aber, du Dingsda, du leck dir die Lippen, mehr brauchst du nicht, Bruderherz, das steht dir zu! Es ist Sünde, meine Liebe, Sünde, so zu denken, aber unwillkürlich schleicht die Sünde einem ins Herz. Wenn Sie doch in so einem Wagen fahren könnten, mein Täubchen, mein Augapfel! Dann würden Generale einen gnädigen Blick von Ihnen zu erhaschen trachten, nicht Leute meines Schlages; Sie würden nicht in einem zerschlissenen Leinenkleidchen umhergehen, sondern in Samt und Seide. Sie wären nicht mager und kränklich wie jetzt, sondern ein süßes, frisches, dralles, rosiges Figürchen. Und ich würde mich schon glücklich schätzen, wenn ich von der Straße aus zu Ihren hellerleuchteten Fenstern aufblicken könnte und Ihren Schatten sähe; allein der Gedanke, daß Sie, mein reizendes Vögelchen, dort froh und glücklich sind, würde mich froh machen. Doch was ist jetzt? Nicht genug, daß böse Menschen Sie ins Unglück gestürzt haben, jetzt wird Ihnen auch noch von einem Lumpen, einem Wüstling, ganz übel mitgespielt. Weil er einen eleganten Frack trägt, weil er, der Schamlose, Sie durch eine goldene Lorgnette anschaut, wird ihm alles nachgesehen, müssen Sie geduldig seine unschicklichen Reden über sich ergehen lassen! Ein starkes Stück, meine Herrschaften! Und woher das alles? Daher, daß Sie eine Waise, daß Sie schutzlos sind, daß Sie keinen starken Freund haben, der Ihnen eine verläßliche Stütze wäre. Aber was ist das für ein Mensch, was sind das für Menschen, die nicht davor zurückschrecken, einer Waise Schimpf anzutun? Das sind Lumpen, keine Menschen, einfach Lumpen; die werden nur so mitgezählt, aber in Wirklichkeit sind sie nichts, davon bin ich überzeugt. So verhält sich das mit ihnen, diesen Leuten! Und ich finde, meine Liebe, daß einem jener Leierkastenmann, den ich heute auf der Gorochowaja gesehen habe, mehr Achtung abnötigt als sie. Der zieht den ganzen Tag umher, plagt sich redlich für einen abgegriffenen, jämmerlichen Groschen, der ihm zum Lebensunterhalt dient, doch dafür ist er sein eigener Herr und Brotgeber. Er will nicht um Almosen betteln; er arbeitet wie eine aufgezogene Maschine, um die Menschen zu erfreuen – da schaut her, was ich kann, ich bringe Vergnügen. Er ist ein Bettler, gewiß ist er das, er ist und bleibt einer; doch dafür ist er ein edler Bettler; er ist müde, ihn friert, aber er arbeitet weiter, wenn auch auf seine Art, aber er arbeitet. Und es gibt viele rechtschaffene Menschen, mein Herz, die wenig verdienen im Vergleich zu dem, was sie an Nützlichem leisten, doch sie machen vor keinem den Rücken krumm und bitten keinen um ein Stück Brot. Und so einer wie der Leierkastenmann bin ich, das heißt, nicht ganz genau so einer, aber in einem gewissen höheren, edlen Sinn bin ich doch so wie er; ich arbeite nach Kräften, soviel ich nur kann.

Mehr vermag ich nicht; nun ja, und wo nichts ist, hat auch der Kaiser sein Recht verloren.

Ich habe von diesem Leierkastenmann angefangen, mein Herz, weil ich heute meine Armut doppelt zu spüren bekam. Ich war stehengeblieben, um dem Leierkastenmann zuzuschauen. Mir kamen so schwere Gedanken, und um sie zu zerstreuen, blieb ich stehen. Da stand ich also, mit mir ein Droschkenkutscher, ein junge Frauensperson und ein kleines Mädchen, schmutzig von Kopf bis Fuß. Der Leierkastenmann hatte sich vor die Fenster eines Hauses gestellt. Ich wurde auf einen Knirps aufmerksam, einen Knaben von vielleicht zehn Jahren; er wäre recht hübsch gewesen, hätte er nicht so krank, so schwächlich ausgesehen, auf dem Leib trug er nicht viel mehr als ein Hemd und an den Füßen so gut wie gar nichts, er stand da und lauschte mit offenem Mund der Musik – ein Kind eben! Ganz andächtig schaute er zu, wie bei dem Deutschen die Puppen tanzten, und seine Hände und Füße waren vor Kälte schon ganz steif, er zitterte und nagte an seinem Hemdsärmel. Mir fiel auf, daß er einen Zettel in der Hand hielt. Ein Herr ging vorüber und warf dem Leierkastenmann eine kleine Münze hin; die Münze fiel genau in den vergitterten Kasten, in dem der Franzose mit seinen Damen tanzte. Das Scheppern der Münze ließ meinen Knaben zusammenfahren, zaghaft schaute er in die Runde und hielt mich offenbar für den Spender. Er kam auf mich zu, seine Ärmchen zitterten, sein Stimmchen zitterte, er reichte mir den Zettel und sagte: „Ein Brief!" Ich entfaltete das Blatt – na, was sollte es schon sein, das kennt man ja: „Ihr meine Wohltäter, die Mutter dieser Kinder liegt im Sterben, drei Kinder hungern, ihr müßt uns jetzt helfen, und wenn ich gestorben bin, werde ich euch, meine Wohltäter, dafür, daß ihr meine Kleinen nicht vergessen habt, im Jenseits auch nicht vergessen." Ja, was sollte es, ein klarer Fall, ein alltäglicher Fall, was aber hätte ich ihnen geben können? Und so habe ich ihm nichts gegeben. Wie hat mich der Knabe gedauert! Er war so arm, vor Kälte ganz blau, vielleicht auch hungrig, und er log nicht, wahrlich, er log nicht; in derlei Dingen kenne ich mich aus.

Schlimm ist nur, daß diese verabscheuenswürdigen Mütter ihre Kinder nicht schonen, sondern sie halbnackt und mit Briefen in die Kälte hinausschicken. Wahrscheinlich ist sie ein einfältiges, charakterloses Frauenzimmer; wahrscheinlich kümmert sich keiner um sie, und nun sitzt sie müßig zu Hause und ist vielleicht wirklich krank. Schön und gut, dann muß sie sich an die richtige Stelle wenden; sie kann aber auch eine gewöhnliche Betrügerin sein, die eigens ein hungriges, schwächliches Kind ausschickt, den Leuten etwas vorzulügen, und das dann erst richtig krank wird. Was lernt denn so ein armer Knabe mit solchen Schreiben? Erbittert streicht und streunt er herum und bettelt. Die Menschen gehen vorbei, aber sie haben keine Zeit für ihn. Ihre Herzen sind aus Stein, ihre Worte ohne Erbarmen. „Pack dich! Troll dich! Hier gibt's nichts!" So hört er es allerorten, und das erbittert ihn, vergebens zittert der arme, verängstigte Knabe in der Kälte wie ein junges Vögelchen, das aus dem zerstörten Nest gefallen ist. Er friert an Händen und Füßen; er atmet schwer. Schau her, er hustet schon; nicht lange, da kriecht ihm die Krankheit wie ein garstiges Reptil in die Brust, und ehe er sich's versieht, ereilt ihn der Tod – in einem stinkenden Loch, ohne Hilfe und Beistand, das ist dann sein ganzes Leben gewesen! Ja, so geht es im Leben zu! Ach, Warenka, es tut gar zu weh, ein „Um Christi willen!" zu hören und vorbeizugehen, ohne etwas zu geben, und nur zu sagen: „Gott wird dir geben." So manches „Um Christi willen!" läßt mich kalt (jedes „Um Christi willen" klingt anders, mein Herz). Manchmal wird es langgezogen, dann klingt es wie etwas Gewohntes, Einstudiertes, so recht Bettlerhaftes; da schmerzt es nicht so sehr, nichts zu geben, so einer bettelt von jeher, gewerbsmäßig, dem ist es zur Übung geworden, und man denkt im stillen, der wird es wohl verwinden, wenn er leer ausgeht, der weiß, wie man sich über dergleichen hinwegsetzt. Aber manches „Um Christi willen!" klingt ungeübt, grob und unheimlich – so wie heute, als ich von dem Knaben den Zettel nahm, da stand einer am Zaun, der bettelte nicht alle an, aber zur mir sagte er: „Einen Groschen, Herr, um Christi willen!", und das so stockend, so rauh, daß ich, von einem unheimlichen Gefühl getroffen, zusammenfuhr; ich habe ihm keinen Groschen gegeben, ich hatte keinen. Und da mögen es manche Reichen nicht, daß die Armen ihr schlimmes Los laut beklagen – sie fallen lästig, sagt man, sie sind zudringlich! Ja, Armut ist immer zudringlich – das Stöhnen der Armen stört den Schlaf der Reichen!

Ich muß bekennen, meine Liebe, daß ich Ihnen dies alles zum Teil deshalb geschildert habe, um mir das Herz zu erleichtern, hauptsächlich jedoch, um Ihnen eine Probe meines guten Stils zu liefern. Denn wie Sie, mein Herz, gewiß selber bemerkt haben, bildet sich bei mir in jüngster Zeit ein Stil heraus. Jetzt aber ist eine solche Traurigkeit über mich gekommen, daß mich die eigenen Gedanken zutiefst betroffen machen, und obschon ich weiß, mein Herz, daß diese Betroffenheit nichts fruchtet, läßt man sich doch selbst Gerechtigkeit widerfahren. Denn wahrlich, meine Liebe, oftmals fällt man über sich selber grundlos ein vernichtendes Urteil, man glaubt, keinen Groschen wert zu sein, und hält sich für geringer als ein Holzspan. Und das rührt, wenn ich es in Form eines Vergleiches sagen darf, vielleicht daher, daß ich selber so gehetzt und verängstigt bin wie zum Beispiel jener arme Knabe, der mich um ein Almosen anbettelte. Jetzt möchte ich Ihnen etwas Sinnbildliches sagen, mein Herz, also hören Sie zu: Wenn ich so in aller Frühe zum Dienst eile, meine Liebe, dann schaue ich mir bisweilen die Stadt an, wie sie erwacht, aufsteht, raucht, brodelt und dröhnt – angesichts dieses Bildes kommt man sich manchmal ganz klein und häßlich vor, so als hätte man eins auf die vorwitzige Nase bekommen, und man winkt ab und schleicht sich still und leise davon. Und nun überlegen Sie einmal, was in diesen großen rußgeschwärzten Mietshäusern geschieht, vergegenwärtigen Sie sich das, und dann sagen Sie, ob es richtig ist, wenn man sich so niedrig einstuft, sich so würdelos dem Kleinmut hingibt. Beachten Sie, Warenka, daß ich das sinnbildlich meine, nicht wörtlich. So, und nun wollen wir uns ansehen, was in diesen Häusern vorgeht. Da ist in einem verräucherten Loch, in einer feuchten Höhle, die notgedrungen als Wohnung gilt, ein Handwerksmann erwacht, er hat vielleicht die ganze Nacht von Stiefeln geträumt, die er tags zuvor versehentlich falsch zugeschnitten hat, als müsse der Mensch ausgerechnet solch dummes Zeug träumen. Nun ja, er ist Handwerker, Schuhmacher, da ist es verzeihlich, wenn seine Gedanken immer um ein und dasselbe kreisen. Die Kinder plärren, die Frau hat Hunger; und nicht allein die Schuhmacher stehen bisweilen so auf, meine Liebe. Nun würde das gar nichts besagen und wäre nicht der Rede wert, aber da ist folgender Umstand, mein Herz: Hier, im selben Haus, eine Etage höher oder tiefer, hat des Nachts ein reicher Mann in seinen Prachtgemächern vielleicht auch von Stiefeln geträumt, das heißt von Stiefeln anderer Art, anderer Fasson, aber immerhin von Stiefeln; denn in dem Sinne, in dem ich das meine, mein Herz, steckt in uns allen, meine Liebe, etwas von einem Schuhmacher. Nun will das immer noch nichts besagen, schlimm aber ist nur, daß niemand neben diesem reichen Mann steht, kein Mensch, der ihm ins Ohr flüstert: „Denk nicht mehr daran, denk nicht mehr allein an dich, hör auf, allein für dich zu leben, du bist nicht der Schuhmacher, deine Kinder sind gesund, und deine Frau braucht nicht ums tägliche Brot zu betteln; sieh dich um, kann deine Sorge nicht Edlerem gelten als deinen Stiefeln?“ Das wollte ich Ihnen sinnbildlich sagen, Warenka. Vielleicht ist es allzu frei gedacht, meine Liebe, doch bisweilen habe ich solche Gedanken, bisweilen kommen sie mir und quellen dann unwillkürlich als hitzige Worte aus meinem Herzen. Und deshalb hätte ich auch keinen Grund gehabt, von mir selber gering zu denken und mich von bloßem Lärm und Getöse unterkriegen zu lassen! Ich schließe damit, mein Herz, daß Sie wahrscheinlich denken werden, ich wolle Verleumdungen verbreiten oder sei der Schwermut verfallen oder habe das aus einem Buch abgeschrieben. Nein, mein Herz, da müssen Sie sich eines Besseren belehren lassen – es ist nicht an dem, die Verleumdung verabscheue ich, der Schwermut bin ich nicht verfallen, und aus einem Buch habe ich es auch nicht abgeschrieben – so ist das!

Ich kam in gedrückter Stimmung nach Hause, setzte mich an den Tisch, machte den Teekessel heiß und schickte mich an, ein, zwei Gläschen Tee zu trinken. Auf einmal sehe ich, Gorschkow tritt bei mir ein, unser armer Nachbar. Mir war schon am Morgen aufgefallen, daß er fortwährend um die anderen Mieter herum war und auch zu mir wollte. Nebenbei gesagt, mein Herz, diese Leute sind in jeder Beziehung weit schlechter dran als ich. Gar kein Vergleich! Gorschkow hat Frau und Kinder. Wenn ich er wäre, wüßte ich jedenfalls nicht, was ich tun sollte! Ja, da kam also mein Gorschkow herein, er verbeugte sich, an seinen Wimpern hing wie immer eine Träne, er machte ein paar Kratzfüße und brachte kein Wort hervor. Ich ließ ihn sich erst einmal setzen, freilich auf einen wackligen Stuhl, einen anderen besitze ich nicht. Ich bot ihm Tee an. Er entschuldigte sich, entschuldigte sich lange, schließlich aber nahm er ein Glas. Er wollte den Tee ohne Zucker trinken, er begann sich wieder zu entschuldigen, als ich ihm zuredete, er möge Zucker nehmen; immer wieder hatte er Einwände und lehnte ab, am Ende tat er sich das allerkleinste Stückchen in den Tee und beteuerte, dieser sei nun ungemein süß. Oje, wie müssen Menschen sich demütigen, weil sie arm sind! „Na, Väterchen, was gibt's denn?" fragte ich. So und so und: „Makar Alexejewitsch, mein Wohltäter, üben Sie die Barmherzigkeit des Herrn, helfen Sie der Familie eines Unglücklichen, meine Frau, meine Kinder haben nichts zu essen; was glauben Sie, wie mir als Vater zumute ist!" Ich wollte etwas erwidern, doch er unterbrach mich: „Ich habe hier vor jedermann Angst, Makar Alexejewitsch, das heißt, ich habe nicht so sehr Angst, wissen Sie, vielmehr schäme ich mich; die Menschen hier sind alle so anmaßend und dünkelhaft. Ich würde Sie, Väterchen, mein Wohltäter, ja gar nicht behelligen, ich weiß, Sie haben selber Widriges erlebt und könnten nicht viel geben, doch tun Sie mir den Gefallen, borgen Sie mir etwas, sei es auch noch so wenig; ich bin so vermessen, mich an Sie zu wenden, weil ich Ihr gutes Herz kenne, ich weiß, Sie haben selber gedarbt, Sie selber leiden Not, und Ihr Herz wird daher Mitleid empfinden." Und er schloß, ich möge ihm verzeihen, daß er so dreist und ungehobelt sei. Ich erwiderte, daß ich ihm herzlich gern helfen würde, aber nichts, absolut nichts besäße. „Väterchen, Makar Alexejewitsch", sagte er zu mir, „ich will ja nicht viel." Und so und so (hier wurde er ganz rot), seine Frau und die Kinder hungerten, ob er denn nicht wenigstens zwanzig Kopeken bekommen könne. Ja, und das gab mir einen Stich. Sieh an, dachte ich, die sind schon ein gutes Stück weiter als du! Nun besaß ich noch zwanzig Kopeken, und mit denen rechnete ich – die wollte ich morgen für das Allernotwendigste ausgeben. „Nein, mein Lieber, ich kann nicht", sagte ich, und so und so verhalte es sich. „Väterchen, Makar Alexejewitsch, ganz wie Sie meinen, und wenn es zehn Kopeken sind." Ja, und da habe ich meine zwanzig Kopeken aus der Schublade genommen und sie ihm gegeben, mein Herz, es war schließlich für ein gutes Werk! Ja, ja, die Armut! Ich kam mit ihm ins Gespräch. „Wie sind Sie denn, Väterchen", fragte ich, „so in Not geraten, und wie können Sie sich unter diesen Umständen ein Zimmer leisten, dessen Mietzins fünf Silberrubel beträgt?" Er erklärte mir, er habe vor einem halben Jahr gemietet und das Geld für drei Monate im voraus bezahlt; aber inzwischen hätten sich die Verhältnisse so entwickelt, daß er, der Ärmste, weder ein noch aus wisse. Er habe gehofft, seine Angelegenheit würde in dieser Zeit erledigt. Seine Angelegenheit – das ist eine unschöne Geschichte. Wissen Sie, Warenka, er muß sich vor Gericht verantworten. Er prozessiert mit einem Kaufmann, der mit dem Fiskus Vertragsgeschäfte getätigt und dabei gemogelt hat; der Betrug kam heraus, der Kaufmann vor Gericht, und da hat er Gorschkow, der mit den Geschäften irgendwie zu tun hatte, in seine Gaunerei verwickelt. In Wirklichkeit aber hat sich Gorschkow nur der Nachlässigkeit, mangelnder Umsicht und eines freilich unentschuldbaren Außerachtlassens fiskalischer Belange schuldig gemacht. Der Prozeß schleppt sich schon Jahre hin, und Gorschkow stößt auf immer neue Hindernisse. „Einer ehrlosen Handlung, wie man sie mir vorwirft", sagte Gorschkow, „habe ich mich nicht schuldig gemacht, nicht im mindesten, ebenso keines Betruges und keines Raubes." Die Sache hat ein schlechtes Licht auf ihn geworfen; er ist seines Dienstes enthoben, und obwohl man ihm eine schwere Schuld nicht hat nachweisen können, vermag er dennoch, solange er nicht völlig rehabilitiert ist, von dem Kaufmann nicht jene beträchtliche Geldsumme einzutreiben, die ihm zusteht und die er vor Gericht von jenem fordert. Ich glaube ihm ja, aber das Gericht gibt sich mit Worten nicht zufrieden; die Sache hat so viele Haken und Knoten, daß sie in hundert Jahren nicht entwirrt ist. Kaum hat man sie etwas entwirrt, schon findet der Kaufmann noch einen Haken und noch einen. Ich nehme herzlichen Anteil an Gorschkows Geschick, meine Liebe, er dauert mich. Der Mann hat keine Stellung; wegen Unzuverlässigkeit nimmt man ihn nirgends; die Ersparnisse sind aufgebraucht; seine Angelegenheit ist verfahren, aber inzwischen mußten sie leben, unterdessen wurde ihnen, sehr zur Unzeit, ein Kind geboren – ja, das bringt Ausgaben mit sich; da erkrankte der Sohn – Ausgaben, da starb er – Ausgaben; die Frau ist krank, auch er doktert an einer verschleppten Krankheit herum, kurzum, er hat leiden und immer wieder leiden müssen. Übrigens meint er, in den nächsten Tagen sei eine günstige Entscheidung in seiner Angelegenheit zu erwarten, daran könne es keinen Zweifel geben. Er tut mir so leid, mein Herz, so unendlich leid! Ich bin freundlich zu ihm gewesen. Er ist ein verlassener, ratloser Mann; er sucht Schutz, und so bin ich freundlich zu ihm gewesen. So, mein Herz, leben Sie wohl, Christus sei mit Ihnen, möge es Ihnen wohl ergehen. Sie mein Täubchen! Der Gedanke an Sie ist Arznei für meine kranke Seele, selbst wenn ich um Sie leide, ist mir das Leiden um Sie ein leichtes.

Ihr aufrichtiger Freund

Makar Dewuschkin

9. September

Warwara Alexejewna, mein Herz!

Ich schreibe Ihnen und bin außer mir. Ein schreckliches Erlebnis hat mich völlig aufgewühlt. Mich schwindelt. Ich habe ein Gefühl, als drehe sich alles im Kreise. Ach, meine Liebe, was muß ich Ihnen heute berichten! So etwas haben wir nicht ahnen können. Doch nein, ich glaube nicht, daß ich es nicht geahnt habe; ich habe das alles geahnt. Mein Herz hat es von Anfang an gespürt! Dieser Tage habe ich sogar etwas Derartiges geträumt.

Geschehen ist folgendes! Ich werde es Ihnen ohne Stil berichten, so wie der Herr es mir eingibt. Ich ging heute zum Dienst. Dort angekommen, setzte ich mich hin und schrieb. Dabei müssen Sie wissen, mein Herz, daß ich auch gestern geschrieben habe. Nun gut, gestern kommt Timofej Iwanowitsch persönlich zu mir und beliebt mir einen Auftrag zu geben – ein Schriftstück werde benötigt, es sei dringend. „Schreiben Sie das ab, Makar Alexejewitsch", sagt er, „recht sauber, recht schnell und sorgfältig, es geht heute noch zur Unterschrift." Dazu muß ich Ihnen sagen, mein Engelchen, daß ich gestern völlig verstört war und nichts sehen mochte; solche Trauer, solche Schwermut hatten mich befallen! Mir war so kalt ums Herz, so düster; dabei dachte ich immer nur an Sie, mein armes Kind. So machte ich mich also an die Arbeit; ich schrieb alles sauber und ordentlich ab, nur weiß ich nicht, wie ich es Ihnen genauer erklären soll, ob der Böse selber seine Hand im Spiele hatte oder ob es mir von heimlichen Schicksalsmächten so bestimmt war oder ob es einfach so kommen mußte – jedenfalls hatte ich eine ganze Zeile ausgelassen; es gab Gott weiß was für einen Sinn, schlechthin überhaupt keinen. Da es gestern zu spät geworden war, legte man das Schriftstück erst heute Exzellenz zur Unterschrift vor. Ich komme heute nichtsahnend zur gewohnten Stunde und setze mich an meinen Platz neben Jemeljan Iwanowitsch. Hier muß ich einflechten, meine Liebe, daß ich neuerdings beim geringsten Anlaß immer gleich beschämt und verlegen bin. In jüngster Zeit habe ich keinen Menschen mehr angeschaut. Es braucht nur ein Stuhl zu knarren, schon bin ich mehr tot als lebendig. So auch heute, still und geduckt wie ein Igel saß ich da, auf einmal sagte Jefim Akimowitsch (ein Lästermaul, wie es auf der Welt kein zweites gibt) so laut, daß es alle hörten: „Na, Makar Alexejewitsch, was machen Sie denn für eine Leichenbittermiene?" Und er zog eine Grimasse, daß alle, die in seiner und meiner Nähe waren, sich vor Lachen krümmten, natürlich auf meine Kosten. Und so ging es weiter! Ich hielt mir die Ohren zu, kniff die Augen zusammen und harrte reglos auf meinem Platz aus. Das habe ich mir zur Gewohnheit gemacht; da lassen sie am ehesten von einem ab. Plötzlich vernehme ich Lärm, eiliges Hinundherlaufen; ich höre – und traue meinen Ohren nicht –, ich werde gerufen, man verlangt nach mir, ruft nach Dewuschkin. Mir schlug das Herz bis zum Halse, ich weiß auch nicht, weshalb ich so erschrak; ich weiß nur, ich erschrak wie noch nie im Leben. Ich saß wie angewachsen auf meinem Stuhl und als wäre nicht ich gemeint, sondern jemand anderes. Doch da wurde schon wieder gerufen, immer näher. Nun ertönte es ganz dicht an meinem Ohr: „Dewuschkin! Dewuschkin! Wo ist Dewuschkin?" Ich blicke auf – vor mir steht Jewstafi Iwanowitsch und sagt: „Makar Alexejewitsch, zu Seiner Exzellenz, geschwind! Sie haben mit dem Schriftstück Unheil angerichtet." Mehr sagte er nicht, doch das genügte, nicht wahr, mein Herz, mehr brauchte er nicht zu sagen. In mir erstarb und erstarrte alles, ich verlor jedes Gefühl und ging los – na ja, mehr tot als lebendig machte ich mich auf den Weg. Man führte mich durch ein Zimmer, noch ein Zimmer und noch eines ins Kabinett – da stand ich nun! Was in mir vorging, darüber kann ich Ihnen nicht genau Rechenschaft ablegen. Ich sah Exzellenz, ringsum alle anderen. Eine Verbeugung zu machen, hatte ich wohl vergessen. Ich war völlig kopflos, meine Lippen, meine Knie zitterten. Und das hatte seinen Grund, mein Herz. Erstens schämte ich mich; ich hatte zur Linken in einen Spiegel geschaut, und was ich da erblickte, konnte einen wirklich um den Verstand bringen! Zweitens hatte ich immer so getan, als ob ich gar nicht auf der Welt wäre, so daß Exzellenz möglicherweise von meinem Dasein kaum unterrichtet war. Vielleicht hatte Exzellenz beiläufig einmal vernommen, daß es im Amt einen Dewuschkin gibt, aber näheren Umgang hatte Exzellenz mit mir nie gepflogen.

Zornig begann Exzellenz: „Was soll das heißen, mein Herr! Wo haben Sie Ihre Augen? Das Schriftstück ist wichtig, wird dringend gebraucht, und Sie verderben es. Und wie!“ Hier wandte sich Exzellenz an Jewstafi Iwanowitsch. An mein Ohr drangen nur einzelne Worte: „Nachlässigkeit! Mangelnde Sorgfalt! Sie bereiten uns Unannehmlichkeiten!“ Ich wollte den Mund auftun, um etwas zu erwidern. Ich wollte um Verzeihung bitten, konnte es aber nicht, davonzulaufen – das wagte ich nicht, und da ... da, mein Herz, geschah etwas, daß ich jetzt noch vor Scham die Feder kaum zu halten vermag. Ein Knopf – der Teufel hole ihn –, ein Knopf, der nur noch an einem Faden hing, riß plötzlich ab (ich muß ihn versehentlich berührt haben), er fiel zu Boden und rollte hüpfend und klingelnd davon, der Verruchte, und zwar genau, haargenau Exzellenz vor die Füße, und das unter allgemeinem Schweigen! Das war meine ganze Rechtfertigung, meine Entschuldigung, meine ganze Antwort, mehr hatte ich Exzellenz nicht zu sagen! Die Folgen waren fürchterlich! Auf der Stelle faßte Exzellenz meine Gestalt, mein Äußeres ins Auge. Mir fiel ein, was ich im Spiegel gesehen hatte, ich stürzte dem Knopf nach, ihn einzufangen! Es war eine Anwandlung von Aberwitz! Ich bückte mich, wollte den Knopf aufheben – aber der rollte und trudelte dahin, und ich bekam ihn nicht zu fassen, kurzum, auch in puncto Gewandtheit tat ich mich unrühmlich hervor. Da spürte ich, meine letzten Kräfte schwanden, es war aus, alles verloren! Meine Reputation war dahin, es war um mich geschehen! Und auf einmal, mir nichts, dir nichts, erklangen Thereses und Faldonis Stimmen und Glockengeläut in meinen Ohren. Endlich hatte ich den Knopf zu fassen bekommen, ich richtete mich auf und nahm Haltung an, aber daß ich Tölpel nun stillgestanden hätte, die Hände an der Hosennaht! Nein, ich mußte den Knopf immer wieder an die abgerissenen Fäden halten, als ob er davon wieder fest würde; und dazu lächelte ich, lächelte auch noch. Exzellenz hatte sich anfangs abgewandt, dann schaute er mich erneut an, und ich hörte ihn zu Jewstafi Iwanowitsch sagen: „Was soll das? ... Sehen Sie sich seinen Aufzug an! ... Wie sieht er aus! ... Was hat er? ...“ Ach, meine Liebe, was gab es da zu fragen, wie ich aussehe und was ich habe! Ich hatte mich blamiert! Ich höre Jewstafi Iwanowitsch sagen: „Nie aufgefallen, keinerlei Versäumnisse, mustergültige Führung, Gehalt ausreichend, dem Satz entsprechend ...“ – „Na, da wollen wir mal nicht so sein“, sagt Exzellenz. „Geben Sie ihm Vorschuß ...“ – „Aber er hat ja schon so viel Vorschuß genommen“, wurde geantwortet. „Wahrscheinlich liegt es an seinen Verhältnissen, doch seine Führung ist gut, nicht aufgefallen, noch nie aufgefallen.“ Ich schmorte, mein Engelchen, schmorte in einem Höllenfeuer! Ich war dem Tode nahe! „Also“, sagt Exzellenz laut, „das wird schleunigst neu abgeschrieben; Dewuschkin, kommen Sie her, schreiben Sie das neu ab, und zwar ohne Fehler; und hören Sie ...“ Hier wandte sich Exzellenz den anderen zu, gab etliche Anweisungen, und alles ging auseinander. Kaum sind sie alle weg, zückt Exzellenz eilig seine Brieftasche und entnimmt ihr einen Hundertrubelschein. „Hier“, sagt Exzellenz, „damit kann ich Ihnen helfen, denken Sie darüber, wie Sie wollen ...“, und drückte mir den Schein in die Hand. Ich fuhr zusammen, mein Engel, und war zutiefst erschüttert; ich weiß nicht, wie mir geschah; ich wollte die Hand von Exzellenz ergreifen. Da wurde er über und über rot, ja, mein Täubchen – und nun weiche ich keinen Deut von der Wahrheit ab, meine Liebe, wenn ich sage: Er nahm meine unwürdige Hand und schüttelte sie, nahm sie richtig und schüttelte sie, als ob ich seinesgleichen wäre, genauso ein General wie er. „Gehen Sie“, sagt er. „Was in meinen Kräften steht ... Machen Sie keine Fehler, und nun nichts für ungut.“

Und jetzt, mein Herz, habe ich folgendes beschlossen: Ich bitte Sie und Fedora, und wenn ich Kinder hätte, würde ich es auch ihnen auftragen, zu Gott zu beten, ich meine, sie sollten nicht für den leiblichen Vater beten, wohl aber täglich, stündlich für Seine Exzellenz! Und noch eines möchte ich sagen, mein Herz, und ich sage es ganz feierlich – hören Sie gut zu, mein Herz –, ich schwöre, obwohl ich in den harten Tagen unseres Mißgeschicks vor lauter Seelenpein dem Ende nahe war, wenn ich Sie sah, Ihr Elend, und mich, meine Erniedrigung und Ohnmacht, ungeachtet all dessen schwöre ich Ihnen, mir sind die hundert Rubel nicht so viel wert wie der Umstand, daß Seine Exzellenz geruht haben, mir, einem Staubkorn, einem Trinker, die unwürdige Hand zu drücken! Damit hat mich Exzellenz mir selber zurückgegeben. Mit diesem Schritt hat Exzellenz mich innerlich aufgerichtet und mir das Leben für alle Zeit versüßt, und ich bin fest überzeugt, daß mein Gebet um Glück und Wohlergehen Seiner Exzellenz zum Thron des Allerhöchsten dringt, so sündig ich in dessen Augen auch sein mag.

Meine Liebe! Ich befinde mich in einer schrecklichen seelischen Verwirrung, in einem schrecklichen Aufruhr! Mein Herz klopft, als wollte es die Brust sprengen. Dabei fühle ich mich ganz matt und erschöpft. Ich schicke Ihnen fünfundvierzig Papierrubel, zwanzig Rubel gebe ich der Wirtin und fünfunddreißig behalte ich für mich – für zwanzig lasse ich mir den Anzug in Ordnung bringen, und fünfzehn nehme ich als Lebensunterhalt. Erst jetzt macht sich bemerkbar, wie die Erlebnisse des Morgens mein ganzes Dasein erschüttert haben. Ich werde mich hinlegen. Im übrigen bin ich ruhig, sehr ruhig. Nur im Innern sitzt der Schmerz, und dort, tief drinnen, spüre ich, wie meine Seele zittert und bebt, wie sie sich regt. Ich komme wieder zu Ihnen; aber jetzt bin ich von all diesen Eindrücken völlig benommen ... Gott sieht alles, Sie mein Herz, Sie mein allerliebstes Täubchen!

Ihr würdiger Freund

Makar Dewuschkin

10. September

Mein lieber Makar Alexejewitsch!

Ich freue mich unsäglich über Ihr Glück und weiß die Tugenden Ihres Vorgesetzten wohl zu schätzen, mein Freund. Nach all dem Ungemach werden Sie nunmehr aufatmen können! Nur geben Sie das Geld um Himmels willen nicht wieder sinnlos aus. Führen Sie ein stilles, möglichst anspruchsloses Leben und legen Sie von heute an stets etwas zurück, sei es auch nur wenig, damit Pechsträhnen Sie nicht wieder unvorbereitet treffen. Um uns seien Sie um Gottes willen unbesorgt. Fedora und ich, wir schlagen uns schon irgendwie durch. Wozu haben Sie uns so viel Geld geschickt, Makar Alexejewitsch? Wir brauchen es beileibe nicht. Uns genügt, was wir haben. Freilich benötigen wir nächstens Geld für den Umzug, doch Fedora hofft, daß eine gewisse Person eine lange zurückliegende Schuld begleicht. Ansonsten hebe ich zwanzig Rubel für dringende Bedürfnisse auf. Den Rest schicke ich Ihnen zurück. Bitte behalten Sie das Geld, Makar Alexejewitsch. Leben Sie wohl. Führen Sie jetzt ein ruhiges Leben, bleiben Sie gesund und munter. Ich würde Ihnen mehr schreiben, aber ich bin entsetzlich müde, gestern habe ich den ganzen Tag im Bett verbracht. Es ist recht von Ihnen, daß Sie kommen wollen. Bitte besuchen Sie mich, Makar Alexejewitsch.

W. D.

11. September

Meine liebe Warwara Alexejewna!

Ich flehe Sie an, meine Liebe, verlassen Sie mich jetzt nicht, jetzt, da ich restlos glücklich und zufrieden bin. Mein Täubchen! Hören Sie nicht auf Fedora, ich werde auch alles tun, wie Sie es wünschen; ich werde mich untadelig führen, allein aus Verehrung für Seine Exzellenz würde ich mich untadelig und anständig führen; wir würden uns wieder glückliche Briefe schreiben, würden einander unsere Gedanken, unsere Freuden und, so wir welche haben, unsere Sorgen anvertrauen; wir würden in Glück und Eintracht miteinander leben. Wir würden uns der Literatur widmen ... Mein Engelchen! Meine Geschicke haben sich von Grund auf gewandelt, eine Wende zum Guten ist eingetreten. Die Wirtin ist umgänglicher geworden, Therese gescheiter, sogar Faldoni ist nicht mehr so träge. Mit Ratasjajew habe ich mich ausgesöhnt. Vor lauter Freude bin ich selber zu ihm gegangen. Er ist wahrlich ein guter Kerl, mein Herz, und was man ihm Übles nachgesagt hat, ist alles Unfug. Ich habe nunmehr erkannt, daß alles niederträchtige Verleumdung war. Er hatte nicht im mindesten die Absicht, uns zu schildern, er hat es mir selber bestätigt. Und er hat mir ein neues Werk vorgelesen. Und Lovelace, wie er mich damals genannt hat, war kein Schimpfwort oder sonst eine ehrenrührige Bezeichnung, er hat es mir erklärt. Es ist ein Fremdwort und bedeutet *flinkes Kerlchen*, oder wenn man es ein wenig hübscher, literarischer sagen will, dann bedeutet es *ehrbarer Geselle* – sehen Sie wohl! – und gar nicht wunder was. Es war ein harmloser Scherz, mein Engelchen. Und ich Tölpel war in meiner Einfalt beleidigt. Aber ich habe mich schon bei ihm entschuldigt ... Auch das Wetter ist heute so schön, Warenka, so köstlich. Am Morgen fiel zwar, wie durch ein Sieb geschüttet, leichter Sprühregen. Schadet nichts! Dafür ist die Luft ein wenig frischer. Ich bin mir ein Paar Stiefel kaufen gegangen und habe herrliche bekommen. Ich war auf dem Newski-Prospekt. Habe die „Ptschelka" gelesen. Ach ja! Die Hauptsache hätte ich beinahe vergessen.

Also hören Sie!

Heute morgen kam ich mit Jemeljan Iwanowitsch und Aksenti Michailowitsch ins Gespräch über Seine Exzellenz. Ja, Warenka, Exzellenz ist nicht allein mit mir so huldvoll verfahren. Exzellenz hat nicht nur mir seine Gunst bezeigt, das gute Herz von Exzellenz ist aller Welt bekannt. Vielerorts wird sein Lob gesungen und fließen Tränen der Dankbarkeit. Bei Exzellenz ist ein Waisenmädchen erzogen worden. Und Exzellenz hat geruht, ihr den Lebensweg zu ebnen, indem er sie einem geachteten Mann zur Frau gab, einem Beamten, der Exzellenz für Sonderaufträge zur Verfügung stand. Exzellenz hat den Sohn einer Witwe in einer Kanzlei untergebracht und noch vielen anderen Menschen Wohltaten erwiesen. Hier, mein Herz, hielt ich mich für verpflichtet, mein Scherflein beizusteuern, und berichtete laut und vernehmlich, wie Exzellenz an mir gehandelt hatte; alles habe ich erzählt, nichts verschwiegen. Ich legte alle Scham ab. Was soll Scham, was Eitelkeit in so einem Fall! Und laut soll es erklingen: Gelobt seien die Werke Seiner Exzellenz! Ich erzählte schwungvoll, sprach mit Begeisterung und wurde nicht rot, im Gegenteil, ich war stolz, dergleichen berichten zu können. Alles habe ich erzählt (nur Sie, mein Herz, wohlweislich verschwiegen), von meiner Wirtin, von Faldoni, von Ratasjajew, von den Stiefeln, von Markow – alles. Manche sahen sich lächelnd an, ja, eigentlich sahen sich alle lächelnd an. Wahrscheinlich hatten sie an meinem Äußeren etwas Komisches entdeckt, oder es galt meinen Stiefeln, ja, bestimmt meinen Stiefeln. Aber böse Absicht konnte das nicht sein. Das macht ihre Jugend oder weil sie reich sind, aber in böser, gehässiger Absicht konnten sie über meine Worte doch nicht lachen. Ich meine, in bezug auf Seine Exzellenz konnten sie das doch nicht tun. Finden Sie nicht auch, Warenka?

Ich bin immer noch nicht recht zur Besinnung gekommen, mein Herz. Alle diese Erlebnisse haben mich völlig aus der Bahn geworfen. Haben Sie Feuerholz? Erkälten Sie sich nicht, Warenka, man hat im Nu einen Katarrh. Ach, mein Herz, mit Ihren traurigen Gedanken töten Sie mich. Ich bete für Sie, wie bete ich für Sie zu Gott, mein Herz! Besitzen Sie zum Beispiel wollene Strümpfe oder sonst etwas Warmes zum Anziehen? Hören Sie, mein Täubchen. Wenn Sie etwas brauchen, tun Sie mir altem Mann um des Schöpfers willen nicht die Schmach an, es mich nicht wissen zu lassen. Kommen Sie stracks zu mir. Die schlechten Zeiten sind jetzt vorüber. Um mich seien Sie ganz unbesorgt. Was vor mir liegt, ist alles so hell und schön!

Eine traurige Zeit war es schon, Warenka! Na, gleichviel, sie ist vorbei! In ein paar Jahren werden wir uns nach ihr zurücksehnen. Ich denke an meine Jugendjahre. O weh! Da hatte ich so manches Mal keine einzige Kopeke. Man fror, hungerte und war doch guter Dinge. Da hatte man morgens auf dem Newski-Prospekt ein hübsches Lärvchen gesehen, und gleich herrschte den ganzen Tag eitel Sonnenschein. War das eine schöne, schöne Zeit, mein Herz! Wie gut es sich auf Erden leben läßt, Warenka! Namentlich in Petersburg. Gestern habe ich unter Tränen Gott den Herrn angefleht, er möge mir meine Sünden aus jener traurigen Zeit vergeben – mein Murren, meine Freidenkerei, meinen Skandal, meinen Jähzorn. Inniglich gedachte ich Ihrer in meinem Gebet. Sie allein, Engelchen, waren mir Halt und Stütze, Sie allein spendeten mir Trost und standen mir mit wohlmeinendem Rat und mit Belehrung zur Seite. Das werde ich Ihnen nie vergessen, mein Herz. Geküßt habe ich heute alle Ihre Briefchen, mein Täubchen! Nun leben Sie wohl, mein Herz. Ich habe gehört, hier in der Nähe sei ein Anzug zu verkaufen. Da werde ich vorsprechen. Leben Sie wohl, Engelchen. Leben Sie wohl.

In innigster Ergebenheit Ihr

Makar Dewuschkin

15. September

Gnädiger Herr Makar Alexejewitsch!

Ich bin in entsetzlicher Aufregung. Hören Sie nur, was sich bei uns zugetragen hat. Mir ahnt Schlimmes. Urteilen Sie selber, mein allerteuerster Freund: Herr Bykow ist in Petersburg. Fedora hat ihn getroffen. Er kam in einer Droschke dahergefahren, ließ halten, trat auf Fedora zu und erkundigte sich, wo sie wohne. Fedora wollte erst nicht mit der Sprache heraus. Da meinte er schmunzelnd, er wisse schon, wer bei ihr wohnt. (Wahrscheinlich hat ihm Anna Fjodorowna alles erzählt.) Nun hat Fedora nicht länger an sich halten können, sie hat ihm auf offener Straße Vorwürfe gemacht und ihn einen sittenlosen Gesellen gescholten, der an all meinem Unglück schuld sei. Er erwiderte, kein Geld zu haben sei freilich ein Unglück. Fedora sagte ihm, ich hätte für mein Auskommen arbeiten, hätte heiraten oder mir eine Stellung suchen können, jetzt aber sei mein Glück für alle Zeit verloren, außerdem sei ich krank und würde bald sterben. Darauf versetzte er, dazu sei ich noch zu jung, in meinem Kopfe gäre es noch, *und auch unsere Tugenden hätten den Glanz verloren* (seine Worte). Fedora und ich hatten geglaubt, er wisse nicht, wo wir wohnen, aber gestern, als ich gerade ausgegangen war, um im Gostiny dwor Einkäufe zu machen, trat er unvermittelt zu uns ins Zimmer; er hatte es wohl vermeiden wollen, mich zu Hause anzutreffen. Lange fragte er Fedora darüber aus, wie wir lebten; er betrachtete alles; auch meine Arbeit sah er sich an und fragte schließlich: „Was ist das für ein Beamter, mit dem Sie da bekannt sind?" In diesem Augenblick kamen Sie über den Hof; Fedora gab ihm einen Wink, er schaute hinaus und schmunzelte; Fedora drang in ihn, er möge gehen, sagte, meine Gesundheit sei nach all den schmerzlichen Erlebnissen ohnehin angegriffen und ich würde ihn höchst ungern bei uns sehen. Er erwiderte zuerst gar nichts; dann sagte er, er sei nur mal vorbeigekommen, da er nichts anderes zu tun habe, und wollte Fedora fünfundzwanzig Rubel geben; selbstverständlich hat Fedora sie nicht genommen. Was hätte das bedeutet? Warum ist er überhaupt zu uns gekommen? Mir ist unbegreiflich, woher er alles über uns weiß. Ich verliere mich in Vermutungen. Fedora sagt, daß Aksinja, ihre Schwägerin, die uns hin und wieder besucht, die Waschfrau Nastassja kennt, deren Vetter Wächter bei der Behörde ist, bei der ein Bekannter von Anna Fjodorownas Neffen arbeitet – ob da irgendwelcher Klatsch durchgesickert ist? Ansonsten kann Fedora sich aber auch sehr leicht irren; wir wissen nicht, was wir davon halten sollen. Wenn er nun wiederkommt! Allein der Gedanke daran entsetzt mich. Als Fedora mir das gestern erzählte, bekam ich einen solchen Schreck, daß ich vor Angst beinahe in Ohnmacht gefallen wäre. Was wollen sie denn noch? Ich mag jetzt nichts mehr von ihnen wissen. Was kümmern sie sich um mich armes Wesen! Ach, in welcher Angst ich jetzt lebe; jeden Augenblick glaube ich, Bykow tritt ins Zimmer. Was soll aus mir werden? Was hat das Schicksal mir noch zugedacht? Kommen Sie um Christi willen jetzt zu mir, Makar Alexejewitsch. Kommen Sie um Gottes willen, kommen Sie!

W. D.

18. September

Warwara Alexejewna, mein Herz!

Heute hat sich bei uns hier etwas unsagbar Trauriges, Unbegreifliches und Unerwartetes zugetragen. Unser armer Gorschkow ist (das muß ich für Sie, mein Herz, anmerken) völlig rehabilitiert worden. Der Beschluß war schon vor geraumer Zeit ergangen, aber heute war er dort, um den endgültigen Urteilsspruch zu vernehmen. Die Angelegenheit ist für ihn höchst glücklich ausgegangen. Von allem, was ihm zur Last gelegt worden war, Fahrlässigkeit und mangelnde Umsicht, hat man ihn freigesprochen. Weiterhin lautete das Urteil, daß von dem Kaufmann eine ansehnliche Summe zu seinen Gunsten eingezogen wird, so daß sich seine Verhältnisse sehr gebessert haben, seine Ehre ist wieder unbefleckt, und alles ist gut geworden, kurzum, was er sich gewünscht hat, ist voll und ganz in Erfüllung gegangen. Heute nachmittag um drei kam er nach Hause. Er war nicht wiederzuerkennen – war leichenblaß, seine Lippen zitterten, doch er lächelte – umarmte Frau und Kinder. Wir gingen alle zusammen zu ihm, um ihn zu beglückwünschen. Er war tief gerührt, verbeugte sich nach allen Seiten und drückte jedem von uns mehrmals die Hand. Mir schien gar, er sei größer geworden, sein Gang aufrechter, auch hatte er keine Tränen mehr in den Augen. Wie war er aufgeregt, der Ärmste. Keine zwei Minuten litt es ihn am selben Fleck; alles nahm er zur Hand und legte es wieder beiseite, unter ständigem Lächeln verbeugte er sich, setzte und erhob sich, setzte sich abermals und redete Gott weiß was. „Meine Ehre, meine Ehre, mein guter Name, meine Kinder!“ Und wie er redete! Er weinte sogar. Auch den meisten von uns standen die Tränen in den Augen. Ratasjajew wollte ihm wohl Mut zusprechen und sagte: „Was nützt Ihnen die Ehre, Väterchen, wenn Sie nichts zu essen haben; das Geld,

Väterchen, das Geld ist die Hauptsache; dafür müssen Sie Gott danken!" Und er klopfte ihm auf die Schulter. Mir schien, als wäre es Gorschkow nicht recht, das heißt, er zeigte nicht gerade Unwillen, er schaute Ratasjajew nur so merkwürdig an und entfernte dessen Hand von seiner Schulter. Das hätte es früher nie gegeben, mein Herz. Übrigens, wie verschieden die Charaktere sind. Wäre mir zum Beispiel so eine Freude widerfahren, ich hätte nicht den Hoffärtigen hervorgekehrt; denn wie oft, meine Liebe, verbeugt man sich überflüssigerweise und demütigt sich, und das nur, weil man voller Güte ist und ein allzu weiches Herz hat ..., aber ansonsten geht es hier nicht um mich. „Ja", sagte er, „auch das Geld hat sein Gutes, Gott sei Dank, Gott sei Dank!" Und so sagte er immer wieder, die ganze Zeit, da wir bei ihm waren: „Gott sei Dank, Gott sei Dank! ..." Seine Frau ließ ein recht schmackhaftes, reichliches Essen zubereiten. Die Wirtin selbst kochte für sie. Unsere Wirtin ist ja mitunter eine gute Frau. Bis zum Essen litt es Gorschkow nirgends lange. Er kam in jedes Zimmer, ob man ihn aufforderte oder nicht. Er trat einfach ein, lächelte, setzte sich auf einen Stuhl, sagte irgend etwas, manchmal auch nichts – und ging wieder. Beim Marinefähnrich griff er sogar zu den Karten und spielte als vierter Mann mit. Dabei machte er alles verkehrt, spielte drei-, viermal aus und steckte auf. „Nein", sagte er, „ich wollte ja gar nicht" und: „Ich bin ja nur so gekommen." Mir begegnete er auf dem Korridor, er ergriff meine beiden Hände und schaute mir gerade in die Augen, aber so merkwürdig; er drückte meine Hand und ging, immerzu lächelnd, doch es war ein so unfrohes, sonderbares Lächeln, wie das eines Toten. Seine Frau weinte vor Freude; es herrschte eine heitere, festliche Stimmung bei ihnen. Bald hatten sie gegessen. Nach dem Essen sagte er zu seiner Frau: „Hör zu, mein Schatz, ich will mich ein Weilchen ausruhen" und ging zu Bett. Er rief seine kleine Tochter, legte ihr die Hand aufs Köpfchen und streichelte das Kind lange, lange. Dann wandte er sich wieder an seine Frau: „Wo ist denn Petenka? Unser Petja, Petenka? ..." Die Frau bekreuzigte sich und sagte, der sei doch gestorben.

„Ja, ich weiß, ich weiß alles, Petenka ist jetzt im Himmel." Seine Frau sah, daß er ein wenig verwirrt war, daß das Erlebte ihn völlig erschüttert hatte, und sagte: „Du solltest schlafen, mein Lieber." – „Ja, richtig, gleich ... ein Weilchen." Damit wandte er sich ab, lag eine Zeitlang ruhig, dann drehte er sich wieder um und wollte etwas sagen. Seine Frau hatte es nicht verstanden und fragte: „Was ist, mein Freund?" Doch er antwortete nicht. Sie wartete noch und dachte, nun ist er eingeschlafen, und ging auf ein Stündchen zur Wirtin. Nach einer Stunde kam sie zurück und sah, ihr Mann war noch nicht aufgewacht und lag reglos da. Sie glaubte, er schlafe, und setzte sich an eine Arbeit. Sie berichtete, sie habe eine halbe Stunde gearbeitet und sei so in Gedanken gewesen, daß sie gar nicht mehr wisse, woran sie gedacht habe, ihren Mann, sagte sie, habe sie völlig vergessen. Plötzlich sei sie von einem beunruhigenden Gefühl aufgeschreckt, vor allem habe sie die im Zimmer herrschende Grabesstille stutzig gemacht. Sie habe zum Bett hinübergeschaut und gesehen, daß ihr Mann immer noch unverändert dalag. Sie sei zu ihm getreten, habe die Decke zurückgeschlagen – da war er schon ganz kalt, gestorben, mein Herz, Gorschkow ist gestorben, plötzlich gestorben, als ob ihn der Blitz getroffen hätte! Aber woran er gestorben ist, das weiß der Himmel. Mich hat das so mitgenommen, Warenka, daß ich bis jetzt noch nicht zur Besinnung gekommen bin. Es will mir nicht in den Kopf, daß ein Mensch so einfach sterben kann. Ein armer, unglücklicher Mann – dieser Gorschkow. Ach, was für ein Schicksal! Die Frau in Tränen aufgelöst, ganz verstört. Das kleine Mädchen hat sich in eine Ecke verkrochen. Dort ist jetzt ein ständiges Kommen und Gehen; eine medizinische Untersuchung soll vorgenommen werden ... Genaues kann ich Ihnen nicht sagen. Mir tut das alles so leid, ach, wie leid mir das alles tut! Ein trostloser Gedanke, daß man weder den Tag noch die Stunde weiß ... So geht der Mensch dahin, sang- und klanglos.

Ihr Makar Dewuschkin

19. September

Gnädiges Fräulein Warwara Alexejewna!

Ich beeile mich, Ihnen mitzuteilen, liebe Freundin, daß Ratasjajew mir bei einem Schriftsteller Arbeit verschafft hat. Es war einer bei ihm und brachte ein ganz dickes Manuskript mit, gottlob, das ist viel Arbeit. Nur ist es so unleserlich geschrieben, ich weiß nicht, wie ich die Sache anfangen soll; sie muß schnell fertig sein. Es handelt durchweg von Dingen, die man überhaupt nicht versteht ... Vierzig Kopeken den Bogen haben wir vereinbart. Ich schreibe Ihnen das, meine Liebe, weil ich fortan eine Nebeneinnahme haben werde. So, und nun leben Sie wohl, mein Herz. Ich muß mich sogleich an die Arbeit machen.

Ihr getreuer Freund

Makar Dewuschkin

23. September

Makar Alexejewitsch, mein lieber Freund!

Schon drei Tage lang, mein Freund, habe ich Ihnen nicht geschrieben, doch bei mir hat sich viel ereignet, es gab viele Sorgen, viel Aufregung.

Vorgestern war Bykow hier. Ich war allein, Fedora war ausgegangen. Ich öffnete ihm und erschrak so, als ich ihn sah, daß ich mich nicht von der Stelle zu rühren vermochte. Ich spürte, wie ich erbleichte. Laut lachend, wie es seine Gewohnheit ist, trat er ein, nahm einen Stuhl und setzte sich. Ich konnte mich lange nicht fassen, schließlich setzte ich mich in eine Ecke an meine Arbeit. Er hörte bald auf zu lachen. Mein Aussehen muß ihn wohl überrascht haben. Ich bin in letzter Zeit so abgemagert; meine Wangen und Augen sind eingefallen, und ich war bleich wie Leinen ... wahrlich, wer mich vor einem Jahr gesehen hat, würde mich jetzt schwerlich wiedererkennen. Er musterte mich lange und eindringlich, am Ende gewann er seine Heiterkeit zurück. Er sagte etwas; ich weiß nicht, was ich erwiderte, und er lachte abermals. Eine ganze Stunde lang saß er bei mir; er hatte mir viel zu sagen; erkundigte sich nach diesem und jenem. Schließlich, kurz bevor er aufbrach, ergriff er meine Hand und sagte (ich gebe es wörtlich wieder): „Warwara Alexejewna! Unter uns gesagt, Anna Fjodorowna, mit der Sie verwandt sind und ich näher bekannt und befreundet bin, ist ein ganz niederträchtiges Frauenzimmer." (Hier gebrauchte er ein unflätiges Wort.) „Sie hat Ihre Cousine Sascha auf die schiefe Bahn gebracht, und Sie hat sie ins Verderben gestürzt. Auch ich habe mich in diesem Fall wie ein Schuft benommen, aber was soll's, so geht es zu im Leben." Hier lachte er aus vollem Halse. Dann sagte er, er sei kein Meister schöner Reden, das Wichtigste, was zu erklären gewesen wäre und was ihn seine Redlichkeit nicht habe verschweigen lassen, habe er bereits gesagt, und das andere wolle er nunmehr mit wenigen Worten abtun. Und er eröffnete mir, daß er um meine Hand anhalte, daß er sich verpflichtet fühle, meine Ehre wiederherzustellen, daß er vermögend sei, mich nach der Hochzeit in sein Steppendorf mitnehme, dort auf die Hasenjagd gehen werde; daß er nie wieder nach Petersburg komme, weil ihm Petersburg ein Graus sei, daß hier in Petersburg ein, wie er sich ausdrückte, mißratener Neffe wohne, den zu enterben er sich geschworen habe, und er eigentlich deshalb, das heißt in dem Wunsch rechtmäßige Erben zu haben, um meine Hand anhalte, dies sei der Hauptgrund seiner Werbung. Dann stellte er fest, daß ich doch recht erbärmlich lebe und es kein Wunder sei, wenn ich in einer so armseligen Behausung krank würde, er prophezeite meinen unausweichlichen Tod, wenn ich auch nur noch einen Monat hier bliebe, sagte, die Wohnungen in Petersburg seien abscheulich, und am Ende wollte er wissen, ob es mir an etwas mangele.

Sein Antrag kam für mich so unerwartet, daß ich, ohne zu wissen, warum, in Tränen ausbrach. Er nahm meine Tränen für ein Zeichen des Dankes und sagte, er sei von jeher überzeugt gewesen, daß ich ein braves, zartfühlendes und kluges Kind sei, und er habe sich zu diesem Schritt erst jetzt entschlossen, da er über meinen Lebenswandel in allen Einzelheiten unterrichtet sei. Hier fragte er nach Ihnen und sagte, er habe gehört, Sie seien ein Mann von edlen Grundsätzen, und er wolle nicht in Ihrer Schuld stehen und ob Ihnen fünfhundert Rubel für alles, was Sie für mich getan hätten, genügen würden. Als ich ihm erklärte, Sie hätten für mich getan, was mit Geld nicht aufzuwiegen sei, da meinte er, das sei Unsinn, so etwas komme in Romanen vor, ich sei noch zu jung und läse Gedichte, Romane würden junge Mädchen verderben, und Bücher seien nur der Moral abträglich, er habe für Bücher überhaupt nichts übrig; ich solle, riet er mir, erst mal in seine Jahre kommen und dann über die Menschen urteilen; „dann", so fügte er hinzu, „haben Sie die Menschen kennengelernt." Darauf sagte er, ich solle mir sein Angebot reiflich überlegen; denn es wäre beileibe nicht in seinem Sinne, wenn ich einen so wichtigen Schritt unbedacht täte, er setzte hinzu, daß Unbedachtheit und Schwärmerei verderblich für die unerfahrene Jugend seien, daß ihm aber außerordentlich daran liege, einen günstigen Bescheid von mir zu erhalten, weil er sich nämlich anderenfalls gezwungen sehe, eine Kaufmannsfrau in Moskau zu heiraten; „denn ich habe mir geschworen", sagte er, „meinen mißratenen Neffen zu enterben." Mit Gewalt drückte er mir fünfhundert Rubel in die Hand, für Süßigkeiten, wie er sagte; auf dem Lande, sagte er, würde ich rund und dick werden wie ein Pfannkuchen, ich würde bei ihm leben wie die Made im Speck, er habe jetzt entsetzlich viele Sorgen, den ganzen Tag sei er geschäftlich unterwegs, und nur zwischendurch sei er zu mir gekommen. Damit ging er. Ich habe lange nachgedacht und vieles erwogen, es waren qualvolle Überlegungen, mein Freund, aber nun habe ich mich entschieden. Mein Freund, ich werde ihn heiraten, ich muß seinen Antrag annehmen. Wenn es jemand vermag, mich von meiner Schmach zu erlösen, mir meinen ehrbaren Namen wiederzugeben, Armut, Entbehrung und Unglück von mir zu wenden, so einzig er. Was kann ich von der Zukunft erwarten, was vom Schicksal verlangen? Fedora sagt, auf sein Glück dürfe man nicht verzichten; und was, sagt sie, heißt in diesem Falle Glück? Ich finde zumindest keinen anderen Ausweg für mich, mein allerteuerster Freund. Was soll ich beginnen? Mit Arbeit habe ich meine

Gesundheit völlig ruiniert; ich kann nicht ständig arbeiten. Soll ich mich bei fremden Menschen verdingen? Ich würde in Trübsal dahinsiechen, außerdem mache ich es keinem recht. Ich bin von Natur aus kränklich und werde deshalb immer fremden Menschen zur Last fallen müssen. Gewiß, ich komme auch jetzt in kein Paradies, aber was soll ich tun, mein Freund, was soll ich tun? Was für eine Wahl habe ich?

Ich habe Sie nicht um Rat gefragt. Ich wollte es mit mir allein abmachen. Der Entschluß, von dem Sie soeben gelesen haben, ist unumstößlich, und ich lasse ihn Bykow unverzüglich wissen, da er ohnehin auf eine endgültige Entscheidung drängt. Er hat gesagt, seine Geschäfte warteten nicht, er müsse abreisen und er könne sie nicht wegen Nebensächlichkeiten aufschieben. Gott allein weiß, ob ich glücklich werde, seinem heiligen, unerforschlichen Ratschluß gehorchen meine Geschicke, doch mein Entschluß steht fest. Es heißt, Bykow sei gutmütig; er werde mich achten; und vielleicht werde auch ich ihn achten. Was kann ich mehr von unserer Ehe erwarten?

Ich teile Ihnen alles mit, Makar Alexejewitsch. Ich bin überzeugt, Sie werden für mein Leid Verständnis haben. Versuchen Sie nicht, mich von meinem Vorhaben abzubringen. Es wäre vergebliche Mühe. Wägen Sie in Ihrem Herzen alles ab, was mich gezwungen hat, so zu handeln. Anfangs war ich in heller Aufregung, jetzt habe ich mich schon etwas gefaßt. Was vor mir liegt, weiß ich nicht. Mögen die Dinge ihren Lauf nehmen, wie Gott es will! ...

Bykow kommt; ich lasse den Brief unvollendet. Noch vieles hätte ich Ihnen zu sagen. Bykow ist da!

W. D.

23. September

Warwara Alexejewna, mein Herz!

Ich beeile mich, Ihnen zu antworten, meine Liebe; ich beeile mich, Ihnen zu erklären, daß ich ganz kopflos bin. Das alles ist zuviel ... Gestern haben wir Gorschkow beerdigt. Ja, ja,

Warenka, so ist das; Bykow hat anständig gehandelt; nur, sehen Sie, mein Herz ... Sie willigen also ein. Natürlich ist das alles Gottes Wille; das ist so, so muß es unbedingt sein, ich meine, Gottes Wille muß geschehen; und gewiß ist der Ratschluß des himmlischen Schöpfers gütig und unerforschlich, auch die Geschicke sind es, sie genauso. Auch Fedora ist voller Anteilnahme für Sie. Natürlich werden Sie jetzt glücklich sein, mein Herz, es wird Ihnen an nichts fehlen, mein Täubchen, mein Augapfel, meine Schöne, mein Engelchen – nur, sehen Sie, Warenka, warum so überstürzt? ... Ja, die Geschäfte ... Herr Bykow hat Geschäfte, natürlich, wer hätte keine, und so soll auch er welche haben ... ich habe ihn gesehen, wie er von Ihnen wegging. Stattlich, stattlich – der Mann; sehr stattlich sogar. Aber darauf kommt es gar nicht an, es tut gar nichts zur Sache, daß er ein stattlicher Mann ist, auch bin ich jetzt ganz durcheinander. Nur wie wollen wir uns fortan Briefe schreiben? Soll ich denn allein bleiben? Ich wäge alles ab, mein Engelchen, wäge alles ab, so wie Sie es mir geschrieben haben, in meinem Herzen wäge ich alles ab, all die Gründe. Ich habe schon zwanzig Blatt abgeschrieben, und nun kommt das dazwischen! Wenn Sie abreisen, mein Herz, muß noch allerlei eingekauft werden, Schuhe, ein Kleid, da kenne ich übrigens ein Geschäft in der Gorochowaja; Sie werden sich erinnern, wie ich es Ihnen immer beschrieb. Aber das geht ja alles nicht! Wo denken Sie hin, mein Herz, was haben Sie vor! Sie können doch jetzt nicht abreisen, das ist völlig unmöglich, ganz und gar unmöglich. Sie müssen eine Unzahl Einkäufe tätigen und sich eine Equipage zulegen. Außerdem ist das Wetter jetzt so schlecht; schauen Sie mal, es gießt wie aus Eimern, und dazu ist es so naßkalt, und außerdem ... außerdem werden Sie frieren, mein Engelchen; ihr kleines Herz wird frieren! Sie haben Angst vor fremden Menschen, und da wollen Sie abreisen? Und wer bleibt hier bei mir? Fedora sagt, daß ein großes Glück auf Sie warte ..., aber sie ist ein voreiliges Frauenzimmer und will mich ins Verderben stürzen. Kommen Sie heute zur Abendmesse, mein Herz? Ich würde kommen, um Sie zu sehen. Es stimmt, mein Herz, es stimmt voll und ganz, daß Sie ein zartfühlendes, tugendsames, kluges Kind sind, aber er soll doch lieber die Kaufmannsfrau heiraten! Was meinen Sie, mein Herz? Soll er lieber die Kaufmannsfrau heiraten! Sobald es dunkel ist, komme ich zu Ihnen, meine Warenka, komme ich auf ein Stündchen zu Ihnen. Es wird ja jetzt zeitig dunkel, und dann kann ich kommen. Ganz gewiß komme ich heute auf ein Stündchen zu Ihnen, mein Herz. Sie warten jetzt auf Bykow, sobald er aber gegangen ist, dann ... Also warten Sie, mein Herz, ich komme ...

Makar Dewuschkin

27. September

Makar Alexejewitsch, mein Freund!

Herr Bykow hat gesagt, ich brauchte unbedingt drei Dutzend Hemden aus holländischem Leinen. Nun müssen, so schnell es geht, Weißnäherinnen ausfindig gemacht werden, die zwei Dutzend Hemden nähen, unsere Zeit ist sehr knapp bemessen. Herr Bykow ist verärgert und sagt, wegen dieser Lappen gebe es entsetzlich viel Lauferei. Unsere Hochzeit soll in fünf Tagen sein, und am Tage nach der Hochzeit reisen wir ab. Herr Bykow hat es eilig, er meint, für Unfug dürfe keine Zeit verloren werden. Ich bin schon ganz erschöpft von all den Scherereien und kann mich kaum noch auf den Beinen halten. Ich habe schrecklich viel Arbeit, wirklich, es wäre besser, wenn alles gar nicht so gekommen wäre. Und noch etwas: Mir fehlen Blonden und Spitzen, es müßten also noch welche gekauft werden, denn Herr Bykow sagt, er wolle nicht, daß seine Frau wie eine Köchin herumlaufe, und ich solle unbedingt „alle Gutsbesitzerfrauen in den Schatten stellen“. Das sind seine eigenen Worte. Also bitte, Makar Alexejewitsch, begeben Sie sich zu Madame Chifon in die Gorochowaja und bitten Sie sie erstens, uns Weißnäherinnen zu schicken, und zweitens, sich selber herzubemühen. Ich bin heute krank. In unserer neuen Wohnung ist es so kalt, und es herrscht eine entsetzliche Unordnung. Herr Bykow hat eine steinalte Tante, sie atmet kaum noch.

Ich bange, sie könnte vor unserer Abfahrt sterben, doch Herr Bykow meint, es sei so schlimm nicht und sie werde sich schon wieder aufrappeln. Bei uns im Haus herrscht eine schreckliche Unordnung. Herr Bykow wohnt nicht hier, so läuft das Personal davon, der Himmel mag wissen, wohin. Mitunter ist nur Fedora zu unserer Aufwartung da; Herrn Bykows Diener, der sonst alles versieht, ist seit vorgestern spurlos verschwunden. Herr Bykow kommt jeden Morgen her, stets verärgert, und gestern hat er den Hausverwalter geschlagen, was ihm Unannehmlichkeiten mit der Polizei eintrug ... Ich hatte niemanden zur Hand, dem ich den Brief an Sie mitgeben konnte. Daher schicke ich ihn mit der städtischen Post. Ach ja! Beinahe hätte ich das Wichtigste vergessen. Sagen Sie Madame Chifon, sie solle die Blonden unbedingt ändern und sich dabei nach dem gestrigen Muster richten und sie solle selber herkommen und mir die neue Auswahl zeigen. Und sagen Sie ihr auch, ich hätte es mir mit dem Canezou anders überlegt; er soll gehäkelt werden. Und noch etwas: Die Taschentuchmonogramme soll sie im Kettenstich anfertigen; hören Sie, im Kettenstich, nicht im Plattstich. Denken Sie daran, vergessen Sie nicht – im Kettenstich! Und was ich noch beinahe vergessen hätte! Bestellen Sie ihr um Himmels willen, sie soll die Blättchen auf der Pelerine erhaben sticken und die Ranken und Dornen mit Kordonettseide, den Kragen soll sie dann mit Spitze oder einer breiten Falbel besetzen. Bitte bestellen Sie ihr das, Makar Alexejewitsch.

Ihre W. D.

PS: Es ist mir so unangenehm, Sie ständig mit meinen Aufträgen zu belästigen. Auch vorgestern sind Sie den ganzen Morgen herumgelaufen. Aber was soll ich tun? Bei uns im Haus herrscht keine Ordnung, ich selber bin nicht gesund. Also grollen Sie mir nicht, Makar Alexejewitsch. Es ist alles so trostlos! Ach, was wird daraus werden, mein Freund, mein lieber, mein guter Makar Alexejewitsch! Mir graut vor der Zukunft. Unablässig quält mich eine gewisse Ahnung, ich lebe in einem Taumel dahin.

PS: Vergessen Sie, mein Freund, um Himmels willen nichts von dem, was ich Ihnen jetzt genannt habe. Ich bange, Sie könnten etwas falsch machen. Denken Sie daran, im Kettenstich, nicht im Plattstich.

W. D.

27. September

Gnädiges Fräulein Warwara Alexejewna!

Alle Ihre Aufträge habe ich gewissenhaft erfüllt. Madame Chifon sagte, sie habe auch schon daran gedacht, die Sachen im Kettenstich zu sticken; das paßt wohl besser dazu, ich weiß es nicht mehr, habe es auch nicht so recht verstanden. Und dann hatten Sie noch Falbeln aufgeschrieben, von denen sprach sie auch. Aber ich habe vergessen, mein Herz, was sie mir von den Falbeln gesagt hat. Ich weiß nur noch, daß es sehr viel war; ein gräßliches Frauenzimmer! Was sagte sie doch gleich? Aber sie wird Ihnen das alles selber erzählen. Ich bin völlig durcheinander, mein Herz. Auch zum Dienst bin ich heute nicht gegangen. Aber zum Verzweifeln haben Sie, meine Liebe, wahrlich keinen Grund. Damit Sie beruhigt sind, will ich gern in sämtliche Geschäfte laufen. Sie schreiben, daß Ihnen vor der Zukunft graut. Aber heute abend um sieben werden Sie alles wissen. Madame Chifon kommt selbst zu Ihnen. Also verzweifeln Sie nicht; seien Sie guten Mutes, mein Herz; vielleicht fügt sich doch alles noch zu Ihrem Besten – so. Nein, so was, diese verwünschten Falbeln gehen mir nicht aus dem Sinn – ach, diese Falbeln, diese Falbeln! Ich wäre ja zu Ihnen gekommen, Engelchen, ich wäre auf jeden Fall gekommen, schon zweimal war ich auf dem Weg zu Ihrer Haustür. Aber Bykow, das heißt, ich meine Herr Bykow, schaut immer so grimmig drein, da wäre es wohl nicht das richtige ... Ja, da tue einer was!

Makar Dewuschkin

28. September

Gnädiger Herr Makar Alexejewitsch!

Laufen Sie um Himmels willen gleich zum Juwelier. Sagen Sie ihm, er brauche die Ohrringe mit Perlen und Smaragd nicht anzufertigen. Herr Bykow meint, das werde zu teuer, dergleichen könne er sich nicht leisten. Er ist verärgert; er sagt, es gehe ohnehin schon gewaltig über seinen Geldbeutel her und wir raubten ihn aus, und gestern äußerte er, wenn er vorher gewußt hätte, was für Unkosten ihm entstehen, wäre er keine Bindung eingegangen. Er sagt, daß wir gleich nach der Trauung abreisen, daß wir keine Gäste einladen, ich solle mir keine Hoffnung auf Tanz und Vergnügen machen, bis zu Festtagen habe es noch gute Weile. Das sind seine Reden! Doch Gott ist mein Zeuge, daß ich das alles nicht brauche! Herr Bykow hatte es ja selber so angeordnet. Ich wage keinen Einwand, er braust immer gleich auf. Was soll nur aus mir werden!

W. D.

28. September

Warwara Alexejewna, mein Täubchen!

Ich bin ... ich meine, der Juwelier sagt, es hat sich erledigt; ich wollte eigentlich von mir selber berichten, daß ich krank geworden bin und das Bett hüten muß. Gerade jetzt, wo es so viel zu besorgen gilt, bekomme ich eine Erkältung, der Teufel hole sie! Des weiteren teile ich Ihnen mit, daß, um mein Unglück vollzumachen, Exzellenz geruht hat, Strenge walten zu lassen, und sich über Jemeljan Iwanowitsch sehr geärgert und ihm viele heftige Worte gesagt hat, am Ende war Exzellenz ganz erschöpft, der Arme. So mache ich Ihnen von allem Mitteilung. Ich würde ja noch mehr schreiben, nur fürchte ich, Ihnen lästig zu fallen. Denn schließlich bin ich, mein Herz, ein einfältiger, schlichter Mann, ich schreibe, was mir in den Sinn kommt, und so haben Sie vielleicht dies und jenes zu bemängeln – ja, da tue einer was!

Ihr Makar Dewuschkin

29. September

Warwara Alexejewna, meine Liebe!

Ich habe heute Fedora getroffen, mein Täubchen. Sie sagt, daß Sie schon morgen getraut werden und übermorgen abreisen und daß Herr Bykow schon die Pferde mietet. Über Seine Exzellenz habe ich Sie ja bereits unterrichtet, mein Herz. Noch eins – die Rechnungen von dem Geschäft auf der Gorochowaja habe ich geprüft, es hat alles seine Richtigkeit, ist nur sehr teuer. Aber warum ist Herr Bykow böse auf Sie? Na, werden Sie glücklich, mein Herz! Ich freue mich, jawohl, ich freue mich, wenn Sie glücklich werden. Mein Herz, ich würde gern in die Kirche kommen, aber ich kann nicht, mein Kreuz schmerzt zu sehr. Ich fange immer wieder von den Briefen an – wer wird sie jetzt überbringen, mein Herz? Ja! Fedora haben Sie mit Gunstbeweisen überhäuft, meine Liebe! Da haben Sie, meine Freundin, ein gutes Werk getan; das war recht von Ihnen. Ein gutes Werk! Und für jedes gute Werk wird der Herr Sie segnen. Gute Werke bleiben nicht ungelohnt, und Tugend wird früher oder später immer mit der Krone göttlicher Gerechtigkeit belohnt. Mein Herz! Ich möchte Ihnen gern viel schreiben, zu jeder Stunde, zu jeder Minute möchte ich Ihnen schreiben, Ihnen immerzu schreiben! Ich habe noch ein Buch von Ihnen, „Belkins Erzählungen“, wissen Sie was, mein Herz, nehmen Sie es nicht mit, schenken Sie es mir, mein Täubchen. Nicht, weil ich begierig wäre, es zu lesen. Aber Sie wissen selber, mein Herz, der Winter naht; die Abende werden lang; trübsinnig sitzt man zu Hause, und dann liest man gern ein wenig. Ich werde aus meinem Zimmer in Ihr altes ziehen, mein Herz, mich bei Fedora einmieten. Von dieser wackeren Frau möchte ich mich jetzt keinesfalls trennen; zumal sie so arbeitsam ist. Gestern habe ich Ihr verwaistes Zimmer näher in Augenschein genommen. Ihr Stickrahmen mit einer Stickerei darauf ist unberührt geblieben, steht in der Ecke. Ich habe mir Ihre Stickerei angesehen. Auch sind noch allerlei Flicken liegengeblieben. Auf einen Brief von mir hatten Sie Fäden gewickelt. In der Tischschublade fand ich einen Briefbogen, darauf stand: „Gnädiger Herr Makar Alexejewitsch! In aller Eile ...“, das war alles. Sichtlich sind Sie an der interessantesten Stelle gestört worden. In der Ecke steht hinter einem Wandschirm Ihr Bett ... Sie mein Täubchen!!! So leben Sie wohl, leben Sie wohl; antworten Sie mir um Himmels willen recht bald auf diesen Brief.

Makar Dewuschkin

30. September

Makar Alexejewitsch, mein teuerster Freund!

Es ist alles vollbracht! Die Entscheidung über mein Los ist gefallen; ich weiß nicht, was für ein Los es ist, doch ich beuge mich dem Willen des Herrn. Morgen reisen wir ab. Zum letztenmal sage ich Ihnen Lebewohl, mein teurer Freund, mein Wohltäter, mein Lieber! Trauern Sie mir nicht nach, seien Sie guten Mutes und denken Sie an mich, möge Gottes Segen auf Ihnen ruhen! Ich werde oft an Sie denken und für Sie beten. Somit wäre diese Zeit denn zu Ende. Die Erinnerungen, die ich in mein neues Leben mitnehme, bergen wenig Erfreuliches; desto wertvoller wird mir die Erinnerung an Sie, desto teurer werden Sie meinem Herzen sein. Sie sind mein einziger Freund; hier haben nur Sie allein mich geliebt. Habe ich doch immerzu erlebt, habe ich doch gewußt, wie Sie mich liebten! Allein mein Lächeln machte Sie glücklich, eine einzige Briefzeile von mir. Jetzt müssen Sie sich damit abfinden, daß ich nicht mehr für Sie dasein kann! Wie wird es Ihnen ergehen, wenn Sie allein hier zurückbleiben? Wen haben Sie hier, mein guter, teurer, einziger Freund? Ich überlasse Ihnen Buch, Stickrahmen und den angefangenen Brief; wenn Sie diese begonnenen Zeilen ansehen, setzen Sie in Gedanken hinzu, was Sie von mir gern gehört oder gelesen hätten, was ich Ihnen hätte schreiben sollen; was würde ich Ihnen jetzt alles schreiben! Gedenken Sie Ihrer armen Warenka, die Sie so innig geliebt hat. Ihre sämtlichen Briefe liegen bei Fedora in der Kommode, im oberen Schubfach. Sie schreiben, Sie seien krank, doch Herr Bykow läßt mich heute nicht fort. Ich werde Ihnen schreiben, mein Freund, ich verspreche es Ihnen, doch Gott allein weiß, was alles geschehen kann. So lassen Sie uns denn, mein Freund, mein Täubchen, mein Lieber, für immer voneinander Abschied nehmen, für immer! ... Oh, wie möchte ich Sie jetzt in meine Arme schließen! Leben Sie wohl, mein Freund, leben Sie wohl, leben Sie wohl. Mögen Ihnen Glück und Gesundheit beschieden sein. Ich werde mein Lebtag für Sie beten. Ach, wie ist mir so weh ums Herz, wie liegt es so schwer auf meiner Seele. Herr Bykow ruft mich.

Ihre Sie ewig liebende

W.

PS:

Mein Herz ist voll, so voll der Tränen ...

Tränen würgen meine Kehle, sprengen mir die Brust. Leben Sie wohl!

O Gott, welch Schmerz!

Vergessen Sie nicht Ihre arme Warenka, vergessen Sie sie nicht!

Warenka, mein Herz, mein Täubchen, meine Teure! Man bringt Sie fort, Sie reisen ab! Diese Menschen hätten besser daran getan, mir das Herz aus dem Leibe zu reißen, als Sie mir wegzunehmen! Wie ist das zu verstehen? Sie weinen, gleichwohl reisen Sie ab?! Soeben habe ich ein Briefchen von Ihnen erhalten, ganz voller Tränentupfen. Sie möchten also gar nicht abreisen; man bringt Sie gewaltsam fort, Sie haben also Mitleid mit mir, Sie lieben mich! Ja, werden sie denn jetzt einen Menschen haben, dem Sie sich anschließen können? Ihr kleines Herz wird dort frieren, ihm wird wehmütig und traurig zumute werden. Trübsal wird es verzehren, Leid zerreißen. Sie werden dort sterben, man wird Sie in die kalte Erde legen; keiner wird um Sie weinen! Herr Bykow wird immerzu auf Hasenjagd sein ... Ach, mein Herz, mein Herz, wozu haben Sie sich da entschlossen, wie konnten Sie sich zu so einem Schritt entschließen? Was haben Sie getan, was haben Sie getan, was haben Sie sich angetan! Dort bringt man Sie doch ins Grab; mein Engelchen, zu Tode wird man Sie dort quälen. Wo Sie so zart sind wie ein Federchen, mein Herz! Und wo war ich? Wo hatte ich Narr meine Augen? Ich sehe, das Kind wird launisch, dem Kind schmerzt das Köpfchen! Hier hätte ich einfach etwas unternehmen müssen, aber nein, ich Erznarr denke mir nichts dabei, ich merke nichts, als ob ich mir überhaupt nichts vorzuwerfen hätte, als ob mich die Sache gar nichts anginge; und ich laufe noch nach Falbeln herum! ... Nein, Warenka, ich stehe auf; morgen bin ich vielleicht wiederhergestellt, und dann stehe ich auf! ... Ich werfe mich unter die Räder, mein Herz; ich lasse Sie nicht abreisen! Aber halt, was hat es eigentlich damit für eine Bewandtnis? Mit welchem Recht geschieht das alles? Ich werde mit Ihnen fahren; ich laufe Ihrem Wagen hinterdrein, wenn Sie mich nicht mitnehmen, ich werde alle Kraft aufbieten und Ihnen hinterdreinlaufen, bis ich tot zusammenbreche. Ja, wissen Sie denn auch, mein Herz, was für eine Gegend das ist, in die Sie reisen? Wahrscheinlich wissen Sie es nicht, also fragen Sie mich! Dort ist Steppe, meine Liebe, Steppe, kahle Steppe, kahl wie meine flache Hand! Das Weibervolk ist stumpfsinnig, die Mannsbilder sind ungeschliffen und Trunkenbolde. Dort haben die Bäume jetzt schon kein Laub mehr, dort ist es kalt und regnerisch – und dahin fahren Sie! Na schön, Herr Bykow hat dort seine Beschäftigung, er geht auf Hasenjagd; aber Sie? Sie wollen Gutsbesitzerfrau werden, mein Herz? Aber mein kleiner Cherub! Schauen Sie sich doch einmal an – sehen Sie aus wie eine Gutsbesitzerfrau? ... Ja, und wie soll das werden, Warenka? Wem schreibe ich dann Briefe, mein Herz? Jawohl! Das müssen Sie sich einmal fragen, mein Herz, wem kann er dann noch Briefe schreiben? Wen kann ich „mein Herz" nennen; wem so einen Kosenamen geben? Wo soll ich Sie suchen, mein Engelchen? Ich werde sterben, Warenka, ganz bestimmt sterben; dieses Unglück verwinde ich nicht! Ich habe Sie geliebt wie den hellen Tag, wie meine leibliche Tochter, alles an Ihnen habe ich geliebt, mein Herz, meine Liebe! Nur für Sie habe ich gelebt! Ich habe gearbeitet, Schriftstücke abgeschrieben, manchen Weg und manchen Spaziergang gemacht und meine Beobachtungen in Form von Freundesbriefen zu Papier gebracht, und das alles, weil Sie, mein Herz, hier gegenüber, ganz in meiner Nähe wohnten. Wahrscheinlich haben Sie das nicht gewußt, doch genauso war es! Ja, so hören Sie doch, mein Herz, überlegen Sie, mein liebes Täubchen, wie kann es sein, daß Sie von uns wegziehen? Meine Liebe, Sie dürfen nicht fahren, Sie können nicht; das ist völlig unmöglich! Es regnet doch, und Sie sind so zart und werden sich erkälten. Ihr Wagen wird durch und durch naß werden; unbedingt wird er das. Er wird, kaum daß Sie zum Stadttor hinaus sind, entzweigehen; er wird entzweigehen, als müsse es so sein. Denn hier in Petersburg machen sie gräßliche Wagen! Ich kenne diese Wagenbauer allesamt; die sind nur darauf aus, ein hübsches, zierliches Spielzeug zu fabrizieren, aber nichts Haltbares! Ich schwöre Ihnen, die bringen nichts Haltbares zuwege! Mein Herz, ich werde vor Herrn Bykow auf die Knie sinken; ich werde es ihm beweisen, werde ihm alles beweisen! Auch Sie, mein Herz, müssen es ihm beweisen; müssen Vernunftsgründe anführen! Sagen sie ihm, daß Sie hierbleiben und nicht fahren können! ... Ach, warum hat er nicht in Moskau die Kaufmannsfrau geheiratet? Hätte er doch die geheiratet! Eine Kaufmannsfrau hätte besser, weit besser zu ihm gepaßt; ich weiß schon, warum! Und ich hätte Sie hier bei mir behalten. Was bedeutet er Ihnen denn, mein Herz, dieser Bykow? Was hat ihn auf einmal so liebenswert gemacht? Etwa, daß er Ihnen immerzu Falbeln kaufen würde, das etwa? Aber was sind denn Falbeln, wozu sind die gut? Falbeln, mein Herz, sind Unsinn. Ich würde Ihnen ja auch, sobald ich mein Gehalt bekomme, eine Menge Falbeln kaufen; das würde ich, mein Herz; ich kenne da einen Ladenbesitzer; lassen Sie mir nur noch so viel Zeit, bis ich mein Gehalt habe, Warenka, mein lieber kleiner Cherub! O mein Gott, mein Gott! Es steht also fest, daß Sie mit Herrn Bykow fortgehen, in die Steppe, und nicht zurückkommen! Ach, mein Herz! ... Nein, Sie müssen mir noch einmal schreiben, Sie müssen mir noch ein Briefchen schreiben, wie alles war, und wenn Sie fort sind, müssen Sie mir auch von dort ein Brieflein schreiben. Sonst, mein Engel, wäre dies ja der letzte Brief; und es kann doch nicht sein, daß dieser Brief der letzte wäre. Ja, mit einem Schlag und unabänderlich der letzte! Nein, ich werde schreiben, und auch Sie müssen mir schreiben ... Wo sich doch jetzt mein Stil herausbildet ... Ach, meine Liebe, was heißt Stil! Ich weiß ja gar nicht, was ich da schreibe, ich weiß es einfach nicht, nichts weiß ich, ich lese es auch nicht durch, und ich verbessere den Stil nicht, ich schreibe nur, um zu schreiben, um Ihnen möglichst viel zu schreiben ... Mein Täubchen, meine Liebe, Sie mein Herz!

Der Doppelgänger

Ein Petersburger Poem

Erstes Kapitel

Es war kurz vor acht Uhr morgens, als der Titularrat Jakow Petrowitsch Goljadkin nach langem Schlaf erwachte, gähnte, sich streckte und schließlich die Augen öffnete. Im übrigen lag er noch an die zwei Minuten unbeweglich in seinem Bett wie jemand, der nicht ganz sicher ist, ob er wacht oder noch immer schläft, ob all das, was um ihn herum geschieht, in Wirklichkeit vor sich geht oder die Fortsetzung seiner chaotischen Traumbilder darstellt. Bald jedoch nahmen die Sinne des Herrn Goljadkin die alltäglichen, gewohnten Eindrücke deutlicher und schärfer wahr. Vertraut blickten ihn die grünlich-schmuddeligen, verräucherten und verstaubten Wände seines kleinen Zimmers an, die Mahagonikommode, die auf Mahagoni gebeizten Stühle, der rot gestrichene Tisch, das rötliche türkische Wachstuchsofa mit dem grünen Blümchenmuster und zu guter Letzt die gestern in aller Eile abgeworfene und auf dem Sofa übereinandergehäufte Kleidung. Zudem schaute der graue, schmutzig-trübe Herbsttag so ärgerlich und mit so saurer Miene durch die glanzlosen Fensterscheiben ins Zimmer, daß Herr Goljadkin durchaus nicht länger daran zu zweifeln vermochte, daß er sich nicht in einem fernen Märchenland befinde, sondern in der Stadt, der Hauptstadt Petersburg, in der Schestilawotschnaja-Straße, im dritten Stock einer sehr großen Mietskaserne, in seiner Wohnung. Nachdem Herr Goljadkin diese bedeutsame Entdeckung gemacht hatte, schloß er ruckartig die Lider, als bedauere er, nicht mehr im Schlaf zu liegen, als wolle er ihn für einen Augenblick zurückzwingen. Doch gleich darauf schoß er mit einem

Satz aus dem Bett, da er vermutlich endlich auf die Idee gekommen war, um die sich seine bis dahin zerstreuten, noch ungeordneten Gedanken gedreht hatten. Er schoß also aus dem Bett und eilte sogleich auf einen kleinen runden Spiegel zu, der auf der Kommode stand. Obwohl das verschlafene, kurzsichtige, von einer ziemlichen Glatze gekrönte Antlitz, das er im Spiegel sah, von genau jener unbedeutenden Art war, die auf den ersten Blick entschieden niemandes besondere Aufmerksamkeit erregt, war sein Besitzer mit dem, was er im Spiegel erblickte, augenscheinlich völlig zufrieden. „Wär auch ein Ding", sagte Herr Goljadkin mit gedämpfter Stimme, „wär auch ein Ding, wenn heute irgend etwas an mir nicht ganz in Ordnung wäre oder nicht stimmte – sagen wir, sich ein völlig entbehrlicher Pickel gezeigt oder sonst etwas Unangenehmes bemerkbar gemacht hätte; bisher jedoch ist alles gut, bisher geht alles in Ordnung." Herr Goljadkin stellte, äußerst erfreut, daß alles in Ordnung ging, den Spiegel an seinen Platz, stürzte, obwohl er barfuß war und sich in demselben Aufzug befand, in dem er sich dem Schlaf zu überlassen pflegte, ans Fenster und suchte mit großem Interesse den Hof des Hauses, auf den die Fenster seiner Wohnung gingen, mit den Augen ab. Offenbar war er auch von dem, was er auf dem Hof entdeckte, völlig befriedigt; sein Gesicht erstrahlte in einem selbstgefälligen Lächeln. Danach – das heißt, nachdem er zunächst einen Blick hinter die Trennwand auf die Schlafstatt seines Kammerdieners Petruschka geworfen und sich davon überzeugt hatte, daß Petruschka nicht da war, schlich er sich auf Zehenspitzen zum Tisch, schloß ein bestimmtes Schubfach auf, tastete in der hintersten Ecke herum und zog endlich unter alten, vergilbten Papieren und irgendwelchem anderen Kram eine abgeschabte grüne Brieftasche hervor, öffnete sie vorsichtig und sah behutsam und mit Genuß in das gut verborgene Geheimfach. Anscheinend wirkte der Anblick des Packens von grünen, grauen, blauen, roten und anderen bunten Scheinen recht angenehm und ermutigend auf Herrn Goljadkin: Er legte die Brieftasche mit strahlender Miene geöffnet auf den Tisch und rieb sich zum Zeichen außerordentlichen Wohlgefallens kräftig die Hände. Schließlich holte er aus ihr den so trosthaltigen Packen seiner staatlichen Assignaten und zählte die Scheine nach, zum hundertsten Mal seit dem gestrigen Tag, wobei er sie sorgsam zwischen Daumen und Zeigefinger rieb. „Siebenhundertundfünfzig Rubel in Scheinen!" stellte er schließlich beinah im Flüsterton fest. „Siebenhundertundfünfzig Rubel ... eine erfreuliche Summe! Eine Summe, die sich sehen lassen kann", fuhr er mit zitternder, vor lauter Vergnügen ein wenig versagender Stimme fort, wobei er das Päckchen in seinen Händen drückte und bedeutsam lächelte. „Eine höchst erfreuliche Summe! Möchte wissen, wer sie heutzutage nicht erfreulich fände! Möchte denjenigen sehen, für den diese Summe belanglos wäre! Eine solche Summe kann einen Menschen ein ganzes Stück voranbringen ..."

Aber was soll denn das heißen? fragte sich Herr Goljadkin. Wo steckt Petruschka? Er schaute, immer noch in demselben Aufzug, ein zweites Mal hinter die Trennwand. Petruschka war wieder nicht zu entdecken; statt dessen fauchte, zischte, ärgerte sich und explodierte fast der auf den Fußboden gestellte Samowar, ununterbrochen im Begriff, sich auf und davon zu machen; er brabbelte unter Blubbern und Zischen in seiner schwer verständlichen Sprache rasch und hitzig auf Herrn Goljadkin ein – vermutlich sollte das heißen: Gute Leute, nehmt mich hier fort, ich siede doch längst und bin zum Auftragen bereit.

Hol's der Teufel! dachte Herr Goljadkin. Dieses faule Biest kann einen regelrecht auf die Palme bringen; wo treibt er sich herum? Er trat, verständlicherweise entrüstet, ins Vorzimmer hinaus, eine Art kleinen Korridor, an dessen Ende sich die Tür zum Treppenflur befand; er drückte sie ein klein wenig auf und erblickte seinen Bedienten, umgeben von einem beträchtlichen Häufchen Volks – Lakaien, allerlei Hausangehörigen und hergelaufenem Pack. Petruschka erzählte etwas, die anderen hörten zu. Herrn Goljadkin sagten offenbar weder das Thema der Unterhaltung noch die Unterhaltung selber zu. Er rief sofort nach Petruschka und kehrte höchst unzufrieden, ja verärgert in sein Zimmer zurück. Dieses Biest ist imstande, einen Menschen für ein Butterbrot zu verkaufen, zumal den eigenen Herrn, dachte er im stillen, und das hat er auch, hat er auch mit Bestimmtheit getan; ich wette, daß er mich für ein Butterbrot verkauft hat.

„Nun, was ist?"

„Sie haben die Livree gebracht, Herr."

„Zieh sie an und marsch hierher!"

Petruschka legte die Livree an und betrat mit einem dümmlichen Lächeln das Zimmer seines Herrn. Seine Kostümierung wirkte höchst seltsam. Er hatte eine grüne, stark abgetragene Lakaienlivree an, die offenbar für jemand angefertigt war, der Petruschka um mindestens einen Arschin überragte; von der Vergoldung der Tressen war kaum noch etwas zu entdecken. In den Händen hielt er einen Hut, den ebenfalls goldene Tressen und auch grüne Federn schmückten, an seiner Hüfte baumelte in einer Lederscheide ein Lakaiendegen.

Ansonsten war Petruschka, um das Bild zu vervollständigen, seiner geliebten Gewohnheit, immer häuslich und im Negligé herumzugehen, auch diesmal gefolgt und präsentierte sich barfuß. Herr Goljadkin sah sich Petruschka von allen Seiten an und war offenbar befriedigt. Die Livree schien aus Anlaß einer Feier ausgeliehen gewesen zu sein. Man merkte auch, daß Petruschka seinen Herrn während der Begutachtung sonderbar erwartungsvoll ansah und jede seiner Bewegungen mit ungewöhnlicher Neugier verfolgte, was Herrn Goljadkin außerordentlich verwirrte.

„Gut. Und was ist mit der Kutsche?"

„Die Kutsche steht bereit."

„Für den ganzen Tag?"

„Jawohl, für den ganzen Tag. Fünfundzwanzig Rubel in Scheinen."

„Und hat man auch die Schuhe gebracht?"

„Ja, auch die Schuhe hat man gebracht."

„Klotz! Bist nicht imstande, jawohl statt ja zu sagen! Her mit ihnen!"

Nachdem Herr Goljadkin seine Zufriedenheit darüber

geäußert hatte, daß die Schuhe paßten, befahl er Tee und alles Erforderliche zum Waschen und Rasieren. Er rasierte und wusch sich äußerst sorgfältig, trank in aller Eile ein paar Schluck Tee und machte sich an den abschließenden, entscheidenden Teil seiner Toilette: Er streifte fast völlig neue Beinkleider über und legte ein Chemisett mit Bronzeknöpfen und eine äußerst farbenfreudig und angenehm geblümte Weste an; um den Hals knüpfte er eine bunte Seidenkrawatte, und zu guter Letzt schlüpfte er in seinen gleichfalls noch nagelneuen und sorgsam gebürsteten „kleinen Galarock". Während des Anziehens blickte er wiederholt liebevoll auf seine Schuhe, hielt alle Augenblicke bald den einen, bald den anderen ein wenig hoch und bewunderte die Fasson, wobei er immerzu etwas vor sich hin murmelte und seine Gedanken hier und da mit einem ausdrucksvollen Zwinkern begleitete. Im übrigen war Herr Goljadkin an diesem Morgen äußerst zerstreut und bemerkte wohl kaum das hämische Grinsen und die ihm geltenden Grimassen Petruschkas, der ihm beim Ankleiden half. Nachdem alles Notwendige erledigt und Herr Goljadkin vollständig angezogen war, steckte er die Brieftasche ein und musterte endgültig befriedigt Petruschka, der inzwischen Schuhe anhatte und sich damit in ebenso vollständiger Bereitschaft befand wie er; als er also bemerkte, daß nun alles getan war und man nicht länger zu zaudern brauchte, eilte er hastig und etwas aufgeregt, mit einem leichten Herzklopfen die Treppen hinunter. Die himmelblaue, mit Wappen geschmückte Mietkutsche fuhr polternd vor. Petruschka, der dem Mietkutscher und einigen Gaffern zublinzelte, half seinem Herrn beim Einsteigen; dann rief er mit fremder Stimme und mit Mühe ein albernes Lachen unterdrückend: „Fahr zu!" und sprang auf den hinteren Wagentritt, worauf sich alles zusammen polternd und dröhnend, klirrend und klappernd auf den Newski-Prospekt zu in Bewegung setzte. Kaum hatte die himmelblaue Kutsche den Torweg verlassen, als Herr Goljadkin sich krampfhaft die Hände rieb und in ein leises, kaum hörbares Lachen ausbrach – wie jemand, der ein fröhliches Temperament besitzt und dem es gelungen ist, ein tolles Ding zu drehen, ein Ding, über das er sich nicht genug freuen kann. Im übrigen wurde das Lachen gleich nach dem Heiterkeitsanfall auf dem Gesicht des Herrn Goljadkin durch einen sonderbar besorgten Ausdruck abgelöst. Herr Goljadkin ließ trotz der jahreszeitlich bedingten, feuchten und trüben Witterung beide Fensterscheiben herunter und schaute sich aufmerksam nach den Fußgängern zu beiden Seiten der Kutsche um, wobei er, sobald er merkte, daß ihn jemand ansah, eine möglichst anständige und würdevolle Miene aufsetzte. An der Ecke der Litejnaja und des Newski-Prospekts ließ ihn ein äußerst unangenehmes Gefühl zusammenzucken, und er drückte sich – gleich dem Bedauernswerten, dem jemand versehentlich auf das Hühnerauge getreten ist – rasch und sogar regelrecht erschrocken in die dunkelste Ecke seiner Mietkutsche. Es handelte sich darum, daß er zwei Kollegen, zwei jungen Beamten jener Behörde begegnet war, bei der er selber in Diensten stand. Die beiden Kollegen waren, wie Herrn Goljadkin schien, ihrerseits äußerst erstaunt, ihren Amtsbruder in einer solchen Aufmachung zu sehen; einer von ihnen zeigte sogar mit dem Finger auf ihn. Ja, Herr Goljadkin glaubte, daß der andere ihn laut beim Namen rief, was auf offener Straße natürlich höchst unangebracht war. Unser Held gab sich nicht zu erkennen und schwieg. Was für dumme Jungen, räsonierte er mit sich selbst. Was ist schon so Sonderbares dabei? Ein Mann in einer Kutsche – er hat sie eben benötigt und gemietet. Pack, und weiter nichts! Ich kenne sie – dumme Jungen, die einfach eine Tracht Prügel verdienen! Sie sind nur auf ihr Gehalt aus, auf ein Spielchen („Kopf oder Schrift") und eine Gelegenheit, sich irgendwo herumzutreiben – das ist alles. Ich würde ihnen gerne einiges auseinandersetzen, nur scheint mir ... Herr Goljadkin kam nicht dazu, seinen Gedankengang zu vollenden, und erstarrte. Ein munteres, Herrn Goljadkin wohlbekanntes Zweigespann Kasaner Pferde, das vor eine elegante Droschke gespannt war, überholte seine Kutsche rasch auf der rechten Seite. Als der Herr in der eleganten Droschke Herrn Goljadkins Gesicht erblickte, der den Kopf recht unvorsichtig aus dem

Kutschenfenster steckte, war offenbar auch er über die unerwartete Begegnung äußerst erstaunt, beugte sich vor, so weit er konnte, und spähte mit Interesse und größter Neugier in die Kutschenecke, in der sich unser Held schleunigst versteckt hatte. Der Herr in der Droschke war Andrej Filippowitsch, Abteilungsleiter bei jener Dienststelle, der auch Herr Goljadkin – als Gehilfe eines Gruppenvorstehers – angehörte. Herr Goljadkin, der merkte, daß Andrej Filippowitsch ihn zweifellos erkannt hatte, ganz Auge war und er sich nicht mehr vor ihm verbergen konnte, wurde rot bis über die Ohren. Grüß ich nun oder nicht? Reagiere ich oder nicht? Gebe ich zu, daß ich's bin, oder nicht? fragte sich in unbeschreiblicher Pein unser Held. Oder tu ich, als wäre es jemand anderes, der mir zum Verwechseln ähnlich sieht, und zucke mit keiner Wimper? Ich bin es eben nicht, beileibe nicht, und damit fertig! entschied Herr Goljadkin, zog vor Andrej Filippowitsch den Hut und starrte ihn an. „Ich, ich habe damit", murmelte er außer sich, „ich habe damit nichts zu tun, ich bin es nicht, Andrej Filippowitsch, wahrhaftig nicht, ich nicht, und damit Schluß." Die Droschke hatte die Kutsche jedoch rasch überholt, und die magnetische Wirkung der Vorgesetztenblicke erlosch. Und dennoch errötete er immer mehr, lächelte und murmelte etwas vor sich hin ... War dumm von mir, nicht darauf einzugehen, sagte er schließlich, ich hätte einfach mit einer Offenheit, die einer gewissen Vornehmheit nicht entbehrt, kühn zu verstehen geben sollen: So und so, Andrej Filippowitsch, auch ich bin zu einem Mittagessen eingeladen, da haben Sie es! Danach, als unserem Helden plötzlich klar wurde, daß er sich danebenbenommen hatte, flammte er wieder rot auf, runzelte die Brauen und warf einen furchterregenden, herausfordernden Blick in eine der vorderen Kutschenecken, einen Blick, der dazu bestimmt schien, seine sämtlichen Feinde in Asche zu verwandeln. Schließlich zog er, einer jähen Eingebung folgend, an der Schnur, die am Ellenbogen des Kutschers befestigt war, brachte die Kutsche zum Halten und befahl, zur Litejnaja zurückzufahren. Die Sache war nämlich die, Herr Goljadkin befand es auf einmal für notwendig, seinem Arzt, dem Doktor Krestjan Iwanowitsch, unverzüglich etwas außerordentlich Interessantes mitzuteilen, vermutlich zu seiner eigenen Beruhigung. Und obwohl seine Bekanntschaft mit Krestjan Iwanowitsch ausgesprochen neueren Datums war – er hatte ihn erst ein einziges Mal, und zwar in der vorangegangenen Woche, gewisser Beschwerden wegen aufgesucht –, blieb ein Arzt soviel wie ein Beichtiger, wie man zu sagen pflegt; mit ihm Versteck zu spielen wäre töricht gewesen, und den Patienten zu kennen war nun einmal seine Pflicht. Ist denn all das auch richtig? fragte sich unser Held, während er vor dem Eingang eines vierstöckigen Hauses in der Litejnaja halten ließ und aus der Kutsche stieg. Geziemt sich das? Gehört sich das? Was soll im übrigen schon daran sein? fuhr er in Gedanken fort, während er die Treppe hinaufging, nach Atem rang und das Herzklopfen zu unterdrücken suchte, das ihn auf allen fremden Treppen befiel. Was ist im übrigen schon dabei? Ich komme schließlich in eigener Sache, in einer Angelegenheit, an der es nichts Anstößiges gibt. Versteck spielen wäre albern. Ich tu so, als hätte ich weiter nichts Besonderes auf dem Herzen und käme nur zufällig vorbei ... Da wird er einsehen, daß es sich so gehört.

Herr Goljadkin erklomm, während ihm all das durch den Kopf ging, den ersten Stock und blieb vor einer Wohnungstür mit der Nummer fünf stehen, an der sich ein hübsches Messingschild mit der Inschrift befand:

Krestjan Iwanowitsch Rutenspitz,
Dr. med. und Chirurg

Unser Held beeilte sich, seinem Gesicht einen anständigen, sorglosen, einigermaßen liebenswürdigen Ausdruck zu verleihen, und war schon drauf und dran, an der Klingelschnur zu ziehen. Im gleichen Augenblick fragte er sich jedoch, und wohl mit einigem Recht, ob es nicht besser wäre, erst morgen vorzusprechen, weil ja bislang keinerlei dringende Notwendigkeit bestand. Da aber Herr Goljadkin plötzlich Schritte auf der Treppe hörte und nun einmal da war, nahm er seinen neuen Entschluß gleich wieder zurück und klingelte, übrigens mit resolutester Miene, an Krestjan Iwanowitschs Tür.

Zweites Kapitel

Krestjan Iwanowitsch Rutenspitz, Doktor der Medizin und Chirurg, ein äußerst kräftiger, wenn auch nicht gerade junger Mann, den dichte, graumelierte Augenbrauen, ein ebensolcher Backenbart, ein ausdrucksvoller, funkelnder Blick, mit dem allein er offenbar sämtliche Krankheiten austrieb, und nicht zuletzt ein bedeutender Orden schmückten, saß an diesem Morgen in seinem Sprechzimmer in einem bequemen Sessel, trank einen Kaffee, den ihm seine Frau Doktor eigenhändig gebracht hatte, rauchte eine Zigarre und schrieb hin und wieder ein Rezept für seine Patienten aus. Nachdem Krestjan Iwanowitsch einem alten Männlein, das an Hämorrhoiden litt, ein letztes Fläschchen verschrieben und das Männlein zum Seitenausgang begleitet hatte, nahm er in Erwartung des nächsten Besuchers aufs neue in seinem Sessel Platz. Dieser Besucher war Herr Goljadkin.

Krestjan Iwanowitsch hatte Herrn Goljadkin offenbar nicht im geringsten erwartet und auch nicht bei sich zu sehen gewünscht, denn er war im ersten Augenblick plötzlich verwirrt und setzte eine sonderbare, man könnte sogar sagen, unzufriedene Miene auf. Da Herr Goljadkin seinerseits, sobald er jemand in seinen kleinen Angelegenheiten beanspruchen mußte, fast immer irgendwie klein und häßlich wurde und durcheinanderkam, geriet er auch jetzt, da er sich auf den ersten Satz nicht vorbereitet hatte – der war für ihn in solchen Fällen ein wahrer Stein des Anstoßes –, in ziemliche Verlegenheit, murmelte etwas, vermutlich eine Entschuldigung, nahm sich, da er nicht weiterwußte, einen Stuhl und setzte sich. Als er sich aber bewußt wurde, daß er es unaufgefordert getan hatte, fühlte er sofort, wie unschicklich das war, und beeilte sich, seinen Fehler – Unkenntnis der vornehmen Welt und des guten Tones – zu berichtigen, indem er sich schleunigst von dem unaufgefordert eingenommenen Platz erhob. Nachdem er dann zu sich gekommen war und das undeutliche Gefühl hatte, zwei Dummheiten hintereinander begangen zu haben, entschloß er sich, ohne zu zögern, zu einer dritten, das heißt, er versuchte, sich zu rechtfertigen, murmelte lächelnd vor sich hin, wurde rot, geriet durcheinander, brach vielsagend ab, setzte sich endgültig und stand auch nicht wieder auf, sondern wappnete sich für alle Fälle mit dem ihm eigenen herausfordernden Blick, der die ungewöhnliche Kraft besaß, im übertragenen Sinne alle Feinde Herrn Goljadkins in Staub und Asche zu verwandeln. Darüber hinaus brachte dieser Blick Herrn Goljadkins Unabhängigkeit zum Ausdruck, das heißt, er besagte deutlich, Herr Goljadkin sei ganz in Ordnung, obzwar ein Mensch für sich, wie jeder andere auch, und sein Name sei auf jeden Fall Hase. Krestjan Iwanowitsch hüstelte und räusperte sich, offenbar zum Zeichen dessen, daß er damit einverstanden war und alles billigte, und sah Herrn Goljadkin mit dem fragenden Blick eines Inspektors an.

„Ich, Krestjan Iwanowitsch", begann Herr Goljadkin mit einem Lächeln, „bin gekommen, um Sie ein zweites Mal zu bemühen, und erlaube mir, Sie aufs neue um Nachsicht zu bitten..." Herrn Goljadkin bereitete es augenscheinlich Mühe, die richtigen Worte zu finden.

„Hm... ja...", sagte Krestjan Iwanowitsch, stieß ein Rauchwölkchen aus und legte die Zigarre auf den Tischrand, „aber Sie müssen sich an meine Verordnungen halten; ich habe Ihnen doch erklärt, daß die Behandlung in der Veränderung Ihrer Gewohnheiten besteht ... Nun – in Zerstreuungen; besuchen Sie meinetwegen Freunde oder Bekannte, aber verachten Sie auch einen guten Tropfen nicht; Sie sollten sich in fröhlicher Gesellschaft bewegen."

Herr Goljadkin, der immer noch lächelte, beeilte sich zu bemerken, ihm scheine, er sei wie alle anderen und durchaus bei sich, verbringe auch seine Mußestunden wie jeder andere ... er könne es sich selbstverständlich leisten, ein Theater zu besuchen, da auch er wie andere die Mittel dazu besitze; tagsüber halte er sich in seiner Dienststelle auf, während er den Abend zu Hause verbringe, bei ihm sei also alles in Ordnung; dabei erwähnte er sogar beiläufig, es gehe ihm, wie ihm scheine, nicht schlechter als anderen Leuten, er habe sein eigenes Heim, das heißt eine eigene Wohnung, und obendrein seinen Petruschka. Hier blieb Herr Goljadkin in seiner Rede stecken.

„Hm... nein... ich meine nicht Ihre Verhältnisse, ich frage Sie nach etwas anderem. Ich möchte generell wissen, ob Sie ein Freund fröhlicher Gesellschaften sind und Ihre Zeit vergnügt zubringen... Mit einem Wort: ob Sie Ihr melancholisches Dasein fortsetzen oder ein vergnügtes Leben führen?"

„Ich, Krestjan Iwanowitsch ..."

„Hm ... ich meine", unterbrach ihn der Doktor, „es bedarf eines radikalen Wandels Ihrer gesamten Lebensweise und gewissermaßen auch Ihres Charakters." Krestjan Iwanowitsch betonte dabei besonders das Wort „Wandel" und hielt einen Augenblick mit höchst bedeutsamer Miene inne. „Sich nicht die Freuden des Lebens versagen, auf keinen Fall einen guten Tropfen verachten! Zu Hause sitzen ist nichts für Sie ... das dürfen Sie einfach nicht."

„Ich, Krestjan Iwanowitsch, liebe die Stille", entgegnete Herr Goljadkin, wobei er Krestjan Iwanowitsch vielsagend ansah und offenbar nach dem gelungensten Ausdruck für seinen Gedanken suchte, „in meiner Wohnung befinden sich nur ich und Petruschka... das heißt mein Diener, Krestjan Iwanowitsch. Ich will damit sagen, ich gehe meinen eigenen, besonderen Weg, Krestjan Iwanowitsch. Ich bin ein Mensch für sich und hänge, wie mich dünkt, von niemandem ab. Ich, Krestjan Iwanowitsch, gehe auch spazieren."

„Ach was? ... Nun ja! Nur bereitet es im Augenblick nicht das geringste Vergnügen; das Klima ist zur Zeit abscheulich."

„Das schon, Krestjan Iwanowitsch. Obwohl ich aber ein friedlicher Mensch bin, wie ich wohl schon die Ehre hatte, Ihnen, Krestjan Iwanowitsch, auseinanderzusetzen, gehe ich meinen eigenen Weg. Die Straße des Lebens ist breit... Ich,

Krestjan Iwanowitsch, will ... ich will damit sagen: Entschuldigen Sie, Krestjan Iwanowitsch, ich bin kein Meister schöner Worte."

„Hm ... fahren Sie fort!"

„Ich, Krestjan Iwanowitsch, bitte zu entschuldigen, wenn ich, wie mir scheinen will, nicht der geborene Redner bin", entgegnete Herr Goljadkin leicht gekränkt, wobei er durcheinanderkam und ein wenig aus dem Konzept geriet. „In dieser Hinsicht, Krestjan Iwanowitsch, steh ich den anderen nach", fügte er mit einem besonderen Lächeln hinzu, „und lange Reden zu halten, versteh ich nicht; was Schönheit des Stils anbelangt, bin ich ungeübt. Dafür, Krestjan Iwanowitsch, handle ich; statt dessen handle ich, Krestjan Iwanowitsch!"

„Hm ... Und wie ... wie handeln Sie denn nun?" entgegnete Krestjan Iwanowitsch. Danach trat eine Minute des Schweigens ein. Der Doktor sah Herrn Goljadkin seltsam und mißtrauisch an. Herr Goljadkin schielte ebenfalls ziemlich mißtrauisch zum Doktor hin.

„Ich, Krestjan Iwanowitsch", fuhr Herr Goljadkin, ein wenig gereizt und durch Krestjan Iwanowitschs äußerste Beharrlichkeit vor ein Rätsel gestellt, in immer demselben Tone fort, „ich, Krestjan Iwanowitsch, liebe die Ruhe, und nicht das laute Gebaren der vornehmen Welt. Bei denen da, sage ich Ihnen, in der vornehmen Welt, Krestjan Iwanowitsch, muß man sich gewandt auf dem Parkett bewegen können ..." Hier ließ Herr Goljadkin andeutungsweise den einen Fuß über den Boden gleiten. „Dort ist das, bitte sehr, gefragt, genauso wie ein Kalauer ... auch auf ein parfümiertes Kompliment muß man sich verstehen ... das ist es, was dort gefragt ist. Und das habe ich nicht gelernt, Krestjan Iwanowitsch, all diese Finessen hat man mich nicht gelehrt; dazu war keine Zeit. Ich bin ein einfacher, anspruchsloser Mensch, und äußerer Glanz geht mir ab. Da, Krestjan Iwanowitsch, strecke ich die Waffen. In dieser Hinsicht – ja." All das brachte Herr Goljadkin natürlich mit einer Miene hervor, die deutlich genug verriet, daß unser Held nicht im geringsten bedauerte, in dieser Hinsicht die

Waffen strecken zu müssen und all diese Finessen nicht gelernt zu haben, eher sogar im Gegenteil. Krestjan Iwanowitsch hörte ihm zu, blickte mit einer äußerst unschönen Grimasse zu Boden und schien im voraus etwas zu ahnen. Auf Herrn Goljadkins Tirade folgte ein ziemlich langes und bedeutsames Schweigen.

„Sie sind, wie mir scheint, von Ihrem Gegenstand ein wenig abgekommen", sagte schließlich Krestjan Iwanowitsch mit gedämpfter Stimme, „ich habe Ihnen, ehrlich gestanden, nicht ganz zu folgen vermocht."

„Ich bin kein Meister schöner Worte, Krestjan Iwanowitsch, ich hatte bereits die Ehre, Sie davon zu unterrichten", erwiderte Herr Goljadkin, nunmehr scharf und entschlossen.

„Hm ..."

„Krestjan Iwanowitsch!" begann Herr Goljadkin aufs neue mit leiser Stimme, doch in bedeutsamem, zum Teil sogar feierlichem Ton und bei jedem Punkt verharrend. „Krestjan Iwanowitsch! Als ich hier eintrat, begann ich mit Entschuldigungen. Jetzt wiederhole ich sie und bitte für eine kleine Weile um Nachsicht. Ich, Krestjan Iwanowitsch, habe Ihnen nichts zu verbergen. Ich bin, das wissen Sie selber, ein unbedeutender Mensch; zu meinem Glück jedoch bedauere ich nicht, ein unbedeutender Mensch zu sein. Ganz im Gegenteil, Krestjan Iwanowitsch; kurz und gut, ich bin sogar stolz darauf, kein großer, sondern ein unbedeutender Mann zu sein. Ich bin kein Intrigant – auch darauf bin ich stolz. Ich gehe nicht heimlich vor, sondern offen und ohne Hinterlist, und das, obwohl ich meinerseits so manchem schaden, ganz gehörig schaden könnte und sehr wohl weiß, wem und auf welche Art, Krestjan Iwanowitsch, aber ich will mich nicht beschmutzen und wasche in diesem Sinne meine Hände in Unschuld. Ich wiederhole, in diesem Sinne wasche ich meine Hände in Unschuld, Krestjan Iwanowitsch!" Herr Goljadkin schwieg vielsagend; seine Rede war von sanfter Beseeltheit gewesen.

„Ich gehe geradewegs auf mein Ziel zu, Krestjan Iwanowitsch", fuhr unser Held fort, „offen und nicht auf

Schleichwegen, denn die verachte ich und überlasse ich anderen. Ich bemühe mich nicht, jene zu erniedrigen, die vielleicht sauberer sind als Sie und ich ... ich wollte sagen, als ich und andere, Krestjan Iwanowitsch, ich wollte nicht sagen, als Sie und ich. Zweideutigkeiten liebe ich nicht; jämmerliche Heuchler kann ich nicht leiden; Verleumdung und Klatsch verabscheue ich. Eine Maske lege ich nur an, wenn ich zum Maskenball gehe, und trage sie nicht tagtäglich vor den Leuten. Ich möchte Sie nur fragen, Krestjan Iwanowitsch, wie würden Sie sich an Ihrem Feind, an Ihrem schlimmsten Feind rächen – an dem, den Sie dafür halten?" schloß Herr Goljadkin und warf Krestjan Iwanowitsch einen herausfordernden Blick zu.

Obwohl Herr Goljadkin all das äußerst klar, deutlich und selbstsicher vorgebracht, die Worte abgewogen und auf ihren sichersten Effekt geprüft hatte, blickte er Krestjan Iwanowitsch jetzt dennoch mit Unruhe, mit großer Unruhe, ja äußerster Unruhe an. Jetzt hatte er alles in seinen Blick gelegt und wartete schüchtern, mit ärgerlicher, verzagter Ungeduld auf Krestjan Iwanowitschs Antwort. Zu Herrn Goljadkins Erstaunen und grenzenloser Verblüffung murmelte Krestjan Iwanowitsch etwas Unverständliches vor sich hin; dann schob er seinen Sessel an den Tisch und erklärte ziemlich trocken, im übrigen aber höflich, daß er mit seiner Zeit geizen müsse und ihn nicht recht verstehe, ansonsten jedoch bereit sei, soweit es in seinen Kräften stehe, zu dienen, wobei er jedoch alles andere, ihn nicht Berührende beiseite schiebe. Hier nahm er die Feder zur Hand, ergriff ein Blatt Papier, schnitt es auf Rezeptformat zurecht und verkündete, er werde sogleich das Erforderliche verschreiben.

„Nein, bitte nicht, Krestjan Iwanowitsch! Das ist durchaus nicht nötig", sagte Herr Goljadkin, richtete sich halb auf und faßte nach Krestjan Iwanowitschs rechter Hand, „das ist in diesem Fall nun wirklich nicht erforderlich ..."

Während Herr Goljadkin das sagte, vollzog sich in ihm eine seltsame Veränderung. Seine grauen Augen blitzten sonderbar auf, die Lippen zuckten, alle Muskeln, alle Züge seines Gesichts verzerrten sich. Er zitterte an allen Gliedern. Nachdem Herr Goljadkin der ersten Gemütsregung nachgegeben und Krestjan Iwanowitschs Arm umklammert hatte, stand er jetzt unbeweglich da, als habe er kein Vertrauen zu sich selbst und hoffe auf eine Inspiration zu neuen Taten.

Danach kam es zu einer recht eigenartigen Szene.

Der einigermaßen verblüffte Krestjan Iwanowitsch schien für einen Augenblick in seinem Sessel angewurzelt zu sein und starrte Herrn Goljadkin verwirrt in die Augen, der ihn auf ebendieselbe Weise anstarrte. Schließlich erhob sich Krestjan Iwanowitsch, wobei er sich ein wenig am Revers des „kleinen Galarocks" von Herrn Goljadkin festhielt. So standen sie sich mehrere Sekunden lang unbeweglich gegenüber, ohne ein Auge voneinander zu wenden. Dann kam es, wenn auch auf äußerst merkwürdige Weise, zu Herrn Goljadkins zweiter Gemütsregung. Seine Lippen zuckten, das Kinn zitterte, und unser Held brach völlig unvermutet in Tränen aus. Er schluchzte, nickte immerfort und schlug sich mit der rechten Hand an die Brust, während er mit der linken seinerseits nach dem Revers von Krestjan Iwanowitschs Hausjoppe griff; er wollte sprechen und unverzüglich etwas klarstellen, vermochte aber kein Wort hervorzubringen. Krestjan Iwanowitsch erholte sich schließlich von seiner Verblüffung.

„Genug jetzt, beruhigen Sie sich und nehmen Sie Platz!" sagte er und bemühte sich, Herrn Goljadkin in den Sessel zu drücken.

„Ich habe Feinde, Krestjan Iwanowitsch, jawohl, ich habe Feinde; böse Feinde, die sich verschworen haben, mich zu vernichten", entgegnete Herr Goljadkin im Flüsterton.

„Hören Sie auf, Schluß damit! Was heißt hier Feinde! Lassen wir das, reden wir nicht davon! Setzen Sie sich, setzen Sie sich", fuhr Krestjan Iwanowitsch fort und brachte Herrn Goljadkin endgültig im Sessel unter.

Herr Goljadkin nahm also Platz, wobei er kein Auge von Krestjan Iwanowitsch wandte. Krestjan Iwanowitsch seinerseits lief mit äußerst unzufriedener Miene aus einer Ecke seines Sprechzimmers in die andere. Ein langes Schweigen folgte.

„Ich bin Ihnen dankbar, sehr dankbar, Krestjan Iwanowitsch, und fühle sehr wohl, was Sie soeben für mich getan haben. Ich werde mich bis an mein Lebensende an Ihre Freundlichkeit erinnern, Krestjan Iwanowitsch", sagte endlich Herr Goljadkin und erhob sich mit gekränkter Miene vom Sessel.

„Schon gut, schon gut! Ich sage Ihnen, hören Sie auf!" antwortete Krestjan Iwanowitsch ziemlich streng auf Herrn Goljadkins Ausfall und drückte ihn aufs neue in den Sessel. „Was also haben Sie? Erzählen Sie mir, was es zur Zeit für Unannehmlichkeiten bei Ihnen gibt und von was für Feinden Sie sprechen! Was also haben Sie da auf Lager?"

„Nein, Krestjan Iwanowitsch, lassen wir das lieber beiseite", erwiderte Herr Goljadkin und blickte zu Boden, „schieben wir das vorerst auf, Krestjan Iwanowitsch, bis zu einem anderen, geeigneteren Zeitpunkt, da alles zutage treten, die Masken von gewissen Leuten abfallen werden und dies und das zum Vorschein kommt. Während ich mich nach alledem, was zwischen uns vorgefallen ist, zunächst natürlich ... das werden Sie verstehen, Krestjan Iwanowitsch ... Gestatten Sie, Ihnen einen guten Morgen zu wünschen", sagte Herr Goljadkin, erhob sich, dieses Mal entschlossen und allen Ernstes, vom Sessel und griff nach dem Hut.

„Je nun ... wie Sie meinen ... hm ..." Es folgte ein kurzes Schweigen. „Ich für meinen Teil, das wissen Sie, bin bereit, zu tun, was ich kann ... und wünsche Ihnen aufrichtig alles Gute."

„Ich verstehe, ich verstehe, Krestjan Iwanowitsch; ich verstehe Sie jetzt sehr genau ... Jedenfalls bitte ich zu entschuldigen, daß ich Sie bemüht habe, Krestjan Iwanowitsch!"

„Hm ... Nein, ich wollte Ihnen etwas anderes sagen. Im übrigen – wie Sie wollen. Mit den Medikamenten fahren Sie fort ..."

„Mit den Medikamenten werde ich fortfahren, wie Sie sich ausdrücken, Krestjan Iwanowitsch, ich werde mit ihnen fortfahren und sie in derselben Apotheke kaufen ... Heutzutage, Krestjan Iwanowitsch, ist selbst ein Apotheker ein großes Tier ..."

„Was heißt das? Wie meinen Sie das?"

„Ganz allgemein, Krestjan Iwanowitsch. Ich will damit sagen, es ist heute eben nicht anders ..."

„Hm ..."

„Und daß jeder Bengel, nicht nur der Laufbursche von der Apotheke, sich hochnäsig gegen einen anständigen Menschen benimmt."

„Hm ... Wie soll ich das verstehen?"

„Ich, Krestjan Iwanowitsch, spreche von jemand Bestimmtem, von einem gemeinsamen Bekannten von uns, Krestjan Iwanowitsch, sagen wir von Wladimir Semjonowitsch ..."

„Aha! ..."

„Ja, Krestjan Iwanowitsch, und ich kenne den und jenen, der es nicht allzu genau mit den allgemeinen Regeln nimmt und mit der Wahrheit gelegentlich nicht hinterm Berge hält."

„Ach! ... Und wie das?"

„Nun, so; das ist übrigens nebensächlich; nur verstehen sie sich darauf, einem gelegentlich einen Kniff mit Pfiff beizubringen."

„Was bitte? Was beizubringen?"

„Einen Kniff mit Pfiff, Krestjan Iwanowitsch; das ist so eine Redewendung. Sie verstehen sich zum Beispiel darauf, irgendwen aus irgendwelchem Anlaß zu beglückwünschen. Solche Leute gibt es, Krestjan Iwanowitsch."

„Zu beglückwünschen?"

„Jawohl, zu beglückwünschen, Krestjan Iwanowitsch. Wie das dieser Tage ein guter Bekannter von mir getan hat."

„Ein guter Bekannter von Ihnen? ... Aha! Und wie das?" erkundigte sich Krestjan Iwanowitsch und sah Herrn Goljadkin aufmerksam an.

„Jawohl, ein guter Bekannter von mir beglückwünschte einen anderen Bekannten, der obendrein, wie man so sagt, sein Busenfreund ist, zur Rangerhöhung, zur Verleihung des Assessortitels. Und da äußerte er denn so nebenbei: ‚Ich, Wladimir Semjonowitsch', sagte er, ‚freue mich auf das herzlichste über die Gelegenheit, Ihnen meinen Glückwunsch, meinen *aufrichtigen* Glückwunsch zu der Rangerhöhung auszusprechen. Besonders freue ich mich, weil es heutzutage, wie alle Welt weiß, keine hexenden Großmütter mehr gibt.'" Hier sah Herr Goljadkin Krestjan Iwanowitsch aus zusammengekniffenen Augen an und nickte ihm pfiffig zu.

„Hm ... Das hat er gesagt?"

„Jawohl, Krestjan Iwanowitsch, das hat er gesagt, wobei er im selben Augenblick Andrej Filippowitsch, den Onkel unseres Goldjungen Wladimir Semjonowitsch, anblitzte. Was schert mich, daß er Assessor geworden ist, Krestjan Iwanowitsch? Was geht mich das an? Und daß er obendrein heiraten will, obwohl er, mit Verlaub, noch nicht trocken hinter den Ohren ist? Das habe ich denn auch gesagt. ‚So, Wladimir Semjonowitsch, das wär's! Ich habe gesprochen, gestatten Sie, daß ich mich jetzt entferne!'"

„Hm ..."

„Ja, Krestjan Iwanowitsch. ‚Gestatten Sie also, daß ich mich jetzt entferne', hab ich gesagt. Und um gleich zwei Fliegen mit einer Klappe zu schlagen, wandte ich mich hier – nachdem ich dem jungen Mann von wegen der hexenden Großmutter über den Mund gefahren war – an Klara Olsufjewna (das geschah vorgestern bei Olsufi Iwanowitsch); sie hatte gerade eine gefühlvolle Romanze gesungen, und ich bemerkte: ‚Sie haben gefühlvoll zu singen beliebt, nur hören andere Ihnen nicht reinen Herzens zu.' Und spielte dabei unmißverständlich – verstehen Sie, Krestjan Iwanowitsch, unmißverständlich – darauf an, daß es hier weniger auf sie selbst als auf anderes ankam ..."

„Aha! Und er?"

„Er schluckte es, wie man zu sagen pflegt, Krestjan Iwanowitsch."

„Hm ..."

„Jawohl, Krestjan Iwanowitsch. Auch zu dem Alten sagte

ich: ‚Olsufi Iwanowitsch', so sagte ich, ‚ich weiß, was ich Ihnen schulde, weiß all die Wohltaten, mit denen Sie mich beinahe von meiner Kindheit an überhäuften, sehr wohl zu schätzen. Aber öffnen Sie die Augen, Olsufi Iwanowitsch! Schauen Sie sich um! Ich für meinen Teil vertrete meine Angelegenheiten offen und ehrlich, Olsufi Iwanowitsch!"

„Ach was, so war das?"

„Jawohl, Krestjan Iwanowitsch, so war das."

„Und er?"

„Was sollte er schon machen, Krestjan Iwanowitsch? Er brabbelte allerlei vor sich hin: So und so, ich weiß zwar, wer du bist, weiß aber auch, daß Seine Exzellenz ein wohlmeinender Mensch ist – und so weiter und so fort ... Was konnte man auch anderes erwarten? Er ist doch schon ganz tatterig vor lauter Alter, wie man zu sagen pflegt."

„Aha! So also schaut es aus!"

„Ja, Krestjan Iwanowitsch! Er ist nicht anders als wir alle! Der alte Knaster! Steht am Rande des Grabes, wie es im Volksmund heißt, kommt aber irgendein Weiberklatsch auf, spitzt er sogleich die Ohren; ohne ihn geht es nicht ..."

„Ein Klatsch, sagen Sie?"

„Ja, Krestjan Iwanowitsch, sie haben da einen Klatsch verbreitet. Auch unser Bär hatte die Hand im Spiel, ebenso das Goldkind, sein Neffe; sie taten sich, selbstredend, mit allerlei alten Weibern zusammen und kochten ihr Süppchen. Was glauben Sie, worauf die verfallen sind, um einem Menschen den Todesstoß zu versetzen?"

„Um einem Menschen den Todesstoß zu versetzen?"

„Ja, Krestjan Iwanowitsch, um einem Menschen moralisch den Todesstoß zu versetzen. Sie brachten ein Gerücht in Umlauf ... all das bezieht sich auf einen guten Bekannten von mir ..."

Krestjan Iwanowitsch nickte nur.

„Sie brachten also das Gerücht in Umlauf, er ... Ich muß gestehen, Krestjan Iwanowitsch, ich schäme mich, fortzufahren ..."

„Hm ..."

„Sie brachten das Gerücht in Umlauf, er habe bereits ein

schriftliches Heiratsversprechen gegeben und sei mit einer anderen verlobt.... Und was meinen Sie, Krestjan Iwanowitsch, mit wem?"

„Nun, nun?"

„Mit einer Speisehauswirtin, einer Deutschen von äußerst schlechtem Ruf, von der er sein Mittagessen bezieht. Er soll ihr anstelle der Bezahlung seiner Schulden die Hand angetragen haben."

„Das behaupten die von ihm?"

„Sie glauben es nicht, Krestjan Iwanowitsch? Eine Deutsche, eine gemeine, widerwärtige, schamlose Deutsche mit Namen Karolina Iwanowna, ich weiß nicht, ob Sie sie kennen ..."

„Ich muß gestehen, ich für meinen Teil ..."

„Ich verstehe Sie, Krestjan Iwanowitsch, ich verstehe Sie und empfinde meinerseits dasselbe ..."

„Sagen Sie mir bitte, wo wohnen Sie, wo leben Sie jetzt?"

„Wo ich jetzt lebe, Krestjan Iwanowitsch?"

„Ja ... ich möchte ... Sie haben doch, glaube ich, früher ..."

„Habe ich, Krestjan Iwanowitsch, habe ich, ich habe auch schon früher gelebt!" entgegnete Herr Goljadkin, wobei er seine Worte mit einem kleinen Lachen begleitete und Krestjan Iwanowitsch durch seine Antwort ein wenig in Verwirrung brachte.

„Nein, Sie haben mich falsch verstanden; ich meinerseits wollte nur ..."

„Ich meinerseits auch, Krestjan Iwanowitsch, ich auch ...", fuhr Herr Goljadkin lachend fort. „Ich habe Sie indessen schrecklich lange aufgehalten, Krestjan Iwanowitsch. Ich hoffe, Sie gestatten, daß ich Ihnen jetzt einen guten Morgen wünsche ..."

„Hm ..."

„Ja, Krestjan Iwanowitsch, ich verstehe Sie; ich verstehe Sie nunmehr ganz und gar", sagte unser Held, wobei er sich vor Krestjan Iwanowitsch ein wenig aufspielte. „Gestatten Sie also, Ihnen einen guten Morgen zu wünschen ..."

Hier vollführte unser Held einen kleinen Kratzfuß, verließ das Zimmer und ließ Krestjan Iwanowitsch in äußerster Verblüfftheit zurück. Er rieb sich, während er die Treppe hinunterging, vergnügt die Hände und lächelte. Als er draußen, auf den Stufen vor dem Haus, die frische Luft einatmete und sich in Freiheit fühlte, war er wahrhaftig bereit, sich als den Glücklichsten unter den Sterblichen anzusehen und sich geradeswegs in sein Departement zu begeben. Plötzlich fuhr vor dem Eingang seine Mietkutsche vor; er blickte auf und erinnerte sich an alles. Petruschka öffnete den Wagenschlag. Herrn Goljadkins bemächtigte sich ein sonderbares und äußerst unangenehmes Gefühl. Er wurde für einen Augenblick wohl sogar rot. Irgend etwas stach ihn. Er wollte schon den Fuß auf das Trittbrett der Kutsche setzen, als er sich plötzlich umwandte und zu Krestjan Iwanowitschs Fenster hinaufschaute. Tatsächlich! Krestjan Iwanowitsch stand am Fenster, strich mit der rechten Hand über seinen Backenbart und sah unserem Helden ziemlich neugierig zu.

Dieser Doktor ist einfach dumm, sagte sich Herr Goljadkin, während er sich in die äußerste Ecke seiner Kutsche drückte, äußerst dumm. Mag sein, er versteht seine Patienten zu heilen, aber dumm wie Bohnenstroh bleibt er trotzdem. Herr Goljadkin nahm Platz. Petruschka rief: „Abfahren!“, und die Kutsche rollte wieder zum Newski.

Drittes Kapitel

Herr Goljadkin brachte diesen ganzen Morgen mit schrecklichen Plackereien zu. Auf dem Newski-Prospekt angelangt, ließ unser Held vor dem Gostiny dwor halten. Er sprang aus der Mietkutsche, eilte, gefolgt von Petruschka, unter die Arkaden und strebte geradeswegs auf eine Gold- und Silberwarenhandlung zu. Man sah es Herrn Goljadkin schon äußerlich an, daß er vor lauter Besorgungen nicht aus den Augen gucken konnte und noch einen ganzen Haufen Erledigungen vor sich hatte. Nachdem er den Preis für ein vollständiges Tafel- und Teeservice um mehr als tausendfünfhundert Papierrubel heruntergefeilscht und, im Preis inbegriffen, einen launisch geformten Zigarrenbehälter sowie ein komplettes silbernes Rasierbesteck eingehandelt hatte, wobei er schließlich auch noch Interesse an einigen anderen, auf ihre Art ganz nützlichen und angenehmen Gegenständen zeigte, versprach er, den Einkauf unbedingt gleich morgen abholen zu lassen oder sogar noch heute danach zu schicken, ließ sich die Nummer des Ladens geben und versicherte, nachdem er dem Ladenbesitzer aufmerksam zugehört hatte, als der sich um eine Anzahlung bemühte, auch die Anzahlung werde zu gegebener Zeit geleistet werden. Darauf verabschiedete er sich eiligst von dem verdutzten Ladenbesitzer und ging, verfolgt von einem ganzen Schwarm von Verkäufern, die Ladenreihe entlang, wobei er sich alle Augenblicke nach Petruschka umsah und aufs neue nach einem Geschäft ausschaute. Er betrat im Vorübergehen eine Wechselstube, ließ sich seinen großen Schein in kleinere umtauschen und empfand trotz des Verlustes, den er bei dem Wechseln seines Scheines in Kauf nehmen mußte, offenbar ein außerordentliches Vergnügen, als er seine Brieftasche so anschwellen sah. Schließlich suchte er einen Laden für allerlei Damenstoffe auf. Nachdem Herr Goljadkin auch hier für eine beträchtliche Summe eingekauft hatte, versprach er wiederum, unbedingt vorbeizukommen, ließ sich die Nummer des Ladens geben und entgegnete, als sich der Ladenbesitzer nach der Anzahlung erkundigte, auch da, die werde er zu gegebener Zeit erhalten. Danach besuchte er noch einige weitere Läden; in allen feilschte er, liebäugelte er mit diesem oder jenem hübschen Sächelchen, stritt sich gelegentlich lange mit dem Kaufmann herum, verließ den Laden und kam zwei-, dreimal wieder; mit einem Wort, er legte eine ungewöhnliche Geschäftigkeit an den Tag. Nach dem Besuch des Gostiny dwor ließ sich unser Held in ein bekanntes Möbelgeschäft kutschieren, einigte sich dort über den Preis für das Meublement einer Sechszimmerwohnung, liebäugelte mit einer modischen, höchst kapriziösen Frisierkommode nach neuestem Geschmack, versicherte dem Ladenbesitzer, er werde unbedingt nach alledem schicken, und verließ den Laden mit dem nun schon gewohnten Versprechen, eine Anzahlung zu leisten, worauf er noch da und dort hineinsah und sich nach diesem oder jenem umschaute. Mit einem Wort – seine Geschäftigkeit schien kein Ende nehmen zu wollen. Aber zu guter Letzt hatte wohl auch Herr Goljadkin von alledem mehr als genug. Ihn befielen sogar, Gott weiß aus welchem Grunde, auf einmal mir nichts, dir nichts Gewissensbisse. In diesem Augenblick wäre ihm eine Begegnung mit, sagen wir, Andrej Filippowitsch oder auch Krestjan Iwanowitsch keinesfalls willkommen gewesen. Auf dem Stadthausturm schlug es schließlich drei Uhr nachmittags. Als Herr Goljadkin sich endgültig in seine Kutsche zurückzog, hielt er von all den Erwerbungen, die er im Laufe dieses Vormittags gemacht hatte, nur ein Paar Handschuhe und ein Fläschchen Parfüm im Werte von anderthalb Papierrubel in den Händen. Da es für Herrn Goljadkin noch ziemlich früh am Tage war, befahl er seinem Kutscher, vor einem renommierten Restaurant auf dem Newski-Prospekt zu halten, das er bis dahin nur vom Hörensagen kannte, stieg aus und ging hinein, um eine Kleinigkeit zu sich zu nehmen, sich zu erholen und eine gewisse Spanne Zeit zu überbrücken.

Nachdem er einen kleinen Imbiß zu sich genommen hatte wie jemand, dem ein üppiges Diner bevorsteht, das heißt ein Häppchen von dem und jenem gekostet und ein Gläschen Wodka dazu getrunken hatte, um, wie man so sagt, den Heißhunger zu stillen, machte sich's Herr Goljadkin in einem Sessel bequem, blickte sich bescheiden nach allen Seiten um und griff friedlich nach einem erbärmlichen nationalistischen Blättchen. Er las ein paar Zeilen, stand auf, besah sich im Spiegel und strich und zupfte an sich herum; dann trat er ans Fenster und überzeugte sich, daß seine Kutsche noch da war; worauf er sich aufs neue in den Sessel setzte und nach der Zeitung griff. Man merkte, unser Held befand sich in äußerster Unruhe. Er blickte auf die Uhr, stellte fest, daß es erst Viertel nach drei war, er also noch ziemlich lange zu warten hatte, sah zugleich ein, daß so herumzusitzen nicht anging, und bestellte eine Schokolade, obwohl er in diesem Augenblick kein allzu großes Verlangen danach verspürte. Er trank seine Schokolade, bemerkte, daß die Zeit ein wenig weitergerückt war, und ging hinaus, um seine Rechnung zu bezahlen. Plötzlich klopfte ihm jemand auf die Schulter.

Er drehte sich um und erblickte dieselben beiden Kollegen, denen er heute früh in der Litejnaja begegnet war, zwei noch sehr junge Leute – sowohl dem Alter als auch dem Range nach. Unser Held stand sich mit ihnen weder so noch so, war mit ihnen weder befreundet noch verfeindet. Der Anstand wurde selbstverständlich auf beiden Seiten gewahrt; eine Annäherung darüber hinaus gab es jedoch nicht und konnte es auch nicht geben. Er verzog ein wenig das Gesicht und war im ersten Augenblick verwirrt.

„Jakow Petrowitsch, Jakow Petrowitsch", zwitscherten die beiden Registratoren, „Sie hier? Aus welchem ..."

„Ach? Sie, meine Herren?" fiel ihnen Herr Goljadkin rasch ins Wort, ein wenig verlegen und verstimmt ob der Verwunderung der beiden Beamten, zugleich aber auch ob der Vertraulichkeit, mit der sie ihn behandelten, im übrigen markierte er jedoch wohl oder übel den Mann von Welt und Draufgänger. „Desertiert, meine Herren, hahaha!" Hier machte er sogar den Versuch, ohne sich etwas zu vergeben und sich allzusehr zu der Kanzleijugend herabzulassen, der gegenüber er stets die gebotenen Grenzen wahrte, hier also machte er den Versuch, dem einen der Jünglinge auf die Schulter zu klopfen; das populäre Gebaren ging jedoch in diesem Fall daneben, und statt der angemessen kurzen freundlichen Geste kam etwas ganz anderes heraus.

„Nun, sitzt unser Bär noch da?"

„Wer ist das, Jakow Petrowitsch?"

„Na der Bär! Als ob Sie nicht wüßten, wen man so nennt!" Herr Goljadkin lachte und drehte sich zum Zahlkellner um, um den Rest von ihm entgegenzunehmen. „Ich spreche von Andrej Filippowitsch, Herrschaften", fuhr er fort, nachdem er mit dem Zahlkellner im reinen war, wobei er sich dieses Mal mit überaus ernster Miene an die Beamten wandte. Die beiden Registratoren zwinkerten einander vielsagend zu.

„Ja, er sitzt noch da und hat nach Ihnen gefragt, Jakow Petrowitsch", entgegnete der eine.

„Er sitzt also noch da! Soll er doch, Herrschaften, von mir aus! Und er hat also nach mir gefragt, ja?"

„Ja, Jakow Petrowitsch; aber was ist mit Ihnen los? Parfümiert, das Haar voller Pomade und so herausgeputzt?"

„Jawohl, meine Herren, das bin ich! Aber lassen wir das …", erwiderte Herr Goljadkin und blickte mit gezwungenem Lächeln zur Seite. Als die Beamten sahen, daß Herr Goljadkin lächelte, brachen sie in Lachen aus. Herr Goljadkin war ein wenig gekränkt.

„Ich will Ihnen in aller Freundschaft etwas sagen, meine Herren", fuhr unser Held nach kurzem Schweigen fort, anscheinend entschlossen (was blieb ihm anderes übrig!), den Beamten einiges zu eröffnen. „Sie, meine Herren, kennen mich, haben mich aber bis heute nur von der einen Seite gekannt. Ich mache niemand einen Vorwurf daraus, ja, ich gebe sogar zu, daß ich bis zu einem gewissen Grade selber daran schuld bin."

Herr Goljadkin kniff die Lippen zusammen und sah die beiden Beamten vielsagend an. Die zwinkerten sich aufs neue zu.

„Sie, meine Herren, haben mich bislang nicht wirklich gekannt; sich jetzt und hier darüber zu unterhalten wäre wohl nicht am Platz. Ich will Ihnen nur nebenbei ganz kurz einiges erklären. Es gibt Menschen, meine Herren, die für Umwege nicht zu haben sind und eine Maske nur dann anlegen, wenn sie zum Maskenball gehen. Leute, die die eigentliche Bestimmung des Menschen nicht darin sehen, sich gewandt auf dem Parkett zu bewegen. Es gibt aber auch solche, meine Herren, die nicht zugeben, daß sie glücklich sind und das Leben sie voll befriedigt, wenn zum Beispiel ihre Hosen gut sitzen. Und es gibt endlich auch solche, die nicht gern unnötig um jemand herumtänzeln oder herumscharwenzeln, nicht gerne schöntun oder sich einschmeicheln, vor allem aber, meine Herren, nicht gern die Nase in etwas stecken, wo sie in keiner Weise erwünscht ist.... Ich, meine Herren, habe damit fast alles gesagt; gestatten Sie also, daß ich mich jetzt entferne...."

Herr Goljadkin hielt inne. Da die Herren Registratoren nunmehr völlig auf ihre Kosten gekommen waren, brachen sie plötzlich höchst ungezogenerweise in schallendes Gelächter aus. Herr Goljadkin brauste auf.

„Lachen Sie, meine Herren, lachen Sie nur! Sie haben noch einiges dazuzulernen, leben Sie erst mal ein Weilchen", sagte er mit einem Gefühl gekränkter Würde, griff nach seinem Hut und zog sich zum Ausgang zurück.

„Noch eines, meine Herren", fügte er hinzu und wandte sich zum letztenmal an die Herren Registratoren, „eins möchte ich Ihnen noch sagen, solange wir uns unter vier, nein, unter sechs Augen befinden. Hier haben Sie meine Lebensregeln: Geht etwas schief, dann lasse ich den Mut nicht sinken, geht's gut, dann bleibe ich, wer ich war, und grabe den anderen keine Grube. Ich bin kein Intrigant, und ich bin stolz darauf. Zum Diplomaten tauge ich nicht. Ja, meine Herren, man sagt wohl auch, der Vogel fliegt von selber auf den Jäger. Das stimmt, und ich bin bereit, dem beizupflichten; aber wer ist hier der Jäger und wer das Wild? Das ist die Frage, meine Herren!"

Herr Goljadkin versank in ein beredtes Schweigen und verneigte sich mit äußerst vielsagender Miene vor den Herren Beamten, das heißt mit hochgezogenen Brauen und fest zusammengekniffenen Lippen, ging seiner Wege und ließ sie in grenzenloser Verblüffung stehen.

„Wohin befehlen Sie zu fahren?" erkundigte sich einigermaßen mürrisch Petruschka, der es vermutlich längst satt hatte, sich in der Kälte herumzudrücken. „Wo soll es hingehen?" fragte er Herrn Goljadkin und begegnete jenem furchterregenden, alles vernichtenden Blick, zu dem unser Held im Laufe dieses Morgens bereits zweimal gegriffen hatte und zu dem er jetzt, als er die Treppenstufen vor dem Haus hinunterstieg, zum drittenmal seine Zuflucht nahm.

„Zur Ismailowski-Brücke!“

„Zur Ismailowski-Brücke! Abfahren!“

Das Essen wird bei ihnen erst nach vier oder gar um fünf anfangen, überlegte Herr Goljadkin, ist es also nicht noch zu früh? Im übrigen kann ich auch ein bißchen zeitiger dasein; zumal es sich um ein Familienessen handelt. Ich kann mich ja ein wenig sans façon geben, wie man unter anständigen Leuten sagt. Warum sollte ich das nicht dürfen? Hat doch auch unser Bär erklärt, es werde sans façon zugehen, und darum gedenke auch ich ... So sagte sich Herr Goljadkin; und dennoch nahm seine Aufgeregtheit immer mehr zu. Man merkte, daß er sich auf etwas ungeheuer Mühseliges einstellte, um nicht mehr zu sagen; er murmelte vor sich hin, gestikulierte mit der rechten Hand und blickte in einem fort zu den Fenstern der Kutsche hinaus; wahrhaftig – niemand, der ihn in diesem Augenblick gesehen hätte, wäre darauf verfallen, ihm stehe ein gutes Mittagessen bevor, im Kreise einer Familie und auch noch ungeniert - sans façon, wie man unter anständigen Leuten sagt. Schließlich zeigte Herr Goljadkin unmittelbar vor der Ismailowski-Brücke auf ein bestimmtes Haus; die Kutsche rollte donnernd durch das Tor und hielt am Eingang des rechten Flügels. Herr Goljadkin, der eine weibliche Gestalt an einem Fenster im ersten Stock bemerkte, warf ihr eine Kußhand zu. Im übrigen wußte er selber nicht, was er tat, da er in diesem Augenblick mehr tot als lebendig war. Er stieg bleich und verwirrt aus, betrat die Stufen vor dem Eingang, setzte den Hut ab, nahm mechanisch Haltung an und stieg die Treppe hinauf, wobei er ein leichtes Zittern in den Knien verspürte.

„Olsufi Iwanowitsch?“ fragte er den ihm öffnenden Bedienten.

„Jawohl, zu Hause, das heißt nein, er ist nicht zu Hause.“

„Was denn, mein Bester? Ich bin zum Essen eingeladen, Verehrter, kennst du mich nicht?“

„Wie sollte ich Sie nicht kennen? Habe die Anweisung, Sie nicht einzulassen.“

„Du ... du, mein Freund, da bist du wohl im Irrtum. Ich bin es. Ich, Verehrter, bin zum Mittagessen eingeladen", entgegnete Herr Goljadkin, warf den Mantel ab und bewies damit die offenkundige Absicht einzutreten.

„Gestatten Sie, das geht nicht! Habe Befehl, Sie nicht einzulassen, ich soll Sie abweisen. So, jetzt wissen Sie es!"

Herr Goljadkin wurde blaß. In diesem Augenblick öffnete sich die Tür zu den Wohnräumen, und heraus trat Gerassimytsch, Olsufi Iwanowitschs alter Kammerdiener.

„Da, Jemeljan Gerassimytsch, der Herr will eingelassen werden, er besteht darauf, während ich ..."

„Während Sie, Alexejewitsch, ein Dummkopf sind. Trollen Sie sich und schicken Sie mir statt Ihrer den Spitzbuben Semjonytsch her. Geht nicht", wandte er sich höflich, aber bestimmt an Herrn Goljadkin. „Völlig unmöglich. Man bittet um Entschuldigung – man kann Sie nicht empfangen."

„Er hat geradeheraus gesagt, er kann mich nicht empfangen?" fragte Herr Goljadkin unentschlossen. „Entschuldigen Sie, Gerassimytsch! Weshalb denn nicht?"

„Ist eben nicht möglich. Ich habe Sie gemeldet; er sagt, er bittet um Entschuldigung, er kann Sie nicht empfangen."

„Ja, weshalb denn nicht? So geht es nicht! Melden Sie ihm ... wieso denn das? Ich komme zum Essen ..."

„Gestatten Sie, gestatten Sie!"

„Also gut, meinetwegen, es ist schon etwas anderes, wenn er um Entschuldigung bittet. Erlauben Sie indessen, Gerassimytsch, weshalb denn eigentlich?"

„Gestatten Sie, gestatten Sie!" entgegnete Gerassimytsch, wobei er Herrn Goljadkin mit einer sehr entschlossenen Handbewegung beiseite schob und zwei anderen Herren, die in diesem Augenblick den Flur betraten, den Weg bahnte. Es waren Andrej Filippowitsch und dessen Neffe Wladimir Semjonowitsch. Beide blickten Herrn Goljadkin mit Befremden an. Andrej Filippowitsch wollte ihn schon anreden, doch Herr Goljadkin hatte sich bereits entschlossen; er schickte sich an, Olsufi Iwanowitschs Flur zu verlassen, gesenkten Blicks, verlegen lächelnd, schamrot und mit völlig verwirrtem Ausdruck.

„Ich komme ein andermal vorbei, Gerassimytsch, und spreche mich mit ihm aus. Ich hoffe, all das wird sich schnell und rechtzeitig klären lassen", sagte er auf der Schwelle, zum Teil schon vom Treppenflur aus.

„Jakow Petrowitsch, Jakow Petrowitsch!" hörte man die Stimme Andrej Filippowitschs, der Herrn Goljadkin gefolgt war.

Herr Goljadkin befand sich bereits auf der untersten Treppenwange. Er wandte sich rasch zu Andrej Filippowitsch um.

„Was wünschen Sie von mir, Andrej Filippowitsch?" fragte er ziemlich barsch.

„Was haben Sie, Jakow Petrowitsch? Was soll das alles heißen?"

„Nichts, Andrej Filippowitsch. Ich bin ein Mensch für mich. Es handelt sich um mein Privatleben, Andrej Filippowitsch."

„Wie bitte?"

„Jawohl, Andrej Filippowitsch, es handelt sich um mein Privatleben, und man kann darin, wie mir scheint, nichts Anstößiges hinsichtlich meiner offiziellen Beziehungen finden."

„Wie? Hinsichtlich Ihrer offiziellen ... Was haben Sie, mein Herr?"

„Nichts, Andrej Filippowitsch, nicht das geringste; ein unverschämtes Mädchen, und weiter nichts ..."

„Waaas? ... Waaas?" Andrej Filippowitsch war vor lauter Verwunderung ganz verwirrt. Herr Goljadkin, der bis dahin von unten herauf zu ihm gesprochen hatte, sah ihn an, als wolle er ihm jeden Augenblick ins Gesicht springen; er merkte, der Abteilungsleiter war einigermaßen durcheinander, und tat, beinahe unbewußt, einen Schritt auf ihn zu. Andrej Filippowitsch wich zurück. Herr Goljadkin kam ihm Stufe um Stufe näher. Andrej Filippowitsch sah sich unruhig um. Herr Goljadkin stieg plötzlich rasch die Treppe hinauf. Noch rascher rettete sich Andrej Filippowitsch in die Wohnung und zog die Tür hinter sich zu. Herr Goljadkin blieb allein. Ihm wurde schwarz vor Augen. Er war völlig konfus und stand da, in wirres Grübeln versunken, als sinne er über ein ebenso wirres Ereignis nach, das ihm erst ganz vor kurzem widerfahren war. „Hach!" flüsterte er und lächelte vor Anspannung. In diesem Augenblick hörte er unten auf der Treppe Stimmen und Schritte – vermutlich weitere von Olsufi Iwanowitsch geladene Gäste. Herr Goljadkin kam halbwegs zu sich, schlug rasch den Waschbärkragen hoch, verbarg sich, so gut es ging, und trippelte hastig, unsicher und stolpernd die Treppen hinunter. Er fühlte sich entkräftet und abgekämpft. Seine Verwirrung war so groß, daß er, auf den Stufen vor dem Eingang angelangt, nicht einmal auf die Kutsche wartete, sondern geradeswegs über den schmutzigen Hof auf sie zuging. Als Herr Goljadkin auf sie zutrat und in Gedanken schon in ihr Platz genommen hatte, ertappte er sich bei dem Wunsch, in der Erde zu versinken oder sich zu verkriechen. Ihm schien, alles, was bei Olsufi Iwanowitsch versammelt war, beobachte ihn in diesem Augenblick von den Fenstern aus. Er wußte, wenn er sich umwandte, würde er auf der Stelle sterben.

„Worüber lachst du, Dummkopf?" fiel er hastig über Petruschka her, der bereitstand, ihm in den Wagen zu helfen.

„Worüber sollte ich schon lachen? Über gar nichts. Wo soll's jetzt hingehen?"

„Nach Hause, mach schon ..."

„Ab dafür, nach Hause!" rief Petruschka und baute sich auf dem Hintertritt der Kutsche auf.

So was von Krähenstimme, dachte Herr Goljadkin. Die Kutsche hatte sich mittlerweile ziemlich weit von der Ismailowski-Brücke entfernt. Plötzlich zog unser Held aus Leibeskräften an der Schnur und rief dem Kutscher zu, er solle auf der Stelle umkehren. Der Kutscher ließ die Pferde wenden und bog wenige Minuten später wieder in den Hof bei Olsufi Iwanowitsch ein. „Ist nicht mehr nötig, du Dummkopf, nicht mehr nötig, zurück!" rief Herr Goljadkin, und der Kutscher lenkte die Pferde, als hätte er diesen Befehl erwartet, ohne zu widersprechen, ohne vor dem Eingang zu halten, um den ganzen Hof herum und erreichte aufs neue die Straße.

Nach Hause fuhr Herr Goljadkin jedoch nicht; als sie die Semjonowski-Brücke passiert hatten, befahl er, in eine Seitengasse einzubiegen und vor einer Gastwirtschaft von ziemlich bescheidenem Äußeren zu halten. Unser Held stieg aus, rechnete mit dem Kutscher ab und war auf diese Weise seine Kutsche endlich los. Petruschka befahl er, nach Hause zu gehen und auf ihn zu warten, während er selber die Gastwirtschaft betrat, ein Séparée verlangte und ein Mittagessen bestellte. Er fühlte sich miserabel, in seinem Kopf herrschte ein völliges Durcheinander, ja ein wahres Chaos. Er ging in seinem Séparée lange erregt auf und ab; schließlich setzte er sich auf einen Stuhl, vergrub den Kopf in beide Hände, überlegte und versuchte, sich mit allen ihm zur Verfügung stehenden Kräften über dies und jenes hinsichtlich seiner derzeitigen Lage klarzuwerden und zu einem Entschluß zu kommen.

Viertes Kapitel

Der festliche Jahrestag der Geburt Klara Olsufjewnas, der einzigen Tochter des Staatsrates Berendejew, des seinerzeitigen Wohltäters von Herrn Goljadkin, ein Tag, der mit einem pompösen Galaessen begangen wurde, einem Essen, wie man es seit langem nicht in den Beamtenwohnungen an der Ismailowski-Brücke nebst deren Umgebung gesehen hatte, einem Essen, das eher einem Belsazar-Gastmahl als einem Mittagessen glich und in Hinsicht auf seinen Glanz, seine Üppigkeit und seinen Geschmack an Babylonisches erinnerte – es gab Champagner Veuve-Cliquot, Austern, Obst aus den Geschäften von Jelissejew und Miljutin, allerlei gemästetes Getier und eine regelrechte Rangordnung nach Beamtenklassen –, dieser festliche, durch ein so festliches Essen gekennzeichnete Tag endete mit einem glänzenden Ball, einem kleinen Familien- und Verwandtenball, der aber dennoch glänzend war hinsichtlich des Geschmacks, des Bildungsniveaus und der Schicklichkeit. Natürlich, ich räume ein, daß es solche Bälle durchaus gibt, aber selten. Solche eher an ein fröhliches Familienereignis erinnernden Bälle können allenfalls in einem Hause wie dem des Staatsrats Berendejew stattfinden. Ich gehe noch weiter: ich bezweifle sogar, ob solche Bälle in allen Staatsratshäusern stattfinden können. Oh, wenn ich ein Dichter wäre! Selbstverständlich mindestens einer wie Homer oder Puschkin – mit weniger Talent darf man sich da erst gar nicht heranwagen; ich würde Ihnen, o Leser, diesen so festlichen Tag in leuchtenden Farben und mit kühnem Pinsel schildern. Nein, ich würde mein Poem mit dem Galaessen beginnen lassen und dabei besonderes Gewicht auf jenen herausragenden und zugleich feierlichen Augenblick legen, da der erste Trinkspruch zu Ehren der Königin des Festes ausgebracht wurde. Ich würde Ihnen erstens die in erwartungsvolles, andächtiges Schweigen versunkenen Gäste vorstellen, versunken in ein Schweigen, das eher an demosthenische Beredsamkeit erinnerte! Dann würde ich Ihnen Andrej Filippowitsch schildern als den ältesten unter den Gästen, der obendrein einen gewissen Anspruch auf den Vorrang unter ihnen hatte, im Schmuck seines grauen Haars und der ihm angemessenen Orden; wie er von seinem Platz aufstand und das Glas mit dem funkelnden Wein bis über das Haupt erhob, einem Wein, der aus einem fernen Königreich eigens dazu eingeführt wird, um auf solche Augenblicke anzustoßen, und der eher dem Göttertrank Nektar gleicht als einem Wein. Ich würde Ihnen die Gäste und die glücklichen Eltern der Königin dieses Festes beschreiben, auch sie die Kelche erhebend gleich Andrej Filippowitsch und die Blicke voller Erwartung auf ihn gerichtet. Ich würde Ihnen schildern, wie dieser so oft genannte Andrej Filippowitsch erst eine Träne verlor, die in sein Glas tropfte, dann gratulierte und seine Glückwünsche aussprach, einen Toast ausbrachte und auf das Wohl des Geburtstagskindes trank … Ich muß jedoch gestehen, unumwunden gestehen, ich könnte nie im Leben das Hinreißende jenes Augenblicks wiedergeben, da Klara Olsufjewna, die Königin dieses Festes in eigener Person, vor Schamhaftigkeit und Seligkeit errötend wie eine Rose im Lenz, überwältigt von der Fülle der Gefühle, in die Arme ihrer zärtlichen Mutter sank, wie der zärtliche Vater in Schluchzen ausbrach, der ehrwürdige alte Mann und Staatsrat Olsufi Iwanowitsch, den der langjährige Staatsdienst des Gebrauchs seiner Beine beraubt hatte, der aber dafür vom Schicksal für seinen Eifer im Amt durch ein ganz ansehnliches Kapital, ein eigenes Häuschen, ein paar Dörfer und eine Schönheit von Tochter entschädigt worden war – wie also auch er gleich einem Kind in Schluchzen ausbrach und unter Tränen erklärte, Seine Exzellenz sei ein gütiger Mensch. Ich könnte Ihnen auch nicht, nein, ich könnte Ihnen auch nicht die unverzüglich darauffolgende, allgemeine Hingerissenheit der Herzen beschreiben, eine Hingerissenheit, die sich selbst im Verhalten eines jungen Registrators kundtat (er glich in diesem Augenblick mehr einem Staatsrat als einem Registrator); auch er brach in Tränen aus, während er Andrej Filippowitsch lauschte. Andrej Filippowitsch seinerseits sah in diesem feierlichen Moment keineswegs nach einem Kollegienrat und Abteilungsleiter in irgendeinem Departement aus, nein, er erinnerte an etwas völlig anderes ... ich weiß zwar nicht recht, woran, aber jedenfalls nicht an einen Kollegienrat. Er stand höher! Schließlich ... oh! Warum besitze ich nicht das Geheimnis des erhabenen, kraftvollen, feierlichen Stils, um all diese schönen und erbaulichen Augenblicke des menschlichen Lebens festzuhalten, die eigens dazu geschaffen zu sein scheinen, zu beweisen, wie die Tugend gelegentlich über mangelnde Gesinnungstreue, über Freidenkerei, das Laster und den Neid triumphiert! Ich will nichts dazu sagen und Sie nur schweigend – das dürfte besser sein als alle Beredsamkeit – auf diesen glücklichen, gerade erst auf seinen sechsundzwanzigsten Lenz zusteuernden Jüngling hinweisen, auf Wladimir Semjonowitsch, Andrej Filippowitschs Neffen, der sich ebenfalls von seinem Platz erhob, ebenfalls einen Toast ausbrachte und auf den sich die tränenerfüllten

Augen der Eltern der Königin dieses Festes, der stolze Blick Andrej Filippowitschs, der schamhafte der Königin des Festes selbst, die begeisterten Blicke der Gäste und selbst die ziemlich neidischen einiger junger Kollegen dieses glänzenden Jünglings richteten. Ich sage weiter nichts, obwohl ich nicht umhinkann, zu bemerken, daß alles an diesem Jüngling, der eher an einen alten Mann als an einen Jüngling erinnerte – in für ihn vorteilhaftem Sinn gemeint –, daß also alles an ihm, angefangen von seinen blühenden Wangen bis hin zu dem Assessortitel, der auf ihm lastete, in diesem feierlichen Augenblick geradezu darauf hinzuweisen schien, wie weit es ein wohlgesitteter Mensch doch bringen kann! Ich will nicht beschreiben, wie schließlich Anton Antonowitsch Setotschkin, Gruppenvorsteher im Departement, Kollege Andrej Filippowitschs und ehedem auch Olsufi Iwanowitschs, zugleich ein alter Freund des Hauses, Klara Olsufjewnas Taufpate und grau wie ein Turmfalke, wie also auch er seinerseits das Glas zum Toast erhob, wie ein Hahn krähte und ein paar lustige Worte hersagte; wie er durch diese, wenn man es so ausdrücken darf, schickliche Verletzung der Schicklichkeit die ganze Gesellschaft Tränen lachen machte und Klara Olsufjewna in Person ihn auf Geheiß ihrer Eltern für diese liebenswürdige Ausgelassenheit mit einem Kuß belohnte. Ich sage nur, daß die Gäste, die sich nach einem solchen Festmahl natürlicherweise als lauter Verwandte und Brüder fühlen mußten, schließlich vom Tisch aufstanden; wie sich die alten und die im gesetzten Alter befindlichen Herren nach nicht allzu langer Pause, die zu freundschaftlichen Unterhaltungen und selbst zu einigen, selbstverständlich durchaus erlaubten und liebenswürdigen Offenherzigkeiten genutzt wurde, gesittet in einen anderen Raum begaben, in Gruppen beisammenstanden und sich im Gefühl der eigenen Würde an die mit grünem Tuch bezogenen Tische setzten; wie die Damen, die im Salon Platz nahmen, auf einmal ungewöhnlich liebenswürdig wurden und über die verschiedensten Gegenstände plauderten; wie schließlich der hochverehrte Herr des Hauses in Person, der im Dienst für Gott und Vaterland des Gebrauchs seiner Beine beraubt, dafür aber mit alledem belohnt worden war, was wir vorhin erwähnt haben, am Krückstock unter seinen Gästen umherging, gestützt von Wladimir Semjonowitsch und Klara Olsufjewna, wie dann auch er auf einmal ungewöhnlich liebenswürdig wurde und sich – trotz der Unkosten – entschloß, einen kleinen, bescheidenen Ball zu improvisieren; wie zu diesem Zweck ein anstelliger junger Mann (derselbe, der während des Essens eher an einen Staatsrat als an einen jungen Mann erinnert hatte) abkommandiert wurde, um Musikanten herbeizuschaffen; wie dann die Musikanten, elf Mann hoch, eintrafen und wie schließlich genau um halb neun die verlockenden Klänge einer französischen Quadrille und allerlei anderer Tänze ertönten ... Ich brauche nicht erst zu sagen, daß meine Feder zu schwach, zu matt, zu stumpf ist, um diesen dank der ungewöhnlichen Liebenswürdigkeit des grauköpfigen Hausherrn improvisierten Hausball auch nur einigermaßen zu schildern. Und wie hätte ich auch, frage ich Sie, ich, der bescheidene Erzähler der im übrigen auf ihre Art recht interessanten Abenteuer des Herrn Goljadkin, wie hätte ich diese einzigartige, so wohlanständige Mischung von Schönheit, Glanz und Ziemlichkeit, von Fröhlichkeit, liebenswürdiger Gesetztheit und gesetzter Liebenswürdigkeit, Ausgelassenheit und Vergnügtheit beschreiben können, all diese Spiele und das Lachen der Damen von Stand, die eher Feen als Damen glichen – im besten Sinne gemeint –, mit ihren lilienweißen beziehungsweise rosigen Gesichtern und Schultern, mit ihrem ätherischen Wuchs, mit ihren mutwillig-koketten, in hohem Stile ausgedrückt, homöopathischen Füßchen? Wie sollte ich Ihnen schließlich diese fröhlichen oder gediegenen glänzenden Kavaliere von Rang vor Augen führen, diese gesetzten, vergnügten oder angemessen-undurchsichtigen Jünglinge, die in den Pausen zwischen den Tänzen in einem entlegenen kleinen grünen Zimmer eine Pfeife rauchten oder auch nicht – all diese Kavaliere, vom ersten bis zum letzten, von ziemlichem Rang und Namen; Kavaliere, die zutiefst durchdrungen waren von dem Gefühl des Schönen und der eigenen Würde;

Kavaliere, die mit den Damen größtenteils französisch sprachen, wenn aber russisch, dann in gehobenster Ausdrucksweise, wobei sie sich in Komplimenten und tiefsinnigen Phrasen ergingen; Kavaliere, die sich allenfalls im Rauchzimmer gewisse liebenswürdige Abweichungen von der Sprache des allerbesten Tons erlaubten, gewisse freundschaftliche, liebenswert-vertrauliche Wendungen, wie zum Beispiel die folgenden: „Mein lieber Petka, da hast du aber, hol dich der Teufel, eine schneidige Polka aufs Parkett gelegt" oder: „Du, mein lieber Wassja, hast, der Teufel soll dich holen, deine Dame dahin gekriegt, wo du wolltest." Zu alledem reicht meine Feder nicht aus, wie ich, meine Leser, bereits die Ehre hatte, Ihnen zu erklären, und darum schweige ich. Wenden wir uns lieber Herrn Goljadkin zu, dem eigentlichen, dem einzigen Helden unserer höchst wahrheitsgetreuen Geschichte.

Die Sache ist die, daß er sich zur Zeit in einer sehr sonderbaren Lage befindet, mehr möchte ich nicht sagen. Auch er, meine Herrschaften, ist hier, das heißt nicht auf dem Ball, aber beinahe; er, meine Herrschaften, ist in Ordnung; er ist ein Mensch für sich, wandelt jedoch in diesem Augenblick auf einem nicht so ganz geraden Pfade; er steht – seltsam, das aussprechen zu müssen –, er steht jetzt im Flur der Hintertreppe von Olsufi Iwanowitschs Wohnung. Aber das macht nichts, wenn er hier steht; er tut es ja nur aus Anstand. Er, meine Herrschaften, steht in der Ecke, verkriecht sich in sie, obwohl es hier nicht wärmer ist, wohl aber dunkler, hält sich hinter einem riesigen Schrank und einem alten Wandschirm, zwischen allerlei Plunder, Kram und Gerümpel verborgen, versteckt sich, bis seine Zeit gekommen ist, und verfolgt den Lauf der Dinge zunächst als unbeteiligter Zuschauer. Er, meine Herrschaften, beobachtet jetzt nur; er, meine Herrschaften, könnte ja auch hineingehen.... weshalb auch nicht? Er braucht nur einen Schritt zu tun, und schon ist er eingetreten, sehr geschickt eingedrungen. Erst jetzt, da er nun schon die dritte Stunde in der Kälte zwischen dem Schrank und dem Wandschirm, inmitten von allerlei Plunder, Kram und Gerümpel stand, verfiel er – zu seiner eigenen Rechtfertigung – auf einen Ausspruch des längst verewigten französischen Ministers Villèle, der gemeint hatte: „Kommt alles zur rechten Zeit, wenn man den Witz besitzt, es abzuwarten ....“ Diesen Ausspruch hatte Herr Goljadkin seinerzeit in einem völlig belanglosen Buch gelesen und ihn sich jetzt im richtigen Augenblick ins Gedächtnis zurückgerufen. Erstens paßte der Ausspruch bestens zu seiner gegenwärtigen Lage, und zweitens – was geht nicht alles einem Menschen durch den Kopf, der fast drei geschlagene Stunden in Kälte und Dunkelheit auf den glücklichen Ausgang seiner Umstände wartet? Nachdem Herr Goljadkin, wie schon gesagt, den Ausspruch des seinerzeitigen französischen Ministers Villèle durchaus im richtigen Moment zitiert hatte, fiel ihm im gleichen Atemzug, unerfindlich, wieso, auch die Geschichte von dem türkischen Wesir Marzimiris und der schönen Markgräfin Luise ein, von der er ebenfalls in einem Buch gelesen hatte. Danach besann er sich, daß die Jesuiten es sich sogar zur Regel gemacht hatten, alle Mittel als tauglich anzusehen, wenn nur der Zweck erreicht würde. Nachdem sich Herr Goljadkin mit diesem historischen Aspekt ein wenig Mut gemacht hatte, sagte er zu sich selbst: Was sind schon die Jesuiten? Die Jesuiten sind allesamt ganz große Dummköpfe gewesen, er würde sie glatt in die Tasche stecken; das Anrichtezimmer, dessen Tür unmittelbar zum Flur, der Hintertreppe führte, wo Herr Goljadkin sich jetzt befand, brauchte nur leer zu werden, und er würde, ungeachtet aller Jesuiten, einfach hineingehen, zuerst ins Anrichtezimmer, dann ins Frühstückszimmer, dann in den Raum, wo man jetzt Karten spielte, und von da geradeswegs in den Saal, wo man in diesem Augenblick Polka tanzte. Und er würde hineingehen, würde unbedingt hineingehen, trotz allem hineingehen, an allen vorbeischlüpfen, und damit fertig, niemand würde ihn bemerken; und was er dann zu tun hatte, wußte er. In dieser Lage also, meine Herrschaften, erblicken wir jetzt den Helden unserer völlig wahren Geschichte, wobei es uns aber schwerfällt, zu erklären, was zu diesem Zeitpunkt in ihm vorging. Die Sache war die, daß er es bis in das Treppenhaus und den

Flur geschafft hatte, aus dem einfachen Grund, weil alle es schafften, warum also nicht auch er? Weiter vorzudringen, zögerte er jedoch, offenbar tat er das ... nicht, weil ihm der Mut dazu fehlte, sondern einfach, weil er nicht wollte, weil er lieber unentdeckt blieb. So stand er denn unentdeckt da, meine Herrschaften, und wartete darauf, entdeckt zu werden, und das seit genau zweieinhalb Stunden. Warum sollte er auch nicht warten? Hatte doch auch Villèle gewartet. Aber was heißt hier Villèle, dachte Herr Goljadkin, wer ist das überhaupt? Und wenn ich nun ... Dingsda ... ohne viel Federlesens eindringe? „Hach, du Angeber", fuhr Herr Goljadkin laut fort und kniff sich mit den vor Kälte erstarrten Fingern in die vor Kälte erstarrten Wangen, „du Narr und Kindskopf! Du Goljadkin ... wie kann man nur so heißen!" Im übrigen hatten diese an die eigene Person gerichteten Liebenswürdigkeiten weiter nichts zu bedeuten und wurden nur nebenher, ohne jeden ersichtlichen Zweck ausgesprochen. Auf einmal riß er sich zusammen und stieß vor; der richtige Augenblick war gekommen, das Anrichtezimmer war leer; Herr Goljadkin erkannte das durch das Fenster; zwei Schritte, und er befand sich vor der Tür und wollte sie bereits öffnen. Geh ich nun hinein oder nicht? Soll ich es tun oder nicht? Ich tu's ... Warum auch nicht? Wer wagt, gewinnt! Nachdem sich unser Held auf diese Weise Mut gemacht hatte, zog er sich plötzlich völlig überraschend hinter den Wandschirm zurück. Nein, überlegte er, und wenn nun jemand hereinkommt? Tatsächlich, da ist schon jemand aufgetaucht, wie konnte ich nur den Augenblick, als niemand da war, verpassen? Statt den Stier an den Hörnern zu packen und einzudringen! Aber was heißt hier einzudringen, wenn man nun einmal einen solchen Charakter hat! So etwas von gemeiner Tendenz! Hast Angst bekommen wie so ein Huhn! Angst bekommen gehört einfach zu uns, das ist es! Aber jemand die Suppe versalzen, darauf verstehen wir uns, danach braucht ihr uns gar nicht erst zu fragen! Da steh ich nun herum wie so ein Klotz und weiß nicht weiter! Zu Hause sein und ein Täßchen Tee trinken ... Ein Täßchen Tee zu trinken wäre angenehm ...

Komme ich spät nach Hause, knurrt womöglich Petruschka. Ob ich hineingehe? Hol alles der Teufel! Ich tu's, und damit fertig! Nachdem sich Herr Goljadkin auf diese Weise entschlossen hatte, setzte er sich sogleich in Bewegung, als hätte jemand eine Feder in ihm gelöst; zwei Schritte, und er befand sich im Anrichtezimmer, legte Mantel und Hut ab, stopfte beides rasch in eine Ecke und strich und zupfte an sich herum; danach ... danach betrat er das Frühstückszimmer, huschte aus dem Frühstückszimmer in ein anderes und schlüpfte unbemerkt an den in Fahrt gekommenen Spielern vorbei; worauf ... worauf Herr Goljadkin alles vergaß und wie der Blitz aus heiterem Himmel geradeswegs im Tanzsaal auftauchte.

Wie zum Trotz wurde in diesem Augenblick nicht getanzt. Die Damen promenierten zu zweit oder dritt malerisch durch den Raum, die Herren bildeten kleine Gruppen oder hasteten hin und her, um die Damen für die weiteren Tänze zu engagieren. Herr Goljadkin bemerkte von alledem nicht das geringste. Er sah nur Klara Olsufjewna; und neben ihr Andrej Filippowitsch, dazu Wladimir Semjonowitsch, zwei, drei Offiziere und zwei, drei andere, ebenfalls interessante junge Männer, die, wie man auf den ersten Blick erkannte, zu gewissen Hoffnungen berechtigten oder diese bereits erfüllt hatten. Er erblickte auch noch einige mehr. Oder nein; er erblickte niemand mehr, sah niemand an, sondern drang mit Hilfe jener Triebfeder, mittels deren er ungebeten auf dem fremden Ball hereingeplatzt war, immer weiter und weiter vor; er prallte dabei mit einem Rat zusammen und trat ihm auf den Fuß; bei dieser Gelegenheit trat er, um im Zuge zu bleiben, auch einer ehrwürdigen alten Dame auf den Saum des Kleides, das er dabei ein wenig aufriß; dann stieß er einen Bedienten mit einem Servierbrett an und anschließend noch ein paar andere Leute und drängte sich, ohne es zu bemerken oder, besser gesagt, obwohl er es bemerkte, aber – wennschon, dennschon – niemanden mehr beachtete, immer weiter und weiter vor und befand sich plötzlich neben Klara Olsufjewna höchst persönlich. Zweifellos wäre er in diesem Augenblick, ohne mit der Wimper zu zucken, mit dem größten Vergnügen im Erdboden versunken; doch was geschehen war, ließ sich nicht ungeschehen machen ... auf keine Weise. Was also tun? Geht's schief, dann lasse ich den Mut nicht sinken, geht's gut, dann bleibe ich, wer ich bin. Herr Goljadkin war, versteht sich, kein Intrigant und auch kein Meister, sich gewandt auf dem Parkett zu bewegen ... So kam denn, was kommen mußte. Außerdem mischten sich irgendwie auch die Jesuiten ein. Doch mit denen konnte sich Herr Goljadkin nicht befassen! Alles, was umherging, lärmte, redete und lachte, plötzlich, im Handumdrehen, verstummte alles und drängte sich nach und nach um Herrn Goljadkin. Herr Goljadkin schien übrigens weder etwas zu hören noch zu sehen, denn er konnte einfach nicht hinschauen ... für nichts auf der Welt; er senkte den Blick und stand regungslos da, nachdem er sich nebenher das Ehrenwort gegeben hatte, sich noch in dieser Nacht zu erschießen. Nachdem er sich also ein solches Ehrenwort gegeben hatte, sagte er in Gedanken zu sich selbst: Komme, was will! und tat zu seiner größten Verwunderung mit einem Mal ganz unerwartet den Mund auf.

Herr Goljadkin begann mit der Gratulation, auf die ein passender Glückwunsch folgen sollte. Die Gratulation klappte; beim Glückwunsch dagegen stockte unser Held. Er fühlte: wenn er stockte, war alles zum Teufel. Und so geschah es auch – er stockte und blieb stecken ... blieb stecken und wurde rot; wurde rot und verlor den Kopf, verlor den Kopf und sah auf; sah auf und blickte sich im Kreise um; tat es und erstarrte ... Alles stand da, alles schwieg, alles wartete; etwas weiter weg flüsterte jemand; etwas näher zu ihm lachte man. Herr Goljadkin sah Andrej Filippowitsch mit einem ratlosen, schicksalergebenen Blick an. Andrej Filippowitsch antwortete mit einem Blick, daß unser Held, wäre er nicht schon völlig erschlagen gewesen, ein zweites Mal erschlagen worden wäre. Sofern das überhaupt möglich ist. Das Schweigen dauerte an.

„Das gehört eher in den Bereich meiner häuslichen Umstände und meines Privatlebens, Andrej Filippowitsch“, sagte Herr Goljadkin, mehr tot als lebendig, mit kaum noch hörbarer Stimme, „das hat keine offizielle Bewandtnis, Andrej Filippowitsch ..."

„Schämen Sie sich, mein Herr, schämen Sie sich!" entgegnete Andrej Filippowitsch fast im Flüsterton, mit einem unaussprechlichen Ausdruck der Entrüstung, sagte es, nahm Klara Olsufjewna an der Hand und wandte sich von Herrn Goljadkin ab.

„Ich habe keinen Grund, mich zu schämen, Andrej Filippowitsch", erwiderte Herr Goljadkin, ebenfalls fast im Flüsterton, wobei er sich mit unglücklicher Miene im Kreise umblickte und aus diesem Anlaß in der befremdeten Menge nach Menschen aus den mittleren Ständen und von seiner sozialen Stellung suchte.

„Nun, macht nichts, macht nichts, Herrschaften! Was ist schon dabei? Kann schließlich jedem passieren", murmelte Herr Goljadkin, setzte sich allmählich in Bewegung und versuchte, aus der ihn umgebenden Menge herauszugelangen. Man machte ihm Platz. Unser Held schritt förmlich durch eine Gasse neugieriger oder befremdeter Zuschauer. Das Schicksal riß ihn mit sich fort. Herr Goljadkin fühlte selber, es war das Schicksal. Er hätte natürlich viel dafür gegeben, wenn er jetzt, ohne den Anstand zu verletzen, an seinen früheren Standort im Flur der Hintertreppe hätte zurückkehren können; da das indessen völlig unmöglich war, versuchte er, in eine Ecke zu entschlüpfen, um dort herumzustehen – bescheiden, ohne die allgemeine Aufmerksamkeit auf sich zu ziehen, zugleich aber auch, um so die Geneigtheit der Gäste und des Hausherrn zu gewinnen. Im übrigen fühlte Herr Goljadkin, daß sich irgend etwas unter ihm bewegte, daß er schwankte und in Gefahr war, zu stürzen. Er erreichte schließlich eine Ecke und blieb dort wie ein unbeteiligter, ziemlich gleichgültiger Beobachter stehen, wobei er sich mit den Händen auf die Rückenlehnen zweier Stühle stützte, auf diese Weise Besitz von ihnen ergriff und sich bemühte, die um ihn herum gruppierten Gäste Olsufi Iwanowitschs möglichst unbefangen anzublicken. Ihm am nächsten stand ein Offizier, ein hochgewachsener, hübscher Bursche, dem gegenüber sich Herr Goljadkin buchstäblich wie ein kleiner Käfer vorkam.

„Diese beiden Stühle, Herr Oberleutnant, sind belegt; der eine für Klara Olsufjewna, der andere für die Fürstin Tschewtschechanowa, die ebenfalls gerade tanzt; ich, Herr Oberleutnant, halte sie für sie frei", erläuterte, nach Atem ringend, Herr Goljadkin, wobei er dem Oberleutnant einen flehenden Blick zuwarf. Der Oberleutnant ließ ihn wortlos, mit einem vernichtenden Lächeln stehen. Nachdem unser Held auf diese Weise gescheitert war, versuchte er sein Glück an anderer Stelle, und er wandte sich geradeswegs an einen hohen Rat mit einem gewichtigen Kreuz um den Hals. Doch der Rat maß ihn mit einem so eisigen Blick, daß Herr Goljadkin deutlich fühlte, man habe ihm plötzlich einen ganzen Kübel kaltes Wasser über den Kopf geschüttet. Herr Goljadkin gab es auf. Er beschloß, lieber den Mund zu halten und niemand anzureden, zu beweisen, daß er in Ordnung ist, daß er genauso ist wie alle anderen und daß auch seine Lage, wie ihm jedenfalls scheint, ganz schicklich ist. Zu diesem Zwecke richtete er den Blick auf die Ärmelaufschläge seines „kleinen Galarocks", dann nach oben und heftete ihn schließlich auf einen Herrn von äußerst respektgebietendem Äußeren. Dieser Herr trägt eine Perücke, dachte Herr Goljadkin bei sich, und wenn man sie ihm abnimmt, dann steht er mit kahlem Kopf da, mit einem Kopf, der so kahl ist wie meine Handfläche. Nach dieser wichtigen Entdekkung fielen Herrn Goljadkin die arabischen Emire ein, bei denen, sobald man ihnen den grünen Turban abnimmt, den sie zum Zeichen ihrer Verwandtschaft mit Mohammed tragen, ebenfalls nur der kahle, unbehaarte Schädel bleibt. Danach verfiel Herr Goljadkin, vermutlich dank einer ganz bestimmten Gedankenassoziation hinsichtlich der Türken, auch auf türkische Pantoffeln und erinnerte sich in diesem Zusammenhang, daß Andrej Filippowitsch Schuhe trug, die eher Pantoffeln als Schuhen ähnelten. Man merkte, daß sich Herr Goljadkin mit seiner Lage bis zu einem gewissen Grade abgefunden hatte. Wenn sich dieser Kronleuchter, schoß es ihm durch den Kopf, wenn sich dieser Kronleuchter plötzlich aus seiner Verankerung löst und auf die Gesellschaft herabstürzt, könnte ich sogleich zu Klara Olsufjewna eilen, um sie zu retten. Dann, nach vollzogener Rettung, würde ich zu ihr sagen: „Regen Sie sich nicht auf, gnädiges Fräulein; war halb so schlimm, ihr Retter bin allerdings ich", worauf sie ... Hier wandte Herr Goljadkin den Blick zur Seite, um nach Klara Olsufjewna auszuschauen, und bekam Gerassimytsch, Olsufi Iwanowitschs alten Kammerdiener, zu Gesicht. Gerassimytsch bewegte sich mit äußerst besorgter, äußerst offizieller, ja feierlicher Miene gemessen auf ihn zu. Herr Goljadkin zuckte zusammen und verzog instinktiv das Gesicht – er hatte ein äußerst unangenehmes Gefühl. Unser Held sah sich mechanisch um: ihm kam schon der Gedanke, sich unterderhand, verstohlen und ganz im stillen aus dem Staube zu machen, mit einem Wort, sich zu verkrümeln, das heißt zu tun, als sei gar nicht er gemeint, als handle es sich nicht um ihn. Doch Gerassimytsch stand bereits neben ihm, noch bevor er sich zu etwas entschlossen hatte.

„Hören Sie zu, Gerassimytsch", wandte sich unser Held mit einem kleinen Lächeln an den Kammerdiener, „ordnen Sie doch mal an ... schauen Sie, Gerassimytsch, diese Kerze da im Kandelaber kann jeden Augenblick umfallen; ordnen Sie also, wissen Sie, an, daß sie aufgerichtet wird; sie fällt bestimmt gleich um, Gerassimytsch ..."

„Die Kerze dort? O nein, die steht, wenn Sie gestatten, kerzengerade; aber es fragt da jemand nach Ihnen."

„Wer soll denn das sein, Gerassimytsch?"

„Nun – wer, das weiß ich beim besten Willen nicht. Ein Bedienter von irgend jemand. Ist Jakow Petrowitsch Goljadkin hier? hat er gefragt. Dann bitten Sie ihn in einer sehr wichtigen und dringenden Angelegenheit hierher ... so war das."

„Nein, Gerassimytsch, Sie irren sich; hier, Gerassimytsch, irren Sie sich."

„Das wage ich zu bezweifeln ..."

„Nein, Gerassimytsch, tun Sie das nicht; daran, Gerassimytsch, gibt es nichts zu bezweifeln. Niemand fragt nach mir, Gerassimytsch, ich habe niemand, der nach mir fragen könnte, und ich bin hier zu Hause, oder, besser gesagt, an meinem Platz, Gerassimytsch."

Herr Goljadkin schöpfte Atem und blickte sich um. Wahrhaftig! Alles, was im Saal versammelt war, wandte ihm in einer Art feierlicher Erwartung Auge und Ohr zu. Die Männer hatten sich in der Nähe zusammengedrängt und horchten. Ein wenig weiter ab flüsterten die Damen aufgeregt miteinander. Der Herr des Hauses selber tauchte in nur geringer Entfernung von Herrn Goljadkin auf, und wiewohl man ihm nicht anmerken konnte, ob auch er an Herrn Goljadkin ein so reges und unmittelbares Interesse nahm, weil all das unauffällig geschah, fühlte der Held unserer Erzählung dennoch deutlich, daß der entscheidende Augenblick für ihn gekommen war. Herr Goljadkin erkannte mit aller Klarheit: die Stunde des kühnen Angriffs, die Zeit der Bloßstellung seiner Feinde war da. Herr Goljadkin war aufgeregt. Herr Goljadkin verspürte eine Art Inspiration und wandte sich mit zitternder Stimme aufs neue an den wartenden Gerassimytsch: „Nein, mein Freund, niemand verlangt mich zu sprechen. Da irrst du dich. Ich gehe noch weiter und behaupte, du hast dich auch heute vormittag geirrt, als du mir versichertest ... mir zu versichern wagtest", Herr Goljadkin erhob die Stimme, „daß Olsufi Iwanowitsch, der seit undenklichen Zeiten mein Wohltäter ist und mir gewissermaßen den Vater ersetzte, mir die Tür weise, und das im Augenblick einer für sein väterliches Herz so freudigen Familienfeier!" Herr Goljadkin sah sich selbstbewußt, aber erschüttert im Kreise um. An seinen Wimpern zitterten Tränen. „Ich wiederhole, mein Freund", schloß unser Held, „du warst im Irrtum, in einem schlimmen, unverzeihlichen Irrtum."

Es kam ein feierlicher Augenblick. Herr Goljadkin fühlte, der Effekt war gesichert. Er stand da, die Augen bescheiden gesenkt, und wartete darauf, daß Olsufi Iwanowitsch ihn in seine Arme schließen werde. Bei den Gästen machte sich Bewegung und Verwirrung bemerkbar; hatte doch selbst der unerschütterliche und furchtgebietende Gerassimytsch bei den Worten: „Das wage ich zu bezweifeln" gestutzt ... Da setzte plötzlich mir nichts, dir nichts die erbarmungslose Kapelle mit einer Polka ein. Alles war aus und dahin. Herr Goljadkin zuckte zusammen, Gerassimytsch trat zurück, der Saal wogte auf einmal wie das Meer, und schon wirbelten als erstes Paar Wladimir Semjonowitsch und Klara Olsufjewna dahin, gefolgt vom hübschen Oberleutnant und der Fürstin Tschewtschechanowa. Die Zuschauer drängten sich neugierig und begeistert vor, um den Polkatänzern zuzusehen – die Polka war ein interessanter, neumodischer Tanz, der allen den Kopf verdrehte. Herr Goljadkin geriet für eine Weile in Vergessenheit. Plötzlich jedoch kam alles in Bewegung und durcheinander und hastete hin und her; die Musik verstummte ... etwas Sonderbares war geschehen. Klara Olsufjewna hatte sich, erschöpft vom Tanz, vor Müdigkeit nach Atem ringend, mit glühenden Wangen und heftig wogendem Busen schließlich in einen Sessel fallen lassen. Alle Herzen wandten sich der schönen Zauberfee zu, alle beeilten sich, ihr um die Wette zu huldigen und für das gebotene Vergnügen zu danken, als plötzlich Herr Goljadkin vor ihr auftauchte. Herr Goljadkin war blaß und äußerst erregt; auch er schien erschöpft zu sein und sich kaum bewegen zu können. Er lächelte aus irgendeinem Grunde und streckte bittend die Hand zu ihr aus. Klara Olsufjewna vermochte die ihre vor lauter Verwunderung nicht gleich zurückzuziehen und erhob sich auf Herrn Goljadkins Aufforderung hin mechanisch von ihrem Platz. Herr Goljadkin trat schwankend auf sie zu, zuerst einen Schritt, dann zwei, vollführte etwas wie einen Kratzfuß, stampfte auf einmal mit dem Fuß und stolperte ... Auch er hatte mit Klara Olsufjewna tanzen wollen. Klara Olsufjewna schrie auf; alle stürzten herbei, um ihre Hand aus der des Herrn Goljadkin zu befreien, und sogleich war unser Held durch die Menge um gute zehn Schritt zurückgedrängt. Auch um ihn bildete sich ein Grüppchen. Man hörte das Kreischen und Lamentieren zweier alter Damen, die Herr Goljadkin bei seiner Retirade beinahe umgerissen hatte. Eine schreckliche Verwirrung entstand; alles fragte, alles schrie, alles redete aufeinander ein. Die Kapelle war verstummt. Unser Held drehte und wand sich in seiner Gruppe und murmelte mechanisch, hin und wieder lächelnd, vor sich hin. „Warum auch nicht?“ so meinte er. Die Polka sei, soweit er das beurteilen könne, ein neuer und interessanter, zur Freude der Damen geschaffener Tanz ... nachdem die Angelegenheit aber einen solchen Verlauf genommen habe, wäre er unter Umständen zum Einlenken bereit. Doch um Herrn Goljadkins Bereitschaft schien sich niemand zu kümmern. Unser Held fühlte, wie plötzlich eine Hand auf seine Schulter sank, eine andere Hand sich gegen seinen Rücken stemmte und man ihn mit besonderer Sorgsamkeit in eine ganz bestimmte Richtung zu drängen suchte. Schließlich merkte er, daß es geradeswegs auf die Tür zuging. Herr Goljadkin wollte schon etwas sagen, etwas tun ... Oder nein, er wollte gar nichts mehr. Er lächelte nur mechanisch. Dann spürte er, daß man ihm den Mantel anzog, den Hut aufstülpte und bis auf die Augen herunterzog; schließlich fand er sich im Flur, in Dunkelheit und Kälte, auf der Treppe wieder. Er stolperte, und ihm war, als stürze er in einen Abgrund; er wollte schon aufschreien – da stand er auf dem Hof. Frische Luft wehte ihm entgegen, er verharrte einen Augenblick; gleich darauf drangen jedoch die Klänge der wieder einsetzenden Kapelle an sein Ohr. Herr Goljadkin erinnerte sich plötzlich an alles; seine gelähmten Kräfte schienen zu ihm zurückgekehrt zu sein. Er riß sich von der Stelle los, an der er bis dahin wie angewurzelt gestanden hatte, und stürzte Hals über Kopf davon, an die Luft, in die Freiheit, einerlei, wohin ...

Fünftes Kapitel

Auf allen Petersburger Türmen, die die Zeit anzeigen und durch Glockenschläge verkünden, läutete es gerade Mitternacht, als Herr Goljadkin, völlig außer sich, auf den Fontanka-Quai, nahe der Ismailowski-Brücke, geeilt kam, auf der Flucht vor seinen Feinden, vor den Verfolgungen, vor dem Hagel der Püffe, mit denen man ihn bedacht hatte, vor dem Gezeter der alten, dem Ach und Weh der jüngeren Frauen und den vernichtenden Blicken Andrej Filippowitschs. Herr Goljadkin war erschlagen, total erschlagen, im wahrsten Sinne des Wortes, und wenn er im gegenwärtigen Augenblick noch die Fähigkeit besaß, irgendwohin zu eilen, so nur dank einem Wunder, einem Wunder, an das zu glauben er sich letzten Endes selber weigerte. Die Nacht war fürchterlich, eine echte Novembernacht – naß, neblig, regnerisch, mit Hang zum Schneien und geschwängert mit Zahngeschwüren, Schnupfen, Schüttelfrost, Angina und Fieberanfällen jeder beliebigen Art oder Sorte, kurz – mit allen Gaben des Petersburger Novembers. Der Wind heulte in den menschenleeren Straßen, peitschte das schwarze Wasser der Fontanka bis über die Vertäuungsringe und fuhr übermütig über die kümmerlichen Laternen am Quai dahin, die sein Geheul mit einem dünnen, durchdringenden Knarren erwiderten, was ein endloses, winselndes und klirriges, jedem Petersburger Einwohner wohlbekanntes Konzert ergab. Es regnete und schneite zugleich. Die vom Wind zerrissenen Ströme von Regenwasser sprühten beinahe horizontal – wie aus der Feuerwehrspritze – und peitschten und stachen den unglückseligen Herrn Goljadkin wie Stecknadeln oder Drahtstifte ins Gesicht. In der nächtlichen Stille, die nur vom fernen Rattern einer Kutsche, dem Heulen des Windes und dem Knarren der Laternenpfähle unterbrochen wurde, hörte man das trostlose Pladdern und Murmeln des Wassers, das von den Dächern, überdachten Freitreppen, Traufen und Simsen auf den Granitbelag der Bürgersteige niederrann. Keine Menschenseele war weit und breit zu sehen, was man bei diesem Wetter und zu dieser Stunde wohl auch nicht erwarten konnte. So trippelte nur Herr Goljadkin, allein mit seiner Verzweiflung, mit den an ihm gewohnten kurzen, raschen Schritten auf dem Bürgersteig an der Fontanka dahin und beeilte sich, möglichst schnell in seine Schestilawotschnaja, in seinen dritten Stock und seine Wohnung zu gelangen.

Obwohl der Schnee, der Regen und all das, was sich bei Wind und Wetter unter dem Petersburger Novemberhimmel abspielt und wofür es nicht einmal einen Namen gibt, über den vom Unglück verfolgten Herrn Goljadkin herfielen, ohne ihm die geringste Schonung oder Atempause zu gönnen, ihn bis auf die Knochen durchnäßten, ihm die Augen verklebten, ihn von allen Seiten durchdrangen und vom Wege und um den letzten Rest von Verstand zu bringen suchten, obwohl also all das zugleich über Herrn Goljadkin hereinbrach, als habe es sich mit seinen Feinden verschworen und darauf geeinigt, ihm einen Tag, einen Abend und eine Nacht zu bereiten, die sich sehen lassen konnten, blieb Herr Goljadkin von diesem letzten Beweis für die Verfolgungen durch das Schicksal fast unberührt: so stark hatte ihn das, was wenige Minuten zuvor bei dem Herrn Staatsrat Berendejew geschehen war, erschüttert und niedergeschmettert! Hätte sich ein zufälliger, unbeteiligter Beobachter in diesem Augenblick, wenn auch nur beiläufig und sozusagen aus den Augenwinkeln, Herrn Goljadkins trostloses Dahintrippeln angesehen, er wäre sogleich von all dem schrecklichen Elend seiner Leiden durchdrungen gewesen und hätte sich unbedingt gesagt, Herr Goljadkin schaue in diesem Augenblick drein, als wolle er sich vor sich selbst verstecken, als wolle er sich selbst entfliehen. Und so war es auch! Wir gehen noch weiter: Herr Goljadkin wollte nicht nur sich selbst entfliehen; nein, er wollte vernichtet sein und sich in Staub verwandeln. Zum gegenwärtigen Zeitpunkt vernahm er nichts, verstand er nichts von dem, was sich ringsum tat, und blickte drein, als gäbe es für ihn tatsächlich weder die Unbilden der schlimmen Nacht noch den langen Weg, den Regen, den Schnee, den Wind, noch überhaupt das Unwetter. Die Galosche vom rechten Schuh, die Herr Goljadkin verlor, blieb im Schneematsch auf dem Bürgersteig an der Fontanka stecken; er dachte nicht daran, umzukehren und sie zu holen – er hatte ihren Verlust nicht einmal bemerkt. Er war dermaßen verwirrt, daß er, ungeachtet all dessen, was sich ringsum tat, völlig durchdrungen von dem Gedanken an seinen kürzlichen furchtbaren Sturz, mehrmals unvermittelt auf dem Bürgersteig stehenblieb und unbeweglich wie ein Laternenpfahl verharrte; in solchen

Augenblicken starb er ab und war völlig abwesend; dann stürzte er auf einmal wie ein Rasender davon und rannte, rannte, ohne sich umzuschauen, als rette er sich vor einem Verfolger, vor einem noch schlimmeren Unheil ... Seine Lage war in der Tat schauderhaft! ... Schließlich stand Herr Goljadkin erschöpft still, stützte sich in der Haltung eines Menschen, der plötzlich und völlig unerwartet Nasenbluten bekommt, auf das Geländer des Quais und starrte beharrlich auf das trübe, schwarze Wasser der Fontanka. Schwer zu sagen, wieviel Zeit er auf diese Weise verbrachte. Man weiß nur eins: Er geriet dabei in solche Verzweiflung, war so erschöpft und zerrissen und so abgequält, daß er die letzten, nur noch schwachen Reste seines Muts verlor und alles vergaß: sowohl die Ismailowski-Brücke als auch die Schestilawotschnaja und seine gegenwärtige Lage ... Was, in der Tat, war schon geschehen? Ihm konnte das alles einerlei sein: Die Angelegenheit war abgeschlossen und ad acta gelegt, die Entscheidung gefällt und unterschrieben; was ging ihn das also noch an? ... Plötzlich ... plötzlich zuckte er zusammen und schnellte unwillkürlich zwei, drei Schritte beiseite. Er blickte sich mit einer unerklärlichen Unruhe nach allen Richtungen um; aber niemand war da, und nichts Besonderes war geschehen; und dennoch ... und dennoch schien ihm, soeben, noch vor einem Augenblick, habe jemand hier, unmittelbar neben ihm gestanden, auch er auf das Geländer des Quais gestützt, und – seltsam genug! – sogar etwas zu ihm gesagt, rasch, abgehackt und nicht recht verständlich, aber etwas, das ihm sehr naheging und ihn betraf. Ja, was denn, bilde ich mir das etwa nur ein? fragte sich Herr Goljadkin und schaute sich aufs neue nach allen Seiten um. Ja, wo befinde ich mich denn nun eigentlich? Hach! schloß er und schüttelte nur den Kopf, starrte indessen aufs neue unruhig, verzagt und sogar ängstlich in die verhangene, feuchte Ferne, wobei er sein Sehvermögen nach Kräften anspannte und das trübe Medium, das sich vor ihm ausbreitete, mit seinem kurzsichtigen Blick zu durchdringen versuchte. Ihm sprang jedoch nichts Neues, nichts Bemerkenswertes ins Auge. Alles schien in Ordnung und so zu sein, wie es sich gehörte, das heißt, es schneite immer stärker, in noch größeren Flocken und immer dichter; zwanzig Schritte voraus war nicht das geringste mehr zu erkennen; die Laternenpfähle knarrten noch durchdringender als zuvor, und der Wind schien sein trauriges Lied noch weinerlicher, noch erbärmlicher zu singen als vordem – wie ein aufdringlicher Bettler, der einem den Kupfergroschen aus der Tasche zu ziehen versucht, von dem er sich ernährt. „Hach, hach, was habe ich nur?“ wiederholte Herr Goljadkin und ging weiter, wobei er sich in einem fort nach allen Seiten umblickte. Indessen machte sich bei Herrn Goljadkin ein ganz neues Gefühl bemerkbar: Es war weder Verzagtheit noch Angst ... am ehesten eine fieberhafte Unruhe, die seine Adern durchlief. Ein unerträglich widerwärtiger Augenblick! „Aber schon gut, wird schon werden“, sagte er, um sich zu ermutigen, „hat möglicherweise nicht das geringste zu bedeuten und rührt auch an niemandes Ehre. Vielleicht mußte es so kommen“, fuhr er fort, ohne sich selber darüber im klaren zu sein, was er damit meinte, „möglicherweise wendet sich alles zu gegebener Zeit zum besten, so daß sich niemand zu beklagen braucht und alle gerechtfertigt sein werden.“ Wahrend Herr Goljadkin auf diese Weise auf sich selber einredete, schüttelte er die Schneeflocken ab, die sich als dicke Schicht auf seinen Hut, den Kragen, den Mantel, die Krawatte, die Schuhe und alles andere gelegt hatten, vermochte dabei jedoch ein sonderbares Gefühl, eine sonderbare, dunkle Ahnung nicht loszuwerden. Irgendwo in der Ferne ertönte ein Kanonenschuß. So ein Wetterchen auch, dachte unser Held; pah, ob es nicht eine Überschwemmung gibt? Das Wasser scheint doch recht stark gestiegen zu sein. Kaum hatte Herr Goljadkin das gesagt oder vielmehr gedacht, als er einen Passanten auf sich zukommen sah, der sich wie er aus irgendeinem Grunde verspätet haben mochte. Eine doch wohl belanglose Angelegenheit und reiner Zufall; und dennoch war Herr Goljadkin betroffen, bekam sogar Angst und verlor einigermaßen den Kopf. Nicht, daß er einen Bösewicht vor sich zu sehen fürchtete, sondern vielleicht nur so ... Aber wer kennt sich in einem solchen verspäteten Passanten schon aus, schoß es Herrn Goljadkin durch den Kopf, mag sein, daß er dazugehört, mag sein, daß er die Hauptsache ist und nicht von ungefähr, sondern in ganz bestimmter Absicht daherkommt, meinen Weg kreuzt und mich herausfordern will. Im übrigen mochte Herr Goljadkin das nicht gerade gedacht, sondern nur etwas Ähnliches, sehr Unangenehmes gefühlt haben. Doch zum Denken oder Fühlen blieb keine Zeit; der Passant war nur noch wenige Schritte von ihm entfernt. Herr Goljadkin beeilte sich sogleich, wie es seine Gewohnheit war, eine ganz besondere Miene aufzusetzen, eine Miene, die deutlich zum Ausdruck brachte, er, Goljadkin, sei ein Mensch für sich, er sei in Ordnung und der Weg sei breit genug für alle; er, Goljadkin, rühre ja auch niemand an. Plötzlich blieb er wie angewurzelt, wie vom Blitz getroffen stehen und wandte sich rasch nach dem Passanten um, der soeben an ihm vorbeigegangen war; er tat es mit einem Gesicht, als habe ihn etwas herumgerissen, als habe der Wind die Wetterfahne gedreht. Der Passant verschwand rasch im Schneegestöber. Auch er hatte es eilig; er war wie Herr Goljadkin angezogen und von Kopf bis Fuß eingemummt, auch er strebte auf dem Bürgersteig an der Fontanka mit kurzen, raschen Schritten, beinahe im Laufschritt dahin. „Was ist, was ist das?“ murmelte Herr Goljadkin und lächelte ungläubig, zuckte aber dennoch zusammen. Es lief ihm eiskalt über den Rücken. Der Passant war inzwischen völlig verschwunden, man hörte nicht einmal mehr seine Schritte, während Herr Goljadkin immer noch dastand und ihm nachsah. Schließlich kam er allmählich zu sich. Ja, was soll denn das, habe ich etwa, habe ich vielleicht den Verstand verloren? fragte er sich ärgerlich, drehte sich um und ging seines Weges mit immer kürzeren, mit immer hastigeren Schritten, bemüht, am besten an gar nichts mehr zu denken. Er schloß zu diesem Zweck am Ende sogar die Augen. Plötzlich erreichte – trotz des heulenden Windes und des Unwetters – wieder der Klang sich nahender Schritte sein Ohr. Er fuhr zusammen und öffnete die Augen. Zwanzig Schritte entfernt, tauchte aufs neue ein dunkler Schatten vor ihm auf, der Schatten eines Männleins, das rasch näher kam. Das Männlein hatte es eilig, sputete sich, hastete; die Entfernung zwischen ihm und Herrn Goljadkin verringerte sich rasch. Herr Goljadkin vermochte seinen neuen verspäteten Gefährten sogar schon genau zu erkennen und schrie vor Staunen und Schrecken auf; die Beine versagten ihm. Es war derselbe ihm schon bekannte Passant, der vor etwa zehn Minuten an ihm vorbeigekommen war und nun auf einmal völlig überraschend wieder vor ihm auftauchte. Doch nicht dieses Wunder allein verblüffte Herrn Goljadkin, Herrn Goljadkin verblüffte vielmehr, daß er stehenblieb, aufschrie und schon etwas sagen wollte, dann aber davonstürzte, um den Unbekannten einzuholen, ja, er rief ihm sogar etwas nach, vermutlich, um ihn möglichst rasch anzuhalten. Der Unbekannte blieb tatsächlich stehen, etwa zehn Schritte von Herrn Goljadkin entfernt, und zwar so, daß das Licht der nächsten Straßenlaterne seine ganze Gestalt erhellte; er blieb stehen, wandte sich zu Herrn Goljadkin um und wartete mit ungeduldiger, besorgter Miene, was der sagen würde. „Entschuldigen Sie, es scheint, ich habe mich geirrt“, brachte unser Held mit zitternder Stimme hervor. Der Unbekannte drehte sich schweigend und ärgerlich um und ging rasch seines Weges, als beeile er sich, die zwei Sekunden aufzuholen, die er durch Herrn Goljadkin verloren hatte. Was aber Herrn Goljadkin betrifft, so zitterte er an allen Gliedern, die Knie wurden ihm weich, sie knickten ein, und er ließ sich stöhnend auf einem Prellstein nieder. Im übrigen hatte er wahrhaftig allen Grund, in solche Verwirrung zu geraten. Dieser Unbekannte kam ihm nämlich bekannt vor. Aber das war noch das wenigste. Denn jetzt erkannte er diesen Menschen, erkannte ihn fast mit Sicherheit. Er hatte ihn oft gesehen, irgendwann gesehen, sogar erst ganz vor kurzem; wann mochte das gewesen sein? Etwa gestern? Im übrigen bestand die Hauptsache wiederum gar nicht darin, daß Herr Goljadkin ihn oft gesehen hatte; auch war an diesem Menschen so gut wie nichts Besonderes – er erregte auf den ersten Blick entschieden niemandes Aufmerksamkeit. Nun ja, er war ein Mensch wie alle anderen, natürlich anständig wie alle anständigen Menschen, und hatte möglicherweise auch irgendwelche, vielleicht sogar ziemlich bedeutende Vorzüge; mit einem Wort, er war ein Mensch für sich. Herr Goljadkin empfand gegen ihn weder Haß noch Feindschaft, ja nicht einmal die geringste Abneigung, eher sogar das Gegenteil – und dennoch (und eben dieser Umstand war von entscheidender Bedeutung), und dennoch würde er ihm um nichts auf der Welt begegnen wollen, am allerwenigsten zum Beispiel jetzt. Wir gehen noch weiter: Herr Goljadkin kannte diesen Menschen; er wußte sogar, wie er hieß, wie sein Familienname lautete; und dennoch hätte er, wiederum für nichts auf der Welt, seinen Namen nennen und zugeben wollen, daß er soundso heißt, soundso mit Familiennamen und soundso mit Vatersnamen. Wie lange diese Betroffenheit des Herrn Goljadkin anhielt, genauer ausgedrückt, wie lange er auf dem Prellstein saß, vermag ich nicht zu sagen; jedenfalls rannte er, als er schließlich ein wenig zu sich kam, plötzlich davon, so rasch er konnte, so rasch ihn die Beine trugen; er kam außer Atem; zweimal stolperte er und wäre beinah hingefallen – bei dieser Gelegenheit verwaiste Herrn Goljadkins zweiter Schuh, auch ihn ließ die Galosche im Stich. Schließlich verlangsamte Herr Goljadkin, um Atem zu schöpfen, ein wenig seine Schritte, sah sich hastig um und stellte fest, daß er, ohne es zu bemerken, die ganze Wegstrecke entlang der Fontanka bereits zurückgelegt, die Anitschkow-Brücke überschritten und einen Teil des Newski-Prospekts hinter sich gelassen hatte; er befand sich an der Kreuzung des Newski-Prospekts und der Litejnaja. Herr Goljadkin bog in die Litejnaja ein. Seine Lage erinnerte in diesem Augenblick an die Lage eines Menschen, der an einem gräßlichen Steilhang steht, während der Boden unter ihm nachgibt, wankt, in Bewegung gerät, sich ein letztes Mal aufbäumt, dann abrutscht und ihn in den Abgrund mitreißt, wobei der Unglückselige weder die Kraft noch die Geistesgegenwart besitzt, zurückzuschnellen und die Augen von der gähnenden Tiefe abzuwenden; der Abgrund zieht ihn an, und er stürzt sich schließlich selber hinein und beschleunigt damit den Augenblick seines Untergangs. Herr Goljadkin wußte, fühlte, war völlig davon überzeugt, daß ihm auf dem Heimweg unbedingt noch etwas Ungutes bevorstand, daß ihm irgendeine Unannehmlichkeit zustoßen werde, zum Beispiel eine neue Begegnung mit seinem Unbekannten; doch sonderbar, er wünschte sie sogar herbei, hielt sie für unvermeidlich und hoffte nur eins – daß alles rasch ein Ende findet, daß seine Lage sich, einerlei wie, aber bald, möglichst bald entscheidet. Und dabei eilte und eilte er immer weiter, wie getrieben von einer unbekannten Kraft, denn er selber fühlte eine Art Erschlaffung oder Lähmung seines ganzen Ichs; er vermochte über nichts nachzudenken, obwohl sich seine Ideen gleich einem Dornenstrauch an allem festhakten. Ein vom Wege abgekommenes, völlig durchnäßtes und durchgefrorenes Hündchen heftete sich an Herrn Goljadkin, lief neben ihm her, seitlich, hastig, mit eingeklemmtem Schwanz und angelegten Ohren, und streifte ihn von Zeit zu Zeit mit einem schüchternen, verständnisvollen Blick. Ein ferner, längst vergessener Gedanke – die Erinnerung an eine vor langer Zeit vor sich gegangene Begebenheit – kam ihm in den Sinn, klopfte wie mit einem Hämmerchen in seinem Kopf, setzte ihm zu und ließ ihn nicht mehr los. „Hach, dieses schäbige Hündchen!" murmelte Herr Goljadkin und verstand sich selber nicht mehr. Schließlich erblickte er seinen Unbekannten an der Ecke der Italjanskaja. Nur bewegte sich der Unbekannte jetzt nicht mehr auf ihn zu, sondern in derselben Richtung wie er, und zwar einige Schritte vor ihm her, und hatte es ebenfalls sehr eilig. Sie erreichten schließlich die Schestilawotschnaja. Herrn Goljadkin stockte der Atem. Der Unbekannte blieb vor dem Hause stehen, in dem Herr Goljadkin wohnte. Man hörte das Klingeln des Glöckchens und beinah gleichzeitig das Knarren des eisernen Riegels. Die Pforte tat sich auf, der Unbekannte duckte sich, huschte hinein und verschwand. Auch Herr Goljadkin war fast im selben Augenblick zur Stelle und schoß wie ein Pfeil zum Torweg hinein. Ohne das Knurren des Hausknechts zu beachten, kam er atemlos in den Hof gelaufen und erspähte sofort seinen interessanten Weggefährten, den er für eine Minute aus den Augen verloren hatte. Der Unbekannte tauchte am Eingang zu jener Treppe auf, die zu Herrn Goljadkins Wohnung führte. Herr Goljadkin stürzte ihm nach. Die Treppe war dunkel, feucht und verschmutzt. Auf jedem Treppenabsatz türmte sich ein Berg von allerlei Mietergerümpel, und ein Fremder, der sich hier nicht auskannte und in der Dunkelheit auf diese Treppe geriet, wäre genötigt gewesen, eine halbe Stunde auf ihr umherzuirren, in die Gefahr gekommen, sich die Beine zu brechen, und hätte zugleich mit der Treppe auch seine Bekannten verflucht, die sich so unbequem niedergelassen hatten. Doch Herrn Goljadkins Weggefährte schien sich hier auszukennen und gleichsam dazuzugehören; er eilte ohne Schwierigkeiten, leichtfüßig und mit genauester Kenntnis der Örtlichkeit die Treppe hinauf. Herr Goljadkin folgte ihm auf den Fersen; der Mantelsaum des Unbekannten klatschte ihm sogar zwei-, dreimal gegen die Nase. Das Herz stand ihm still. Der geheimnisvolle Mann blieb prompt vor der Tür von Herrn Goljadkins Wohnung stehen und klopfte; Petruschka, der offenbar gewartet hatte und noch nicht schlief (was Herrn Goljadkin übrigens zu anderer Zeit in Erstaunen gesetzt hätte), machte sogleich auf und folgte dem Eintretenden mit der Kerze in der Hand. Der Held unserer Erzählung stürzte außer sich in seine Behausung; er durchmaß, ohne Hut und Mantel abzulegen, den kleinen Korridor und blieb, wie vom Blitz getroffen, auf der Schwelle zu seinem Zimmer stehen. Alle Ahnungen Herrn Goljadkins waren in Erfüllung gegangen. Alles, was er befürchtet und vorausgesehen hatte, bestätigte sich. Sein Atem stockte, der Kopf schwindelte ihm. Der Unbekannte saß vor ihm, auch er im Mantel und mit Hut, auf seinem Bett, lächelte obenhin und nickte ihm mit leicht zusammengekniffenen Augen freundschaftlich zu. Herr Goljadkin wollte aufschreien, protestieren, vermochte es aber nicht. Die Haare standen ihm zu Berge, er sank, bewußtlos vor Schrecken, auf einen Stuhl. Und es gab auch gute Gründe dafür. Herr Goljadkin hatte den nächtlichen Gefährten endgültig erkannt. Sein nächtlicher Gefährte war niemand anderes als er selbst, als Herr Goljadkin in eigener Person, ein zweiter Herr Goljadkin, haargenau wie er selbst, mit einem Wort – in jeder Hinsicht sein Doppelgänger, wie man das nennt.

Sechstes Kapitel

Am Morgen darauf erwachte Herr Goljadkin Punkt acht in seinem Bett. Sofort tauchten all die ungewöhnlichen Ereignisse des gestrigen Tages und die ganze wüste, unwahrscheinliche Nacht mit ihren beinah unmöglichen Abenteuern vor seinem inneren Auge und in seinem Gedächtnis auf, alle zugleich, ganz plötzlich und in erschreckender Vollständigkeit. Eine so erbitterte, teuflische Bosheit seitens seiner Feinde und besonders der jüngste Beweis dieser Bosheit ließen Herrn Goljadkins Herz zu Eis erstarren. Indessen war all das so seltsam, so unverständlich, so irrsinnig und erschien so unwahrscheinlich, daß es tatsächlich schwerfiel, an so etwas zu glauben; selbst Herr Goljadkin wäre geneigt gewesen, alles als wüsten Traum, als momentane Überreizung der Einbildungskraft und Geistesverwirrung zu betrachten, hätte er nicht zu seinem Glück aus bitterer Erfahrung gewußt, wie weit die Bosheit einen Menschen zu bringen vermag, wie weit ein erbitterter Feind gehen kann, der sich für einen Angriff auf seine Ehre und seine Ambitionen rächen will. Darüber hinaus bestärkten und bezeugten seine wie gelähmten Glieder, der benebelte Kopf, die schmerzende Wirbelsäule und der bösartige Schnupfen die Glaubhaftigkeit des gestrigen nächtlichen Spaziergangs und bis zu einem gewissen Grade auch alles übrige, das sich während dieses Spaziergangs ereignet hatte. Und schließlich wußte Herr Goljadkin schon längst, daß sie da jemand anderen hatten. Aber was tun? Nach gründlicher Überlegung beschloß Herr Goljadkin, zu schweigen, sich damit abzufinden und vorerst keinen Einspruch zu erheben. Sie wollen mir vielleicht nur einen kleinen Schreck einjagen, wenn sie aber sehen, daß ich in Ordnung bin, keinen Einspruch erhebe, mich völlig damit abfinde und alles mit

Demut ertrage, dann werden sie ablassen, von selber und auch noch als erste davon ablassen.

Das also waren die Gedanken, die Herrn Goljadkin durch den Kopf gingen, während er sich in seinem Bett hin und her wälzte, die wie geräderten Glieder streckte und auf das übliche Erscheinen Petruschkas wartete – dieses Mal in seinem Zimmer. Er wartete bereits eine Viertelstunde; er hörte, wie der Faulpelz Petruschka hinter der Trennwand mit dem Samowar hantierte, konnte sich aber durchaus nicht entschließen, nach ihm zu rufen. Wir gehen weiter und behaupten: Herr Goljadkin hatte sogar ein wenig Angst, sich Petruschka gegenübergestellt zu sehen. Wer weiß, dachte er bei sich, wer weiß, wie dieser Spitzbube die ganze Angelegenheit sieht. Er hält zwar den Mund und schweigt sich aus, ist aber auf dem Kien. Schließlich knarrte die Tür, und Petruschka tauchte mit dem Tablett in den Händen auf. Herr Goljadkin schielte zaghaft zu ihm hin und wartete mit Ungeduld, was kommen werde und ob er nicht endlich etwas hinsichtlich eines gewissen Umstands sagen würde. Aber Petruschka sagte nichts und erschien im Gegenteil noch schweigsamer, noch rüder und griesgrämiger als sonst; überhaupt spürte man, daß er mit irgend etwas höchst unzufrieden war; er sah seinen Herrn sogar kein einziges Mal an, was Herrn Goljadkin, nebenbei bemerkt, einen kleinen Stich versetzte; er stellte, was er hereingebracht hatte, auf den Tisch, drehte sich um und verschwand schweigend hinter seiner Trennwand. „Er weiß es, er weiß alles, der Nichtsnutz!“ brummte Herr Goljadkin vor sich hin und machte sich an den Tee. Dennoch fragte unser Held seinen Bedienten nach gar nichts aus, obwohl Petruschka sein Zimmer noch mehrmals in der oder jener Angelegenheit betrat. Herr Goljadkin befand sich in einem Zustand äußerster seelischer Erregung. Er scheute sich, ins Departement zu gehen. Er hatte das deutliche Gefühl, gerade dort stimme etwas nicht. Da kommt man herein, sagte er sich, und stolpert über etwas ... Ist es nicht besser, sich zu gedulden? Sollen sie doch machen, was sie wollen; ich bleibe heute den ganzen Tag hier, sammle meine Kräfte, erhole mich, denke gründlich über die Angelegenheit nach und schneie im richtigen Augenblick herein, wobei ich mit keiner Wimper zucke. Herr Goljadkin rauchte, während er sich all das durch den Kopf gehen ließ, eine Pfeife nach der anderen; die Zeit verging im Fluge; es war bereits fast halb zehn. Es ist bereits halb zehn, sagte sich Herr Goljadkin, und zu spät, um sich zum Dienst zu melden. Außerdem bin ich krank, natürlich bin ich das, bin regelrecht krank; wer will behaupten, daß ich es nicht bin? Was macht mir das alles aus? Und schickt man mir den Exekutor her, damit er es bezeugt – soll er nur kommen! Ja, und wenn es nun in der Tat? Ich habe Rückenschmerzen, ich habe Husten, ich habe Schnupfen; und schließlich kann ich bei diesem Wetter auf keinen Fall aus dem Hause gehen; ich könnte ernstlich erkranken und womöglich sogar sterben; die Sterblichkeit ist zur Zeit besonders hoch ... Herr Goljadkin brachte sein Gewissen auf diese Weise vollends zum Schweigen und rechtfertigte sich im voraus vor sich selbst in Anbetracht des zu erwartenden Rüffels seitens Andrej Filippowitschs – wegen mangelnden Diensteifers. Überhaupt pflegte unser Held sich in dergleichen Fällen gern durch allerlei unwiderlegbare Argumente in seinen eigenen Augen zu rechtfertigen und sein Gewissen völlig zu beruhigen. Nachdem er also sein Gewissen auch jetzt völlig beruhigt hatte, griff er aufs neue nach der Pfeife, stopfte sie und schickte sich gerade an, sie richtig in Brand zu setzen, als er plötzlich vom Sofa aufsprang, die Pfeife beiseite warf, sich im Handumdrehen wusch, rasierte und kämmte, den Uniformrock und alles übrige anlegte, gewisse Papiere zusammenraffte und ins Departement eilte.

Herr Goljadkin betrat seine Abteilung zaghaft und in der angsterfüllten Erwartung von etwas sehr Ungutem – einer Erwartung, die zwar unbestimmt und dunkel, zugleich aber recht mißlich war; er setzte sich schüchtern an den gewohnten Platz neben dem Gruppenvorsteher Anton Antonowitsch Setotschkin. Ohne sich umzublicken, ohne sich durch etwas ablenken zu lassen, vertiefte er sich in den Inhalt der vor ihm liegenden Papiere. Er war entschlossen, er hatte sich das Wort gegeben, allen Herausforderungen, allem, was ihn kompromittieren konnte, auszuweichen, zum Beispiel indiskreten Fragen, allerlei kleinen Späßen und unpassenden Anspielungen auf die Bewandtnisse des gestrigen Abends; er entschied sich sogar dafür, auf die üblichen Höflichkeiten gegenüber den Kollegen zu verzichten, das heißt auf Erkundigungen nach deren Wohlbefinden und so weiter. Aber offensichtlich war auch, daß es nicht dabei bleiben konnte, daß das unmöglich war. Unruhe und die Unkenntnis von irgendwelchen Dingen, die ihn verletzen konnten, hatten ihn schon immer mehr geärgert als das, was ihn als solches verletzte. Und das war auch der Grund, warum Herr Goljadkin, obwohl er sich das Wort gegeben hatte, auf nichts, was sich ringsum tat, einzugehen und allem auszuweichen, warum also Herr Goljadkin hin und wieder heimlich und möglichst unauffällig den Kopf hob und sich verstohlen nach rechts, nach links, nach allen Seiten umblickte und den Kollegen in die Gesichter sah, bemüht, aus ihnen zu erraten, ob es nicht etwas Neues und Besonderes gab, das ihn berührte und zu unschönen Zwecken vor ihm verborgen wurde. Er vermutete dabei einen unzweifelhaften Zusammenhang zwischen seinen gestrigen Bewandtnissen und alledem, was ihn jetzt umgab. Schließlich wünschte er sich in seinem Unbehagen, alles möge, einerlei wie, aber jedenfalls möglichst bald, seine Lösung finden, und sei es mit einem Unheil – na wennschon! Hier nun nahm das Schicksal Herrn Goljadkin beim Wort: Kaum hatte er sich das gewünscht, als alle seine Zweifel ihre Lösung fanden, aber auf eine äußerst sonderbare, äußerst überraschende Art.

Die Tür zum Zimmer nebenan knarrte auf einmal leise und zaghaft, als wolle sie damit andeuten, daß die eintretende Person höchst unbedeutend sei, und eine Gestalt, die Herrn Goljadkin im übrigen durchaus bekannt war, erschien vor ebendem Tisch, an dem unser Held saß. Unser Held sah nicht auf; nein, er streifte die Gestalt nur mit einem ganz flüchtigen Blick aus den Augenwinkeln, wußte aber sogleich, wer es war, hatte sogleich alles verstanden – bis in die geringfügigsten Einzelheiten. Er erglühte vor Scham und vergrub den zermarterten Kopf in das Papier – haargenau mit dem gleichen Ziel, mit dem der vom Jäger verfolgte Strauß den seinen im heißen Sand verbirgt. Der Neuangekommene verneigte sich vor Andrej Filippowitsch, und gleich darauf vernahm man jene förmlich-freundliche Stimme, mit der der Vorgesetzte in allen Dienststellen zu einem neuen Untergebenen spricht. „Setzen Sie sich hierher", sagte Andrej Filippowitsch und zeigte auf Anton Antonowitschs Tisch, „hier, gegenüber von Herrn Goljadkin. Wir werden Sie gleich in Ihre Arbeit einführen." Andrej Filippowitsch schloß damit, daß er den Neuankömmling mit einer geziemend-ermahnenden Handbewegung entließ, um sich sogleich in die Quintessenz von allerlei Papieren zu vertiefen, deren ein ganzer Berg vor ihm lag.

Herr Goljadkin blickte schließlich auf, und wenn er nicht in Ohnmacht fiel, so einzig und allein darum, weil er alles geahnt hatte, weil er alles durchschaute und im voraus erriet, wer der Ankömmling war. Das erste, was Herr Goljadkin tat – er sah sich rasch um, ob nicht irgendwo getuschelt oder ein einschlägiger Kanzleiwitz gerissen wurde, ob nicht Erstaunen jemandes Gesicht verzog oder jemand vor Schreck sogar unter den Tisch gefallen war. Doch zu Herrn Goljadkins größter Verwunderung ließ sich nichts dergleichen feststellen. Das Verhalten seiner Berufs- und Amtskollegen verblüffte ihn. Es schien außerhalb des gesunden Menschenverstandes zu liegen. Herr Goljadkin war über dieses ungewöhnliche Schweigen geradezu erschrocken. Die Dinge sprachen für sich selbst; es handelte sich um eine seltsame, abscheuliche, unglaubliche Angelegenheit. Es gab allen Grund, sich über sie zu wundern. All das schoß Herrn Goljadkin selbstverständlich nur kurz durch den Kopf. Er für seinen Teil briet auf kleinem Feuer. Und das hatte auch seinen Grund. Der, der ihm jetzt gegenübersaß, war – zum Schrecken Herrn Goljadkins, zu Herrn Goljadkins Beschämung – sein gestriger Alptraum, mit einem Wort, er selbst, wenn auch nicht jener Herr Goljadkin, der in diesem Augenblick mit offenem Mund und in der Hand erstarrtem Federhalter auf einem Stuhl saß; nicht jener, der der Stellvertreter des Gruppenvorstehers war; nicht jener, der sich gerne unsichtbar machte und in der Menge verlor; nicht jener schließlich und endlich, dessen Gang deutlich zu sagen schien: Rührt mich nicht an, dann rühre auch ich euch nicht an, oder: Rührt mich nicht an, denn auch ich rühre euch ja nicht an. Nein, es war ein anderer, ein ganz anderer Herr Goljadkin, der aber dem ersten vollkommen glich – den gleichen Wuchs, dieselbe Statur und dieselbe Glatze hatte und ebenso angezogen war wie er; mit einem Wort, es war nichts, aber auch nichts vergessen worden, damit sie sich vollkommen glichen, und wenn man sie nebeneinanderstellte, dann würde es niemand, aber auch niemand auf sich nehmen, zu entscheiden, wer nun der richtige und wer der nachgemachte Goljadkin war, wer der alte und wer der neue, wer das Original und wer die Kopie.

Unser Held befand sich jetzt, wenn dieser Vergleich erlaubt ist, in der Lage eines Menschen, über den sich ein Spaßvogel lustig macht, indem er verstohlen ein Brennglas auf ihn richtet. Was ist das nun, Traum oder Wirklichkeit, fragte er sich, die Gegenwart oder die Fortsetzung des Gestrigen? Aber wieso denn nur? Mit welchem Recht geschieht das alles? Wer hat die Einstellung dieses Beamten genehmigt und wer ihm das Recht dazu gegeben? Schlafe ich oder träume ich? Herr Goljadkin versuchte, sich zu kneifen, ja, er riskierte sogar, jemand anderen zu kneifen. Nein, es war kein Traum, auf keinen Fall! Herr Goljadkin fühlte, daß der Schweiß in Bächen an ihm hinunterrann, daß etwas bislang noch nicht Dagewesenes, Unerhörtes und eben aus diesem Grunde zu allem Unglück auch noch Ungehöriges mit ihm vorging, denn er verstand und empfand den ganzen Nachteil, das erste Beispiel eines in eine so lächerliche Lage geratenen Menschen zu sein. Er zweifelte am Ende sogar an seiner eigenen Existenz; und obwohl er im voraus auf alles gefaßt war und selber wünschte, daß seine Zweifel sich auf irgendeine Weise zerstreuten, war der Umstand als solcher einer Überraschung natürlich wert. Kummer bedrückte und quälte ihn. Zuweilen verlor er fast völlig sowohl die Denkfähigkeit als auch das Erinnerungsvermögen. Wenn er nach einem solchen Augenblick zu sich kam, ertappte er sich dabei, daß er mechanisch und gänzlich unbewußt die Feder über das Papier führte. Er wurde mißtrauisch gegen sich selbst und begann das zu Papier Gebrachte zu prüfen, begriff aber nicht das geringste. Schließlich erhob sich der andere Herr Goljadkin, der bis dahin still und wie ihm geziemte an seinem Platz gesessen hatte, und verschwand in einer Angelegenheit durch die Tür zur Abteilung nebenan. Herr Goljadkin sah sich um – nichts, alles war still und ruhig; man hörte nur das Kratzen der Federn, das Rascheln der umgeschlagenen Seiten und ein leises Murmeln in den Ecken, die weiter weg von Andrej Filippowitschs Befehlsstand lagen. Herr Goljadkin sah Anton Antonowitsch an, und da der Gesichtsausdruck unseres Helden aller Wahrscheinlichkeit nach seiner gegenwärtigen Lage durchaus entsprach, mit dem Sinn der Angelegenheit übereinstimmte, infolgedessen in gewisser Hinsicht sehr bedeutsam war, legte der gute Anton Antonowitsch den Federhalter beiseite und erkundigte sich mit ungewöhnlicher Teilnahme nach Herrn Goljadkins Befinden.

„Mir, Anton Antonowitsch, geht es Gott sei Dank", stammelte Herr Goljadkin. „Ich, Anton Antonowitsch, bin völlig gesund; ich, Anton Antonowitsch, fühle mich jetzt wieder ganz gut", setzte er zögernd hinzu, wobei er dem so oft berufenen Anton Antonowitsch nicht recht über den Weg traute.

„Aha! Und mir wollte schon scheinen, Ihre Gesundheit sei nicht die beste; was übrigens in keiner Weise verwunderlich wäre. Wo sich zur Zeit doch allerlei Epidemien bemerkbar machen. Wissen Sie schon ..."

„Ja, Anton Antonowitsch, ich weiß, daß es solche Epidemien gibt ... Aber die habe ich nicht gemeint, Anton Antonowitsch", fuhr Herr Goljadkin fort, wobei er Anton Antonowitsch aufmerksam musterte, „ich, Anton Antonowitsch, weiß nicht einmal, wie Sie, ich meine, von welcher Seite aus man an diese Angelegenheit herantreten sollte, Anton Antonowitsch ..."

„Wie bitte? Ich ... wissen Sie ... muß gestehen, ich

komme da nicht so ganz mit; erklären Sie sich doch bitte, wissen Sie, ein wenig deutlicher, in welcher Hinsicht Sie sich gehemmt fühlen", sagte Anton Antonowitsch, selber ein wenig gehemmt, als er sah, daß Herrn Goljadkin die Tränen in die Augen traten.

„Ich, Anton Antonowitsch ... da ist hier so ein Beamter aufgetaucht, Anton Antonowitsch ..."

„Nun, nun? Ich verstehe immer noch nicht ..."

„Ich, Anton Antonowitsch, will damit sagen, da ist ein neuer Beamter bei uns eingestellt worden."

„Ja, das stimmt, ein Namensvetter von Ihnen."

„Wie?" rief Herr Goljadkin.

„Ich sage, ein Namensvetter von Ihnen; auch er heißt Goljadkin. Etwa Ihr Bruder?"

„Nein, Anton Antonowitsch, ich ..."

„Hm! Sag einer an! Und mir hat schon geschienen, es müsse ein naher Verwandter von Ihnen sein. Es gibt da, wissen Sie, so eine Art Familienähnlichkeit."

Herr Goljadkin war starr vor Staunen, es verschlug ihm für eine Weile die Sprache. Eine dermaßen abscheuliche, unerhörte Angelegenheit so leichthin zu behandeln; bei einer Angelegenheit, die wahrhaftig etwas auf ihre Art ganz Außergewöhnliches darstellte und selbst den uninteressiertesten Beobachter verblüfft hätte, von Familienähnlichkeit zu reden, wo sich alles wie ein Spiegelbild glich!

„Wissen Sie, was ich Ihnen empfehlen würde, Jakow Petrowitsch", fuhr Anton Antonowitsch fort. „Gehen Sie doch mal zum Arzt und lassen Sie sich beraten! Sie *schauen*, wissen Sie, keineswegs allzu gesund *aus*. Besonders Ihre Augen, wissen Sie, haben einen ganz eigenartigen Ausdruck."

„Nein, Anton Antonowitsch, ich fühle natürlich ... das heißt, ich will Sie in einem fort fragen, wie verhält sich das nun mit diesem Beamten?"

„Das heißt?"

„Das heißt, ob Sie, Anton Antonowitsch, nicht etwas Besonderes ... nicht etwas allzu Auffallendes an ihm bemerkt haben?"

„Wie soll ich das verstehen?“

„Ich meine damit, Anton Antonowitsch, ob Sie nicht eine auffallende Ähnlichkeit mit jemand anderem an ihm festgestellt haben, das heißt zum Beispiel mit mir? Sie, Anton Antonowitsch, haben da gerade eine beiläufige Bemerkung über Familienähnlichkeiten gemacht ... Wissen Sie, es gibt da manchmal Zwillinge, die sich ähnlich sehen wie ein Ei dem anderen, so daß man sie einfach nicht unterscheiden kann. Das ist es, was ich meine.“

„Ja ...“, meinte Anton Antonowitsch, nachdem er ein wenig nachgedacht hatte und von dieser Tatsache zum erstenmal verblüfft zu sein schien, „ja, das stimmt. Die Ähnlichkeit ist in der Tat erstaunlich, und Ihre Meinung, man könne den einen zweifellos mit dem anderen verwechseln, trifft unbedingt zu“, fuhr er fort und riß die Augen immer weiter auf. „Und wissen Sie, Jakow Petrowitsch, diese Ähnlichkeit ist geradezu ein Wunder, geradezu phantastisch, wie man das gelegentlich nennt, das heißt genau so, wie Sie es ... Haben Sie es bemerkt, Jakow Petrowitsch? Ich wollte Sie schon selber nach einer Erklärung dafür fragen, habe aber, wie ich gestehe, der Angelegenheit zunächst nicht die erforderliche Aufmerksamkeit geschenkt. Ein Wunder, wahrhaftig ein Wunder! Und wissen Sie was, Jakow Petrowitsch, Sie sind doch kein Hiesiger, nicht wahr?“

„Nein.“

„Auch er ist nicht von hier. Vielleicht stammt er sogar aus derselben Gegend wie Sie. Wo hat Ihre Frau Mutter, wenn ich fragen darf, zum größten Teil gelebt?“

„Sie sagen ... Sie sagen, Anton Antonowitsch, er ist kein Hiesiger?“

„Nein, ist er nicht. Aber in der Tat, wie sonderbar das alles doch ist“, fuhr der reichlich gesprächige Anton Antonowitsch fort, für den ein kleines Schwätzchen geradezu ein Feiertag war, „kann einen regelrecht in Neugier versetzen; und dabei – wie oft kommt man an ihm vorbei, stößt ihn sogar an und merkt nichts. Lassen Sie sich im übrigen nicht beirren. Das kommt vor. So war es auch, wissen Sie, mit einer Tante von mir – ich will es Ihnen gleich erzählen –, mit einer Tante mütterlicherseits; auch sie hat sich vor ihrem Tode doppelt gesehen ..."

„Nein, Anton Antonowitsch, entschuldigen Sie, wenn ich Sie unterbreche, ich, Anton Antonowitsch, möchte nur wissen, wieso dieser Beamte, das heißt aus welchem Anlaß er hier aufgetaucht ist."

„Nun, er ist an die Stelle des verstorbenen Semjon Iwanowitsch hierhergekommen; die Stelle war frei, und da hat man sie eben besetzt. Ja, der gute Semjon Iwanowitsch hat, so wird behauptet, drei Kinder hinterlassen, eins immer kleiner als das andere. Die Witwe soll seiner Exzellenz zu Füßen gefallen sein. Im übrigen behauptet man, sie verstellt sich; sie soll einiges Geld haben, das aber verheimlichen."

„Nein, Anton Antonowitsch, ich denke da immer wieder an denselben Umstand."

„Das heißt? Ach so, nun ja! Aber weshalb interessiert Sie das so? Ich sage Ihnen: Lassen Sie sich nicht beirren. All das ist sozusagen nur vorübergehend. Was denn? Was haben Sie damit zu tun? Hat schließlich der Herrgott selber so eingerichtet, es war nun einmal sein Wille, und gegen ihn aufzubegehren wäre Sünde. An alledem ist seine Allweisheit zu erkennen, während Sie, Jakow Petrowitsch, nicht die geringste Schuld daran trifft, soweit ich das richtig sehe. Als gäbe es nicht genug Seltsames auf der Welt! Die Mutter Natur ist freigebig; Sie werden sich dafür nicht zu verantworten haben, Sie brauchen dafür nicht einzustehen. Bei dieser Gelegenheit: da heißt es zum Beispiel, daß diese ... wie nennt sich das doch? ... ach ja, die siamesischen Zwillinge, ich hoffe, Sie haben von ihnen gehört, mit ihren Rücken zusammengewachsen sind und auch so leben; sie essen gemeinsam und schlafen gemeinsam; sie lassen sich besichtigen und nehmen, wie man behauptet, ein Heidengeld damit ein."

„Gestatten Sie, Anton Antonowitsch ..."

„Ich verstehe Sie, versteh Sie sehr gut! Durchaus! Aber was ist schon dabei? Gar nichts! Ich bin bei allem Verständnis der Ansicht, daß keinerlei Grund besteht, sich verwirren zu lassen. Was denn? Er ist ein Beamter wie alle anderen; und scheint auch tüchtig zu sein. Er sagt, er heißt Goljadkin, stammt nicht aus dieser Gegend und ist Titularrat. Das hat er Seiner Exzellenz persönlich erklärt."

„Ja, wie denn das?"

„Nun, recht ordentlich; man behauptet, er habe eine befriedigende Auskunft über sich gegeben und seine Beweggründe angeführt; er soll gesagt haben, so und so, Euer Exzellenz, Vermögen habe ich nicht und möchte darum in der Verwaltung dienen, besonders unter Ihrer für mich so schmeichelhaften Leitung ... und was dergleichen mehr ist; er hat das alles, wissen Sie, recht geschickt ausgedrückt. Scheint ein gescheiter Kopf zu sein. Nun, er brachte natürlich auch eine Empfehlung mit; ohne die geht es ja nicht ab ..."

„Und ... und von wem? Das heißt, ich meine, wer hat in dieser beschämenden Angelegenheit die Hand im Spiel gehabt?"

„Ja... man sagt, das Empfehlungsschreiben kann sich sehen lassen; Seine Exzellenz und Andrej Filippowitsch, heißt es, haben sich amüsiert."

„Seine Exzellenz und Andrej Filippowitsch haben sich amüsiert?"

„Jawohl, das heißt ein bißchen geschmunzelt und erklärt, es gehe alles in Ordnung; sie wären ihrerseits nicht abgeneigt, sofern er treue Dienste zu leisten verspreche ..."

„Nun, nun, weiter! Sie, Anton Antonowitsch, machen mich einigermaßen neugierig; ich flehe Sie an – weiter!"

„Gestatten Sie, ich habe Sie wohl wieder irgendwie ... Nun ja; macht aber weiter nichts; die ganze Geschichte ist gar nicht so kompliziert; ich sage Ihnen, Sie sollten sich nicht verwirren lassen und nichts Bedenkliches daran finden ..."

„Tu ich auch nicht! Das heißt, Anton Antonowitsch, ich möchte Sie nur noch fragen, ob Seine Exzellenz nicht etwas hinzugefügt hat, zum Beispiel etwas, das sich auf mich bezieht?"

„Aber ja doch! Sicher! Oder nein, nicht das geringste; Sie

können ganz beruhigt sein. Nun ja, der Umstand ist, versteht sich, einigermaßen erstaunlich und kann zunächst ... aber ich zum Beispiel habe das anfangs kaum bemerkt. Ich weiß wirklich nicht, wieso ich mir all dessen erst bewußt geworden bin, als Sie darauf zu sprechen kamen. Im übrigen können Sie ganz beruhigt sein. Seine Exzellenz hat weiter nichts Besonderes, ja gar nichts dazu geäußert", fügte der gute Anton Antonowitsch hinzu und erhob sich von seinem Stuhl.

„Dann kann ich also, Anton Antonowitsch ..."

„Ach, bitte, entschuldigen Sie mich! Ich habe mich ohnehin verplaudert und dabei eine wichtige, dringliche Angelegenheit vor mir. Ich muß mich da nach etwas erkundigen."

„Anton Antonowitsch!" hörte man die höflich mahnende Stimme Andrej Filippowitschs, „Seine Exzellenz haben nach Ihnen gefragt."

„Gleich, gleich, Andrej Filippowitsch, ich komme schon." Und Anton Antonowitsch raffte rasch einen Haufen Papiere zusammen und eilte zunächst zu Andrej Filippowitsch und von da in das Zimmer Seiner Exzellenz.

Ja, was denn? fragte sich Herr Goljadkin im stillen. So also wird bei uns gespielt! So weht jetzt bei uns der Wind ... Keineswegs übel; da haben also die Dinge eine höchst angenehme Wendung genommen, sagte sich unser Held, rieb sich die Hände und fühlte vor Freude nicht mehr den Stuhl unter sich. Dann ist es also eine ganz gewöhnliche Angelegenheit. Und alles endet mit Lappalien, löst sich von selber auf. In der Tat – niemand läßt sich was anmerken, sie mucksen sich nicht, die Halunken, sitzen da und beschäftigen sich mit den Akten; ausgezeichnet, ausgezeichnet! Einen guten Menschen liebe ich, hab ich immer geliebt und bin ich immer bereit zu achten ... Im übrigen ist das, wenn man darüber nachdenkt, mit diesem Anton Antonowitsch so eine Sache ... man schreckt davor zurück, sich ihm anzuvertrauen: er ist allzu grau und ordentlich tatterig vor Alter geworden. Am erfreulichsten und wichtigsten ist übrigens, daß Seine Exzellenz nichts eingewandt und alles gutgeheißen hat: In Ordnung, findet meine Billigung! Aber wieso mischt sich dieser Andrej Filippowitsch mit seinen Spötteleien ein? Was hat er damit zu tun? Dieser alte Widerhaken! Immer steht er mir im Wege, immerzu kreuzt er wie eine schwarze Katze meine Bahn, immerzu kommt er mir in die Quere; wie zum Trotz, wie mit Absicht ...

Herr Goljadkin blickte sich aufs neue um und schöpfte wieder Hoffnung. Er fühlte, daß ihn dabei trotz allem ein verschwommener, unguter Gedanke verfolgte. Ihm kam sogar der Einfall, sich an die anderen Beamten heranzumachen, den Stier bei den Hörnern zu packen und so nebenher (etwa beim Verlassen der Behörde oder unter einem dienstlichen Vorwand) gesprächsweise darauf anzuspielen und zu sagen: So und so, Herrschaften, immerhin eine verblüffende Ähnlichkeit, ein sonderbarer Umstand und eine garstige Komödie – das heißt sich selber über alles lustig zu machen und auf diese Weise die Größe der Gefahr zu sondieren. Heißt es doch, stille Wasser sind tief, vollendete unser Held seinen Gedankengang. Im übrigen blieb es bei dem Gedanken; Herr Goljadkin besann sich rechtzeitig eines Besseren. Er sah ein, daß dies zu weit gegriffen wäre. Das ist nun mal deine Natur, sagte er zu sich selbst und klatschte sich leicht an die Stirn, freust dich und lebst sogleich auf, du ehrliche Seele! Nein, Jakow Petrowitsch, ist schon besser, wir gedulden uns ein wenig, warten ab und gedulden uns! Dennoch war Herr Goljadkin, wie schon erwähnt, durchaus von Hoffnung erfüllt und fühlte sich, als wäre er von den Toten auferstanden. Schon gut, dachte er, mir ist, als wären fünfhundert Pud von meinem Herzen gefallen. Was das aber auch für ein Umstand ist! „Dabei ließ sich das Kästchen spielend öffnen.“ Krylow hat recht, ja, er hat recht ... ein geriebener Kunde, ein Schlingel und großer Fabeldichter, dieser Krylow! Und was jenen betrifft, soll er doch bei uns arbeiten, wohl bekomm's, Hauptsache, er stört niemand und rührt niemand an; soll er hier arbeiten – meinen Segen hat er!

Die Stunden indessen verrannen, verflogen, und ehe man

sich's versah, war es vier Uhr. Der Dienst war beendet; Andrej Filippowitsch griff nach dem Hut, und alle anderen folgten wie üblich seinem Beispiel. Herr Goljadkin machte ein wenig langsam, ließ sich die erforderliche Zeit und ging absichtlich als letzter, als allerletzter hinaus, nachdem sich die anderen schon in alle Himmelsrichtungen zerstreut hatten. Auf der Straße angelangt, fühlte er sich wie im Paradies, ja er verspürte sogar den Wunsch, einen Haken zu schlagen und einen Spaziergang auf dem Newski zu machen. So ist nun mal das Schicksal, sagte sich unser Held, welch überraschende Wendung der ganzen Angelegenheit! Dazu das Wetterchen, der leichte Frost, die Schlitten! Mit dem Frost steht der Russe auf gutem Fuß, mit dem Frost weiß der Russe zu leben! Ich liebe den russischen Menschen. Der erste Schnee, der erste Spurschnee, wie sich der Jäger ausdrückt; und auf diesem ersten Spurschnee einen Hasen jagen! Hach verdammt! Aber schon gut, macht nichts!

So äußerte sich Herrn Goljadkins überschwengliche Freude, wobei immer noch etwas in seinem Kopf rumorte; es war nicht gerade Trübsal, lastete aber dennoch so schwer auf Herrn Goljadkins Herzen, daß er nicht wußte, womit er sich trösten könne. Warten wir erst mal den kommenden Tag ab und freuen wir uns, wenn alles gut geht. Was ist im übrigen an alledem schon dran? Gut, denken wir nach, gehen wir alles durch! Schön, junger Freund, gehen wir alles durch und denken wir nach! So! Ich bin also erstens ein Mensch wie du und gleiche dir aufs Haar. Aber was ist schon dabei? Soll ich vielleicht Tränen darüber vergießen? Mein Name ist Hase; ich pfeife darauf, und damit hat sich's! Er geht eben darauf aus! Gut, soll er bei uns arbeiten! Ein Wunder, eine Seltsamkeit, heißt es, geradezu wie die siamesischen Zwillinge ... Aber was sollen hier die siamesischen Zwillinge? Also zugegeben, es sind Zwillinge, aber haben nicht auch große Männer gelegentlich einigermaßen wunderlich ausgeschaut? Weiß man doch aus der Geschichte, daß der berühmte Suworow gelegentlich wie ein Hahn krähte ... Nun ja, das war bei ihm natürlich Politik; sogar die großen

Heerführer ... was ist das übrigens – ein Heerführer? Ich bin ein Mensch für sich, und damit hat sich's, will von niemand etwas wissen und unterschätze in meiner Unschuld den Feind. Ich bin kein Intrigant, und ich bin stolz darauf. Ich bin rein, sauber, geradsinnig, von angenehmer Art und nicht nachtragend ...

Herr Goljadkin hielt plötzlich inne und zitterte wie Espenlaub, ja, er schloß im ersten Moment sogar die Augen. Übrigens öffnete er sie wieder in der Hoffnung, der Gegenstand seines Schreckens sei weiter nichts als Einbildung, und schielte behutsam nach rechts. Nein, es war keine Einbildung! Neben ihm trippelte sein Bekannter von heute früh einher, lächelte, schaute ihm hier und da ins Gesicht und schien auf eine Gelegenheit zu warten, ein Gespräch mit ihm anzuknüpfen. Das Gespräch wollte nicht zustande kommen. Auf diese Weise legten sie wohl fünfzig Schritte zurück. Alle Bemühungen Herrn Goljadkins waren darauf gerichtet, sich möglichst fest einzumummen, in seinem Mantel zu verbergen und den Hut so tief wie möglich in die Stirn zu ziehen. Zu seinem Ärger waren sogar der Mantel und der Hut seines Weggefährten von den seinen kaum zu unterscheiden; sie hätten geradezu von ihm sein können.

„Mein Herr“, stieß endlich unser Held hervor, wobei er sich bemühte, gedämpft zu sprechen und den Weggenossen nicht anzuschauen, „mir scheint, wir gehen verschiedene Wege ... Ich bin sogar davon überzeugt“, fuhr er nach einem kurzen Schweigen fort. „Ich bin schließlich auch überzeugt, daß Sie mich jetzt völlig verstanden haben“, setzte er zum Schluß mit ziemlichem Nachdruck hinzu.

„Ich wünschte mir“, entgegnete darauf Herrn Goljadkins Gefährte, „ich wünschte mir ... daß Sie mir vielleicht großmütig verzeihen ... ich weiß nicht, an wen ich mich hier wenden soll ... meine Umstände ... ich hoffe, Sie tragen mir die Kühnheit nicht nach – mir schien sogar, Sie hätten heute vormittag, von Mitleid bewegt, einigen Anteil an mir genommen. Ich für meine Person fühlte mich vom ersten Augenblick an zu Ihnen hingezogen ...“ Hier wünschte sich Herr Goljadkin, die Erde möge seinen neuen Amtsbruder verschlingen. „Wenn ich hoffen dürfte, daß Sie, Jakow Petrowitsch, bereit wären, mich mit einiger Nachsicht anzuhören ..."

„Hier ... hier ist wohl nicht ... gehen wir lieber zu mir", erwiderte Herr Goljadkin, „überqueren wir den Newski-Prospekt und halten wir uns, so wird es wohl am passendsten für uns sein, an die Seitengassen ... wir halten uns am besten an die Seitengassen."

„Gut! Halten wir uns an die Seitengassen", stimmte Herrn Goljadkins gehorsamer Weggefährte schüchtern zu, als wolle er schon durch seinen Ton darauf anspielen, er, in seiner Lage, habe keine andere Wahl und sei durchaus bereit, sich auch mit Seitengassen abzufinden. Was aber Herrn Goljadkin betraf, so verstand er einfach nicht, was sich mit ihm tat. Er traute sich selber nicht. Er hatte sich von seinem Erstaunen noch nicht erholt.

Siebentes Kapitel

Er kam erst auf der Treppe, vor seiner Wohnungstür, einigermaßen zu sich. Ach, ich Schafskopf! schalt er in Gedanken mit sich selbst, wo führe ich ihn hin? Ich stecke den Kopf freiwillig in die Schlinge. Was soll Petruschka dazu sagen, wenn er uns nebeneinander sieht? Was wird sich der Hundsfott dabei denken? Und er ist mißtrauisch ... Aber die Reue kam zu spät; Herr Goljadkin klopfte, die Tür öffnete sich, und Petruschka half dem Gast und seinem Herrn aus dem Mantel. Herr Goljadkin sah mit einem flüchtigen Blick zu Petruschka hin und versuchte in seinem Gesichtsausdruck zu lesen und seine Gedanken zu erraten. Doch er stellte zu seinem größten Erstaunen fest, daß sein Bedienter gar nicht daran dachte, sich zu wundern, daß er im Gegenteil wohl etwas Ähnliches erwartet hatte. Natürlich blickte er auch jetzt wie ein Wolf drein und schielte zur Seite, als wolle er jemand fressen. Ja, sind sie heute alle behext, hat irgendein Teufel sie in einen Zauberkreis gebannt? fragte sich unser Held. Bestimmt ist heute etwas

Besonderes in all diese Leute gefahren. So eine Qual, hol's der Teufel! Während Herr Goljadkin in dieser Weise über alles nachsann, führte er den Gast in sein Zimmer und bat ihn höflich, Platz zu nehmen. Der Gast war offenbar äußerst verwirrt und sehr eingeschüchtert, folgte ergeben jeder Bewegung des Hausherrn, haschte nach dessen Blicken und schien bemüht, daraus dessen Gedanken zu erraten. Etwas wie Erniedrigung, Unterdrückung und Verschüchterung kam in jeder seiner Gebärden zum Ausdruck, und er erinnerte in diesem Augenblick, wenn der Vergleich erlaubt ist, beinahe an einen Mann, der in Ermangelung eigener Kleider fremde angelegt hat: die Ärmel stehen ab, die Taille sitzt fast im Nacken, und er selbst zupft alle Augenblicke bald die zu kurze Weste zurecht, bald wendet er sich zur Seite und macht jemand Platz, bald schaut er allen in die Augen und horcht, ob sich die Leute nicht über seine Verhältnisse unterhalten, über ihn lachen oder sich seiner genieren – und der Mann wird rot, er gerät in Verwirrung, sein Selbstbewußtsein leidet ... Herr Goljadkin legte den steifen Hut auf das Fensterbrett, fegte ihn jedoch durch eine unvorsichtige Bewegung herunter. Der Gast sprang sofort auf, stürzte hinzu, um ihn aufzuheben, klopfte den Staub von ihm ab und tat ihn sorgsam an seinen früheren Platz, während er den seinen auf den Fußboden legte, neben den Stuhl, auf dessen äußerster Kante er sich demütig niederließ. Dieser kleine Umstand öffnete Herrn Goljadkin bis zu einem gewissen Grade die Augen; er begriff, daß sich sein Gast in ziemlicher Not befand, machte sich keine Sorgen mehr, wo er anknüpfen solle, und überließ alles ihm selber, wie sich das auch gehörte. Der Gast blieb jedoch ebenfalls stumm, sei es aus Schüchternheit, sei es, weil er sich ein wenig schämte oder aus Höflichkeit darauf wartete, daß der Hausherr beginne – schwer zu sagen, warum. In diesem Augenblick trat Petruschka ein, blieb in der Tür stehen und blickte in eine Richtung, die derjenigen, in der sich sein Herr und der Gast befanden, genau entgegengesetzt war.

„Befehlen Sie, zwei Portionen vom Mittagessen?" fragte er obenhin mit etwas heiserer Stimme.

„Ich, ich weiß nicht ... würden Sie ... ja, Bester, bring uns zwei Portionen."

Petruschka ging. Herr Goljadkin sah seinen Gast an. Der Gast wurde rot bis über beide Ohren. Herr Goljadkin war ein gutmütiger Mensch und legte sich in seiner Herzensgüte sogleich eine Theorie zurecht: Ein mittelloser Mann, dachte er bei sich, und obendrein erst einen Tag in einer neuen Stellung; hat vorher wahrscheinlich einiges ausgestanden; wer weiß, ob dieses anständige Mäntelchen nicht sein ganzer Besitz ist und er sich ein Mittagessen gar nicht leisten kann. Da, wie bedrückt er dreinschaut! Nun, macht nichts; so ist es in gewisser Hinsicht sogar besser ...

„Entschuldigen Sie, wenn ich ...", begann Herr Goljadkin, „gestatten Sie übrigens, wie darf ich Sie anreden?"

„Ich ... ich ... ich heiße Jakow Petrowitsch", erwiderte der Gast beinah im Flüsterton, als schäme er sich, als habe er Gewissensbisse und bitte um Verzeihung, daß auch er sich Jakow Petrowitsch nenne.

„Jakow Petrowitsch!" wiederholte unser Held, außerstande, seine Verwirrung zu verbergen.

„Jawohl, genauso ist es ... ein Namensvetter von Ihnen", entgegnete Herrn Goljadkins verschüchterter Gast, indem er sich zu lächeln und etwas halbwegs Scherzhaftes hervorzubringen erkühnte. Er blies jedoch sogleich wieder zum Rückzug und nahm einen sehr ernsten und auch ein wenig verlegenen Ausdruck an, da er bemerkte, daß dem Herrn des Hauses zur Zeit nicht nach Scherzen war.

„Sie ... Sie gestatten also wohl, daß ich mich erkundige, aus welchem Anlaß ich die Ehre habe ..."

„Da ich von Ihrer Großmut und Ihrer Güte unterrichtet war", fiel ihm der Gast, der sich ein wenig vom Stuhl erhob, rasch, aber mit schüchterner Stimme ins Wort, „habe ich mich erdreistet, mich an Sie zu wenden und Sie um Ihre ... Bekanntschaft und Fürsprache zu bitten ...", schloß er, wobei er offenbar einige Schwierigkeiten mit der Wahl seiner Worte hatte; sie sollten nicht allzu schmeichlerisch und für ihn erniedrigend oder kompromittierend, andererseits aber auch nicht zu kühn und nach unangebrachter Gleichsetzung klingen. Überhaupt kann man sagen, daß sich Herrn Goljadkins Gast wie ein Bettler besserer Herkunft benahm, in geflicktem Frack und mit höchst anständigem Paß in der Tasche, aber in der Praxis des Handausstreckens noch nicht genügend geübt.

„Sie bringen mich in Verlegenheit“, erwiderte Herr Goljadkin und besah sich selbst, seine vier Wände und den Gast, „womit kann ich Ihnen ... mit einem Wort, ich will damit sagen, in welcher Weise kann ich Ihnen denn nun eigentlich dienen?“

„Ich habe mich, Jakow Petrowitsch, auf den ersten Blick zu Ihnen hingezogen gefühlt und – ich bitte großmütig zu verzeihen – meine Hoffnung in Sie gesetzt, in Sie zu setzen gewagt, Jakow Petrowitsch. Ich ... ich fühle mich hier verloren, ich habe sehr viel erduldet, Jakow Petrowitsch, ich bin arm und hier noch neu. Als ich erfuhr, daß Sie bei den natürlichen, Ihrer schönen Seele angeborenen Eigenschaften auch noch mein Namensvetter sind ...“

Herr Goljadkin verzog das Gesicht.

„... mein Namensvetter sind und aus denselben Gegenden stammen wie ich, beschloß ich, mich an Sie zu wenden und Ihnen meine schwierige Lage auseinanderzusetzen.“

„Nun gut, gut; nur weiß ich wirklich nicht, was ich Ihnen darauf sagen soll“, erwiderte Herr Goljadkin verlegen, „unterhalten wir uns nach dem Mittagessen davon ...“

Der Gast verneigte sich; das Mittagessen kam. Petruschka deckte den Tisch, und Gast und Hausherr machten sich daran, ihren Hunger zu stillen. Das dauerte nicht lange; beide beeilten sich – der Hausherr, weil ihm nicht allzu wohl zumute war, darüber hinaus auch, weil das Essen nichts taugte; er schämte sich – einerseits, weil er dem Gast gern etwas Gutes vorgesetzt hätte, andererseits, weil er beweisen wollte, daß er kein Habenichts war. Der Gast selbst befand sich in äußerster Verlegenheit und fühlte sich in höchstem Grade gehemmt. Nachdem er eine Scheibe Brot genommen und sie aufgegessen hatte, traute er sich nicht, die Hand nach einer zweiten auszustrecken, genierte sich auch, nach einem guten Happen zu greifen, und versicherte alle Augenblicke, er habe wirklich keinen Hunger mehr, das Mittagessen sei vorzüglich gewesen, er für seine Person sei durchaus befriedigt und werde dem Hausherrn dankbar bleiben bis an sein Grab. Nach beendetem Mahl entzündete Herr Goljadkin sein Pfeifchen und bot dem Gast ein zweites, eigens für solche Zwecke erworbenes an; sie ließen sich einander gegenüber nieder, und der Gast begann mit der Schilderung seiner Abenteuer.

Der Bericht des Herrn Goljadkin des Jüngeren dauerte drei oder vier Stunden. Die Geschichte seiner Abenteuer setzte sich im übrigen aus lauter nichtssagenden, ja wenn man will, aus lauter armseligen Bewandtnissen zusammen. sie handelte von seinem Dienst an irgendeinem Gouvernementsgericht, von Staatsanwälten und Vorsitzenden, von gewissen Kanzleiintrigen, von der seelischen Verdorbenheit eines der Gerichtsbeamten, von einem Revisor, von der plötzlichen Ablösung der Obrigkeit und davon, wie Herr Goljadkin der Zweite völlig schuldlos davon betroffen wurde; von seiner bejahrten Tante Pelageja Semjonowna; dann davon, wie er infolge gewisser Intrigen seiner Feinde die Stelle verlor und zu Fuß nach Petersburg kam; wie er sich hier, in Petersburg, abquälte und Not litt, wie er lange vergeblich nach einer Stelle suchte, sich völlig verausgabte und durchhungern mußte, so gut wie auf der Straße lebte und trocken Brot aß, das er mit seinen Tränen netzte, wie er auf dem nackten Fußboden schlief und wie sich schließlich ein guter Mensch fand, der sich großmütig für ihn einsetzte, ihn empfahl und ihm eine neue Stelle verschaffte. Herrn Goljadkins Gast weinte, während er das erzählte, und wischte sich mit einem blaukarierten Taschentuch, das stark an Wachstuch erinnerte, die Tränen aus dem Gesicht. Zum Schluß vertraute er sich Herrn Goljadkin restlos an und gestand, er habe zur Zeit nicht nur keinerlei Mittel, zu leben und sich anständig einzurichten, er sei nicht einmal in der Lage, sich vorschriftsmäßig einzukleiden; er habe, setzte er hinzu, nicht mal so viel zusammenkratzen können, um ein Paar Schuhe zu kaufen, und der Uniformrock, den er trage, sei für kurze Zeit entliehen.

Herr Goljadkin war gerührt, war ehrlich bewegt. Im übrigen senkten sich, obzwar die Geschichte seines Gastes eine denkbar belanglose Geschichte war, die Worte dieser Geschichte wie himmlische Manna auf sein Herz. Die Sache war die, daß Herr Goljadkin seine letzten Zweifel vergaß, seinem Herzen frei und freudig zu schlagen erlaubte und sich in Gedanken zu einem Dummkopf beförderte. Alles war so natürlich! Und sich deswegen Sorgen zu machen und Alarm zu schlagen! Nun gut, es gab tatsächlich einen kitzligen Umstand – doch das bedeutete ja noch kein Unglück: das konnte einen Menschen nicht beschmutzen, weder seine Ehre beflecken noch seine Karriere verderben, da ja der andere keine Schuld daran trug, da sich hier die Natur selber eingeschaltet hatte. Zudem bat der Gast um Protektion, weinte, klagte das Schicksal an, er schien so treuherzig, so arglos und ohne Hinterhalt, so klein und bedauernswert; und offenbar schämte er sich jetzt selber, wenn auch vielleicht in anderem Zusammenhang, der seltsamen Ähnlichkeit seines Gesichts mit dem Gesicht des Hausherrn. Er benahm sich unüberbietbar vertrauenerweckend, achtete darauf, es seinem Gastgeber recht zu machen, und blickte drein wie jemand, den Gewissensbisse quälen und der sich vor dem anderen schuldig fühlt. Wenn zum Beispiel die Rede auf eine umstrittene Sache kam, pflichtete der Gast sogleich Herrn Goljadkins Meinung bei. Äußerte er aber aus Versehen eine Meinung, die der des Herrn Goljadkin widersprach, dann berichtigte er, sobald er merkte, daß er von der Linie abgekommen war, seine Worte, erklärte sich näher und ließ unverzüglich erkennen, daß er alles genauso ansehe wie der Hausherr, genauso denke wie er und alles mit denselben Augen betrachte wie er. Mit einem Wort – der Gast gab sich alle Mühe, Herrn Goljadkin für sich einzunehmen, und Herr Goljadkin entschied schließlich, sein Gast müsse ein in jeder Beziehung liebenswürdiger Mensch sein. Zwischendurch wurde Tee gereicht; die Uhr ging auf neun. Herr Goljadkin war in bester Stimmung, er wurde immer vergnügter, heiterer, ging immer mehr aus sich heraus und ließ sich zu guter Letzt auf eine höchst lebhafte und fesselnde Unterhaltung mit seinem Gast ein. Herr Goljadkin gab gelegentlich, wenn er guter Laune war, gern etwas Interessantes zum besten. So auch jetzt: er erzählte dem Gast von dem und jenem, von der Hauptstadt, von ihren Vergnügungen und ihrer Schönheit, vom Theater, von den Klubs und von dem Brjullowschen Bild; auch davon, wie zwei Engländer eigens nach Petersburg gekommen seien, um sich das Gitter des Sommergartens anzusehen, worauf sie gleich wieder abreisten; dann vom Dienst, von Olsufi Iwanowitsch und von Andrej Filippowitsch; auch davon, daß sich Rußland Schritt für Schritt der Vollkommenheit nähere und daß allhier

Die Kunst des Worts aufs schönste blühet schier;

von einer Anekdote, die er vor kurzem in der „Sewernaja ptschela" gelesen habe, und daß es in Indien eine Schlange von ungewöhnlicher Muskelkraft gebe, die Boa; schließlich auch noch von dem Baron Brambeus und so weiter und so fort. Kurz und gut, Herr Goljadkin war vollauf zufrieden; erstens, weil er sich völlig beruhigt hatte; zweitens, weil er seine Feinde nicht mehr fürchtete, sondern sogar bereit war, sie alle zur entscheidenden Schlacht in die Schranken zu fordern; drittens, weil jetzt er in eigener Person jemandem Protektion erwies und letzten Endes – ein gutes Werk damit tat. Doch gestand er sich ein, daß er in diesem Augenblick noch nicht ganz glücklich war, daß es da einen – wenn auch ganz kleinen – Wurm gab, der auch jetzt an seinem Herzen nagte. Ihn quälte die Erinnerung an den gestrigen Abend bei Olsufi Iwanowitsch. Er hätte viel dafür gegeben, wäre dies und das von dem gestern Geschehenen nicht wahr gewesen. Im übrigen ist alles das nicht so schlimm! meinte schließlich unser Held und faßte im Herzen den festen Entschluß, sich in Zukunft gut aufzuführen und nicht mehr in dieser Weise danebenzuhauen. Da Herr Goljadkin jetzt richtig in Fahrt gekommen und plötzlich ganz glücklich war, verfiel er sogar auf den Gedanken, des Lebens Freuden auszukosten. Petruschka holte Rum, und man braute einen Punsch. Der Gast und der Herr des Hauses tranken je ein Glas und wohl gar zwei. Der Gast zeigte sich noch liebenswürdiger als zuvor und erbrachte wiederholt den Beweis seiner Offenherzigkeit und seines angenehmen Charakters, nahm den regsten Anteil an Herrn Goljadkins Vergnügtheit, freute sich mit derselben Freude wie er und schien ihn als seinen wahren und einzigen Wohltäter anzusehen. Er griff nach der Feder, nahm sich ein Blättchen Papier und bat Herrn Goljadkin, nicht hinzuschauen, wenn er jetzt schreiben werde, gab aber, als er fertig war, das Niedergeschriebene seinem Gastgeber zu lesen. Es erwies sich als ein gefühlvoller, in schönstem Stil und schönster Handschrift verfaßter Vierzeiler und stammte offenbar von dem liebenswürdigen Gast in Person. Die Verse lauteten wie folgt:

Wenn du mich vergessen solltest,
Ich gedenke dennoch dein;
Vielerlei gibt es im Leben,
Doch vergiß auch du nicht mein!

Herr Goljadkin, dem die Tränen kamen, umarmte seinen Gast und weihte ihn, endgültig von Rührung überwältigt, in einige seiner Geheimnisse ein, wobei es ihm vor allem auf Andrej Filippowitsch und Klara Olsufjewna ankam. „Nun, du und ich, Jakow Petrowitsch, werden zueinander finden“, sagte unser Held zu seinem Gast, „du und ich, Jakow Petrowitsch, werden eins sein wie der Fisch mit dem Wasser, eins sein, wie leibliche Brüder; wir, mein Freund, werden unsere List gebrauchen, aber gemeinsam, nur noch gemeinsam; wir werden intrigieren, ihnen zum Trotz ... ja, ihnen zum Trotz! Und du – vertrau dich niemand von ihnen an! Ich kenne dich doch, Jakow Petrowitsch, und verstehe deinen Charakter; du würdest ihnen am liebsten alles brühwarm erzählen, du ehrliche Seele! Aber nein, mein Bester, halte dich von ihnen fern.“ Der Gast ging auf alles ein und bedankte sich bei Herrn Goljadkin; auch ihm kamen schließlich die Tränen. „Weißt du, Jascha“, fuhr Herr Goljadkin mit zitternder, matter Stimme fort, „du, Jascha, ziehst für eine Weile oder am besten für immer zu mir. Wir werden uns gut verstehen. Was willst du mehr, mein Lieber? Nur laß dich nicht beirren und murre nicht, daß ein so seltsamer

Umstand zwischen uns steht: murren, mein Lieber, ist Sünde; hier handelt es sich um die Natur! Und die Mutter Natur ist freigebig, Bruder Jascha, da hast du's! Ich liebe dich, liebe dich brüderlich, sage ich dir. Wir werden intrigieren, Jascha, und unsererseits Minen legen." Inzwischen waren sie beim dritten, dann beim vierten Glas Punsch angelangt, und nun fühlte Herr Goljadkin nur noch zweierlei: erstens, daß er ungewöhnlich glücklich war, und zweitens, daß er sich nicht mehr auf den Beinen halten konnte. Der Gast wurde selbstverständlich eingeladen zu übernachten. Man baute eine halbwegs brauchbare Bettstatt aus zwei Reihen von Stühlen zusammen. Herr Goljadkin der Jüngere erklärte, unter einem Freundesdach schlafe man selbst auf dem Fußboden weich; er für seinen Teil werde gut schlafen, wo auch immer es sei, ergeben und voller Dankbarkeit; er fühle sich in diesem Augenblick wie im Paradies, er habe schließlich in seinem Leben mancherlei Leid und Ungemach erduldet, sich allerlei ansehen und überwinden müssen, was ihm vielleicht auch weiterhin bevorstehe – wer kenne schon die Zukunft? Herr Goljadkin der Ältere protestierte und bemühte sich, zu beweisen, daß man seine ganze Hoffnung auf Gott setzen müsse. Der Gast pflichtete ihm vollinhaltlich bei und meinte, es gäbe selbstverständlich niemanden, der Gott gleiche. Hier bemerkte Herr Goljadkin der Ältere, daß die Türken in gewissem Sinne recht hätten, wenn sie Gott auch im Schlafe anriefen. Dann kam Herr Goljadkin, der im übrigen mit manchen Gelehrten hinsichtlich gewisser Verleumdungen des türkischen Propheten Mohammed nicht einverstanden war und ihn als einen auf seine Art großen Politiker ansah, auf eine höchst interessante Beschreibung einer algerischen Barbierstube zu sprechen, von der er in irgendeinem Buch unter „Vermischtes" gelesen hatte. Gast und Hausherr amüsierten sich lange über die Naivität der Türken, konnten jedoch nicht umhin, auch ihrem durch den Opiumgenuß hervorgerufenen Fanatismus die gebührende Bewunderung zu zollen. Der Gast begann sich auszuziehen, und Herr Goljadkin verschwand hinter der Trennwand, teils aus Herzensgüte, will sagen, um den ohnehin vom Schicksal geprüften Mann nicht in Verlegenheit zu bringen, da er vielleicht nicht mal ein anständiges Hemd auf dem Leibe hatte, teils auch, um sich Petruschkas zu versichern, ihm auf den Zahn zu fühlen, ihn – wenn möglich – fröhlich zu stimmen und ihm freundlich entgegenzukommen, damit alle glücklich seien und kein verschüttetes Salz auf dem Tisch liegenbleibe. Hier muß bemerkt werden, daß Petruschka Herrn Goljadkin immer noch einige Kopfschmerzen bereitete.

„Leg dich jetzt schlafen, Pjotr“, sagte Herr Goljadkin mit sanfter Stimme und betrat den Verschlag seines Bedienten. „Leg dich jetzt schlafen, und morgen um acht weckst du mich. Hast du verstanden, Petruschka?“

Herr Goljadkin hatte ungewöhnlich weich und freundlich gesprochen. Doch Petruschka schwieg. Er machte sich in diesem Augenblick neben seinem Bett zu schaffen und wandte sich nicht einmal um, was er allein aus Achtung vor seinem Herrn hätte tun müssen.

„Hast du's gehört, Pjotr?“ fuhr Herr Goljadkin fort. „Leg dich also schlafen, und morgen um acht weckst du mich, Petruschka; verstehst du?“

„Ja doch, was ist da schon zu verstehen!“ brummte Petruschka vor sich hin.

„Na also, Petruschka; ich sage es doch nur, damit auch du beruhigt und glücklich bist. Wir sind jetzt alle glücklich; damit also auch du beruhigt und glücklich bist. Und nun wünsche ich dir eine gute Nacht. Schlaf wohl, Petruschka, schlaf wohl; arbeiten müssen wir alle ... Du, mein Bester, darfst dir, weißt du, nicht irgend etwas bei dir ...“

Herr Goljadkin hatte kaum begonnen, und schon hielt er inne. Ist das nicht zuviel des Guten, fragte er sich, gehe ich nicht zu weit? So ist das immer bei mir; immer muß ich übertreiben. Unser Held verließ Petruschka äußerst unzufrieden mit sich selbst. Außerdem fühlte er sich durch Petruschkas Grobheit und mangelndes Entgegenkommen etwas gekränkt. Man geht dem Spitzbuben um den Bart, der Herr erweist ihm die Ehre, und er fühlt es nicht, sagte sich Herr Goljadkin. Im übrigen ist bei diesem Volk eine solche niederträchtige Tendenz nun einmal selbstverständlich. Er kehrte, hin und wieder leicht schwankend, ins Zimmer zurück, sah, daß sich der Gast bereits ausgestreckt hatte, und setzte sich zu ihm auf den Bettrand. „Gib schon zu, Jascha", begann er im Flüsterton, wobei ihm in einem fort der Kopf vornüber fiel, „du bist doch vor mir schuldig, Halunke! Du, Namensvetter, hast mir, weißt du, Dingsda ...", fuhr er fort, indem er sich mit seinem Gast auf recht familiäre Art anzubiedern versuchte. Nachdem Herr Goljadkin sich schließlich freundschaftlich von ihm verabschiedet hatte, machte er sich ans Zubettgehen. Der Gast schnarchte bereits. Herr Goljadkin begann sich auszuziehen, wobei er zwischendurch in sich hineinlachte und vor sich hin murmelte: „Bist ja doch angesäuselt, bester Jakow Petrowitsch, Schlingel, verdammter, du ... du Goljadkin! Und das soll ein Familienname sein! Worüber freust du dich eigentlich? Kriegst doch gleich morgen das Heulen, du Jammerlappen; was fang ich nur mit dir an?" Hier machte sich bei Herrn Goljadkin ein ziemlich sonderbares Gefühl bemerkbar, das an Zweifel oder Reue erinnerte. Bin ganz schön in Fahrt gekommen, dachte er, und jetzt rumort es in meinem Kopf, und ich hab einen in der Krone; hast dich nicht beherrschen können, Dummkopf, verdammter! Hast einen Haufen Unsinn verzapft, wolltest dabei auch noch besonders schlau sein, du Halunke! Gewiß, das Vergeben und Vergessen ist eine ganz große Tugend, und dennoch war alles Unfug! Da hast du's! Hier erhob sich Herr Goljadkin vom Bett, ergriff die Kerze und schlich auf Zehenspitzen zu seinem schlafenden Gast, um nochmals einen Blick auf ihn zu werfen. Er beugte sich über ihn und stand lange, in tiefes Nachdenken versunken. Ein unangenehmer Anblick! Schmählich, geradezu schmählich, und damit fertig!

Schließlich legte sich Herr Goljadkin endgültig ins Bett. In seinem Kopf rumorte es, dröhnte es. Nach und nach schwand ihm das Bewußtsein ... er versuchte zwar, noch über etwas nachzudenken, sich auf etwas äußerst Interessantes zu besinnen, über eine sehr wichtige und kitzlige

Angelegenheit zu entscheiden, vermochte es aber nicht. Der Schlaf übermannte sein armseliges Haupt, und er schlief ein, wie eben Leute einschlafen, die, ohne es gewöhnt zu sein, bei einem abendlichen Zusammensein mit Freunden fünf Glas Punsch geleert haben.

Achtes Kapitel

Den Tag darauf erwachte Herr Goljadkin wie gewöhnlich um acht Uhr; kaum war er munter, entsann er sich der Begebenheiten des vorangegangenen Abends, entsann sich und verzog das Gesicht. Was habe ich gestern für einen Dummkopf abgegeben! dachte er bei sich, richtete sich halb auf und blickte zum Bett seines Gastes hinüber. Wie groß aber war sein Erstaunen, als er weder den Gast noch das Bett, in dem er geschlafen hatte, im Zimmer vorfand! „Was denn?“ schrie Herr Goljadkin beinahe auf. „Was soll das heißen? Was hat dieser neue Umstand zu bedeuten?“ Während Herr Goljadkin ratlos und mit offenem Mund auf die leere Stelle starrte, knarrte die Tür, und Petruschka trat mit dem Frühstückstablett ein. „Ja, wo ist er, wo ist er denn?“ brachte unser Held kaum hörbar hervor und zeigte mit dem Finger auf den Platz, den man dem Gast gestern zugewiesen hatte. Petruschka gab zunächst keine Antwort und schaute den Herrn nicht einmal an, sondern richtete den Blick auf die rechte Ecke; Herr Goljadkin fühlte sich genötigt, ihm mit den Augen in die rechte Ecke zu folgen. Ansonsten erklärte Petruschka nach einigem Schweigen mit etwas heiserer und rauher Stimme, der Herr sei nicht zu Hause.

„Ein Dummkopf bist du; dein Herr, Petruschka, bin doch ich“, entgegnete Herr Goljadkin mit stockender Stimme und starrte unverwandt seinen Bedienten an.

Petruschka schwieg sich aus, sah aber Herrn Goljadkin so an, daß der bis über beide Ohren errötete, sah ihn derart beleidigend und vorwurfsvoll an, daß dies einer Beschimpfung gleichkam. Schließlich erklärte Petruschka, *der andere* habe nicht warten wollen und sei bereits vor etwa anderthalb Stunden gegangen. Die Antwort war natürlich glaubwürdig und stimmte wohl mit der Wahrheit überein; man merkte, daß Petruschka nicht log, daß sein beleidigender Blick und der von ihm gebrauchte Ausdruck *der andere* nur die Folge des ihm bekannten Umstands waren; und dennoch wurde Herrn Goljadkin, wenn auch nicht allzu deutlich, klar, daß irgend etwas nicht stimmte und das Schicksal eine weitere, nicht eben angenehme Bescherung für ihn bereithielt. Gut, wir werden ja sehen, dachte er bei sich, wir werden sehen und zu gegebener Zeit der Sache auf den Grund kommen ... Ach, du mein lieber Gott! stöhnte er zum Schluß mit nun schon völlig veränderter Stimme, warum nur habe ich ihn zu mir eingeladen, wozu habe ich all das getan? Wahrhaftig, ich stecke selber den Kopf in ihre gemeine Schlinge, ich helfe ihnen, mir den Strick zu drehen. Ach, du Köpfchen, Köpfchen! Kannst nicht anders, mußt dich unbedingt verplappern wie ein dummer Junge, wie ein Kanzlist ohne Rang und Namen, wie so ein halbverfaulter Waschlappen, du Schandmaul, du Klatschweib, verdammtes! Ihr Heiligen alle! Selbst Verse hat dieser Spitzbube geschrieben und mir eine Liebeserklärung gemacht! Wie deichsle ich's ... Dingsda ... am besten? Wie weise ich dem Halunken auf anständige Art die Tür, falls er zurückkehrt? Es gibt natürlich vielerlei Möglichkeiten und Kniffe. Zum Beispiel – so und so, bei meinem bescheidenen Gehalt ... Oder man schüchtert ihn ein und erklärt, man sehe sich, nachdem man dies und jenes in Betracht gezogen habe, genötigt, zu erklären ... er müsse die Hälfte der Miete und der Beköstigung auf sich nehmen und im voraus bezahlen. Hm ... nein, hol's der Teufel, das geht nicht, das würde mich blamieren. Das wäre nicht eben feinfühlig! Aber vielleicht macht man es so: man stiftet Petruschka an, ihm die Suppe zu versalzen, ihn von oben herab zu behandeln, ihm grob zu kommen, um ihn auf diese Weise aus dem Haus zu ekeln? Man hetzt sie einfach aufeinander ... Nein, hol's der Teufel, nein! Das ist erstens gefährlich und andererseits, von einem gewissen Blickpunkt aus betrachtet, nun ja – nicht eben schön! Keineswegs schön! Und wenn er nun nicht zurückkehrt? Auch das wäre nicht gut. Ich habe gestern abend allerlei zusammengeschwatzt; steht schlecht! Unsere Sache steht reichlich schlecht! Oh, du verdammter Dummkopf! Kannst dir nicht einhämmern, worauf es ankommt, vermagst in all das keine Ordnung zu bringen! Und wenn er nun kommt und ablehnt? Geb Gott, daß er kommt! Ich wäre froh, wenn er es täte; ich gäbe viel dafür, wenn er käme ... So dachte Herr Goljadkin, während er seinen Tee schlürfte und immerfort zur Wanduhr blickte. Drei Viertel neun; schon Zeit, sich auf den Weg zu machen. Was es wohl geben wird? Was wird es geben? Ich würde gerne wissen, was sich dahinter verbirgt – welches Ziel, welche Richtung und was es sonst an allerlei Haken gibt. Wär gut, herauszufinden, worauf es all diese Leute abgesehen haben und wie ihr erster Schritt ausschauen wird. Herr Goljadkin hielt es nicht länger aus, warf die Pfeife, ohne sie zu Ende zu rauchen, auf den Tisch, zog sich an, machte sich auf den Weg zu seiner Dienststelle, in der Absicht, die Gefahr, wenn möglich, zu erkennen und sich von allem persönlich zu überzeugen. Und Gefahr war im Anzug: er wußte selbst, daß sie im Anzug war. Nein, das werden wir gleich haben, sagte sich Herr Goljadkin, während er im Vestibül Mantel und Galoschen ablegte, wir werden gleich all diese Angelegenheiten erkunden. Nachdem unser Held beschlossen hatte, auf diese Weise vorzugehen, strich er den Rock glatt, nahm eine anständige, ein wenig förmliche Haltung an und wollte gerade in den nächsten Raum vordringen, als er plötzlich in der Tür mit seinem gestrigen Bekannten, Freund und Vertrauten zusammenstieß. Herr Goljadkin der Jüngere schien Herrn Goljadkin den Älteren, obwohl er ihm Auge in Auge gegenüberstand, nicht zu bemerken. Herr Goljadkin der Jüngere war offenbar beschäftigt, hatte es eilig und rang sogar nach Luft; er trug dabei eine so offizielle, geschäftliche Miene zur Schau, daß wohl jedermann an ihr ablesen konnte: Ich bin mit einem Sonderauftrag betraut ...

„Da! Sie – Jakow Petrowitsch!“ sagte unser Held und griff nach der Hand seines gestrigen Gastes.

„Später, später, entschuldigen Sie mich, das werden Sie mir später erzählen", rief Herr Goljadkin der Jüngere und drängte weiter.

„Gestatten Sie! Sie, Jakow Petrowitsch, wollten doch wohl ... Dingsda ..."

„Was wollte ich? Erklären Sie sich bitte möglichst kurz!" Hier mußte sich Herrn Goljadkins gestriger Gast gleichsam überwinden, blieb widerwillig stehen und hielt sein Ohr direkt an Herrn Goljadkins Nase.

„Ich muß schon sagen, Jakow Petrowitsch, ich kann mich über die Art, in der Sie mir begegnen, nur wundern ... das hätte ich wirklich nicht erwartet."

„Es gibt für alles eine bestimmte Form. Melden Sie sich beim Sekretär Seiner Exzellenz und wenden Sie sich danach, wie sich's gehört, an den Herrn Kanzleivorsteher. Es handelt sich doch um eine Bittschrift?"

„Ich weiß nicht, was ich davon halten soll, Jakow Petrowitsch! Sie, Jakow Petrowitsch, setzen mich in Erstaunen! Vermutlich erkennen Sie mich nicht, oder Sie scherzen – kraft angeborener Fröhlichkeit des Temperaments."

„Ach, Sie sind es!" sagte Herr Goljadkin der Jüngere, als habe er Herrn Goljadkin den Älteren erst jetzt erkannt. „Sie sind es? Nun, haben Sie gut geschlafen?" Hier lächelte Herr Goljadkin der Jüngere ein wenig – offiziell und förmlich und keineswegs so, wie es sich gehört hätte (da er Herrn Goljadkin dem Älteren auf jeden Fall zu Dank verpflichtet war) –, er lächelte also offiziell und förmlich und fügte hinzu, er für seine Person sei sehr erfreut, daß Herr Goljadkin gut geschlafen habe; darauf neigte er sich ein wenig vor, trat rasch hintereinander von einem Fuß auf den anderen, sah nach rechts, dann nach links, senkte den Blick, wandte sich zur Seitentür, murmelte hastig etwas von einem besonderen Auftrag und entschlüpfte ins Zimmer nebenan. Fort war er!

„Das ist ein Ding!" flüsterte unser Held und stand einen Augenblick wie versteinert da. „Das ist ein Ding! So also verhält sich das!" Hier fühlte Herr Goljadkin, wie ihm ein Schauer über den Rücken lief. „Im übrigen", fuhr er für sich fort und strebte in seine Abteilung, „im übrigen habe ich schon lange von diesem Umstand gesprochen; ich habe schon längst geahnt, daß er in besonderem Auftrage hier ist; erst gestern habe ich mir gesagt, der Mann ist unbedingt in irgendwessen besonderem Auftrag eingesetzt ..."

„Haben Sie Ihr gestriges Papier fertiggestellt, Jakow Petrowitsch?" erkundigte sich Anton Antonowitsch Setotschkin bei Herrn Goljadkin, der neben ihm Platz genommen hatte. „Haben Sie es hier?"

„Ja, habe ich", murmelte Herr Goljadkin und sah seinen Gruppenvorsteher einigermaßen verwirrt an.

„Na also! Ich frage nur, weil sich Andrej Filippowitsch schon zweimal danach erkundigt hat. Seine Exzellenz kann das Papier jeden Augenblick anfordern."

„Nein, es ist fertig..."

„Nun, nun, desto besser..."

„Ich, Anton Antonowitsch, glaube meine dienstlichen Pflichten jederzeit erfüllt und mich um die mir von der Obrigkeit anvertrauten Akten aufs eifrigste bemüht zu haben."

„Ja, sicher. Aber was wollen Sie damit sagen?"

„Nichts, Anton Antonowitsch. Ich, Anton Antonowitsch, will damit nur erklären, daß ich ... das heißt, ich wollte damit nur sagen, daß Mißgunst und Neid auf der Suche nach ihrer widerwärtigen täglichen Nahrung mitunter ohne Rücksicht auf die Person vorgehen und niemanden verschonen ..."

„Entschuldigen Sie, ich verstehe Sie nicht ganz. Das heißt – auf welche Person spielen Sie jetzt an?"

„Ich, Anton Antonowitsch, will damit nur sagen, ich gehe den geraden Weg und verschmähe es, auf Schleichwegen zu wandeln; ich bin kein Intrigant und kann, wenn ich mich so ausdrücken darf, mit gutem Recht stolz darauf sein."

„Nun, ja! Das alles stimmt zwar, und ich muß Ihre Überlegungen nach bestem Wissen und Gewissen als völlig zutreffend anerkennen; gestatten Sie indessen, Jakow Petrowitsch, daß ich bemerke – anzüglich zu werden, ist in guter Gesellschaft nicht ganz erlaubt; was man zum Beispiel hinter meinem Rücken von mir sagt, bin ich bereit zu ertragen – denn über wen wird nicht hinter dem Rücken gelästert! –, ins Gesicht jedoch, mein Herr, ins Gesicht lasse ich mir keine Frechheiten sagen. Ich, mein Herr, bin im Staatsdienst ergraut und dulde nicht, daß man mir in meinem Alter Frechheiten sagt."

„Nein, Anton Antonowitsch, ich ... Sie haben mich, schauen Sie, wie mir scheint, nicht recht verstanden, Anton Antonowitsch. Und dabei ... ich bitte Sie, Anton Antonowitsch, dabei kann ich es mir nur zur Ehre anrechnen ..."

„Nun, dann entschuldigen Sie bitte auch uns! Wir sind alle auf alte Art erzogen. Und sich auf eure, auf die neue Art umzustellen, ist es für unsereinen zu spät. Zum Dienst fürs Vaterland hat unser Verstand bisher, wie es scheint, gereicht. Ich, mein Herr, bin, wie Sie wissen, Träger der Verdienstmedaille für zwanzigjährigen einwandfreien Dienst."

„Mir ist das klar, Anton Antonowitsch, mir für meine Person ist all das durchaus klar. Aber das habe ich nicht gemeint, ich hatte die Maske gemeint, Anton Antonowitsch."

„Die Maske?"

„Das heißt, Sie werden ... ich fürchte, Sie werden den Sinn, das heißt den Sinn meiner Rede, Ihren Worten nach zu urteilen, aufs neue mißdeuten, Anton Antonowitsch. Ich entwickle nur ein Thema, das heißt, ich halte mir und Ihnen, Anton Antonowitsch, die Idee vor, daß Menschen, die eine Maske tragen, keine Seltenheit mehr sind und daß es allmählich schwerfällt, den Menschen hinter der Maske zu erkennen ..."

„Na, wissen Sie, so schwer ist das nun wiederum nicht. Manchmal sogar recht leicht, da braucht man sich mitunter gar nicht sehr weit zu bemühen."

„Nein, ich, Anton Antonowitsch, will damit, wissen Sie, sagen, von mir selber sagen, daß ich zum Beispiel, im wörtlichen Sinne, eine Maske nur anlege, wenn es erforderlich ist, das heißt zum Karneval oder zu irgendwelchen fröhlichen

Gesellschaften, daß ich, in einem anderen, mehr übertragenen Sinne, mich aber alltags nicht vor den Leuten maskiere. Das ist es, was ich sagen wollte, Anton Antonowitsch."

„Nun, lassen wir das vorerst beiseite; außerdem habe ich keine Zeit", entgegnete Anton Antonowitsch, erhob sich von seinem Platz und raffte einige Papiere zusammen, um Seiner Exzellenz Bericht zu erstatten. „Ihre Angelegenheit aber wird sich, so meine ich, zu gegebener Zeit klären. Sie werden selber sehen, wem Sie etwas vorzuwerfen und wen Sie anzuklagen haben; ansonsten aber bitte ich ergebenst, mir weitere private, dem Dienst nur abträgliche Erklärungen und Spekulationen zu ersparen."

„Nein, Sie, Anton Antonowitsch", ereiferte sich der etwas blaß gewordene Herr Goljadkin hinter dem sich entfernenden Anton Antonowitsch her, „ich, Anton Antonowitsch, habe ... Dingsda ... nicht im geringsten daran gedacht." Ja, was denn? fuhr unser Held, allein geblieben, im stillen fort. Was weht hier für ein Wind, und was bedeutet diese neue Finte? Im gleichen Augenblick, da unser verwirrter, wie vor den Kopf gestoßener Held die neue Frage zu lösen versuchte, wurde es nebenan laut; es schien um eine dienstliche Angelegenheit zu gehen, und Andrej Filippowitsch, der sich gerade erst in dienstlichen Angelegenheiten in den Arbeitsraum Seiner Exzellenz begeben hatte, erschien atemlos in der Tür und rief nach Herrn Goljadkin. Herr Goljadkin, der sogleich wußte, worum es sich handelte, und Andrej Filippowitsch nicht warten lassen wollte, sprang von seinem Platz auf und hastete, wie sich das auch gehörte, wie ein Irrer umher; er nahm die gewünschte Akte, strich sie endgültig glatt und rückte auch sich selbst zurecht, um der Akte sowie Andrej Filippowitsch in den Arbeitsraum Seiner Exzellenz zu folgen. Plötzlich schlüpfte, gleichsam unter der Achsel Andrej Filippowitschs, der in diesem Augenblick genau in der Tür stand, Herr Goljadkin der Jüngere ins Zimmer, aufgeregt und außer Atem, abgehetzt von seinen dienstlichen Obliegenheiten, und strebte wichtigtuerisch, mit entschlossen-förmlicher Miene geradeswegs auf Herrn Goljadkin den Älteren zu, der einen solchen Überfall am allerwenigsten erwartet hatte.

„Die Papiere, Jakow Petrowitsch, die Papiere ... Seine Exzellenz haben beliebt, sich zu erkundigen, ob Sie sie fertig haben?" plapperte rasch und mit gedämpfter Stimme der Freund des Herrn Goljadkin des Älteren drauflos. „Andrej Filippowitsch wartet."

„Das weiß ich auch ohne Sie", entgegnete Herr Goljadkin der Ältere, auch er sehr rasch und mit gedämpfter Stimme.

„Nein, Jakow Petrowitsch, so meine ich das nicht; ich, Jakow Petrowitsch, nehme an alledem Anteil und bin von Mitgefühl bewegt..."

„Mit dem mich zu verschonen ich Sie ergebenst bitte. Gestatten Sie, gestatten Sie ..."

„Sie werden die Papiere natürlich in einen hübschen Aktendeckel tun, Jakow Petrowitsch, und zu Seite drei ein Lesezeichen einlegen. Gestatten Sie, Jakow Petrowitsch ..."

„Nein, gestatten Sie endlich, daß ich selber ..."

„Aber da ist doch ein kleiner Tintenklecks, Jakow Petrowitsch, haben Sie ihn übersehen?"

Hier rief Andrej Filippowitsch zum zweitenmal nach Herrn Goljadkin.

„Sofort, Andrej Filippowitsch; ich muß da nur noch eine ganze Kleinigkeit ... Mein Herr, verstehen Sie denn nicht, was man Ihnen sagt?"

„Am besten, Jakow Petrowitsch, macht man es mit dem Federmesser, und da verlassen Sie sich lieber auf mich; Sie, Jakow Petrowitsch, sollten es gar nicht erst versuchen, sondern sich ganz auf mich verlassen – ich gehe nur so ein bißchen mit dem Federmesser darüber hin ..."

Andrej Filippowitsch rief zum drittenmal nach Herrn Goljadkin.

„Aber ich bitte Sie, wo sehen Sie einen Tintenklecks? Hier ist doch gar keiner, wie mir scheint ..."

„Sogar ein riesengroßer! Da ist er! Gestatten Sie, hier habe ich ihn gesehen; da, gestatten Sie ... Sie brauchen mir nur zu gestatten, daß ich ein bißchen mit dem Federmesser darüber hingehe, ich tu es nur aus Mitgefühl, Jakow Petrowitsch, und greife reinen Herzens zum Messer ... ja, so, das werden wir im Handumdrehen haben ..."

Hier überwand Herr Goljadkin der Jüngere völlig überraschend Herrn Goljadkin den Älteren in einem mir nichts, dir nichts zwischen ihnen entbrannten Ringen, bemächtigte sich, gewiß gegen dessen Willen, des von der Obrigkeit verlangten Papiers und schob es unter den Arm, statt reinen Herzens mit dem Federmesser darüber hinzugehen, wie er Herrn Goljadkin dem Älteren verräterischerweise versichert hatte; im Handumdrehen befand er sich neben Andrej Filippowitsch, der nicht das mindeste von seinen Kniffen bemerkt hatte, und eilte in den Arbeitsraum des Direktors. Herr Goljadkin der Ältere stand wie angewurzelt da und hielt das Federmesser in der Hand, als wolle er etwas damit ausradieren.

Unser Held hatte seine neue Lage noch nicht ganz erkannt. Er war noch nicht zu sich gekommen. Er fühlte zwar den Schlag, glaubte aber, das habe nicht allzuviel zu bedeuten. Schließlich sprang er in unbeschreiblicher, furchtbarer Unruhe von seinem Platz auf und stürzte geradeswegs zum Arbeitsraum des Direktors, wobei er im übrigen zum Himmel flehte, es möge sich alles zum Guten wenden und einigermaßen glimpflich abgehen ... Im letzten Zimmer vor dem Arbeitsraum des Direktors prallte er mit Andrej Filippowitsch und seinem Namensvetter zusammen. Die beiden kamen bereits zurück; Herr Goljadkin machte ihnen Platz. Andrej Filippowitsch plauderte vergnügt und lächelte. Auch der Namensvetter Herrn Goljadkins des Älteren lächelte, scharwenzelte um Andrej Filippowitsch herum, trippelte in respektvollem Abstand neben ihm her und flüsterte ihm mit verzückter Miene etwas zu, worauf Andrej Filippowitsch äußerst wohlwollend nickte. Unser Held erfaßte im Nu, wie die Dinge lagen. Die Sache war die, daß seine Arbeit (wie er später erfuhr) die Erwartungen Seiner Exzellenz beinahe übertroffen hatte und auch fristgemäß, genau im richtigen Augenblick abgeliefert worden war. Seine Exzellenz war äußerst zufrieden. Man erzählte sich sogar, er habe sich bei Herrn Goljadkin dem Jüngeren bedankt, aufrichtig bedankt und hinzugefügt, das würde er auf keinen Fall vergessen und sich bei gegebener Gelegenheit daran erinnern ... Der erste Gedanke Herrn Goljadkins war natürlich, dagegen müsse er protestieren, mit allem Nachdruck und bis zum äußersten protestieren. Er stürzte leichenblaß und kaum noch seiner Sinne mächtig auf Andrej Filippowitsch zu. Als Andrej Filippowitsch jedoch erfuhr, Herrn Goljadkins Angelegenheit sei privater Natur, lehnte er es ab, ihn anzuhören, und bemerkte mit aller Entschiedenheit, er habe keinen Augenblick Zeit, nicht mal für seine eigenen Belange.

Der trockene Ton und die strikte Weigerung, ihn anzuhören, machten Herrn Goljadkin stutzig. Vielleicht sollte ich's auf anderem Wege versuchen ... sagen wir, über Anton Antonowitsch. Zu Herrn Goljadkins Pech erwies sich, daß auch Anton Antonowitsch nicht greifbar war: auch der war irgendwo mit irgend etwas beschäftigt. Er hat also mit Vorbedacht darum gebeten, ich möge ihn mit weiteren Erklärungen und Redereien verschonen! dachte sich unser Held. Da sieht man, worauf der alte Gauner aus war! In solchem Fall werd ich mich einfach erkühnen, Seine Exzellenz persönlich um Gerechtigkeit anzuflehen.

Herr Goljadkin, der immer noch blaß und völlig wirr im Kopf war und nicht im geringsten wußte, wozu er sich nun entschließen sollte, ließ sich auf seinem Stuhl nieder. Das beste wäre schon, all das hätte weiter nichts zu bedeuten, grübelte er immerfort vor sich hin. In der Tat, eine solche Durchtriebenheit war geradezu undenkbar. Erstens war das einfach Unsinn, und zweitens konnte es das gar nicht geben. Es mußte wohl nur ein Hirngespinst von ihm gewesen sein, oder er hatte alles ganz anders gesehen, als es in Wirklichkeit gewesen war; wahrscheinlich war er selber beim Direktor gewesen und hatte sich aus irgendeinem Grunde für einen anderen gehalten ... mit einem Wort, die ganze Geschichte schien völlig unmöglich.

Kaum hatte Herr Goljadkin entschieden, die ganze Geschichte sei völlig unmöglich, als Herr Goljadkin der Jüngere mit Papieren in beiden Händen und unter den Armen ins Zimmer geeilt kam. Er wandte sich im Vorübergehen mit ein paar notwendigen Worten an Andrej Filippowitsch, tauschte ein paar Worte mit dem und jenem von den anderen, sagte dem und jenem eine Liebenswürdigkeit, tat mit dem und jenem familiär und wollte, da er offenbar keine Zeit zu verlieren hatte, das Zimmer wohl schon verlassen, blieb aber zum Glück für Herrn Goljadkin den Älteren an der Türschwelle stehen und ließ sich auf einen kleinen Plausch mit zwei, drei jungen Beamten ein, die zufällig daherkamen. Herr Goljadkin der Ältere stürzte geradeswegs auf ihn zu. Kaum hatte Herr Goljadkin der Jüngere das Manöver des Herrn Goljadkin des Älteren durchschaut, als er sich schleunigst und äußerst beunruhigt danach umsah, wohin er entwischen konnte. Inzwischen hatte unser Held seinen gestrigen Gast jedoch schon am Ärmel. Die Beamten, die die beiden Titularräte umgaben, traten auseinander und warteten neugierig, was weiter kommen würde. Der ältere Titularrat war sich sehr wohl bewußt, daß die Sympathien nicht auf seiner Seite lagen und daß man gegen ihn intrigierte; desto mehr mußte er sich jetzt zusammennehmen. Es war ein entscheidender Augenblick.

„Nun?“ fragte Herr Goljadkin der Jüngere und sah Herrn Goljadkin dem Älteren ziemlich frech in die Augen.

Herr Goljadkin der Ältere rang nach Atem.

„Ich weiß nicht, mein Herr“, begann er, „wie ich mir Ihr sonderbares Benehmen mir gegenüber erklären soll.“

„Nun, nun, fahren Sie fort!“ Hier blickte sich Herr Goljadkin der Jüngere im Kreise der sie umgebenden Beamten um und zwinkerte ihnen zu, als wolle er darauf hinweisen, jetzt fange die Komödie an.

„Die Frechheit und Unverschämtheit Ihres Gebarens mir gegenüber, mein Herr, zumal in diesem Fall, entlarven Sie mehr, als meine Worte es könnten. Hoffen Sie nicht auf Ihre Schauspielerei: die ist recht mäßig ...“

„Nun, Jakow Petrowitsch, verraten Sie mir lieber, wie Sie diese Nacht geschlafen haben!“ entgegnete Goljadkin der

Jüngere und blickte Herrn Goljadkin dem Älteren unverwandt in die Augen.

„Sie vergessen sich, mein Herr“, sagte der völlig fassungslose Titularrat, der nicht mehr wußte, wie ihm geschah, „ich hoffe, Sie ändern Ihren Ton ...“

„Mein Herzchen!“ gab Herr Goljadkin der Jüngere zur Antwort, wobei er Herrn Goljadkin dem Älteren eine recht ungezogene Grimasse schnitt und ihn mir nichts, dir nichts unter dem Anschein einer Liebkosung mit zwei Fingern in die ziemlich wohlgerundete rechte Wange kniff. Unser Held wurde feuerrot ... Kaum merkte der Freund des Herrn Goljadkin des Älteren, daß sein Gegenspieler an allen Gliedern zitterte, sprachlos vor Wut und rot wie ein Krebs war und, bis zum äußersten gereizt, sich gar zu einer regelrechten Tätlichkeit entschließen konnte, als er ihm sogleich, und zwar in unverschämtester Weise, zuvorkam. Er tätschelte ihm noch ein-, zweimal die Wange, kitzelte ihn da und dort, spielte zum größten Vergnügen der sie umgebenden jungen Leute mit dem vor Wut Erstarrten und nicht mehr Zurechnungsfähigen wie die Katze mit der Maus, klatschte ihm schließlich mit empörender Schamlosigkeit auf den prallen Bauch und sagte mit giftigem, anzüglichem und gezieltem Lächeln: „Hast du dir so gedacht, Jakow Petrowitsch, mein Freund, hast du dir so gedacht! Wir beiden, Jakow Petrowitsch, werden intrigieren, jawohl, das werden wir!“ Noch bevor unser Held von dieser letzten Attacke einigermaßen zu sich gekommen war, nahm Herr Goljadkin der Jüngere (nachdem er die sie umgebenden Zuschauer mit einem flüchtigen Lächeln entlassen hatte) eine äußerst geschäftige, sachliche, förmliche Miene an, senkte den Blick, wurde klein und häßlich, murmelte rasch etwas von einem „besonderen Auftrag“, deutete mit seinem kurzen Bein einen Kratzfuß an und entwich in das Zimmer nebenan. Unser Held traute den eigenen Augen nicht und vermochte noch immer nicht zur Besinnung zu kommen.

Schließlich kam er zu sich. Nachdem Herr Goljadkin im Nu begriffen hatte, daß er verloren, gewissermaßen vernichtet war, daß er sich selbst und seine Ehre beschmutzt hatte, daß er in Anwesenheit von Leuten, die ihn nichts angingen, verhöhnt und bespien, verräterisch beschimpft worden war von jemand, den er noch gestern als seinen besten, zuverlässigsten Freund betrachtet hatte, daß er in schändlichster Weise danebengehauen hatte, stürzte er seinem Feind nach, um ihn zu stellen. An die Zeugen seiner Beschimpfung mochte er in diesem Augenblick gar nicht erst denken. Alles das ist abgekartetes Spiel, sagte er zu sich selbst, die halten alle zusammen und hetzen einander gegen mich auf. Nachdem unser Held jedoch ein Dutzend Schritte zurückgelegt hatte, erkannte er mit aller Bestimmtheit, daß sämtliche Verfolgungen nutzlos und vergeblich waren, und kehrte um. Du entgehst mir nicht, dachte er bei sich selbst, ich steche dich schon noch aus, und der Wolf wird Lammstränen weinen. Herr Goljadkin erreichte mit grimmiger Kaltblütigkeit und äußerster Entschlossenheit seinen Stuhl und ließ sich auf ihm nieder. Nein, mir entwischst du nicht! sagte er zu sich selbst. Jetzt handelte es sich nicht mehr um eine Art passiven Widerstands; es roch nach einem entscheidenden Gegenangriff, und wer Herrn Goljadkin in diesem Augenblick anschaute, wer sah, wie er, rot angelaufen und kaum noch seiner Erregung mächtig, die Schreibfeder in das Tintenfaß stieß und mit welchem Ingrimm er Zeile um Zeile zu Papier brachte, der mußte sich im voraus sagen, diese Angelegenheit konnte nicht ohne Folgen bleiben und ausgehen wie ein gewöhnliches Weibergezänk. Tief in seinem Innern kam er zu einem Entschluß, den auszuführen er sich feierlich gelobte. Ehrlich gesagt, wußte er noch nicht so ganz genau, wie er vorgehen sollte, oder besser – er wußte es überhaupt nicht; aber einerlei, was machte das schon aus! Mit Usurpation und Unverschämtheit, mein Herr, kommt man heutzutage nicht weiter. Usurpation und Unverschämtheit, mein Herr, führen nicht zum Guten, sondern zum Galgen. Nur Grischka Otrepjew, mein Herr, setzte sich durch, indem er das unwissende Volk betrog, aber auch das währte nicht lange. Trotz dieses letzten Umstands beschloß Herr Goljadkin, zu warten, bis die Maske von gewissen

Leuten abgefallen und dies und das ans Tageslicht gekommen war. Dazu machte sich vor allem erforderlich, daß recht bald Dienstschluß war; bis dahin beabsichtigte unser Held nichts zu unternehmen. Dann jedoch, nach Dienstschluß, war er entschlossen, eine bestimmte Maßnahme zu ergreifen. Er wußte, wie er – hatte er diese Maßnahme ergriffen – handeln, wie der Plan seines Vorgehens aussehen mußte, auf daß der Stachel des Hochmuts zertreten werde mitsamt der Schlange, die in Verachtung der Ohnmacht seines Fleisches an ihm nagte. Sich beschmutzen zu lassen wie einen alten Fußabtreter, an dem man seine Schuhe abtritt, gedachte Herr Goljadkin nicht. Damit konnte er sich nicht abfinden, zumal in dem gegebenen Fall. Wäre nicht diese letzte Beschimpfung gewesen, er hätte sich, wenn auch schweren Herzens, vielleicht entschlossen, zu schweigen, sich zu fügen und nicht zu hartnäckig zu protestieren; gewiß, er hätte sich ein wenig gewehrt, einiges eingewandt und ihnen bewiesen, daß er im Recht sei, danach aber klein beigegeben, vielleicht sogar mehr als das, sich mit allem einverstanden erklärt und schließlich – besonders wenn die Gegenseite feierlich anerkannt hätte, er sei im Recht – sogar mit allen versöhnt und wäre vielleicht sogar ein bißchen gerührt gewesen; wer weiß, ob sich die alte Freundschaft nicht erneuert und in eine neue, feste, noch herzlichere und umfassendere verwandelt hätte als die von gestern, in eine Freundschaft, die am Ende sogar in der Lage gewesen wäre, die Peinlichkeit der immerhin recht ungehörigen Ähnlichkeit der beiden Personen zu übertünchen, worüber die beiden Titularräte in höchstem Grade erfreut gewesen und hundert Jahre alt geworden wären ... und so weiter. Sprechen wir es ruhig aus: Herr Goljadkin bereute sogar ein wenig, für sich selbst und für seine Belange eingetreten zu sein, und er hatte auch sogleich Verdruß geerntet. Würde er nachgeben, dachte Herr Goljadkin, würde er sagen, er habe nur gescherzt, ich würde ihm verzeihen und sogar mehr als das, nur müßte er es vor allen Leuten bekennen. Aber mich wie einen alten Fußabtreter zu behandeln – das erlaube ich nicht! Das habe ich ganz anderen Leuten nicht erlaubt und lasse es mir erst recht nicht seitens eines Menschen ohne jede Moral gefallen. Ich bin kein alter Fußabtreter; nein, mein Herr, das bin ich nicht! Mit einem Wort – unser Held hatte sich entschlossen. Die Schuld daran, mein Herr, müssen Sie sich selber zuschreiben! Sein Entschluß aber bestand darin, daß er sich zur Wehr setzen, mit allen Kräften und bis zur äußersten Möglichkeit zur Wehr setzen wollte. Das war nun einmal seine Art! Er war auf keinen Fall bereit, sich eine Kränkung gefallen zu lassen, erst recht nicht, sich wie einen alten Fußabtreter beschmutzen zu lassen, am wenigsten von einem Menschen ohne Moral. Nun, wir widersprechen ihm nicht, nein, das tun wir nicht. Mag sein, daß jemand, der Herrn Goljadkin unbedingt zum Beispiel als Fußabtreter hätte benutzen wollen, es auch geschafft hätte, widerstandslos und ungestraft (das fühlte Herr Goljadkin manchmal selber), und wir hätten keinen Herrn Goljadkin, sondern einen Fußabtreter vor uns, so einen ganz gemeinen, schmutzigen Fußabtreter, der aber dennoch kein gewöhnlicher Fußabtreter wäre, sondern einer mit Ambitionen, mit Seele und – wenn auch stummen – Gefühlen, die sich tief in den schmutzigen Falten dieses Fußabtreters verbergen, aber immerhin mit Gefühlen ...

Die Zeit verging unwahrscheinlich langsam; schließlich schlug es vier Uhr. Man ließ ein paar Minuten verstreichen, erhob sich und machte sich, dem Bürovorsteher folgend, auf den Heimweg. Herr Goljadkin mischte sich unter die Menge. Er paßte auf und verlor den, auf den es ihm ankam, nicht aus den Augen. Schließlich sah unser Held, wie sein Freund auf die Kanzleidiener zueilte, die die Mäntel herausgaben, und in seiner anrüchigen Art mit ihnen schöntat, während er auf den seinen wartete. Der entscheidende Augenblick war da. Herr Goljadkin drängte sich, so gut es ging, vor und bemühte sich gleichfalls um seinen Mantel, in dem Wunsch, nicht hinter dem anderen zurückzustehen. Doch der Mantel seines Freundes und guten Bekannten wurde zuerst gereicht, weil der auch hier verstanden hatte, sich einzuschmeicheln, schönzutun, den Leuten dies und das ins Ohr zu flüstern und allerlei kleine Gemeinheiten zu begehen.

Herr Goljadkin der Jüngere zog den Mantel an, maß Herrn Goljadkin den Älteren mit einem ironischen Blick, womit er offen und frech bewies, daß er ihn herausfordern wollte, blickte sich mit der ihm eigenen Unverschämtheit um und scharwenzelte – vermutlich, um einen vorteilhaften Eindruck zu hinterlassen – um die Beamten herum; dem einen erzählte er ein Bonmot, mit dem zweiten tuschelte er, mit dem dritten tauschte er einen respektvollen Kuß, dem vierten lächelte er zu, und dem fünften schüttelte er die Hand, worauf er vergnügt die Treppe hinunterhuschte. Herr Goljadkin der Ältere folgte ihm; zu seiner unbeschreiblichen Befriedigung holte er ihn auch wirklich auf der untersten Treppenstufe ein und packte ihn am Mantelkragen. Herr Goljadkin der Jüngere schien ein wenig verdutzt und sah sich ratlos nach allen Seiten um.

„Wie soll ich das auffassen?" murmelte er schließlich mit gedämpfter Stimme.

„Mein Herr, ich hoffe, Sie werden sich, sofern Sie überhaupt ein anständiger Mensch sind, an unser freundschaftliches Einvernehmen von gestern erinnern", sagte unser Held.

„Ach ja! Nun, haben Sie gut geschlafen?"

Die Wut verschlug Herrn Goljadkin dem Älteren für einen Augenblick die Sprache.

„Ich für meinen Teil ja ... Gestatten Sie mir indessen, zu bemerken, mein Herr – Ihr Spiel ist äußerst undurchsichtig ..."

„Wer sagt das? Das sagen meine Feinde", entgegnete abgehackt jener, der sich Herr Goljadkin nannte, und befreite sich im gleichen Augenblick aus den schwachen Händen des echten Herrn Goljadkin. Dann stürzte er zum Treppenflur hinaus, sah sich um, erblickte eine Mietdroschke, eilte auf sie zu, stieg ein und war im Nu den Augen von Herrn Goljadkin dem Älteren entschwunden. Der verzweifelte, von allen verlassene Titularrat schaute sich um, doch eine zweite Droschke war nicht aufzutreiben. Er versuchte zwar hinterherzurennen, aber die Beine versagten ihm. Da sank er in sich zusammen, lehnte sich mit trostlosem Gesicht und offenem Mund erschöpft an einen Laternenpfahl und stand so mehrere Minuten auf dem Bürgersteig. Für Herrn Goljadkin war offenbar alles verloren...

Neuntes Kapitel

Alles, selbst die Natur, schien sich gegen Herrn Goljadkin verschworen zu haben; aber noch stand er auf den Beinen und war keineswegs unterlegen; das fühlte er. Er war bereit, sich zu stellen. Und in einem solchen Gefühl rieb er sich, nachdem er sich von der ersten Bestürzung erholt hatte, so energisch die Hände, daß man allein aus seiner Miene ersehen konnte, er werde nicht nachgeben. Im übrigen war die Gefahr offensichtlich – sie lag auf der Hand; auch das fühlte Herr Goljadkin; aber wie sollte er dieser Gefahr begegnen? Das war die Frage. Für einen Augenblick blitzte in Herrn Goljadkins Kopf sogar der Gedanke auf, ob er all das nicht auf sich beruhen lassen, einfach verzichten sollte. Was ist schon dabei? Gar nichts! Ich existiere für mich, tu aber so, als wäre ich gar nicht da, und überhöre alles, dachte Herr Goljadkin; ich bin es nicht, und damit fertig; er wiederum zieht sich ebenfalls zurück und läßt vielleicht von mir ab; er wird eine Weile herumscharwenzeln, der Spitzbube, wird sich winden, sich im Kreise drehen und schließlich von mir ablassen. So stehn die Dinge! Ich schaffe es – durch Fügsamkeit. Worin besteht denn überhaupt die Gefahr? Was für eine Gefahr? Ich würde mich gern darüber belehren lassen, wo sich in dieser Angelegenheit eine Gefahr verbirgt! Eine ganz gewöhnliche, belanglose Angelegenheit! Hier stockte Herr Goljadkin. Die Worte erstarben auf seinen Lippen; er schalt sogar dieses Gedankens wegen mit sich selbst; er hatte sich bei einer Feigheit, bei einer Gemeinheit ertappt; doch seine Angelegenheit kam dadurch keinen Schritt weiter. Er fühlte, daß er sich sofort zu etwas entschließen mußte, daß das für ihn unbedingt notwendig war; er fühlte sogar, daß er viel dafür geben würde, wenn ihm jemand sagen könnte, wozu er sich entscheiden mußte. Wie sollte er denn das herausfinden? Im übrigen blieb auch gar keine Zeit dazu, es herauszufinden. Er mietete, um keine Minute zu verlieren, für alle Fälle eine Droschke und jagte nach Hause. Nun? Wie fühlst du dich jetzt? fragte er sich. Wie belieben Sie sich jetzt zu fühlen, Jakow Petrowitsch? Was gedenkst du zu tun? Wie gedenkst du nunmehr vorzugehen, du Schuft, du durchtriebener Bursche, du? Bringst dich an den Rand des Abgrunds, weinst und schluchzst hinterher! So stachelte Herr Goljadkin sich selber auf und schnellte in der holpernden Mietdroschke auf und nieder. Sich selbst zu reizen und seine Wunden auf diese Weise wieder aufzureißen bedeutete für Herrn Goljadkin in diesem Augenblick einen Hochgenuß, ja geradezu eine Wollust. Nun ja, dachte er bei sich, wenn jetzt irgendein Zauberer oder meinetwegen, wenn sich's so trifft, irgendeine offizielle Stelle sagen würde: Hör zu, Goljadkin, gib einen Finger von deiner rechten Hand her, und wir sind quitt; den anderen Goljadkin soll es nicht mehr geben, und du wirst glücklich sein, nur wird dir eben ein Finger fehlen. Ich würde den Finger hergeben, das täte ich, und sogar ohne mit der Wimper zu zucken. „Hol mich der Teufel!" rief schließlich der verzweifelte Titularrat. „Wozu das alles? Mußte es wirklich so kommen? Warum gerade so, ausgerechnet so, und nicht anders! Zuerst war doch alles gut, alle waren zufrieden und glücklich; aber nein, es mußte wie zum Trotz ganz anders kommen! Im übrigen läßt sich mit Worten nichts ausrichten. Man muß handeln!"

Herr Goljadkin betrat also, nachdem er sich fast zu etwas entschlossen hatte, seine Wohnung, griff stehenden Fußes nach der Tabakpfeife, zog aus Leibeskräften an ihr und nahm, nach rechts und links Rauchwölkchen ausstoßend, in äußerster Erregung einen Dauerlauf durch das Zimmer auf – immer hin und zurück. Petruschka deckte inzwischen den Tisch. Schließlich hatte sich Herr Goljadkin durchgerungen, warf die Tabakpfeife auf den Tisch, streifte sich den Mantel über, erklärte, er habe nicht die Absicht, zu Hause Mittag zu essen, und verließ schnurstracks die

Wohnung. Auf der Treppe wurde er von dem atemlosen Petruschka eingeholt, der den von Herrn Goljadkin vergessenen Hut in der Hand hielt. Herr Goljadkin nahm den Hut, wollte sich schon so nebenbei in Petruschkas Augen rechtfertigen, damit der sich nicht Gott weiß was dabei denke, zum Beispiel – immerhin ein einigermaßen sonderbarer Umstand, einfach den Hut zu vergessen, und was dergleichen mehr ist –, setzte aber dann, da Petruschka seinen Herrn keines Blickes würdigte und gleich wieder ging, ohne weitere Erläuterungen den Hut auf, eilte die Treppe hinunter und betrat die Straße, wobei er sich einzureden versuchte, alles werde sich möglicherweise zum besten wenden und die ganze Geschichte sich irgendwie arrangieren, obzwar er, beiläufig bemerkt, geradezu ein kaltes Kribbeln in den Füßen verspürte; er betrat also die Straße, nahm eine Mietdroschke und jagte zu Andrej Filippowitsch. Ob es nicht besser wäre – morgen? überlegte Herr Goljadkin, während er nach der Klingelschnur an Andrej Filippowitschs Wohnungstür griff. Was habe ich schon so Besonderes zu sagen? Es ist nichts Besonderes dran – die ganze Angelegenheit ist so belanglos, ja, schließlich wirklich belanglos und nicht der Rede wert, das heißt fast nicht der Rede wert... so und nicht anders verhält es sich mit diesem Umstand ... Plötzlich zog Herr Goljadkin an der Klingelschnur; die Klingel schellte, und man hörte innen Schritte... Hier verwünschte Herr Goljadkin sich selbst, vor allem seiner Übereiltheit und Dreistigkeit wegen. Die kürzlichen Unannehmlichkeiten, die Herr Goljadkin über den Dienstgeschäften beinah vergessen hatte, und die Meinungsverschiedenheiten mit Andrej Filippowitsch kamen ihm auf der Stelle in Erinnerung. Doch zum Flüchten war es bereits zu spät; die Tür öffnete sich. Herr Goljadkin erfuhr zu seinem Glück, Andrej Filippowitsch sei vom Dienst gar nicht erst nach Hause gekommen und speise auswärts zu Mittag. Ich weiß, wo er zu Mittag speist – an der Ismailowski-Brücke, dachte sich unser Held und freute sich wie ein Schneekönig. Auf die Frage des Dieners, von wessen Besuch er berichten dürfe, entgegnete er: „Schon gut, mein Freund, ich, weißt du, komme ein andermal vorbei“ und eilte sogar einigermaßen munter die Treppe hinunter. Auf der Straße angelangt, beschloß er, die Droschke zu entlassen und den Kutscher zu entlohnen. Als der um ein Aufgeld bat – ich, Herr, habe lange gewartet und meinen Traber, um es Euer Gnaden recht zu machen, nicht geschont –, legte er ein Fünfkopekenstück dazu, und sogar mit dem größten Vergnügen; worauf er zu Fuß weiterging.

Nun ja, sagte sich Herr Goljadkin, es handelt sich zwar um eine Angelegenheit, die man nicht einfach auf sich beruhen lassen kann; bedenkt man es jedoch so richtig, mit gesundem Menschenverstand – wozu plagt man sich im Grunde eigentlich ab? Doch nein, will ich mich gar damit begnügen, in einem fort zu fragen, wozu ich mich abmühe? Warum ich mich plage, mich damit abquäle und herumschlage; warum ich mich martere? Erstens ist es nun mal geschehen, und man kann es nicht rückgängig machen ... nein, kann man nicht! Führen wir uns vor Augen: Da taucht jemand auf, der eine ausreichende Empfehlung vorweist, angeblich ein fähiger Beamter ist und von guter Führung, aber arm – er hat allerlei Unangenehmes durchgemacht (Intrigen und so weiter) und sitzt in der Klemme – aber Armut ist schließlich keine Schande; ich habe also nichts damit zu tun. Und in der Tat, was für ein Unsinn! Nun gut, er wurde für geeignet befunden und richtete sich bei uns ein, von der Natur selber so eingerichtet, daß er einem anderen Menschen wie ein Ei dem anderen gleicht, geradezu eine Kopie dieses anderen ist; ja, sollte man ihn deswegen im Departement nicht einstellen? Wenn das Schicksal, wenn nur das Schicksal, nur die blinde Fortuna daran schuld war – sollte man ihn da sogleich wie einen Abtreter behandeln und ihm die Aufnahme in den Dienst verweigern? Wo bliebe da die Gerechtigkeit? Er ist ein armer, verlorener, verschüchterter Mensch; da krampft sich einem das Herz zusammen, da befiehlt einem das Mitgefühl, ihm ein Asyl zu gewähren. Ja! In der Tat, was wären das für Vorgesetzte, würden sie so denken wie ich Tollbregen! So was von Köpfchen! Da reicht die Dummheit manchmal für ein ganzes

Dutzend! Nein, nein! Sie haben nur gut daran getan, und man muß es ihnen danken, daß sie den armen Teufel bei sich aufgenommen haben. Nun ja, nehmen wir zum Beispiel an, wir wären Zwillinge, wir wären nun mal als Zwillinge zur Welt gekommen, und damit hat sich's! Und was folgt daraus? Gar nichts! Die Beamten werden sich daran gewöhnen ... betritt aber ein Fremder unsere Behörde – er wird an diesem Umstand bestimmt nichts Unpassendes oder Verletzendes finden. Es liegt sogar etwas Rührendes darin: Da hat, so könnte der Fremde denken, da hat die Vorsehung Gottes zwei völlig gleiche Individuen erschaffen und die mildtätige Obrigkeit, Gottes Willen erkennend, die Zwillinge bei sich untergebracht. „Natürlich", fuhr Herr Goljadkin fort, indem er Atem holte und die Stimme senkte, „es wäre natürlich ... es wäre natürlich besser, wenn es all das nicht gegeben hätte, weder irgendwelche Zwillinge noch das Rührende daran. Hol's der Teufel! Wozu war das nötig? Aus welchem besonderen, keinerlei Aufschub duldenden Anlaß? Du lieber Gott! Da haben uns die bösen Geister aber was eingerührt! Immerhin hat er doch so einen Charakter, so eine häßliche, zweideutige Sinnesart – dieser Schuft, dieser durchtriebene Schmeichler und Speichellecker, dieser arme Teufel Goljadkin! Womöglich führt er sich auch noch schlecht auf und befleckt meinen Namen, der Schurke! Da kann ich jetzt auf ihn aufpassen und mich seinetwegen bemühen! Die reinste Strafe Gottes! Im übrigen – was ist schon dabei? Was geht mich das an? Gut, er ist ein Schuft, soll er ruhig ein Schuft sein, während ich, der andere, ehrlich bleibe. Er ist ein Schuft, während ich ehrlich bleibe; und die Leute werden sagen – dieser Goljadkin ist ein Schuft, nach dem dürft ihr nicht urteilen, den dürft ihr nicht mit dem anderen verwechseln; denn der ist ehrlich, tugendhaft, sanft, gutherzig, äußerst zuverlässig im Dienst und einer Rangerhöhung würdig; so ist das alles! Nun gut ... wenn sie uns nun aber ... wenn sie uns nun aber einfach ... Dingsda ... verwechseln? Er ist zu allem fähig! Ach, du lieber Gott! Er schiebt den einen an Stelle des anderen unter, der verdammte Schuft, schiebt ihn unter wie einen Fußabtreter und bedenkt nicht, daß ein Mensch kein Fußabtreter ist. Ach, du mein lieber Gott! Das reinste Unglück!

Während Herr Goljadkin auf diese Weise mit sich selber zu Rate ging und klagte, eilte er, ohne auf den Weg zu achten, dahin; wohin – wußte er wohl selber nicht. Er kam erst auf dem Newski-Prospekt zu sich, aber auch das nur, weil er mit jemand, der auf ihn zuschritt, so wohlgezielt und kräftig zusammenstieß, daß gleichsam die Funken sprühten. Herr Goljadkin murmelte, ohne den Kopf zu heben, eine Entschuldigung, blickte erst auf, als der Passant, der einiges nicht allzu Schmeichelhafte vor sich hin brummte, bereits ein ziemliches Stück von ihm entfernt war, und sah sich danach um, wo er sich denn eigentlich befand. Als er feststellte, daß er genau vor jenem Restaurant stand, in dem er, in Vorbereitung auf das Mittagessen bei Olsufi Iwanowitsch, eine Ruhepause eingelegt hatte, verspürte unser Held plötzlich ein Kneifen und Grimmen im Magen und besann sich darauf, daß er nicht zu Mittag gegessen hatte und auch nirgends zu einem Mittagessen eingeladen war; er strebte also, ohne seine kostbare Zeit zu verlieren, die Treppe zum Restaurant hinauf, um einen Happen zu sich zu nehmen, ohne sich lange dabei aufzuhalten. Und obwohl alles im Restaurant ganz schön teuer war, ließ sich Herr Goljadkin in diesem Fall nicht davon beeindrucken; und sich von solchen Kleinigkeiten beeindrucken zu lassen, blieb auch keine Zeit. Im hell erleuchteten Raum drängte sich eine ziemliche Menge Besucher vor dem Büfett, auf dem man einen ganzen Berg von alledem sah, was anständige Leute als Imbiß zu sich zu nehmen pflegen. Der Büfettier hatte alle Hände voll damit zu tun, einzuschenken, das Gewünschte hinüberzureichen, das Geld in Empfang zu nehmen und den Rest herauszugeben. Herr Goljadkin wartete, bis er dran war, und streckte die Hand bescheiden nach einem Fischpastetchen aus. Er verzog sich in eine Ecke, wandte den Anwesenden den Rücken zu und aß mit Appetit. Dann kehrte er zum Büfettier zurück, stellte den Teller auf das Büfett, holte, da er den Preis kannte, ein silbernes Zehnkopekenstück hervor und legte es auf die Theke, wobei er nach dem Blick des Büfettiers haschte, um ihn darauf hinzuweisen: Hier, bitte, zehn Kopeken; für ein Fischpastetchen.

„Ich bekomme einen Rubel und zehn Kopeken von Ihnen“, brummte der Büfettier.

Herr Goljadkin war nicht wenig verwundert.

„Meinen Sie mich? Ich habe ... wie mir scheint ... nur ein Pastetchen gehabt.“

„Sie haben elf genommen“, entgegnete selbstsicher der Büfettier.

„Ich glaube ... Sie ... Sie scheinen sich zu irren ... Ich habe wirklich nur ein Pastetchen gehabt, wie mir scheint.“

„Ich habe sie gezählt; Sie haben elf Stück genommen. Und was man sich genommen hat, muß man auch bezahlen; unentgeltlich ist bei uns nichts zu haben.“

Herr Goljadkin war wie vor den Kopf gestoßen. Ja, was denn, ist das Hexerei, was geht hier mit mir vor? fragte er sich. Der Büfettier wartete inzwischen auf Herrn Goljadkins Entscheidung; Herr Goljadkin wurde umringt; Herr Goljadkin wollte schon in die Tasche greifen, um einen Silberrubel hervorzuholen, auf der Stelle zu bezahlen und alle weiteren Unannehmlichkeiten los zu sein. Also gut, sollen es von mir aus elf gewesen sein, dachte er bei sich und wurde krebsrot, was ist schon dabei, wenn einer gleich elf Pastetchen hintereinander verzehrt? Der Mann ist eben hungrig gewesen und hat elf Stück verzehrt; soll er doch, wohl bekomm's! Da gibt es weiter nichts zum Wundern und auch nichts zum Lachen ... Plötzlich verspürte Herr Goljadkin etwas wie einen Stich; er blickte auf und – hatte sogleich des Rätsels Lösung, erkannte sogleich die ganze Hexerei; im Nu waren alle Probleme hinweggefegt. In der Tür zum benachbarten Raum, fast genau hinter dem Rücken des Büfettiers und mit dem Gesicht zu Herrn Goljadkin gewandt, in dieser Tür also, die unser Held zunächst für einen Spiegel gehalten hatte, stand jemand, stand Herr Goljadkin in Person – nicht Herr Goljadkin der Ältere, der Held unserer Erzählung, sondern der andere Herr Goljadkin, Herr Goljadkin der Jüngere. Dieser andere Herr Goljadkin befand sich offenbar bei bester Laune. Er lächelte und nickte Herrn Goljadkin Nummer eins zu, zwinkerte, trat, wenn auch unauffällig, von einem Fuß auf den anderen und schaute drein, als würde er sich bei dem geringsten Anzeichen einer Gefahr aus dem Staube machen; zunächst in den Raum nebenan und von da gegebenenfalls über die Hintertreppe – und aus ... alle Verfolgungen wären vergeblich gewesen. Er hielt den letzten Rest des zehnten Fischpastetchens in der Hand, schob es vor Herrn Goljadkins Augen in den Mund und schmatzte vor Vergnügen. Er hat erreicht, daß man uns verwechselt, der Schuft, dachte Herr Goljadkin und wurde feuerrot vor Scham, er scheut nicht mal die Öffentlichkeit! Ob die Leute ihn sehen? Nein, offenbar niemand ... Herr Goljadkin warf den Silberrubel hin, als hätte er sich die Finger an ihm verbrannt, drängte sich, ohne das vielsagend-unverschämte Lächeln des Büfettiers, ein Lächeln des Triumphes und der unerschütterlichen Macht, zu beachten, durch die Menge und stürzte davon, so rasch ihn die Beine trugen. Vielen Dank, daß er einen wenigstens nicht endgültig kompromittiert hat! dachte Herr Goljadkin der Ältere. Vielen Dank ihm, dem Halunken, ihm und dem Schicksal, daß alles noch einigermaßen glimpflich abgegangen ist. Nur war der Büfettier immerhin reichlich unverschämt gewesen, aber er bestand schließlich nur auf seinem Recht. Er hatte einen Rubel und zehn Kopeken zu bekommen und war also im Recht. „Unentgeltlich ist bei uns nichts zu haben!" Konnte der Nichtsnutz nicht ein bißchen höflicher sein?

All das sagte sich Herr Goljadkin, während er die Treppe zum Ausgang hinunterstrebte. Auf der letzten Stufe jedoch blieb er wie angewurzelt stehen und wurde plötzlich so rot, daß ihm aus lauter Gekränktheit über die Verletzung seines Ehrgefühls sogar die Tränen in die Augen traten. Er erstarrte für eine halbe Minute zu Stein, stampfte plötzlich entschlossen mit dem Fuß, war mit einem Satz auf der Straße und rannte, so rasch ihn die Beine trugen, zu sich nach Haus, in die Schestilawotschnaja, schwer atmend, aber ohne die geringste Müdigkeit zu verspüren. Zu Hause legte er entgegen seiner Gewohnheit, es sich innerhalb seiner vier Wände bequem zu machen, nicht mal die Oberbekleidung ab, ja, er griff nicht einmal nach der Pfeife, sondern ließ sich unverzüglich auf dem Sofa nieder, zog das Tintenfaß zu sich heran, nahm die Feder in die Hand, holte einen Bogen Papier hervor und begann mit vor innerer Erregung zitternder Hand mit der Niederschrift folgender Botschaft:

„Sehr geehrter Herr Jakow Petrowitsch!
Ich hätte auf keinen Fall zur Feder gegriffen, hätten mich nicht die Umstände und Sie selbst, mein Herr, dazu gezwungen. Glauben Sie mir, daß nur die Notwendigkeit mich dazu veranlaßt, mich auf diesem Wege in eine Auseinandersetzung mit Ihnen einzulassen, und bitte Sie, mein Herr, diese meine Maßnahme auf keinen Fall als beabsichtigte Kränkung anzusehen, vielmehr als die unvermeidliche Folge der uns nunmehr miteinander verbindenden Umstände."

Scheint doch ganz gut, anständig und höflich zu sein und dabei ziemlich deutlich und bestimmt ... Er braucht sich wohl in keiner Weise gekränkt zu fühlen. Außerdem bin ich im Recht, sagte sich Herr Goljadkin, während er das Niedergeschriebene überlas.

„Ihr überraschendes und seltsames Auftauchen, mein Herr, in jener stürmischen Nacht, gleich nach der groben und unanständigen Behandlung, die mir seitens meiner Feinde zuteil geworden war – ich verschweige aus Verachtung ihre Namen –, bildete den Keim all der Mißverständnisse, die zur Zeit zwischen uns bestehen. Indessen übersteigt Ihr Wunsch, auf Ihrem Willen zu beharren und gewaltsam in den Bereich meiner privaten Sphäre und aller Umstände meines praktischen Lebens einzudringen, die Grenzen, die allein schon durch die Höflichkeit und ein normales menschliches Zusammenleben geboten sind. Ich glaube, ich brauche hier nicht auf die gewaltsame Aneignung der Papiere und meines ehrlichen Namens einzugehen, den Sie, mein Herr, dazu benutzen, das Wohlwollen der Obrigkeit zu erwerben – eines

Wohlwollens, das Sie nicht verdient haben. Ihr vorsätzliches und für mich ärgerliches Ausweichen vor den in diesem Zusammenhang erforderlichen Klarstellungen brauche ich gar nicht erst zu erwähnen. Und schließlich will ich, um alles auszusprechen, auch nicht auf Ihr jüngstes, sonderbares, man kann schon sagen, unverständliches Verhalten mir gegenüber in einem gewissen Kaffeehaus eingehen. Ich bin weit davon entfernt, mich über den Verlust des nutzlos ausgegebenen Silberrubels zu beklagen, kann es mir aber nicht versagen, meiner Empörung Luft zu machen bei der Erinnerung an Ihren offensichtlichen Anschlag auf meine Ehre, mein Herr, und das auch noch in Gegenwart einiger Personen, die ich zwar nicht kenne, die aber immerhin Personen von bestem Benehmen waren ..."

Gehe ich nicht zu weit? fragte sich Herr Goljadkin. Ist es des Guten nicht zuviel? Ist beispielsweise diese Anspielung nicht zu kränkend? Nun, macht nichts! Ich muß ihm gegenüber Charakterfestigkeit beweisen. Im übrigen kann ich ihm ja zum Schluß zwecks Abschwächung entgegenkommen und ein wenig schmeicheln. Sehen wir zu, was sich machen läßt!

„Dennoch würde ich Sie, mein Herr, nicht mit diesem Schreiben behelligen, wäre ich nicht fest davon überzeugt, daß der Adel Ihrer Gefühle und Ansichten und Ihr offenherziger Charakter Ihnen den Weg weisen werden, das Versäumte nachzuholen und alles so herzustellen, wie es war.

In der festen Hoffnung, daß Sie meinen Brief nicht als für Sie kränkend auffassen, zugleich aber auch nicht ablehnen werden, sich schriftlich dazu zu äußern, und mir die Antwort über meinen Bedienten zukommen lassen, verbleibe ich, mein Herr, Ihr gehorsamer Diener

J. Goljadkin"

Na also, das hätten wir! Das wäre geschafft; immerhin mußte es zu einem Schriftwechsel kommen. Aber wer ist daran schuld? Er selber; er zwingt einen, schriftliche Dokumente von ihm zu fordern. Und dabei bin ich im Recht ...

Nachdem Herr Goljadkin den Brief ein letztes Mal überlesen hatte, faltete er ihn zusammen, versiegelte ihn und rief nach Petruschka. Petruschka erschien – wie gewöhnlich mit verschlafenen Augen und über irgend etwas äußerst verärgert.

„So, mein Bester, du nimmst jetzt diesen Brief ... hast du verstanden?"

Petruschka schwieg.

„Du nimmst also diesen Brief und bringst ihn in das Departement; dort machst du den Wachhabenden, Gouvernementssekretär Wachramejew, ausfindig. Wachramejew hat heute den Nachtdienst. Hast du verstanden?"

„Habe ich."

„Habe ich! Kannst du nicht sagen: Jawohl? Du fragst also nach dem Beamten Wachramejew und sagst zu ihm: So und so, sagst du, der Herr läßt Sie grüßen und ergebenst bitten, Sie möchten im Adreßbuch unserer Behörde nachschlagen, wo der Titularrat Goljadkin wohnt."

Petruschka schwieg dazu und griente, wie es Herrn Goljadkin vorkam.

„Ja, also, Pjotr, du erkundigst dich nach der Adresse und bringst in Erfahrung, wo der neueingestellte Beamte Goljadkin wohnt."

„Jawohl!"

„Du erkundigst dich nach der Adresse und trägst diesen Brief zu ihm hin. Hast du verstanden?"

„Ja, habe ich."

„Wenn du dort ... wohin du den Brief tragen sollst, von jenem Herrn, dem du diesen Brief zu übergeben hast, dem Goljadkin nämlich ... Was lachst du, Dummkopf?"

„Worüber sollte ich lachen? Mir ist das einerlei! Ich lache gar nicht. Unsereins hat nichts zu lachen ..."

„Ja, also ... wenn dieser Herr dich fragen sollte: Was ist mit deinem Herrn, was macht er so, hat er nicht ...

Dingsda ... mit einem Wort, wenn er dich auszufragen versucht, dann geh nicht darauf ein, sondern sage: Meinem Herrn geht es danke schön, nur bittet er Sie, so sagst du, um eine eigenhändige Antwort. Hast du verstanden?"

„Jawohl, habe ich."

„Nun ja, du sagst also, meinem Herrn geht es ganz gut, er befindet sich bei bester Gesundheit und macht sich gerade fertig, um zu Besuch zu gehen; nur erbittet er von Ihnen, sagst du, eine schriftliche Antwort. Hast du verstanden?"

„Ja, habe ich."

„Gut, dann geh!"

Was man mit diesem Klotz aber auch für Umstände hat! Lacht sich eins, und fertig. Worüber lacht er eigentlich? Da hat man mir was eingebrockt, da hat man mir auf diese Art was Schönes eingebrockt! Im übrigen wendet sich alles vielleicht noch zum Guten ... Dieser Spitzbube wird jetzt seine zwei Stunden fortbleiben und sich irgendwo herumtreiben. Man kann ihn nirgends hinschicken. Das reinste Unglück! Womit habe ich das verdient?

Unser Held, der sein Unglück, wie man sieht, durchaus fühlte, machte sich darauf gefaßt, in Erwartung Petruschkas zwei Stunden lang eine passive Rolle zu spielen. Eine Stunde lang ging er auf und ab und rauchte, dann warf er die Tabakpfeife hin und setzte sich, um ein Buch zu lesen; danach streckte er sich auf dem Sofa aus; dann griff er wieder nach der Pfeife und hastete aufs neue im Zimmer umher. Er wollte nachdenken, fand aber entschieden nicht heraus, worüber. Die Agonie seines passiven Zustands steigerte sich schließlich, und Herr Goljadkin entschloß sich, eine Maßnahme zu ergreifen. Petruschka wird eine weitere Stunde auf sich warten lassen, dachte er, ich kann den Schlüssel beim Hausknecht abgeben und der Angelegenheit inzwischen ... selber auf den Grund gehen ... ihr meinerseits auf den Grund gehen. Herr Goljadkin griff in dem Wunsch, der Angelegenheit möglichst rasch auf den Grund zu kommen, ohne Zeit zu verlieren, nach dem Hut, verließ sein Zimmer, schloß die Wohnung ab, händigte den Schlüssel zugleich mit einem Zehnkopekenstück dem Hausknecht ein – Herr Goljadkin war ungewöhnlich freigebig geworden – und machte sich auf den Weg, der ihm der richtige dünkte. Er ging zu Fuß, und zwar zunächst zur Ismailowski-Brücke. Dazu benötigte er rund eine halbe Stunde. Am Ziel seiner Wanderung angelangt, betrat er geradeswegs den Hof des ihm bekannten Hauses und blickte zu der Wohnung des Staatsrats Berendejew hinauf. Die Fenster waren alle dunkel – bis auf drei, die rot verhängt waren. Olsufi Iwanowitsch hat heute offenbar keine Gäste, sagte sich Herr Goljadkin, sie scheinen heute allein zu Hause zu sitzen. Unser Held stand eine Weile auf dem Hof herum und wollte sich schon zu etwas entschließen. Doch diesem Entschluß war offenbar kein Erfolg beschieden. Herr Goljadkin überlegte sich's, winkte ab und kehrte auf die Straße zurück. Nein, hierher hätte ich nicht zu kommen brauchen. Was soll ich hier? Ich wende mich lieber zum ... Dingsda ... und gehe der Angelegenheit persönlich nach. Nachdem Herr Goljadkin diesen Entschluß gefaßt hatte, machte er sich zu seinem Departement auf. Der Weg dahin war ziemlich weit, und obendrein herrschte ein schauderhaftes Schlackerwetter; nasser Schnee fiel in dichten Flocken herab. Doch für unseren Helden schien es in diesem Augenblick keine Schwierigkeiten zu geben. Nun ja, er wurde zwar naß bis auf die Knochen und beschmutzte sich auch ganz schön, aber „wennschon, dafür bin ich am Ziel". Und tatsächlich näherte sich Herr Goljadkin seinem Ziel. Schon tauchte das dunkle Massiv eines riesigen Amtsgebäudes in der Ferne auf. Halt! dachte er bei sich. Wo geh ich hin, und was will ich hier? Also gut, ich bringe in Erfahrung, wo er wohnt; aber inzwischen ist Petruschka sicherlich schon zurückgekehrt und hat mir die Antwort gebracht. Ich verliere doch nur meine kostbare Zeit, verschwende sie ganz umsonst. Nun, macht nichts; all das läßt sich noch einrenken. Aber sollte ich nicht wirklich zu Wachramejew hineingehen? Nicht doch! Das mache ich ein andermal ... Hach! Ich hätte gar nicht erst aus dem Hause gehen sollen! Aber nein, das liegt nun einmal in meinem Charakter! Es ist eben meine Art – ob es nötig ist oder nicht, ich bin immer bestrebt, den Dingen vorzugreifen ... Hm ... wie spät mag es sein? Sicher schon neun. Petruschka kann zurückgekommen sein und mich nicht angetroffen haben. War eine ausgemachte Dummheit von mir, noch einmal auszugehen ... Hach, wahrhaftig, wenn das kein Einfall war!

Nachdem sich unser Held auf diese Weise ehrlich eingestanden hatte, er habe eine ausgemachte Dummheit begangen, hastete er zurück in seine Schestilawotschnaja. Er kam dort müde und abgehetzt an. Gleich beim Hausknecht erfuhr er, daß Petruschka nicht daran gedacht hatte zurückzukehren. Da hat man's! Hab ich's doch geahnt, sagte sich unser Held, und dabei ist es schon neun! So was von Niedertracht! Immer muß er sich irgendwo betrinken! Herrgott im Himmel! Ist das ein Tag, den das Schicksal mir armem Teufel beschert hat! Auf diese Weise nachsinnend und sich über sein Los beklagend, schloß Herr Goljadkin die Wohnungstür auf, zündete eine Kerze an, zog sich aus, rauchte eine Pfeife und streckte sich, erschöpft, übermüdet, hungrig und an allen Gliedern wie zerschlagen, in Erwartung Petruschkas auf dem Sofa aus. Die Kerze brannte allmählich herunter, ihr mattes Licht flackerte an den Wänden ... Herr Goljadkin sah zu ihr hin, überlegte in einem fort und schlief am Ende ein wie ein Toter.

Als er erwachte, war es schon ziemlich spät. Die Kerze war fast heruntergebrannt, qualmte und drohte jeden Augenblick endgültig zu erlöschen. Herr Goljadkin sprang auf, schreckte zusammen, erinnerte sich an alles, buchstäblich an alles. Hinter der Trennwand hörte man das sonore Schnarchen Petruschkas. Herr Goljadkin stürzte zum Fenster – nirgends auch nur ein Schimmer von Licht. Er öffnete die Lüftungsklappe – alles still; die Stadt war wie ausgestorben; sie schlief. Es mußte also zwei oder drei Uhr sein; und tatsächlich, so war es auch: die Uhr hinter der Trennwand nahm alle Kräfte zusammen und schlug zwei. Herr Goljadkin stürzte hinter die Trennwand.

Es gelang ihm, wenn auch mit vieler Mühe, Petruschka wachzurütteln und ihn auf seinem Bett aufzurichten. Die Kerze verlosch in diesem Augenblick endgültig. Es dauerte wohl zehn Minuten, bevor Herr Goljadkin eine neue hervorgekramt und angezündet hatte. Petruschka war inzwischen längst wieder eingeschlafen. „Schuft, Nichtsnutz verdammter", brummte Herr Goljadkin vor sich hin und versuchte, ihn aufs neue wachzurütteln. „Stehst du nun endlich auf, wirst du endlich wach?" Nach einer halben Stunde redlichen Bemühens hatte Herr Goljadkin dann doch Erfolg; es gelang ihm, seinen Bedienten völlig wach zu machen und hinter der Trennwand hervorzuzerren. Erst hier bemerkte unser Held, daß Petruschka sternhagelvoll war, wie man zu sagen pflegt, und sich gerade noch auf den Beinen hielt.

„Du Nichtsnutz!" schrie Herr Goljadkin ihn an. „Mein Gott, wo mag er meinen Brief gelassen haben? Ach, du mein Schöpfer, und wenn er nun ... Wozu habe ich ihn geschrieben? Mußte das sein? Ich Dummkopf habe mich von meinem Ehrgefühl verleiten lassen! Ausgerechnet von meinem Ehrgefühl! Das hast du nun davon, du Schuft, das hast du von deinem Ehrgefühl!... He, du! Wo hast du meinen Brief gelassen, Bandit? Wem hast du ihn ausgehändigt?"

„Ich habe ihn niemand ausgehändigt; und ich habe auch gar keinen Brief gehabt ... so, jetzt wissen Sie es!"

Herr Goljadkin rang vor Verzweiflung die Hände.

„Hör zu, Pjotr ... hör zu, hör doch mal zu ..."

„Tu ich ja ..."

„Wo bist du gewesen? Antworte mir!"

„Wo ich gewesen bin? Bei guten Leuten! Was geht mich das alles an?"

„Ach, du lieber Gott! Wo bist du vorher gewesen? Warst du im Departement? Hör zu, Pjotr, bist du vielleicht betrunken?"

„Ich – und betrunken? Ich will auf der Stelle zu Stein erstarren, wenn ich nicht völlig, vö... völlig ... jawohl doch ..."

„Nein, nein, macht nichts, daß du betrunken bist ... Das habe ich nur nebenher gefragt; es ist sogar gut, daß du betrunken bist; ich, Petruschka, habe... ich habe nichts dagegen ... Dir ist vielleicht nur dies und das entfallen, aber du wirst dich an alles erinnern. Nun, denk doch mal nach, warst du bei dem Beamten Wachramejew? Bist du bei ihm gewesen oder nicht?"

„Ich bin weder bei ihm gewesen, noch hat es je so einen Beamten gegeben. Das könnte ich auf der Stelle ..."

„Nicht doch, nicht doch, Pjotr! Nein, Petruschka, ich wende ja nichts dagegen ein. Du siehst doch, daß ich nichts dagegen einwende ... Was ist schon dabei? Draußen ist es kalt und naß, und da hebt man eben einen; ich sage nichts dagegen ... Ich bin dir nicht böse. Ich, mein Bester, habe mir heute selber einen genehmigt ... Gib doch mal zu, erinnere dich, mein Lieber: Du warst doch bei dem Beamten Wachramejew?"

„Nun ja, wenn ich mir das jetzt so richtig bedenke, dann bin ich, Ehrenwort, bei ihm gewesen, das könnte ich auf der Stelle ..."

„Schon gut, Petruschka; gut, daß du da warst. Du siehst, ich bin dir nicht böse ... Nun, nun", fuhr unser Held fort, wobei er seinem Bedienten immer mehr um den Bart ging, ihn auf die Schulter klopfte und ihm zulächelte. „Also gut, du Halunke hast eine Kleinigkeit hinter die Binde gegossen ... für zehn Kopeken oder so, nicht wahr? Spitzbube! Nun, macht nichts; du siehst, daß ich mich nicht darüber ärgere, daß ich dir nicht böse bin, daß ich dir, mein Bester, nicht böse bin ..."

„Nein, wie Sie wollen, aber ein Spitzbube bin ich nicht ... Ich bin nur bei guten Freunden vorbeigekommen, aber ein Spitzbube bin ich nicht und bin ich auch nie gewesen ..."

„Aber nein, nicht doch, Petruschka! Hör zu, Pjotr! Ich schelte doch nicht mit dir, ich mein es doch nicht im Ernst; wenn ich dich einen Spitzbuben nenne! Das sag ich doch nur, um dich zu trösten, in edler Absicht. Das, Petruschka, bedeutet doch nur, daß man einem Menschen schmeicheln will, daß man ihm, wenn man ihn einen Spitzbuben, einen durchtriebenen Burschen nennt, nur sagen will, er ist nicht von Pappe und läßt sich von niemand hereinlegen. Mancher hört das ganz gern ... Aber schon gut! Nur sage mir jetzt, Petruschka, offen und ohne etwas zu verschweigen, wie zu einem Freund, ob du nun bei dem Beamten Wachramejew gewesen bist und ob er dir die Adresse gegeben hat?"

„Ja, auch das, er hat mir auch die Adresse gegeben. Ein brauchbarer Beamter! Auch dein Herr, hat er gesagt, ist ein guter, sogar sehr guter Mensch, hat er gesagt; sage ihm, ich lasse ihn grüßen und bedanke mich bei ihm; und sag ihm auch, daß ich ihn, deinen Herrn, liebe und bis sonsthinaus achte! Weil dein Herr, Petruschka, hat er gesagt, ein guter Mensch ist; und auch du, Petruschka, bist ein guter Mensch ... so war das ..."

„Ach, du lieber Gott! Und die Adresse, die Adresse, du Judas, verdammter?" Die letzten Worte stieß Herr Goljadkin beinah im Flüsterton hervor.

„Auch die Adresse ... auch die Adresse hat er mir gegeben."

„Ja? Und wo wohnt er denn nun, dieser Beamte, das heißt der Titularrat Goljadkin?"

„Nun, der Goljadkin, hat er gesagt, wohnt in der Schestilawotschnaja. Du hältst dich, wenn du in die Schestilawotschnaja kommst, so hat er gesagt, auf der rechten Seite und steigst die Treppe hinauf, zum dritten Stock. Ebenda, hat er gesagt, findest du den Goljadkin ..."

„Schuft, verdammter!" polterte schließlich unser Held, dem der Geduldsfaden gerissen war, drauflos. „Bandit! Damit bin doch ich gemeint; das bezieht sich auf mich! Es gibt nämlich noch einen anderen Goljadkin, und von dem spreche ich jetzt, du Spitzbube, verdammter!"

„Nun, wie Sie meinen! Von mir aus! Ganz wie Sie meinen – so!"

„Und der Brief, der Brief?"

„Was für ein Brief? Es war doch gar keiner da; ich habe keinen gesehen."

„Ja, wo hast du ihn denn gelassen, du Spitzbube?"

„Ich habe ihn abgegeben, ja doch, abgegeben. Grüß deinen Herrn, hat er gesagt, und ich bedanke mich bei ihm; du hast einen guten Herrn. Bestell deinem Herrn einen Gruß, hat er gesagt ..."

„Ja, wer denn nun, wer hat das gesagt? Der Goljadkin?"

Petruschka schwieg eine Weile, griente über das ganze Gesicht und blickte seinem Herrn geradeswegs in die Augen.

„Hör zu, du Galgenstrick!" begann Herr Goljadkin, wobei er nach Atem rang und vor lauter Wut den Faden verlor. „Was hast du aus mir gemacht? Sage mir, was du aus mir gemacht hast! Fertiggemacht hast du mich, du Bösewicht! Erledigt hast du mich, du Judas!"

„Nun, wie Sie wollen! Was schert's mich!" entgegnete Petruschka entschlossen und wollte hinter der Trennwand verschwinden.

„Zurück, zurück, du Galgenstrick!"

„Ich denke nicht daran! Was soll ich hier bei Ihnen? Ich gehe zu meinen guten Leuten ... Die guten Leute leben nämlich auf ehrliche Art, verstellen sich nicht und kommen einem nicht doppelt vor die Augen ..."

Herrn Goljadkin erstarrten Arme und Beine zu Eis, und es verschlug ihm den Atem ...

„Jawohl", fuhr Petruschka fort, „die zeigen sich nicht gleich doppelt und fordern weder Gott noch ehrliche Menschen heraus ..."

„Du Nichtsnutz bist ja besoffen! Schlaf dich erst mal aus, verdammter Galgenstrick! Und morgen kriegst du's von mir", entgegnete Herr Goljadkin mit kaum noch hörbarer Stimme, Petruschka aber murmelte noch etwas vor sich hin; dann hörte man, wie er sich auf sein Bett warf, daß es nur so krachte, anhaltend gähnte, sich streckte und schließlich schnarchend in den Schlaf des Gerechten sank, wie man zu sagen pflegt. Herr Goljadkin war mehr tot als lebendig. Petruschkas Auftreten, seine höchst sonderbaren, wenn auch verschwommenen Andeutungen, über die man sich infolgedessen nicht zu ärgern brauchte, zumal sie von einem Betrunkenen vorgebracht wurden, und schließlich die ganze fatale Wendung, die die Angelegenheit genommen hatte, all das erschütterte Herrn Goljadkin bis auf den Grund der Seele. „Wozu mußte ich ihn mir auch mitten in der Nacht vornehmen?" fragte sich unser Held, und ein krankhaftes Zittern überlief seinen ganzen Körper. „Sich mit einem Betrunkenen auseinandersetzen! Was kann man von einem Betrunkenen schon erwarten? Jedes Wort ist Unsinn! Worauf hat er da übrigens angespielt, der Halunke? Ach, du lieber Gott! Wozu nur habe ich all diese Briefe geschrieben, ich Ungeheuer, ich Selbstmörder! Aber nein, ich konnte nicht den Mund halten! Ich mußte mich bloßstellen! Ja, was denn? Da geht man zugrunde, erinnert immer mehr an einen Fußabtreter, aber kommt den Leuten auch noch mit seinem Ehrgefühl; ich fühle mich, bitte schön, gekränkt und muß meine Ehre verteidigen! Ich Selbstmörder!"

So räsonierte Herr Goljadkin, während er auf seinem Sofa saß und sich vor lauter Schrecken nicht zu rühren wagte. Plötzlich blieb sein Blick auf einem Gegenstand haften, der seine ganze Aufmerksamkeit auf sich zog. Voller Angst, es könne sich um eine Sinnestäuschung handeln und der Gegenstand, der seine Aufmerksamkeit erregte, sei nur ein Spiel der Phantasie, streckte er die Hand danach aus, zwar schüchtern, aber auch hoffend und mit unbeschreiblicher Neugier. Nein, es war keine Täuschung, keine Illusion! Ein Brief, tatsächlich ein Brief, unbedingt ein Brief, und an ihn adressiert... Herr Goljadkin nahm ihn vom Tisch. Er hatte schreckliches Herzklopfen. Den hat vermutlich dieser Halunke mitgebracht, dachte er bei sich, und hier hingelegt, aber dann einfach vergessen; so wird es gewesen sein, so und nicht anders. Der Brief war von Wachramejew, einem jungen Amtskollegen und einstigen guten Freund von Herrn Goljadkin. Im übrigen habe ich all das schon geahnt, dachte unser Held, auch das, was in dem Brief geschrieben steht ... Der Brief lautete wie folgt:

„Sehr geehrter Herr Jakow Petrowitsch!

Ihr Bedienter ist betrunken, und etwas Vernünftiges ist von ihm nicht zu erwarten; aus diesem Grunde ziehe ich es vor, Ihnen schriftlich zu antworten. Ich beeile mich, Ihnen mitzuteilen, daß ich bereit bin, den mir von Ihnen auferlegten Auftrag, der in der Weiterleitung eines Briefes an die Ihnen bekannte Person besteht, genauestens und gewissenhaftestens zu erfüllen. Diese Ihnen wohlbekannte Person, die mir jetzt einen anderen Freund ersetzt und deren Namen ich verschweige (weil ich den Ruf eines völlig schuldlosen Menschen nicht beflecken möchte), wohnt – nicht anders als ich – bei Karolina Iwanowna, und zwar in dem Zimmer, in dem zu Ihrer Zeit der aus Tambow zugereiste Infanterieoffizier Quartier bezogen hatte. Im übrigen können Sie besagte Person überall unter ehrlichen und offenherzigen Menschen antreffen, was man von manchem anderen nicht sagen kann. Ich habe die Absicht, meine Beziehungen zu Ihnen mit dem heutigen Datum abzubrechen; bei dem bisherigen freundschaftlichen Ton und kameradschaftlichen Verhältnis zwischen uns kann es nicht bleiben; ich ersuche Sie darum, mein Herr, mir nach Erhalt dieses offenherzigen Briefes unverzüglich die mir geschuldeten zwei Rubel für die ausländischen Rasiermesser zu schicken, die ich Ihnen – ich hoffe, Sie erinnern sich daran – vor sieben Monaten geliehen habe, während unseres gemeinsamen Logierens bei Karolina Iwanowna, die ich von ganzem Herzen verehre. Ich gehe so vor, weil Sie – nach den Schilderungen gescheiter Leute – Ihr Ehrgefühl und Ihren guten Ruf verloren haben und zu einer Gefahr für moralisch unschuldige und nicht infizierte Menschen geworden sind, denn es gibt da eben gewisse Personen, deren Leben nicht auf Grundsatzfestigkeit beruht, deren Worte Heuchelei sind und deren regierungsgetreues Gebaren verdächtig ist. In diesem Brief aber für Karolina Iwanowna einzutreten, die sich immer höchst sittsam aufgeführt hat und zweitens eine ehrsame Frau und obendrein Jungfer ist, zwar nicht mehr zu den Jüngsten zählt, dafür aber aus gutem ausländischem Hause stammt – befähigte Menschen findet man eben immer und überall –, dazu bewogen mich gewisse Personen, wenn auch nur nebenher und in meinem eigenen Namen gesprochen. Auf jeden Fall werden Sie alles zu gegebener Zeit erfahren, sofern Sie nicht schon jetzt davon unterrichtet sind, obwohl Sie sich – nach den Schilderungen vernünftiger Leute – bereits an allen Ecken und Enden der Hauptstadt in Verruf gebracht haben und demzufolge, mein Herr, gewisse, Sie betreffende Meinungen über sich selbst erfahren haben dürften. Zum Schluß meines Briefes an Sie, mein Herr, erkläre ich Ihnen, daß die Ihnen bekannte Person, deren Namen ich aus gewissen Gründen nicht erwähne, bei wohlgesonnenen Leuten sehr geachtet ist; darüber hinaus hat sie, dank ihrem fröhlichen und angenehmen Temperament, sowohl im Dienst als auch bei vernünftig denkenden Menschen Erfolg, bleibt ihrem Wort und ihren Freunden treu und verleumdet nicht jemand hinter dem Rücken, mit dem sie – nach außen hin – freundschaftliche Beziehungen unterhält.

Damit verbleibe ich auf jeden Fall Ihr ergebener Diener

N. Wachramejew

PS. Ihren Bedienten werfen Sie am besten hinaus: er ist ein Säufer und macht Ihnen aller Wahrscheinlichkeit nach viel Scherereien; nehmen Sie statt seiner den Jewstafi, der früher bei uns in Diensten stand und zur Zeit stellungslos ist. Ihr jetziger Bedienter aber ist nicht nur ein Säufer, sondern auch ein Dieb, denn er hat erst vorige Woche Karolina Iwanowna ein Pfund Stückzucker zu ermaßigtem Preis verkauft, was er meines Erachtens nur tun konnte, weil er Sie heimtückisch bestohlen hat, nach und nach zu verschiedenen Zeiten. Das schreibe ich Ihnen, weil ich auf Ihr Wohl bedacht bin, obzwar gewisse Personen nur darauf aus sind, andere Leute, vor allem die ehrlichen und die von gutem Charakter, zu kränken und zu hintergehen; darüber hinaus machen sie sie hinter dem Rücken schlecht und stellen alles in entgegengesetztem Sinne dar, einzig und allein aus Neid und weil sie sich selbst nicht als solche bezeichnen können.

W.“

Unser Held blieb, nachdem er Wachramejews Brief gelesen hatte, noch lange unbeweglich auf dem Sofa sitzen. Etwas wie ein neues Licht ging ihm auf, in diesem verwirrenden und rätselhaften Nebel, der ihn seit nun schon zwei Tagen umgab. Er versuchte, vom Sofa aufzustehen und ein paarmal auf und ab zu gehen, um sich zu erfrischen, einigermaßen die zerfahrenen Gedanken zu ordnen, sie auf einen gewissen Gegenstand zu richten und, halbwegs zu sich gekommen, seine Lage gründlich zu überdenken. Aber kaum wollte er sich erheben, als er gleich wieder erschöpft und entkräftet zurücksank. Ich habe all das natürlich schon geahnt; indessen – wie schreibt er, und was ist der eigentliche Sinn seiner Worte? Zugegeben, ihren Sinn kenne ich; aber was bezweckt er damit? Würde er offen sagen: So und so, man erwartet von Ihnen, daß Sie dies und jenes tun, dann würde ich es machen. Nur will mir die tournure, die Wendung, die die Angelegenheit nimmt, ganz und gar nicht gefallen! Ach, wenn es doch schon morgen wäre, damit man der Sache möglichst bald auf den Grund kommt! Aber immerhin weiß ich jetzt, was ich zu tun habe. So und so, werde ich sagen, auf vernünftige Gründe gehe ich gerne ein, meine Ehre jedoch verkaufe ich nicht, sondern ... vielleicht sogar im Gegenteil; was hat übrigens diese, diese gewisse, mir wenig wohlmeinende Person damit zu tun? Und wieso gerade damit? Ach, wenn es doch möglichst bald morgen wäre! Sie werden mich bis dahin ganz schön blamieren! Sie intrigieren gegen mich, sie arbeiten mir entgegen! Ich darf vor allem keine Zeit verlieren, sondern sollte zum Beispiel wenigstens gleich den Brief beantworten, dabei aber auch einflechten, daß ich – so und so – bereit wäre, auf dies und jenes einzugehen. Und ihn, den Brief, gleich morgen, sobald es dämmert, abschicken und mich möglichst früh ... hm ... um ihnen, den Guten, Paroli zu bieten und zuvorzukommen ... Sonst bin ich einfach erledigt, und damit aus!

Herr Goljadkin legte den Briefbogen zurecht, ergriff die Feder und brachte in Beantwortung des Schreibens des Gouvernementssekretärs Wachramejew die folgende Botschaft zu Papier:

„Sehr geehrter Herr Nestor Ignatjewitsch!

Mit mein Herz betrübender Verwunderung las ich Ihren für mich kränkenden Brief, aus dem ich deutlich erkenne, daß mit dem Ausdruck ‚gewisse Personen von ungehöriger

Führung‘ oder ‚Leute von vorgetäuschter guter Gesinnung‘ nur ich gemeint bin. Ich sehe zu meinem aufrichtigen Kummer, wie rasch, mit welchem Erfolg und wie weit die Verleumdung ihre Wurzeln vorantreibt, zum Schaden meines Wohlergehens, meiner Ehre und meines guten Namens. Das ist um so bedauerlicher und verletzender, weil selbst ehrliche Menschen, Menschen von wirklich vornehmer Denkungsart und vor allem von geradem und offenem Charakter, sich von den Interessen wohlgesinnter Leute lossagen und sich mit den besten Eigenschaften ihres Herzens der verderblichen Fäulnis verschreiben, die sich – ein wahres Unglück – in unserer schweren und unmoralischen Zeit so rasch und äußerst schadenbringend ausgebreitet hat. Ich bemerke schließlich, daß ich es als meine heilige Pflicht betrachte, die von Ihnen angemahnte Schuld in Höhe von zwei Silberrubeln voll zu begleichen.

Was aber Ihre Anspielungen, mein Herr, auf eine gewisse Person weiblichen Geschlechts betrifft, und zwar in Hinsicht auf deren Absichten, Berechnungen und Pläne, so muß ich gestehen, mein Herr, daß mir all diese Andeutungen recht unklar und unverständlich geblieben sind. Gestatten Sie mir indessen, mein Herr, darauf zu dringen, daß meine anständige Gesinnung und mein guter Name unbefleckt erhalten bleiben. Ich bin jedenfalls bereit, mich zu einer persönlichen Aussprache herabzulassen – ich ziehe die mündliche Auseinandersetzung der schriftlichen vor –, überdies bin ich auch bereit, zu einer friedlichen – natürlich beiderseits friedlichen – Verständigung zu kommen. Zu diesem Behufe, mein Herr, bitte ich Sie, der bewußten Person meine Bereitschaft zu einer persönlichen Verständigung mitzuteilen und sie darüber hinaus zu ersuchen, Ort und Zeit dieses Stelldicheins festzusetzen. Es kam mich bitter an, mein Herr, Ihre Anspielungen zu lesen, ich hätte Sie angeblich gekränkt, unserer ursprünglichen Freundschaft abgeschworen und mich abfällig über Sie geäußert. Ich schreibe all das einem Mißverständnis, einer niederträchtigen Verleumdung, dem Neid und dem Übelwollen derjenigen zu, die ich mit gutem Recht meine erbitterten

Feinde nennen darf. Aber sie, meine Feinde, wissen vermutlich nicht, daß die Unschuld schon aus sich selbst heraus stark ist, daß die Schamlosigkeit, die Unverschämtheit und die empörende Ungeniertheit gewisser Personen ihnen früher oder später das Brandmal der allgemeinen Verachtung aufdrücken werden und sie an ihrer eigenen Ruchlosigkeit, an der Verderbtheit ihres Herzens zugrunde gehen müssen. Zum Schluß, mein Herr, bitte ich Sie, selbigen Personen mitzuteilen, daß ihr seltsamer Anspruch und wunderliches, nicht eben vornehmes Bestreben, andere von dem Platz zu verdrängen, den sie zufolge ihrer Existenz auf dieser Welt einnehmen, um ihn ihrerseits einzunehmen, nur Befremden, Verachtung, Bedauern, ja obendrein das Irrenhaus verdienen; daß darüber hinaus ein solches Verhalten durch die Gesetze aufs strengste geahndet wird, was meines Erachtens durchaus gerechtfertigt ist, da jedermann mit der Stellung, die er einnimmt, zufrieden zu sein hat. Alles hat seine Grenzen, und wenn das ein Scherz war, so jedenfalls ein ungehöriger, ja, ich würde sogar sagen, ein völlig unmoralischer, denn ich darf Ihnen versichern, mein Herr, daß meine weiter oben dargelegten Gedanken über die dem oder jenem *zukommende Stellung* absolut moralischer Natur sind.

Ich habe auf jeden Fall die Ehre zu verbleiben Ihr ergebener Diener

J. Goljadkin"

Zehntes Kapitel

Alles in allem kann man sagen, daß die Begebenheiten des vorangegangenen Tages Herrn Goljadkin aufs tiefste erschüttert hatten. Unser Held verbrachte eine äußerst schlimme Nacht, das heißt, er fand kaum fünf Minuten hintereinander richtigen Schlaf: es war, als hätte ihm ein Spaßvogel Schweineborsten aufs Bett gestreut. Die ganze Nacht lag er in einer Art Halbschlaf, wälzte sich hin und her, drehte sich von einer Seite auf die andere, ächzte, krächzte, schlief für einen Augenblick ein, wachte im nächsten Augenblick wieder auf, und all das war von einer sonderbaren Bedrücktheit, von undeutlichen Erinnerungen und widerwärtigen Traumgesichten begleitet – mit einem Wort von allem, was es an Unangenehmem gab ... Bald erschien in einem seltsamen, ja rätselhaften Halblicht Andrej Filippowitsch vor ihm – dürr und gallig, mit nüchternem, kaltem Blick und trocken-höflichem Rüffelton ... Aber kaum ging Herr Goljadkin auf Andrej Filippowitsch zu, um sich so oder anders vor ihm zu rechtfertigen und ihm auseinanderzusetzen, daß er durchaus nicht sei, wie seine Feinde ihn darstellten, vielmehr ganz anders, und zwar so und so, und sogar über gewisse Eigenschaften verfüge, die über die gewöhnlichen, ihm angeborenen hinausgingen, und zwar die und die, als sogleich auch jene durch ihre ruchlose Gesinnung bekannte Person auftauchte und Herrn Goljadkin mit empörenden Mitteln unterbrach, auf der Stelle, sozusagen vor den Augen des Herrn Goljadkin, seiner Reputation den Todesstoß versetzte und sein Ehrgefühl in den Staub trat, um unverzüglich seinen Platz im Dienst sowie in der Gesellschaft einzunehmen. Oder Herrn Goljadkin juckte auf einmal der Kopf von einem Wischer, den er vor nicht allzu langer Zeit verdientermaßen empfangen und demütig hingenommen hatte, sei es nun in der Wohngemeinschaft oder ... nun ja, im Dienst, aber jedenfalls verdientermaßen, so daß es nicht gut anging, sich dagegen aufzulehnen ... Und während Herr Goljadkin sich den Kopf darüber zerbrach, warum es denn nun eigentlich nicht anging, sich wenigstens gegen einen solchen Wischer aufzulehnen, nahm ebendiese Frage nach dem Wischer unmerklich eine ganz andere Form an – die Form einer kleinen oder auch ziemlich bedeutenden Gemeinheit, deren Zeuge er gewesen war, von der er gehört oder die er selber begangen hatte, die oft genug nicht einmal aus Niedertracht, aus einem selbstsüchtigen Motiv heraus begangen worden war, sondern einfach so, zum Beispiel durch Zufall oder aus Rücksicht, ein andermal aus völliger Hilflosigkeit und schließlich darum ... darum ... mit einem Wort – Herr Goljadkin wußte sehr gut, *warum*. Hier wurde er mitten im Traum rot, bemühte sich, sein Erröten zu bezwingen, und murmelte vor sich hin, gerade da zum Beispiel könnte man doch Charakterstärke beweisen, eine ganz gehörige Portion Charakterstärke ... worauf er aber zu dem Ergebnis kam: Charakterstärke – was ist das schon! Wozu gerade jetzt darauf zurückkommen? Am meisten aber reizte und ärgerte Herrn Goljadkin, daß in einem solchen Augenblick – ob nun gebeten oder nicht – jene für die Häßlichkeit und Schmählichkeit ihrer Gesinnung bekannte Person auftauchte und, obwohl die Frage doch wohl schon längst beantwortet war, ihrerseits mit einem höchst unpassenden, giftigen Lächeln murmelte: „Was heißt hier schon Charakterstärke! Du, Jakow Petrowitsch, und ich – und Charakterstärke!" Oder es träumte Herrn Goljadkin, er befinde sich in einer ausgezeichneten Gesellschaft, bekannt für den Witz und den liebenswürdigen Ton aller ihr angehörenden Personen; auch er, Herr Goljadkin, habe sich durch Witz und Liebenswürdigkeit hervorgetan und alle, selbst einige seiner anwesenden Feinde, hätten ihn in ihr Herz geschlossen, was Herrn Goljadkin äußerst angenehm war; ihm sei einstimmig die Palme zuerkannt worden, und schließlich habe er, Herr Goljadkin, mit Vergnügen erlauscht, wie der Herr des Hauses jemanden von den Gästen beiseite nahm und Herrn Goljadkin lobte ... und plötzlich erschien mir nichts, dir nichts wieder diese für ihre üble Gesinnung und ihre unmenschlichen Regungen bekannte Person und machte in Gestalt des Herrn Goljadkin des Jüngeren sogleich, auf der Stelle, in einem Nu durch ihr bloßes Erscheinen den ganzen Triumph, den ganzen Ruhm des Herrn Goljadkin des Älteren zunichte, stellte ihn in den Schatten, trat ihn in den Staub und bewies am Ende klipp und klar, daß Herr Goljadkin der Ältere, das heißt der eigentliche Herr Goljadkin, gar nicht der eigentliche, sondern ein nachgemachter war, wogegen er der echte sei, daß Herr Goljadkin der Ältere schließlich und endlich keineswegs das darstelle, als was er erscheine, sondern nur dies und das sei und infolgedessen nicht das geringste Recht besitze, einer Gesellschaft von Menschen so edler Gesinnung und so guten Tones anzugehören. All das vollzog sich dermaßen schnell, daß Herr Goljadkin der Ältere nicht einmal dazu kam, den Mund zu öffnen, und alle sich schleunigst mit Leib und Seele dem widerwärtigen, nachgemachten Herrn Goljadkin zuwandten und ihm, dem unschuldigen, echten Herrn Goljadkin, voller Verachtung den Rücken kehrten. Es gab niemand, den der widerwärtige Herr Goljadkin der Jüngere nicht im Nu umgestimmt hätte. Es gab niemand, selbst nicht den Unbefugtesten in der ganzen Gesellschaft, an den sich der unnütze, falsche Herr Goljadkin nicht auf seine honigsüße Art herangemacht und dem er nicht geschmeichelt hätte, dem er nicht nach seiner Gewohnheit aufs angenehmste um den Bart gegangen wäre, so daß die von ihm beweihräucherte Person zum Zeichen ihres großen Behagens nur schnupperte und auf das wohligste nieste. Vor allem vollzog sich das alles im Handumdrehen: die Schnelligkeit, mit der der unnütze und verdächtige Herr Goljadkin zu Werke ging, war erstaunlich! Kaum hatte er einen herumgekriegt, sich mit ihm abgeküßt, war er, ehe man mit der Wimper zu zucken vermochte, beim zweiten. Küßte so nebenbei auch den zweiten ab, heimste ein wohlwollendes kleines Lächeln ein, kratzfüßelte mit seinen kurzen, runden, übrigens ziemlich plumpen Beinen, und schon war er beim dritten, machte auch ihm den Hof und wechselte auch mit ihm ein freundschaftliches Küßchen; bevor man dazu kam, den Mund aufzusperren und darüber zu staunen, befand er sich schon beim vierten und stand auch mit dem auf allerbestem Fuß; schauderhaft, geradezu Zauberei! Und alle freuten sich über ihn, und alle hatten ihn in ihr Herz geschlossen und hoben ihn in den Himmel, und alle verkündeten im Chor, seine Liebenswürdigkeit und die satirische Richtung seines Geistes ständen bei weitem über der Liebenswürdigkeit und der satirischen Geistesrichtung des echten Herrn Goljadkin, und sie beschämten damit den echten und unschuldigen Herrn Goljadkin, und sie lehnten den wahrheitsliebenden Herrn Goljadkin ab; ja sie drängten ihn, den Wohlgesinnten, sogar unter Handgreiflichkeiten zur Tür und überschütteten ihn, den für seine Nächstenliebe bekannten, mit Püffen! ... Der vielgeprüfte Herr Goljadkin stürzte bekümmert, entsetzt, ja außer sich auf die Straße hinaus, um eine Droschke zu mieten und schnurstracks zu Seiner Exzellenz zu fahren, und wenn nicht gleich zu Seiner Exzellenz, so wenigstens zu Andrej Filippowitsch, aber – o Schreck! – die Droschkenkutscher lehnten entschieden ab, ihn zu fahren. „Es geht nicht an, Herr", so hieß es, „zwei völlig gleiche Personen auf einmal zu fahren; ein anständiger Mensch, Euer Wohlgeboren, ist darauf aus, ehrlich und nicht irgendwie sonst zu leben, und kommt auf keinen Fall doppelt vor." Der völlig gleiche Herr Goljadkin blickte sich, außer sich vor Scham, nach allen Seiten um und mußte sich mit eigenen Augen davon überzeugen, daß die Droschkenkutscher und der offenbar in heimlichem Einvernehmen mit ihnen stehende Petruschka auf ihre Art recht hatten; denn der andere, der sittlich verkommene Herr Goljadkin befand sich tatsächlich neben ihm, jedenfalls in seiner unmittelbaren Nähe, und stand, wie bei seiner niederträchtigen Veranlagung nicht anders zu erwarten war, auf dem Sprung, irgend etwas höchst Ungehöriges zu unternehmen, das keineswegs jenen besonderen Charakteradel verriet, den man erst durch Erziehung erwirbt, mit dem der widerwärtige Herr Goljadkin zwei jedoch bei jeder Gelegenheit so großtat. Der auf verlorenem Posten stehende, aber unbedingt im Recht befindliche Herr Goljadkin stürzte, überwältigt von Scham und Verzweiflung, davon, einerlei, wohin, ganz wie das Schicksal wollte; doch bei jedem Schritt, bei jedem Auftreten auf den granitenen Bürgersteig schossen, gleichsam unter der Erde hervor, neue Goljadkins empor, die alle dem durch seine Herzensverderbtheit so widerwärtigen Herrn Goljadkin zwei aufs Haar glichen. Und all diese absolut Gleichen machten sich sofort nach ihrem Auftauchen auf den Weg und watschelten im Gänsemarsch in langer Kette hinter Herrn Goljadkin dem Älteren einher; dem in jeder Hinsicht bedauernswerten Herrn Goljadkin verschlug es vor Schreck den Atem; eine grauenerregende Menge von völlig Gleichen fand sich zusammen; und schließlich überschwemmten all diese völlig Gleichen die ganze Hauptstadt, und ein Polizeibeamter, der diese Verletzung des öffentlichen Anstandes bemerkte, sah sich genötigt, all diese völlig Gleichen am Schlafittich zu nehmen und sie in der zufällig ganz in der Nähe befindlichen Wachstube einzuliefern. Unser Held erwachte, eiskalt vor Schrecken und wie gelähmt, und fühlte, eiskalt und wie gelähmt, daß die Zeit auch im Wachen kaum angenehmer verging ... Er war bedrückt, zerquält ... als nagte jemand an seinem Herzen ...

Herr Goljadkin hielt es schließlich nicht länger aus. „Nein, das wird es nicht geben!“ rief er, richtete sich entschlossen in seinem Bett auf und wurde endgültig wach.

Es war offenbar längst Tag. Das Zimmer erschien ungewöhnlich hell; durch die mit Reif überzogenen Fensterscheiben sickerten gebündelt die Sonnenstrahlen, was Herrn Goljadkin in ziemliches Erstaunen versetzte; sonst schaute die Sonne auf ihrer Bahn allenfalls mittags bei ihm herein; solche Abweichungen vom Orbit hatte es früher bei der Himmelsleuchte fast nie gegeben; jedenfalls nicht, soweit sich Herr Goljadkin erinnern konnte. Kaum hatte unser Held darüber gestaunt, als die Wanduhr hinter der Trennwand zu summen begann und sich somit vorbereitete zu schlagen. Aha, jetzt kommt's, dachte Herr Goljadkin und horchte mit bekümmerter Erwartung auf. Doch die Uhr schlug, obwohl sie sich sehr anstrengte, nur ein einziges Mal. „Was ist denn das wieder für eine Geschichte?“ rief unser Held und war mit einem Satz aus dem Bett. Er stürzte, so wie er war, seinen Ohren nicht trauend, hinter die Trennwand. Wahrhaftig, die Uhr zeigte eins! Herr Goljadkin warf einen Blick auf Petruschkas Bett; doch von Petruschka – keine Spur; sein Bett war offenbar längst verlassen und gemacht; auch seine Stiefel waren nirgends zu sehen – ein sicheres Zeichen dafür, daß Petruschka das Haus verlassen hatte. Herr Goljadkin stürzte zur Wohnungstür: sie war verschlossen. „Ja, wo steckt er nur, der Petruschka?“ fuhr er, äußerst erregt und ziemlich stark an allen Gliedern zitternd, im Flüsterton fort. Plötzlich durchzuckte ihn ein Gedanke. Herr Goljadkin stürzte zu seinem Tisch, besah ihn und betastete ihn von allen Seiten; und wirklich, Wachramejews gestriger Brief war fort... Auch Petruschka blieb hinter seiner Trennwand unauffindbar; die Wanduhr zeigte eins, und in Wachramejews gestrigem Brief waren gewisse neue, auf den ersten Blick im übrigen recht unklare Punkte angeführt, die sich jetzt restlos deuten ließen. Dazu dieser Petruschka, dieser offensichtlich bestochene Petruschka! Ja, ja doch, so verhielt sich das!

„Da also ist dieser ganze Knoten geknüpft worden“, rief Herr Goljadkin, schlug sich an die Stirn und riß die Augen immer weiter auf, „dort also, im Nest dieser garstigen Deutschen, verbirgt sich jetzt die ganze Teufelsmacht! Sie also war es, die mich strategisch überlistet und auf die Ismailowski-Brücke hingelenkt hat, nur um mich irrezuführen und zu verwirren (die nichtsnutzige Hexe); auf diese Weise grub sie ihre unterirdischen Gänge! Ja, so ist es! Sobald man die Angelegenheit von dieser Seite betrachtet, sieht das alles so und nicht anders aus! Auch das Auftauchen dieses nichtsnutzigen Schurken erscheint jetzt völlig geklärt: Da paßt eins zum anderen. Sie hatten sich seiner längst versichert, bereiteten ihn darauf vor und sparten ihn für den Notfall auf. Ha, so schaut das alles aus, wie sich jetzt herausstellt! Das also ist des Rätsels Lösung! Gut, macht nichts! Es ist noch nicht zu spät!“ Hier erinnerte sich Herr Goljadkin mit Schrecken, daß es bereits auf zwei Uhr mittags ging. Und wenn sie das Ihre inzwischen schon erreicht haben? Ein Stöhnen entrang sich seiner Brust. Aber nein, habt ihr euch so gedacht! Warten wir ab! Er nahm sich, so gut es ging, zusammen, legte Papier und Feder zurecht und schrieb die folgende Epistel:

„Sehr geehrter Herr Jakow Petrowitsch!

Entweder Sie oder ich, etwas anderes gibt es nicht! Und darum erkläre ich Ihnen, daß Ihr seltsamer, lächerlicher und zugleich unerfüllbarer Wunsch, sich als mein Zwilling aufzuspielen und sich als solchen auszugeben, zu weiter nichts als Ihrer restlosen Blamage und Entehrung führen muß. Aus diesem Grunde ersuche ich Sie, von alledem um Ihres eigenen Vorteils willen abzulassen und Menschen von wahrhaft ehrlicher Gesinnung und einwandfreier Zielsetzung den Weg freizugeben. Anderenfalls bin ich zum Äußersten entschlossen. Ich lege die Feder aus der Hand und warte …

Im übrigen verbleibe ich Ihr zu allen Diensten – gegebenenfalls auch zu dem mit der Pistole – bereiter

J. Goljadkin“

Nachdem unser Held diesen Zettel geschrieben hatte, rieb er sich energisch die Hände. Dann zog er den Mantel an, setzte den Hut auf, schloß mit dem zweiten, dem Reserveschlüssel, die Wohnungstür auf und eilte zum Departement. Er kam auch vor dem Departement an, konnte sich aber nicht entschließen einzutreten; dazu war es denn doch wahrhaftig zu spät; Herrn Goljadkins Uhr zeigte halb drei. Plötzlich half ihm ein scheinbar völlig belangloser Umstand über gewisse Bedenken hinweg: An der Ecke des Departementsgebäudes tauchte unvermutet – atemlos und feuerrot – eine Gestalt auf, die auf Rattenart die Stufen vor dem Eingang hinauf und gleich darauf in den Hausflur huschte. Es war der Herrn Goljadkin bestens bekannte Schreiber Ostafjew, ein Mann, der hier und da gebraucht wurde und für einen Groschen zu allem bereit war. Unser Held, der von Ostafjews Schwäche wußte und sich sogleich sagte, er müsse nach seiner Abwesenheit vom Departement, die sicherlich dringend erforderlich gewesen war, noch mehr als sonst auf ein paar Groschen begierig sein, beschloß, mit seinen Groschen nicht zu geizen, und schlüpfte gleich hinter Ostafjew über die Stufen vor dem Eingang in den Flur, rief ihn an und lud ihn mit geheimnisvoller Miene ein, ihm in die verschwiegenste Ecke, hinter den riesigen eisernen Ofen, zu folgen. Als sie dort angelangt waren, machte sich unser Held daran, ihn auszufragen.

„Nun, was ist, mein Freund, wie ist das … da drinnen … du verstehst mich doch?“

„Zu Befehl, Euer Wohlgeboren, wünsche Euer Wohlgeboren Gesundheit!“

„Gut, mein Freund, sehr gut; ich werde mich dir auch dankbar erweisen. Nun, siehst du, wie also steht es da, mein Bester?"

„Wonach belieben Sie sich zu erkundigen?" Hier drückte Ostafjew mit der Hand seinen von allein aufgegangenen Mund ein wenig zu.

„Ich, mein Freund, habe da ... Dingsda ... du darfst dir aber nichts dabei denken ... Ja also, ist Andrej Filippowitsch im Hause?"

„Jawohl."

„Und die Beamten auch?"

„Jawohl, auch die Beamten, wie sich das gehört."

„Und Seine Exzellenz ebenfalls?"

„Jawohl, Seine Exzellenz ebenfalls." Hier drückte der Schreiber den wieder aufgegangenen Mund aufs neue mit der Hand zu und sah Herrn Goljadkin neugierig und sonderbar an. So jedenfalls erschien es unserem Helden.

„Und es hat sich auch nichts Besonderes getan, mein Freund?"

„Nein, wenn's recht ist."

„Gibt es nicht etwas ... so irgend etwas über mich zu hören, mein Freund, wie? Ich frage nur nebenbei danach, verstehst du, mein Freund?"

„Nein, bisher noch nicht." Hier drückte der Schreiber zum drittenmal mit der Hand seinen Mund zu und sah Herrn Goljadkin aufs neue seltsam an. Es handelte sich darum, daß unser Held jetzt bemüht war, Ostafjews Gesichtsausdruck zu ergründen und daran abzulesen, ob sich nicht dies und das dahinter verbarg; Ostafjew wurde immer barscher und trockener und ging nicht mit derselben Anteilnahme auf Herrn Goljadkins Interessen ein, wie das zu Beginn des Gesprächs der Fall gewesen war. Er hat ja bis zu einem gewissen Grade recht, dachte Herr Goljadkin, wer bin ich eigentlich für ihn? Womöglich hat er schon einiges von der anderen Seite eingenommen und ist vielleicht gerade darum so dringlich unterwegs gewesen. Dann muß ich ihm eben ... Herr Goljadkin verstand, daß nun die Zehnkopekenstücke nachhelfen mußten.

„Hier hast du was, mein Bester …"
„Empfindsamsten Dank, Euer Wohlgeboren!"
„Du bekommst noch mehr."
„Zu Befehl, Euer Wohlgeboren!"
„Ich gebe dir gleich, auf der Stelle, noch mehr und, wenn die Angelegenheit geklärt ist, denselben Betrag noch einmal. Hast du verstanden?"

Der Schreiber stand da, die Hände an der Hosennaht, und starrte Herrn Goljadkin regungslos an.

„So, und jetzt erzählst du mir, wird da nicht dies und das über mich geflüstert?"

„Bisher … wohl Dingsda … noch nicht … bisher nichts." Ostafjew brachte seine Antworten nur zögernd hervor und behielt – genauso wie Herr Goljadkin – einen einigermaßen geheimnisvollen Ausdruck bei: er zuckte hier und da mit den Brauen und blickte, bemüht, den richtigen Ton zu treffen, zu Boden; mit einem Wort, er war nach Kräften bemüht, sich das Versprochene zu sichern, zumal er das Erhaltene als endgültig erworben und damit als sein Eigentum betrachtete.

„Es ist also weiter nichts zu hören?"
„Bisher noch nicht."
„Hm … paß auf … wird es vielleicht später bekannt werden?"
„Später natürlich vielleicht."
Steht schlecht, sagte sich unser Held.
„Hör zu, hier hast du noch was, mein Bester!"
„Zutiefst empfundenen Dank, Euer Wohlgeboren!"
„Ist Wachramejew gestern hiergewesen?"
„Jawohl."
„Und außer ihm vielleicht noch jemand? Denk doch mal nach, mein Bester!"

Der Schreiber kramte ein Weilchen in seinem Gedächtnis, aber es fiel ihm nichts Passendes ein.

„Nein, es ist sonst niemand dagewesen."

„Hm! …" Schweigen folgte. „Hör zu, mein Bester, ich lege noch was dazu; heraus mit der Sprache, erzähle alles, was du davon weißt!"

„Zu Befehl!“ Ostafjew war auf einmal seidenweich; das war es auch, was Herr Goljadkin brauchte.

„Erkläre mir, mein Bester, wie steht er sich jetzt mit ihnen?“

„Nun, recht gut“, entgegnete der Schreiber und starrte Herrn Goljadkin ins Gesicht.

„Was heißt – recht gut?“

„Nun, das heißt – es geht.“ Hier zuckte Ostafjew vielsagend mit den Augenbrauen. Im übrigen war er entschieden in eine Sackgasse geraten und wußte nicht, was er weiter sagen sollte. Steht schlecht! dachte Herr Goljadkin.

„Ist da nicht etwas Neues zwischen ihnen und Wachramejew im Gange?“

„Nein, das ist alles wie zuvor.“

„Denk doch mal nach!“

„Doch, da soll was dran sein, sagen die Leute.“

„Und das wäre?“

Ostafjew drückte aufs neue den Mund mit der Hand zu.

„Ist da nicht ein Brief an mich von ihnen gekommen?“

„Nun, der Nachtwächter Michejew war heute bei Wachramejew, in der Wohnung dieser ihrer Deutschen. Gut, ich gehe also hin und erkundige mich, wenn es erforderlich ist.“

„Tu mir den Gefallen, Verehrter, um Christi willen! Das heißt, ich meine das nur so ... Du, mein Bester, darfst dir nichts dabei denken; hat weiter nichts zu sagen. Aber erkundige dich dort, Verehrter, bring in Erfahrung, ob da nicht etwas gegen mich im Gange ist. Wie er zum Beispiel vorgeht? Das ist es, worauf es mir ankommt; das, mein Freund, mußt du klären; ich werde mich dafür dankbar zeigen, mein Bester ...“

„Zu Befehl, Euer Wohlgeboren. Ihren Platz hat heute übrigens Iwan Semjonytsch eingenommen.“

„Iwan Semjonytsch? Ach was! Wahrhaftig?“

„Andrej Filippowitsch hat ihm den Platz zugewiesen ...“

„Nein wirklich? Ja, aus welchem Anlaß denn? Erkundige dich danach, mein Bester, um Christi willen erkundige dich!

Bring alles in Erfahrung, und ich, mein Bester, werde mich nicht lumpen lassen; genau das ist es, worauf es mir ankommt ... Im übrigen brauchst du dir weiter nichts dabei zu denken, Verehrter ..."

„Zu Befehl, zu Befehl, ich mache mich sogleich auf den Weg. Aber wollen Euer Wohlgeboren heute denn nicht eintreten?"

„Nein, mein Freund, ich bin doch nur so, nur zufällig vorbeigekommen, nur, um mich umzuschauen, mein Freund, und werde mich dir dankbar erweisen, mein Bester."

„Zu Befehl!" Der Schreiber eilte dienstbeflissen die Treppe hinauf, und Herr Goljadkin blieb allein.

Steht schlecht, sagte er sich. Schlecht, schlecht! Ach, wie schlecht die Sache steht! Was hat das alles zu bedeuten? Was zum Beispiel bedeuten gewisse Anspielungen dieses Trunkenbolds, und wer steckt dahinter? Ha, jetzt weiß ich, wer dahintersteckt! Die Sache verhält sich so: sie haben vermutlich alles erfahren und ihn an meinen Platz versetzt. Was heißt im übrigen versetzt? Andrej Filippowitsch hat diesem Iwan Semjonowitsch meinen Platz zugewiesen; aber weshalb und zu welchem Zweck? Vermutlich haben sie dies und das erfahren ... Das ist das Werk Wachramejews, oder nein, nicht seins, denn er ist dumm wie Bohnenstroh, der Wachramejew; das ist ihr Werk, sie alle setzen sich für ihn ein und haben auch diesen Spitzbuben gegen mich aufgehetzt; dazu beschwert sich auch noch diese einäugige Deutsche über mich. Ich hatte schon immer den Verdacht, die ganze Intrige kommt nicht von ungefähr und hinter all diesem Altweibergetratsch muß unbedingt etwas stecken; so habe ich mich auch zu Krestjan Iwanowitsch geäußert – man hat sich eben verschworen, einem Menschen im übertragenen Sinn das Genick zu brechen, und diese Karolina Iwanowna eingespannt. Nein, hier sind offenbar Meister ihres Faches am Werk! Meister, mein Herr, und nicht irgendein Wachramejew! Ich habe schon gesagt, daß Wachramejew ein Dummkopf ist, während hier ... ich weiß jetzt, wer hier die Hand im Spiele hat: dieser Halunke, dieser Usurpator! Und darauf stützt er sich, was bis zu einem gewissen Grade auch seine Erfolge in der guten Gesellschaft beweisen. Es wäre in der Tat recht wissenswert, zu erfahren, auf welchem Fuße er mit ihnen steht ... was er so bei ihnen darstellt. Aber wieso haben sie diesen Iwan Semjonowitsch auf meinen Platz versetzt? Als gäbe es keinen anderen! Im übrigen – wen sie da auch hinsetzen, es bleibt immer dasselbe; ich weiß nur eins – daß er, dieser Iwan Semjonowitsch, mir schon seit langem verdächtig erschien: ein unangenehmer, widerwärtiger alter Knaster; man behauptet, er verleiht Geld und streicht dafür jüdische Zinsen ein! Und dabei ist doch all das das Werk des Bären! Er hat sich eingeschaltet. Wie fing es denn an? Es fing an der Ismailowski-Brücke an; jawohl, so war es ... Hier verzog Herr Goljadkin das Gesicht, als hätte er in eine Zitrone gebissen; vermutlich war ihm etwas äußerst Unangenehmes in Erinnerung gekommen. Nun, macht nichts, hat weiter nichts zu sagen! dachte er sich. Ich habe da immer das Meine im Auge. Wo bleibt nur dieser Ostafjew? Vermutlich ist er irgendwo klebengeblieben, oder er ist vielleicht von jemand aufgehalten worden. Nun, daß ich intrigiere und meinerseits unterirdische Gräben ziehe, ist ja auch ganz gut. Ostafjew braucht man nur ein Zehnkopekenstück zu geben, und schon ist er ... Dingsda ... auf meiner Seite. Die Frage ist nur die: Steht er auch wirklich auf meiner Seite? Vielleicht haben sie ihn ... vielleicht haben sie sich mit ihm geeinigt und spinnen bereits ihrerseits die Intrige fort. Er schaut doch drein wie ein Verbrecher, der Schurke, wie ein regelrechter Verbrecher! Er verstellt sich, der Halunke! „Nein, da gibt es nichts Besonderes. Und ich bin Ihnen, Euer Wohlgeboren, zutiefst verpflichtet", hat er gesagt. Ach, du Gauner!

Man hörte ein Geräusch ... Herr Goljadkin schrumpfte in sich zusammen und war mit einem Satz hinter dem Ofen. Jemand ging die Treppe hinunter und betrat die Straße. Wer mag da um diese Stunde das Haus verlassen? fragte sich unser Held. Wenig später hörte er aufs neue Schritte ... Hier hielt es Herr Goljadkin nicht länger aus und streckte die äußerste, nicht mehr als die äußerste Nasenspitze hinter seiner Brustwehr hervor – tat es und prallte sogleich zurück, als habe ihn der Hafer gestochen. Klar, wer da vorüberging! Es war der Galgenstrick, der Intrigant und Liederling; er kam mit seinen gewohnten, gemeinen Trippelschritten daher, wobei er die kurzen Beine so warf, als schlüge er nach jemand aus. Im übrigen vermochte Herr Goljadkin nicht zu übersehen, daß der Gauner eine riesige grüne Aktentasche unter dem Arm hielt, die Seiner Exzellenz gehörte. Er ist also wieder in besonderem Auftrag unterwegs, dachte Herr Goljadkin, lief rot an und schrumpfte vor Ärger noch mehr in sich zusammen als zuvor. Kaum war Herr Goljadkin der Jüngere an Herrn Goljadkin dem Älteren vorbeigehuscht, ohne ihn zu bemerken, als man zum drittenmal Schritte hörte, und dieses Mal erriet Herr Goljadkin, es müsse der Schreiber sein. Und tatsächlich sah eine geleckte Schreibergestalt zu ihm hinter den Ofen; es war allerdings nicht Ostafjew, sondern ein anderer Schreiber mit Namen Pissarenko. Das nahm Herrn Goljadkin einigermaßen wunder. Warum zieht er andere in das Geheimnis hinein? fragte sich unser Held. Diese Barbaren! Es gibt einfach nichts, was ihnen heilig wäre!

„Nun, mein Freund, was ist?“ wandte er sich an Pissarenko. „Wer schickt dich zu mir?“

„Ja, also, ich komme in Ihrer Angelegenheit. Bisher keinerlei Nachricht für Sie; von keiner Seite. Sobald aber welche da sind, werden wir Sie benachrichtigen.“

„Und was ist mit Ostafjew?“

„Nun, Euer Wohlgeboren, er konnte sich einfach nicht frei machen. Seine Exzellenz war schon zweimal durch die Abteilung gekommen, und auch ich habe keine Zeit.“

„Danke, mein Bester, ich danke dir! Nur sage mir ...“

„Bei Gott, ich habe keine Zeit ... Nach unsereinem wird alle Augenblicke verlangt ... Immerhin sollten Sie, wenn's recht ist, hier eine Weile ausharren, damit wir Sie benachrichtigen können, sobald etwas hinsichtlich Ihrer Angelegenheit bekannt wird ...“

„Nein, mein Freund, sage mir erst mal ...“

„Gestatten Sie, ich habe keine Zeit“, entgegnete Pissarenko und versuchte, von Herrn Goljadkin loszukommen, während der ihn am Rockschoß festhielt. „Es geht beim besten Willen nicht. Belieben Sie hier noch ein bißchen zu warten, und wir benachrichtigen Sie.“

„Gleich, gleich, mein Freund! Gleich, lieber Freund! Folgendes: Hier hast du einen Brief, ich werde mich dankbar zeigen, mein Lieber.“

„Zu Diensten!“

„Bemüh dich darum, ihn Herrn Goljadkin persönlich zu übergeben.“

„Herrn Goljadkin?“

„Ja, mein Bester, Herrn Goljadkin!“

„Also gut; ich bringe ihm den Brief, sobald ich alles andere geschafft habe. Bleiben Sie vorerst hier stehen. Hier sieht Sie niemand ...“

„Nein, mein Freund, das glaube nicht... ich stehe doch nicht hier, damit mich niemand sieht. Ich, mein Bester, bleibe auch nicht hier, ich warte drüben in der Seitengasse. Da gibt es ein Café, und dort warte ich auf dich. Und du benachrichtigst mich, sobald es etwas Neues gibt, und hältst mich über alles auf dem laufenden. Hast du verstanden?“

„Ja, habe ich. Nur lassen Sie mich jetzt gehen. Ich habe verstanden ...“

„Ich werde mich dankbar zeigen, mein Bester!“ rief Herr Goljadkin Pissarenko nach, als der sich endlich frei gemacht hatte. Der Spitzbube ist, wie mir scheint, zum Schluß ein bißchen unhöflich geworden, dachte unser Held und kam zögernd hinter dem Ofen hervor. Da gibt es noch einen Haken. Das ist klar. Zuerst ging er auf dies und jenes ein ... wobei er es im übrigen tatsächlich eilig hatte; möglicherweise gibt es viel zu tun. Außerdem war Seine Exzellenz zweimal durch die Abteilung gekommen ... Aus welchem Anlaß wohl? Ach, verdammt, aber macht nichts! Hat vielleicht weiter nichts zu besagen; nun, man wird ja sehen ...

Hier öffnete Herr Goljadkin schon die Tür, um auf die Straße hinauszutreten, aber im gleichen Augenblick fuhr donnernd die Kutsche Seiner Exzellenz am Eingang vor. Herr Goljadkin war kaum zur Besinnung gekommen, als sich die Tür der Kutsche öffnete und der Herr, der in ihr gesessen hatte, auf die Treppe vor dem Eingang sprang. Es war niemand anders als immer derselbe Herr Goljadkin der Jüngere, der sich erst zehn Minuten zuvor aus dem Hause entfernt hatte. Herr Goljadkin der Ältere besann sich, daß die Wohnung Seiner Exzellenz nur wenige Schritte entfernt lag. Der kommt „in besonderem Auftrag", sagte sich unser Held. Währenddessen nahm Herr Goljadkin der Jüngere die dicke grüne Aktentasche und irgendwelche anderen Papiere aus der Kutsche, gab dem Kutscher einen Befehl und riß die Eingangstür auf, wobei er Herrn Goljadkin den Älteren beinahe gestoßen hätte, und eilte, indem er absichtlich keine Notiz von ihm nahm und ihn somit herauszufordern wünschte, die Treppe zum Departement hinauf. Steht schlecht, dachte Herr Goljadkin, ach, was jetzt aus unserer Angelegenheit geworden ist! Schau einer an, Herrgott im Himmel! Unser Held stand wohl noch eine halbe Minute regungslos da; dann hatte er sich entschlossen. Er eilte, ohne lange zu überlegen, wenn auch mit ziemlichem Herzklopfen und Zittern in allen Gliedern, hinter seinem Bekannten die Treppe hinauf. Ach was! Frisch gewagt ist halb gewonnen; was kann mir schon passieren? Mein Name ist Hase! dachte unser Held und legte in der Garderobe Hut, Mantel und Überschuhe ab.

Als Herr Goljadkin seine Abteilung betrat, dämmerte es bereits. Weder Andrej Filippowitsch noch Anton Antonowitsch waren anwesend. Beide befanden sich zur Berichterstattung im Arbeitsraum des Direktors; der Direktor seinerseits war, wie man hörte, auf dem Sprung, bei Seiner Exzellenz vorzusprechen. Zufolge dieser Umstände, aber andererseits auch darum, weil es schon dämmerte und die Dienstzeit zu Ende ging, gaben sich manche von den Beamten, vor allen Dingen die Jugend, im Augenblick, da unser Held eintrat, einer Art Zeitvertreib hin: sie bildeten Grüppchen, unterhielten sich, palaverten und lachten; ja, einige von den Jüngsten, das heißt von den Beamten, die noch keinerlei Beamtentitel hatten, ließen sich bei dem allgemeinen Geraune in aller Stille in der Fensterecke auf ein „Kopf-oder-Schrift-Spielchen" ein. Herr Goljadkin, der wußte, was sich gehörte, und in diesem Augenblick ein besonderes Bedürfnis verspürte, sich anzulehnen und die anderen für sich einzunehmen, trat unverzüglich auf den oder jenen zu, mit dem er sich einigermaßen verstand, und wünschte ihm einen guten Tag und was dergleichen mehr ist. Doch die Kollegen nahmen Herrn Goljadkins Begrüßung recht sonderbar auf. Er war durch die allgemeine Kälte, Trockenheit, ja man könnte sagen, die allgemeine Ablehnung verblüfft, mit der man ihn behandelte. Niemand reichte ihm die Hand. Manche sagten allenfalls „Guten Tag" und wandten sich ab; andere nickten ihm nur zu, während der und jener ihm einfach den Rücken kehrte und tat, als habe er ihn nicht bemerkt; schließlich wurde er – und das war für Herrn Goljadkin besonders kränkend – nach und nach von gewissen jungen Leuten umringt, die noch keinerlei Beamtentitel besaßen und sich auf weiter nichts als auf ein „Kopf-oder-Schrift-Spielchen" oder eine gelegentliche „Sause" verstanden; sie umzingelten ihn und versperrten ihm fast den Weg zum Ausgang. Alle stierten ihn mit beleidigender Neugier an.

Das war ein schlechtes Zeichen. Herr Goljadkin fühlte es und war vernünftigerweise entschlossen, sich auf keinerlei Auseinandersetzungen einzulassen. Plötzlich gab ein gänzlich unerwarteter Umstand Herrn Goljadkin, wie man zu sagen pflegt, den Rest und vernichtete ihn vollends.

In der Gruppe der jungen Kollegen, die ihn umgaben, tauchte auf einmal in dem für Herrn Goljadkin bedrückendsten Augenblick, wie auf Bestellung, Herr Goljadkin der Jüngere auf, wie immer vergnügt, wie immer lächelnd, wie immer Hans Dampf in allen Gassen; mit einem Wort: ein Schäker, ein Stehaufmännchen, ein Speichellecker, immer bereit zu lachen, sowohl zungenfertig als auch gewandt im Kratzfüßeln, genau wie früher, genau wie erst gestern zum Beispiel, in einem recht unangenehmen Augenblick für Herrn Goljadkin den Älteren. Schmunzelnd, sich mit kurzen Schrittchen hin und her wendend, drang er, sozusagen mit einem „Guten-Abend-Lächeln", in das Häufchen der Beamten ein, drückte diesem die Hand, klopfte jenem auf die Schulter, schloß einen dritten in die Arme, erklärte dem vierten, aus welchem Anlaß Seine Exzellenz ihn benötigt habe, wo er gewesen sei, was er getan und was er mitgebracht habe; den fünften, vermutlich seinen besten Freund, schmatzte er regelrecht ab – mit einem Wort, alles vollzog sich haargenau so wie in Herrn Goljadkin des Älteren Traum. Nachdem Herr Goljadkin der Jüngere genug herumscharwenzelt war, jedem auf seine Weise beigekommen war und alle entsprechend bearbeitet oder abgeküßt hatte, streckte er plötzlich, vermutlich aus Versehen und ohne seinen alten Freund gleich zu erkennen, Herrn Goljadkin dem Älteren die Hand entgegen. Unser Held schlug, vielleicht ebenfalls aus Versehen, obzwar er den niederträchtigen Herrn Goljadkin den Jüngeren durchaus erkannt hatte, begierig in die ihm so überraschend dargebotene Hand ein und drückte sie auf das kräftigste, freundschaftlichste, ja mit einer sonderbaren, völlig überraschenden inneren Bewegung, mit einer Art weinerlichem Gefühl. Ob sich unser Held nun durch die unvermutete Gebärde seines niederträchtigen Feindes täuschen ließ, ob er sich einfach nicht gleich zurechtfand oder im Grunde seines Herzens seiner völligen Wehrlosigkeit bewußt wurde, ist schwer zu sagen. Tatsache ist, Herr Goljadkin der Ältere drückte bei nüchternem Verstand, aus eigenem Antrieb und vor Zeugen feierlich die Hand dessen, den er als seinen Todfeind ansah. Wie groß aber waren sein Erstaunen, seine Wut und seine Auflehnung, wie groß sein Schreck und seine Scham, als ihm sein Widersacher und Todfeind, der niederträchtige Herr Goljadkin der Jüngere, sobald er den Fehler des von ihm verfolgten, unschuldigen, heimtückisch hintergangenen Rivalen erkannt hatte, plötzlich schamlos und eiskalt, gewissenlos und ohne das geringste Mitleid die Hand mit unerträglicher Frechheit und Roheit entzog; und nicht genug damit – er schüttelte sie auch noch, als habe er sie an etwas äußerst Häßlichem beschmutzt; mehr noch – er spie sogar aus, und all das begleitete er mit äußerst beleidigenden Gebärden; ja, er zog sogar das Schnupftuch hervor und wischte sich auf ungehörigste Weise die Finger daran ab, die

– wenn auch nur einen Augenblick – in Herrn Goljadkin des Älteren Hand geruht hatten. Während Herr Goljadkin der Jüngere auf diese Weise vorging, blickte er sich auf seine gemeine Art absichtlich nach allen Seiten um, damit alle sein Verhalten bemerkten, sah jedermann in die Augen und war offensichtlich bemüht, allen einen möglichst ungünstigen Eindruck von Herrn Goljadkin dem Älteren einzuflößen. Doch das Verhalten des widerwärtigen Herrn Goljadkin des Jüngeren schien die allgemeine Empörung der sie umgebenden Beamten hervorgerufen zu haben; selbst die unbesonnene Jugend ließ ihre Mißbilligung erkennen. Murren und Widerspruch erhoben sich. Diese allgemeine Regung konnte an Herrn Goljadkin dem Älteren nicht unbemerkt vorübergehen; aber dann machte ein genau im richtigen Augenblick angebrachtes Scherzwort, das, nebenbei erwähnt, dem Munde des Herrn Goljadkin des Jüngeren entsprang, die letzten Hoffnungen unseres Helden zunichte, zerstörte sie und ließ die Waage sich wieder zugunsten seines nichtsnutzigen Todfeindes neigen.

„Das ist unser russischer Faublas, Herrschaften; gestatten Sie, Ihnen den neuen Faublas vorzustellen“, krähte Herr Goljadkin der Jüngere, wobei er mit der ihm eigenen Unverschämtheit zwischen den Beamten umhertrippelte, um sie herumscharwenzelte und auf den wie versteinerten und zugleich innerlich rasenden echten Herrn Goljadkin zeigte. „Geben wir uns einen Kuß, Herzchen!“ fuhr er mit unerträglich plumper Vertraulichkeit fort und bewegte sich auf den so heimtückisch Beleidigten zu. Der kleine Scherz des nichtsnutzigen Herrn Goljadkin des Jüngeren hatte bei denen, für die er bestimmt war, anscheinend eingeschlagen, zumal er eine Anspielung auf einen gewissen, bereits publik gewordenen und jedermann bekannten Umstand enthielt. Unser Held spürte die schwere Hand der Feinde auf seiner Schulter. Im übrigen hatte er sich bereits entschlossen. Er wand sich, so gut es ging, mit flammendem Blick, bleichem Gesicht und unbeweglichem Lächeln aus der Menge heraus und strebte mit raschen, wenn auch ungleichmäßigen Schritten geradeswegs auf das Arbeitszimmer Seiner Exzellenz zu. Im Vorzimmer traf er den gerade von dort zurückkehrenden Andrej Filippowitsch; und obwohl in diesem Raum eine erhebliche Menge von allerlei anderen, Herrn Goljadkin in diesem Augenblick völlig gleichgültigen Menschen wartete, schenkte unser Held diesem Umstand keinerlei Beachtung. Er trat entschlossen, kühn, beinah erstaunt über sich selbst und sich innerlich ob seiner Kühnheit belobigend, ohne Zeit zu verlieren, auf Andrej Filippowitsch zu, der ob dieses unerwarteten Überfalls nicht wenig verwundert war.

„Aha! ... Sie ... was wünschen Sie?" fragte der Abteilungsleiter, ohne dem plötzlich stockenden Herrn Goljadkin zuzuhören.

„Andrej Filippowitsch, kann ich ... Andrej Filippowitsch, kann ich jetzt gleich und unter vier Augen Seine Exzellenz sprechen?" brachte unser Held beredt und mit Nachdruck hervor, wobei er Andrej Filippowitsch auf das entschlossenste ansah.

„Wie bitte? Nein, natürlich nicht." Andrej Filippowitsch maß Herrn Goljadkin von Kopf bis Fuß mit einem Blick.

„Ich, Andrej Filippowitsch, will damit sagen: ich wundere mich, daß sich hier niemand findet, der diesen Usurpator und Schurken entlarvt."

„Wie bitte?"

„Ja, diesen Schurken, Andrej Filippowitsch."

„Über wen belieben Sie sich in dieser Weise zu äußern?"

„Über eine bestimmte Person, Andrej Filippowitsch. Ich, Andrej Filippowitsch, habe eine bestimmte Person im Auge; und ich befinde mich im Recht ... Ich glaube, Andrej Filippowitsch, die Obrigkeit sollte solche Regungen unterstützen", fügte Herr Goljadkin hinzu, der offenbar nicht mehr wußte, was er sagte. „Andrej Filippowitsch ... Sie werden wohl selber einsehen, daß es sich um eine edelmütige Regung handelt und meine in jeder Hinsicht einwandfreie Gesinnung kennzeichnet, wenn ich meinen Vorgesetzten, Andrej Filippowitsch, die mir wohlwollende Obrigkeit, gleichsam als väterliche Instanz betrachte und ihr mein Schicksal blindlings anvertraue. So verhält sich das, will ich sagen, so und nicht anders ..." Hier begann Herrn Goljadkins Stimme zu zittern, sein Gesicht rötete sich, und Tränen traten ihm in die Augen.

Andrej Filippowitsch wunderte sich, während er Herrn Goljadkin zuhörte, so sehr, daß er unwillkürlich ein paar Schritte zurückwich. Danach sah er sich unruhig im Kreise um ... Schwer zu sagen, womit all das geendet hätte ... Aber plötzlich öffnete sich die Tür des Arbeitszimmers Seiner Exzellenz, und er selber trat in Begleitung einiger Beamten über die Schwelle. Alles, was anwesend war, folgte ihm. Seine Exzellenz winkte Andrej Filippowitsch zu sich heran, schritt neben ihm her und brachte das Gespräch auf irgendwelche dienstlichen Angelegenheiten. Als sich alle in Bewegung setzten, um das Vorzimmer zu verlassen, kam auch Herr Goljadkin zur Besinnung. Er begab sich, klein und unansehnlich geworden, unter die Fittiche Anton Antonowitsch Setotschkins, der seinerseits hinter den anderen einherhumpelte, und zwar mit äußerst strenger und besorgter Miene, wie Herrn Goljadkin schien. Auch hier hab ich danebengehauen, auch hier hab ich mir nur geschadet, sagte er sich, aber schon gut, macht nichts.

„Ich hoffe, daß wenigstens Sie, Anton Antonowitsch, sich bereit finden, mich anzuhören und in meine Umstände einzudringen", stieß er mit leiser, noch vor Erregung ein wenig zitternder Stimme hervor. „Von allen zurückgewiesen, wende ich mich an Sie. Ich kann mir bis zu diesem Augenblick nicht erklären, was Andrej Filippowitschs Worte besagen sollen, Anton Antonowitsch. Vielleicht können Sie sie mir verdeutlichen ..."

„Wird sich alles zur rechten Zeit finden", entgegnete Anton Antonowitsch, und zwar, wie Herrn Goljadkin schien, mit einer Miene, die deutlich zu verstehen gab, daß Anton Antonowitsch nicht die geringste Neigung verspürte, das Gespräch fortzusetzen. „Sie werden in Kürze über alles im Bilde sein. Man wird Sie noch heute in aller Form benachrichtigen."

„Was heißt in aller Form, Anton Antonowitsch? Weshalb in aller Form?" erkundigte sich schüchtern unser Held.

„Darüber, wie die Obrigkeit entscheidet, haben wir beide, Jakow Petrowitsch, nicht zu befinden."

„Weshalb denn die Obrigkeit, Anton Antonowitsch", erkundigte sich, immer verzagter, Herr Goljadkin, „wieso denn die Obrigkeit? Ich sehe keinen Grund, die Obrigkeit damit zu behelligen, Anton Antonowitsch ... Sie wollen vielleicht auf das Gestrige anspielen, Anton Antonowitsch?"

„Nein, auf das Gestrige nicht. Bei Ihnen hinkt da etwas anderes."

„Ja, was denn, Anton Antonowitsch? Mir scheint, Anton Antonowitsch, bei mir ist alles in Ordnung."

„Und wer wollte zusammen mit jemand anderem intrigieren?" schnitt Anton Antonowitsch dem völlig verdutzten Herrn Goljadkin das Wort ab. Herr Goljadkin zuckte zusammen und wurde kreideweiß.

„Natürlich, Anton Antonowitsch", entgegnete er kaum noch wahrnehmbar, „würden alle der Stimme der Verleumdung lauschen und unseren Feinden glauben, ohne die Rechtfertigung der Gegenseite anzuhören, dann, Anton Antonowitsch, dann kann man natürlich schuldlos für nichts und wieder nichts gestraft werden."

„Aha! Und Ihre ungehörige Handlung gegenüber dem vornehmen jungen Mädchen, dessen Ruf Sie geschädigt haben? Gegenüber einem jungen Mädchen aus angesehener, bekannter und wohltätiger Familie, die auch Ihnen allerlei Gutes erwiesen hat?"

„Ja, was denn für eine Handlung, Anton Antonowitsch?"

„Aha! Und von Ihrem löblichen Verhalten gegenüber einem anderen Mädchen, das zwar arm ist, aber aus einer ehrlichen ausländischen Familie stammt, wollen Sie wohl auch nichts wissen?"

„Gestatten Sie, Anton Antonowitsch ... belieben Sie, mich anzuhören, Anton Antonowitsch!"

„Und Ihr treubrüchiges, verleumderisches Verhalten gegenüber einer anderen Person, die Sie dessen anklagen, worin Sie selber gefehlt haben? Wie nennt man das?"

„Ich, Anton Antonowitsch, habe ihn nicht aus meinem Hause verdrängt", erwiderte aufgeregt unser Held, „und auch Petruschka, meinen Bedienten, nichts dergleichen gelehrt ... Er hat mein Brot gegessen, er hat meine Gastfreundschaft genossen", fügte unser Held mit Nachdruck und tiefstem Gefühl hinzu; ihm zitterte dabei sogar ein wenig das Kinn; es fehlte nicht viel, und ihm wären die Tränen gekommen.

„Daß er Ihr Brot gegessen hat, meinen Sie wohl nicht ganz ernst, Jakow Petrowitsch", entgegnete hämisch lächelnd Anton Antonowitsch; in seiner Stimme klang Spott; er machte Herrn Goljadkin betroffen.

„Gestatten Sie noch, Anton Antonowitsch, daß ich Sie untertänigst frage: Weiß Seine Exzellenz von dieser ganzen Angelegenheit?"

„Aber gewiß doch! Im übrigen bitte ich Sie, mich jetzt in Frieden zu lassen ... Sie werden noch heute erfahren, was Sie wissen müssen."

„Gestatten Sie, um Gottes willen noch einen Augenblick, Anton Antonowitsch ..."

„Das können Sie mir später erzählen ..."

„Nein, Anton Antonowitsch! Ich, sehen Sie ... Sie brauchen nur einmal hinzuhören, Anton Antonowitsch ... Ich, Anton Antonowitsch, habe mit der Freigeisterei nichts zu tun, ich halte mich von ihr fern ... Ich meinerseits bin zu allem bereit und habe sogar daran gedacht ..."

„Schon gut, schon gut. Das höre ich nicht zum erstenmal ..."

„Nein, das haben Sie noch nicht gehört, Anton Antonowitsch! Das ist etwas ganz anderes, Anton Antonowitsch, etwas Gutes, wirklich Gutes, das man gerne hört ... Ich hatte nämlich, wie schon oben angedeutet, den Gedanken, Anton Antonowitsch, da habe die Vorsehung Gottes zwei völlig gleiche Wesen erschaffen und die wohlmeinende Obrigkeit, die Vorsehung Gottes erkennend, die Zwillinge bei sich untergebracht. Das ist schön, Anton Antonowitsch. Sie müssen zugeben, daß das schön ist, Anton Antonowitsch, und daß ich von Freidenkerei weit entfernt bin. Für mich nimmt die wohlmeinende Obrigkeit Vaterstatt ein. So und so, wohlmeinende Obrigkeit, der junge Mann muß ... Dingsda ... eine Stellung haben ... Unterstützen Sie mich, Anton Antonowitsch, treten Sie für mich ein ... Weiter will ich nichts ... Anton Antonowitsch, um Gottes willen, noch ein letztes Wort ... Anton Antonowitsch ..."

Doch Anton Antonowitsch war schon längst ein ganzes Stück von Herrn Goljadkin entfernt ... Unser Held aber wußte weder, wo er sich befand, noch was er gehört oder getan hatte, noch wie ihm geschehen war oder was noch mit ihm geschehen würde – dermaßen hatte ihn alles, was er gehört und gesehen hatte, verwirrt.

Er suchte mit flehendem Blick in der Schar der Beamten nach Anton Antonowitsch, um sich besser vor ihm zu rechtfertigen und ihm einiges äußerst Wohlgesinnte, sehr Edelmütige und Angenehme über sich selbst zu sagen. Im übrigen dämmerte trotz Herrn Goljadkins Verwirrung nach und nach ein neues erschreckendes Licht vor ihm auf, das plötzlich alles ringsum, eine ganze Reihe bis dahin völlig unbekannter, ja völlig unvermuteter Umstände erhellte ... In diesem Augenblick stieß jemand unseren ganz aus dem Konzept geratenen Helden in die Seite. Er blickte sich um. Vor ihm stand Pissarenko.

„Ein Brief, Euer Wohlgeboren!"

„Ach! Du bist also schon da gewesen, mein Bester?"

„Nein, er ist hier schon heute früh um zehn Uhr abgegeben worden. Sergej Michejew, der Wächter, hat ihn aus der Wohnung des Gouvernementssekretärs Wachramejew mitgebracht."

„Gut, mein Freund, gut, ich werde mich dankbar erweisen."

Mit diesen Worten verbarg Herr Goljadkin den Brief in der Brusttasche seines Uniformrocks, den er sogleich von oben bis unten zuknöpfte; dann sah er sich um und stellte zu seiner Verwunderung fest, daß er sich schon im Garderobenflur des Departements befand, inmitten eines Haufens von zum Ausgang drängenden Beamten, denn es war Dienstschluß. Herr Goljadkin hatte bis dahin weder diesen Umstand noch die Tatsache bemerkt, daß er, ohne zu wissen, wieso, plötzlich den Mantel und die Galoschen anhatte und seinen Hut in der Hand hielt. Alle standen regungslos und respektvoll da. Die Sache war die, Seine Exzellenz verharrte in Erwartung seiner aus irgendeinem Grunde noch nicht vorgefahrenen Equipage am unteren Treppenende und führte eine äußerst interessante Unterhaltung mit zwei Räten und Andrej Filippowitsch. Ein wenig weiter von den beiden Räten und Andrej Filippowitsch entfernt standen Anton Antonowitsch Setotschkin und einige andere Beamte, die angesichts der Tatsache, daß Seine Exzellenz zu scherzen und zu lachen beliebte, über das ganze Gesicht schmunzelten. Die Beamten, die sich auf den oberen Treppenstufen drängten, schmunzelten ebenfalls und warteten darauf, daß Seine Exzellenz wieder in Lachen ausbrechen werde. Der einzige, der nicht schmunzelte, war Fedossejitsch, der wohlbeleibte Portier; er verharrte kerzengerade neben der Türklinke und wartete ungeduldig auf seine tägliche Vergnügungsration, die darin bestand, daß er mit einer einzigen schwungvollen Handbewegung den einen Türflügel aufriß, um Seine Exzellenz respektvollst und mit tiefer Verbeugung an sich vorbei passieren zu lassen. Am meisten aber freute sich und frohlockte wohl Herrn Goljadkins unwürdiger und wenig edelmütiger Feind. Er vergaß in diesem Augenblick alle Beamten, unterließ es sogar, die Gelegenheit wahrzunehmen, um sich an den und jenen heranzumachen und auf seine niederträchtige Art um sie zu buhlen und herumzuscharwenzeln. Er war auf einmal ganz Auge und Ohr und kroch in sich zusammen, vermutlich, um Seiner Exzellenz besser folgen zu können und keinen Blick von ihm zu lassen; und nur hier und da ging über seinen Kopf, seine Arme und Beine ein kaum wahrnehmbares, krampfhaftes Zucken hin, das seine ganze heimliche, innere Erregung verriet.

Da, wie es ihn packt! dachte unser Held. Schaut drein wie der Favorit in Person, der Halunke! Womit er sich wohl in der guten Gesellschaft eigentlich durchsetzt? Weder Geist noch Charakter oder Bildung oder gar Gefühl; hat einfach Glück, der Spitzbube! Herrgott im Himmel! Wie rasch doch ein Mensch, wenn man es recht bedenkt, voranzukommen vermag und bei allen ins Schwarze trifft! Und er schafft es, der Halunke, ich schwöre, daß er es schafft und noch weit bringt! Hat eben Glück, der Spitzbube! Ich würde gerne wissen, was er ihnen eigentlich zuraunt. Was er für Geheimnisse mit ihnen hat und wovon er mit ihnen tuschelt. Mein Gott! Wenn auch ich mich ... mit ihnen ... auf diese Weise ... ein bißchen ... ob ich ihn einfach bitte ... so und so, ich tu's auch nicht wieder; ich sehe meinen Irrtum ein; ein junger Mensch wie er, Euer Exzellenz, muß heutzutage Beamter sein; am dunklen Umstand daran aber werde ich von nun an keinen Anstoß mehr nehmen – so steht das! Ich werde mich auch in keiner Weise mehr dagegen auflehnen, sondern alles mit Geduld und Demut hinnehmen – so verhält sich das! Ob ich so vorgehe? ... Ihm, diesem Spitzbuben, kommt man anders nicht bei, und wenn man ihm noch so gut zuredet, weiß Gott nicht! Diesem verdrehten Kopf Verstand einzuhämmern ist unmöglich! Und dennoch, ich versuch's! Kann sein, der Augenblick ist günstig, und da versuch ich's eben ...

Er fühlte in seiner Unruhe, in seinem Kummer, seiner Verwirrung, daß es so nicht weiterging, daß die Stunde der Entscheidung auf ihn zukam, daß er sich doch mit jemand aussprechen mußte; und unser Held bewegte sich nach und nach auf die Stelle zu, an der sein unwürdiger und rätselhafter Freund stand; aber gerade in diesem Augenblick fuhr dröhnend die längst erwartete Kutsche Seiner Exzellenz vor. Fedossejitsch riß die Tür auf, verneigte sich bis an die Erde und ließ Seine Exzellenz passieren. Die Wartenden strömten alle auf einmal zum Ausgang und drängten Herrn Goljadkin den Älteren für kurze Zeit von Herrn Goljadkin dem Jüngeren ab. „Du entschlüpfst mir nicht!" murmelte unser Held, bemüht, die Menge zu durchbrechen, und wandte kein Auge von dem, auf den es ihm ankam. Die Menge lichtete sich schließlich. Unser Held fühlte sich in Freiheit und stürzte davon, um seinen Widersacher zu verfolgen.

Herr Goljadkin rang nach Luft, während er wie auf Flügeln hinter seinem sich rasch entfernenden Feind herschoß. Er verspürte eine erschreckende Energie. Im übrigen konnte Herr Goljadkin trotz all der erschreckenden Energie, die er in sich verspürte, durchaus damit rechnen, daß ihn in diesem Augenblick selbst eine gewöhnliche Mücke, sofern sie zu dieser Jahreszeit in Petersburg denkbar gewesen wäre, ohne weiteres mit ihren Flügeln umgerissen hätte. Er fühlte, daß er völlig erschlafft und geschwächt war, daß ihn eine ganz besondere, unbeteiligte Macht mit sich fortriß, daß nicht er selber voranstrebte, daß ihm im Gegenteil die Beine versagten. Im übrigen konnte sich auch noch alles zum besten wenden. Nun, zum besten oder nicht, dachte Herr Goljadkin bei sich, fast atemlos von seiner schnellen Gangart, daran, daß ich verspielt habe, gibt es nichts zu zweifeln; ich bin endgültig verloren, das steht fest, ist klar, beschlossen und unterschrieben. Trotz allem fühlte sich unser Held wie von den Toten auferstanden, wie nach einer gewonnenen Schlacht, wie nach einem errungenen Sieg, als es ihm schließlich gelang, sich am Mantel seines Widersachers festzuklammern, der gerade den Fuß in eine Mietdroschke setzen wollte. „Mein Herr! Mein Herr!“ rief er dem endlich erwischten unwürdigen Herrn Goljadkin dem Jüngeren zu. „Mein Herr, ich hoffe, Sie werden ...“

„Hoffen Sie lieber auf gar nichts“, entgegnete ausweichend Herrn Goljadkins gefühlloser Widersacher, den einen Fuß auf dem Wagentritt, während er mit dem anderen aus Leibeskräften auf die entgegengesetzte Seite der Droschke zu gelangen suchte und vergebens in der Luft mit ihm herumbalancierte, bemüht, das Gleichgewicht zu bewahren und gleichzeitig mit aller Macht seinen Mantel aus Herrn Goljadkin des Älteren Zugriff freizubekommen, der sich seinerseits mit allen ihm von der Natur gegebenen Mitteln dagegen wehrte.

„Jakow Petrowitsch! Nur zehn Sekunden ...“

„Entschuldigen Sie, ich habe keine Zeit.“

„Sie müssen selber zugeben, Jakow Petrowitsch ... bitte, Jakow Petrowitsch, um Christi willen, Jakow Petrowitsch ... so und so, eine kurze Aussprache ... frisch gewagt ist halb gewonnen ... Eine Sekunde, Jakow Petrowitsch!"

„Ich habe keine Zeit, mein Bester", gab mit ungezogener Familiarität, aber unter der Maske seelischer Güte Herrn Goljadkins pseudo-edelmütiger Widersacher zur Antwort, „ein andermal gerne, glauben Sie mir, reinen Herzens und aus tiefster Seele; aber jetzt – nein, wirklich, ganz unmöglich."

Du Schuft, dachte unser Held.

„Jakow Petrowitsch!" rief er bedrückt aus. „Ich bin niemals Ihr Feind gewesen. So haben mich fälschlich böse Leute dargestellt ... Ich meinerseits bin bereit ... Jakow Petrowitsch, kehren wir doch, wenn's recht ist, gleich hier, in diesem Café ein ... Und ich will Ihnen alles reinen Herzens, wie Sie soeben sehr richtig sagten, offen und ehrlich ... hier, in diesem Café; dann wird sich alles von selbst erklären – jawohl, Jakow Petrowitsch, so ist es! Dann wird sich alles bestimmt von selber erklären ..."

„In diesem Café? Also gut! Meinetwegen, treten wir ein, aber nur unter einer Bedingung, mein Herzchen, nur unter der Bedingung, daß sich dort alles von selbst erklärt. So und nicht anders, mein Herzchen, sozusagen", fuhr Herr Goljadkin der Jüngere fort, stieg aus der Droschke und klopfte unserem Helden unverschämterweise auf die Schulter. „Ach, alter Freund! Dir zuliebe, Jakow Petrowitsch, bin ich bereit, auch eine Seitengasse zu wählen (wie Sie sich, Jakow Petrowitsch, seinerzeit auszudrücken beliebten). So ein Schelm, wahrhaftig! Was er von einem Menschen will, das kriegt er!" fuhr mit einem flüchtigen Lächeln der falsche Freund des Herrn Goljadkin fort und drehte sich und scharwenzelte um ihn herum, um ihn dahin zu bekommen, wo er ihn haben wollte.

Das von den Hauptstraßen ziemlich abgelegene Café, das die beiden Herren Goljadkin betraten, war in diesem Augenblick völlig leer. Eine recht pralle Deutsche erschien am Schanktisch, kaum daß die Klingel über der Tür geläutet hatte. Herr Goljadkin und sein unwürdiger Gegenspieler begaben sich in ein Hinterzimmer, in dem sich ein kurzgeschorener, ein wenig aufgedunsener Junge mit einem Bund Kleinholz zu schaffen machte, bemüht, das ausgegangene Ofenfeuer wieder anzufachen. Auf Bestellung Herrn Goljadkin des Jüngeren wurde Schokolade serviert.

„Ein ausgesprochen appetitliches Frauenzimmer", meinte Herr Goljadkin der Jüngere und zwinkerte Herrn Goljadkin dem Älteren spöttisch zu.

Unser Held errötete und schwieg sich aus.

„Ach ja, entschuldigen Sie, das habe ich ganz vergessen! Ich kenne Ihren Geschmack. Wir, mein Herr, bevorzugen die schlanken deutschen Mädchen; gib's ruhig zu, ehrliche Seele Jakow Petrowitsch, wir beiden sind auf die dünnen, wenn auch noch keineswegs reizlosen deutschen Jüngferlein aus, wir mieten uns bei ihnen ein, führen sie moralisch in Versuchung und geben ihnen für ihre Bier- und Milchsuppen unser Herz hin, wobei wir auch noch allerlei Unterschriften leisten – das ist es, was wir tun, du Faublas und Herzensknicker!"

All das gab Herr Goljadkin der Jüngere zum besten, um auf diese Weise eine zwar völlig nutzlose, ansonsten aber recht boshafte und schlaue Anspielung auf eine gewisse Person weiblichen Geschlechts anzubringen, wobei er Herrn Goljadkin dem Älteren scheinbar um den Bart ging und ihm liebenswürdig zulächelte, um auf diese Weise Entgegenkommen und Freude über die Wiederbegegnung mit ihm vorzutäuschen. Als er aber merkte, daß Herr Goljadkin der Ältere keineswegs so dumm war und es ihm auch nicht an der erforderlichen Bildung und der Kenntnis des guten Tones fehlte, um ihm sogleich alles zu glauben, entschloß sich der nichtswürdige Mensch, seine Taktik zu ändern und mit offenen Karten zu spielen. Gleich nachdem er seine Anzüglichkeit geäußert hatte, schloß der falsche Herr Goljadkin damit, daß er dem wirklichen Herrn Goljadkin mit empörender Unverschämtheit und plumper Vertraulichkeit auf die Schulter klopfte und – nicht genug damit – auch noch in einer in guter Gesellschaft völlig unmöglichen Art mit ihm schöntat, indem er versuchte, seine Ungezogenheit von früher zu wiederholen, das heißt, den empörten Herrn Goljadkin den Älteren trotz dessen Gegenwehr und leiser Aufschreie in die Wange zu kneifen. Unser Held geriet in Anbetracht einer solchen Unanständigkeit außer sich und ... schwieg vorerst dazu ...

„Das betrifft meine Feinde", entgegnete er schließlich mit bebender Stimme und hielt sich dabei vernünftigerweise zurück. Zugleich blickte sich unser Held unruhig zur Tür um. Die Sache war die, daß sich Herr Goljadkin der Jüngere offenbar in bester Laune befand und im Begriff war, sich in allerlei an öffentlicher Stelle unerlaubte und nach den Regeln der Gesellschaft, insbesondere der des guten Tons, unzulässige Späße einzulassen.

„Also schön, wie Sie wollen", gab Herr Goljadkin der Jüngere auf den von Herrn Goljadkin dem Älteren geäußerten Gedanken zur Antwort und stellte die mit unanständiger Gier geleerte Tasse auf den Tisch. „Nun, ich weiß nicht, worüber ich mich des längeren mit Ihnen ... im übrigen ... Ja, also, wie geht es Ihnen zur Zeit, Jakow Petrowitsch?"

„Ich kann Ihnen nur eins darauf erwidern, Jakow Petrowitsch", sagte kaltblütig und würdevoll unser Held. „Ihr Feind bin ich nie gewesen."

„Hm ... und Petruschka? So heißt er doch wohl? Wenn ich nicht irre – Petruschka? Was macht er also, wie geht es ihm? Alles beim alten?"

„Ja, auch bei ihm ist alles beim alten, Jakow Petrowitsch", erwiderte, ein wenig verwundert, Herr Goljadkin der Ältere. „Ich weiß nicht recht, Jakow Petrowitsch ... ich meinerseits ... gehe offen und anständig vor ... Jakow Petrowitsch ... das müssen Sie zugeben ..."

„Hm ... ja ... Aber Sie wissen doch selber, Jakow Petrowitsch", antwortete mit leiser, aber eindrucksvoller Stimme Herr Goljadkin der Jüngere, der sich auf diese Art als betrübt, reuig und von Bedauern erfüllt aufspielte, „Sie wissen, wir leben in einer schweren Zeit ... Ich berufe mich auf Sie selber, Jakow Petrowitsch: Sie sind ein kluger Kopf und haben ein gutes Urteil", flocht Herr Goljadkin der Jüngere ein, indem er Herrn Goljadkin dem Älteren auf das schamloseste schmeichelte. „Das Leben ist kein Zuckerschlecken, das wissen Sie so gut wie ich, Jakow Petrowitsch", schloß Herr Goljadkin der Jüngere und spielte auf diese Weise den klugen und gebildeten Menschen, der auch von höheren Gegenständen zu sprechen wußte.

„Ich meinerseits, Jakow Petrowitsch", begann ermutigt unser Held, „ich meinerseits verabscheue alle Winkelzüge und darf Ihnen sagen, daß ich, um diese ganze Angelegenheit auf vornehme Art zu regeln, offen und ehrlich versichern kann, Jakow Petrowitsch, ich bin an alledem ganz schuldlos; wissen Sie doch selber, Jakow Petrowitsch: Irrtümer auf beiden Seiten – kann alles vorkommen, das Urteil der vornehmen Welt und der ihr kriecherisch ergebenen Menge ... Ich räume offen ein, all das kann so gewesen sein, Jakow Petrowitsch. Ja, ich füge sogar hinzu, Jakow Petrowitsch, wenn man es recht bedenkt und die Angelegenheit von höherer Warte aus betrachtet, will ich ohne zu überlegen und ohne falsche Scham, ja mit Vergnügen zugeben, ich habe mich getäuscht; es macht mir sogar Freude, einzugestehen, daß ich mich getäuscht habe. Das werden Sie als kluger und obendrein edelgesinnter Mensch selber verstehen. Ich bin ohne Scham, ohne falsche Scham bereit, das zu bekennen ...", beendete unser Held würdevoll und edelmütig seine Rede.

„Schicksal, Verhängnis, Jakow Petrowitsch ... Aber lassen wir das!" bemerkte mit einem Seufzer Herr Goljadkin der Jüngere. „Nutzen wir lieber die kurzen Minuten unseres Beisammenseins zu einer nützlichen und angenehmen Unterhaltung, wie sich das unter Amtskollegen gehört ... Wahrhaftig, ich bin die ganze Zeit aus irgendeinem Grunde nicht dazu gekommen, ein paar Worte mit Ihnen zu sprechen ... Daran, Jakow Petrowitsch, habe ich keine Schuld ..."

„Ich auch nicht", unterbrach ihn eifrig unser Held, „ich auch nicht! Mein Herz sagt mir, Jakow Petrowitsch, mich trifft an alledem keine Schuld. Schieben wir die Schuld dem Schicksal zu, Jakow Petrowitsch", fügte Herr Goljadkin der

Ältere in ausgesprochen versöhnlichem Ton hinzu. Seine Stimme wurde allmählich leiser und geriet ins Zittern.

„Also gut. Und wie geht es Ihnen sonst? Wie steht es, insgesamt gesehen, mit Ihrer Gesundheit?“ Herrn Goljadkin des Jüngeren Stimme wurde honigsüß.

„Ich huste ein wenig“, entgegnete noch süßer unser Held.

„Nehmen Sie sich in acht! Es grassieren da zur Zeit allerlei Viren, man hat im Handumdrehen eine Angina weg, und ich gestehe, ich nehme allmählich schon Zuflucht zum Flanell.“

„Tatsächlich, Jakow Petrowitsch, wie leicht man sich eine Angina ... Jakow Petrowitsch!“ erwiderte unser Held nach einem sanften Schweigen. „Jakow Petrowitsch! Ich sehe, ich habe mich geirrt ... Ich denke mit Rührung an die glücklichen Stunden zurück, die uns in meinem ärmlichen, aber – ich darf wohl sagen – gastfreien Heim gemeinsam zu verbringen vergönnt waren ...“

„In Ihrem Brief allerdings haben Sie sich ein wenig anders darüber geäußert“, meinte einigermaßen vorwurfsvoll der (wenn auch nur in dieser Hinsicht) völlig im Recht befindliche Herr Goljadkin der Jüngere.

„Jakow Petrowitsch, ich war im Irrtum ... Mit aller Klarheit erkenne ich jetzt, ich war im Irrtum hinsichtlich dieses unglückseligen Briefes. Jakow Petrowitsch, ich schäme mich, Ihnen in die Augen zu sehen, ob Sie es glauben oder nicht. Geben Sie mir diesen Brief zurück, Jakow Petrowitsch, damit ich ihn vor Ihren Augen zerfetze; sollte das aber nicht mehr möglich sein, dann flehe ich Sie an, alles in entgegengesetztem Sinne zu deuten, die Worte meines Briefes umgekehrt zu verstehen, das heißt sie als in bewußt freundschaftlicher Absicht niedergeschrieben zu betrachten. Ich war im Irrtum. Verzeihen Sie mir, Jakow Petrowitsch, ich, Jakow Petrowitsch, war in einem betrüblichen Irrtum.“

„Was sagten Sie?“ erkundigte sich ziemlich zerstreut und gleichgültig der falsche Freund des Herrn Goljadkin des Älteren.

„Ich habe gesagt, daß ich völlig im Irrtum war, Jakow Petrowitsch, und meinerseits durchaus bereit bin, ohne falsche Scham ..."

„Aha, sehr schön! Sehr schön, daß Sie im Irrtum waren", gab Herr Goljadkin der Jüngere recht grob zur Antwort.

„Ich, Jakow Petrowitsch, hatte sogar die Idee", setzte unser offenherziger Held vornehmerweise hinzu, ohne die entsetzliche Treulosigkeit seines falschen Freundes im geringsten zu erkennen, „ich hatte sogar die Idee, da seien nun mal zwei völlig Gleiche erschaffen worden ..."

„Ach was! Das war Ihre Idee?"

Hier erhob sich der für seine Nichtsnutzigkeit bekannte Herr Goljadkin der Jüngere von seinem Platz und griff nach dem Hut. Auch Herr Goljadkin der Ältere, der noch immer nicht merkte, daß er getäuscht worden war, stand auf, lächelte seinem falschen Freund treuherzig und edelmütig zu und blieb in seiner Unschuld bemüht, ihn für sich zu gewinnen und zu ermutigen, um auf diese Weise neue Freundschaftsbande mit ihm zu knüpfen.

„Leben Sie wohl, Euer Exzellenz!" rief plötzlich Herr Goljadkin der Jüngere laut. Unser Held, der in der Miene seines Feindes etwas geradezu Bacchantisches entdeckte, zuckte zusammen und legte – einzig und allein, um ihn loszuwerden – zwei seiner Finger in die ihm hingestreckte Hand des amoralischen Menschen; doch hier ... hier setzte sich die Unverschämtheit des Herrn Goljadkin des Jüngeren über alle Grenzen hinweg. Er ergriff die zwei Finger von Herrn Goljadkin des Älteren Hand und drückte sie zunächst, worauf sich der Nichtswürdige sogleich vor den Augen des Herrn Goljadkin des Älteren dazu entschloß, seinen schamlosen Spaß vom Vormittag zu wiederholen. Hier war das Maß der menschlichen Geduld erschöpft ...

Der andere verbarg bereits das Schnupftuch, an dem er sich die Finger abgewischt hatte, in der Tasche, als Herr Goljadkin zu sich kam und in den Nachbarraum stürzte, wohin sein unversöhnlicher Feind nach seiner üblen Gewohnheit sogleich entschlüpft war. Er stand, als wäre nichts geschehen, am Büfett, verschlang Piroggen und tat, wie einem tugendhaften Menschen erlaubt, mit der deutschen Mamsell schön. In Gegenwart von Damen geht das nicht an, sagte sich unser Held und trat, außer sich vor Aufregung, ebenfalls ans Büfett.

„Das Frauenzimmer ist aber wirklich nicht übel! Wie denken Sie darüber?" fing Herr Goljadkin der Jüngere aufs neue mit seinen ungehörigen Ausfällen an, wobei er anscheinend mit der grenzenlosen Geduld des anderen Herrn Goljadkin rechnete. Die pralle Deutsche ihrerseits blickte die beiden Gäste, da sie offenbar kein Russisch verstand, mit bleiern-unerforschlichen Augen an und lächelte entgegenkommend. Unser Held wurde bei den Worten des keinerlei Scham kennenden Herrn Goljadkin des Jüngeren feuerrot und stürzte sich schließlich, außerstande sich zu beherrschen, auf ihn in der offenkundigen Absicht, ihn zu zerfleischen und so endgültig Schluß mit ihm zu machen; doch Herr Goljadkin der Jüngere hatte, seiner widerwärtigen Gewohnheit folgend, längst das Weite gesucht und Fersengeld gegeben; er befand sich bereits auf der Treppe vor dem Haus. Versteht sich, daß Herr Goljadkin der Ältere, der erklärlicherweise erst einmal zur Salzsäule erstarrt war, sofort zur Besinnung kam und so rasch, wie ihn die Beine trugen, dem Beleidiger nachstürzte, der gerade in eine bereitstehende Droschke einsteigen wollte – mit deren Kutscher er sich wohl längst geeinigt hatte. In diesem Augenblick kreischte jedoch die pralle Deutsche angesichts der Flucht ihrer beiden Gäste auf und schwang aus Leibeskräften ihr Glöckchen. Unser Held wandte sich, gleichsam im Fluge, zu ihr um, warf ihr das Geld für sich und den schamlosen Zechpreller hin, verlangte keinen Rest und schaffte es trotz des Zeitverlustes, seinen Feind noch zu erwischen, wenn auch wiederum erst im Abfahren. Sich mit allen ihm zu Gebote stehenden Kräften an den Kotflügel der Droschke klammernd, jagte unser Held einige Zeit auf der Straße dahin, immer wieder bemüht, in den Wagen zu klettern, was Herr Goljadkin der Jüngere mit aller Gewalt zu verhindern suchte. Der Kutscher trieb indessen die halblahme Mähre sowohl mit der Peitsche als auch mit der Leine, mit dem Fuß und mit Zurufen an; sie jagte völlig überraschend im Galopp drauflos und ging durch, wobei sie nach ihrer üblen Gewohnheit bei jedem dritten Schritt nach hinten ausschlug. Unserem Helden gelang es schließlich, in der Droschke Fuß zu fassen, Auge in Auge mit seinem Widersacher, mit dem Rücken an den Kutscher gelehnt und Knie an Knie mit dem Schamlosen; er krallte sich dabei mit der Rechten aus Leibeskräften in den armseligen Pelzkragen seines erbitterten und unmoralischen Widersachers ...

So fuhren die Feinde eine Weile schweigend dahin. Unser Held wagte kaum zu atmen; das Straßenpflaster war miserabel, er wurde alle Augenblicke hochgeschleudert und riskierte, sich den Hals zu brechen. Darüber hinaus war sein erbitterter Feind noch immer nicht bereit, seine Niederlage hinzunehmen, und bemühte sich, seinen Gegner in den Straßenkot zu stoßen. Um das Maß all des Unangenehmen vollzumachen, herrschte auch noch ein schauderhaftes Wetter. Schnee fiel in dicken Flocken und gab sich alle Mühe, unter den offenstehenden Uniformmantel des echten Herrn Goljadkin zu dringen. Ringsum war es neblig, man konnte die Hand nicht vor den Augen sehen. Es ließ sich nur schwer herausfinden, wohin und durch welche Straßen sie jagten ... Herrn Goljadkin schien, es gehe da etwas ihm schon Bekanntes vor sich. Einen Augenblick versuchte er sich zu erinnern, ob er das nicht schon gestern erlebt habe ... zum Beispiel im Traum ... Schließlich steigerte sich sein Kummer bis zur letzten Stufe der Agonie. Er stemmte sich gegen seinen erbarmungslosen Gegner und versuchte zu schreien. Doch der Schrei erstarb auf seinen Lippen. Es kam ein Moment, da Herr Goljadkin alles vergaß und entschied, all das habe nicht das geringste zu bedeuten, geschehe unerklärlicherweise ganz nebenbei und sich aus diesem Anlaß aufzulehnen sei überflüssig und völlig fehl am Platz ... Aber plötzlich, im selben Augenblick, da unser Held zu dieser Entscheidung gekommen war, stellte ein unvorhergesehener Ruck die ganze Angelegenheit auf den Kopf. Herr Goljadkin plumpste wie ein Sack Mehl aus der Droschke und rollte irgendwohin, wobei er sich während des

Sturzes völlig zu Recht eingestand, er habe sich, und zwar im unpassendsten Moment, über Gebühr erregt. Er richtete sich schließlich auf und sah, man war am Ziel, die Mietdroschke hielt in einem Hof, und unser Held erkannte auf den ersten Blick, daß es sich um den Hof des Hauses handelte, in dem Olsufi Iwanowitsch wohnte. Zugleich bemerkte er, daß sein Widersacher bereits die Treppe zum Eingang hinaufstieg und sich vermutlich zu Olsufi Iwanowitsch begab. In seinem unbeschreiblichen Kummer wollte er seinem Feind hinterher, um ihn zurückzuhalten, besann sich aber zu seinem Glück noch rechtzeitig eines Besseren. Herr Goljadkin vergaß nicht, den Mietkutscher zu entlohnen, stürzte auf die Straße hinaus und eilte, so rasch ihn die Beine trugen, davon – einerlei, wohin. Es schneite nach wie vor in dicken Flocken; nach wie vor war es trübe, naß und dunkel. Unser Held ging nicht, er flog, wobei er alles umriß, was ihm begegnete – Männer, Weiber und Kinder, und seinerseits vor Männern, Weibern und Kindern zurückprallte. Ringsum und hinter ihm her hörte man erschrockenes Murmeln, Aufkreischen und Rufen ... Doch Herr Goljadkin schien außer sich zu sein und schenkte alledem nicht die geringste Beachtung. Er kam erst an der Semjonowski-Brücke zu sich, aber auch nur, weil er es ungeschickterweise fertigbrachte, zwei Weiber mitsamt ihren Traglasten umzurennen, und bei dieser Gelegenheit selber hinschlug. Macht nichts, dachte Herr Goljadkin, kann sich alles durchaus noch zum Guten wenden, und er langte schleunigst in die Tasche, in der Absicht, sich mit einem Silberrubel von den verstreuten Pfefferkuchen, Äpfeln, Erbsen und allerlei anderen Waren loszukaufen. Plötzlich hatte er eine Erleuchtung; er tastete in seiner Tasche nach dem Brief, der ihm vormittags von jenem Schreiber eingehändigt worden war. Dabei erinnerte er sich an eine in der Nähe befindliche, ihm wohlbekannte Gastwirtschaft, er trat ein, setzte sich, ohne einen Augenblick zu verlieren, an einen von einer Talgkerze erhellten Tisch, erbrach das Siegel und las, ohne auf etwas anderes zu achten, ohne dem Kellner zuzuhören, der auf ihn zutrat und nach seinen Wünschen fragte, das folgende, ihn endgültig aus der Fassung bringende Schreiben:

„Edler, um mich leidender und meinem Herzen
auf ewig verbundener Mann!

Ich gräme mich, ich gehe zugrunde – rette mich! Ein Verleumder, Intrigant und für die Nichtsnutzigkeit seiner Gesinnung bekannter Mensch hat mich in seine Netze verstrickt, und ich bin verloren! Ich bin gefallen! Aber er ist mir zuwider, während Du ... Man hat uns getrennt, meine Briefe an Dich werden abgefangen, und all das hat dieser unmoralische Mensch erreicht, indem er sich die beste seiner Eigenschaften zunutze machte – die Ähnlichkeit mit Dir. Jedenfalls kann man, auch wenn man häßlich ist, durch Geist, durch die Kraft seines Gefühls und seine angenehmen Manieren fesseln ... Ich gehe zugrunde! Man will mich ihm mit Gewalt zur Frau geben, und am meisten intrigiert in dieser Richtung mein Erzeuger und Wohltäter, Staatsrat Olsufi Iwanowitsch – vermutlich, weil er hinsichtlich meiner Beziehungen in der gehobenen Gesellschaft an meinen Platz treten will. Mein Entschluß steht jedoch fest, und ich werde mich mit allen mir zu Gebote stehenden Mitteln widersetzen. Erwarte mich mit Deiner Kutsche heute abend punkt neun vor den Fenstern von Olsufi Iwanowitschs Wohnung. Bei uns findet wieder ein Ball statt, bei dem ein schöner Oberleutnant anwesend sein wird. Ich komme zu Dir heraus, und wir jagen davon. Es gibt schließlich auch andere Dienststellen, an denen man dem Vaterland nützlich sein kann. Vergiß vor allen Dingen nicht, mein Freund, daß die Unschuld allein schon durch ihre Unschuld stark ist! Leb wohl! Warte mit dem Wagen vor dem Eingang. Ich werde mich punkt zwei Uhr nachts in den Schutz Deiner Umarmungen begeben.

Bis zum Grabe die Deine!

Klara Olsufjewna“

Unser Held stand, nachdem er den Brief gelesen hatte, einige Minuten lang wie erschlagen da. Dann ging er, den

Brief in der Hand, von schrecklichem Jammer, von schrecklicher Erregung gepackt, weiß wie ein Taschentuch, in der Gastwirtschaft auf und ab. Vermutlich waren der Aufzug, in dem er sich befand, seine nicht zu unterdrückende Erregung, das Aufundabgehen oder, besser gesagt, das Hinundherrennen, das Gestikulieren, vielleicht auch einige rätselhafte, unbewußt in den Wind gesprochene Worte oder auch all das zusammen daran schuld, daß Herr Goljadkin in der Meinung der übrigen Gäste sehr schlecht abschnitt; selbst der Kellner sah ihn allmählich mißtrauisch an. Als unser Held zu sich kam, erkannte er, daß er mitten im Raum stand und auf ungehörige, ja unanständige Weise einen alten Mann von recht ehrsamem Äußeren anstarrte, der, nachdem er zu Mittag gegessen und vor der Ikone ein Gebet verrichtet hatte, sich wieder an seinen Platz begab und seinerseits kein Auge von Herrn Goljadkin wandte. Unser Held blickte sich unruhig um und stellte fest, daß ihn alle, buchstäblich alle, mit ausgesprochen unheildrohender und mißtrauischer Miene ansahen. Plötzlich verlangte ein abgedankter Offizier mit rotem Kragen laut den „Polizei-Anzeiger". Herr Goljadkin fuhr zusammen und wurde rot; er sah unbewußt an sich herab und erkannte, daß er in einem so ungebührlichen Aufzug war, wie er ihn sich nicht mal zu Hause leistete, geschweige denn in der Öffentlichkeit. Seine Schuhe, die Beinkleider und die ganze linke Seite waren völlig verschmutzt, der Hosensteg am rechten Fuß und auch der Frack waren an mehreren Stellen zerrissen. In seinem unendlichen Kummer ging unser Held auf den Tisch zu, an dem er den Brief gelesen hatte, und bemerkte, daß der Kellner mit einem seltsamen und frech herausfordernden Blick auf ihn zutrat. Völlig verstört und kleinlaut sah sich unser Held den Tisch an, an dem er gesessen hatte. Dort standen unabgeräumte Teller von einem Mittagessen herum; daneben lagen eine befleckte Serviette, ein gerade erst gebrauchtes Messer, eine Gabel und ein Löffel. Wer hat denn hier zu Mittag gegessen? fragte sich unser Held. Etwa ich? Ist schließlich alles möglich! Ich habe zu Mittag gegessen und es einfach nicht bemerkt; was fange ich nun an? Herr

Goljadkin sah auf und erblickte aufs neue den Kellner vor sich, der ihm offenbar etwas sagen wollte.

„Was bekommst du von mir, mein Bester?“ erkundigte sich unser Held mit zitternder Stimme.

Ringsum ertönte schallendes Gelächter; selbst der Kellner lächelte. Herr Goljadkin verstand, er hatte auch hier danebengehauen und eine schreckliche Dummheit begangen. Nachdem er das begriffen, wurde er so verlegen, daß er genötigt war, nach dem Schnupftuch in seiner Tasche zu greifen, vermutlich einfach, um etwas zu tun und nicht so dazustehen; er holte jedoch zu seinem eigenen Erstaunen und zur Verwunderung aller nicht etwa sein Taschentuch hervor, sondern ein Gläschen mit einem Medikament, das Krestjan Iwanowitsch ihm vor etwa vier Tagen verordnet hatte. „Das Medikament bekommen Sie in derselben Apotheke“, hörte er ihn in Gedanken sagen ... Plötzlich zuckte er zusammen und hätte vor Schreck beinah aufgeschrien. Ihm ging ein Licht auf ... Die dunkle, rötlich-widerwärtige Flüssigkeit stach Herrn Goljadkin unheilverkündend ins Auge ... Das Gläschen war ihm aus der Hand gefallen und sogleich zerschellt. Unser Held schrie auf und wich ein paar Schritte vor der Flüssigkeit zurück ... er zitterte an allen Gliedern, und auf der Stirn und an den Schläfen trat Schweiß hervor. Dann ist also mein Leben in Gefahr! Inzwischen war in der Gastwirtschaft Bewegung, Verwirrung entstanden; alle umringten Herrn Goljadkin, alle redeten auf ihn ein, manche griffen sogar nach ihm. Doch unser Held blieb stumm und regungslos; er sah nichts, hörte nichts, fühlte nichts ... Schließlich riß er sich los und stürzte hinaus; er stieß dabei jeden beiseite, der ihn aufzuhalten versuchte, ließ sich beinahe ohnmächtig in die erste beste Mietdroschke fallen und fuhr im Galopp nach Hause.

Im Flur seiner Wohnung traf er Michejew, den Wächter des Departements, der eine amtliche Zustellung in den Händen hielt. „Ich weiß, mein Freund, ich weiß alles im voraus“, sagte mit schwacher, mutloser Stimme unser Held, „es ist ein amtliches Schreiben.“ Die Zustellung enthielt tatsächlich eine an Herrn Goljadkin gerichtete und von

Andrej Filippowitsch unterzeichnete Anordnung, alle in seiner Hand befindlichen Akten Iwan Semjonowitsch zu übergeben. Herr Goljadkin nahm das Schreiben in Empfang, gab dem Wächter einen Groschen, betrat seine Wohnung und sah, daß Petruschka all seine Lumpen, den ganzen Plunder, den er besaß, auf einen Haufen packte, in der offenkundigen Absicht, Herrn Goljadkin zu verlassen und zu Karolina Iwanowna hinüberzuwechseln, die ihn dazu verlockt hatte, Jewstafis Stelle bei ihr zu übernehmen.

Zwölftes Kapitel

Petruschka trat ein, ein wenig schwankend, in sonderbarlässiger Haltung und mit feierlicher Bedientenmiene. Man sah, er hatte sich etwas ausgedacht, fühlte sich durchaus in seinem Recht und blickte völlig unabhängig drein, das heißt als der Bediente anderer Leute, und keineswegs mehr als der des Herrn Goljadkin, seines bisherigen Herrn.

„Nun, da siehst du's, mein Lieber", begann, nach Atem ringend, unser Held, „wie spät haben wir es, mein Bester?"

Petruschka verschwand wortlos hinter der Trennwand, kehrte zurück und erklärte in ziemlich selbstbewußtem Ton, es gehe bereits auf halb acht.

„Also gut, mein Lieber, gut. Ja, siehst du, mein Bester, laß dir sagen, zwischen uns beiden ist anscheinend alles aus."

Petruschka schwieg.

„Und jetzt, da alles zwischen uns aus ist, sage mir offen wie zu einem Freund, wo bist du denn nun gewesen, mein Bester?"

„Wo ich gewesen bin? Nun, bei guten Leuten."

„Weiß ich, mein Freund, weiß ich. Ich bin mit dir immer zufrieden gewesen und fertige dir auch ein gutes Zeugnis aus ... Und was stellst du nun so bei ihnen dar?"

„Was soll ich schon darstellen, Herr! Können Sie sich wohl denken. Kennt man doch: Ein guter Mensch wird nichts Schlechtes von einem verlangen.“

„Weiß ich, mein Bester, weiß ich. Aber gute Menschen sind heutzutage selten geworden, mein Freund; lerne sie schätzen, mein Bester. Und wie sind sie so?“

„Na, wie schon, kennt man doch ... Bei Ihnen, Herr, kann ich jedenfalls nicht länger dienen; das werden Sie ja wohl verstehen.“

„Weiß ich, mein Lieber, weiß ich; dein Eifer, deine Beflissenheit sind mir bekannt; ich habe all das beobachtet und mir gemerkt, mein Freund. Ich, mein Freund, schätze dich. Ich schätze einen guten und ehrlichen Menschen, auch wenn es ein Bedienter ist.“

„Nun ja, kennt man doch! Aber unsereins, werden Sie selber verstehen, geht dahin, wo er's besser hat. Das ist nun mal nicht anders. Was macht mir das schon aus! Kennt man doch, Herr, ein anständiger Mensch wird überall gebraucht.“

„Nun gut, mein Bester, gut; sehe ich alles ein ... Hier hast du also dein Geld und hier dein Zeugnis. Und nun geben wir uns einen Kuß und nehmen voneinander Abschied, mein Freund ... So, und jetzt, mein Lieber, bitte ich dich um einen letzten Gefallen, um einen letzten Dienst“, sagte Herr Goljadkin in feierlichem Ton. „Siehst du, mein Bester, es gibt da so mancherlei. Der Kummer, mein Freund, ist auch in vergoldeten Gemächern zu Haus, und niemand vermag ihm zu entgehen. Du weißt, mein Bester, ich bin, so scheint mir, immer freundlich zu dir gewesen ...“

Petruschka schwieg.

„Mir scheint, ich bin immer freundlich zu dir gewesen ... Ja, also, mein Teurer, wieviel Wäsche haben wir zur Zeit im Hause?“

„Alles vollzählig. Sechs Baumwollhemden; drei Paar Socken; vier Chemisetts; ein Unterhemd aus Flanell und zwei Paar Unterhosen. Mehr ist nicht vorhanden, wissen Sie ja wohl selber. Ich, Herr, habe mich an Ihrem Hab und Gut nicht vergriffen. Ich habe auf das herrschaftliche Eigentum ein wachsames Auge gehabt ... Ich bin mit Ihnen ... Dingsda ... kennt man doch ... eine Verfehlung aber, das hat es nie gegeben; wissen Sie doch selber, Herr ..."

„Glaub ich dir, glaub ich dir, mein Freund. Ich meine aber etwas ganz anderes; es handelt sich, siehst du, um folgendes, mein Freund ..."

„Kennt man ja, mein Herr; ist unsereinem bekannt. Ich wurde seinerzeit, als ich noch beim General Stolbnjakow in Diensten stand, beurlaubt, und sie selber fuhren nach Saratow ... dort hatten sie nämlich ein Stammgut ..."

„Nein, mein Freund, das meine ich nicht; ich habe da ... lieber Freund, du darfst dir nichts dabei denken ..."

„Kennt man doch! Obwohl man unsereins, das belieben Sie selber zu wissen, im Handumdrehen verleumden kann. Und dennoch war man überall mit mir zufrieden. Es hat da Minister, Generale, Senatoren und Grafen gegeben. Ich habe bei ihnen allen in Diensten gestanden – bei Fürst Swintschatkin, bei Oberst Pereborkin, bei General Nedobarow; auch die fuhren gelegentlich auf ihre Stammgüter, zu den Unseren, kennt man ja ..."

„Ja doch, mein Freund, ja; alles sehr schön und gut. Auch ich, mein Freund, verreise ... Jeder hat seinen eigenen Weg, mein Bester, und niemand weiß, welcher Weg einem bestimmt ist. Und nun, mein Freund, leg mir alles zum Anziehen zurecht; auch meinen Galarock ... andere Beinkleider, Bettücher, Bettdecken und Kissen ..."

„Und wünschen Sie, daß ich all das zu einem Bündel verschnüre?"

„Ja, mein Freund, ja; am besten wohl zu einem Bündel. Wer weiß, was alles mit uns geschehen kann. Und dann, mein Lieber, machst du dich auf den Weg und beschaffst mir eine Kutsche ..."

„Eine Kutsche?"

„Ja, mein Freund, eine Kutsche, eine möglichst geräumige Kutsche, und zwar für einige Zeit. Du, mein Freund, brauchst dir weiter nichts dabei zu denken ..."

„Ja, wollen Sie denn weit weg?"

„Weiß ich nicht, mein Bester, weiß ich nicht. Ich glaube,

du solltest auch mein Federbett dazupacken. Was hältst du davon, mein Freund? Ich verlasse mich ganz auf dich, mein Lieber..."

„Wollen Sie denn jetzt gleich aufbrechen?"

„Ja, mein Freund! Es hat sich da ein gewisser Umstand ergeben ... so ist das nun einmal, mein Bester, so – und nicht anders ..."

„Kennt man doch, mein Herr! Bei uns im Regiment ist es einem Oberleutnant genauso ergangen; den haben sie dort bei einem Gutsbesitzer abgeholt ..."

„Abgeholt? Wie das, mein Lieber, du glaubst wohl ..."

„Jawohl, sie haben ihn abgeholt und in einem anderen Gutshaus mit ihr getraut. War alles vorbereitet. Es gab zwar eine Verfolgung, nur schaltete sich da der verstorbene Fürst persönlich ein, und die ganze Geschichte wurde beigelegt ..."

„Sie wurden getraut? Ja, wieso denn, mein Lieber? Und wieso, mein Bester, weißt du davon?"

„Wieso? Kennt man doch. Die Spatzen pfiffen es von allen Dächern. Weiß man ja, Herr ... natürlich, wer begeht nicht mal einen Fehltritt? Nur sage ich Ihnen, Herr – gestatten Sie, es Ihnen geradeheraus, auf Bedientenart zu vermelden –, wenn es nun einmal so und nicht anders steht, dann muß ich Sie darauf aufmerksam machen: Sie haben da einen Feind, einen Rivalen oder wie sich das nennt, einen starken Rivalen, Herr! Jetzt wissen Sie es ..."

„Ich weiß, mein Freund, ich weiß; genausogut wie du, mein Bester ... Ja, also, ich verlasse mich ganz auf dich. Wie müssen wir denn nun vorgehen, mein Freund? Was würdest du mir raten?"

„Ja, Herr, wenn Sie also sozusagen auf diese Art und Weise zu handeln gedenken, dann müßten Sie sich wohl noch dies und jenes anschaffen – zum Beispiel Bettlaken, Kissen, ein neues zweischläfriges Federbett und eine vernünftige Decke – ist alles bei der Nachbarin unter uns zu haben, einer Kleinbürgerin, Herr. Sie hat da auch einen sehr anständigen Umhang aus Fuchsfell; den sollten Sie sich ansehen und erwerben; wir können gleich hinuntergehen und ihn in

Augenschein nehmen. Genau das, was Sie jetzt brauchen, Herr; ein vorzüglicher Umhang, außen Atlas und innen Fuchsfell ..."

„Also gut, mein Freund, gut; ich bin einverstanden, ich verlasse mich ganz auf dich, auch was den Umhang betrifft, mein Freund ... Aber rasch, möglichst rasch! Um Gottes willen möglichst rasch! Bitte, ich kaufe auch den Umhang, nur muß das alles möglichst rasch geschehen. Es ist bald acht, also beeile dich um Gottes willen, mein Freund! Mach schon, spute dich, mein Freund!"

Petruschka ließ das noch nicht fertiggepackte, unverschnürte Bündel mit der Wäsche, den Kissen, der Decke, den Bettüchern und allerlei anderem Kram liegen und stürzte Hals über Kopf aus dem Zimmer. Herr Goljadkin griff inzwischen aufs neue zu dem Brief, konnte ihn aber nicht lesen. Er nahm den zerquälten Kopf in beide Hände und lehnte sich ratlos an die Wand. Zu denken vermochte er ebensowenig wie zu handeln; er wußte selber nicht, was sich mit ihm tat. Als Herr Goljadkin sah, wie die Zeit verging, aber weder Petruschka noch der Umhang kamen, entschloß er sich, selber hinunterzugehen. Er öffnete die Tür zum Flur und hörte unten Lärmen, Streiten und allerlei Hinundhergerenne. Mehrere Nachbarinnen plapperten und schrien durcheinander, schätzten ab und feilschten – worum es dabei ging, war Herrn Goljadkin natürlich klar. Man vernahm auch Petruschkas Stimme; dann hörte man Schritte. „Mein Gott, sie holen die ganze Menschheit zusammen!" stöhnte Herr Goljadkin, rang verzweifelt die Hände und stürzte zurück in sein Zimmer. Dort angelangt, sank er beinahe besinnungslos auf das Sofa, mit dem Gesicht auf das Polster. Nachdem er wohl eine Minute so gelegen hatte, sprang er, ohne länger auf Petruschka zu warten, auf, zog Galoschen, Hut und Mantel an, steckte die Brieftasche ein und eilte Hals über Kopf die Treppe hinunter. „Ich brauche nichts, nicht das geringste, mein Bester! Ich mache das alles selber. Dich will ich vorerst nicht bemühen; vielleicht wendet sich meine Angelegenheit noch zum besten", murmelte Herr Goljadkin, zu Petruschka gewandt, dem er auf der Treppe begegnete; dann eilte er auf den Hof und von da auf die Straße hinaus; sein Herz stockte; er war noch unentschlossen ... Wie sollte er sich entscheiden, was sollte er tun, wie im gegenwärtigen kritischen Zeitpunkt handeln?

„Ja doch, Herrgott im Himmel, wie soll ich handeln? Mußte denn all das so kommen?" rief er schließlich verzweifelt aus, während er auf gut Glück, ohne sich im klaren zu sein, wohin, die Straße entlangtrottete. Mußte alles so kommen? Wenn das, gerade das nicht geschehen wäre, hätte sich alles einrenken können; auf einmal, mit einem Schlag, mit einem einzigen geschickten, energischen und handfesten Schlag hätte sich alles einrenken können. Den Finger lasse ich mir abhacken, wenn sich das alles nicht hätte einrenken können! Und ich weiß sogar, auf welche Weise es sich hätte alles einrenken können! Das wäre so geschehen: Ich hätte gesagt – so und so, mein Herr, nur komme ich mit Ihnen, mit Verlaub, keinen Schritt weiter; so kommt man in dergleichen Angelegenheiten nicht voran; nein, mein hochverehrter Herr, hätte ich gesagt, so nicht; durch Usurpation kann man bei uns nichts werden; der Usurpator, mein Herr, ist ... Dingsda ... ein nichtsnutziges Subjekt, das dem Vaterland keinerlei Vorteil bringt. Begreifen Sie das, mein Herr? hätte ich gefragt. So wäre das ... Dingsda ... vor sich gegangen. Im übrigen, nein ... so ist es nicht, sondern im Gegenteil ganz anders ... Was fasele ich ausgemachter Dummkopf zusammen? Ich Selbstmörder! All das, du Selbstmörder, verhält sich doch ganz anders ... So schau dir doch mal an, du Mensch ohne Moral, was alles daraus folgt! Wo soll ich nun mit mir hin? Was fange ich zum Beispiel jetzt mit mir an? Wozu tauge ich nach alledem? Wozu – mit Verlaub – taugst du nach alledem, du Goljadkin, du, du Unwürdiger, du? Was also weiter? Ich muß also eine Kutsche mieten; miet halt eine Kutsche und laß sie vorfahren, sonst könnte ich mir womöglich nasse Füßchen holen ... Und nun – wer hätte das erwartet? Ach, Sie, mein Fräulein, hochzuverehrende Dame, Sie junges Mädchen von höchst moralischem Gebaren! Ach, Sie von jedermann unter uns bis in den

Himmel Erhobene! Da haben Sie sich aber was geleistet, Gnädigste, weiß Gott, das haben Sie! Und all das kommt von der unmoralischen Erziehung; ich, der ich mir das näher angesehen habe und tiefer eingedrungen bin, erkenne, daß das nur von der Unmoral herrührt. Statt es ihr von Kindesbeinen an so richtig ... gelegentlich sogar mit der Rute ... einzubläuen, überfüttert man sie mit Konfekt und allerlei Süßigkeiten, und selbst der alte Knaster in Person raunt ihr ins Ohr: Du meine Soundso, du meine Beste, sollst einen Grafen zum Mann bekommen. Und nun hat sie sich entpuppt und ihre Karten aufgedeckt; so, bitte schön, wird bei uns gespielt! Statt sie von Kindheit an im Hause zu behalten, schickt man sie zu einer französischen Madame in Pension! Zu irgendeiner Emigrantin Falballat; und dort, bei dieser Emigrantin Falballat, lernt sie allerlei hinzu – und da ergibt sich dann alles andere von selbst. Bitte schön, Sie sollen Ihren Spaß daran haben. Aber seien Sie um soundso viel Uhr mit einer Kutsche vor unseren Fenstern und geben Sie eine gefühlvolle spanische Romanze zum besten; ich warte auf Sie und weiß, daß Sie mich lieben; wir fliehen und leben gemeinsam in irgendeiner Hütte. Aber so geht es doch wohl nicht; das, meine Dame, ist – geradeheraus gesagt – einfach nicht statthaft; die Gesetze verbieten es, ein unbescholtenes, unschuldiges junges Mädchen ohne Einverständnis von Vater und Mutter aus dem Elternhaus zu entführen. Und wozu auch? Zu welchem Zweck? Wozu ist das erforderlich? Also gut, würde sie jemanden heiraten, der zu ihr paßt und ihr vom Schicksal bestimmt ist, einverstanden damit, fertig! Ich dagegen nehme im Dienst eine bescheidene Stelle ein und kann diese Stelle sogar verlieren; ich, mein Fräulein, komme dafür womöglich vor Gericht! So verhält sich das, wenn Sie es wissen wollen! Da steckt diese Deutsche dahinter. Von ihr, der Hexe, rührt das alles her, sie hat diese Auseinandersetzungen entfacht. Weil man einen Menschen verleumdet, weil man Weiberklatsch über ihn aufbringt, sich eine unerhörte Geschichte mit verteilten Rollen ausdenkt, auf Andrej Filippowitschs Rat – daher kommt das alles. Welchen Grund hätte sonst Petruschka, sich in die Angelegenheit einzumischen? Was hat er damit zu tun? Hat er das nötig, der Spitzbube? Nein, meine Dame, ich kann nicht, um keinen Preis, es ist mir völlig unmöglich ... Sie, meine Verehrte, müssen mich in diesem Fall schon entschuldigen. All das geht nämlich von Ihnen aus, Gnädigste, und keineswegs von der Deutschen, von der Hexe, sondern von Ihnen, weil diese Hexe ein gutmütiges Frauenzimmer ist und keinerlei Schuld daran hat, die Schuld, meine Verehrteste, liegt bei Ihnen; da haben Sie es! Sie, Gnädigste, bringen mich in unverschuldeten Verdacht... Da geht ein Mensch zugrunde, verzehrt sich aus sich selbst heraus und kann sich nicht fangen – was soll da eine Hochzeit? Wie soll das alles enden? Und wie läßt sich das jetzt einrenken? Ich würde viel dafür geben, um all das zu erfahren ...

So überlegte in seiner Verzweiflung unser Held. Als er plötzlich zu sich kam, merkte er, daß er in der Litejnaja stand. Das Wetter war schauderhaft; es taute, schneite und regnete – alles zugleich, kurzum, genauso wie damals, in der unvergeßlich-schlimmen mitternächtlichen Stunde, da Herrn Goljadkins ganzes Unglück begann. Was soll da ein Ausflug mit der Kutsche? dachte sich Herr Goljadkin angesichts des Wetters. Das ist ja das Ende der Welt ... Herrgott im Himmel! Wo nehme ich jetzt zum Beispiel eine Kutsche her? Aber da hinten an der Ecke scheint sich etwas Dunkles abzuzeichnen. Gehen wir der Sache nach ... Mein Gott! fuhr unser Held in Gedanken fort und lenkte die unsicheren, nicht allzu festen Schritte dorthin, wo er etwas wie eine Kutsche zu sehen glaubte. Nein, ich mache es so: Ich gehe hin, werfe mich, wenn man mich nicht daran hindert, vor seine Füße und flehe ihn demütigst an. So und so, sage ich. Ich lege mein Schicksal in Ihre, in der Obrigkeit Hände; nehmen Sie mich in Schutz, Euer Exzellenz, erweisen Sie mir die Wohltat; so und so, sage ich, da gibt's dies und das, es handelt sich hier um etwas Ungesetzliches; richten Sie mich nicht zugrunde, ich betrachte Sie gleichsam als meinen Vater, lassen Sie mich nicht im Stich ... retten Sie meine Ambitionen, meine Ehre und meinen Namen ... vor diesem Bösewicht, diesem verdorbenen Subjekt ... Er ist ein anderer Mensch als ich, und ich bin ein anderer als er, Euer Exzellenz; er ist ein Mensch für sich, und ich bin einer für mich; ich bin wahrhaftig ein Mensch für mich, Euer Exzellenz, jawohl, das bin ich; so verhält sich das. Ich halt es einfach nicht aus, ihm zu gleichen; ändern Sie das, befehlen Sie, daß sich das ändert und diese gottlose, eigenmächtige Verstellung ein Ende findet ... damit sich nicht andere ein Beispiel daran nehmen, Euer Exzellenz! Sie sind für mich gleichsam der Vater; die Obrigkeit, die gewiß wohlmeinende und sich um uns sorgende Obrigkeit, sollte solche Regungen ermuntern ... In ihnen verbirgt sich sogar eine Art Ritterlichkeit. Ich räume der wohlmeinenden Obrigkeit sozusagen Vaterstatt über mich ein, vertraue ihr mein Schicksal an und werde nicht widersprechen; ich vertraue mich ihr an und ziehe mich freiwillig von den Amtsgeschäften zurück ... So verhält sich das!

„Was ist, mein Bester, bist du Mietkutscher?"

„Ja, bin ich ..."

„Ich brauche eine Kutsche, für diesen Abend ..."

„Und wie weit wünschen Sie gefahren zu werden?"

„Ich brauche die Kutsche für diesen Abend, für den ganzen Abend! Wohin, mein Freund, weiß ich noch nicht – wohin es immer sei."

„Wollen Sie etwa nach außerhalb?"

„Ja, mein Freund, möglicherweise auch nach außerhalb. Das, mein Bester, weiß ich selber nicht so genau, das kann ich dir, mein Lieber, noch nicht mit Bestimmtheit sagen. Es kann sich, siehst du, mein Lieber, alles vielleicht auch noch zum Guten wenden. Kommt doch vor ..."

„Gewiß, mein Herr, natürlich; geb Gott jedem das Seine!"

„Ja, mein Freund, ja, ich danke dir; was verlangst du denn nun dafür, mein Bester?"

„Belieben Sie gleich zu zahlen?"

„Ja, gleich, das heißt gleich noch nicht, wir müssen an einer bestimmten Stelle ein bißchen warten, mein Lieber ..."

„Nun, wenn Sie die Kutsche für die ganze Zeit mieten,

muß ich Ihnen schon sechs Rubel berechnen, zumal bei diesem Wetter."

„Also gut, mein Freund, gut; ich werde mich auch dankbar zeigen, mein Freund. So, und jetzt fahren wir also los!"

„Steigen Sie ein; gestatten Sie, ich bringe hier noch rasch etwas in Ordnung; so, jetzt nehmen Sie bitte Platz! Wohin also befehlen Sie zu fahren?"

„Zur Ismailowski-Brücke, mein Freund."

Der Mietkutscher kletterte auf den Bock und setzte die beiden mageren Mähren, die er mit Mühe und Not von der Heukrippe losbekommen hatte, in Bewegung, auf die Ismailowski-Brücke zu. Doch Herr Goljadkin zog plötzlich an der Schnur und bat den Kutscher mit flehender Stimme, umzukehren und nicht zur Ismailowski-Brücke, sondern in eine andere Straße zu fahren. Der Kutscher kehrte um, und zehn Minuten später hielt Herrn Goljadkins eben gemietete Kutsche vor dem Haus, in dem Seine Exzellenz wohnte. Herr Goljadkin stieg aus, ersuchte den Kutscher dringend, zu warten, und eilte mit stockendem Herzen in den ersten Stock; er zog an der Klingelschnur, die Tür öffnete sich, und unser Held befand sich im Flur Seiner Exzellenz.

„Geruht Seine Exzellenz zu Hause zu sein?" wandte sich Herr Goljadkin an den Diener, der ihn einließ.

„Und worum handelt es sich?" fragte der Lakai und maß Herrn Goljadkin von Kopf bis Fuß mit dem Blick.

„Ich, mein Freund, habe da nämlich ... Goljadkin, Beamter, Titularrat Goljadkin. Ich komme, um mich in einer gewissen Angelegenheit mit ihm auszusprechen ..."

„Warten Sie; gleich geht es nicht ..."

„Mein Freund, ich kann nicht warten, mein Anliegen ist wichtig und duldet keinen Aufschub ..."

„Ja, von wem kommen Sie denn? Kommen Sie mit Papieren?"

„Nein, mein Freund, ich komme in eigener Sache ... Melde also, mein Freund, so und so, in eigener Sache, um sich auszusprechen. Ich werde mich dir auch dankbar zeigen, mein Bester ..."

„Geht nicht. Ich habe die Weisung, niemanden vorzulassen; Seine Exzellenz hat Gäste. Bemühen Sie sich morgen früh um zehn Uhr hierher ..."

„Melden Sie mich schon, mein Lieber; ich kann nicht, es ist mir nicht möglich, zu warten. Sonst werden Sie sich dafür zu verantworten haben, mein Bester ..."

„So geh doch hin und melde ihn! Was kostet's dich? Tun dir etwa die Schuhsohlen leid?" sagte ein anderer Lakai, der sich auf einer Bank lümmelte und bis dahin kein Wort hervorgebracht hatte.

„Sinnlos die Schuhsohlen abzuwetzen! Er hat befohlen, niemand vorzulassen, weißt du doch wohl? Deren Zeit ist der Vormittag."

„Melde ihn! Oder verrenkst du dir dabei die Zunge?"

„Gut, ich melde ihn; meine Zunge verrenke ich mir schon nicht. Er hat es aber verboten; jawohl, hat er. Aber kommen Sie schon herein!"

Herr Goljadkin trat ein; im ersten Zimmer stand eine Uhr auf dem Tisch. Er schaute hin: Sie zeigte halb neun. Ihm preßte sich das Herz zusammen; in diesem Augenblick rief jedoch ein hochaufgeschossener Lakai, der auf der Schwelle zum nächsten Zimmer erschien, laut seinen Familiennamen. So was von Stimme auch! dachte in seinem unbeschreiblichen Kummer unser Held ... Hättest du meinetwegen gemeldet: Dingsda ... so und so ... ich bin ergebenst und demütigst erschienen, um mich mit Ihnen auszusprechen ... belieben Sie mich ... Dingsda ... zu empfangen ... Jetzt ist die ganze Geschichte verdorben, meine Angelegenheit zum Teufel; aber ... schon gut ... macht nichts ... Zum Überlegen blieb auch keine Zeit. Der Lakai kehrte zurück, sagte: „Bitte!" und geleitete Herrn Goljadkin in den Arbeitsraum des Hausherrn.

Als unser Held eintrat, glaubte er gleichsam erblindet zu sein, denn er vermochte nicht das geringste zu erkennen. Immerhin sah er zwei, drei Gestalten an sich vorüberflimmern. Nun, das werden Gäste sein, schoß es Herrn Goljadkin durch den Kopf. Schließlich vermochte unser Held deutlich den Stern am schwarzen Frack Seiner Exzellenz zu erkennen, darauf, die Reihenfolge einhaltend, den Frack selber, und am Ende hatte er sein volles Sehvermögen wiedererlangt.

„Also bitte?“ fragte eine wohlbekannte Stimme irgendwo über Herrn Goljadkin.

„Titularrat Goljadkin, Euer Exzellenz.“

„Ja, und?“

„Ich bin gekommen, um mich auszusprechen …“

„Wieso? … Worüber?“

„Nun ja, das ist nun mal nicht anders. So und so, ich bin gekommen, um alles klarzustellen, Euer Exzellenz …“

„Ja, wer … ja, wer sind Sie denn?“

„Herr … Herr … Herr Goljadkin, Euer Exzellenz, Titularrat Goljadkin.“

„Und was wünschen Sie nun?“

„So und so, ich nehme die Obrigkeit an Vaters Statt an; ich ziehe mich freiwillig von den Amtsgeschäften zurück und bitte, mich vor meinem Feind in Schutz zu nehmen – so, das wär's!“

„Ja, worum handelt es sich denn?“

„Ist doch bekannt …“

„Was ist bekannt?“

Herr Goljadkin schwieg; sein Kinn geriet allmählich ins Zucken …

„Nun?“

„Ich habe geglaubt, es handelt sich um etwas wie Ritterlichkeit, Euer Exzellenz … um Ritterliches, und betrachte meinen Vorgesetzten sozusagen als Vater … so und so, will ich sagen, schützen Sie mich, ich flehe … ich … flehe Sie unter Tränen an, denn solche Re … Regungen soll … sollte man unterstützen …“

Seine Exzellenz wandte sich ab. Unser Held vermochte sekundenlang nichts zu unterscheiden. Sein Herz krampfte sich zusammen. Der Atem stockte. Er wußte nicht, wo er sich befand … Er hatte ein beschämendes und trauriges Gefühl. Was danach kam, war für ihn unverständlich … Nachdem unser Held wieder zu sich gefunden hatte, bemerkte er, daß Seine Exzellenz sich mit seinen Gästen unterhielt und sich offenbar ziemlich brüsk und in starken

Ausdrücken über etwas ausließ. Einen der Gäste erkannte Herr Goljadkin sofort. Es war Andrej Filippowitsch; den anderen glaubte er nicht zu kennen; dennoch erschien ihm dessen Gesicht ebenfalls nicht fremd – er war hochgewachsen, kräftig gebaut, stand in vorgerückten Jahren und besaß ziemlich dichte Augenbrauen, einen ebensolchen Backenbart und einen ausdrucksvollen, lebhaften Blick. Von seinem Hals hing ein Orden herab, und zwischen seinen Lippen steckte eine Zigarre. Der Unbekannte rauchte, nickte vielsagend, ohne die Zigarre aus dem Mund zu nehmen, und sah von Zeit zu Zeit zu Herrn Goljadkin hin. Herrn Goljadkin wurde peinlich zumute; er wandte die Augen ab und erblickte sogleich einen weiteren höchst bemerkenswerten Gast. In einer Tür, die unser Held bis dahin für einen Spiegel gehalten hatte, wie ihm schon einmal geschehen war, erschien *er* – und wer sollte es sein, wenn nicht Herrn Goljadkins intimer Bekannter und Freund! Herr Goljadkin der Jüngere war bislang in einem kleinen Raum nebenan gewesen und hatte eilig an etwas geschrieben; jetzt war er offenbar so weit, daß er hereinkommen mußte, und er kam mit Papieren unter dem Arm, trat auf Seine Exzellenz zu und wußte sich, solange sich dessen Aufmerksamkeit nicht ausschließlich seiner Person zuwandte, äußerst geschickt in die Unterhaltung oder Beratung einzumischen, wobei er sich teils ein wenig hinter Andrej Filippowitschs Rücken, teils hinter dem Zigarre rauchenden Unbekannten verbarg. Herr Goljadkin der Jüngere nahm an dem Gespräch augenscheinlich sehr regen Anteil, wobei er auf vornehme Art zuhörte, ab und zu nickte, rasch von einem Fuß auf den anderen trat, lächelte und in einem fort zu Seiner Exzellenz hinsah, als flehe er ihn an, auch ihm zu gestatten, ein Wörtchen einzuflechten. Der Schuft! dachte Herr Goljadkin der Ältere bei sich und machte unwillkürlich einen Schritt auf ihn zu. Im selben Augenblick wandte sich Seine Exzellenz um und trat – ein wenig unentschlossen – auf Herrn Goljadkin zu.

„Also gut, gut; gehen Sie mit Gott! Ich sehe mir Ihre Angelegenheit noch einmal an, gebe jetzt indessen Befehl,

Sie zum Ausgang zu begleiten ..." Hier sah Seine Exzellenz den Unbekannten mit dem dichten Backenbart an. Der nickte zum Zeichen seines Einverständnisses.

Herr Goljadkin fühlte und begriff mit aller Klarheit, daß man ihn als etwas ganz anderes ansah und keineswegs so, wie es sich gehörte. Nun, erklären muß ich mich ihnen aber doch, dachte er, so und so, Euer Exzellenz ... Hier blickte er in seiner Verwirrung zu Boden und entdeckte zu seinem Erstaunen auf den Schuhen Seiner Exzellenz einen ziemlich großen hellen Fleck. Sollten Sie einen Riß bekommen haben? fragte sich Herr Goljadkin. Bald darauf erkannte er jedoch, daß die Schuhe Seiner Exzellenz keineswegs gerissen waren, sondern nur stark glänzten, ein Phänomen, das sich mühelos daraus erklären ließ, daß sie lackiert waren und das Licht widerspiegelten. Das nennt sich ein *heller Tupfen*, dachte unser Held, und besonders hat sich dieser Ausdruck in den Malerwerkstätten erhalten, während man das an anderer Stelle *Widerschein* nennt. Hier sah Herr Goljadkin auf und verstand, daß es an der Zeit war zu sprechen, da die Angelegenheit andernfalls durchaus eine schlechte Wendung nehmen konnte ... Unser Held trat einen Schritt vor.

„So und so, Euer Exzellenz", sagte er, „durch Usurpation kommt man heutzutage nicht weiter."

Seine Exzellenz antwortete nicht, sondern zog heftig an der Klingelschnur. Unser Held trat einen weiteren Schritt vor.

„Er ist ein niederträchtiger, unmoralischer Mensch, Euer Exzellenz", fuhr er außer sich fort, wobei er vor Angst und Schrecken verging, aber trotz alledem kühn und entschlossen auf seinen unwürdigen Zwillingsbruder zeigte, der in diesem Augenblick neben Seiner Exzellenz hin und her trippelte, „so und so, ich spiele damit auf eine bestimmte Person an."

Eine allgemeine Bewegung folgte Herrn Goljadkins Worten. Andrej Filippowitsch und der Unbekannte nickten; Seine Exzellenz riß ungeduldig, aus Leibeskräften an der Klingelschnur, um die Dienerschaft herbeizurufen. Und hier trat Herr Goljadkin der Jüngere einen Schritt vor.

„Euer Exzellenz", sagte er, „ich bitte zutiefst ergeben um

Ihre Erlaubnis, sprechen zu dürfen." Herrn Goljadkin des Jüngeren Stimme klang äußerst entschlossen; alles an ihm deutete darauf hin, daß er sich unbedingt im Recht fühlte. „Gestatten Sie mir die Frage", begann er aufs neue, wobei er in seinem Eifer der Antwort Seiner Exzellenz zuvorkam und sich an Herrn Goljadkin den Älteren wandte, „gestatten Sie mir die Frage, in wessen Gegenwart Sie sich auf diese Weise äußern? Vor wem stehen Sie, in wessen Arbeitsraum befinden Sie sich?" Herr Goljadkin der Jüngere war äußerst erregt und flammte vor Zorn und Entrüstung; ihm traten sogar die Tränen in die Augen.

„Die Herrschaften Bassawrjukow!" brüllte aus voller Kehle ein Lakai, der auf der Türschwelle zum Arbeitsraum erschien. Eine gute Adelsfamilie, stammt aus Kleinrußland, dachte Herr Goljadkin und fühlte im selben Augenblick, wie sich eine Hand äußerst freundschaftlich gegen seinen Rücken stemmte; dann kam eine zweite dazu; Herrn Goljadkins niederträchtiger Zwilling tänzelte vor ihnen und wies den Weg; und unser Held erkannte mit aller Deutlichkeit, daß man ihn offenbar zum Hauptausgang des Arbeitsraumes schob. Genau wie bei Olsufi Iwanowitsch, sagte er sich und befand sich plötzlich im Flur. Er sah sich um und erblickte zwei Lakaien Seiner Exzellenz und einen gewissen Zwilling neben sich.

„Den Mantel, den Mantel, den Mantel meines Freundes! Den Mantel meines besten Freundes, her damit!" plapperte der verdorbene Mensch drauflos, riß dem einen der Bedienten den Überzieher aus den Händen und warf ihn Herrn Goljadkin – zum allgemeinen, boshaften Gelächter – absichtlich über den Kopf. Herr Goljadkin der Ältere, der sich von seinem Mantel befreien mußte, hörte die beiden Lakaien lachen. Aber er kümmerte sich nicht darum und beachtete solche Nebensächlichkeiten nicht; er verließ den Flur und befand sich bereits im erhellten Treppenhaus. Herr Goljadkin der Jüngere war ihm gefolgt.

„Auf Wiedersehen, Euer Exzellenz!" rief er Herrn Goljadkin dem Älteren nach.

„Schuft!" stieß unser Held außer sich hervor.

„Schuft? Na und wennschon ...“
„Amoralischer Mensch!“
„Amoralischer Mensch? Na und wennschon ...“, gab dem tugendhaften Herrn Goljadkin sein unwürdiger Widersacher zur Antwort und blickte ihm mit der ihm eigenen Gemeinheit, ohne mit der Wimper zu zucken, vom Treppenabsatz herab in die Augen, als bäte er ihn, fortzufahren. Unser Held spie vor Entrüstung aus und stürzte auf die Treppe vor dem Eingang hinaus; er war so erschlagen, daß er sich hinterher nicht erinnern konnte, wer ihm in die Kutsche half und wie alles vor sich ging. Als er zu sich kam, erkannte er, daß man an der Fontanka entlangfuhr. Offenbar zur Ismailowski-Brücke, sagte sich Herr Goljadkin. Hier wollte er noch über etwas nachdenken, vermochte es jedoch nicht; es war etwas dermaßen Entsetzliches, daß man es einfach nicht beschreiben kann ... Nun, macht nichts! entschied unser Held und ließ sich zur Ismailowski-Brücke fahren.

Dreizehntes Kapitel

Das Wetter schien sich zum Besseren zu wenden. Wahrhaftig, der nasse Schnee, der bislang in regelrechten Schwaden niedergegangen war, fiel immer spärlicher, schließlich hörte es fast ganz auf zu schneien. Man sah den Himmel, und hier und da blitzten Sterne auf. Es war nur naß, matschig, feucht und stickig, besonders für Herrn Goljadkin, der ohnehin nach Atem rang. Sein durchnäßter und schwer gewordener Mantel strahlte eine unangenehme feuchte Wärme aus, die all seine Glieder durchdrang, und die ohnehin beträchtlich geschwächten Beine schwankten unter seiner Last. Ein fiebriges Zittern rieselte wie ein beißender, scharfer Schauer über seinen ganzen Körper. Die Erschöpfung trieb Herrn Goljadkin krankhaften, kalten Schweiß aus den Poren, so daß er selbst bei dieser günstigen Gelegenheit die ihm so gewohnte und mit der ihm eigenen Festigkeit und Entschlossenheit vorgebrachte Lieblingswendung „Wird vielleicht doch noch werden und sich sicherlich, ja unbedingt plötzlich zum Guten wenden“ zu wiederholen vergaß. Im übrigen hat all das weiter nichts zu bedeuten, fügte unser charakterfester, nicht zu entmutigender Held in Gedanken hinzu und wischte sich die kalten Wassertropfen aus dem Gesicht, die überall von der Krempe seines steifen und dermaßen durchnäßten Huts herunterrannen, daß es einfach keine Rettung mehr vor ihnen gab. Nachdem sich unser Held gesagt hatte, all das sei schließlich noch nicht so schlimm, versuchte er, sich auf einem ziemlich dicken Holzklotz niederzulassen, der neben einem Stapel Brennholz auf Olsufi Iwanowitschs Hof lag. An spanische Serenaden und seidene Strickleitern war natürlich nicht zu denken; wohl aber mußte man an einen bescheidenen, wenn auch nicht allzu warmen, dafür aber gemütlichen, anheimelnden Winkel denken. Nebenbei bemerkt, liebäugelte unser Held mit jenem behaglichen Winkel neben Olsufi Iwanowitschs Wohnungsflur, wo er seinerzeit, fast ganz zu Anfang dieser wahren Geschichte, gute zwei Stunden zwischen einem Schrank und einem alten Wandschirm inmitten von allerlei Gerümpel herumgestanden hatte. Die Sache war die, daß Herr Goljadkin auch jetzt wieder bereits volle zwei Stunden auf Olsufi Iwanowitschs Hof herumstand und wartete. Nur ergaben sich jetzt bezüglich des früher so anheimelnden und gemütlichen Winkels gewisse Schwierigkeiten, die es früher nicht gegeben hatte. Die erste war: man hatte diese Örtlichkeit vermutlich bemerkt und hinsichtlich ihrer seit der Geschichte auf dem letzten Hausball bei Olsufi Iwanowitsch gewisse Vorsichtsmaßnahmen ergriffen; und zweitens war schließlich ein unmißverständliches Zeichen von Klara Olsufjewna zu erwarten, denn so ein unmißverständliches Zeichen mußte es unbedingt geben. So wurde das schon immer gemacht, und wir sind weder die ersten noch die letzten ... Hier fiel Herrn Goljadkin im richtigen Augenblick ein schon vor langer Zeit gelesener Roman ein, in dem die Heldin ihrem Alfred unter genau denselben Umständen das ihm allein verständliche Zeichen gibt – sie bindet ein rosa Schleifchen ans Fenster. Ein rosa

Schleifchen kam indessen zu dieser nächtlichen Stunde, dazu bei dem für seine Feuchtigkeit und Unbeständigkeit bekannten Sankt-Petersburger Klima nicht in Betracht und war mit einem Wort völlig unmöglich. Nein, von seidenen Strickleitern kann nicht die Rede sein, dachte unser Held, ich bleibe lieber still und unauffällig stehen, zum Beispiel hier... Und er suchte sich auf dem Hof ein Plätzchen neben dem Brennholzstapel, genau gegenüber den Fenstern. Natürlich kam allerlei überflüssiges Volk vorbei – Vorreiter, Kutscher; außerdem ratterten Räder, schnoben Pferde und so weiter; und dennoch war der Platz nicht schlecht gewählt: Ob man Herrn Goljadkin nun entdeckte oder nicht, zunächst jedenfalls erwies sich als vorteilhaft, daß sich die Angelegenheit sozusagen im Schatten abspielte und er von niemand gesehen wurde, während er selber buchstäblich alles beobachten konnte. Die Fenster waren hell erleuchtet; bei Olsufi Iwanowitsch fand ein feierlicher Empfang statt. Von Musik war übrigens noch nichts zu hören. Dann ist es also kein Ball, sondern man ist aus einem anderen Anlaß zusammengekommen, sagte sich unser Held, wobei ihm ein wenig das Herz stockte. Ja, war denn überhaupt heute gemeint? schoß es ihm durch den Kopf. Hab ich mich nicht im Datum geirrt? Mag sein, mag alles sein... Es kann sich zum Beispiel so zugetragen haben... Der Brief wurde vielleicht schon gestern geschrieben, hat mich aber nicht am selben Tag erreicht, und zwar darum, weil sich dieser Schlingel Petruschka einschaltete! Oder er ist erst morgen geschrieben worden; nicht doch, was rede ich da... ich meine, daß ich all das erst morgen machen, das heißt erst morgen mit der Kutsche auf sie warten sollte... Hier überlief es unseren Helden eiskalt, und er griff nach dem Brief in seiner Tasche, um sich Klarheit zu verschaffen. Doch der Brief war zu seiner Verwunderung nicht da. „Ja, was denn", murmelte Herr Goljadkin mehr tot als lebendig, „wo hab ich ihn denn gelassen? Hab ich ihn etwa verloren? Das hätte gerade noch gefehlt!" stöhnte er zum Schluß. „Und wenn er nun in die unrechten Hände gerät? Oder vielleicht schon geraten ist? Herrgott im Himmel! Was wird die Folge sein?

Etwas, das man geradezu ... Ach, du verhaßtes Schicksal!" Herr Goljadkin zitterte wie Espenlaub bei dem Gedanken, sein intriganter Zwilling habe, als er ihm den Mantel über den Kopf warf, die Absicht verfolgt, ihm diesen Brief abzuluchsen, von dem er über Herrn Goljadkins Feinde Wind bekommen haben mochte. Außerdem versteht er sich ja aufs Abfangen, dachte unser Held, und als Beweis ... aber was sollen hier Beweise! ... Nach der ersten Schreckensstarre schoß Herrn Goljadkin das Blut in den Kopf. Er griff sich stöhnend und zähneknirschend an die heißen Schläfen, ließ sich auf seinem Holzklotz nieder und versuchte, über etwas nachzudenken. Doch die Gedanken wollten sich in seinem Kopf nicht aneinanderfügen. Da flimmerten irgendwelche Gesichter, irgendwelche längst vergessenen Begebenheiten – bald undeutlich, bald scharf umrissen – an ihm vorüber, und allerlei Motive von irgendwelchen dummen Liedern drängten sich ihm auf ... Eine einzige, eine übernatürliche Drangsal! Mein Gott, mein Gott, dachte unser Held, nachdem er einigermaßen zu sich gefunden hatte, und unterdrückte das dumpfe Schluchzen in seiner Brust, gib mir die innere Festigkeit in all der bodenlosen Tiefe meines Elends wieder! Daß ich verloren habe, daß ich völlig abgeschrieben bin – daran besteht kein Zweifel mehr; all das geht durchaus in Ordnung, denn es kann einfach nicht anders sein. Erstens habe ich meine Stelle verloren, ja, das unbedingt, und etwas anderes war gar nicht zu erwarten ... Nun, nun, zugegeben, das läßt sich vielleicht noch einrenken. Und auch mein Geld reicht für den Anfang aus; ich brauche eine andere Wohnung, dies und jenes Möbelstück ... Aber erstens wird es keinen Petruschka mehr bei mir geben. Ich finde mich schon ohne den Schlingel zurecht ... mit Hilfe der Untermieter; also gut! Ich komme und gehe, wann es mir paßt, und kein Petruschka ist da, der knurrt, weil ich so spät nach Hause finde; so ist das alles; das ist der Vorteil, den man von seinen Untermietern hat! Also zugegeben, all das ist ganz schön und gut; aber wieso rede ich von alledem, und nicht davon, worauf es jetzt ankommt? Hier erleuchtete wieder der Gedanke an seine gegenwärtige Lage Herrn Goljadkins

Gedächtnis. Er blickte sich nach allen Seiten um. Ach du lieber Gott! Mein Gott! Worüber rede ich da mit mir selber? dachte er völlig fassungslos und griff sich an den erhitzten Kopf.

„Belieben Sie nun bald weiterzufahren, Herr?" hörte er eine Stimme über sich fragen. Herr Goljadkin zuckte zusammen; doch vor ihm stand nur sein Mietkutscher, auch er durchnäßt und durchgefroren bis auf die Knochen; ihm war vor lauter Ungeduld und Langeweile der Einfall gekommen, zu Herrn Goljadkin hinter den Holzstapel zu schauen.

„Ich, mein Freund ... ich komme; bald, mein Freund, sehr bald; aber du warte noch solange ..."

Der Mietkutscher ging, wobei er etwas vor sich hin brummte. Warum brummt er eigentlich? dachte Herr Goljadkin unter Tränen. Ich habe ihn für den ganzen Abend verdingt und befinde mich schließlich ... in Dingsda ... in meinem Recht ... so verhält sich das! Ich habe dich für den ganzen Abend verdingt und damit Schluß. Und wenn du die ganze Zeit mit Warten zubringst – einerlei! Steht alles in meinem Belieben. Ich kann mich ebensogut irgendwohin fahren lassen wie auch nicht. Und wenn ich hier hinter dem Holzstapel stehe, so hat selbst das nicht das geringste zu bedeuten ... und du hast mir nicht dreinzureden; der Herr wünscht hinter dem Holzstapel zu stehen, und da steht er eben ... und rührt damit an niemandes Ehre – jetzt weißt du's! Jetzt wissen Sie es, meine Verehrte, sofern Sie es zu wissen wünschen. So und so, meine Verehrte, in einer Hütte pflegt heutzutage niemand mehr zu hausen. Da haben Sie es! Und ohne Sittsamkeit, meine Dame, kommt man in unserem Jahrhundert des Gewerbefleißes nicht aus, wofür Sie selber ein warnendes Beispiel abgeben ... Hm ... als Gruppenvorsteher dienen und in einer Hütte am Meeresufer leben ... Erstens, meine Verehrte, gibt es am Meeresufer keine Gruppenvorsteher, und zweitens – wo nehmen wir diesen Gruppenvorsteher her? Sagen wir zum Beispiel, ich reiche ein Gesuch ein und bewerbe mich darum; so und so, ich möchte Gruppenvorsteher werden, aber beschützen Sie mich vor ... Dingsda ... vor meinem Feind ... und man sagt Ihnen darauf, meine Verehrte, Gruppenvorsteher gibt es genug und Sie befinden sich hier nicht bei irgendeiner Emigrantin Falbala, bei der man Sie in einer Art Sittsamkeit unterwies, für die Sie selber als warnendes Beispiel dienen. Sittsamkeit, meine Verehrte, das bedeutet: zu Hause sitzen, den Vater achten und nicht zu früh an Freier denken. Die Freier, meine Dame, finden sich zur rechten Zeit ein – da haben Sie es! Natürlich muß man sich, das unbestritten, in verschiedenen Talenten üben, zum Beispiel ein bißchen Klavier spielen und französisch sprechen können, auch in Geschichte, Geographie, Religion und Arithmetik Bescheid wissen. Dazu kommt noch die Küche; in den Kenntnisbereich eines sittsamen jungen Mädchens gehört unbedingt die Küche! Aber wie steht es jetzt mit uns beiden? Erstens, meine Schöne, meine Gnädigste, wird man Sie nicht gewähren lassen, sondern Verfolger hinter Ihnen herhetzen, und dann ab in den Gewahrsam, ins Kloster! Was dann, meine Verehrte? Was befehlen Sie, daß ich dann tue? Soll ich mich etwa nach gewissen albernen Romanen richten und in einem fort auf einen nahe gelegenen Hügel kommen, um angesichts der kalten Mauern Ihres Klosters in Tränen zu zerfließen und, der Gewohnheit gewisser schlechter deutscher Poeten und Romanciers folgend, am Ende zu sterben, etwa so, meine Dame? Wenn ja, lassen Sie sich in aller Freundschaft sagen, daß man erstens so nicht zu Werke geht und daß ich zweitens sowohl Sie als auch Ihre Eltern am liebsten gehörig verdreschen würde, weil sie Ihnen französische Bücher zu lesen gaben; denn französische Bücher lehren einen nichts Gutes. Da ist ein Gift, ein zersetzendes Gift enthalten, meine Verehrte! Oder glauben Sie etwa, wenn ich fragen darf, wir könnten ungestraft fliehen und uns in ... Dingsda ... in einer Hütte am Meer verkrümeln? Und gurren und uns über Gefühle unterhalten und so unser ganzes Leben verbringen, in Glück und Genügsamkeit? Um uns, wenn sich ein Küken einstellt, an ... Dingsda ... mit einem Wort, an unseren Vater, den Staatsrat Olsufi Iwanowitsch zu wenden: So und so, da ist halt ein Küken zur Welt gekommen; würden Sie bei dieser passenden Gelegenheit nicht den Fluch widerrufen und unserer ehelichen Gemeinschaft den Segen erteilen? Nein, Verehrte, ich wiederhole, so geht man nicht zu Werke; vor allen Dingen wird es kein Gurren geben – darauf brauchen Sie nicht zu hoffen! Heutzutage, meine Verehrte, ist der Ehemann der Herr im Hause, und eine wohlerzogene, gute Ehefrau muß ihm in allem gefällig sein. Zärtlichkeiten aber sind in unserem Zeitalter des Gewerbefleißes nicht mehr gefragt; die Tage Jean-Jacques Rousseaus sind vorüber. Da kehrt zum Beispiel der Ehemann hungrig vom Dienst zurück: Hast du nicht etwas, mein Herzchen, um den ersten Hunger zu stillen, sagen wir – einen Wodka nebst einem Happen Hering? Sie, meine Verehrte, müssen alles parat haben – sowohl den Wodka als auch den Heringshappen. Der Ehegatte wird sich mit Appetit darüber hermachen, Sie aber kaum ansehen und nur sagen: Geh doch mal in die Küche, mein Kätzchen, und schau dich nach dem Mittagessen um! Er wird Sie allenfalls einmal in der Woche küssen, aber auch das recht gleichgültig. So schaut das heutzutage – von mir aus gesehen – aus, meine Dame, so wird sich das alles abspielen, wenn man es von dieser Seite her betrachtet und dementsprechend bedenkt... Aber was habe ich mit alledem zu schaffen? Warum belästigen Sie mich mit Ihren Launen, meine Gnädigste? „So und so, edelmütiger, um mich leidender und meinem Herzen in jeder Hinsicht lieber Mann..." und so weiter. Aber erstens bin ich, meine Gnädigste, nicht der Richtige für Sie, wissen Sie doch selber! Komplimente zu drechseln, verstehe ich nicht, allerlei parfümierte Redensarten für Damen im Munde zu führen, liebe ich nicht, schmachtende Seladone sind nicht mein Fall, und auch hinsichtlich meiner Figur haue ich nicht so ganz hin: Falsche Prahlsucht aber oder falsche Scham werden Sie an mir nicht entdecken, und das, was ich jetzt bekenne, ist völlig aufrichtig gemeint. So verhält es sich nun mal, unsereins verfügt nur über einen geraden und offenen Charakter und einigen gesunden Menschenverstand; mit Intrigen befassen wir uns nicht. Ich bin eben kein Intrigant, und ich bin stolz darauf – so verhält sich das! Ich wandele ohne Maske unter den Leuten umher und sage Ihnen, um alles auszusprechen ...

Herr Goljadkin zuckte plötzlich zusammen. Der rote, völlig durchnäßte Bart seines Mietkutschers schaute aufs neue zu ihm hinter den Holzstapel.

„Gleich, mein Freund, ich, mein Freund, bin, weißt du, gleich soweit; jawohl, mein Freund, gleich“, sagte Herr Goljadkin mit bebender, verzagter Stimme.

Der Mietkutscher kratzte sich den Hinterkopf, strich sich über den Bart und trat einen Schritt vor ... Dann blieb er stehen und sah Herrn Goljadkin mißtrauisch an.

„Gleich, mein Freund, ich bin gleich soweit; ich, siehst du ... mein Freund ... ich, weißt du, bleibe nur noch ganz kurz, nur eine Sekunde lang hier ... siehst du, mein Bester ...“

„Dann wollen wir wohl gar nicht mehr irgendwohin fahren?“ fragte schließlich der Kutscher und trat endgültig auf Herrn Goljadkin zu.

„Doch, mein Freund, gleich, gleich. Ich, siehst du, mein Freund, warte auf jemand ...“

„Soso ...“

„Ich, siehst du, mein Lieber ... aus welchem Dorf stammst du eigentlich, mein Bester?“

„Ich bin Leibeigener ...“

„Und ist deine Herrschaft gut zu dir?“

„Was denn sonst? ...“

„Also, mein Freund, warte noch ein bißchen. Sag mal, mein Bester, bist du schon lange in Petersburg?“

„Seit einem Jahr wohl kutschier ich hier herum ...“

„Und hast du es gut, mein Freund?“

„Und ob!“

„Schön, mein Freund, sehr schön! Bedanke dich bei der Vorsehung, mein Freund! Einen guten Menschen, mein Freund, kannst du mit der Laterne suchen. Heutzutage, mein Bester, sind gute Menschen selten geworden; solche, die dir Waschwasser und zu essen und zu trinken geben, mein Lieber ... Manchmal siehst du sogar, mein Freund, daß

Tränen auch durch Gold hervorgerufen werden … du hast ein beklagenswertes Beispiel vor dir; so ist das alles, mein Freund…"

Herr Goljadkin schien dem Mietkutscher leid zu tun.

„Also gut, ich bleibe. Gedenken Sie noch lange zu warten?"

„Nein, mein Freund, nein; ich werde, weißt du … wohl nicht länger warten, mein Bester. Wie denkst du darüber, mein Freund? Ich verlasse mich auf dich. Ich warte nicht länger …"

„Dann fahren Sie wohl gar nicht mehr?"

„Nein, mein Freund; aber ich werde mich dankbar zeigen, mein Lieber … jawohl! Wieviel bekommst du, mein Bester?"

„Nun, bezahlen Sie mir so viel, wie ausgemacht war. Ich, Herr, habe lange genug gewartet; Sie werden mich nicht benachteiligen wollen, Herr!"

„Also gut, da hast du, was dir zusteht, mein Bester!" Hier übergab Herr Goljadkin dem Mietkutscher die vereinbarten sechs Rubel in Silber und ging, fest entschlossen, keine Zeit mehr zu verlieren, auf und davon, das heißt, er machte sich im guten und ungeschoren auf den Weg, zumal die Angelegenheit endgültig entschieden und der Mietkutscher entlassen war, somit auch kein Anlaß mehr bestand, auf etwas zu warten; er trat durch den Torweg auf die Straße hinaus, wandte sich nach links und eilte schnurstracks, aufatmend und voller Freude, davon. Wird sich vielleicht noch alles zum Guten wenden, sagte er zu sich selbst, auf jeden Fall aber hab ich auf diese Art eine Unannehmlichkeit vermieden. Ach, wenn sich doch alles zum Guten wenden wollte! dachte unser Held, wobei er dem Frieden übrigens nicht allzusehr traute. Jetzt werde ich also, dachte er bei sich… Nein, das mache ich lieber nicht, ich komme ihnen von der anderen Seite… Oder dreh ich das vielleicht lieber so? Auf diese Weise zweifelnd und nach dem Schlüssel der Lösung seiner Bedenken suchend, erreichte unser Held die Semjonowski-Brücke; hier, an der Semjonowski-Brücke, beschloß er vernünftigerweise, endgültig umzukehren. Ist wohl auch besser, sagte er sich. Ich gehe lieber anders vor, und zwar so. Ich stelle nur den unbeteiligten Beobachter dar und weiter nichts; ich bin eben nur Beobachter und unbeteiligt und an allem, was vielleicht noch geschehen mag, nicht schuld. So ist das und nicht anders. Und so soll es jetzt auch bleiben.

Nachdem unser Held beschlossen hatte umzukehren, tat er es auch, und das um so leichter, als er sich, einer glücklichen Eingebung folgend, als völlig unbeteiligte Person betrachtete. Ist ja auch besser so: Man ist für nichts verantwortlich und schaut sich an, was kommt ... ja, so ist das! Das heißt, die Rechnung war absolut richtig, und damit fertig! Nachdem er sich auf diese Weise beschwichtigt hatte, verbarg er sich aufs neue im friedlichen Schatten seines beruhigenden und schützenden Holzstapels und blickte aufmerksam zu den Fenstern hin. Dieses Mal brauchte er nicht lange zu warten. Hinter den Scheiben hob plötzlich ein sonderbares Treiben an, irgendwelche Gestalten huschten hin und her, die Vorhänge wurden zurückgezogen, und ganze Gruppen von Menschen drängten sich hinter den Fenstern von Olsufi Iwanowitschs Wohnung; alle schauten auf den Hof hinaus und forschten nach etwas. Unser Held verfolgte seinerseits, durch den Holzstapel geschützt, das allgemeine Treiben und reckte interessiert den Hals nach links und rechts, soweit es ihm der kurze Schatten des ihn deckenden Holzstapels gestattete. Plötzlich stutzte er, zuckte zusammen und hätte sich auf der Stelle vor Schrecken beinahe hingesetzt. Ihm schien oder, besser gesagt, ihm wurde völlig klar, daß man nach niemandem anderen ausschaute als nach ihm, dem Herrn Goljadkin. Alle blickten und zeigten in seine Richtung. An Flucht war nicht zu denken: man würde ihn erkennen ... der ratlose Herr Goljadkin drückte sich möglichst eng an den Holzstapel und bemerkte erst jetzt, daß dessen verräterischer Schatten ihn nicht ganz deckte. Unser Held wäre mit dem größten Vernügen bereit gewesen, in ein Mauseloch unterm Holzstapel zu schlüpfen und dort still zu sitzen, wäre das möglich gewesen. Aber es war eben nicht möglich. In seiner Agonie richtete er schließlich den Blick entschlossen und geradeaus auf alle Fenster zugleich; so schien es ihm am besten ... Aber da übermannte ihn endgültig die Scham. Man hatte ihn erkannt, alle hatten ihn erkannt, alle winkten ihm oder nickten ihm zu, alle riefen ihn beim Namen; dann knarrte es, und einige Lüftungsklappen öffneten sich; mehrere Stimmen zugleich riefen ihm etwas zu. Ich kann mich nur wundern, wieso man diese Gören nicht von Kindheit an verdrischt, murmelte unser Held völlig fassungslos vor sich hin. Plötzlich kam *er* (wer, ist wohl klar) die Treppe vor dem Haus heruntergeeilt, nur im Uniformrock und ohne Hut, außer Atem und scharwenzelnd, trippelnd und hier und da sogar hochschnellend, heuchlerisch schreckliche Freude mimend, Herrn Goljadkin endlich wiederzusehen.

„Jakow Petrowitsch“, plapperte der für seinen Nichtsnutz bekannte Mensch drauflos, „Jakow Petrowitsch, Sie hier? Sie werden sich erkälten! Hier ist es kalt, Jakow Petrowitsch. Kommen Sie herein!“

„Nein, Jakow Petrowitsch, das macht mir nichts“, murmelte mit ergebener Stimme unser Held.

„Nicht doch, Jakow Petrowitsch, man bittet Sie, man bittet Sie ergebenst, einzutreten, man wartet auf Sie. Machen Sie uns die Freude und holen Sie Jakow Petrowitsch zu uns herein, hat man zu mir gesagt.“

„Nein, Jakow Petrowitsch, das geht nicht; ich, sehen Sie, täte wohl besser ... ich täte wohl besser, nach Hause zu gehen, Jakow Petrowitsch“, entgegnete unser Held, der sozusagen auf kleiner Flamme briet und zugleich vor Scham und Schrecken zu Eis erstarrte.

„Nicht doch, nicht doch, nicht doch!“ legte der widerliche Kerl los. „Auf keinen Fall! Kommt nicht in Frage! Gehen wir!“ sagte er entschlossen und schleifte Herrn Goljadkin hinter sich her zum Eingang. Herr Goljadkin der Ältere hatte ursprünglich keineswegs die Absicht, ihm zu folgen; da aber alle zusahen und sich dagegen zu wehren oder zu stemmen töricht erscheinen mußte, ging unser Held schließlich mit. „Er ging mit“ ist übrigens nicht der richtige Ausdruck, weil er entschieden nicht recht wußte, was mit ihm geschah. Aber was machte das schon! Wennschon, dennschon!

Unser Held befand sich, noch bevor er zu sich gekommen war und sich von seinem Schock erholt hatte, mitten im Saal. Er war blaß, zerzaust, zerquält; er blickte sich mit trüben Augen um. O Schreck! Den Saal und alle anderen Räume füllte eine dichtgedrängte Menge. Menschen über Menschen, darunter eine wahre Orangerie von Damen; sie alle umringten Herrn Goljadkin, strebten auf ihn zu und trugen ihn gleichsam auf ihren Schultern mit sich fort, wobei er sehr deutlich erkannte, daß man ihn in eine ganz bestimmte Richtung drängte. Doch wohl nicht zur Tür? schoß es Herrn Goljadkin durch den Kopf. Aber nein, man schob ihn nicht zum Ausgang, sondern geradeswegs auf Olsufi Iwanowitschs Sessel zu. Neben dem Sessel stand auf der einen Seite Klara Olsufjewna, blaß, schmachtend und traurig, ansonsten aber prächtig herausstaffiert. Herrn Goljadkin sprangen besonders die weißen Blümchen in ihrem schwarzen Haar ins Auge, die einen außerordentlichen Effekt hervorriefen. Auf der anderen Seite des Sessels hielt sich Wladimir Semjonowitsch auf, in schwarzem Frack und mit einem neuen Orden im Knopfloch. Man hielt Herrn Goljadkin untergefaßt und führte ihn, wie oben schon bemerkt, geradeswegs auf Olsufi Iwanowitsch zu – auf der einen Seite dirigiert von Herrn Goljadkin dem Jüngeren, der eine äußerst anständige und wohlmeinende Miene aufgesetzt hatte, worüber sich unser Held unsagbar freute, auf der anderen von Andrej Filippowitsch, der sich äußerst feierlich gab. Was das wohl bedeutet? fragte sich Herr Goljadkin. Als er aber erkannte, daß man ihn geradeswegs zu Olsufi Iwanowitsch führte, blitzte es in ihm auf. Der Gedanke an den entwendeten Brief schoß ihm durch den Kopf. In unsagbarer Verzweiflung erschien er vor Olsufi Iwanowitschs Sessel. Wie verhalte ich mich jetzt? dachte er bei sich. Selbstverständlich so richtig unerschrocken, das heißt mit einer Offenheit, die nicht des Edelmuts entbehrt; so und so und so weiter... Aber gerade das, was unser Held befürchtet hatte, trat nicht ein. Olsufi Iwanowitsch empfing Herrn

Goljadkin anscheinend recht wohlwollend; er gab ihm zwar nicht die Hand, schüttelte aber bei seinem Anblick das graue, ehrfurchtgebietende Haupt – er tat es mit einem feierlich-betrübten, zugleich aber auch geneigten Ausdruck. So jedenfalls kam es Herrn Goljadkin vor. Ihm schien sogar, in Olsufi Iwanowitschs trüben Augen blitze eine Träne auf; er blickte sich um und sah, auch an Klara Olsufjewnas Wimpern – sie stand unmittelbar daneben – glitzerten Tränen, auch an Wladimir Semjonowitsch war, wenn er nicht irrte, Ähnliches zu bemerken, ja, auch Andrej Filippowitsch in seiner so unerschütterlichen, ruhigen Würde gab der allgemeinen tränenreichen Rührung nach, und schließlich nutzte ein gewisser Jüngling, der durchaus an einen vornehmen Rat erinnert hatte, die Gelegenheit und brach in bitteres Schluchzen aus. Oder war all das Herrn Goljadkin nur so vorgekommen, weil er selber in Tränen zerfloß und deutlich fühlte, wie heiß sie über seine Wangen rannen … Unser Held, der mit den Menschen und seinem Schicksal versöhnt und in diesem Augenblick nicht nur Olsufi Iwanowitsch, nicht nur all dessen Gästen, sondern selbst seinem unnützen Zwilling äußerst zugetan war – dieser wirkte jetzt nicht im geringsten unnütz und spielte sich auch nicht als Zwillingsbruder von Herrn Goljadkin auf, vielmehr kehrte er einen ganz unbeteiligten und an sich recht liebenswerten Menschen hervor –, unser Held also wollte sich laut weinend mit einem rührenden Herzenserguß an Olsufi Iwanowitsch wenden, vermochte es jedoch nicht in der Überfülle all dessen, was sich in ihm angesammelt hatte, sondern zeigte nur mit äußerst beredter Gebärde schweigend auf sein Herz. Schließlich führte Andrej Filippowitsch, wohl in der Absicht, das empfindsame Herz des grauhaarigen alten Mannes zu schonen, Herrn Goljadkin ein wenig beiseite und ließ ihn allein, in einer im übrigen anscheinend völlig ungezwungenen Lage. Unser Held arbeitete sich, lächelnd und vor sich hin murmelnd, ein wenig verdutzt, auf jeden Fall aber fast völlig mit den Menschen und seinem Schicksal versöhnt, allmählich durch die dichtgedrängte Menge der Gäste. Alle machten ihm Platz und blickten ihn mit sonderbarer Neugier und unerklärlicher, rätselhafter Teilnahme an. Unser Held gelangte in ein anderes Zimmer – auch hier dieselbe allgemeine Aufmerksamkeit; er fühlte dumpf, daß eine ganze Schar von Gästen seinen Spuren folgte, daß man jeden seiner Schritte beobachtete, daß sich alle insgeheim über etwas höchst Bemerkenswertes unterhielten, die Köpfe schüttelten, redeten, richteten oder rechteten und flüsterten. Herr Goljadkin hätte schrecklich gern gewußt, worüber sie alle rechteten, richteten und flüsterten. Unser Held blickte sich um und bemerkte Herrn Goljadkin den Jüngeren neben sich. Herr Goljadkin, der das unabweisliche Verlangen verspürte, nach seiner Hand zu greifen und ihn beiseite zu nehmen, bat den anderen Jakow Petrowitsch mit allem Nachdruck, ihm bei all seinen künftigen Unternehmungen beizustehen und ihn im kritischen Augenblick nicht zu verlassen. Goljadkin der Jüngere nickte nur würdevoll und drückte Herrn Goljadkin dem Älteren kräftig die Hand. Das Herz unseres Helden hämmerte von all dem Überschwang der Gefühle. Im übrigen rang er nach Luft und fühlte, daß ihn irgend etwas schrecklich bedrückte; daß all diese ihm zugewandten Blicke ihn beengten und belästigten. Er erkannte im Vorübergehen den Rat, der eine Perücke trug. Der musterte Herrn Goljadkin mit einem strengen, forschenden Blick, nicht im geringsten berührt von der allgemeinen Teilnahme. Unser Held wollte schon auf ihn zugehen, um ihm zuzulächeln und sich mit ihm auszusprechen; doch dazu kam es nicht. Einen Augenblick lang vergaß Herr Goljadkin beinahe völlig, wo er sich befand, und ihm schwanden sowohl das Gedächtnis als auch die Sinne... Als er zu sich kam, bemerkte er, daß er sich in einem weiten Kreis ihn umgebender Gäste hin und her drehte. Plötzlich rief man aus dem Zimmer nebenan nach Herrn Goljadkin; dieser Ruf pflanzte sich sogleich über die Menge hin fort. Alles geriet in Bewegung, lärmte, stürzte zur Tür des ersten Saales; unser Held wurde beinahe hinübergetragen, wobei der hartherzige Rat mit der Perücke unmittelbar neben ihm auftauchte. Er ergriff schließlich Herrn Goljadkins Hand und nötigte ihn neben sich in einen Sessel, der sich in gebührender Entfernung gegenüber dem von Olsufi Iwanowitsch befand. Alles, was in den Räumen anwesend war, ließ sich in mehreren Reihen um Herrn Goljadkin und Olsufi Iwanowitsch nieder. Alle verstummten, alle wahrten ein feierliches Schweigen und blickten zu Olsufi Iwanowitsch hin, wobei man offenbar etwas nicht Alltägliches erwartete. Herr Goljadkin bemerkte, daß neben Olsufi Iwanowitschs Sessel, also ebenfalls genau gegenüber dem Rat und ihm selbst, der andere Herr Goljadkin und Andrej Filippowitsch Platz genommen hatten. Das Schweigen hielt an; man wartete tatsächlich auf etwas. Genau wie in einer Familie, aus deren Mitte jemand auf eine weite Reise geht; fehlte nur noch, daß man sich erhebt und betet, dachte unser Held. Plötzlich trat eine ungewöhnliche Bewegung ein und unterbrach alle Überlegungen Herrn Goljadkins. Es geschah etwas längst Erwartetes. „Er kommt, er kommt!" hallte es über die Menge hin. Wer kommt? schoß es Herrn Goljadkin durch den Kopf, und ein sonderbares Gefühl ließ ihn zusammenzucken. „Es ist soweit!" sagte der Rat und sah Andrej Filippowitsch aufmerksam an. Andrej Filippowitsch seinerseits warf einen kurzen Blick auf Olsufi Iwanowitsch. Olsufi Iwanowitsch nickte bedeutsam und feierlich. „Erheben wir uns", sagte der Rat und half Herrn Goljadkin aufzustehen. Alle folgten ihrem Beispiel. Dann nahm der Rat Herrn Goljadkin den Älteren an der Hand, während Andrej Filippowitsch dasselbe mit Herrn Goljadkin dem Jüngeren tat, worauf sie die beiden völlig Gleichen inmitten der sie umgebenden, erwartungsvoll sich drängenden Menge feierlich aufeinander zuführten. Unser Held blickte sich verständnislos um, doch man gebot ihm sogleich Einhalt und zeigte auf Herrn Goljadkin den Jüngeren, der ihm die Hand hinhielt. Sie wollen uns versöhnen, dachte unser Held bei sich und streckte gerührt Herrn Goljadkin dem Jüngeren die Hand entgegen; danach ... danach hielt er ihm auch das Gesicht hin – zum Kuß. Dasselbe tat auch der andere Herr Goljadkin ... Hier schien Herrn Goljadkin dem Älteren, daß sein treuherziger Freund dabei lächelte, der sie umgebenden Menge kurz und verschmitzt zuzwinkerte, daß sich im Gesicht dieses Unwürdigen etwas Unheilverkündendes malte, daß er im Augenblick seines Judaskusses eine Grimasse schnitt ... Herrn Goljadkin brummte der Kopf, ihm wurde schwarz vor den Augen; ihm schien, eine Unzahl, eine endlose Kette einander völlig gleicher Goljadkins breche polternd durch alle Türen ins Zimmer herein; aber es war schon zu spät ... Der laute, verräterische Kuß erklang, und ...

Hier nun geschah etwas völlig Überraschendes ... Die Tür zum Saal öffnete sich geräuschvoll, und auf der Schwelle erschien jemand, bei dessen bloßem Anblick Herr Goljadkin zu Eis erstarrte. Er stand wie angewurzelt da. Ein Aufschrei erstarb in seiner bedrängten Brust. Im übrigen hatte Herr Goljadkin alles im voraus gewußt und längst etwas Ähnliches geahnt. Der Fremde näherte sich selbstbewußt und feierlich Herrn Goljadkin. Herr Goljadkin allerdings kannte diesen Mann sehr gut. Er hatte ihn oft, oft genug, ja noch heute gesehen ... Der Ankömmling war hochgewachsen, kräftig gebaut, trug einen schwarzen Frack und ein imponierendes Kreuz um den Hals und besaß einen dichten, pechschwarzen Backenbart; zur weiteren Kenntlichkeit fehlte nur noch die Zigarre im Munde ... Dafür ließ der Blick des Mannes Goljadkin, wie gesagt, zu Eis erstarren. Der schreckenerregende Mensch trat mit selbstbewußter, feierlicher Miene auf den bemitleidenswerten Helden unserer Geschichte zu. Unser Held hielt ihm die Hand hin; der andere ergriff sie und zog ihn hinter sich her ... Unser Held blickte sich ratlos und verzweifelt nach allen Seiten um ...

„Das ist ... das ist Krestjan Iwanowitsch Rutenspitz, Doktor der Medizin und Chirurgie, Ihr alter Bekannter, Jakow Petrowitsch!“ säuselte eine widerwärtige Stimme Herrn Goljadkin unmittelbar ins Ohr. Er blickte sich um: es war Herrn Goljadkins durch seine häßlichen Charakterzüge so abstoßender Zwilling. Sein Gesicht strahlte eine völlig unpassende, unheilverkündende Freude aus; er rieb sich vergnügt die Hände, sah sich vergnügt im Kreise um, scharwenzelte vergnügt um alle und jeden herum; er schien bereit, vor lauter Begeisterung zu hüpfen; schließlich schnellte er vor, riß einem der Bedienten die Kerze aus der Hand und ging voran, um Herrn Goljadkin und Krestjan Iwanowitsch zu leuchten. Herr Goljadkin nahm deutlich wahr, wie alle, die im Saal versammelt waren, ihnen nachstürzten, nachdrängten, sich gegenseitig behinderten und einstimmig Herrn Goljadkin des Jüngeren Worte wiederholten: „Das hat nichts zu bedeuten; machen Sie sich keine Gedanken, Jakow Petrowitsch; es ist doch Ihr alter Freund und Bekannter, Krestjan Iwanowitsch Rutenspitz ...“ Man trat schließlich auf die hell erleuchtete Vorderhaustreppe hinaus; auch da war ein Haufen Menschen versammelt; die Tür zum Ausgang wurde geräuschvoll geöffnet, und Herr Goljadkin und Krestjan Iwanowitsch befanden sich auf den Stufen vor der Tür. Am Eingang hielt eine Kutsche; sie war mit vier vor Ungeduld schnaubenden Pferden bespannt. Der schadenfrohe Herr Goljadkin der Jüngere überwand mit zwei, drei Schritten die Stufen und öffnete eigenhändig den Wagenschlag. Krestjan Iwanowitsch forderte Herrn Goljadkin mit ermahnender Gebärde zum Einsteigen auf. Im übrigen hätte es dieser ermahnenden Gebärde gar nicht bedurft: Es waren genug Leute da, ihm in den Wagen zu helfen. Herr Goljadkin sah sich, starr vor Schrecken, um: die ganze hell erleuchtete Treppe war voller Menschen; neugierige Augen sahen ihn von allen Seiten an; Olsufi Iwanowitsch in Person führte dabei vom obersten Treppenabsatz aus den Vorsitz, in seinen bequemen Sessel gelehnt, und er beobachtete aufmerksam, mit viel Teilnahme alles, was vor sich ging. Alle warteten. Ein ungeduldiges Murmeln durchlief die Menge. Hier wandte sich Herr Goljadkin noch einmal um.

„Ich hoffe, daß es an alledem ... nichts Anstößiges gibt ... nichts gibt, was eine gewisse Strenge oder ... Zweifel hinsichtlich meines Verhaltens im Amt hervorrufen könnte?“ sagte, einigermaßen verwirrt, unser Held. Ein allgemeines Stimmengewirr und Lärmen erhob sich ringsum; alle schüttelten verneinend den Kopf. Herrn Goljadkin kamen die Tränen.

„In solchem Falle bin ich bereit ... ich vertraue mich

ganz ... ich vertraue mein Schicksal Krestjan Iwanowitsch an ..."

Kaum hatte Herr Goljadkin gesagt, er vertraue sein Schicksal Krestjan Iwanowitsch an, als sich ein furchtbarer, ohrenbetäubender, freudiger Schrei all denen entrang, die ihn umgaben, und sich als unheilschwangeres Echo in der wartenden Menge fortpflanzte. Hier griffen Krestjan Iwanowitsch von der einen Seite und Andrej Filippowitsch von der anderen Herrn Goljadkin unter die Arme und halfen ihm in die Kutsche, wobei der Doppelgänger, seiner gemeinen Gewohnheit folgend, von hinten nachschob. Der unglückliche Herr Goljadkin der Ältere warf einen letzten Blick auf alle und alles und stieg ein, zitternd wie ein Katzenjunges, das man mit kaltem Wasser übergossen hat – wenn dieser Vergleich erlaubt ist; gleich nach ihm nahm auch Krestjan Iwanowitsch im Wagen Platz. Die Tür wurde zugeklappt; man hörte das Knallen der Peitsche, und die Pferde zogen an ... alles stürzte Herrn Goljadkin nach. Die durchdringenden, wütenden Schreie seiner Feinde gaben ihm das Geleit. Eine Zeitlang tauchten verschwommen noch irgendwelche Gesichter neben der Kutsche auf, die Herrn Goljadkin entführte, aber nach und nach blieben sie immer mehr zurück, und schließlich verschwanden sie ganz. Länger als alle anderen hielt es Herrn Goljadkins unwürdiger Zwilling aus. Er lief, die Hände in den Taschen seiner grünen Uniformhosen, mit zufriedener Miene neben der Kutsche her und schnellte bald auf der einen, bald auf der anderen Seite hoch; gelegentlich klammerte er sich an den Festerrahmen, hängte sich an ihn, steckte den Kopf zum Fenster hinein und warf Herrn Goljadkin Kußhändchen zu; aber auch er ermüdete allmählich, tauchte immer seltener auf und verschwand endlich ganz. Herrn Goljadkins Herz krampfte sich immer angstvoller zusammen; das Blut schoß ihm in den Kopf wie ein heißer Quell; er rang nach Luft; am liebsten hätte er Jacke und Hemd aufgeknöpft, die Brust entblößt und sie mit Schnee überschüttet oder mit kaltem Wasser besprengt. Am Ende verfiel er in einen Dämmerzustand ... Als er aus ihm erwachte, sah er, daß die Pferde auf einer ihm unbekannten Landstraße dahintrabten. Rechts und links dunkelten Wälder; überall Öde und Verlassenheit. Plötzlich ließ ihn der Schreck erstarren; zwei flammende Augen blickten ihn aus der Dunkelheit an und funkelten vor unheilverkündender, teuflischer Freude. Nein, das war nicht Krestjan Iwanowitsch! Wer mochte es sein? War er es doch? Ja, es war Krestjan Iwanowitsch, aber nicht der frühere, sondern ein anderer Krestjan Iwanowitsch! Ein furchtbarer Krestjan Iwanowitsch!

„Krestjan Iwanowitsch, ich ... ich habe doch wohl nichts ... Krestjan Iwanowitsch", begann zitternd und bebend unser Held, um den schrecklichen Krestjan Iwanowitsch durch Demut und Ergebenheit wenigstens einigermaßen zu besänftigen.

„Er bekommt Wohnung auf Staatskosten, mit Brennholz, mit Licht und mit Bedienung, was er gar nicht verdient hat", erklang wie ein Gerichtsurteil Krestjan Iwanowitschs Antwort.

Unser Held schrie auf und griff sich an den Kopf. O weh, das hatte er seit langem geahnt!

Ein Roman in neun Briefen

1

Pjotr Iwanytsch an Iwan Petrowitsch

Sehr geehrter Herr
und hochwerter Freund Iwan Petrowitsch!

Seit drei Tagen schon, mein hochwerter Freund, jage ich Ihnen buchstäblich hinterdrein, da ich eine überaus wichtige Angelegenheit mit Ihnen zu besprechen habe, und nirgends treffe ich Sie an. Als wir gestern Semjon Alexejitsch unsere Aufwartung machten, äußerte meine Frau scherzhaft und ziemlich treffend, daß Sie und Tatjana Petrowna ein recht ruheloses Pärchen seien. Keine drei Monate verheiratet, und schon negligieren Sie Ihre Penaten. Wir alle haben sehr gelacht – da wir Ihnen ja, versteht sich, von Herzen gewogen sind –, doch im Ernst, Verehrtester, Sie haben mir Ungelegenheiten bereitet. Semjon Alexejitsch meinte, Sie könnten vielleicht im Klub der Vereinten Gesellschaft auf einem Ball sein? Ich ließ meine Frau bei Semjon Alexejitschs Gattin und eilte in die Vereinte Gesellschaft. Es war zum Lachen und Weinen! Stellen Sie sich meine Lage vor – ich auf einem Ball, allein, ohne meine Frau! Im Vorzimmer begegnete mir Iwan Andrejitsch, und als er mich allein sah, schlußfolgerte er sogleich (der Spitzbube), ich hätte eine merkwürdige Vorliebe für Tanzgesellschaften, nahm meinen Arm und wollte mich schon gewaltsam in die Tanzklasse ziehen, da, wie er sagte, es ihm in der Vereinten Gesellschaft zu eng sei, eine draufgängerische Seele könne sich da nicht entfalten, und ihm schmerze von Patschuli und Reseda der Kopf. Ich fand indes weder Sie noch Tatjana Petrowna. Iwan Andrejitsch versicherte hoch und heilig, Sie seien ganz bestimmt in „Verstand schafft Leiden" ins Alexander-Theater gegangen.

Ich eilte ins Alexander-Theater – auch dort waren Sie nicht. Heute morgen kam mir der Gedanke, daß ich Sie bei Tschistoganow finden könnte – aber von wegen! Tschistoganow schickte zu den Perepalkins – das gleiche Ergebnis. Kurzum, ich war völlig am Ende; bedenken Sie das Hin und Her! Jetzt schreibe ich Ihnen (ich habe keine andere Wahl!). Mein Anliegen ist beileibe kein literarisches (Sie verstehen mich); so etwas bespricht man am besten unter vier Augen, und da eine Aussprache zwischen uns dringend notwendig ist, bitte ich Sie und Tatjana Petrowna heute zum Tee und zu einem abendlichen Plauderstündchen. Anna Michailowna, meine Frau, würde sich über Ihren Besuch außerordentlich freuen. Wahrhaftig, wir wären Ihnen, wie man so sagt, bis an unser Lebensende zu Dank verpflichtet.

Übrigens, verehrtester Freund – da ich einmal schreibe, will ich alles schreiben –, ich sehe mich nunmehr gezwungen, Ihnen ein wenig zu grollen, ja sogar Vorwürfe zu machen, höchstwerter Freund, und zwar wegen eines scheinbar ganz harmlosen Streiches, den Sie mir gespielt haben ... Sie bösartiger, gewissenloser Mensch! Da führen Sie etwa Mitte vergangenen Monats in meinem Haus einen Ihrer Bekannten ein, nämlich Jewgeni Nikolajitsch, und legen Ihre freundschaftliche und für mich selbstredend heilige Fürsprache für ihn ein; ich freue mich, nehme den jungen Mann mit offenen Armen bei mir auf und stecke damit den Kopf in die Schlinge. Nein, eine Schlinge war es eigentlich nicht, doch heraus kam dabei, was man eine schöne Bescherung nennt. Für Erklärungen ist jetzt keine Zeit, auch widersteht es mir, diese schriftlich abzugeben, daher nur meine untertänigste Bitte an Sie, schadenfroher Freund und Gönner: Könnten Sie Ihrem jungen Mann nicht irgendwie – taktvoll, beiläufig und stillheimlich – ins Ohr flüstern, daß es in der Hauptstadt noch viele Häuser außer dem unseren gibt? Es ist unerträglich, mein Lieber! Padam do nóg, wie unser Freund Szymoniewicz zu sagen pflegt. Alles andere mündlich. Ich meine ja nicht, daß der junge Mann beispielsweise keine

Manieren oder geistigen Vorzüge habe oder sich sonst einen Fauxpas habe zuschulden kommen lassen. Im Gegenteil, er ist sogar ein netter und liebenswerter junger Mann, doch warten Sie ab, bis wir uns sehen; sollten Sie ihm in der Zwischenzeit begegnen, dann geben Sie ihm um Gottes willen einen Wink, Verehrtester. Ich würde es ja selber tun, aber Sie wissen, wie ich beschaffen bin: Ich kann es nicht, und damit fertig. Sie haben ihn schließlich empfohlen. Im übrigen, Näheres besprechen wir auf jeden Fall heute abend. Und jetzt auf Wiedersehen.

Ich verbleibe usw. usf.

PS: Unser Kleiner kränkelt schon seit einer Woche, und mit jedem Tag geht es ihm schlechter. Die Zähnchen machen ihm zu schaffen; sie kommen durch. Meine Frau ist fortwährend um ihn herum und sorgt sich sehr, die Ärmste. Kommen Sie. Sie würden uns fürwahr eine Freude machen, hochwerter Freund.

2
Iwan Petrowitsch an Pjotr Iwanytsch

Geehrter Herr Pjotr Iwanytsch!

Gestern erhalte ich Ihren Brief, ich lese ihn und bin sprachlos. Da suchen Sie mich Gott weiß wo, dabei war ich ganz einfach zu Hause. Bis gegen zehn Uhr habe ich auf Iwan Iwanytsch Tolokonow gewartet. Gleich danach nahm ich meine Frau, mietete eine Droschke, stürzte mich in Unkosten und erschien gegen halb sieben bei Ihnen. Sie waren nicht zu Hause, Ihre Frau empfing uns. Ich wartete bis halb elf, länger konnte ich nicht. Ich nahm meine Frau, stürzte mich in Unkosten, mietete eine Droschke, brachte meine Frau nach Hause und fuhr weiter zu den Perepalkins, weil ich Sie dort anzutreffen glaubte, doch wieder ging meine Rechnung nicht auf. Ich kam nach Hause, tat vor Sorgen die ganze Nacht kein Auge zu und fand mich am Morgen dreimal bei Ihnen ein, um neun, um zehn und um elf

Uhr, dreimal stürzte ich mich in Unkosten, mietete eine Droschke, und jedesmal mußte ich unverrichteterdinge kehrtmachen.

Über Ihren Brief habe ich mich gewundert. Sie schreiben von Jewgeni Nikolajitsch, Sie bitten mich, ihm einen Wink zu geben, und sagen nicht, weshalb. Ich lobe Ihre Vorsicht, doch ist für mich Brief nicht gleich Brief, und wichtige gebe ich meiner Frau nicht für Lockenwickel. Schließlich frage ich mich, warum Sie mir all dies zu schreiben belieben. Übrigens, wenn es schon so weit ist, warum dann mich in die Geschichte verwickeln? Ich stecke meine Nase nicht in alles und jedes. Absagen konnten Sie selber, ich weiß nur so viel, daß ich mit Ihnen knapp, bestimmt sprechen muß, überdies verstreicht die Zeit. Ich bin in einer Zwangslage und weiß nicht, zu welchen Mitteln ich noch greifen muß, wenn Sie die Absprachen mißachten. Ich stehe vor einer Reise, die Reise kostet etwas, und dazu jammert und barmt meine Frau – also muß ich ihr ein Hauskleid aus Samt nach der neusten Mode machen lassen. Was Jewgeni Nikolajitsch betrifft, so beeile ich mich, Ihnen mitzuteilen, daß ich gestern bei Pawel Semjonytsch Perepalkin ungesäumt endgültige Auskünfte eingeholt habe. Er nennt fünfhundert Seelen im Gouvernement Jaroslawl sein eigen, und es besteht Hoffnung, daß er von der Großmutter dreihundert Seelen in der Moskauer Gegend erbt. Wie hoch sein Vermögen ist, weiß ich nicht, glaube aber, Sie dürften das eher wissen. Ich bitte Sie nunmehr, mir endgültig Bescheid zu geben, wo wir uns treffen können. Sie sind gestern Iwan Andrejitsch begegnet und schreiben, er habe Ihnen erklärt, ich sei mit meiner Frau im Alexander-Theater. Ich aber sage, er lügt und man darf ihm erst recht in solchen Dingen keinen Glauben schenken, erst vorgestern hat er seine Großmutter um achthundert Papierrubel geprellt.

Damit habe ich die Ehre usw. usf.

PS: Meine Frau ist schwanger, außerdem erschrickt sie leicht und hat mitunter Anwandlungen von Melancholie. Im Theater wird auf der Bühne zuzeiten geschossen und maschinell Donner erzeugt. Aus diesem Grunde, um meine Frau nicht zu erschrecken, gehen wir nicht ins Theater. Ich selber habe fürs Theater nicht viel übrig.

3

Pjotr Iwanytsch an Iwan Petrowitsch

Mein höchstwerter Freund Iwan Petrowitsch!

Ich bin schuld, schuld, tausendmal schuld, doch muß ich mich unbedingt rechtfertigen. Gestern, in der sechsten Stunde, gerade in dem Augenblick, da wir mit aufrichtiger, herzlicher Anteilnahme Ihrer gedachten, kam ein reitender Bote von meinem Onkel Stepan Alexejitsch, mit der Nachricht, es stünde schlecht um die Tante. Um meiner Frau den Schreck zu ersparen, sagte ich ihr kein Wort davon, schob eine anderweitige dringende Angelegenheit vor und fuhr zur Tante. Ich fand sie kaum noch am Leben. Punkt fünf Uhr hatte sie einen Schlaganfall erlitten, den dritten schon in zwei Jahren. Karl Fjodorytsch, der Hausarzt, erklärte, daß sie möglicherweise die Nacht nicht überleben würde. Bedenken Sie meine Lage, höchstwerter Freund. Die ganze Nacht auf den Beinen, geschäftig und leiderfüllt. Es war schon in der Frühe, als ich mich, erschöpft an Körper und Geist, dortselbst auf den Diwan legte; ich hatte zu sagen vergessen, daß man mich rechtzeitig wecken möge, und so war es schon halb zwölf, als ich erwachte. Der Tante ging es besser. Ich fuhr zu meiner Frau, die Ärmste erwartete mich schon, völlig außer sich. Ich aß einen Happen, schloß die Kleine in die Arme, beruhigte meine Frau und fuhr zu Ihnen. Sie waren nicht zu Hause. Dafür traf ich bei Ihnen Jewgeni Nikolajitsch. Ich fuhr wieder nach Hause, griff zur Feder, und nun schreibe ich Ihnen. Knurren Sie nicht und seien Sie mir nicht gram, mein wahrer Freund. Schlagen, hauen Sie mir das schuldbeladene Haupt von den Schultern, doch entziehen Sie mir nicht Ihr Wohlwollen. Von Ihrer Gattin habe ich erfahren, daß Sie gestern bei den Slawjanows waren. Ich werde unbedingt hinkommen. Mit größter Ungeduld erwarte ich Sie.

Jetzt aber verbleibe ich usw. usf.

PS: Unser Kleiner bringt uns wahrhaftig zur Verzweiflung. Karl Fjodorytsch hat ihm Rhabarber verordnet. Er stöhnt, gestern hat er keinen erkannt. Heute erkennt er wieder jeden und plappert in einem fort – Papa, Mama, bu ... Meine Frau war den ganzen Morgen in Tränen aufgelöst.

4

Iwan Petrowitsch an Pjotr Iwanytsch

Geehrter Herr Pjotr Iwanytsch!

Ich schreibe bei Ihnen, in Ihrem Zimmer, an Ihrem Schreibtisch; doch ehe ich zur Feder griff, habe ich geschlagene zweieinhalb Stunden auf Sie gewartet. Erlauben Sie mir nun, Pjotr Iwanytsch, Ihnen unverblümt meine Meinung zu dieser verwickelten Geschichte zu sagen. Aus Ihrem letzten Brief schloß ich, daß man Sie bei den Slawjanows erwartet, Sie bestellten mich dorthin, ich komme, sitze fünf Stunden herum, ohne daß Sie erscheinen. Soll ich mich vielleicht Ihretwegen zum Gespött der Menschen machen? Erlauben Sie, geehrter Herr ... Ich komme zu Ihnen am Morgen, in der Hoffnung, Sie anzutreffen, und um es nicht gewissen hinterhältigen Personen gleichzutun, die die Leute Gott weiß wo suchen, während man sie zu jeder angängigen Zeit zu Hause antreffen kann. Doch von Ihnen zu Hause keine Spur. Ich wüßte nicht, was mich jetzt davon abhalten sollte, Ihnen die ganze ungeschminkte Wahrheit zu sagen. Ich sage nur, es sieht so aus, als wollten Sie von unserer bewußten Übereinkunft abrücken. Und erst jetzt, da ich alles durchschaue, kann ich nicht umhin, Ihnen zu bekennen, daß ich die Durchtriebenheit Ihrer Denkweise ehrlich bewundere. Jetzt sehe ich mit aller Deutlichkeit, daß Sie seit langem Böses im Schilde führen. Als Beweis dieser meiner Vermutung dient mir, daß Sie sich schon in der vergangenen Woche auf nahezu unerlaubte Weise Ihres an mich adressierten Briefes bemächtigten, in dem Sie, zwar reichlich verschwommen und holprig, unsere Absprachen für den Ihnen nur zu gut bekannten Fall darlegten. Sie fürchten Dokumente, Sie vernichten diese, und mich halten Sie zum Narren. Doch ich lasse mich nicht zum Narren halten, denn für einen solchen habe ich bislang noch nie gegolten, und alle haben von mir in dieser Hinsicht ein gute Meinung. Mir öffnen sich die Augen. Sie wollen mich durcheinanderbringen, Sie täuschen mich mit Jewgeni Nikolajitsch, und wenn ich von Ihnen Erklärungen zu Ihrem rätselhaften Brief vom 7. dieses Monats verlange, verabreden Sie mit mir zum Schein ein Treffen und halten sich dann verborgen. Glauben Sie, geehrter Herr, ich sei nicht imstande, all dies zu durchschauen? Sie versprechen, mich für die Ihnen nur zu gut bekannten Dienste zu entschädigen, die ich Ihnen in Gestalt von Empfehlungen an verschiedene Personen erwiesen habe, unterdessen verstehen Sie es aber so einzurichten – ich weiß nicht, wie , daß Sie sich erhebliche Geldbeträge ohne Quittung von mir geben lassen, wie erst unlängst vergangene Woche. Jetzt, da Sie das Geld haben, weichen Sie mir aus und leugnen außerdem, daß ich Ihnen mit Jewgeni Nikolajitsch einen Gefallen erwiesen habe. Vielleicht hoffen Sie auf meine baldige Abreise nach Simbirsk und meinen, es verbleibe mir keine Zeit, um mit Ihnen abzurechnen. Doch ich erkläre Ihnen feierlich – mein Ehrenwort sei mein Zeuge –, daß ich, eigens zu diesem Zweck, entschlossen bin, noch ganze zwei Monate in Petersburg auszuharren, ich setze das durch, ich erreiche mein Ziel und mache Sie ausfindig. Ich verstehe mich darauf, jemandem ein Schnippchen zu schlagen. Abschließend erkläre ich Ihnen, sollten Sie mir heute keine befriedigenden Gründe angeben, sowohl schriftlich als auch mündlich, unter vier Augen, und in Ihrem Brief nicht erneut all jene grundlegenden Abmachungen dartun, die zwischen uns gegolten haben, und nicht endgültig Ihre Meinung über Jewgeni Nikolajitsch äußern, daß ich mich dann gezwungen sehen werde, zu Mitteln zu greifen, die

Ihnen höchst unangenehm sein dürften und die auch mir widerstreben würden.

Damit verbleibe ich usw. usf.

5

Pjotr Iwanytsch an Iwan Petrowitsch

11. November

Allerliebster, verehrtester Freund Iwan Petrowitsch!

Über Ihren Brief bin ich zutiefst betrübt. Sie schämen sich nicht, mein lieber, doch ungerechter Freund, so mit Ihrem besten Gönner zu verfahren. Zur Eile mahnen, die Angelegenheit nicht restlos klären und mich zu guter Letzt mit derart schnöden Verdächtigungen kränken?! Doch will ich auf Ihre Anwürfe unverzüglich antworten. Gestern, Iwan Petrowitsch, haben Sie mich nicht angetroffen, weil ich plötzlich und ganz unvorhergesehen an ein Sterbebett gerufen wurde. Meine Tante, Jewfimija Nikolawna, ist gestern nacht um elf Uhr verschieden. Einstimmig wurde ich von allen Angehörigen zum Arrangeur des gesamten Trauerzeremoniells erwählt. So vieles galt es zu erledigen, daß ich selbst heute morgen keine Zeit fand, mit Ihnen zusammenzutreffen, geschweige denn, Sie durch ein paar Zeilen zu benachrichtigen. Von Herzen bedauere ich, daß es zwischen uns zu einem Mißverständnis gekommen ist. Meine beiläufig und scherzhaft über Jewgeni Nikolajitsch geäußerten Worte haben Sie völlig falsch aufgefaßt und der ganzen Sache einen Sinn gegeben, der mich tief verletzt. Sie sprechen von Geld und zeigen sich deshalb besorgt. Dabei bin ich auf der Stelle bereit, allen Ihren Wünschen und Forderungen nachzukommen, obwohl ich, nebenbei bemerkt, hier nicht umhinkann, Sie daran zu erinnern, daß ich das Geld, dreihundertfünfzig Silberrubel, vergangene Woche von Ihnen zu den bewußten Bedingungen bekommen, nicht aber geliehen habe. Sonst wäre ganz bestimmt eine Quittung vorhanden. Zu Erklärungen betreffs der anderen in Ihrem Brief dargelegten Punkte lasse ich mich nicht herbei. Ich sehe, hier liegt ein Mißverständnis vor, ich spüre darin Ihre übliche Voreiligkeit, Hitzigkeit und Direktheit. Ich weiß, daß Ihre Güte und Ihr aufrechtes Wesen keinen Zweifel in Ihrem Herzen dulden und daß Sie mir am Ende die Hand reichen werden. Sie irren, Iwan Petrowitsch, Sie irren schwer!

Obwohl mich Ihr Brief tief getroffen hat, wäre ich bereit, als erster bei Ihnen zu erscheinen, und zwar heute noch, um meine Schuld zu bekennen, doch seit gestern stecke ich so in Arbeit, daß ich jetzt völlig erschlagen bin und mich kaum noch auf den Beinen halten kann. Um das Unheil voll zu machen, hat sich meine Frau ins Bett gelegt; ich fürchte, sie ist ernstlich krank. Was den Kleinen betrifft, so geht es ihm gottlob besser. Doch ich lege die Feder nieder ... Die Pflichten rufen, und ihrer ist es ein ganzer Haufe.

Erlauben Sie, höchstwerter Freund, daß ich damit verbleibe usw. usf.

6

Iwan Petrowitsch an Pjotr Iwanytsch

14. November

Geehrter Herr Pjotr Iwanytsch!

Ich habe drei Tage gewartet; ich habe versucht, sie nutzbringend zu verwenden – unterdessen habe ich mich, da ich finde, daß Höflichkeit und Anstand vornehmste Zier eines jeden Menschen sind, seit meinem letzten Brief vom 10. des Monats weder mit Worten noch mit Taten bei Ihnen in Erinnerung gebracht, teils, damit Sie ungestört Ihrer Christenpflicht bei Ihrer Frau Tante nachkommen konnten, teils, weil ich für Überlegungen und Nachforschungen in der bewußten Angelegenheit Zeit benötigte. Nunmehr zögere ich nicht länger, Ihnen endgültig und bestimmt meine Meinung zu sagen.

Ich gestehe Ihnen unumwunden, daß ich bei der Lektüre

Ihrer beiden ersten Briefe allen Ernstes glaubte, Sie begreifen nicht, was ich will; an einem Treffen mit Ihnen und einer Aussprache unter vier Augen war mir hauptsächlich deshalb gelegen, weil ich die Feder scheute und mir vorwarf, meine Gedanken nicht klar genug zu Papier bringen zu können. Ihnen ist bekannt, daß ich weder Bildung noch gute Manieren besitze und hochtrabendes Geschwätz verabscheue; denn ich habe nach bitteren Erfahrungen letztlich eingesehen, wie sehr der Schein bisweilen trügt und daß sich unter lauter Blüten manchmal eine Schlange verbirgt. Doch Sie durchschauten mich; Sie antworteten mir nicht, wie es sich geziemt hätte, weil Sie in Ihrer treulosen Gesinnung von vornherein die Absicht hatten, Ihr Ehrenwort zu brechen und die zwischen uns bestehenden freundschaftlichen Beziehungen zu verraten. Neuester Beweis dafür war das schändliche Verhalten, das Sie in letzter Zeit mir gegenüber an den Tag gelegt haben, ein Verhalten, das meinen Interessen abträglich ist, das ich nicht erwartet und bis zu dieser Minute nicht für möglich gehalten hätte; denn da mich von Anbeginn unserer Bekanntschaft Ihr kluges Gebaren, Ihre feinen Manieren, Ihre Sachkenntnis sowie die Vorteile fesselten, die mir aus dem Umgang mit Ihnen erwachsen würden, vermutete ich, einen wahren Freund, Gefährten und Gönner gefunden zu haben. Jetzt freilich habe ich deutlich erkannt, daß es viele Menschen gibt, die unter einem liebedienerischen, gleißenden Äußeren Gift im Herzen tragen, die ihren Verstand gebrauchen, um Ränke wider ihren Nächsten zu schmieden und schlimmsten Lug und Trug zu ersinnen, und die deshalb Papier und Feder scheuen, gleichzeitig aber auch ihren Stil gebrauchen, um das Urteilsvermögen derer einzuschläfern und zu betören, mit denen sie mancherlei Geschäft und Vereinbarung eingegangen sind. Wie treulos Sie an mir gehandelt haben, geehrter Herr, ist aus Nachfolgendem klar ersichtlich.

Erstens, als ich Ihnen, geehrter Herr, in meinem Brief mit klaren, deutlichen Worten meine Lage schilderte und zugleich in meinem ersten Brief anfragte, was Sie unter gewissen Wendungen und Absichten, vornehmlich betreffs

Jewgeni Nikolajitschs, verstanden wissen wollten, da trachteten Sie, die Sache mit Schweigen zu übergehen, und als ich mich einmal über die Verdächtigungen und Zweifel entrüstete, wichen Sie einfach aus. Nachdem Sie mir dann Dinge zugemutet hatten, die sich mit keinem gebührlichen Wort bezeichnen lassen, schrieben Sie mir, Sie wären betrübt. Wie befehlen Sie das zu nennen, geehrter Herr? Als für mich dann jede Minute kostbar wurde und Sie mich zwangen, Ihnen durch die ganze Stadt nachzulaufen, schrieben Sie mir unter der Maske der Freundschaft Briefe, in denen Sie die Angelegenheit bewußt übergingen, in denen Sie von völlig nebensächlichen Dingen sprachen; namentlich von den Beschwerden Ihrer von mir unbedingt verehrten Gattin und davon, daß Sie Ihrem Kleinen Rhabarber gegeben haben und deshalb bei ihm ein Zahn durchkomme. All das erwähnten Sie in jedem Ihrer Briefe mit niederträchtiger und mich beleidigender Regelmäßigkeit. Natürlich, ich stimme Ihnen durchaus bei, daß dem Vater das Leiden des eigenen Kindes zu Herzen geht, doch weshalb sprachen Sie davon, als Sie von etwas ganz anderem, Wichtigerem und Interessanterem hätten sprechen müssen? Ich habe geschwiegen und mich geduldet; jetzt jedoch, nach einer gewissen Zeit, halte ich es für meine Pflicht, mich auszusprechen. Zu guter Letzt, nachdem Sie mich mit falschen Verabredungen mehrmals treulos haben aufsitzen lassen, nötigten Sie mich ganz offensichtlich, die Rolle Ihres Narren und Possenreißers zu spielen, was ich keineswegs zu tun beabsichtige. Nachdem Sie mich dann zu sich eingeladen und gehörig hinters Licht geführt haben, teilen Sie mir mit, Sie seien zu Ihrer leidenden Tante gerufen worden, die Punkt fünf Uhr einen Schlaganfall erlitten habe, wobei Sie auf diese Weise auch hier alles mit peinlicher Genauigkeit aufführen. Zu meinem Glück, geehrter Herr, habe ich in diesen drei Tagen Erkundigungen einholen können, und daher weiß ich, daß Ihre Tante schon am Vorabend des 8., kurz vor Mitternacht, vom Schlag getroffen wurde. Daraus ersehe ich, Sie haben heilige Familienbande benutzt, um Außenstehende zu täuschen. Schließlich sprechen Sie in Ihrem letzten

Brief vom Ableben Ihrer Tante, das just zu der Zeit erfolgt wäre, da ich zur Besprechung der bewußten Angelegenheit zu Ihnen kommen sollte. Hier nun übersteigen Ihre abgefeimten Berechnungen und Erfindungen sogar jede Wahrscheinlichkeit, denn durch einen für mich glücklichen Zufall habe ich gerade im rechten Augenblick erfahren, daß Ihre Frau Tante genau vierundzwanzig Stunden nach der von Ihnen in Ihrem Brief gottlos angegebenen Stunde verschieden ist. Ich würde kein Ende finden, wenn ich alle die Dinge aufzählte, an denen ich Ihr treuebrüchiges Handeln erkannt habe. Für den unbeteiligten Beobachter genügt es schon, daß Sie mich in jedem Ihrer Briefe als Ihren wahren Freund bezeichnen und mir freundschaftliche Namen beilegen, was Sie meiner Meinung nach aus keinem anderen Grunde taten, als mein Gewissen einzuschläfern.

Ich komme jetzt zu Ihrem größten an mir verübten Betrug und Treuebruch, der namentlich darin besteht, daß Sie in letzter Zeit ständig all das stillschweigend übergingen, was unser beidseitiges Interesse betrifft; daß Sie in gottloser Weise den Brief entwendeten, in dem Sie, wenn auch verschwommen und nicht ganz verständlich, unser beider Absprachen und Vereinbarungen darlegten; daß Sie sich von mir als Ihrem Teilhaber dreihundertfünfzig Silberrubel ohne Quittung und unter barbarischer Erpressung ausliehen und daß Sie am Ende unseren gemeinsamen Bekannten Jewgeni Nikolajitsch übel verleumdeten. Deutlich sehe ich jetzt, Sie wollten mir vor Augen führen, daß man ihn – mit Verlaub gesagt – wie einen Ziegenbock weder melken noch scheren kann und er so recht eigentlich gar nichts ist, weder Fisch noch Fleisch, wie Sie es ihm in Ihrem Brief vom 6. des Monats zur Untugend anrechnen. Ich hingegen kenne Jewgeni Nikolajitsch als einen Jüngling von Bescheidenheit und guter Sitte, und genau das ist es, worauf er sich etwas zugute tun und womit er Achtung auf der Welt fordern und erwerben kann. Mir ist überdies bekannt, daß Sie ganze zwei Wochen lang allabendlich beim Glücksspiel mit Jewgeni Nikolajitsch ... zig und manchmal bis zu hundert Silberrubel in die eigene Tasche haben wandern lassen. Jetzt wollen Sie das alles nicht wahrhaben und mir nicht einmal für meine Bemühungen danken, sondern sich sogar mein Geld unwiederbringlich aneignen, nachdem Sie mich mit Teilhaberschaft und allerlei Vergünstigungen, in deren Genuß ich dabei kommen könnte, verlockten. Nachdem Sie sich nunmehr auf höchst gesetzwidrige Weise mein und Jewgeni Nikolajitschs Geld angeeignet haben, zeigen Sie sich wenig dankbar und bedienen sich zudem übler Verleumdung, die Sie – in meinen Augen unsinnigerweise – auch auf denjenigen ausdehnen, den ich unter Aufwand und Mühe in Ihrem Haus eingeführt habe. Dabei sind Sie aber, wie ich von Freunden weiß, bis auf den heutigen Tag ein Herz und eine Seele mit ihm und geben ihn überall als Ihren besten Freund aus, ungeachtet dessen, daß man auf der Welt keinen solchen Erznarren findet, der nicht sofort merken würde, was Sie bezwecken und was Ihr leutseliges und freundschaftliches Verhalten in Wahrheit bedeutet. Ich sage, es bedeutet Täuschung, Treuebruch, Verletzung des Anstandes und der Menschenrechte, es ist gottlos und in jeder Hinsicht verderbt. Ich stelle mich als Beispiel und Beweis dafür hin. Was habe ich Ihnen Böses getan, daß Sie mir in so ruchloser Weise mitspielen?

Ich endige meinen Brief. Ich habe mich ausgesprochen. Und ich schließe folgendermaßen: Wenn Sie, geehrter Herr, mir nicht in kürzester Frist, nach Erhalt dieses Schreibens, erstens den Betrag von dreihundertfünfzig Silberrubel, den ich Ihnen gegeben habe, und zweitens alle mir auf Grund Ihrer Vereinbarung zustehenden Beträge in voller Höhe zurückzahlen, greife ich zu allerlei Mitteln, um Sie, wenn es sein muß, mit offener Gewalt zur Zahlung zu zwingen; zweitens rufe ich den Schutz der Gesetze an, und letztlich mache ich Sie darauf aufmerksam, daß ich über einige Beweise verfüge, die, sollten sie im Besitz Ihres ergebensten Dieners und Verehrers verbleiben, Ihren Namen in den Augen aller Welt entehren und besudeln könnten.

Damit verbleibe ich usw. usf.

7

Pjotr Iwanytsch an Iwan Petrowitsch

15. November

Iwan Petrowitsch!

Nach Erhalt Ihres groben und zugleich merkwürdigen Schreibens war ich im ersten Augenblick gewillt, es in Stücke zu reißen, doch dann habe ich es als Kuriosum aufgehoben. Im übrigen bedauere ich von Herzen die zwischen uns bestehenden Mißverständnisse und Mißhelligkeiten. Eigentlich wollte ich Ihnen gar nicht antworten. Doch die Umstände nötigen mich dazu. Mit diesen Zeilen muß ich Ihnen nämlich mitteilen, daß, wann auch immer, Sie in meinem Haus zu sehen mir höchst unlieb wäre, desgleichen meiner Frau; um ihre Gesundheit ist es nicht zum besten bestellt, und Pechgeruch schadet ihr.

Meine Frau schickt Ihrer Gattin mit Dank ein Büchlein zurück, das bei uns geblieben war – „Don Quijote de la Mancha". Was Ihre Galoschen betrifft, die Sie angeblich bei Ihrem letzten Besuch bei uns vergessen haben, so teile ich Ihnen mit Bedauern mit, daß wir sie nirgends gefunden haben. Man sucht sie noch immer; sollten sie nicht auffindbar sein, werde ich Ihnen neue kaufen.

Im übrigen habe ich die Ehre usw. usf.

8

Am 16. November erhält Pjotr Iwanytsch mit der Stadtpost zwei auf seinen Namen lautende Briefe. Er öffnet den ersten und entnimmt ihm ein kunstvoll gefaltetes Schreiben auf zartrosa Papier. Die Handschrift seiner Frau; adressiert an Jewgeni Nikolajitsch, datiert mit dem 2. November. Sonst enthält der Brief nichts. Pjotr Iwanytsch liest:

Lieber Eugène! Gestern ging es einfach nicht. Mein Mann war den ganzen Abend zu Hause. Komm morgen unbedingt Punkt elf. Mein Mann fährt halb elf nach Zarskoje und kehrt um Mitternacht zurück. Ich habe mich die ganze Nacht lang geärgert. Hab Dank für die Übersendung von Nachrichten und Korrespondenz. Was für ein Haufen Papier! Hat sie das alles vollgeschrieben? Übrigens, Stil hat sie; ich danke Dir, ich sehe, Du liebst mich. Sei nicht böse wegen gestern und komm bitte morgen.

A.

Pjotr Iwanytsch öffnet den zweiten Brief.

Pjotr Iwanytsch!

Mein Fuß hätte Ihr Haus ohnehin nicht wieder betreten; Sie haben unnötigerweise Papier beschmiert.

In der nächsten Woche fahre ich nach Simbirsk; als lieber, verehrter Freund bleibt Jewgeni Nikolajitsch bei Ihnen zurück; ich wünsche Ihnen Erfolg; wegen der Galoschen machen Sie sich keine Sorgen.

9

Am 17. November erhält Iwan Petrowitsch mit der Stadtpost zwei auf seinen Namen lautende Briefe. Er öffnet den ersten und entnimmt ihm ein achtlos und eilig hingeworfenes Schreiben. Die Handschrift seiner Frau; adressiert an Jewgeni Nikolajitsch, datiert mit dem 4. August. Sonst enthält der Brief nichts. Iwan Petrowitsch liest:

Leben Sie wohl, Jewgeni Nikolajitsch, leben Sie wohl! Der Herr vergelte Ihnen auch das. Werden Sie glücklich, mir wird ein hartes Los zuteil – entsetzlich! Sie haben es so gewollt. Wäre nicht die Tante, ich hätte mich Ihnen anvertraut. Lachen Sie nicht über mich und meine Tante. Morgen werden wir getraut. Die Tante ist froh, daß sich ein guter Mann gefunden hat, der mich ohne Mitgift nimmt. Heute habe ich ihn zum erstenmal genauer angeschaut. Er macht einen gutmütigen Eindruck. Man drängt mich zur Eile. Leben Sie wohl, leben Sie wohl, mein Liebster! Denken Sie einmal an mich, ich werde Sie nie vergessen. Leben Sie wohl.

Ich unterschreibe auch diesen letzten Brief so wie den ersten … wissen Sie noch?

Tatjana

Der zweite Brief lautete folgendermaßen:

Iwan Petrowitsch! Morgen erhalten Sie neue Galoschen; ich pflege nichts aus fremden Taschen zu stibitzen; ebenso wie es nicht meine Art ist, auf der Straße allerlei Lumpen und Trödel aufzulesen.

Jewgeni Nikolajitsch fährt in den nächsten Tagen nach Simbirsk – Angelegenheiten seines Großvaters – und hat mich gebeten, nach einem Reisegefährten für ihn Ausschau zu halten. Hätten Sie nicht Lust?

Herr Prochartschin

Eine Erzählung

Im dunkelsten und bescheidensten Winkel von Ustinja Fjodorownas Wohnung hauste Semjon Iwanowitsch Prochartschin, ein nicht mehr junger Mann von anständiger Gesinnung, der auch nicht trank. Da Herr Prochartschin bei seinem niedrigen Rang ein Gehalt bezog, das seinen dienstlichen Fähigkeiten durchaus entsprach, konnte Ustinja Fjodorowna auf keinen Fall mehr als fünf Rubel im Monat für das Logis von ihm verlangen. Manche meinten, sie habe da ihre eigenen Berechnungen; wie dem auch sei, Herr Prochartschin zählte, all seinen Verleumdern zum Trotz, sogar zu ihren Favoriten, das natürlich in einem achtbaren, ehrlichen Sinn gemeint. Hier muß bemerkt werden, daß Ustinja Fjodorowna, eine höchst ehrenwerte, füllige Frau, die an Fastentagen eine ausgesprochene Neigung für verbotene Gerichte und Kaffee verspürte und die Fastenzeiten mit Mühe und Not hinter sich brachte, auch Untermieter hatte, die das Doppelte von dem bezahlten, was sie Semjon Iwanowitsch abverlangte; da sie aber keineswegs sanftmütig, sondern im Gegenteil allesamt „böse Spötter" waren und sich über ihre Weiberangelegenheiten und ihre gelegentliche Hilflosigkeit lustig machten, verloren sie bei ihr viel von ihrem guten Ansehen, und sie hätte ihnen, würden sie nicht pünktlich zahlen, nicht nur die Tür gewiesen, sondern sie auch nicht wieder in ihrer Wohnung zu sehen gewünscht. Zum Favoriten aber rückte Semjon Iwanowitsch auf, als man einen der Leidenschaft für starke Getränke frönenden Mann auf den Wolkowo-Friedhof schaffte, einen Abgedankten oder, besser gesagt, Verfemten. Der alkoholfrönende

Verfemte war zwar mit einem – nach seinen Worten – infolge Tapferkeit blau angelaufenen Auge und einem, wohl ebenfalls infolge Tapferkeit, fast steifen Bein herumgegangen, hatte aber ungeachtet dessen alle Wohlgeneigtheit, deren Ustinja Fjodorowna fähig war, zu erwerben und sich zunutze zu machen gewußt; und er hätte sich wohl noch lange als treuester Handlanger und Gnadenbrotempfänger bei ihr gehalten, wäre er nicht am Ende auf zutiefst beklagenswerte Weise dem Trunk erlegen. Das war indessen noch auf den Peski geschehen, wo Ustinja Fjodorowna nur drei Untermieter beherbergt hatte, von denen nach dem Umzug in die neue Wohnung und der Umstellung auf eine erweiterte Basis von etwa zehn Untermietern nur noch Herr Prochartschin übrigblieb.

Ob Herrn Prochartschin selbst gewisse ihm eigene Fehler anhafteten oder seine Wohngenossen mit solchen belastet waren, bleibe dahingestellt; jedenfalls schien sich das beiderseitige Verhältnis von Anfang an nicht allzugut zu entwickeln. Hier ist zu bemerken, daß sich Ustinja Fjodorownas neue Untermieter alle wie leibliche Brüder vertrugen; einige von ihnen waren bei derselben Dienststelle beschäftigt; alle verspielten miteinander regelmäßig an jedem Ersten ihr Monatsgehalt beim Pharao, beim Preference oder beim chinesischen Billard; alle miteinander gaben sich in fröhlicher Stunde gern den schäumenden Augenblicken des Lebens hin, wie sich das bei ihnen nannte; alle unterhielten sich gelegentlich auch gern über Höheres, und obwohl es in solchen Fällen selten ohne Streitigkeiten abging, wurde die allgemeine Harmonie in keiner Weise gestört, da alle Vorurteile aus dieser Kumpanei verbannt waren. Zu den bemerkenswertesten Mietern gehörten: Mark Iwanowitsch, ein kluger und belesener Mann; dann Oplewanijew; dazu Prepolowenko, auch der ein bescheidener und anständiger Mensch; des weiteren ein gewisser Sinowi Prokofjewitsch, der sich zum Ziel gesetzt hatte, unbedingt in die bessere Gesellschaft aufzurücken; schließlich der Schreiber Okeanow, der Semjon Iwanowitsch die Palme des Favoriten und erklärten Lieblings seinerzeit beinahe entrissen hätte; dazu ein weiterer Schreiber namens Sudbin und der Rasnotschinze Kantarew; es gab auch noch andere. Doch Semjon Iwanowitsch fand mit all diesen Leuten nicht zusammen. Natürlich wünschte ihm niemand etwas Böses, zumal ihm alle von Anfang an Gerechtigkeit widerfahren ließen und, den Worten Mark Iwanowitschs folgend, entschieden, er, Prochartschin, sei ein guter und verträglicher Mensch, zwar kein Mann von Welt, aber zuverlässig und kein Schmeichler; selbstverständlich habe er seine Mängel; wenn er aber an etwas scheitere, dann nur am Mangel an Phantasie. Und nicht genug damit: Herr Prochartschin könne, abgesehen davon, daß er keine Phantasie besitze, weder durch seine Statur noch, zum Beispiel, durch seine Manieren in für ihn vorteilhafter Weise für sich einnehmen (darüber pflegen Spötter besonders gerne herzuziehen); sein ganzes Äußeres wirke so, als käme es ihm nicht im geringsten darauf an; dabei übernahm es Mark Iwanowitsch als gescheiter Mensch der Form halber, Semjon Iwanowitsch zu verteidigen, und erklärte in schönstem, blumigstem Stil, Prochartschin sei ein einigermaßen bejahrter, gesetzter Mann und habe die Zeit der Elegien längst hinter sich. Wenn also Semjon Iwanowitsch mit den Menschen nicht auszukommen verstehe, dann habe er das nur sich selber zuzuschreiben.

Das erste, was an ihm auffiel, waren ohne Zweifel sein Geiz und seine Knauserigkeit. Das wurde sogleich vermerkt und in Rechnung gestellt, da Semjon Iwanowitsch für nichts auf der Welt bereit war, seinen Teekessel auch nur für kürzeste Zeit auszuleihen; und das war um so weniger zu verstehen, als er kaum Tee trank, sondern, wenn erforderlich, einen ziemlich angenehmen Aufguß von Feldblumen und gewissen Heilkräutern zu sich nahm, von denen er ständig einen hübschen Vorrat im Hause hatte. Übrigens aß er auch keineswegs so wie normalerweise die anderen Pensionsgäste. Zum Beispiel gestattete er sich nie, das ganze Mittagessen zu sich zu nehmen, das Ustinja Fjodorowna seinen Pensionsgenossen vorsetzte. Es kostete einen halben Rubel; Semjon Iwanowitsch gab nicht mehr als fünfundzwanzig Kopeken aus und ließ sich entweder eine Portion Kohlsuppe mit

Pirogge oder ein Stück Rindfleisch geben; am häufigsten jedoch aß er weder Kohlsuppe noch Rindfleisch, sondern begnügte sich mit einem mäßig großen Stück Weißbrot nebst Lauch, Quark, einer sauren Gurke oder einer anderen würzigen Beilage, was unvergleichlich billiger war; seinem halben Mittagessen wandte er sich erst wieder zu, wenn er es nicht länger aushielt.

Hier muß der Biograph gestehen, daß er sich für nichts auf der Welt entschließen würde, auf so belanglose, profane und sogar kitzlige, ja für manchen Liebhaber eines gehobenen Lebensstils womöglich kränkende Einzelheiten einzugehen, würden diese Einzelheiten nicht eine Besonderheit, einen beherrschenden Charakterzug des Helden dieser Erzählung darstellen; denn Herr Prochartschin war, wie er gelegentlich selbst versicherte, bei weitem nicht so bedürftig, daß er sich nicht ständig ein nahrhaftes Essen leisten konnte, tat aber so, ohne die Schande und das Gerede der Leute zu fürchten, nur um seine seltsamen Neigungen zu befriedigen, will sagen aus Geiz und übertriebener Vorsicht, was man übrigens im weiteren bedeutend klarer erkennen wird. Indessen hüten wir uns, den Leser mit der Beschreibung aller Grillen Semjon Iwanowitschs zu langweilen, und lassen zum Beispiel nicht nur die recht amüsante Schilderung all der kuriosen Aufmachungen fort, in denen er sich zeigte, sondern würden sogar, läge uns nicht eine Aussage Ustinja Fjodorownas in eigener Person vor, wohl kaum erwähnen, daß Semjon Iwanowitsch sich sein Leben lang nicht entschließen konnte, seine Wäsche zum Waschen abzugeben, oder wenn er sich dazu entschloß, dann so selten, daß man das Vorhandensein von Wäsche an ihm in der Zwischenzeit völlig vergessen konnte. In der Aussage der Wohnungswirtin aber hieß es, er, selbiger Semjon Iwanowitsch, die gute Seele, Gott helfe ihm im Jenseits, habe den bei ihr gemieteten Winkel zwei Jahrzehnte lang verpestet, ohne sich dessen zu schämen, indem er sich während seines ganzen irdischen Daseins ständig nicht nur gegen den Gebrauch von Socken, Taschentüchern und ähnlichem sträubte, sondern, wie Ustinja Fjodorowna durch die abgenutzten, durchscheinend gewordenen Wandschirme erspähen konnte, manchmal selber nicht wußte, womit er seine schneeweißen Glieder bedecken sollte, der Gute. Dergleichen Gerüchte kamen erst nach Semjon Iwanowitschs Tode auf. Zu seinen Lebzeiten jedoch (und das war einer der wichtigsten Streitpunkte) konnte er sich, selbst im Falle der angenehmsten, freundschaftlichsten Beziehungen, keineswegs damit abfinden, daß jemand ungebeten die neugierige Nase in seinen Winkel steckte, auch wenn er nur durch die abgenutzten, durchscheinend gewordenen Wandschirme spähte. Er war äußerst widerborstig und schweigsam und ging auf leeres Gerede nicht ein. Für Ratgeber war er nicht zu haben, zumal für ungebetene, und pflegte einen Spötter oder ungebetenen Ratgeber auf der Stelle zurechtzuweisen und zu beschämen; und damit hatte es sich dann. „Du bist für mich ein Grünschnabel, ein Ohrenbläser, und kein Ratgeber, so verhält sich das; mach dir klar, Verehrter, wer du bist, was du in der Tasche hast, du Kindskopf, wieviel Garn für deine Fußlappen draufgegangen ist, und damit Schluß!" Semjon Iwanowitsch stammte aus einfachen Verhältnissen und sagte zu jedermann *du*. Auch konnte er es durchaus nicht leiden, wenn ihm jemand, der seine Eigenheiten kannte, plötzlich zum Spaß auf den Leib rückte und ihn danach ausforschte, was er in seiner kleinen Truhe aufbewahre... Semjon Iwanowitsch besaß so eine Truhe. Sie stand unter seinem Bett und wurde gehütet wie ein Augapfel; und obwohl jedermann wußte, daß es in ihr nur allerlei Lumpen, zwei, drei Paar schadhafte Schuhe und allerlei anderen Plunder gab, schätzte Herr Prochartschin diese seine bewegliche Habe ziemlich hoch ein, ja man wollte sogar gehört haben, wie er, mit seinem alten, aber noch recht zuverlässigen Schloß nicht mehr zufrieden, über die Anschaffung eines neuen, ganz besonderen, in Deutschland hergestellten und mit allerlei Finessen und einer geheimen Feder versehenen Schlosses verhandelte. Als aber Sinowi Prokofjewitsch, von seinem jugendlichen Leichtsinn verleitet, eines Tages die reichlich unpassende und rohe Vermutung äußerte, Semjon Iwanowitsch halte dies und das für seine Nachkommenschaft in der Truhe verborgen, erstarrten die Anwesenden bei den ungewöhnlichen Folgen von Sinowi Prokofjewitschs Entgleisung unwillkürlich zu Stein. Herr Prochartschin fand nicht gleich die passende Antwort auf diesen schamlosen und rohen Gedanken. Eine ganze Weile sprudelten allerlei völlig sinnlose Worte über seine Lippen; schließlich verstand man, daß Semjon Iwanowitsch Sinowi Prokofjewitsch erstens eine weit zurückliegende Knauserigkeit vorhielt; zweitens erfuhr man, Semjon Iwanowitsch sage voraus, Sinowi Prokofjewitsch werde nie im Leben in die besseren Gesellschaftsschichten aufsteigen, dafür aber unbedingt eine Tracht Prügel von seinem Schneider beziehen, weil er, der Grünschnabel, ihn in einem fort hinhalte und das für die Kleidung Geschuldete nicht bezahle. „Und schließlich willst du Milchbart", so fügte Semjon Iwanowitsch hinzu, „auch noch Fähnrich bei den Husaren werden, nur schaffst du das nicht, da fresse ich einen Besen; wenn aber die Obrigkeit davon erfährt, stuft sie dich einfach unter die Schreiber zurück; so, jetzt weißt du's, du Grünschnabel!" Danach beruhigte sich Semjon Iwanowitsch und streckte sich für fünf Stunden aus, worauf er zum größten Erstaunen aller, nachdem er offenbar lange nachgedacht hatte, wieder loslegte, zunächst für sich, dann aber unmittelbar an Sinowi Prokofjewitsch gewandt, den er aufs neue mit Vorwürfen überschüttete und blamierte. Aber auch damit war die Angelegenheit noch nicht erledigt, und abends, als Mark Iwanowitsch und ein anderer Untermieter, er hieß Prepolowenko, auf den Einfall kamen, einen Tee zu brauen und den Schreiber Okeanow dazu einzuladen, verließ auch Semjon Iwanowitsch sein Lager, setzte sich zu ihnen, steuerte seine fünfzehn oder zwanzig Kopeken bei und kam unter dem Vorwand, er habe plötzlich das Bedürfnis verspürt, Tee zu trinken, aufs neue des langen und breiten auf die Angelegenheit zu sprechen, wobei er auseinandersetzte, ein armer Mann sei eben weiter nichts als arm und habe einfach nichts zum Zurücklegen. Hier gestand Herr Prochartschin sogar, aber nur, weil es sich so traf, er, der

Mittellose, habe schon vorgestern daran gedacht, bei diesem Frechling einen Rubel zu leihen, worauf er aber nunmehr verzichte, damit der Grünschnabel nicht angeben könne: Aha, auch das noch, dabei reicht mein Gehalt nicht mal zum Durchfuttern aus! Er, Prochartschin, sei, so wie er vor ihnen stehe, nun wirklich ein armer Schlucker, überweise aber seiner Schwägerin in Twer Monat für Monat fünf Rubel; würde er aber der Schwägerin nicht jeden Monat fünf Rubel überweisen, dann müßte sie sterben, und wäre sie, die Gnadenbrotempfängerin, tot, dann hätte sich Semjon Iwanowitsch längst neue Kleidung zugelegt ... Und er erging sich so langatmig und weitläufig über die Armut, über die Rubel und die Schwägerin und wiederholte, um die Zuhörer nachhaltiger zu beeindrucken, so lange ein und dasselbe, daß er am Ende ganz den Faden verlor, stillschwieg und erst drei Tage später, als niemand mehr daran dachte, ihn zu reizen, und die Angelegenheit längst vergessen war, etwas Ähnliches hinzufügte wie: Wenn Sinowi Prokofjewitsch zu den Husaren kommt, werden sie ihm im Krieg ein Bein absäbeln und dafür ein hölzernes Stelzbein verpassen; da wird Sinowi Prokofjewitsch denn zu ihm kommen und sagen: „Gib mir ein Stückchen Brot, guter Mann, Semjon Iwanowitsch!" Semjon Iwanowitsch aber wird ihn keines Blickes würdigen und ihm auch kein Brot geben, diesem aufgeblasenen Sinowi Prokofjewitsch; so und nicht anders verhalte sich das; mit dem bleibe man ihm vom Halse!

All das erschien, wie nicht anders zu erwarten, höchst interessant und zugleich schrecklich spaßig. Sämtliche Untermieter taten sich, ohne lange zu überlegen; zwecks weiterer Nachforschungen zusammen und beschlossen, im Grunde aus bloßer Neugier, mit vereinten Kräften vorzustoßen und Semjon Iwanowitsch endgültig festzunageln. Und da Herr Prochartschin in letzter Zeit, das heißt seit der Zeit, da er sich den anderen genähert hatte, ebenfalls in höchstem Grade darauf erpicht war, alles zu erfahren, alle auszufragen und alles auszukundschaften, was er aus nur ihm bekannten, geheimen Gründen tat, setzte der Kontakt zwischen den beiden feindlichen Parteien ohne jede Vorbereitung und irgendwelche Anstrengungen gleichsam ganz zufällig und von selber ein. Semjon Iwanowitsch hielt zwecks Aufnahme dieser Kontakte sein besonderes, ziemlich schlaues, im übrigen wohl auch verzwicktes Manöver bereit, das dem Leser zum Teil schon bekannt ist: Er erhob sich um die Zeit, da man Tee trank, vom Bett, und wenn er sah, daß sich der und jener eingefunden hatte, um das Getränk zuzubereiten, trat er bescheiden, klug und freundlich, wie er war, auf das Grüppchen zu, steuerte seine zwanzig Kopeken bei und erklärte, er wolle mitmachen. Hier zwinkerten sich die jungen Leute zu und eröffneten, nachdem sie sich auf diese Weise über Semjon Iwanowitsch verständigt hatten, die Unterhaltung, in zunächst durchaus gesetztem und angemessenem Ton. Danach ließ sich einer von den besonders Forschen gleichsam ganz nebenher darauf ein, allerlei Neuigkeiten zum besten zu geben, meist frei erfundene und völlig unglaubwürdige Gegenstände. Zum Beispiel, jemand habe gehört, wie Seine Exzellenz zu Demid Wassiljewitsch sagte, die verheirateten Beamten erschienen ihm denn doch gesetzter als die ledigen und darum einer Rangerhöhung würdiger; sie seien eben gefügiger und eigneten sich in der Ehe mancherlei zusätzliche Fähigkeiten an, weshalb er, das heißt der Erzähler, um sich auf passende Manier auszuzeichnen und weiterzukommen, bestrebt sei, baldmöglichst irgendeine Fewronja Prokofjewna zu ehelichen. Oder zum Beispiel, an manchen von ihrer Kumpanei sei wiederholt gerügt worden, sie entbehrten jeder weltmännischen Gewandtheit und guter, angenehmer Sitten und könnten deshalb in Gesellschaft bei den Damen auch keinen Erfolg haben; es werde darum, zwecks Ausrottung solcher Mißstände, von sofort an ein Abzug vom Gehalt vorgenommen und für den auf diese Weise zusammengekommenen Betrag ein Saal gemietet, wo man tanzen lernen und alle Merkmale der Vornehmheit und des guten Benehmens erwerben könne – Höflichkeit, Achtung vor den Vorgesetzten, Charakterstärke, Herzlichkeit, Erkenntlichkeit und allerlei angenehme Manieren. Oder es wurde am Ende sogar behauptet, es werde eine Bestimmung herauskommen, daß sich gewisse Beamte, angefangen mit den uralten, um unverzüglich gebildete Menschen zu werden, einer Prüfung in sämtlichen Fächern unterziehen müßten und daß auf diese Weise, so fügte der Erzähler hinzu, manches ans Tageslicht kommen und gewisse Herren ihre Karten aufzudecken gezwungen sein würden; mit einem Wort, man erzählte sich Tausende von solchen oder ähnlichen, höchst unsinnigen Gerüchten. Alle taten zum Schein, als glaubten sie daran, nahmen Anteil, erkundigten sich, überlegten, ob etwa sie selber betroffen seien, und manche setzten sogar eine betrübte Miene auf, schüttelten den Kopf und baten überall um Rat, als fragten sie sich, was tun, wenn es auch sie erwischte? Versteht sich von selbst, daß auch jemand, der bei weitem nicht so gutgläubig und treuherzig war wie Herr Prochartschin, bei einem solchen allgemeinen Gerede verwirrt gewesen und durcheinandergekommen wäre. Darüber hinaus konnte man aus allen Anzeichen einwandfrei schließen, daß Semjon Iwanowitsch jedem neuen, seinem Verstand ungewohnten Gedanken außerordentlich stumpf und hilflos gegenüberstand und, wenn er eine Neuigkeit erfuhr, sie sozusagen erst mal wiederkäuen, sie verdauen, nach ihrem Sinn suchen mußte, wobei er den Faden verlor und durcheinanderkam, um sie schließlich vielleicht doch noch zu bewältigen, aber auch das auf eine ganz besondere, ihm allein eigene Art ... Auf diese Weise kamen in Semjon Iwanowitsch plötzlich allerlei interessante und bislang nicht vermutete Eigenheiten zum Vorschein. Allerhand Gerede und Gerüchte verbreiteten sich, und all das fand schließlich, mit einiger Aufstockung, den Weg in die Kanzlei. Dem Effekt kam auch die Tatsache zugute, daß Herr Prochartschin, der seit urdenklichen Zeiten fast immer mit derselben Miene umhergegangen war, sich plötzlich mir nichts, dir nichts verwandelte: Sein Gesicht nahm einen unruhigen Ausdruck an, der Blick wurde scheu, ängstlich und ein wenig mißtrauisch; er trat auf einmal behutsam auf, zuckte gelegentlich zusammen und lauschte; dazu, in Ergänzung zu all seinen neuen Eigenschaften, verschrieb er sich auch noch leidenschaftlich der Suche nach der Wahrheit. Er ging in seiner Liebe zur Wahrheit schließlich so weit, daß er es ein-, zweimal wagte, sich bei Demid Wassiljewitsch persönlich nach der Glaubwürdigkeit der jeden Tag auf ihn eindringenden Neuigkeiten zu erkundigen, und wenn wir die Folgen dieser Entgleisung Semjon Iwanowitschs verschweigen, so nur aus herzlichem Mitgefühl mit seinem Leumund. Man entdeckte auf diese Weise, er sei ein Misanthrop und habe für den gesellschaftlichen Anstand nichts übrig. Später entdeckte man, daß es viel Phantastisches an ihm gab, und hieb auch da durchaus nicht daneben, denn man hatte wiederholt bemerkt, daß Semjon Iwanowitsch manchmal ganz abwesend war, mit offenem Mund dasaß, die Feder in der Luft, gleichsam zu Stein erstarrt, und eher an den Schatten eines vernunftbegabten Geschöpfs als an ein solches an sich erinnerte. Es kam nicht selten vor, daß ein unverschuldet ins Träumen geratener Kollege, wenn er plötzlich seinem raschen, trüben, unbestimmt suchenden Blick begegnete, in Zittern verfiel, erschrak und auf einem wichtigen Papier einen Tintenklecks machte oder ein völlig entbehrliches Wort einsetzte. Semjon Iwanowitschs ungehöriges Benehmen verwirrte und beleidigte alle wahrhaft edel fühlenden Menschen ... Schließlich zweifelte niemand mehr an der phantastischen Richtung, die Semjon Iwanowitschs Denken genommen hatte, als sich eines Morgens in der gesamten Kanzlei das Gerücht verbreitete, Herr Prochartschin habe Demid Wassiljewitsch in Person in Schrecken versetzt, indem er sich, als er ihm auf dem Korridor begegnete, so seltsam und wunderlich verhalten habe, daß er ihn regelrecht zurückzuweichen zwang. Die Kunde von Semjon Iwanowitschs Vergehen erreichte zu guter Letzt auch ihn selbst. Als er davon erfuhr, erhob er sich unverzüglich von seinem Platz, schlängelte sich behutsam zwischen Tischen und Stühlen hindurch, ging zur Garderobe, nahm eigenhändig seinen Mantel vom Haken, zog ihn an – und verschwand auf unbestimmte Zeit. Ob er nun den Mut verloren oder etwas anderes ihn dazu bewogen hatte, wissen wir nicht, jedenfalls ließ er sich eine Weile weder zu Hause noch in der Kanzlei sehen ...

Wir haben nicht die Absicht, Semjon Iwanowitschs Schicksal unmittelbar aus seiner Hinwendung zum Phantastischen zu erklären, können jedoch nicht umhin, den Leser darauf aufmerksam zu machen, daß unser Held kein Weltmann war, sondern eher still und bis zu dem Zeitpunkt, da er in diese Kumpanei geriet, in dumpfer, undurchdringlicher Zurückgezogenheit gelebt hatte, wobei er sich durch Verschlossenheit und sogar etwas Geheimnisvolles auszeichnete; während der ganzen Zeit seines einstigen Lebens auf den Peski lag er hinter den Wandschirmen auf dem Bett, schwieg und unterhielt keinerlei Beziehungen. Seine beiden früheren Wohngenossen lebten genauso wie er: Beide erschienen ebenfalls ein wenig geheimnisvoll und verbrachten ebenfalls fünfzehn Jahre hinter ihren Wandschirmen auf dem Bett. Glückliche, schläfrige Tage und Stunden zogen in patriarchalischer Stille dahin, und da auch ringsum alles seinen geregelten Gang ging, erinnerten sich weder Semjon Iwanowitsch noch Ustinja Fjodorowna mehr genau, wann sie das Schicksal zusammengeführt hatte. „Ich weiß nicht mehr recht, ob es nun zehn oder fünfzehn, vielleicht gar volle fünfundzwanzig Jahre her ist“ sagte sie gelegentlich zu einem neuen Untermieter, „seit er, die gute Seele, sich bei mir niedergelassen hat.“ Und es ist darum nur ganz natürlich, wenn der an keinerlei Umgang gewöhnte Held unserer Geschichte unangenehm berührt war, als er, der Gesetzte, Bescheidene, sich vor genau einem Jahr plötzlich von einer geräuschvollen, unruhigen Schar eines Dutzends junger Leute, seiner neuen Wohngenossen, umgeben sah.

Semjon Iwanowitschs Verschwinden rief eine ziemliche Aufregung in sämtlichen Ecken und Winkeln hervor. Erstens, weil er der Favorit war; zweitens jedoch, weil sich sein Paß, den die Wohnungswirtin in Verwahrung hatte, in diesem Augenblick nicht finden ließ. Ustinja Fjodorowna heulte auf – zu diesem Mittel griff sie in allen kritischen Fällen; sie las ihren Untermietern volle zwei Stunden die Leviten und schalt mit ihnen; sie jammerte, man habe ihren Untermieter zu Tode gehetzt wie ein Küken und an alledem seien „immer dieselben boshaften Spötter“ schuld; am dritten Tag jagte sie alle aus dem Haus, um nach ihm zu suchen und ihn, tot oder lebendig, herbeizuschaffen. Gegen Abend kehrte als erster der Schreiber Sudbin zurück und erklärte, eine Spur habe sich gefunden, er sei dem Ausreißer auf dem Trödelmarkt und auch an anderer Stelle begegnet und ihm gefolgt, habe dicht neben ihm gestanden, ihn aber nicht anzusprechen gewagt; so auch bei einem Brand, der in einem Haus in der Kriwaja-Gasse ausgebrochen war. Eine halbe Stunde danach erschienen Okeanow und der Rasnotschinze Kantarew und bestätigten Sudbins Aussage Wort für Wort: Auch sie hätten ganz in der Nähe gestanden, höchstens zehn Schritte von ihm entfernt, ihn aber ebenfalls nicht anzusprechen gewagt, wohl aber bemerkt, daß sich Semjon Iwanowitsch in Gesellschaft eines Schmarotzers und Trunkenbolds befand. Schließlich stellten sich auch die übrigen Untermieter ein, hörten sich alles aufmerksam an und entschieden, Prochartschin müsse sich zur Zeit in der Nähe aufhalten und werde nicht mehr lange auf sich warten lassen; sie hätten alle schon gewußt, daß er sich seit einer Weile ständig in Begleitung dieses Schmarotzers und Trunkenboldes befand. Der sei ein ausgesprochen übler, aufsässiger und zugleich liebedienerischer Mensch, und aus alledem ersehe man, er habe Semjon Iwanowitsch irgendwie behext. Er war genau eine Woche vor dem Verschwinden Semjon Iwanowitschs aufgetaucht, zusammen mit seinem Spießgesellen Remnjow, hatte einige Tage in dem oder jenem Winkel übernachtet und erzählt, er leide für Recht und Wahrheit; habe früher in Kreisverwaltungen gearbeitet, da sei dann aber ein Revisor hereingeschneit und habe ihn und seine Kumpanei in Hinsicht auf Recht und Wahrheit wankend gemacht, worauf er in Petersburg erschienen und zu Porfiri Grigorjewitschs Füßen niedergekniet sei; man habe ihn auf dessen Fürsprache hin auch in einer Kanzlei untergebracht, doch sei er, aufs grausamste vom Schicksal verfolgt, auch da bald abgehängt worden, weil diese Kanzlei aufgelöst und umorganisiert werden sollte; in den umgebildeten, neuen Beamtenstab nahm man ihn aber nicht auf, weil er einerseits angeblich den dienstlichen Anforderungen nicht entsprach, andererseits Fähigkeiten für völlig nebensächliche Dinge besaß, die hier nicht gefragt waren – letzten Endes also wiederum aus Gründen seiner Liebe zu Recht und Wahrheit und infolge der Intrigen seiner Feinde. Nachdem Herr Simowejkin diese seine Geschichte beendet hatte, in deren Verlauf er seinen ruppigen, unrasierten Spießgesellen Remnjow wiederholt umhalste und abküßte, hatte er sich vor allen Anwesenden beinahe bis zur Erde verneigt, wobei er auch Awdotja, die Dienstmagd, nicht ausnahm, sie alle seine Wohltäter genannt und erklärt, er sei ein unwürdiger, aufdringlicher, gemeiner, streitsüchtiger und dummer Mensch, die guten Leute sollten ihm das jedoch um seines elenden Schicksals und seiner Einfalt willen nachsehen. Nachdem Herr Simowejkin so um Schutz und Gönnerschaft gebeten hatte, entpuppte er sich plötzlich als lustiger Vogel, wurde sehr fröhlich, küßte Ustinja Fjodorowna die Hände, ungeachtet ihrer bescheidenen Versicherungen, ihre Hand sei ordinär, nicht die einer Adligen, und versprach gegen Abend der ganzen versammelten Gesellschaft, eine Probe seines Talents zu geben und einen höchst bemerkenswerten Charaktertanz vorzuführen. Doch gleich am folgenden Tag nahm seine Angelegenheit ein klägliches Ende. Ob es nun daran lag, daß der Charaktertanz sich als allzu charakteristisch erwies, oder daran, daß Simowejkin Ustinja Fjodorowna, nach ihren eigenen Worten, irgendwie blamiert und für dumm verkauft hatte, und das obzwar Jaroslaw Iljitsch in Person mit ihr bekannt war und sie, hätte sie es gewollt, längst Offiziersfrau sein könnte – Simowejkin blieb jedenfalls nichts übrig, als sich in seine heimischen Gefilde zurückzuziehen. Er war gegangen, wiedergekommen und aufs neue mit Schimpf und Schande aus dem Haus gewiesen worden, hatte aber dann Semjon Iwanowitschs Aufmerksamkeit und Gnade zu gewinnen gewußt, ihn nebenher um ein Paar neue Reithosen erleichtert und trat nunmehr als Semjon Iwanowitschs Verführer auf den Plan.

Kaum hatte die Frau des Hauses erfahren, daß Semjon Iwanowitsch lebendig, gesund und munter war, man also nach dem Paß nicht mehr zu suchen brauchte, als sie ihren Kummer auch gleich vergaß und sich zurückzog, um sich zu beruhigen. Inzwischen beschlossen einige der Untermieter, dem Flüchtling einen triumphalen Empfang zu bereiten: Sie setzten den Türriegel außer Betrieb, rückten die Wandschirme ein wenig vom Bett des Verschollenen ab, stellten die bewußte Truhe auf das Fußende und legten die Schwägerin auf die Lagerstatt, das heißt eine Puppe, die sie aus einem alten Schultertuch, einer Haube und einem Umhang der Hausherrin gebastelt hatten und die einer lebendigen Schwägerin so ähnlich sah, daß man sich ohne weiteres täuschen konnte. Nach getanem Werk wartete man auf Semjon Iwanowitschs Ankunft, um ihm mitzuteilen, seine Schwägerin sei aus ihrer Kreisstadt eingetroffen und habe sich hinter seine Wandschirme zurückgezogen, die Ärmste. Doch man wartete vergebens. Schon hatte Mark Iwanowitsch während der Wartezeit die Hälfte seines Monatsgehalts an die Untermieter Prepolowenko und Kantarew verspielt; schon war Okeanows Nase bei den Kartenspielen „Nässchen" und „Drei Blatt hintereinander" rot geworden und angeschwollen; schon war die Dienstmagd Awdotja fast völlig ausgeschlafen und zweimal drauf und dran gewesen, aufzustehen, das Brennholz herbeizuschaffen und den Ofen einzuheizen, und schon war Sinowi Prokofjewitsch, der alle Augenblicke auf den Hof gelaufen kam, um sich nach Semjon Iwanowitsch zu erkundigen, bis auf die Knochen durchnäßt; aber niemand ließ sich blicken – weder Semjon Iwanowitsch noch der Schmarotzer und Trunkenbold. Schließlich legten sich alle schlafen, wobei sie die Schwägerin für alle Fälle hinter den Wandschirmen beließen; erst gegen vier Uhr morgens klopfte jemand ans Tor, dafür aber so laut, daß sich alle Wartenden für die ausgestandenen Mühen restlos entschädigt fühlten. Er war es, er in eigener Person, Semjon Iwanowitsch, Herr Prochartschin, aber in einem Zustand, daß alle staunten und niemand mehr an die Schwägerin dachte. Der verschollen Gewesene erschien besinnungslos. Ein völlig durchnäßter und vor Kälte zitternder, abgerissener Nachtdroschkenkutscher schleifte ihn oder, besser gesagt, trug ihn auf seinen Schultern herein. Auf die Frage der Frau des Hauses, wo sich der Ärmste denn so betrunken habe, entgegnete der Droschkenkutscher: „Er ist gar nicht betrunken, auch von Mohn oder so kann nicht die Rede sein, am ehesten ist es wohl eine Ohnmacht, oder der Starrkrampf hat ihn erwischt, womöglich sogar ein Schlaganfall." Man sah sich den Missetäter näher an, wobei man ihn der Bequemlichkeit halber an den Ofen lehnte, und stellte fest, daß von einem Rausch tatsächlich nichts zu merken war, auch nicht von einem Schlaganfall; es mußte andere Gründe geben, wenn Semjon Iwanowitsch, von einer Art Krampf befallen, die Zunge nicht zu bewegen vermochte, nur mit den Augen klapperte und bald den, bald jenen der nächtlich kostümierten Zuschauer verständnislos anstarrte. Danach erkundigte man sich beim Droschkenkutscher, wo er ihn aufgegabelt habe. „Nun, bei irgendwelchen Leuten aus Kolomna, weiß der Teufel, ob es Herrschaften waren oder nicht, aber jedenfalls welche, die gefeiert hatten und recht vergnügt waren; sie lieferten ihn also bei mir ab, so wie Sie ihn vor sich sehen; ob sie sich nun geprügelt hatten, ob er von einem Krampf befallen war – Gott weiß, was sich da zugetragen hat; waren jedenfalls angenehme, fröhliche Herrschaften!" Man lud Semjon Iwanowitsch auf ein oder zwei Paar kräftige Schultern und schaffte ihn ins Bett. Als aber Semjon Iwanowitsch auf seinem Bett die Schwägerin ertastete und mit den Füßen an seine geheiligte Truhe stieß, schrie er laut auf, setzte sich halbwegs zurecht, ruderte mit den Armen und sicherte sich, an allen Gliedern zitternd und bebend, mit Körper und Händen möglichst viel Raum auf seinem Bett, während er sich mit flackerndem, aber sonderbar entschlossenem Blick unter den Anwesenden umsah und ihnen zu erklären schien, er würde eher sterben als jemand auch nur ein Hundertstel seiner armseligen Habe überlassen ...

Semjon Iwanowitsch verbrachte zwei, drei Tage im Bett, von Wandschirmen umgeben und auf diese Weise von der ganzen Welt und ihren nutzlosen Aufregungen geschützt. Gleich am Tage nach seiner Rückkehr hatten ihn alle, wie üblich, vergessen; die Zeit flog dahin, die Stunden lösten die Stunden, die Tage die Tage ab. Halbschlaf und Fieberphantasien setzten dem schweren, heißen Kopf des Kranken zu; er lag jedoch still da, stöhnte nicht und klagte nicht; im Gegenteil, er gab keinen Laut von sich, schwieg und nahm sich zusammen, schmiegte sich in sein Bett, wie sich ein Hase an die Erde schmiegt, wenn er die Jagd auf sich zukommen hört. Manchmal trat in der Wohnung eine lange, bedrückende Stille ein, ein Zeichen dafür, daß sich alle Untermieter in ihre Dienststellen begeben hatten, und der erwachte Semjon Iwanowitsch konnte sich nach Belieben von seinem Kummer ablenken lassen, indem er den Geräuschen in der nahe gelegenen Küche lauschte, wo die Hausherrin am Werk war, oder dem monotonen Schlurren der abgetragenen Schuhe von Awdotja, der Dienstmagd, die ächzend und krächzend in allen Zimmern, in allen Winkeln aufräumte, der Ordnung halber herumpolierte und glättete. Auf diese Weise vergingen ganze Stunden, verträumte, schläfrige Stunden, langweilig wie das Geräusch des Wassers, das in der Küche laut und gleichmäßig ins Abwaschbecken rann. Die Untermieter kehrten allmählich einzeln oder in Grüppchen zurück, und Semjon Iwanowitsch konnte ohne weiteres hören, wie sie über das Wetter schimpften, wie sie zu essen begehrten, lärmten, rauchten, sich zankten und wieder vertrugen, dann Karten spielten, mit den Tassen klirrten und sich anschickten, Tee zu trinken. Semjon Iwanowitsch unternahm mechanisch den Versuch, sich zu erheben und der Zubereitung des Getränks, wie bereits üblich geworden, beizuwohnen, verfiel aber gleich wieder in Halbschlaf und träumte, er sitze schon längst am Teetisch, mache mit und plaudere, wobei Sinowi Prokofjewitsch sich nicht die Gelegenheit entgehen ließ, ein Projekt über Schwägerinnen und das moralische Verhalten gewisser guter Leute zu ihnen in die Unterhaltung einzuflechten. Hier wollte sich Semjon Iwanowitsch sogleich rechtfertigen und Einspruch erheben, aber die aller Munde entflohene, vernichtend förmliche Wendung „es ist wiederholt bemerkt worden“ schnitt alle seine Einwände ab, und Semjon

Iwanowitsch verfiel auf nichts Besseres, als davon zu träumen, heute sei der Erste und er nehme in der Kanzlei seine Rubel in Empfang. Er öffnete gleich auf der Treppe den Umschlag, sah sich kurz um und beeilte sich, die Hälfte des ihm zustehenden Entgelts, so rasch es ging, wegzunehmen und im Stiefel zu verstecken, worauf er, ebenfalls gleich auf der Treppe und ohne zu bedenken, daß er in seinem Bett, im Traum agierte, beschloß, sobald er zu Hause sein würde, seiner Wohnungswirtin zu erstatten, was ihr für Logis und Verpflegung zustand, dann einiges Erforderliche einzukaufen und denen, auf die es ankam, scheinbar ohne Absicht und eher versehentlich zu zeigen, er habe sich einen Abzug gefallen lassen müssen, habe so gut wie nichts für sich übrigbehalten und könne nunmehr auch seiner Schwägerin nichts schicken, wobei er sich vornahm, das Schicksal seiner Schwägerin zu beklagen, am nächsten und übernächsten Tage viel von ihr zu sprechen und seine Reden von ihrer Bettelarmut zehn, zwölf Tage später beiläufig zu wiederholen, damit die Wohngefährten es nicht vergaßen. Nachdem Semjon Iwanowitsch zu diesem Entschluß gekommen war, sah er, daß auch Andrej Jefimowitsch, jener glatzköpfige, wortkarge kleine Mann, dessen Arbeitsplatz sich ganze drei Zimmer weiter von dem seinen befand und der in zwanzig Jahren kein Wort zu ihm gesprochen hatte, daß also auch der auf der Treppe stehenblieb, seine Silberrubel nachzählte, den Kopf schüttelte und zu ihm sagte: „Ja, das liebe Geld! Wenn man's nicht hat, gibt es auch keine Grütze, weder mit noch ohne Fleisch“, fügte er finster hinzu, während er die Treppe hinunterging, und vollendete, schon auf den Stufen vor dem Haus: „Ich, mein Herr, habe, sage und schreibe, sieben davon!“ Hier zeigte das glatzköpfige Männlein, das offenbar gleichfalls nicht merkte, daß es als Trugbild und keineswegs im Zustand des Wachseins und in Wirklichkeit handelte, eine Höhe von einem Arschin nebst einem Werschok über dem Fußboden an, bewegte die Hand immer weiter nach unten und murmelte, der Älteste besuche bereits das Gymnasium; danach warf er Semjon Iwanowitsch einen vernichtenden Blick zu, als trüge gerade Herr

Prochartschin die Schuld daran, daß er mit ganzen sieben gesegnet sei, stülpte das Hütchen auf, zog es bis auf die Brauen herunter, schüttelte kurz den Mantel, wandte sich nach links und verschwand. Semjon Iwanowitsch erschrak, und obwohl er nicht im geringsten daran zweifelte, er habe an dem mißlichen Umstand, daß sich da ausgerechnet sieben unter einem Dach zusammengefunden hatten, keinerlei Schuld, kam es ihm am Ende dennoch so vor, als trüge die Verantwortung dafür niemand anders als er, Semjon Iwanowitsch. Er erschrak und versuchte zu flüchten, denn ihm schien, der glatzköpfige Herr sei umgekehrt und wolle ihn, gestützt auf die unbestreitbare Tatsache seiner sieben Kinder und entschieden jede Möglichkeit einer Verpflichtung Semjon Iwanowitschs gegenüber irgendwelchen Schwägerinnen leugnend, durchsuchen und ihm sein ganzes Arbeitsentgelt fortnehmen. Herr Prochartschin rannte, so schnell ihn die Beine trugen, und kam außer Atem; neben ihm rannten zahllose andere, und alle klirrten mit dem Arbeitsentgelt in den Taschen ihrer zu kurz geratenen Frackschöße; schließlich setzte sich alles Volk in Bewegung, Feuerwehrspritzen donnerten vorüber, und die Menschenwoge trug ihn beinahe auf den Schultern zu jener Brandstätte, an der er vor kurzem mit dem Schmarotzer und Trunkenbold gestanden hatte. Der Trunkenbold – mit anderen Worten Herr Simowejkin – war bereits da, kam auf Semjon Iwanowitsch zu, zeigte sich schrecklich bemüht, nahm ihn an der Hand und führte ihn in das dichteste Gedränge. Genau wie damals in der Wirklichkeit lärmte und summte ringsum eine unübersehbare Menschenmenge, die den ganzen Fontanka-Quai zwischen zwei Brücken, alle umliegenden Straßen und Quergassen überflutete; genau wie damals wurde Semjon Iwanowitsch mitsamt dem Saufbruder hinter einen Zaun gedrängt, wo man sie gleichsam in die Zange nahm, auf einem riesigen Holzhof voller Schaulustiger, die aus den umliegenden Straßen, vom Trödelmarkt, aus allen benachbarten Häusern, Gaststätten und Kneipen zusammengeströmt waren. Semjon Iwanowitsch sah und empfand alles ganz wie damals; allerlei sonderbare

Gesichter flimmerten in seinem Fieberwahn an ihm vorüber. Den und jenen kannte er wieder. Darunter einen äußerst imponierenden Herrn, eine Sashen groß und mit arschinlangen Schnurrbartenden, der während des Brandes hinter Semjon Iwanowitsch gestanden und ihn ermuntert hatte, als unser Held in einer Art Begeisterung mit den Füßen trampelte, um auf diese Weise den schneidigen Feuerwehrleuten zu applaudieren, die er bei ihrer Arbeit von seinem erhöhten Standpunkt genauestens beobachten konnte. Auch einen anderen erkannte er, jenen bärenstarken Burschen, der ihm einen Knuff versetzte beim Hinaufhelfen auf den anderen Zaun, als er Miene machte hinüberzuklettern, um möglicherweise den oder jenen zu retten. Auch jenen Alten, dessen Gesicht verriet, daß er an Hämorrhoiden litt, erblickte er vor sich, in seinem abgetragenen, Gott weiß womit gegürteten wattierten Mäntelchen; er hatte sich schon vor dem Brand aus dem Haus entfernt, um Zwieback und Tabak für seinen Untermieter einzuholen, und drängte jetzt, mit einer Milchkanne und einer Viertelliterflasche in der Hand, durch die Menge auf das Haus zu, in dem seine Frau, seine Tochter sowie dreißig Rubel und fünfzig Kopeken unter einer Ecke seines Federbettes verbrannten. Am deutlichsten aber tauchte jenes arme, sündige Weib vor ihm auf, von dem ihm während seiner Krankheit wiederholt geträumt hatte; sie tauchte so vor ihm auf, wie sie damals vor ihm gestanden hatte – in Bastschuhen, mit Krückstock, mit einem geflochtenen Rucksack, in Lumpen gekleidet. Sie schrie, mit den Händen und mit dem Krückstock fuchtelnd, lauter als die Feuerwehrleute und das Volk, sie sei von ihren eigenen Kindern vertrieben worden und habe dabei auch noch zwei Fünfkopekenstücke eingebüßt. Die Kinder und die Fünfkopekenstücke, die Fünfkopekenstücke und die Kinder verknäulten sich auf ihrer Zunge zu einem bodenlosen, unverständlichen Unsinn, von dem alle genug bekamen, nachdem sie sich vergebens bemüht hatten, einiges zu verstehen; aber das Weib ließ sich nicht erschüttern, sie schrie und heulte, fuchtelte mit den Armen – offenbar ohne sich im geringsten um den Brand zu kümmern, zu dem sie durch die Volksmenge mitgeschleift worden war, noch um all das fremde menschliche Leid neben ihr, nicht einmal um die Funken und die herüberwehenden brennenden Teilchen, die allmählich auf das ganze versammelte Volk niedergingen. Herr Prochartschin fühlte nun, daß ihn nach und nach Angst und Schrecken befielen; denn er erkannte mit aller Deutlichkeit, all das geschehe nicht von ungefähr und er werde dabei nicht ungeschoren bleiben. Und tatsächlich, ganz in der Nähe kletterte ein Mann in einem zerschlissenen, nicht einmal gegürteten Bauernrock, mit versengtem Haar und Bart, auf einen Brennholzstapel und begann alles Volk ringsum gegen Semjon Iwanowitsch aufzuhetzen. Die Menge verdichtete sich immer mehr, der Bauernkerl schrie und zeterte, und Herr Prochartschin erstarrte vor Schreck, als er sich plötzlich erinnerte, daß dieser Bauernkerl jener Droschkenkutscher war, den er vor nun genau fünf Jahren auf unverschämteste Weise geprellt hatte, indem er, statt zu zahlen, in einen Torweg entschlüpfte, der auf eine andere Straße führte, und dabei die Beine in die Hand nahm, als liefe er barfuß über eine glühende Herdplatte. Der verzweifelte Herr Prochartschin wollte sprechen, schreien, aber die Stimme versagte ihm. Er fühlte, wie ihn die aufgebrachte Menge gleich einer buntschillernden Schlange umwand, wie sie ihn preßte und würgte. Er gab sich einen unwahrscheinlichen Ruck und – erwachte. Hier erkannte er, daß es ringsum brannte, auch in seiner Ecke, daß seine Wandschirme mitsamt der ganzen Wohnung in Flammen standen, mitsamt Ustinja Fjodorowna und ihren Untermietern, mitsamt seinem Bett, dem Kopfkissen, der Decke, der Truhe und der teuren Matratze. Semjon Iwanowitsch sprang auf, packte die Matratze, lief los und schleifte sie hinter sich her. Doch im Zimmer der Wohnungswirtin, in das unser Held drang, so, wie er war, das heißt barfuß und im Nachthemd, ergriff man ihn, band ihn, brachte ihn triumphierend zurück hinter seine Wandschirme, die im übrigen gar nicht brannten (das tat eher Semjon Iwanowitschs Kopf), und legte ihn ins Bett. So ähnlich mag ein abgerissener, unrasierter und rüder Leiermann seinen Pulcinello in der Reisekiste verstauen, der sich ausgetobt, alles ringsum verprügelt, seine Seele dem Teufel verschrieben hat und nun bis zur nächsten Vorstellung in derselben Kiste ruht wie auch der Teufel, die Mohren, der Spaßmacher Petruschka und Mamsell Katerina nebst ihrem beglückten Geliebten, dem Hauptmann und Kreispolizeichef.

Alle, einerlei ob alt oder jung, stellten sich sogleich im Halbkreis vor Semjon Iwanowitschs Bett auf und blickten den Kranken erwartungsvoll an. Der war inzwischen zu sich gekommen, versuchte aber, sei's, weil er sich genierte oder aus welchem sonstigen Grunde, mit Gewalt immerfort die Decke über den Kopf zu ziehen; vermutlich wollte er sich auf diese Weise der Aufmerksamkeit der Mitfühlenden entziehen. Als erster brach schließlich Mark Iwanowitsch das Schweigen und äußerte als kluger Mann, der er war, Semjon Iwanowitsch müsse sich vor allem ganz und gar beruhigen, krank zu sein sei häßlich und beschämend, so führten sich nur kleine Kinder auf, er müsse unbedingt gesund werden, um schließlich wieder seinen Dienst aufzunehmen. Mark Iwanowitsch schloß mit einem kleinen Scherz und behauptete, das Gehalt für die Erkrankten sei noch nicht genau festgesetzt, auch stünden, wie er mit aller Bestimmtheit wisse, nur unbedeutende Beförderungen in Aussicht, so daß der Status oder der Zustand des Krankseins keinerlei größere, bedeutendere Vorteile mit sich bringe. Mit einem Wort, man sah, alle nahmen ehrlichen Anteil an Semjon Iwanowitschs Schicksal und empfanden Mitleid mit ihm. Der rührte sich jedoch in unverständlich ruppiger Weise nicht auf seinem Bett, schwieg sich aus und zog hartnäckig weiter an seiner Decke. Mark Iwanowitsch indessen wollte keineswegs aufgeben, nahm sich zusammen und raunte Semjon Iwanowitsch wiederum etwas recht Angenehmes ins Ohr, wohl wissend, daß man so und nicht anders mit einem Kranken umgehen müsse; doch Semjon Iwanowitsch ließ sich nicht im geringsten darauf ein; im Gegenteil, er stieß mit äußerst mißtrauischer Miene etwas zwischen den Zähnen hervor und schielte höchst feindselig sowohl nach rechts als auch nach links, in der offenbaren Absicht, die

Anteilnehmenden allein durch seinen Blick in Staub und Asche zu verwandeln. Hier brauchte man vor nichts mehr zurückzuscheuen; Mark Iwanowitsch hielt es nicht länger aus und erklärte, da er sah, der Mann hatte sich geschworen, auf nichts einzugehen, gekränkt und endgültig verärgert, geradeheraus und ohne zartfühlende Umschweife, es sei an der Zeit, aufzustehen, statt bald auf der einen, bald auf der anderen Seite herumzuliegen und Tag und Nacht allerlei dummes Zeug über Brände, Schwägerinnen, Saufkumpane, Schlösser und Truhen und weiß der Teufel was sonst zu faseln – das sei dumm, beleidigend und ungehörig. Wenn Semjon Iwanowitsch nicht das Bedürfnis habe zu schlafen, dann solle er wenigstens nicht die anderen daran hindern und sich das hinter die Ohren schreiben. Diese Worte riefen einen gewissen Effekt hervor, denn Semjon Iwanowitsch wandte sich unverzüglich zu dem Redner um und erklärte mit aller Festigkeit, wenn auch mit noch schwacher und heiserer Stimme: „Du Grünschnabel halt den Mund! Redest allerlei dummes Zeug zusammen! Schandmaul! Klotz! Bist du vielleicht ein Fürst? Kapiert?“ Als Mark Iwanowitsch das hörte, brauste er auf, erinnerte sich jedoch rechtzeitig, daß er es mit einem Kranken zu tun hatte, und verzichtete großmütig darauf, sich gekränkt zu zeigen, sondern versuchte im Gegenteil, ihm ins Gewissen zu reden, mußte aber auch da eine Abfuhr hinnehmen; Semjon Iwanowitsch machte nämlich sofort darauf aufmerksam, daß mit ihm nicht zu spaßen sei, auch wenn man ein paar Verse geschrieben habe. Ein längeres Schweigen trat ein; Mark Iwanowitsch überwand schließlich seine Verblüffung und erklärte klipp und klar, ja, sogar äußerst beredt und nicht ohne Festigkeit, Semjon Iwanowitsch müsse begreifen, daß er sich unter edel denkenden Menschen befinde und „daß Sie, mein Herr, wissen sollten, wie man mit einem edel denkenden Menschen umgeht“. Mark Iwanowitsch wußte sich gelegentlich gewandt auszudrücken und seinen Zuhörern zu imponieren. Semjon Iwanowitsch hingegen sprach und äußerte sich, vermutlich infolge seiner alten Gewohnheit zu schweigen, eher ein wenig abgehackt; darüber hinaus reihte er, hatte er zum Beispiel einen langen Satz zu vollenden, je mehr er sich in ihn vertiefte, ein Wort ans andere, ans erste das zweite, ans zweite sogleich das dritte, ans dritte das vierte und so weiter; schließlich hatte er den Mund so voll, daß er hüsteln mußte und ihm die Füllwörter in malerischstem Durcheinander von den Lippen quollen. Ebendas war der Grund, warum Semjon Iwanowitsch, obwohl ein kluger Kopf, gelegentlich einen schauderhaften Unsinn zusammenredete. „Das ist geschwindelt, Bursche", entgegnete er jetzt, „du spielst dich auf! Wenn du erst mal am Bettelstab bist, wirst du ja sehen, wie das tut; bist doch ein Freigeist, ein Liederling; so, jetzt weißt du's, du Verseschmied!"

„Sie reden wohl immer noch irre, Semjon Iwanowitsch?"

„Ha, hör zu", entgegnete Semjon Iwanowitsch, „das tut ein Dummkopf, ein Säufer, ein Hund, während der Weise dem Vernunftgemäßen dient. Du weißt nicht, worauf es ankommt, du Liederling, du hochgelehrter Mann, du wandelndes Lexikon! Aber warte nur, wenn es brennt, merkst du erst gar nicht, wie dir der Kopf wegbrennt. So, hast du das mitgekriegt?"

„Ja ... aber wieso denn ... wieso kommen Sie darauf, daß mir der Kopf wegbrennt, Semjon Iwanowitsch?"

Mark Iwanowitsch sprach nicht weiter, denn alle erkannten klar, daß Semjon Iwanowitsch immer noch nicht recht bei sich war und phantasierte; doch die Wohnungswirtin hielt es nicht länger aus und bemerkte, auch der kürzliche Brand in der Kriwaja-Gasse sei von einer glatzköpfigen Dienstmagd verursacht worden; so eine habe es da gegeben; sie habe eine Kerze angesteckt und die Rumpelkammer in Brand gesetzt; das sei bei ihr nicht möglich, bei ihr sei jeder Winkel gesichert.

„Na hören Sie mal, Semjon Iwanowitsch!" rief außer sich Sinowi Prokofjewitsch und fiel der Wohnungswirtin ins Wort. „Semjon Iwanowitsch, daß Sie der und jener, glauben Sie vielleicht, Sie abgetakelter, närrischer Mensch, man spaßt mit Ihnen über Ihre Schwägerin oder über ein Examen im Tanzen? Ja, tun Sie das? Glauben Sie das?"

„Hör mal zu, du", entgegnete unser Held, und nahm sein letztes bißchen Kraft zusammen, endgültig über die Anteilnehmenden erbost, „wer spielt denn hier den Narren? Der Spaßmacher, der Hundsfott von Narr bist nur du, du Vogelscheuche von Mensch, aber Späße auf deinen Befehl, Verehrter, mache ich nicht mit; verstanden, du Grünschnabel? Ich bin nicht dein Diener!"

Semjon Iwanowitsch wollte noch etwas hinzufügen, sank aber entkräftet in die Kissen. Die Anteilnehmenden standen ratlos, mit offenem Munde da, denn sie hatten endlich begriffen, worauf Semjon Iwanowitsch hinauswollte, und wußten nicht, was sie beginnen sollten; plötzlich knarrte die Küchentür, sie öffnete sich, und Semjon Iwanowitschs Freund, der Trunkenbold – mit anderen Worten, Simowejkin –, steckte schüchtern den Kopf herein und beschnupperte nach seiner Gewohnheit die Umgebung. Alle schienen auf ihn gewartet zu haben, winkten ihm zu, er möge rasch hereinkommen, und Simowejkin drängte sich, äußerst erfreut und ohne den Mantel abzulegen, eilig und bereitwilligst zu Semjon Iwanowitschs Bett durch.

Man sah Simowejkin an, daß er die ganze Nacht gewacht und mit wichtigen Mühsalen verbracht hatte. Die rechte Gesichtshälfte war mit einem Pflaster überklebt; die Augen trieften und überzogen die geschwollenen Lider mit Feuchtigkeit; der Frack und die übrige Kleidung waren zerrissen, und die ganze linke Seite schien mit etwas äußerst Üblem bespritzt zu sein, vielleicht mit Straßenschlamm aus einer Pfütze. Er hielt eine Geige unter dem Arm, die er wohl irgendwo verkaufen sollte. Man hatte sich offenbar nicht geirrt, als man ihn zu Hilfe rief, denn er wandte sich, kaum daß er erfuhr, worum es sich handelte und was Semjon Iwanowitsch alles angestellt hatte, an diesen, und zwar mit der Miene des Überlegenen, der obendrein von einem tollen Ding weiß: „Was hast du, Senka? Steh auf! Was ist denn mit dir los? Komm zur Vernunft, du weiser Senka Prochartschin! Wenn du dich aufspielst, zerr ich dich aus dem Bett! Tu's lieber nicht!" Diese kurze und bündige Ansprache setzte die Anwesenden in Erstaunen; noch mehr wunderten sie sich, als sie bemerkten, wie Semjon Iwanowitsch, nachdem er das vernommen und dieses Gesicht erkannt hatte, dermaßen kleinlaut wurde und in Verlegenheit geriet, daß er es gerade noch wagte, aber auch das nur zaghaft und im Flüsterton, zu erwidern: „Geh, du Unglückseliger, geh, du bist ein Dieb! Hast du's gehört, hast du verstanden? Ein Angeber bist du, spielst dich auf wie ein Fürst, und bist weiter nichts als ein Angeber!"

„Nein, mein Freund", gab Simowejkin langsam zur Antwort, ohne die Geistesgegenwart zu verlieren, „das ist nicht schön von dir, mein weiser Bruder Prochartschin, du Faulpelz, du Schmarotzer", fuhr Simowejkin fort, wobei er Semjon Iwanowitsch ein wenig parodierte und sich belustigt im Kreise der Anwesenden umsah. „Spiel dich nicht auf, Senka, finde dich ab, oder ich zeige dich an, mein Verehrter, und rücke mit allem heraus. Kapiert?"

Semjon Iwanowitsch schien alles verstanden zu haben, denn er fuhr am Schluß der Rede zusammen und sah sich auf einmal rasch und völlig verwirrt im Kreise um. Herr Simowejkin wollte, befriedigt von dem erzielten Effekt, schon fortfahren, als Mark Iwanowitsch seinem Eifer zuvorkam; er wartete ab, bis Semjon Iwanowitsch schwieg, friedlich wurde und sich fast völlig beruhigte, und versuchte ihm, dem sonst so Unruhigen, des langen und breiten, aber durchaus vernünftig auseinanderzusetzen, daß Gedanken, wie er sie jetzt hege, erstens nutzlos und zweitens nicht nur nutzlos, sondern auch schädlich oder vielleicht weniger schädlich als vielmehr völlig unmoralisch seien; und das sei auch der Grund dafür, daß Semjon Iwanowitsch die Leute verleite und ein schlechtes Beispiel gebe. Jedermann erwartete von dieser Rede eine vernünftige Wirkung. Zumal Semjon Iwanowitsch sich plötzlich sehr mäßigte und nur noch zurückhaltend widersprach. Eine verhaltene Auseinandersetzung begann. Man erkundigte sich brüderlich, was ihn denn so bedrücke. Semjon Iwanowitsch ging auf die Fragen zwar ein, gab aber Antworten, die man beliebig auslegen konnte. Man wandte dies und das ein; das tat auch Semjon Iwanowitsch. Es gab noch ein, zwei Entgegnungen von beiden Seiten, danach aber mischten sich alle – ob jung oder alt – in die Unterhaltung ein, weil die Rede plötzlich auf einen so abscheulichen und seltsamen Gegenstand kam, daß man nicht mehr wußte, wie man sich ausdrücken sollte. Der Streit ging schließlich in Gezänk über, das Gezänk in Geschrei und das Geschrei in Tränen; Mark Iwanowitsch zog sich am Ende mit wutschäumenden Lippen zurück und erklärte, so was von Starrkopf habe er nie im Leben gesehen. Oplewanjew spie aus, Okeanow erschrak, Sinowi Prokofjewitsch kamen die Tränen, während Ustinja Fjodorowna regelrecht heulte und klagte: „Ihr habt mir meinen Untermieter um den Verstand gebracht, er wird mich verlassen und sterben, jung an Jahren und ohne Paß, und nie wieder zurückkehren; mich, die Verwaiste, habt Ihr endgültig fertiggemacht." Mit einem Wort, alle erkannten schließlich sehr deutlich, daß das, was sie gesät hatten, hundertfach aufgegangen, daß der Boden fruchtbar und es Semjon Iwanowitsch gelungen war, seinen Kopf in ihrer Gemeinschaft vortrefflich und unwiederholbar aufzubereiten. Alle verstummten, denn sie sahen, daß Semjon Iwanowitsch bei alledem den Mut verlor, daß es dieses Mal aber auch ihnen, den Anteilnehmenden, nicht anders erging.

„Wie?" rief Mark Iwanowitsch. „Ja, wovor fürchten Sie sich denn? Was bringt Sie um den Verstand? Wer denkt an Sie, mein Herr? Haben Sie überhaupt das Recht, sich zu fürchten? Wer sind Sie? Was sind Sie? Eine Null, mein Herr, ein Schmarren, und weiter nichts! Worüber regen Sie sich auf? Ein Bauernweib ist auf der Straße angefahren worden, und Sie schließen daraus, es wird auch Ihnen so ergehen? Ein Saufbruder hat nicht auf seine Börse aufgepaßt, und Sie folgern daraus, man wird auch Ihnen die Frackschöße abschneiden? Ein Haus brennt nieder – ja, muß denn darum auch Ihnen der Kopf abbrennen? Ja? Verhält es sich so, mein Herr? Verhält es sich so, Verehrter? Ja?"

„Du... du bist einfach dumm!" murmelte Semjon Iwanowitsch. „Man knabbert dir die Nase ab, und du bemerkst es nicht mal und schlingst sie mit Brot hinunter."

„Also gut, ich bin ein Dickkopf", rief Mark Iwanowitsch, ohne hinzuhören, „soll ich ein Dickkopf sein, mag stimmen! Aber ich lege schließlich kein Examen ab, stehe weder im Begriff zu heiraten noch tanzen zu lernen; der Platz unter mir, mein Herr, hält und trägt mich. Was denn, Verehrter? Der Platz, an dem Sie stehen, reicht Ihnen nicht! Bricht gar der Fußboden unter Ihnen ein?"

„Weißt du, ob er es tut? Glaubst du, sie fragen dich danach? Sie schließen einfach, und fertig."

„Was heißt das – sie schließen? Was haben Sie da noch auf Lager?"

„Nun, den Trunkenbold zum Beispiel hat man hinausgeworfen."

„Gut; aber der ist eben ein Trunkenbold, während Sie und ich vernünftige Menschen sind."

„Meinetwegen. Aber jetzt steht sie da und aus..."

„Ja, wer ist denn das – sie?"

„Nun, sie, die Kanzlei ... die Ka-anz-lei!"

„Ja, Menschenskind! Aber sie wird doch gebraucht, die Kanzlei!"

„Na schön, sie wird gebraucht, sie wird heute gebraucht und morgen, aber übermorgen aus irgendeinem Grunde nicht mehr. Ich habe da eine Geschichte gehört..."

„Aber Sie kriegen doch in solchem Fall Ihr Jahresgehalt ausgezahlt! Ein Thomas sind Sie, ein ungläubiger Thomas! Man bringt Sie schon Ihres Dienstalters wegen an anderer Stelle unter ..."

„Mein Jahresgehalt? Und wenn ich es nun verzehrt habe oder Diebe kommen und es mir fortnehmen? Dabei habe ich meine Schwägerin auf dem Hals, die Schwägerin, kapiert, du Hohlkopf?"

„Die Schwägerin! Sind Sie aber auch ein Mensch ..."

„Jawohl, ein Mensch! Ich bin ein Mensch, während du zwar belesen bist, aber dumm. Hör zu, du Hohlkopf, was ich dir jetzt sage! Und das hat nichts mit deinen Späßen zu tun; es gibt da so eine Stelle, die jede Stelle streichen kann ... Das sagt auch Demid, verstehst du, Demid Wassiljewitsch – sie streicht sie einfach."

„Sie mit Ihrem Demid! Demid! Der ist ein Angeber und hat keine ..."

„Doch, doch; pardauz und aus – man ist seine Stellung los. Geh einer hin und rede mit ihnen ..."

„Sie schwindeln! Sie sind endgültig übergeschnappt! Gestehen Sie's doch, und fertig; was ist denn dabei? Geben Sie es schon zu, wenn es sich so verhält! Da braucht man sich nicht zu schämen! Sind Sie übergeschnappt, Verehrter, ja oder nein?"

„Er ist übergeschnappt, er hat den Verstand verloren", hörte man ringsum ausrufen, und alle rangen verzweifelt die Hände, während die Wohnungswirtin Mark Iwanowitsch mit beiden Armen umschlang, damit er nicht über Semjon Iwanowitsch herfalle.

„Du bist ein Heide, eine heidnische Seele bist du, du Weiser!" jammerte Simowejkin. „Senja, du bist nicht nachtragend, bist angenehm und liebenswert, bist schlicht und anständig ... hörst du? Das kommt von deiner Tugendhaftigkeit; der Aufsässige und Törichte, der Schmarotzer bin nur ich; und dennoch lassen mich diese guten Leute nicht im Stich; du siehst, man erweist mir die Ehre; ich danke ihnen und der Frau des Hauses; schau her, ich neige mich bis zur Erde vor ihnen – hier! Ich trage damit meine Schuld ab, meine Schuld vor Ihnen, liebe Hausherrin!" Hier vollführte Simowejkin mit einer Art pedantischer Würde tatsächlich seine Verbeugungen bis zur Erde, nach allen Seiten. Danach wollte wieder Semjon Iwanowitsch das Wort ergreifen, aber dieses Mal hinderte man ihn daran; alle flehten ihn an, versicherten ihn ihrer Sympathie, versuchten ihn zu trösten und erreichten schließlich, daß Semjon Iwanowitsch sogar beschämt war und mit schwacher Stimme um Erlaubnis bat, sich kurz erklären zu dürfen.

„Nun ja; alles ganz schön und gut", sagte er, „ich habe ein angenehmes Äußeres, bin, wie ich höre, nicht aufsässig, bin tugendhaft, zuverlässig und treu; ich, weißt du, gebe den letzten Blutstropfen her, verstanden, du Grünschnabel und Angeber ... solange ich meine Stellung habe; ich bin schließlich ein armer Mann; wenn sie aber einpacken, verstehst du, du Angeber – schweig still, hör erst mal zu! –, wenn sie einpacken und Dingsda ... einfach ... da hat es die Stelle gegeben, Verehrter, und plötzlich aus ... verstehst du? Dann kann ich betteln gehen, mein Bester!"

„Senka!" heulte Simowejkin außer sich los und übertönte dieses Mal den Lärm, der sich erhob. „Du bist ein Freigeist! Ich zeige dich auf der Stelle an! Was bist du? Wer bist du? Ein Aufrührer oder was sonst, du Schafskopf? Den Aufsässigen, den Törichten verabschiedet man, und damit hat sich's. Wer bist du schon?"

„Gerade darum dreht sich's ja ..."

„Was heißt hier – gerade darum? Da rede einer mit ihm!"

„Was heißt, da rede einer mit ihm?"

„Also gut, er ist ein Freigelassener, ich bin ein Freigeist, und wenn man so daliegt, sagt man sich ..."

„Was sagt man sich?"

„Der ist ein Freigeist ..."

„Ein Frei-geist? Senka, der Freigeist bist du!"

„Halt!" rief Herr Prochartschin, hob die Hand und brachte die aufkommenden Zwischenrufe zum Schweigen. „Ich wollte nicht ... wie soll ich sagen ... du mußt nur eins verstehen, du Schafskopf: Ich höre mir das alles geduldig an – heute, morgen und übermorgen, aber dann halt ich's nicht länger aus und werde grob; da hast du's; und auf einmal gilt man als Freigeist!"

„Ja, was wollen Sie damit sagen?" donnerte schließlich Mark Iwanowitsch los, sprang vom Stuhl hoch, auf dem er sich niedergelassen hatte, um ein wenig zu sich zu kommen, und stürzte aufgeregt, ja außer sich und vor Wut und Verärgerung an allen Gliedern zitternd, auf das Bett zu. „Was wollen Sie nun, Sie Hammel? Offenbar nicht dies noch das. Glauben Sie, es gibt nur Sie auf der Welt? Daß die Welt eigens für Sie erschaffen ist? Sind Sie ein Napoleon? Was oder wer sind Sie? Sind Sie ein Napoleon? Sind Sie ein Napoleon oder nicht? Reden Sie endlich, mein Herr! Sind Sie ein Napoleon oder nicht?"

Auf diese Frage antwortete Herr Prochartschin jedoch nicht mehr. Nicht, daß er sich geschämt hätte, ein Napoleon zu sein, oder davor zurückgeschreckt wäre, eine solche Verantwortung zu übernehmen – er konnte einfach nicht mehr das Streitgespräch fortsetzen oder etwas Vernünftiges dazu äußern ... Eine krankhafte Krisis trat ein. Aus seinen fiebrig glänzenden grauen Augen ergossen sich plötzlich kleine Tränen. Er schlug die knochigen, durch die Krankheit abgemagerten Hände vor die heiße Stirn, richtete sich halb im Bett auf und beklagte sich schluchzend, wie arm, wie unglücklich, wie einfältig er sei; er sei nun einmal dumm und unwissend, die guten Leute ringsum möchten es ihm verzeihen, ihn behüten und beschirmen, ihm zu essen und zu trinken geben und ihn nicht in der Not verlassen; Gott weiß, was er ihnen sonst noch alles vorjammerte. Jedenfalls blickte sich Semjon Iwanowitsch dabei mit einer unerklärlichen Angst nach allen Seiten um, als fürchte er, jeden Augenblick würde die Zimmerdecke einstürzen oder der Fußboden einbrechen. Der Ärmste tat allen leid, und alle Herzen ringsum wurden weich. Die Frau des Hauses, die gleich einem Bauernweib wehklagte, wie verlassen, wie verwaist sie sei; bettete den Kranken eigenhändig wieder in die Kissen. Auch Mark Iwanowitsch, der einsah, wie nutzlos es gewesen war, den Gedanken an Napoleon heraufzubeschwören, wurde von Mitleid erfaßt und versuchte, sich behilflich zu zeigen. Die anderen empfahlen, um sich ihrerseits nützlich zu machen, einen Himbeertee, wobei sie versicherten, er helfe auf der Stelle und gegen alles und würde dem Kranken sehr wohltun; Simowejkin behauptete sogleich das Gegenteil und fügte hinzu, es gebe in solchen Fällen nichts Besseres als einen kräftigen Kamillentee. Was dagegen Sinowi Prokofjewitsch betrifft, der ein mitfühlendes Herz besaß, so schluchzte er, vergoß Tränen, bereute, Semjon Iwanowitsch mit allerlei Märchen erschreckt zu haben, und nahm sich die letzten Worte des Kranken von seiner schrecklichen Armut und seiner Bitte, ihn nicht verhungern zu lassen, zu Herzen und veranstaltete eine Spendenzeichnung zu seinen Gunsten, wobei er sich vorerst auf die Winkel der Untermieter beschränkte. Alle ächzten und seufzten, es tat allen leid, man war traurig, und dennoch wunderte man sich, wieso jemand so völlig den Mut verlieren konnte. Warum eigentlich? Gut, hätte er eine hohe Stellung bekleidet, eine Frau gehabt und einen Haufen Kinder in die Welt gesetzt; oder wäre er vor ein Gericht gestellt worden; aber so – eine völlige Null, mit nichts als einer Truhe nebst einem deutschen Schloß, ein Mensch, der über zwanzig Jahre hinter Wandschirmen gelegen, geschwiegen, weder Freud noch Leid gekannt und nur gespart und geknausert hatte, und läßt sich auf einmal durch leeres, abgeschmacktes Gerede völlig den Kopf verdrehen und ist total verängstigt, weil doch das Leben auf der Welt plötzlich so schwer geworden ist ... Und überlegt nicht einmal, daß auch die anderen es schwer haben! „Hätte er in Betracht gezogen", meinte später Okeanow, „daß auch die anderen es schwer haben, dann hätte er den Kopf oben behalten, wäre er von all dem Unsinn abgekommen und hätte sein Leben einigermaßen ins Gleis gebracht." Den ganzen Tag drehte sich alles ausschließlich um Semjon Iwanowitsch. Man besuchte ihn, erkundigte sich nach seinem Befinden, versuchte, ihn zu trösten. Doch gegen Abend wußte er mit den Tröstungen nichts mehr anzufangen. Der Ärmste bekam Fieber und phantasierte; er verlor die Besinnung, und man war schon drauf und dran, einen Arzt zu holen, aber dann einigten sich die Mieter und gaben sich das Wort darauf, der Reihe nach bei Semjon Iwanowitsch zu wachen und ihn zu beruhigen, wenn aber etwas passieren sollte, sofort alle zu wecken. Zu diesem Zweck, das heißt, um nicht einzuschlafen, setzte man sich an den Kartentisch und befahl den Trunkenbold und Freund des Kranken an dessen Bett; jener, der Trunkenbold, hatte sich den ganzen Tag mal in dem, mal in jenem Winkel oder am Bett des Kranken herumgedrückt und schließlich um die Erlaubnis gebeten, übernachten zu dürfen. Da man nicht gegen bar spielte, sondern anschrieb, verlor das Spiel jeglichen Reiz, und man langweilte sich. Man gab es auf, geriet in ein Streitgespräch, erregte sich, lärmte und verzog sich zu guter Letzt jeder in seine Ecke, wobei man noch lange miteinander haderte und sich dies und jenes sagte oder zurief; da aber alle plötzlich verärgert waren, verzichtete man auf das Wachehalten und legte sich schlafen. Bald darauf wurde es still wie in einem leeren Keller, zumal es schauderhaft kalt geworden war. Zu denen, die als letzte einschliefen, gehörte Okeanow. „Ich weiß nicht recht, ob es im Traum oder in Wirklichkeit geschah“, erzählte er später, „jedenfalls schien mir, daß sich, so etwa vor Morgengrauen, zwei Menschen in der Nähe unterhielten.“ Okeanow berichtete später, er habe dabei Simowejkin erkannt und erlauscht, wie der gleich nebenan seinen alten Freund Remnjow wachrüttelte und wie sie lange miteinander flüsterten; danach sei Simowejkin hinausgegangen, und man habe hören können, daß er die Tür zur Küche aufzuschließen versuchte. Dieser Schlüssel aber, so beteuerte später die Wohnungswirtin, habe unter ihrem Kopfkissen gelegen und sei in dieser Nacht auf einmal verschwunden. Er habe endlich, so sagte Okeanow weiter aus, herausgehört, wie beide hinter die Wandschirme zu dem Kranken gingen und eine Kerze anzündeten. Mehr, gab er an, wisse er nicht, da sei er schon am Einschlafen gewesen; aufgewacht aber wäre er zugleich mit allen anderen, als alle von ihren Betten aufsprangen, weil hinter den Wandschirmen ein Schrei ertönte, der einen Toten erweckt hätte; und hier sei es vielen so vorgekommen, als sei das Licht plötzlich ausgeblasen worden. Ein allgemeiner Aufruhr erhob sich; alle Herzen standen still; man stürzte, wie sich's gerade traf, auf den Schrei zu, doch hinter den Wandschirmen vernahm man in diesem Augenblick auch noch etwas anderes – Lärmen, Schimpfen und die Geräusche einer Schlägerei. Man machte wieder Licht und erkannte, daß Simowejkin und Remnjow aufeinander losschlugen, sich gegenseitig Vorwürfe machten und beschimpften. Als man die Szenerie erhellte, schrie der eine: „Nicht ich bin der Schuldige, sondern er, der Bandit!“, worauf der andere, und zwar Simowejkin, rief: „Rühr mich nicht an, ich habe keine Schuld; ich bin bereit, es auf der Stelle zu beeiden!“ Sie hatten kein menschliches Antlitz mehr; doch für sie war in diesem Augenblick keine Zeit: der

Kranke befand sich nicht mehr an seinem Platz hinter den Wandschirmen. Die Haudegen wurden sogleich getrennt und beiseite geschoben, worauf man feststellte, daß Herr Prochartschin – offenbar völlig besinnungslos – unter dem Bett lag, aber die Decke und das Kissen mitgenommen hatte; auf dem Bett war nur noch die abgenutzte, speckige Matratze zu entdecken (ein Bettuch hatte es darauf nie gegeben). Man zog Semjon Iwanowitsch unter dem Bett hervor und legte ihn auf die Matratze, merkte aber sogleich, daß man sich nicht erst lange zu bemühen brauchte, daß er völlig am Ende war; seine Hände erkalteten bereits, und er hielt sich kaum am Leben. Man versammelte sich um ihn; er zitterte und bewegte noch, wenn auch nur schwach, die Glieder, bemühte sich etwas mit den Händen auszudrücken, vermochte zwar die Zunge nicht mehr zu regen, zwinkerte aber mit den Augen wie, so wird behauptet, ein blutüberströmter, vom Scharfrichter gerade erst abgehauener, noch warmer, lebender Kopf.

Er wurde allmählich immer stiller; sowohl die Todesangst als auch die Zuckungen erstarben; Herr Prochartschin hauchte seine Seele aus und schickte sich an, vor den Richterstuhl zu treten. Ob Semjon Iwanowitsch nun einen Schreck bekommen oder einen Traum gehabt hatte, wie Remnjow später versicherte, ob eine kleine Versündigung vorlag, das weiß man nicht; fest steht nur eins: Wenn in diesem Augenblick der Exekutor in eigener Person in der Wohnung erschienen wäre und Semjon Iwanowitsch seiner Freigeisterei, seiner Aufsässigkeit und seiner Trunksucht wegen erklärt hätte, er sei entlassen, ja, selbst wenn durch eine andere Tür unter dem Vorwand, Semjon Iwanowitschs Schwägerin zu sein, irgendeine Schlampe aufgetaucht wäre, und sogar dann, wenn Semjon Iwanowitsch auf der Stelle zweihundert Rubel Gratifikation erhalten hätte oder das Haus in Brand geraten und Semjon Iwanowitsch die Haare auf dem Kopf weggebrannt wären – er hätte jetzt bei dergleichen Nachrichten vielleicht nicht mal einen Finger mehr bewegt. Während die erste Betäubung nachließ und die Anwesenden die Gabe der Sprache wiedererlangten und sich in ein wildes Durcheinander von Vermutungen, Zweifeln und Ausrufen stürzten, während Ustinja Fjodorowna die Truhe unter dem Bett hervorzog und in aller Eile unter dem Kopfkissen, unter der Matratze, selbst in Semjon Iwanowitschs Stiefeln herumwühlte, während man Remnjow und Simowejkin ins Verhör nahm, besann sich Okeanow, der bislang einer der einfältigsten, gefügigsten und stillsten unter den Mietern gewesen war, auf seine Fähigkeiten und sein Talent, war plötzlich hellwach, griff nach der Mütze und verschwand bei dem allgemeinen Getümmel unbemerkt aus der Wohnung. Und als dann alle Schrecken der Anarchie in den aufgeregten, bisher so friedlichen Untermieterwinkeln ihren Höhepunkt erreichten, tat sich die Tür auf, und mir nichts, dir nichts, wie der Blitz aus heiterem Himmel, tauchte als erster ein Herr von vornehmem Äußeren auf, mit regelmäßigem, aber unzufriedenem Gesicht, danach Jaroslaw Iljitsch, nach Jaroslaw Iljitsch dessen Gefolge und was sonst noch dazugehörte und als letzter der verlegene Herr Okeanow. Der Herr von strengem, aber vornehmem Äußeren trat sogleich auf Semjon Iwanowitsch zu, befühlte ihn, verzog das Gesicht, zuckte mit den Schultern und äußerte etwas längst Bekanntes, und zwar, daß der Verstorbene tot sei, wobei er hinzufügte, genauso habe es dieser Tage einen höchst ehrenwerten und großen Herrn erwischt, der ohne jeden ersichtlichen Grund mitten im Schlaf gestorben sei. Hier trat der Herr mit dem vornehmen, aber unzufriedenen Äußeren vom Bett zurück, meinte, man habe ihn unnötigerweise bemüht, und ging. Statt seiner schaltete sich sogleich Jaroslaw Iljitsch ein (wobei man Remnjow und Simowejkin den dafür Zuständigen übergab); er verhörte den und jenen, bemächtigte sich geschickt der Truhe, die die Wohnungswirtin gerade zu öffnen versuchte, stellte die Stiefel an ihren Platz, wobei er bemerkte, sie hätten lauter Löcher und seien zu nichts mehr zu gebrauchen, ließ sich das Kopfkissen zurückgeben, rief Okeanow herbei, erkundigte sich nach dem Verbleib des Truhenschlüssels – er fand sich in der Tasche des Freundes und Trunkenboldes – und öffnete feierlich und in Gegenwart der vorgeschriebenen

Zeugen Semjon Iwanowitschs Hinterlassenschaft. Alles war da: zwei Lappen, ein Paar Socken, eine Art Taschentuch, ein alter Hut, einige Knöpfe, abgetragene Schuhsohlen und Stiefelschäfte – mit einem Wort, ein wahres Wunder von Plunder, das heißt Dreck, Abfall, Kehricht und allerlei Trödel, der nach Moder roch; das einzige Gute war das deutsche Schloß. Man ließ Okeanow kommen und nahm ihn in die Zange; doch Okeanow war bereit, seine Aussage zu beeiden. Man wünschte, das Kissen in Augenschein zu nehmen, und sah es sich an: es war nur schmutzig, glich aber sonst in jeder Beziehung einem Kissen. Dann ging es an die Matratze; man wollte sie anheben, hielt inne, um ein bißchen zu verschnaufen, als plötzlich, völlig unerwartet, etwas Schweres, Klirrendes zu Boden plumpste. Man bückte sich, sah sich um und entdeckte eine Papierrolle und in dieser etwa ein dutzend Silberrubel. „Hoho!" sagte Jaroslaw Iljitsch und zeigte auf eine schadhafte Stelle in der Matratze, aus der Roßhaar und Flocken hervorquollen. Man sah sich die schadhafte Stelle an und überzeugte sich, daß es sich um einen Einschnitt mit einem Messer handelte, der etwa einen halben Arschin lang war; Jaroslaw Iljitsch steckte die Hand hinein und brachte das offenbar in der Eile vergessene Küchenmesser der Hausfrau zum Vorschein, mit dem die Matratze aufgeschlitzt worden war. Kaum hatte er das Messer aus der Matratze befördert und aufs neue „Hoho!" gesagt, als eine zweite Rolle zu Boden fiel und hinterher zwei Halbrubelmünzen, ein Fünfundzwanzig-Kopeken-Stück, dann allerlei Kleingeld und ein uralter, gewaltiger Fünfer über den Fußboden rollten. All das erhaschte man mit den Händen. Hier sagte man sich, es wäre wohl nicht unangebracht, die ganze Matratze mit Hilfe einer Schere aufzutrennen. Man verlangte eine Schere.

Das inzwischen ziemlich heruntergebrannte Talglicht erhellte eine für den Beobachter recht interessante Szene. Ein rundes Dutzend Untermieter hatten sich um das Bett gruppiert, in malerischer Kostümierung, sämtlich noch nicht zurechtgemacht, noch unrasiert, noch ungewaschen und verschlafen – so, wie sie sich zu Bett gelegt hatten. Die einen waren ganz blaß, den anderen stand Schweiß auf der Stirn; die einen bibberten, die anderen glühten wie im Fieber. Die völlig ratlose Wohnungswirtin stand stumm und mit gefalteten Händen da und hoffte auf Jaroslaw Iljitschs Nachsicht. Von oben, vom Ofen herunter, schauten mit erschrockener Neugier Awdotja, die Dienstmagd, und die Lieblingskatze der Frau des Hauses zu; ringsum lagen, durcheinandergeworfen, die zerrissenen, zertrümmerten Wandschirme; die geöffnete Truhe ließ ihr wenig vornehmes Inneres erkennen; auf dem Fußboden lagen die Decke und das Kopfkissen, von Flocken aus der Matratze übersät, und auf einem dreibeinigen Holztisch schließlich glänzte ein nach und nach anwachsender Haufen von Silber- und allerlei anderen Münzen. Semjon Iwanowitsch bewahrte als einziger seine Kaltblütigkeit, lag regungslos auf dem Bett und schien den ihm bevorstehenden Ruin nicht zu ahnen. Als man aber die Schere brachte und Jaroslaw Iljitschs Gehilfe, der sich hinaufdienen wollte, ein wenig unsanft an der Matratze zerrte, um sie unter ihrem Besitzer hervorzuziehen, machte Semjon Iwanowitsch, der die Regeln des Anstands beherrschte, zunächst ein wenig Platz, rollte sich auf die Seite und drehte den Schatzsuchern den Rücken zu; dann, nach einem zweiten Ruck, lag er auf dem Bauch, rückte noch etwas ab und plumpste plötzlich, da das letzte Brett auf der einen Bettseite fehlte, kopfüber zu Boden; man sah nur die knochigen, mageren, blauen Beine hervorragen wie zwei Äste eines halb verbrannten Baumes. Da sich Herr Prochartschin nun schon zum zweitenmal an diesem Morgen unter sein Bett bemüht hatte, erregte das sogleich Verdacht, und der und jener von den Mietern kroch unter Anleitung Sinowi Prokofjewitschs ebendorthin, in der Absicht, festzustellen, ob nicht auch dort einiges versteckt sei. Doch die Schatzsucher stießen nur mit den Köpfen zusammen, und weil Jaroslaw Iljitsch sie sogleich anfuhr und befahl, Semjon Iwanowitsch schleunigst aus seiner unziemlichen Lage zu befreien, packten zwei von den Vernünftigsten jeder eins seiner Beine, zogen den unvermuteten Kapitalisten ans Tageslicht und legten ihn quer auf das Bett. Inzwischen wirbelten Matratzenhaare und allerlei Flocken umher; der Silberhaufe wuchs immer mehr, und – mein Gott! – was es da nicht alles gab ... Respekt gebietende Silberrubel, solide, harte Anderthalb-Rubel-Münzen, schmucke Fünfziger, dann eher plebejisch anmutende Zwanzig- und Zehnkopekenstücke, ja selbst nicht eben vielversprechenden Altweiberkram wie Zehn- und Fünfkopekenmünzen in Silber – alles in getrennten Rollen und aufs methodischste geordnet. Es gab darunter Raritäten, zum Beispiel einen Napoleondor und irgendeine unbekannte, aber bestimmt recht seltene Münze ... Manche von den Rubeln stammten aus uralten Zeiten, so einige abgeschabte, zerschrammte aus der Zeit Jelisawetas erhalten gebliebene deutsche Kreuztaler oder einige Münzen aus der Ära Peters oder Jekaterinas; es fanden sich zum Beispiel heute recht rar gewordene kleine Münzen, so Fünfzehnkopekenstücke in Silber, durchbohrt, damit man sie als Ohrgehänge tragen konnte, alle abgegriffen, aber mit der erforderlichen Zahl von eingeprägten Punkten; es war auch Kupfer dabei, doch schon völlig grünes, oxydiertes ... Man entdeckte schließlich noch einen alten Schein, mehr war jedoch nicht da. Nachdem man schließlich die ganze Anatomie beendet und den Matratzenbezug mehrmals geschüttelt hatte, stellte man fest, daß nichts mehr klirrte, packte das ganze Geld auf den Tisch und machte sich ans Zählen. Auf den ersten Blick konnte man sich sogar sehr täuschen und geradezu an eine Million denken – so riesig war der Haufe! Von einer Million konnte indessen nicht die Rede sein, obwohl sich eine immerhin recht ansehnliche Summe ergab; es waren, genau gesagt, zweitausendvierhundertsiebenundneunzig Rubel und fünfzig Kopeken; wäre also gestern nacht Sinowi Prokofjewitschs Spendensammlung noch zustande gekommen, hätten es wohl gut und gerne zweitausendfünfhundert in Banknoten sein können. Das Geld wurde sichergestellt, die Truhe des Verstorbenen versiegelt; man hörte sich die Beschwerden der Wohnungswirtin an und bedeutete ihr, wann und wohin sie sich hinsichtlich der kleinen Schulden des Verstorbenen zu wenden habe. Dem und jenem nahm man auch eine Unterschrift über seine Aussage ab; ja, man streifte sogar das Thema Schwägerin; nachdem man sich jedoch überzeugt hatte, daß sie gewissermaßen ein Mythos, will sagen ein Produkt von Semjon Iwanowitschs unzureichender Phantasie gewesen war, das man dem Verstorbenen, wie die Ermittlungen ergaben, wiederholt und zu Recht zum Vorwurf gemacht hatte, ließ man sogleich davon ab, da man diesen Gedanken als unsinnig und für den guten Ruf des Herrn Prochartschin abträglich verwarf; damit fand die ganze Angelegenheit ihr Ende. Als aber der erste Schreck überwunden war, als man sich an den Kopf faßte und begriff, was das eigentlich heißt, ein Verstorbener, wurden alle sehr still und bedrückt und blickten einander mit Mißtrauen an. Manche nahmen sich Semjon Iwanowitschs Handlungsweise sehr zu Herzen und schienen sogar gekränkt zu sein ... Ein solches Kapital! Was hatte der Mann alles zusammengetragen! Mark Iwanowitsch ließ sich, ohne seine Geistesgegenwart zu verlieren, darauf ein, zu erklären, warum Semjon Iwanowitsch plötzlich so mutlos geworden sei, aber niemand hörte ihm zu. Sinowi Prokofjewitsch wurde sehr nachdenklich, Okeanow hatte eine Kleinigkeit getrunken, die übrigen sanken in sich zusammen, während Kantarew, der sich durch seine Winzigkeit und eine Nase auszeichnete, die einem Spatzenschnabel glich, noch am selben Abend auszog, nachdem er all seine Köfferchen und Bündel sorgfältig verschnürt oder zugeklebt und den Neugierigen kühl erklärt hatte, die Zeiten seien schwer und die hiesigen Preise nicht mehr erschwinglich. Die Wohnungswirtin aber heulte in einem fort, jammerte und verwünschte Semjon Iwanowitsch, weil er sie, die Verwaiste, gekränkt und geschädigt hatte. Sie erkundigte sich bei Mark Iwanowitsch, warum denn der Verstorbene sein Geld nicht in eine Leihbank getragen habe.

„Dazu, meine Verehrte, langte es bei ihm nicht; dazu fehlte es ihm an Phantasie“, erwiderte Mark Iwanowitsch.

„Dazu waren auch Sie, Verehrteste, zu einfältig“, flocht Okeanow ein. „Da hat es ein Mensch zwanzig Jahre bei Ihnen ausgehalten, der erste Schlag wirft ihn um, aber Sie finden keine Zeit für ihn, Sie haben gerade eine Kohlsuppe auf dem Feuer! Hach, Teuerste ..."

„Ach, du, du Jüngelchen", gab die Hausfrau zurück, „was heißt hier Leihbank! Hätte er mir eine Handvoll Geld gebracht und gesagt: Hier, Ustinjuschka, hast du eine kleine Gabe, ernähre mich dafür, solange mich die Mutter Erde trägt – ich hätte ihn, das schwöre ich vor diesem Heiligenbild, verpflegt, mit einem Trank gelabt und überhaupt umsorgt. Ach, der Sünder, der Betrüger! Mich, die Verwaiste, hereinzulegen und anzuführen!"

Man trat aufs neue an Semjon Iwanowitschs Bett. Jetzt lag er da, wie sich's gehörte, in seinem besten, im übrigen auch einzigen Anzug, das erstarrte Kinn unter der etwas ungeschickt geknüpften Krawatte verborgen, gewaschen, mit geglättetem Haar, wenn auch nicht frisch rasiert, weil sich bei den Mietern kein Rasiermesser fand: Das einzige, das Sinowi Prokofjewitsch gehört hatte, aber schon vor einem Jahr schartig geworden war, hatte man zu einem günstigen Preis auf dem Trödelmarkt versetzt; ansonsten ließ man sich beim Barbier rasieren. Die Unordnung war immer noch nicht beseitigt. Die zerbrochenen Wandschirme lagen herum wie zuvor und bildeten, indem sie Semjon Iwanowitschs Verlassenheit bloßlegten, gleichsam ein Sinnbild dafür, daß der Tod den Vorhang über allen unseren Geheimnissen lüftet. Diesen plötzlich vereinsamten Winkel hätte ein Dichter sehr wohl mit dem zerstörten Nest einer Hausschwalbe vergleichen können: Alles ringsum ist vom Unwetter zerfleddert, zerfetzt, die Schwalbenmutter und ihre Jungen sind tot, ihr warmes Lager aus Daunen, Federn und Flocken ist in alle Winde zerstreut ... Im übrigen blickte Semjon Iwanowitsch eher wie ein alter Egoist oder diebischer Spatz drein. Er lag jetzt still da, tat gleichsam, als sei nicht er der Schuldige, als habe nicht er sich auf allerlei Kunststücke eingelassen, um anständige Leute hinters Licht zu führen und zu täuschen, gewissenlos und ohne Scham, auf unanständige Art. Die Schluchzer und das Weinen seiner verwaisten, endgültig gekränkten Wohnungswirtin hörte er nicht mehr. Im Gegenteil, als erfahrener, geriebener Kapitalist, der selbst im Sarge keinen Augenblick untätig sein wollte, schien er allerlei Spekulationen und Berechnungen anzustellen. In seinem Gesicht spiegelte sich ein tiefer Gedanke, und um seine zusammengepreßten Lippen lag ein so bedeutsamer Ausdruck, wie man ihn zu seinen Lebzeiten nie und nimmer bei ihm für möglich gehalten hätte. Er war gleichsam klüger geworden. Das rechte Auge schien verschmitzt zusammengekniffen; so als wolle Semjon Iwanowitsch noch etwas sagen, sich über etwas sehr Wichtiges äußern, und zwar auf der Stelle und möglichst rasch, da allerlei Geschäfte anstanden und Eile geboten war. Und man glaubte ihn sagen zu hören: Wer bist du, mit Verlaub? Laß endlich ab, du dämliches Weib! Hör auf zu heulen! Schlaf dich erst mal aus, Mutter, verstanden? Ich bin, wie das so heißt, gestorben; ich brauche nichts mehr; ja und? Es liegt sich im Grunde ganz angenehm so ... Ich meine eigentlich etwas ganz anderes; hör zu: Du bist ein Frauenzimmer, das sich gewaschen hat, versteh mich! Ich bin jetzt also tot; wenn ich nun aber ... Dingsda ... was aber wohl gar nicht möglich ist ... wenn ich nun aber gar nicht tot bin und mich, verstehst du, erhebe, was dann?

Die Wirtin

Eine Erzählung

Erster Teil

1

Ordynow hatte endlich beschlossen, die Wohnung zu wechseln. Seine Wirtin, eine ältere, sehr arme Beamtenwitwe, bei der er zur Miete wohnte, war wegen unvorhergesehener Umstände aus Petersburg in die Provinz gezogen, zu Verwandten, ohne den Ersten des Monats, das Ende ihrer Mietfrist, abzuwarten. Während die Mietfrist ablief, dachte der junge Mann mit Bedauern an die alte Stube, und es verdroß ihn, daß er sie verlassen mußte – er war arm und ein Zimmer teuer. Am Tage nach der Abreise der Wirtin nahm er seine Mütze und wanderte durch die Petersburger Seitenstraßen, las alle Anschlagzettel an den Haustoren und suchte ein Haus, eine richtige Mietskaserne, düster und voller Menschen; da würde er am ehesten bei armen Mietern einen geeigneten Winkel finden.

Er hatte schon lange sehr fleißig gesucht, als ihn neue, nahezu fremde Empfindungen überkamen. Zuerst schaute er sich zerstreut und flüchtig, dann aufmerksam, schließlich mit lebhafter Neugier um. Menschenmenge und Straßengetriebe, Lärm, Verkehr, die neue Umgebung, die neue Situation – dieses sinnlose Alltagseinerlei mit seinen kleinlichen Sorgen und Nöten, das den nüchternen, geschäftigen Petersburger, der sein ganzes Leben emsig, aber fruchtlos danach trachtet, irgendwo in einem mit Mühe, Schweiß und durch allerlei andere Mittel errungenen warmen Nest Ruhe, Frieden und Eintracht zu finden, längst anödet – all diese banale *Prosa* und Trostlosigkeit erweckte in ihm eine lichte, stillvergnügte Empfindung. Eine leichte Röte überzog seine bleichen Wangen, in seine Augen trat ein Glanz wie von neuer Hoffnung, und in gierigen, tiefen Zügen sog er die frische, kalte Luft ein. Er fühlte sich merkwürdig unbeschwert.

Er hatte seit je ruhig und sehr zurückgezogen gelebt. Als er vor etwa drei Jahren seinen akademischen Grad erhalten hatte und einigermaßen selbständig geworden war, ging er zu einem alten Herrn, den er bisher nur vom Hörensagen kannte, und wartete lange, bis der livrierte Kammerdiener geruhte, ihn ein zweites Mal zu melden. Und dann betrat er einen hohen, dunklen, spärlich möblierten und höchst langweilig wirkenden Salon, wie man sie noch in Herrschaftshäusern findet, welche die Zeiten überdauert haben, und sah sich einem ordengeschmückten alten Mann gegenüber, mit prächtigem grauem Haar, dem Freund und Dienstkollegen des Vaters, seinem Vormund. Der alte Mann überreichte ihm ein Bündelchen Geldscheine. Die Summe erwies sich als völlig unbedeutend; sie war der Rest des wegen Verschuldung unter den Hammer gekommenen großväterlichen Erbes. Gleichgültig nahm Ordynow das Geld entgegen, verabschiedete sich auf Nimmerwiedersehen von seinem Vormund und trat auf die Straße hinaus. Es war ein herbstlicher Abend, kalt und düster; der junge Mann war nachdenklich gestimmt, und an seinem Herzen nagte eine unerklärliche Wehmut. Seine Augen glühten; er fühlte, wie er fieberte, wie es ihn bald heiß, bald kalt überlief. Unterwegs berechnete er, daß er von seinen Mitteln zwei, drei Jahre leben könnte, wenn er hungerte, sogar vier. Es dämmerte, ein feiner Sprühregen fiel. Er erhandelte das erstbeste Zimmer, und eine Stunde später zog er ein. Dort lebte er, eingesperrt wie in einem Kloster, als wolle er der Welt entsagen. Nach zwei Jahren war er vollkommen menschenscheu geworden.

Er war menschenscheu geworden, ohne es selber innezuwerden; ihm war in dieser Zeit nicht einmal der Gedanke gekommen, daß es ein anderes Leben gibt, lärmend, tosend, immer aufregend, immer anders, immer lockend und – früher oder später – unvermeidbar. Gewiß, er hatte davon gehört, doch er hatte es nie kennengelernt und gesucht. Von

Kind an war er ungewöhnlich gewesen; jetzt hatte dieses Ungewöhnliche bestimmte Formen angenommen. Eine wilde, unstillbare Leidenschaft verschlang ihn, eine Leidenschaft, die den Menschen völlig kraftlos macht und Wesen wie Ordynow nicht den geringsten Platz in der Sphäre einer anderen, praktischen Betätigung gönnt. Diese Leidenschaft war – die Wissenschaft. Sie verzehrte zuerst seine Jugend, sie brachte ihn wie ein langsam und berauschend wirkendes Gift um den Nachtschlaf, entzog ihm gesunde Nahrung und frische Luft, die nie in seine stickige Stube drang; und Ordynow, berauscht von seiner Leidenschaft, wollte es nicht merken. Er war jung und verlangte einstweilen nicht mehr. Die Leidenschaft ließ ihn dem Leben draußen in der Welt wie ein hilfloses Kind gegenüberstehen und machte ihn unfähig, andere gute Menschen notfalls zum Weichen zu zwingen, um sich zwischen ihnen ein wie auch immer geartetes Plätzchen zu sichern. In den Händen gewitzter Menschen ist Wissenschaft ein Kapital; Ordynows Leidenschaft war eine gegen ihn selbst gekehrte Waffe.

Sein Lernen und Studieren entsprang wie jede andere von ihm ausgeübte Tätigkeit, mochte sie noch so belanglos sein, mehr einer unbewußten Neigung als einem logisch erklärbaren Grund. Schon in seiner Kindheit galt er als Sonderling und benahm sich ganz anders als seine Gefährten. Die Eltern kannte er nicht; von den Gefährten erfuhr er ob seines eigenartigen, ungeselligen Wesens nur Grobheit und Unmenschlichkeit, und davon wurde er in der Tat ungesellig und schroff und allmählich sonderbar. Doch in seinem einsamen Tun lag nie, nicht einmal jetzt, eine Ordnung oder ein bestimmtes System; jetzt trieb ihn nur die erste Begeisterung, das erste Feuer, das erste Künstlerfieber. Er schuf sich selber ein System; seit Jahren reifte es in ihm, und in seiner Seele erstand allmählich ein noch dunkles, verschwommenes, doch wundersam beglückendes Bild einer Idee, die sich in einer neuen, heiteren Form verkörperte, und diese Form drängte aus seiner Seele hinaus, quälte diese Seele; zaghaft erst spürte er ihre Originalität, Wahrheit und Eigenart – Schöpfertum teilte sich seinen Kräften mit, es prägte und festigte sich. Doch fern noch, vielleicht sehr fern, vielleicht unerreichbar fern war der Tag, da es sichtbar und tätig werden würde.

Jetzt wandelte er durch die Straßen wie ein Fremder, wie ein Eremit, der aus seiner stummen Einöde plötzlich in eine laute, tosende Stadt geraten ist. Alles dünkte ihn neu und seltsam. Aber er hatte sich dieser Welt, die da um ihn brodelte und lärmte, so sehr entfremdet, daß er gar nicht daran dachte, sich über seine seltsamen Empfindungen zu wundern. Er wurde sich seiner Weltfremdheit gar nicht bewußt, vielmehr entstand in ihm ein Gefühl der Freude, eine Art Rausch, es erging ihm wie einem Hungrigen, dem man nach langem Fasten Speise und Trank gibt; obgleich es freilich eigenartig war, daß eine so geringfügige Veränderung der Lebenslage wie ein Wohnungswechsel einen Petersburger, und sei es Ordynow, verwirren und aufregen konnte, allerdings hatte er bislang auch nie in *geschäftlichen* Angelegenheiten auszugehen brauchen.

Immer mehr Gefallen fand er daran, so durch die Straßen zu schlendern. Wie ein *Flaneur* beäugte er alles.

Doch auch jetzt las er, seiner ständigen Gemütsverfassung treu, in dem sich hell vor ihm auftuenden Bild wie in einem Buch zwischen den Zeilen. Alles verblüffte ihn; keinen einzigen Eindruck ließ er sich entgehen, und nachdenklich schaute er in die Gesichter der Vorübergehenden, betrachtete er die Physiognomie all dessen, was ihn umgab, lauschte er liebevoll der Sprache des Volkes, so als überprüfte er an allem die eigenen Erkenntnisse, die ihm in der Stille einsamer Nächte gekommen waren. Hin und wieder überraschte ihn eine Nichtigkeit und erzeugte eine Idee, und zum erstenmal verdroß es ihn, daß er sich in seiner Zelle lebendig begraben hatte. Hier ging alles schneller, sein Puls schlug kräftig und rasch, sein von Einsamkeit bedrückter Verstand, der sich nur durch angestrengte, exaltierte Tätigkeit schärfte und erhöhte, arbeitete jetzt schnell, ruhig und mutig. Außerdem verlangte ihn unbewußt danach, sich hineinzuzwängen in dieses ihm fremde Leben, das er bislang nicht gekannt hatte oder, genauer gesagt, nur mit dem Instinkt des Künstlers geahnt hatte. Unwillkürlich beschleunigte sich sein Herzschlag vor Sehnsucht nach Liebe und Mitgefühl. Aufmerksam schaute er die Menschen an, die an ihm vorübergingen; doch die Menschen waren fremd, verhärmt und in sich gekehrt... Langsam begann Ordynows Unbekümmertheit zu schwinden, die Wirklichkeit lastete auf ihm und flößte ihm Angst ein. Er wurde müde von der Flut neuer, bis dahin ungekannter Eindrücke, wie ein Kranker, der zum erstenmal guter Dinge sein Lager verläßt und zusammenbricht, erschöpft vom Wirbel und Glanz des Lebens, vom Lärm und von der Buntheit der vorübertreibenden Menge, benommen und schwindlig vom Hin und Her. Ihm wurde weh und bang zumute. Er fürchtete um sein Dasein, um seine Tätigkeit, ja sogar um die Zukunft. Der neue Gedanke machte seine Ruhe zunichte. Mit einemmal kam ihm in den Sinn, daß er sein Lebtag allein gewesen, daß niemand ihn liebte, ja auch ihm selber es nicht vergönnt war zu lieben. Einige Passanten, mit denen er zu Beginn seines Spazierganges zufällig ein Gespräch angeknüpft hatte, musterten ihn kalt und befremdet. Er merkte, sie hielten ihn für einen Irrsinnigen oder einen höchst originellen Sonderling, was übrigens vollauf gerechtfertigt war. Er erinnerte sich, daß anderen in seiner Gegenwart stets unbehaglich war, daß ihn schon als Kind alle Welt wegen seines grüblerischen, schroffen Wesens gemieden hatte, daß sich sein Mitgefühl nur schwerfällig, unbeholfen und für andere kaum merklich äußerte und einen anderen Stand sittlicher Entwicklung erkennen ließ, daß es ihn schon als Kind gequält hatte, wenn er immer anders war als die Jungen und Mädchen seines Alters. Jetzt erinnerte er sich und erkannte, er war immer, von jeher, einsam gewesen und gemieden worden.

Unversehens war er in ein vom Petersburger Stadtkern weit entferntes Viertel geraten. Nachdem er in einer abgelegenen Schenke recht und schlecht gegessen hatte, streifte er weiter umher. Wieder passierte er viele Straßen und Plätze. Lange gelbe und graue Zäune zogen sich hin, statt protziger Häuser fand er windschiefe Hütten und zugleich kolossale Fabrikgebäude, häßlich, rußgeschwärzt, rot, mit hohen Schloten. Überall war es menschenleer und öde; alles schaute grimmig und feindselig drein – zumindest schien es Ordynow so. Es war schon Abend. Durch eine lange Seitenstraße kam er zu einem Platz, an dem eine Kirche stand.

Zerstreut trat er ein. Der Gottesdienst hatte soeben geendet; die Kirche war fast leer, nur zwei alte Frauen knieten noch an der Tür. Der Geistliche, ein alter grauhaariger Mann, löschte die Kerzen. In breiter Bahn ergossen sich die Strahlen der sinkenden Sonne von oben durch ein schmales Fenster der Kuppel und tauchten einen der Nebenaltäre in ein Meer von Glanz; doch sie wurden schwach und schwächer, und je mehr sich das Dunkel unter den Gewölben verdichtete, um so heller glänzten hier und da die vergoldeten Ikonen in dem unsteten Schein der Heiligenlämpchen und Kerzen. In einer Anwandlung von Beklommenheit und tiefer, erregender Wehmut lehnte sich Ordynow in der dunkelsten Ecke an die Wand und vergaß für Augenblicke sich und die Welt. Er kam zu sich, als die Schritte zweier die Kirche betretender Gemeindemitglieder dumpf und gleichmäßig widerhallten. Er hob die Augen, und als er die beiden Ankömmlinge gewahrte, befiel ihn eine unaussprechliche Neugier. Es waren ein alter Mann und eine junge Frau. Der Alte war von hohem Wuchs und rüstig, aber hager und krankhaft bleich. Seinem Äußeren nach konnte man ihn für einen von weit her zugereisten Kaufmann halten. Er hatte einen langen, schwarzen, pelzgefütterten Kaftan an, der offenbar für Feiertage bestimmt war und den er offen trug. Unter dem Kaftan war ein anderes langschößiges russisches Kleidungsstück zu sehen, von oben bis unten dicht geknöpft. Um den Hals hatte er nachlässig ein grellrotes Tuch geschlungen; in der Hand hielt er eine Pelzmütze. Ein langer, dünner graumelierter Bart fiel ihm bis auf die Brust herab, unter den buschigen, finsteren Brauen funkelte ein feuriger, fiebrig heißer Blick, hochmütig und durchdringend. Die Frau mochte zwanzig Jahre zählen und war zauberhaft schön. Sie trug einen prächtigen, pelzgefütterten blauen Mantel und um den Kopf ein weißes Atlastuch, das unter dem Kinn gebunden war. Die Augen gesenkt, schritt sie dahin, und eine nachdenkliche Würde, die ihre ganze Gestalt umfloß, spiegelte sich deutlich und leidvoll in ihren kindlich zarten, sanftmütigen Gesichtszügen. Etwas Eigentümliches war an diesem unverhofft erschienenen Paar.

Der alte Mann blieb inmitten der Kirche stehen und verbeugte sich nach allen vier Seiten, obwohl die Kirche völlig leer war; seine Begleiterin tat es ihm nach. Darauf nahm er sie bei der Hand und führte sie zu dem großen Bild der Gottesgebärerin, der die Kirche geweiht war. Das Bild erstrahlte am Altar im blendenden Schein der Kerzen, die sich auf der mit funkelndem Gold und Edelsteinen besetzten Verkleidung widerspiegelten. Der Kirchendiener, als einziger noch in der Kirche, grüßte den Alten ehrerbietig, und dieser nickte ihm zu. Die Frau verbeugte sich tief vor dem Heiligenbild. Der Alte nahm einen Zipfel der Decke, die vom Postament des Heiligenbildes herabhing, und bedeckte damit ihren Kopf. Ein dumpfes Schluchzen ertönte in der Kirche.

Ordynow war von der Feierlichkeit dieser Szene überrascht und wartete voll Ungeduld auf ihr Ende. Nach etwa zwei Minuten hob die Frau den Kopf, und abermals beleuchtete das helle Licht des Heiligenlämpchens ihr reizendes Antlitz. Ordynow zuckte zusammen und trat einen Schritt vor. Sie hatte dem Alten schon wieder die Hand gereicht, und still verließen beide die Kirche. Tränen traten in ihre dunkelblauen Augen, die gesäumt waren von langen, im milchigen Weiß des Gesichtes funkelnden Wimpern, und rannen über die bleichen Wangen. Um ihre Lippen spielte ein Lächeln, doch auf ihrem Antlitz malten sich die Spuren kindlicher Angst, eines heimlichen Grauens. Zaghaft schmiegte sie sich an den Alten, und man sah, daß sie vor Erregung am ganzen Körper bebte.

Betroffen und von einem wonnevollen, hartnäckigen Gefühl getrieben, schritt ihnen Ordynow eilig nach und holte sie auf der Kirchentreppe ein. Der Alte schaute ihn streng und feindselig an; auch sie blickte zu ihm auf, aber unbeteiligt und zerstreut, so als beschäftige sie ein anderer, fernliegender Gedanke. Ordynow folgte ihnen, ohne zu wissen, warum. Es war bereits ganz dunkel; er ging in einem gewissen Abstand von den beiden. Der alte Mann und die junge Frau betraten eine große, breite, kotige Straße, mit allerlei Werkstätten, Kornspeichern und Ausspannen, die Straße führte geradewegs zur Stadtgrenze, dort bogen sie in eine lange, schmale Nebengasse mit langen Zäunen zu beiden Seiten ein, die kurz vor der hohen, geschwärzten Mauer eines dreistöckigen Mietshauses endete, durch dessen Durchgangstor man auf eine andere, ebenfalls große, belebte Straße kam. Die beiden gingen bereits auf das Haus zu; plötzlich wandte sich der Alte um und schaute Ordynow ungehalten an. Der junge Mann blieb wie angewurzelt stehen; er fand es selber befremdlich, daß er so gefesselt und hingerissen war. Der Alte drehte sich abermals um, als wolle er sich vergewissern, ob seine drohende Gebärde gewirkt hatte, und dann traten beide, er und die junge Frau, durch ein schmales Tor in den Hof des Hauses. Ordynow kehrte um.

Er befand sich in einer höchst unangenehmen Stimmung und haderte mit sich, als er inne ward, daß er einen Tag vergeudet, seine Kräfte unnütz verausgabt und obendrein noch die Torheit begangen hatte, einem mehr als gewöhnlichen Erlebnis die Bedeutung eines Abenteuers beizulegen.

Obwohl er sich am Morgen über seine Menschenscheu geärgert hatte, mied er doch instinktiv alles, was seine äußere Welt – nicht die innere, künstlerische – stören, anfechten und erschüttern konnte. Jetzt dachte er mit Wehmut und einer gewissen Reue an seine stille Kammer; sodann beschlichen ihn Kummer und Sorge wegen seiner ungeklärten Lage und der bevorstehenden Schwierigkeiten, und zugleich verdroß es ihn, daß ihm eine solche Nichtigkeit zu schaffen machen konnte. Müde und keines Gedankens fähig, erreichte er schließlich spätabends seine Wohnung und merkte plötzlich mit Erstaunen, daß er am Haus, in dem er wohnte, beinahe vorübergegangen wäre. Verdutzt ob seiner Zerstreutheit, schüttelte er den Kopf und schrieb sie der Müdigkeit zu, er stieg die Treppe zum Boden hinauf und betrat seine Kammer. Hier zündete er eine Kerze an – und eine Minute später erstand grell das Bild der weinenden Frau in seiner Phantasie. So stark, so leuchtend war der Eindruck, mit solcher Liebe schuf sein Herz die sanften, stillen Züge dieses von geheimnisvoller Ergriffenheit und Angst erschütterten, von Tränen des Entzückens oder kindlicher Reue überströmten Antlitzes nach, daß ihm schwarz wurde vor Augen und es ihm wie Feuer durch sämtliche Gliedmaßen rann. Doch die Vision währte nicht lange. Dem Entzücken folgte Nachdenklichkeit, dann Verdruß, dann ohnmächtiger Zorn; ohne sich auszukleiden, hüllte er sich in die Decke und warf sich auf sein hartes Lager ...

Ordynow erwachte erst recht spät am Morgen, in gereizter, verzagter und gedrückter Stimmung; eilig rüstete er zum Aufbruch, wobei er sich fast krampfhaft bemühte, an seine gegenwärtigen Sorgen zu denken, und begab sich sodann in eine Richtung, die seinem Ausflug vom Vortag genau entgegengesetzt lag; am Ende fand er Unterkunft in einer Dachstube bei einem armen Deutschen namens Spieß, der mit seiner Tochter Tinchen zusammen lebte. Als Spieß die Anzahlung kassiert hatte, entfernte er sogleich den Anschlag für die Zimmervermietung vom Haustor, lobte Ordynows Studierfreudigkeit und versprach, fleißig für ihn zu sorgen. Ordynow sagte, er würde gegen Abend einziehen. Er wollte von hier aus zu seiner alten Behausung zurückkehren, besann sich aber und schlug eine andere Richtung ein; er hatte wieder Mut gefaßt und lächelte innerlich über seine Neugier. Vor Ungeduld dünkte ihn der Weg über die Maßen lang; schließlich kam er zu der Kirche, in der er am Abend zuvor gewesen war. Es wurde gerade Mittagsgottesdienst gehalten. Er wählte einen Platz, von dem aus er fast alle Betenden überblicken konnte; aber diejenigen, die er suchte, befanden sich nicht unter ihnen. Nach langem Warten ging er errötend hinaus. Hartnäckig verdrängte er ein Gefühl, das sich wider seinen Willen einstellte, eigensinnig und gewaltsam versuchte er seine Gedanken in andere Bahnen zu lenken. Er dachte an Alltägliches, Lebensnotwendiges, und da merkte er, daß es Zeit zum Essen war, er verspürte tatsächlich Hunger und betrat wieder die Schenke, in der er schon tags zuvor gegessen hatte. Er entsann sich später nicht mehr, wie er von dort aus weitergegangen war. Lange und ohne sich dessen bewußt zu werden, irrte er durch Straßen, belebte und menschenleere Seitengassen und gelangte schließlich in eine öde Gegend, wo von der Stadt nichts mehr zu sehen war und sich ringsum gelbe Felder erstreckten; er kam zu sich durch die Totenstille, die ihm einen neuen, lange nicht mehr erfahrenen Eindruck vermittelte. Es war ein trockener, frostiger Tag, wie sie in Petersburg im Oktober nicht selten sind. Unweit sah man ein Bauernhaus und zwei Heuschober; an einer zweirädrigen Kutsche stand ein kleines, mageres, ungezäumtes Pferd mit gesenktem Kopf und hängender Lippe, es schien in Gedanken versunken. Neben einem zerbrochenen Rad lag der Hofhund und benagte knurrend einen Knochen, und ein dreijähriges Kind, nur mit einem Hemdchen bekleidet, kratzte sich den blonden Wuschelkopf und schaute erstaunt den einsamen Städter an, der da des Weges kam. Jenseits des Hauses zogen sich Felder und Gärten hin. Am Rande des blauen Himmelsgewölbes dunkelten Wälder, und von der anderen Seite stiegen düstere Schneewolken herauf, wie ein Schwarm Zugvögel, die lautlos, einer hinter dem anderen dahinziehen. Alles war still und feierlich-melancholisch, erfüllt von ersterbender, heimlicher Erwartung... Ordynow wollte noch weiter gehen; doch die Einöde wirkte bedrückend auf ihn. Er kehrte um, zurück in die Stadt, aus der unvermittelt wuchtiger Glockenklang herübertönte und zum Abendgottesdienst rief, er beschleunigte seine Schritte und betrat nach einiger Zeit abermals die ihm vom Vortage her so vertraute Kirche.

Seine Unbekannte war schon da.

Sie kniete an der Kirchentür in der Menge der Betenden. Ordynow bahnte sich einen Weg durch die dichtgedrängte Menge der Bettler, zerlumpten Weiber, Siechen und Krüppel, die dort auf ein Almosen warteten, und kniete neben der Unbekannten nieder. Seine Kleider berührten die ihren, und er hörte, wie sie stoßweise atmete, während ihre

Lippen ein inbrünstiges Gebet murmelten. Auf ihren Gesichtszügen malte sich nach wie vor grenzenlose Andacht, und wieder rannen die Tränen, als müßten sie eine entsetzliche Schuld abwaschen, über ihre glühenden Wangen und trockneten sogleich. Dort, wo sie beide knieten, herrschte völliges Dunkel, nur hin und wieder erhellte ein matt brennendes Heiligenlämpchen, das der Wind, der durch ein schmales offenes Fenster hereinfuhr, schwanken ließ, mit flackerndem Schein ihr Gesicht, und jeder einzelne Zug prägte sich dem Jüngling ein, trübte seinen Blick und bedrängte sein Herz mit dumpfer, unerträglicher Pein. Doch diese Pein hatte etwas Berauschendes. Schließlich vermochte er es nicht länger zu ertragen, seine Brust erbebte und wollte vor süßem Verlangen schier bersten, er schluchzte auf und neigte die heiße Stirn bis zum kalten Fußboden der Kirche. Er hörte und fühlte nichts als den Schmerz in seinem Herzen, das sich in wonnevoller Qual verzehrte.

War diese unwahrscheinliche Empfindsamkeit, diese Blöße und Schutzlosigkeit des Gefühls durch die Einsamkeit entstanden; hatte sich in der qualvollen, stickigen, ausweglosen Stille langer, schlafloser Nächte, inmitten unbewußter Wünsche und ungeduldiger Gemütsaufwallungen diese elementare Gewalt des Herzens gebildet, die sich nunmehr anschickte, alle Fesseln zu sprengen oder sich zu ergießen; mußte mit ihr so etwas geschehen wie an einem heißen, schwülen Tag, wenn plötzlich der Himmel schwarz wird und ein Gewitter mit Wasser und Feuer auf die dürstende Erde niederprasselt, Regenperlen an smaragdgrüne Zweige hängt, Gras und Feldflur niederwalzt, zarte Blütenkelche knickt, damit hernach, bei den ersten Strahlen der Sonne, alles neu belebt zu ihr strebe, sich zu ihr erhebe und ihr feierlich zum Himmel hinauf seinen süßen, holden Duft sende, voll Freude und Lust ob des neu gewonnenen Lebens? ... Doch Ordynow hätte jetzt nicht darüber nachsinnen können, was mit ihm vorging; er kannte sich selbst nicht mehr ...

Er merkte fast nicht, wie der Gottesdienst endigte, und kam erst zur Besinnung, als er sich durch die Menschenmenge an der Tür einen Weg bahnte, um seiner Unbekannten zu folgen. Bisweilen begegnete er ihrem erstaunten und hellen Blick. Immer wieder wurde sie von dem hinausströmenden Volk aufgehalten, und dabei wandte sie sich des öfteren nach ihm um; es war zu sehen, wie ihre Verwunderung ständig wuchs, und plötzlich schoß ihr die Röte ins Gesicht. In diesem Moment tauchte in der Menge der alte Mann vom Vortag auf und nahm sie bei der Hand. Wieder begegnete Ordynow seinem galligen, höhnischen Blick, und ein sonderbarer Zorn preßte ihm das Herz zusammen. Zu guter Letzt hatte er sie in der Dunkelheit aus den Augen verloren; da strebte er mit einer unnatürlichen Kraftanstrengung vorwärts und verließ die Kirche. Indes, die frische Abendluft vermochte ihn nicht zu erquicken: er rang nach Atem, und sein Herz schlug langsam und stark, als wollte es die Brust sprengen. Schließlich begriff er, daß er seine Fremden tatsächlich verloren hatte; sie waren weder auf der Hauptstraße noch in der Seitengasse. Aber in Ordynows Kopf tauchte bereits ein Gedanke auf, nahm einer jener seltsamen, verwegenen Pläne Gestalt an, die zwar aberwitzig sind, doch dafür in solchen Fällen fast immer gedeihen und in Erfüllung gehen. Am nächsten Morgen, um acht Uhr, gelangte er von der Seitenstraße her zu dem Haus und betrat einen kleinen, engen, schmutzigen Hinterhof, der eine Art Abfallgrube war. Der Hausknecht, der sich auf dem Hof mit einer Schaufel zu schaffen machte, hielt in seiner Tätigkeit inne, stützte das Kinn auf den Schaufelstiel, musterte Ordynow von Kopf bis Fuß und fragte, was er wolle.

Der Hausknecht, ein junger Bursche von etwa fünfundzwanzig Jahren mit einem ungewöhnlich alt anmutenden Gesicht, war klein, schrumplig und tatarischer Abstammung.

„Ich suche ein Zimmer", erwiderte Ordynow ungeduldig.

„Was für eins?" fragte der Hausknecht grinsend. Er schaute Ordynow an, als kenne er sein Anliegen ganz genau.

„Ich will ein Zimmer mieten", sagte Ordynow.

„Drüben auf anderem Hof gibt keine", lautete die rätselhafte Antwort des Hausknechtes.

„Und hier?"

„Hier auch nicht." Damit wandte sich der Hausknecht wieder seiner Schaufel zu.

„Vielleicht vermieten sie doch was", sagte Ordynow und gab dem Hausknecht ein Zehnkopekenstück.

Der Tatare schaute Ordynow an, nahm das Geldstück, dann ergriff er abermals seine Schaufel und erklärte nach einigem Schweigen: „Gibt keine Wohnung." Doch der junge Mann hörte nicht mehr zu; über morsche, schwankende Bretter, die in einer Pfütze lagen, schritt er auf die einzige Tür zu, die vom Hinterhaus auf diesen Hof führte, sie war schwarz, schmutzig und sah aus, als wäre sie in der Pfütze ertrunken. Im Erdgeschoß wohnte ein armer Sargtischler. Ordynow ging an der unheimlichen Werkstatt vorbei und stieg eine wacklige, schlüpfrige Wendeltreppe zum oberen Stockwerk hinauf, im Dunkeln ertastete er eine dicke, ungefüge, mit Bastfetzen bedeckte Tür, er fand die Klinke und öffnete die Tür einen Spalt weit. Er hatte sich nicht geirrt. Vor ihm stand der ihm bekannte alte Mann und schaute ihn eindringlich und höchst verwundert an.

„Was willst du?" fragte er, nach Atem ringend und fast flüsternd.

„Könnte ich ein Zimmer haben?" fragte Ordynow, der nahezu alles vergessen hatte, was er sagen wollte. Hinter dem Alten sah er seine Unbekannte.

Wortlos schickte sich der Alte an, die Tür zu schließen, um Ordynow so hinauszudrängen.

„Können Sie", ertönte plötzlich die sanfte Stimme der jungen Frau.

Der alte Mann ließ die Tür los.

„Ich brauche nur ein Eckchen", sagte Ordynow, an die Schöne gewandt, und trat unverweilt ins Zimmer.

Doch blieb er vor Überraschung wie angewurzelt stehen, als er seine künftigen Wirtsleute anschaute – vor seinen Augen spielte sich eine stumme, erschütternde Szene ab. Der

Alte war totenbleich, als schwänden ihm gleich die Sinne. Sein starrer, durchdringender, bleierner Blick galt der Frau. Auch sie war zunächst blaß geworden, doch dann schoß ihr das Blut ins Gesicht, und ihre Augen funkelten seltsam. Sie führte Ordynow in eine Kammer.

Die ganze Wohnung bestand aus einem ziemlich großen Raum, der durch zwei Trennwände in drei Teile aufgeteilt war; vom Hausflur trat man in eine kleine, dunkle Diele, in der Trennwand geradezu war eine Tür, sie führte wahrscheinlich ins Schlafzimmer der Wirtsleute. Rechts über die Diele kam man in das Zimmer, das vermietet wurde. Diese Stube war eng und schmal und durch die Trennwand gleichsam an zwei niedrige Fenster gedrückt. Gegenstände, wie sie zu jedem Haushalt gehören, versperrten und verstellten alles; die Stube war wohl ärmlich und eng, doch einigermaßen sauber. Zum Mobiliar gehörten ein gewöhnlicher weißer Tisch, zwei gewöhnliche Stühle und eine Bank, die sich an zwei Wänden entlangzog. Auf einem Regal in der Ecke war ein großes altertümliches Heiligenbild mit vergoldetem Strahlenkranz aufgestellt, davor brannte ein Lämpchen. Im vermieteten Zimmer und zum Teil noch im Vorraum stand ein riesiger, plumper russischer Ofen. Es war klar, daß in so einer Wohnung nicht drei Personen leben konnten.

Sie besprachen einiges, doch zusammenhanglos und ohne daß einer den anderen verstand. Ordynow hörte aus zwei Schritt Entfernung ihr Herz schlagen; er sah, wie sie vor Erregung und scheinbar vor Angst am ganzen Körper zitterte. Schließlich hatte man sich ungefähr geeinigt. Der junge Mann erklärte, er würde sogleich einziehen, und schaute den Hausherrn an. Dieser stand an der Tür, immer noch bleich; doch ein stilles, versonnenes Lächeln stahl sich auf seine Lippen. Als er Ordynows Blick begegnete, runzelte er abermals die Stirn.

„Haben Sie Papiere?“ fragte er plötzlich laut und schroff, während er ihm die Wohnungstür öffnete.

„Ja“, erwiderte Ordynow ein wenig verblüfft.

„Wer sind Sie?“

„Wassili Ordynow, adlig, ohne Dienstverhältnis, in eigenen Angelegenheiten tätig“, antwortete er im Tone des Alten.

„Ich ebenfalls“, sagte dieser. „Mein Name ist Ilja Murin, kleinbürgerlichen Standes, genügt dir das? Dann verschwinde ...“

Eine Stunde später befand sich Ordynow bereits in der neuen Wohnung, zu seiner eigenen Verwunderung und der seines Deutschen, der schon zusammen mit dem folgsamen Tinchen argwöhnte, daß der hereingeschneite Mieter ihn getäuscht habe. Ordynow begriff freilich selber nicht, wie alles gekommen war, und er wollte es auch nicht begreifen...

2

Sein Herz schlug so heftig, daß ihm schwarz vor Augen und schwindlig wurde. Mechanisch brachte er seine dürftige Habe in der neuen Behausung unter, er wickelte ein Bündel mit allerlei notwendigen Dingen auf, öffnete die Truhe mit den Büchern und legte sie auf den Tisch; doch bald schon ließ er diese Arbeit sein. Immer wieder stand ihm das Bild der Frau vor Augen; die Begegnung mit ihr hatte sein ganzes Dasein aufgewühlt und erschüttert, ihr Bild erfüllte sein Herz mit so wildem, krampfhaftem Entzücken – so viel Glück war jählings in sein armseliges Leben geströmt, daß seine Gedanken sich verdunkelten und sein Geist in Wirrnis und Sehnsucht erstarb. Er nahm seinen Paß und brachte ihn dem Hausherrn, in der Hoffnung, er werde sie zu Gesicht bekommen. Doch Murin öffnete die Tür nur einen Spalt, nahm die Papiere entgegen, sagte: „Gut, gehab dich wohl“ und schloß sich wieder in seinem Zimmer ein. Ein ungutes Gefühl beschlich Ordynow. Aus einem ihm unerfindlichen Grund verspürte er Unbehagen, wenn er den Alten sah. In dessen Blick lag etwas Verächtliches, Gehässiges. Doch der ungute Eindruck verflüchtigte sich bald. Den dritten Tag lebte Ordynow nun schon in einer Art Wirbel, verglichen mit dem stillen Dasein, das er bislang geführt hatte; aber er vermochte nicht, darüber nachzudenken, er schreckte vielmehr davor zurück. In seinem Leben war alles durcheinandergeraten und verwirrt; er fühlte dumpf, daß es förmlich entzweigebrochen war; ein einziges Verlangen, eine einzige Erwartung hatte sich seiner bemächtigt, kein anderer Gedanke focht ihn mehr an.

Unschlüssig kehrte er in sein Zimmer zurück. Dort machte sich am Ofen, in dem das Essen gekocht wurde, ein altes krummes Frauchen zu schaffen, so schmutzig und verkommen, daß es einen dauern konnte. Sie schien keine Gute zu sein, und hin und wieder brummelte sie mit zahnlosem Mund vor sich hin. Das war die Hausmagd der Wirtsleute. Ordynow versuchte sich mit ihr zu unterhalten, doch sie schwieg, wahrscheinlich aus Gehässigkeit. Schließlich war die Essenszeit herangerückt; die Alte nahm Kohlsuppe, Piroggen und gekochtes Rindfleisch aus dem Ofen und brachte alles zu den Wirtsleuten hinüber. Vom selben trug sie auch Ordynow auf. Nach dem Essen wurde es totenstill in der Wohnung

Ordynow nahm ein Buch zur Hand und blätterte lange darin, bemüht, den Sinn dessen zu erfassen, was er schon mehrmals gelesen hatte. Ungeduldig warf er es dann beiseite und versuchte wieder, seine Habseligkeiten zu ordnen; am Ende griff er zur Mütze, zog den Mantel an und ging auf die Straße hinunter. Während er aufs Geratewohl und ohne auf den Weg zu achten umherwanderte, war er immerzu darauf bedacht, sich zu sammeln, seine verwirrten Gedanken zu ordnen, sei es auch bloß, um seine Lage ein wenig zu überdenken. Doch dies Bemühen brachte ihm nur Leid und Qual. Es überlief ihn abwechselnd heiß und kalt, und manchmal klopfte sein Herz so heftig, daß er sich an eine Mauer lehnen mußte. Nein, lieber sterben, dachte er, lieber sterben. Er flüsterte es mit heißen, bebenden Lippen, ohne zu überlegen, was er sagte. Lange irrte er so umher, schließlich spürte er, daß er naß war bis auf die Haut, und da ihm nun bewußt wurde, daß es in Strömen regnete, kehrte er um. Kurz vor dem Haus sah er den Hausknecht. Ihm war, als habe ihn der

Tatare schon geraume Weile eindringlich und neugierig gemustert und sei dann seiner Wege gegangen, als er merkte, daß man ihn gesehen hatte.

„Guten Tag", sagte Ordynow, als er ihn eingeholt hatte. „Wie heißt du?"

„Hausknecht", versetzte der andere und bleckte die Zähne.

„Bist du schon lange Hausknecht hier?"

„Ja."

„Ist mein Wirt Kleinbürger?"

„Wenn er es gesagt hat."

„Was treibt er?"

„Er krank, lebt und betet, weiter nichts."

„Ist das seine Frau?"

„Was für eine Frau?"

„Die bei ihm wohnt."

„Wenn er gesagt hat, ist sie's. Leb wohl, Herr."

Der Tatare tippte an die Mütze und verschwand in seiner Hütte.

Ordynow begab sich zur Wohnung hinauf. Nuschelnd und knurrend öffnete ihm die alte Frau, sie klinkte die Tür wieder ein und stieg auf den Ofen, wo sie ihren Lebensabend verbrachte. Es dämmerte bereits. Ordynow wollte Licht holen, da sah er, daß die Tür seiner Wirtsleute verschlossen war. Er rief die Alte, die, auf einen Ellenbogen gestützt, ihn vom Ofen herab scharf beobachtete, so als überlegte sie, was ihn die Tür der Wirtsleute anging; wortlos warf sie ihm eine Schachtel Streichhölzer zu. Er kehrte in sein Zimmer zurück und nahm sich wieder, zum hundertstenmal, seine Sachen und Bücher vor. Ohne zu wissen, was mit ihm geschah, ließ er sich langsam auf die Bank nieder, und ihm schien, er wäre eingeschlafen. Mitunter kam er zu sich und gewahrte, daß sein Traum kein Traum war, sondern ein Zustand qualvollen, krankhaften Vergessens. Er hörte die Tür klappen und wußte, daß seine Wirtsleute vom Abendgottesdienst kamen. Sogleich schoß es ihm durch den Kopf, er müßte zu ihnen hinübergehen und etwas holen. Er erhob sich halb, wähnte sich schon auf dem

Weg zu ihnen, doch er stolperte und sank auf einen Haufen Holzscheite, den die Alte mitten ins Zimmer geworfen hatte. Hier nun verlor er völlig das Bewußtsein, und als er nach langer, langer Zeit die Augen öffnete, merkte er zu seiner Verwunderung, daß er wie vorher auf der Bank lag, angekleidet, und daß sich über ihn in zärtlicher Besorgtheit das Antlitz der Frau beugte, wundersam schön und von stillen, mütterlichen Tränen benetzt. Er spürte, wie man ihm ein Kissen unter den Kopf schob, wie man ihm etwas Warmes überzog und wie sich eine sanfte Hand auf seine glühende Stirn legte. Er wollte sich bedanken, wollte diese Hand nehmen, sie an seine verkrusteten Lippen führen, mit Tränen befeuchten und küssen, die ganze Nacht lang küssen. Er hätte gern so vieles gesagt, aber was – das wußte er selber nicht; am liebsten wäre er auf der Stelle gestorben. Seine Arme schienen aus Blei, und er konnte sie nicht bewegen; er kam sich vor wie gelähmt, und er spürte nur, wie ihm das Blut durch die Adern jagte, ihm war, als höbe es ihn von seinem Bett. Jemand reichte ihm Wasser … Schließlich schwanden ihm die Sinne.

Es war gegen acht Uhr morgens, als er erwachte. Die Sonne schickte ihre Strahlen in goldenen Garben durch die grünen, angelaufenen Fenster seines Zimmers; ein heiteres Gefühl liebkoste die Glieder des Kranken. Er war still und ruhig, unendlich glücklich. Ihm schien, als stehe jemand am Kopfende seines Lagers. Während des Erwachens hatte er ringsum angestrengt nach diesem unsichtbaren Wesen gesucht; ihn verlangte so sehr danach, seinen Freund in die Arme zu schließen und zum erstenmal im Leben zu sagen: Sei gegrüßt, mein Lieber, einen schönen, guten Tag.

„Wie lange du schläfst!“ sagte eine sanfte Frauenstimme. Ordynow schaute in die Runde, und über ihn beugte sich mit einem Lächeln, strahlend und freundlich wie die Sonne, das Gesicht seiner schönen Wirtin.

„Wie lange du krank warst“, fügte sie hinzu. „Genug, steh auf. Warum tust du dir Zwang an? Freiheit ist süßer als Brot und schöner als die Sonne. Steh auf, mein Lieber, steh auf.“

Ordynow ergriff ihre Hand und drückte sie kräftig. Er wähnte, er sähe immer noch ein Traumbild.

„Warte, ich habe dir Tee gekocht, möchtest du? Nimm ihn, er wird dir guttun. Ich war auch krank und weiß es."

„Ja, gib mir zu trinken", bat Ordynow mit schwacher Stimme und stand auf. Er war noch sehr matt. Ein Kälteschauer lief ihm über den Rücken, sämtliche Glieder schmerzten, sie dünkten ihn wie zerschlagen. Doch in seinem Herzen war es hell, und die Sonnenstrahlen, so schien es, wärmten ihn mit lichter, feierlicher Heiterkeit. Er fühlte, ein neues, kraftvolles, unsichtbares Leben hatte für ihn begonnen. Ein leichter Schwindel erfaßte ihn.

„Du heißt doch Wassili?" fragte sie. „Entweder habe ich mich verhört, oder der Hausherr hat dich, wie mir scheint, gestern so genannt."

„Ja, ich heiße Wassili. Und du?" sagte Ordynow und näherte sich ihr, wobei er sich kaum auf den Beinen halten konnte. Er wankte. Sie ergriff, um ihn zu stützen, seinen Arm und lachte.

„Katerina", sprach sie und schaute ihn mit ihren großen, klaren blauen Augen an. Sie hielten einander bei den Händen.

„Willst du mir etwas sagen?" fragte sie schließlich.

„Ich weiß nicht", erwiderte Ordynow. Ihm wurde schwarz vor Augen.

„Du bist mir einer. Schon gut, mein Lieber, schon gut, laß Kummer und Sorgen, setz dich her, in die Sonne, an den Tisch; bleib ganz ruhig sitzen und komme mir nicht nach", fügte sie hinzu, als sie sah, daß der junge Mann Miene machte, sie zurückzuhalten. „Ich bin gleich wieder bei dir, dann hast du Zeit genug, mich anzuschauen." Kurz darauf brachte sie den Tee, stellte ihn auf den Tisch und setzte sich ihm gegenüber.

„Da, nun trink, soviel du magst", sagte sie. „Hast du Kopfweh?"

„Nein, jetzt nicht", antwortete er. „Ich weiß nicht, vielleicht doch ... ich will nicht ... genug, genug! ... Ich weiß nicht, wie mir geschieht", fuhr er schwer atmend fort und fand schließlich ihre Hand. „Bleib hier, geh nicht weg, gib mir wieder deine Hand ... mir wird schwarz vor Augen; ich schaue dich an wie die Sonne", sprach er, so als ringe er die Worte seinem Herzen ab, und verging vor Entzücken, da er sie sprach. Ein Schluchzen schnürte ihm die Kehle zu.

„Du Armer! Hast gewiß keinen guten Menschen gehabt. Lebst du ganz allein, ohne Angehörige?"

„Ich habe niemanden; ich bin allein ... ganz und gar, sei's drum! Jetzt ist mir besser ... jetzt ist mir wohl!" sagte Ordynow wie im Fieber. Das Zimmer schien um ihn zu kreisen.

„Auch ich habe lange Jahre keine Menschen gesehen. Du schaust mich so an ...", sprach sie nach kurzem Schweigen.

„Nun ... und weiter?"

„... als ob dich meine Augen wärmten! Weißt du, wenn man jemanden liebt ... Ich habe dich gleich bei deinen ersten Worten ins Herz geschlossen. Wenn du krank werden solltest, pflege ich dich wieder. Du darfst nur nicht krank werden, nein. Wenn du gesund bist, werden wir wie Geschwister leben. Möchtest du? Eine Schwester bekommt man schwer, wenn Gott einem keine leibliche gegeben hat."

„Wer bist du? Woher stammst du?" fragte Ordynow mit schwacher Stimme.

„Ich bin nicht von hier ... was denkst du! Weißt du, die Leute erzählen sich, daß einst zwölf Brüder in einem dunklen Wald lebten und daß sich ein schönes Mädchen in diesem Wald verirrte. Es kam zu dem Haus der Brüder, trat ein und brachte die ganze Wirtschaft in Ordnung, all das tat es aus Liebe. Als die Brüder nach Hause kamen, merkten sie, daß ein Schwesterlein einen Tag lang ihr Gast gewesen war. Da riefen sie nach ihr, und sie kam zu ihnen. Alle nannten sie ihre Schwester, sie ließen sie schalten und walten und hielten sie wie ihresgleichen. Kennst du das Märchen?"

„Ja", flüsterte Ordynow.

„Das Leben ist schön; bist du gern auf der Welt?"

„O ja! Man müßte hundert Jahre leben, lange leben", versetzte Ordynow.

„Ich weiß nicht", meinte Katerina nachdenklich. „Ich würde auch gern sterben. Es ist etwas Schönes, das Leben zu lieben und gute Menschen zu lieben, ja ... Nun sieh einer an, du bist ja schon wieder weiß wie die Wand!"

„Ja, mich schwindelt ..."

„Wart, ich bring dir mein Bettzeug und ein Kissen, ein anderes, ich mach dir hier das Lager. Wenn du dann schläfst, träumst du von mir; die Krankheit wird weichen. Unsere Alte ist auch krank ..."

Noch während sie sprach, begann sie schon das Lager zu richten, dabei schaute sie hin und wieder lächelnd über die Schulter zu Ordynow hinüber.

„Wie viele Bücher du hast!" rief sie und schob die Truhe beiseite.

Sie trat zu ihm, legte den rechten Arm um ihn, führte ihn zur Bank, bettete ihn und deckte ihn zu.

„Es heißt, Bücher verderben den Menschen", sagte sie und schüttelte nachdenklich den Kopf. „Liest du gern Bücher?"

„Ja", erwiderte Ordynow, der nicht wußte, ob er wachte oder träumte, und er drückte Katerinas Hand noch kräftiger, um sich zu überzeugen, daß er nicht schlief.

„Mein Hausherr hat viele Bücher, die solltest du sehen! Er sagt, es sind fromme Bücher. Ständig liest er mir daraus vor. Später zeige ich sie dir. Sagst du mir dann, was er mir daraus vorliest?"

„Ja, das tue ich", flüsterte Ordynow, der kein Auge von ihr wandte.

„Betest du gern?" fragte sie nach einer Weile. „Weißt du was? Ich habe immerzu Angst, immerzu ..."

Sie sprach nicht zu Ende, da sie wohl über etwas nachdachte. Ordynow führte ihre Hand an seine Lippen.

„Was küßt du meine Hand?" (Ihre Wangen hatten sich leicht gerötet.) „Da, küß sie", fuhr sie lachend fort und hielt ihm beide Hände hin; alsdann befreite sie die eine und legte sie auf seine heiße Stirn, danach strich sie glättend und ordnend über sein Haar. Dabei errötete sie immer mehr; schließlich hockte sie sich neben seinem Lager auf den Fußboden nieder und schmiegte ihre Wange an die seine; ihr warmer, feuchter Atem streifte sein Gesicht ... Plötzlich fühlte Ordynow, daß heiße Tränen aus ihren Augen flossen und wie geschmolzenes Blei auf seine Wangen fielen. Seine Kräfte schwanden, schon vermochte er den Arm nicht mehr zu bewegen. In diesem Augenblick klopfte es an der Tür, und der Riegel schepperte. Ordynow hörte noch, wie der alte Mann, sein Wirt, ins Zimmer trat. Sodann vernahm er, daß Katerina aufstand und ohne Eile oder Verlegenheit ihre Bücher nahm, er spürte, wie sie im Weggehen das Kreuzeszeichen über ihn schlug; er schloß die Augen. Auf einmal brannte ein langer, heißer Kuß auf seinen glühenden Lippen, ihm war, als stieße jemand ein Messer in sein Herz. Er stöhnte leise auf und verlor die Besinnung ...

Nun begann für ihn ein seltsames Leben.

Zuweilen, wenn er für Augenblicke aus der Bewußtlosigkeit erwachte, geisterte ihm durch den Sinn, er sei dazu verurteilt, in einem unendlich langen, von sonderbaren, fruchtlosen Ängsten, von Kampf und Leid erfüllten Traum zu leben. Entsetzt versuchte er gegen den verhängnisvollen Fatalismus anzugehen, doch in Momenten angestrengten, verzweifelten Ringens bezwang ihn abermals eine unbekannte Macht, und er spürte, fühlte deutlich, wie er wieder das Bewußtsein verlor, wie sich vor ihm abermals undurchdringliche, bodenlose Finsternis auftat, in die er sich mit einem Sehnsuchts- und Verzweiflungsschrei stürzte. Zuweilen flammten Augenblicke unerträglichen, vernichtenden Glückes in ihm auf, da sich die Lebenskraft im Menschen übermächtig steigert, Vergangenes sich erhellt, die Gegenwart von Freude und Hochstimmung erfüllt ist und der Mensch im Wachen von der ihm unbekannten Zukunft träumt; da eine unbeschreibliche Hoffnung wie belebender Tau auf die Seele fällt; da man aufschreien möchte vor Entzücken; da man fühlt, daß das Fleisch machtlos ist gegen eine solche Wucht von Eindrücken, daß der ganze Faden des Seins zerreißt, und da man das eigene

Leben zu Erneuerung und Auferstehung beglückwünscht. Zuweilen sank er in einen betäubenden Schlummer, und alles, was er in den letzten Tagen erlebt hatte, wiederholte sich und schwärmte wirr und ruhelos durch seinen Sinn; doch die Vision bot sich ihm in sonderbarer, rätselhafter Gestalt dar. Zuweilen vergaß der Kranke, was mit ihm geschah, und wunderte sich, daß er nicht in seinem alten Zimmer, bei seiner alten Wirtin war. Er fragte sich, warum die Alte nicht, wie sie es in später Dämmerstunde oft getan hatte, an den langsam erlöschenden Ofen trat, dessen schwacher, flakkernder Feuerschein mitunter den ganzen dunklen Winkel der Stube überflutete, und sich nicht, wie sonst, die zitternden, knochigen Hände am verglimmenden Feuer wärmte, von ihren Dingen schwatzend und flüsternd und hin und wieder zu ihm, ihrem merkwürdigen Mieter, hinüberschauend, von dem sie meinte, er sei vom langen Sitzen über den Büchern nicht mehr recht bei Verstande. Ein andermal entsann er sich, daß er umgezogen war, doch wie das vonstatten gegangen, was da mit ihm geschehen war und warum er hatte umziehen müssen, das wußte er nicht, obwohl sich sein ganzes Wesen verzehrte, in unausgesetztem, übermächtigem Streben ... Wohin aber, was lockte und peinigte ihn, und wer warf dieses unerträgliche Feuer, das sein Blut erstickte und verschlang? Wieder wußte er es nicht, versagte die Erinnerung. Immer haschte er nach einem Schatten, immer glaubte er, dicht an seinem Lager leichtfüßige Schritte und ein sanftes, liebevolles, einschmeichelnder Musik ähnelndes Flüstern zu hören; ein feuchter, fliegender Atem streifte sein Gesicht, und sein ganzes Wesen erbebte vor Liebe; brennende Tränen versengten seine glühenden Wangen, und plötzlich sog sich ein Kuß, lang und zärtlich, an seinen Lippen fest; da versank sein Leben in unauslöschlicher Qual; alles Sein, die ganze Welt rings um ihn schien stillzustehen, für ganze Jahrhunderte zu sterben, und eine lange, tausendjährige Nacht breitete sich über allem aus ...

Da schienen für ihn noch einmal die fernen Jahre seiner schönen, friedvollen Kindheit anzubrechen, mit ihrer unbeschwerten Heiterkeit, dem immerwährenden Glück, dem ersten wonniglichen Staunen über das Leben, mit den Schwärmen lichter Geister, die jeder gepflückten Blume entströmten und mit ihm auf der saftiggrünen Wiese vor dem kleinen, von Akazien gesäumten Haus spielten, die ihm aus dem kristallklaren, unüberschaubaren See zulächelten, an dem er stundenlang saß und lauschte, wie Welle an Welle schlug, die rings um ihn mit ihren Schwingen rauschten und helle, regenbogenfarbene Traumgesichter liebevoll auf seine kleine Wiege herabrieseln ließen, wenn seine Mutter sich in langen, stillen Nächten über diese beugte, das Kreuzeszeichen schlug, ihn küßte und mit einem leisen Wiegenlied in den Schlaf sang. Dann aber trat plötzlich ein Wesen in Erscheinung, das ihn mit unkindlichem Entsetzen erfüllte, das seinem Dasein das erste schleichende Gift aus Kummer und Tränen einflößte; dunkel spürte er, daß der fremde alte Mann Macht über alle seine, Ordynows, künftigen Jahre hatte, und er zitterte und vermochte nicht, den Blick von ihm zu wenden. Der böse Alte folgte ihm allerorts. Hinter jedem Strauch im Wald schaute er hervor und nickte ihm trügerisch zu, er lachte und neckte ihn, er verwandelte sich in jede Puppe des Kindes, schnitt ihm, auf seinen Armen sitzend, Grimassen und lachte schrill wie ein böser, garstiger Gnom; der Alte hetzte die unmenschlichen Schulkameraden gegen ihn auf, oder er hockte bei dem Kleinen auf der Schulbank und schaute, Fratzen schneidend, hinter jedem Buchstaben der Grammatik hervor. Wenn er schlief, saß der Alte an seinem Kopfende ... Er vertrieb den Schwarm lichter Geister, die mit ihren Schwingen aus Gold und Saphir rauschend seine Wiege umschwirrten, er nahm ihm für immer seine arme Mutter und flüsterte ihm ganze Nächte hindurch ein langes, wundersames Märchen zu, das dem Kinderherzen unverständlich war, es aber mit Entsetzen und unkindlicher Leidenschaft peinigte und erregte. Indes, der böse Alte achtete nicht seiner Tränen und Bitten und sprach weiter zu ihm, bis ihn, Ordynow, eine Art Erstarrung befiel und er ohnmächtig wurde. – Dann war der Kleine mit einemmal zum Manne erwacht; unsichtbar und unhörbar waren ganze Jahre an ihm vorübergegangen. Plötzlich erkannte er seine wahre Lage, plötzlich begriff er, daß er allein war und aller Welt ein Fremder, allein in einem fremden Haus, unter verschlagenen, mißgünstigen Menschen, unter Feinden, die in den Ecken seiner dunklen Stube immer miteinander zu flüstern hatten und der alten Frau zunickten, die am Feuer hockte und ihre zittrigen alten Finger wärmte und auf ihn wies. Er geriet in Angst und Panik; gern hätte er alles gewußt, wer diese Menschen waren, warum sie hier wohnten, wozu er in diesem Zimmer weilte, und er vermutete, daß er in eine finstere Räuberhöhle geraten war, angezogen von etwas Mächtigem, aber Unbekanntem, ohne vorher geprüft zu haben, wer die Bewohner und wer seine Wirtsleute waren. Verdacht begann ihn zu quälen – und plötzlich, inmitten nächtlicher Dunkelheit, vernahm er wieder jenes endlose, geflüsterte Märchen, die alte Frau erzählte es, leise, kaum vernehmbar vor sich hin murmelnd, und dazu schüttelte sie vor dem verlöschenden Feuer traurig den grauhaarigen Kopf. Doch schon wieder befiel ihn Entsetzen: Das Märchen verwandelte sich vor ihm in Gesichter und Gestalten. Er sah, daß sich alles, begonnen bei seinen verschwommenen kindlichen Wahnvorstellungen, alle seine Gedanken und Träume, alles, was ihm das Leben zugefügt, alles, was er in Büchern gelesen, alles, was er schon längst vergessen hatte, daß sich das alles vor seinen Augen beseelte, zusammenfügte, verwandelte und sich in kolossalen Gestalten und Bildern erhob, ihn umringte und umschwärmte; er sah, wie sich zauberhafte, üppige Gärten vor ihm auftaten, wie ganze Städte vor seinen Augen erbaut wurden und zerfielen, wie ganze Friedhöfe ihm ihre Toten sandten, die von neuem zu leben begannen, wie ganze Stämme und Völker geboren wurden und untergingen und wie endlich jetzt, rings um sein Krankenlager, jeder seiner Gedanken, jedes fruchtlose Traumbild nahezu im Augenblick, da es entstand, körperliche Gestalt annahm; wie er schließlich nicht mehr unfruchtbaren Ideen nachhing, sondern in ganzen Welten, ganzen Schöpfungen dachte, wie er gleich einem Staubkorn in dieser unendlichen, seltsamen, ausweglosen Welt umherschwebte und wie dieses ganze Dasein mit seiner ruhelosen Unabhängigkeit ihn bedrückte und belastete und ihn mit ewiger, endloser Ironie verfolgte; er spürte, wie er starb, zu Staub und Asche wurde, ohne Auferstehung, für alle Ewigkeit; er wollte entfliehen, doch da war kein Winkel im Universum, der ihn verborgen hätte. Schließlich bot er in einem Anfall von Verzweiflung alle seine Kräfte auf, er stieß einen Schrei aus und erwachte.

Er erwachte, in eiskaltem Schweiß gebadet. Rings um ihn herrschte Totenstille; es war tiefe Nacht. Doch er glaubte immer noch, sein wundersames Märchen ginge weiter, eine heisere Stimme höbe tatsächlich an, eine lange Geschichte zu erzählen, von etwas, das ihm bekannt zu sein schien. Er hörte von dunklen Wäldern sprechen, grimmigen Räubern, einem kühnen Helden, wohl gar von Stepan Rasin, von ausgelassenen, bezechten Treidlern, einem schönen Mädchen und von Mütterchen Wolga. War das ein Märchen? Vernahm er es im Wachen? Eine ganze Stunde lag er da, mit offenen Augen, ohne sich zu rühren, qualvoll erstarrt. Schließlich richtete er sich behutsam auf und spürte voll Freude, die schlimme Krankheit hatte seine Kraft nicht verzehrt. Das Fieber war gesunken, die Wirklichkeit wiedergekehrt. Er sah, daß er noch dieselben Sachen trug wie zu der Stunde, als er mit Katerina sprach, und daß folglich jener Morgen, da sie von ihm gegangen war, noch nicht lange zurückliegen konnte. Ein Feuer der Entschlossenheit rann durch seine Adern. Mechanisch tastete er nach dem großen Nagel oben in der Trennwand, an der sein Lager gerichtet war, er hielt sich an ihm fest, zog sich mit aller Kraft hoch und gelangte so zu dem Spalt, durch den ein kaum wahrnehmbarer Schein in sein Zimmer drang. Er preßte ein Auge an die Öffnung und spähte in atemloser Beklommenheit hinüber.

In der einen Ecke der Kammer der Wirtsleute stand ein Bett, vor dem Bett ein teppichbedeckter Tisch, auf dem große Bücher altertümlichen Formats herumlagen, in Einbänden, die an Kirchenbücher erinnerten. In der Ecke hing ein Heiligenbild, ein ebenso altertümliches wie das in seinem

Zimmer; vor dem Heiligenbild brannte das Ewige Lämpchen. Der alte Murin lag im Bett, unter einer Pelzdecke, krank, leidverzehrt und bleich wie Linnen. Auf den Knien hatte er ein aufgeschlagenes Buch. Neben dem Bett stand eine Bank, auf dieser ruhte Katerina, den Arm um die Brust des Alten geschlungen, den Kopf an seiner Schulter. Aufmerksam und kindlich staunend schaute sie ihn an und lauschte mit offenbar unerschöpflicher Neugier und vor Ungeduld vergehend, was ihr Murin erzählte. Zuweilen wurde die Stimme des Erzählers lauter, Begeisterung spiegelte sich auf seinem bleichen Antlitz; er runzelte die Stirn, seine Augen funkelten, und Katerina schien vor Angst und Erregung blaß zu werden. Da breitete sich so etwas wie ein Lächeln über das Gesicht des Alten aus, und Katerina lachte leise. Hin und wieder glitzerten Tränen in ihren Augen, dann strich ihr der Alte wie einem Kind zärtlich über den Kopf, und sie legte ihren bloßen, schneeweißen Arm noch fester um ihn und schmiegte sich noch inniger an seine Brust.

Zuerst glaubte Ordynow, all das sei noch Traum, ja er war sich sogar dessen sicher; doch das Blut strömte ihm zu Kopfe, und schmerzhaft, angestrengt hämmerten seine Schläfen. Er ließ den Nagel los, erhob sich von seinem Lager und ging taumelnd und tastend wie ein Schlafwandler, ohne die Regung zu begreifen, die gleich einer Feuersbrunst in seinem Blut wütete, zur Tür seiner Wirtsleute und klopfte ungestüm an; sogleich sprang der rostige Riegel zurück, und er stürmte unter Poltern und Krachen in die Schlafstube der Wirtsleute. Er sah, wie Katerina aufschreckte und zusammenfuhr, wie bösartig die Augen des Alten unter der finster gerunzelten Stirn zu funkeln begannen und wie der Zorn unvermittelt sein Gesicht entstellte. Er sah, wie der Alte, ohne den Blick von ihm zu wenden, mit fahriger Hand eilig nach dem an der Wand hängenden Gewehr tastete; sodann sah er die Gewehrmündung aufblitzen, die mit unsicherer, zornbebender Hand direkt auf seine Brust gerichtet war ... Ein Schuß ertönte, darauf ein wilder, beinahe unmenschlicher Schrei, und als sich der Rauch verzogen hatte, wurde

Ordynow von einer grauenerregenden Szene überrascht. Am ganzen Körper zitternd, beugte er sich über den Alten. Murin lag am Boden, er wand sich in Krämpfen, das Gesicht vor Qual entstellt, Schaum auf den verzerrten Lippen. Ordynow erkannte, daß der Unglückliche einen außerordentlich heftigen epileptischen Anfall hatte. Zusammen mit Katerina bemühte er sich um ihn ...

3

Die Nacht verging in Angst und Sorge. Am nächsten Tag brach Ordynow in aller Frühe auf, ungeachtet seiner Schwäche und des Fiebers, das immer noch nicht geschwunden war. Auf dem Hof begegnete er wieder dem Hausknecht. Diesmal lüftete der Tatare schon von weitem die Mütze und schaute ihn neugierig an. Dann griff er, als besänne er sich, nach seinem Besen, wobei er zu dem langsam näher kommenden Ordynow hinüberschielte.

„Na? Hast du in der Nacht nichts gehört?" fragte Ordynow.

„Doch, hab ich."

„Was ist das für ein Mensch? Wer ist er?"

„Hast gemietet, wirst es auch wissen; ich bin fremd."

„Wirst du wohl jemals reden?" schrie Ordynow außer sich, in einem Anfall von krankhafter Reizbarkeit.

„Hab ich was getan? Du bist schuld, erschreckst die Leute. Unten wohnt der Sargmacher, ist taub, aber hört alles, seine Alte ist auch taub, aber hört auch. Bis zum anderen Hof ist's zwar weit, aber auch dort hört man's. So! Ich geh zur Polizei."

„Ich geh selber", erwiderte Ordynow und wandte sich dem Tor zu.

„Wie du willst, hast gemietet ... Herr, Herr, warte!"

Ordynow schaute sich um; der Hausknecht tippte ehrerbietig an seine Mütze.

„Was gibt's?"

„Wenn du gehst, geh ich zum Wirt."

„Was soll das?“

„Zieh lieber aus.“

„Du bist dumm“, sagte Ordynow und wandte sich abermals zum Gehen.

„Halt, Herr, halt!“ Wieder tippte der Hausknecht an die Mütze und entblößte die Zähne. „Hör zu, Herr, hab ein Herz. Wozu einen Armen verdrängen? Einen Armen verjagen – das ist Sünde. Gott will das nicht, hörst du?“

„Hör auch du. Nimm das hier. So, wer ist er?“

„Wer er ist?“

„Ja.“

„Hätt ich auch ohne Geld gesagt.“

Der Hausknecht nahm den Besen, fegte ein-, zweimal hin und her, dann hielt er inne und schaute Ordynow durchdringend und gewichtig an.

„Bist ein guter Herr. Willst aber nicht gut leben mit einem guten Menschen; so ist das.“

Bei diesen Worten schaute ihn der Tatare noch durchdringender an und griff, wie es schien, ärgerlich, wieder nach seinem Besen. Schließlich setzte er eine Miene auf, als habe er eine Sache erledigt, trat geheimnisvoll auf Ordynow zu und sagte mit höchst eindeutiger Geste: „Sie hat's hier!“

„Was? Wie?“

„Ist irrsinnig.“

„Was?“

„Davongeflogen. Ja. Ist davongeflogen!“ wiederholte er in noch geheimnisvollerem Ton. „Ist krank. Er hatte einen Lastkahn, großen Lastkahn, und noch einen und noch einen, fuhr auf der Wolga, ich selber stamm von der Wolga, er hatte noch eine Fabrik, ist abgebrannt, ist auch ohne Kopf.“

„Ist er wahnsinnig?“

„Nein! ... Nein!“ erwiderte der Tatare gedehnt. „Nicht wahnsinnig. Ist ein kluger Mann. Weiß alles, tut viele Bücher lesen, tut lesen, lesen, alles lesen und anderen die Wahrheit sagen. Einer kommt – zwei Rubel, drei Rubel, vierzig Rubel, soviel einer will; sieht in ein Buch und sagt die Wahrheit. Aber erst das Geld auf den Tisch, gleich auf den Tisch, ohne Geld kein Wort!“

Hier lachte der Tatare, der sich in Murins Geschäften genauestens auskannte, vor Freude auf.

„Was, treibt er Zauberei oder wahrsagt er?"

„Hm ...", brummte der Hausknecht und nickte schnell. „Sagt die Wahrheit, betet zu Gott, betet viel. Das andere da, das kommt so."

Hier machte der Hausknecht wieder eine eindeutige Geste.

In diesem Augenblick wurde der Hausknecht vom anderen Hof her gerufen, und gleich darauf erschien ein kleiner, gebeugter grauhaariger Mann in einem Bauernpelz. Ächzend und stolpernd kam er daher, den Blick gesenkt und vor sich hin murmelnd. Man hätte glauben können, er sei vor Alter nicht mehr recht bei Verstande.

„Meine Herrschaft, meine Herrschaft!" flüsterte der Hausknecht atemlos, nickte Ordynow hastig zu und eilte, die Mütze in der Hand, im Laufschritt dem Alten entgegen, der Ordynow irgendwie bekannt vorkam, zumindest war er ihm in jüngster Zeit erst begegnet. Er sagte sich, daß daran nichts Verwunderliches sei, und verließ den Hof. Der Hausknecht, so fand er, war ein Erzgauner und Erzschurke ersten Ranges. Dieser Faulpelz hat förmlich mit mir gehandelt! dachte er. Weiß der Himmel, was es damit auf sich hat.

Dies dachte er bereits auf der Straße.

Allmählich bemächtigten sich seiner andere Gedanken. Es schien ihm unangenehm draußen: Der Tag war trüb und kalt, es schneite leicht. Der junge Mann spürte, wie ihn der Schüttelfrost von neuem packte, und ihm war, als schwankte die Erde unter seinen Füßen. Plötzlich wünschte ihm eine bekannte Stimme in süßlichem, schepperndem Tenor einen guten Morgen.

„Jaroslaw Iljitsch!" rief Ordynow.

Vor ihm stand lächelnd ein kerngesunder, rotwangiger Mann, dem Äußeren nach etwa dreißig Jahre alt, nicht sehr groß, mit kleinen, sinnlichen, grauen Augen – gekleidet, wie eben Jaroslaw Iljitsch stets gekleidet war –, und reichte ihm auf verbindlichste Weise die Hand. Ordynow hatte Jaroslaw

Iljitsch vor einem Jahr rein zufällig kennengelernt, fast auf der Straße. Der sehr schnell geschlossenen Bekanntschaft kam, außer dem Zufall, Jaroslaw Iljitschs ausgeprägte Neigung zugute, überall nach guten, edelgesinnten Menschen zu suchen, namentlich nach gebildeten und solchen, die zumindest auf Grund ihrer Geistesgaben und angenehmen Umgangsformen wert gewesen wären, höchsten Gesellschaftskreisen anzugehören. Obwohl Jaroslaw Iljitsch einen außerordentlich süßlichen Tenor hatte, schwang selbst im Gespräch mit allernächsten Freunden in seiner Stimme etwas ungewöhnlich Helles, Kraftvolles und Gebieterisches mit, das keine Einwände duldete und vielleicht die Folge einer Gewohnheit war.

„Wie das?“ rief Jaroslaw Iljitsch mit dem Ausdruck aufrichtiger, begeisterter Freude.

„Ich wohne hier.“

„Schon länger?“ fuhr Jaroslaw Iljitsch fort, während seine Stimme immer höher wurde. „Und ich weiß nichts davon! Da sind wir ja Nachbarn! Ich wohne jetzt wieder in diesem Viertel. Vor einem Monat bin ich aus dem Gouvernement Rjasan zurückgekehrt. Habe ich Sie also erwischt, edler, alter Freund!“ Und Jaroslaw Iljitsch lachte gutmütig.

„Sergejew!“ rief er schwungvoll. „Warte auf mich bei Tarassow; sie sollen ohne mich die Säcke nicht anrühren. Und schicke den Hausknecht von Olsufjew los, sag ihm, er soll auf der Stelle ins Kontor kommen. Ich bin in einer Stunde da ...“

Während der feinfühlige Jaroslaw Iljitsch diese Anordnung traf, nahm er Ordynow beim Arm und führte ihn ins nächstgelegene Wirtshaus.

„Ich habe keine Ruhe, bevor wir nicht nach so langer Trennung ein paar Worte unter vier Augen wechseln können. Nun denn, was treiben Sie so?“ fügte er hinzu und senkte beinahe andächtig und geheimnisvoll die Stimme. „Immer noch bei den Wissenschaften?“

„Ja, nach wie vor“, erwiderte Ordynow, dem plötzlich ein lichter Gedanke kam.

„Edel von Ihnen, Wassili Michailowitsch, edel!“ Damit

drückte Jaroslaw Iljitsch Ordynow herzhaft die Hand. „Sie werden eine Zierde unserer Gesellschaft sein. Der Herr gebe, daß Sie auf Ihrem Gebiet gut vorankommen ... Mein Gott, wie freue ich mich, daß ich Ihnen begegnet bin! Wie oft habe ich an Sie gedacht, wie oft gesagt: Wo mag er nur sein, unser guter, hochherziger, geistreicher Wassili Michailowitsch?"

Sie begaben sich in ein separates Zimmer. Jaroslaw Iljitsch bestellte einen Imbiß, ließ Wodka reichen und schaute Ordynow innig an.

„Ich habe inzwischen viel gelesen", begann er schüchtern, ein wenig einschmeichelnd. „Den ganzen Puschkin ..."

Ordynow schaute ihn zerstreut an.

„Erstaunlich – die Darstellung menschlicher Leidenschaft. Doch zuerst erlauben Sie mir, mich Ihnen dankbar zu erweisen. Mit Ihren edlen Ermahnungen haben Sie so viel für mich getan, mir zu einer gerechten Gesinnung verholfen ..."

„Ich bitte Sie!"

„Nein, erlauben Sie. Ich bin immer für Gerechtigkeit, und ich bin stolz darauf, daß wenigstens dieses Gefühl in mir nicht verstummt ist."

„Ich bitte Sie, Sie sind ungerecht gegen sich selber, ich bin wirklich ..."

„Nein, ich bin ganz gerecht", erwiderte Jaroslaw Iljitsch ungemein hitzig. „Was bin ich im Vergleich zu Ihnen, nicht wahr?"

„Ach du liebe Güte!"

„Jawohl! ..."

Hierauf folgte Schweigen.

„Eingedenk Ihrer Ratschläge habe ich mit den vielen ungehobelten Bekannten gebrochen und unfeine Gepflogenheiten zum Teil gemildert", hob Jaroslaw Iljitsch wieder schüchtern und einschmeichelnd an. „In meiner dienstfreien Zeit sitze ich meist zu Hause, abends lese ich ein lehrreiches Buch und habe, Wassili Michailowitsch, den einzigen Wunsch, dem Vaterlande nach Kräften nützlich zu sein ..."

„Ich habe Sie allzeit für einen höchst ehrenwerten Menschen gehalten, Jaroslaw Iljitsch."

„Sie spenden stets Balsam ... edler junger Mann ..."

Jaroslaw Iljitsch drückte Ordynow inbrünstig die Hand.

„Sie trinken nicht?" fragte er, als sich seine Aufregung ein wenig gelegt hatte.

„Ich darf nicht, ich bin krank."

„Sie sind krank? Ja, wahrhaftig! Schon lange? Woran beliebten Sie zu erkranken? Wenn Sie wünschen, sage ich ... Welcher Arzt behandelt Sie? Wenn Sie wünschen, sage ich sogleich unserem Amtsarzt Bescheid. Ich würde selbst zu ihm gehen. Er ist ein Meister seines Faches!"

Jaroslaw Iljitsch langte schon nach seinem Hut.

„Untertänigen Dank. Ich lasse mich nicht behandeln und bin kein Freund von Ärzten ..."

„Was sagen Sie da? Ist so etwas möglich? Aber dieser ist ein überaus geschickter, gebildeter Mann", fuhr Jaroslaw Iljitsch flehentlich fort. „Neulich – also erlauben Sie, lieber Wassili Michailowitsch, daß ich Ihnen das erzähle –, neulich also kommt da ein armer Schlosser. ‚Ich habe mir bei der Arbeit in die Hand gestochen', sagte er. ‚Machen Sie mich wieder gesund ...' Semjon Pafnutjitsch sah, daß dem Ärmsten Wundbrand drohte, und traf Anstalten, das infizierte Glied zu amputieren. Er tat es in meiner Gegenwart. Aber er tat es in einer Weise, so edelmü ... ich meine, in einer so hinreißenden Weise, daß ich bekennen muß, wäre nicht das Mitgefühl mit der leidenden Menschheit, es wäre eine Lust zuzuschauen, nur so, aus Interesse. Aber wo und wie beliebten Sie denn zu erkranken?"

„Als ich ein Zimmer bezog ... Ich bin gerade erst aufgestanden."

„Aber Sie sind beileibe noch nicht wiederhergestellt, Sie hätten nicht ausgehen sollen. Das heißt also, Sie wohnen nicht mehr in Ihrer früheren Wohnung? Was aber hat Sie dazu bewogen?"

„Meine Wirtin ist aus Petersburg fortgezogen."

„Domna Sawwischna? Wirklich?... Eine gütige, eine

wahrhaft edelmütige alte Frau! Wissen Sie, ich habe sie beinahe wie ein Sohn verehrt. Etwas Hehres aus Urväterzeit leuchtete in diesem nahezu beendeten Leben; wenn man sie anschaute, hatte man gewissermaßen ein Sinnbild unserer erhabenen alten Zeit vor sich ... Ich meine, so etwas, wissen Sie, so etwas Poetisches! ...", schloß Jaroslaw Iljitsch, der nun ganz verlegen war und bis zu den Haarwurzeln errötete.

„Ja, sie war eine gute Frau."

„Doch gestatten Sie die Frage: Wo belieben Sie jetzt zu logieren?"

„Hier in der Nähe, in Koschmarows Haus."

„Ich bin mit ihm bekannt. Ein trefflicher Alter! Ich bin, ich wage es zu sagen, beinahe sein wahrer Freund. Ein edelmütiger Mann!"

Jaroslaw Iljitschs Lippen bebten vor freudiger Rührung. Er bat um ein weiteres Glas Wodka und eine Pfeife.

„Wohnen Sie allein?"

„Nein, zur Untermiete."

„Bei wem? Vielleicht kenne ich die Leute."

„Bei Murin, einem Kleinbürger; ein alter Mann von hohem Wuchs ..."

„Murin, Murin; ja, erlauben Sie, ist das der im Hinterhof, über dem Sargtischler?"

„Ja, ja, im Hinterhof."

„Hm ... haben Sie es dort ruhig?"

„Ich bin gerade erst eingezogen."

„Hm ... ich wollte nur sagen ... hm ... ist Ihnen darüber hinaus nichts Besonderes aufgefallen?"

„Wirklich ..."

„Das heißt, ich bin sicher, Sie werden es gut bei ihm haben, sofern Sie weiterhin mit dem Zimmer zufrieden sind ... aber ich meine etwas anderes, ich möchte Sie warnen; da ich jedoch Ihren Charakter kenne ... Was halten Sie von dem alten Kleinbürger?"

„Er scheint ein todkranker Mann zu sein."

„Ja, er ist sehr leidend ... Aber weiter ist Ihnen nichts aufgefallen? Haben Sie mit ihm gesprochen?"

„Sehr wenig; er ist so ungesellig und barsch ..."

„Hm ..." Jaroslaw Iljitsch überlegte. „Ein unglücklicher Mann!" sagte er nach einer Weile.

„Er?"

„Ja, ein unglücklicher und zugleich unwahrscheinlich sonderbarer und interessanter Mann. Übrigens, wenn er Sie nicht belästigt ... Entschuldigen Sie, daß ich Sie darauf aufmerksam mache, aber ich bin neugierig gewesen ..."

„Wahrlich, auch meine Neugier wurde geweckt ... Ich würde zu gern wissen, wer er ist. Und deshalb wohne ich bei ihm ..."

„Sehen Sie, man sagt, dieser Mann sei früher sehr reich gewesen. Er hat Handel getrieben, wie Sie gewiß schon gehört haben. Durch allerlei unglückliche Umstände ist er verarmt; bei einem Sturm hat er mehrere Kähne samt Ladung eingebüßt. Auch eine Fabrik, die er einem lieben nahen Verwandten anvertraut hatte, wurde von einem widrigen Geschick ereilt und brannte ab, wobei jener Verwandte in den Flammen umkam. Sie werden mir beipflichten, ein schrecklicher Verlust! Murin verfiel, wie erzählt wird, in einen Zustand jammervoller Verzagtheit; man begann um seinen Verstand zu fürchten, und wirklich, bei einem Wortwechsel mit einem anderen Kaufmann, ebenfalls Besitzer von Wolga-Kähnen, äußerte er sich plötzlich so sonderbar und verdreht, daß man nicht anders konnte, als alles Geschehene seinem fortgeschrittenen Wahnsinn zuzuschreiben, was auch ich bereit bin zu glauben. Ich habe Näheres über manche seiner Wunderlichkeiten erfahren; am Ende sah er sich einem besonders merkwürdigen, sozusagen schicksalhaften Umstand gegenüber, der sich nur als feindseliges Werk eines zürnenden Schicksals deuten läßt."

„Und das wäre?" fragte Ordynow.

„Es heißt, er habe während eines Wahnsinnsanfalls einem jungen Kaufmann, dem er vorher außerordentlich gewogen war, nach dem Leben getrachtet. Als er nach dem Anfall zu sich kam, war er so zerknirscht, daß er sich das Leben nehmen wollte – zumindest wird dies erzählt. Ich weiß nicht genau, was sich danach zugetragen hat, aber bekannt ist, daß er mehrere Jahre lang Buße tat ... Doch sagen Sie, Wassili Michailowitsch, ermüdet Sie meine einfältige Geschichte auch nicht?"

„O nein, ich bitte Sie ... Sie sagen, daß er Buße tat; aber er ist nicht allein."

„Das weiß ich nicht. Man sagt, er sei allein gewesen. Zumindest ist kein anderer in jene Sache verwickelt. Im übrigen habe ich nichts weiter gehört, ich weiß nur ..."

„Nun?"

„Ich weiß nur ... das heißt, eigentlich hatte ich gar nicht vor, noch etwas Besonderes hinzuzufügen ... ich will nur sagen, daß, wenn Sie an ihm etwas Außergewöhnliches, das übliche Maß der Dinge Übersteigendes wahrnehmen, so kommt das alles einzig und allein von den Mißgeschicken, die ihn immer wieder ereilt haben ..."

„Ja, ein Betbruder ist er, ein großer Heuchler."

„Das glaube ich nicht, Wassili Michailowitsch; er hat so viel gelitten, mir scheint, er hat ein lauteres Herz."

„Aber jetzt ist er nicht mehr wahnsinnig; jetzt ist er gesund."

„Gewiß, dafür kann ich mich verbürgen, das würde ich beschwören; er ist im Vollbesitz seiner geistigen Fähigkeiten. Er ist nur, wie Sie beiläufig bemerkten, über alle Maßen seltsam und fromm. Er ist sogar ein sehr vernünftiger Mann. Er spricht gewandt, unbefangen und sehr gescheit. Auf seinem Gesicht finden sich noch die Spuren des einstigen stürmischen Lebens. Ein interessanter Mann und höchst belesen."

„Liest er nicht immerzu fromme Bücher?"

„Jawohl, er ist ein Mystiker."

„Was ist er?"

„Ein Mystiker. Aber das sage ich Ihnen im geheimen. Gleichermaßen im geheimen sage ich Ihnen, daß er eine Zeitlang unter scharfer Aufsicht stand. Dieser Mann übte auf Leute, die zu ihm kamen, einen furchtbaren Einfluß aus."

„Was für einen Einfluß?"

„Sie werden es nicht glauben; sehen Sie, das war, als er

noch nicht in diesem Viertel wohnte; da kam einst ein angesehener Bürger zu ihm, Alexander Ignatjitsch mit Namen, ein Mann in Amt und Würden, der sich allgemeiner Achtung erfreute, mit einem Leutnant kam er zu ihm, aus Neugier. Sie fahren vor, werden empfangen, und der sonderbare Mann schaut ihnen immer wieder ins Gesicht. Er schaute den Leuten gewöhnlich ins Gesicht, wenn er bereit war, ihnen nützlich zu sein; anderenfalls schickte er sie weg, und dies sogar, wie es heißt, auf höchst unehrerbietige Weise. Er fragt: ‚Was wünschen Sie, meine Herren?' – ‚So und so', erklärt Alexander Ignatjitsch, und seine Gabe werde ihm das wohl selber sagen. ‚Bitte', erwidert er, ‚bemühen Sie sich mit mir ins andere Zimmer.' Und dort nannte er denjenigen von ihnen, der ein Anliegen hatte. Alexander Ignatjitsch hat nicht berichtet, was mit ihm darauf geschehen ist, jedenfalls kehrte er, weiß wie ein Leichentuch, von ihm zurück. Gleiches hat eine vornehme Dame aus der höchsten Gesellschaft erlebt – auch sie kehrte, weiß wie die Wand, von ihm zurück, tränenüberströmt und betroffen von seiner weissagerischen und rednerischen Kraft."

„Merkwürdig. Und jetzt treibt er das nicht mehr?"

„Es ist ihm strengstens verboten. Unheimliche Dinge sind vorgefallen. Ein junger Kornett, Blüte und Hoffnung der höheren Gesellschaft, hat ihn einmal grinsend angeschaut. ‚Was gibt's zu lachen?' hat der Alte zornig gefragt. ‚In drei Tagen liegst du so da!' Und er kreuzte die Hände auf der Brust, in der Art, wie man Tote herrichtet."

„Und?"

„Ich wage nicht, es zu glauben, aber es heißt, die Weissagung sei eingetroffen. Er hat die Gabe, Wassili Michailowitsch ... Sie belieben meine einfältige Geschichte zu belächeln. Ich weiß, daß Sie mir in puncto Aufklärung weit überlegen sind; doch ich glaube ihm, er ist kein Scharlatan. Sogar Puschkin erwähnt etwas Derartiges in seinen Werken."

„Hm. Ich will Ihnen nicht widersprechen. Sie sagten, glaube ich, er lebe nicht allein."

„Ich weiß es nicht ... seine Tochter lebt wohl bei ihm."

„Seine Tochter?"

„Jawohl, oder vielleicht seine Frau; ich weiß nur, daß eine Frau bei ihm lebt. Ich habe sie flüchtig gesehen und nicht weiter beachtet."

„Hm. Merkwürdig ..."

Der junge Mann versank in Nachdenken, Jaroslaw Iljitsch gab sich liebevollem Betrachten hin. Er war gerührt, sowohl davon, daß er einen alten Freund wiedersah, als auch davon, daß er eine höchst interessante Geschichte recht leidlich erzählt hatte. Er saß da, ohne Wassili Michailowitsch aus den Augen zu lassen, und sog an seiner Pfeife; doch plötzlich sprang er auf, voller Geschäftigkeit.

„Eine ganze Stunde ist schon vergangen, und ich habe es nicht bemerkt! Lieber Wassili Michailowitsch, noch einmal danke ich dem Schicksal, daß es uns zusammengeführt hat, doch für mich ist es höchste Zeit. Erlauben Sie, daß ich Ihnen in Ihrer Gelehrtenbehausung meine Aufwartung mache?"

„Seien Sie so lieb, ich würde mich sehr freuen. Bei Gelegenheit werde ich mich bei Ihnen einfinden."

„Darf ich der angenehmen Nachricht Glauben schenken? Ich wäre Ihnen verpflichtet, unsäglich verpflichtet! Sie glauben nicht, wie entzückt ich bin!"

Sie verließen die Wirtschaft. Sergejew kam ihnen entgegengeflogen und meldete Jaroslaw Iljitsch mit einem hastigen Wortschwall, daß Wilm Jemeljanowitsch vorbeizufahren geruhe. Tatsächlich, in der Ferne tauchte ein Paar feuriger hellbrauner Pferde auf, die vor eine flotte Kutsche gespannt waren. Besonders auffällig war das ungewöhnliche Beipferd. Jaroslaw Iljitsch preßte wie ein Schraubstock die Hand des besten seiner Freunde, tippte an den Hut und ging dem daherjagenden Wagen entgegen. Im Davongehen drehte er sich noch einige Male um und nickte Ordynow zum Abschied zu.

Ordynow verspürte am ganzen Körper eine solche Müdigkeit, eine solche Erschöpfung, daß er sich nur noch dahinschleppte. Mit Mühe erreichte er sein Haus. Am Tor begegnete ihm wieder der Hausknecht, der eifrig beobachtet hatte, wie er sich von Jaroslaw Iljitsch verabschiedete, und gab ihm schon von weitem ein einladendes Zeichen. Doch der junge Mann ging vorüber. An der Wohnungstür prallte er heftig mit einer kleinen grauhaarigen Gestalt zusammen, die mit gesenktem Blick von Murin kam.

„O Herr, verzeih mir meine Sünden", murmelte die kleine Gestalt und sprang mit der Behendigkeit eines Pfropfens zur Seite.

„Habe ich Sie gestoßen?"

„Nein, mein Herr, ergebensten Dank für die Aufmerksamkeit ... O Gott, o Gott!"

Stöhnend und ächzend und belehrende Worte vor sich hin murmelnd, stieg der stille Mann behutsam die Treppe hinab. Es war der Hauswirt, vor dem der Hausknecht so erschrocken war. Da erst fiel Ordynow ein, daß er ihn zum erstenmal hier, bei Murin, gesehen hatte, als er das neue Logis bezog.

Er merkte, daß er gereizt und aufgewühlt war; er wußte, daß seine Phantasie und Empfindsamkeit aufs höchste angespannt waren, und beschloß, sich selber nicht zu trauen. Langsam verfiel er in eine Art von Starre. Etwas Schweres, Bedrückendes legte sich ihm auf die Brust. Sein Herz schmerzte wie von Wunden bedeckt, und seine Seele war erfüllt von stillen, nie versiegenden Tränen.

Wieder sank er auf das Lager, das sie ihm bereitet hatte, und wieder begann er zu lauschen. Er hörte zwei Menschen atmen, den einen krankhaft schwer und stoßweise, den anderen ruhig, doch ungleichmäßig und, wie es schien, ebenfalls erregt, so als schlüge dort ein Herz in ein und demselben Verlangen, in ein und derselben Leidenschaft. Bisweilen vernahm er das Rascheln ihres Kleides und ihre leichten, weichen Schritte, und selbst dieses leise Auftreten ihrer Füße klang in seinem Herzen als dumpfer, doch wonniglichqualvoller Schmerz nach. Am Ende war ihm, als höre er Schluchzen, erregtes Seufzen und schließlich ihr Gebet. Er wußte, daß sie vor dem Heiligenbild kniete und in rasender Verzweiflung die Hände rang! ... Wer war sie? Für wen betete sie? Was für eine ausweglose Leidenschaft verwirrte ihr Herz? Woher rührten ihr Gram, ihr Leid, daß sie so heiße, hoffnungslose Tränen vergoß? ...

Ihre Worte fielen ihm ein. Alles, was sie zu ihm gesagt hatte, hallte ihm immer noch wie Musik in den Ohren, und liebevoll, mit dumpfem, schwerem Schlag reagierte das Herz auf jede Erinnerung, auf jedes ihrer Worte, die er sich andächtig wiederholte ... Einen Augenblick lang durchzuckte ihn der Gedanke, er erlebe all das nur im Traum. Doch schon erstarb und erstarrte er vor Sehnsucht, als ihr heißer Atem, ihre Worte, ihr Kuß sich von neuem seiner Vorstellung aufdrängten. Er schloß die Augen und überließ sich dem Vergessen. Eine Uhr schlug, es war schon spät, die Dämmerung brach herein.

Mit einemmal war ihm, als beuge sie sich über ihn und schaue ihn an, und ihre so wundersam hellen Augen waren feucht von den funkelnden Tränen einer stillen, lichten Freude, ruhig und klar wie die unendliche türkisfarbene Kuppel des Himmels in heißer Mittagsstunde. In so feierlicher Ruhe erstrahlte ihr Antlitz, eine solche Verheißung höchster Glückseligkeit lag in ihrem Lächeln, mit einem solchen Mitgefühl, mit so kindlicher Hingabe beugte sie sich zu seiner Schulter herab, daß sich der entkräfteten Brust ein freudiges Stöhnen entrang. Sie wollte ihm etwas sagen; liebevoll vertraute sie ihm etwas an. Wieder war es, als überrasche sein Ohr eine herzzerreißende Musik. Gierig sog er die von ihrem nahen Atem erwärmte, elektrisierte Luft ein. Sehnsüchtig streckte er die Arme aus, seufzte, öffnete die Augen ... Sie stand vor ihm, beugte sich zu seinem Gesicht herab, sehr blaß, so als hätte sie sich erschrocken, tränenüberströmt, am ganzen Leibe vor Erregung bebend. Sie sagte etwas, bat ihn händeringend um etwas. Er schloß sie in die Arme, zitternd lag sie an seiner Brust ...

Zweiter Teil

1

„Was hast du? Was ist dir?" fragte Ordynow, als er sich wieder zurechtfand, während er sie immer noch kraftvoll und innig in den Armen hielt. „Was hast du, Katerina? Was ist dir, Liebe?"

Sie schluchzte leise, schlug die Augen nieder und barg das glühende Gesicht an seiner Brust. Noch lange vermochte sie kein Wort hervorzubringen und zitterte, als habe sie Angst.

„Ich weiß nicht, ich weiß nicht", sagte sie endlich, kaum hörbar, sie rang nach Atem und stieß die Worte nur mühsam hervor. „Ich entsinne mich nicht, wie ich zu dir gekommen bin..." Und sie schmiegte sich noch inniger, mit noch größerem Verlangen an ihn, und in einem unbändigen, überschwenglichen Gefühl küßte sie ihm Schulter, Hände und Brust; schließlich schlug sie wie in Verzweiflung die Hände vors Gesicht, sank auf die Knie und barg den Kopf in seinen Schoß. Als Ordynow, in unsäglichem Weh, sie ungeduldig aufhob und neben sich setzte, da loderte auf ihrem Gesicht ein ganzer Feuerschein von Scham, ihre Augen flehten unter Tränen um Erbarmen, und das auf ihren Lippen gewaltsam hervordrängende Lächeln konnte kaum die ungestüme Macht der neuen Empfindung verbergen. Jetzt schien sie sich abermals zu ängstigen, mißtrauisch stieß sie ihn beiseite, vermied es, ihn anzusehen, und antwortete, bang flüsternd, den Kopf tief gesenkt, auf seine hastigen Fragen.

„Vielleicht hast du Schreckliches geträumt", sagte Ordynow, „vielleicht hast du eine Erscheinung gesehen, nicht wahr? Vielleicht hat *er* dich erschreckt? ... Er fiebert und ist ohne Besinnung ... Hat er vielleicht etwas gesagt, das du nicht hättest hören dürfen? ... Hast du etwas gehört? Ja?"

„Nein, ich habe nicht geschlafen", erwiderte Katerina

und unterdrückte ihre Erregung mit aller Kraft. „Der Schlaf wollte nicht kommen. *Er* sprach die ganze Zeit über kein Wort und rief mich nur ein einziges Mal. Ich trat zu ihm, rief ihn an und sprach mit ihm; mir graute; er wachte nicht auf und hörte mich nicht. Er leidet schwer, möge der Herr ihm beistehen! Und da befiel Trübsal mein Herz, bittere Trübsal! Ich betete immerzu, ohne Unterlaß betete ich, und da ist es über mich gekommen."

„Genug, Katerina, genug, mein Schatz, genug! Du hast dich gestern erschrocken."

„Nein, ich habe mich gestern nicht erschrocken ..."

„Geschieht dir das öfter?"

„Ja." Und sie erbebte am ganzen Leib und schmiegte sich wieder ängstlich an ihn, wie ein Kind. „Siehst du", sagte sie und hörte auf zu schluchzen, „ich bin nicht umsonst zu dir gekommen, nein, nicht umsonst, es war so gruslig allein", wiederholte sie und drückte ihm dankbar die Hände. „Doch genug davon, vergieß keine Tränen um fremdes Leid! Heb sie auf für einen schwarzen Tag, wenn du allein und traurig bist und keinen bei dir hast! ... Sag, hast du schon eine Liebste gehabt?"

„Nein ... vor dir habe ich keine andere gekannt."

„Vor mir ... du nennst mich deine Liebste?"

Plötzlich schaute sie ihn an, als sei sie erstaunt, sie wollte etwas sagen, doch sie schwieg und senkte den Kopf. Langsam stieg ihr die Röte ins Gesicht, die vergessenen, noch nicht erkalteten Tränen an den Wimpern ließen ihre Augen heller glänzen, und man sah ihr an, daß sie eine Frage auf den Lippen hatte. Verschämt und verschmitzt schaute sie ein paarmal zu ihm auf, dann schlug sie von neuem die Augen nieder.

„Nein, ich darf nicht deine erste Liebste sein", sagte sie. „Nein, nein", wiederholte sie kopfschüttelnd und nachdenklich, während abermals ein stilles Lächeln über ihr Gesicht huschte. „Nein", sagte sie schließlich lachend, „nicht ich, mein Lieber, kann deine Liebste sein."

Hier schaute sie zu ihm auf; doch plötzlich malte sich auf ihrem Antlitz ein solches Weh, ein so auswegloser Kummer bezwang ihre Züge, so jäh brach aus ihrem Herzen die Verzweiflung hervor, daß Ordynow ein unfaßliches, schmerzliches Mitgefühl mit dem fremden Leid ergriff, und er blickte sie an, in unsäglicher Pein.

„Hör zu, was ich dir sage“, begann sie in herzzerreißendem Ton, und sie preßte seine Hände und mühte sich, ihr Schluchzen zu unterdrücken. „Hör mir gut zu, hör zu, mein Einziger! Bezähme dein Herz, liebe mich nicht so, wie du mich jetzt liebst. Dir wird leichter, dir wird freier und froher zumute sein, du bewahrst dich vor einem bösen Feind und gewinnst eine liebe Schwester. Ich würde zu dir kommen, wann immer du willst, ich würde dich liebkosen und mich der Bekanntschaft mit dir nicht schämen. Habe ich doch zwei Tage lang bei dir ausgeharrt, als du schwerkrank daniederlagst! Sieh die leibliche Schwester in mir! Nicht umsonst habe ich dich zu meinem Bruder erkoren, nicht umsonst habe ich unter Tränen zur Mutter Gottes gefleht! Eine wie mich findest du kein zweites Mal! Die ganze weite Welt kannst du durchsuchen, du wirst keine zweite solche Liebste finden, wenn dein Herz nach einer Liebsten verlangt. Ich würde dich innig lieben, immerdar, so wie jetzt würde ich dich lieben, ich würde dich lieben, weil deine Seele rein, hell und ganz und gar durchsichtig ist; weil ich, da ich dich zum erstenmal anschaute, sogleich wußte, du würdest Gast in meinem Hause sein, ein lieber Gast, und nicht ohne Grund hast du dich bei uns eingemietet; ich würde dich lieben, weil deine Augen von deiner Liebe und deinem Herzen sprechen, und wenn sie etwas sagen, weiß ich auf der Stelle, was dir ist, und darum würde ich mein Leben hingeben für deine Liebe, die herrliche Freiheit, denn es ist süß, Sklavin dessen zu sein, dessen Herz man gefunden hat ... doch mein Leben ist nicht das meine, sondern das eines Fremden, und die Freiheit liegt in Fesseln! Nimm deine Schwester, sei mir der Bruder, und schließ mich in dein Herz, wenn Trübsal und böses Leid mich wieder befallen; nur tu es so, daß ich mich nicht zu schämen brauche, wenn ich zu dir komme und wie jetzt eine lange Nacht bei dir sitze. Hast du gehört? Hast du mir dein Herz aufgetan? Hast du verstanden, was ich dir gesagt habe?..." Sie wollte noch etwas hinzufügen, sie schaute ihn an, legte die Hand auf seine Schulter und sank schließlich erschöpft an seine Brust. Unter krampfhaftem, leidenschaftlichem Schluchzen erstarb ihre Stimme, heftig hob und senkte sich ihre Brust, und ihr Gesicht nahm die Farbe des Abendrotes an.

„Meine Liebste!" flüsterte Ordynow, er sah nichts mehr, sein Atem stockte. „Meine Einzige!" sagte er, ohne sich seiner Worte bewußt zu werden, ohne sie im Gedächtnis zu behalten, ohne sich selber zu verstehen, zitternd, ein Lufthauch könnte den Zauber zerstören, alles zerstören, was mit ihm geschah und was er eher für eine Erscheinung als für Wirklichkeit hielt: so verschwommen war alles, was er vor sich sah. „Ich kenne dich nicht, begreife dich nicht, ich weiß nicht mehr, was du mir jetzt gesagt hast, mein Verstand trübt sich, das Herz will mir zerspringen, o meine Herrin! ..."

Hier stockte er abermals vor Erregung. Immer enger, inniger und leidenschaftlicher schmiegte sie sich an ihn. Er erhob sich halb und sank auf die Knie, außerstande, noch länger an sich zu halten, von Entzücken übermannt und erschöpft. Schmerzlich entrang sich seiner Brust ein krampfhaftes Schluchzen, und die aus dem Herzen dringende Stimme zitterte wie eine Saite ob der Fülle noch nie erlebter Verzückung und Glückseligkeit.

„Wer bist du, Liebste, wer bist du? Woher kommst du, meine Einzige?" sagte er, bemüht, das Schluchzen zu unterdrücken. „Welcher Himmel hat dich mir geschickt? Alles ist wie ein Traum ringsumher, ich kann nicht an dich glauben. Schilt mich nicht ... laß mich sprechen, laß mich dir alles, alles sagen! ... Lange schon wollte ich sprechen ... Wer bist du, meine Liebste, wer bist du? ... Wie hast du mein Herz gefunden? Sag an, seit wann bist du meine Schwester? ... Erzähl mir alles von dir, wo bist du bislang gewesen – erzähl von der Gegend, wo du gewohnt, was du dort als erstes liebgewonnen hast, was dir Freude und was dir Kummer bereitete ... War die Luft dort mild, der Himmel klar? ... Wer waren deine Nächsten, wer hat dich vor mir geliebt, wem hast du als erstem dein Herz geschenkt? ... Hast du deine leibliche Mutter gekannt, und hat sie ihr Kind verwöhnt, oder standest du wie ich allein im Leben? Sag, bist du schon immer so gewesen? Was träumtest du, was ahnte dir, was erfüllte sich und was blieb dir verwehrt? – erzähl mir alles ... Nach wem hat sich zum erstenmal dein Herz in Sehnsucht verzehrt, und wofür hast du es hingegeben? Sag an, was soll ich dir für dein Herz, was dir für dich geben? ... Sag an, Geliebte, mein Augapfel, mein Schwesterchen, wie kann ich dein Herz gewinnen?"

Hier versagte seine Stimme wiederum, und er senkte den Kopf. Als er aber aufblickte, ließ ihn stummes Grauen mit einem Schlage zu Eis erstarren, seine Haare sträubten sich.

Katerina war kreidebleich. Reglos starrte sie vor sich hin, die Lippen – blau wie die einer Toten, und stummes, qualvolles Leid sprach aus ihrem Blick. Langsam erhob sie sich, tat zwei Schritte und sank mit gellendem Schrei vor dem Heiligenbild zu Boden ... Zusammenhanglose Wortfetzen drangen aus ihrer Brust. Sie verlor das Bewußtsein. Entsetzt und erschüttert hob Ordynow sie auf und trug sie zu seinem Bett; er stand vor ihr und wußte weder ein noch aus. Nach einer Minute öffnete sie die Augen, richtete sich auf, schaute in die Runde und ergriff seine Hand. Sie zog ihn zu sich herab, und ihre immer noch fahlen Lippen versuchten zu flüstern, doch nach wie vor versagte ihr die Stimme den Dienst. Am Ende brach sie in einen Strom von Tränen aus, heiße Tropfen brannten auf Ordynows kalter Hand.

„Jetzt wird es schwer für mich, schwer, meine letzte Stunde naht!" sprach sie endlich in namenlosem Leid.

Sie mühte sich, noch etwas zu sagen, doch sie vermochte kein Wort hervorzubringen, ihre Zunge war wie erstarrt. Verzweifelt schaute sie Ordynow an, der sie nicht verstand. Er beugte sich tiefer über sie und lauschte ... Schließlich hörte er sie deutlich flüstern: „Ich bin verdorben, man hat mich verdorben, vernichtet!"

Ordynow hob den Kopf und schaute sie seltsam betroffen an. Ein häßlicher Gedanke durchzuckte ihn. Katerina sah, wie heftig und schmerzlich es in seinem Gesicht arbeitete.

„Ja, verdorben!" fuhr sie fort. „Ein böser Mann hat mich verdorben, *er*, mein Verderber! ... Meine Seele habe ich ihm verkauft ... Warum, warum mußtest du meine Mutter erwähnen? Warum mich quälen? Gott möge dein Richter sein! ..."

Kurz darauf begann sie leise zu weinen; Ordynows Herz schlug heftig und schmerzte in tödlichem Gram.

„Er sagt", flüsterte sie halblaut und geheimnisvoll, „daß, wenn er einst gestorben ist, er meine sündige Seele holt ... Ich bin sein, habe ihm meine Seele verkauft ... Er quälte mich, er las mir aus Büchern vor ... Da, sieh, sieh sein Buch! Dort liegt es! Er sagt, ich hätte eine Todsünde begangen ... Sieh, sieh ..."

Und sie zeigte ihm das Buch; Ordynow hatte es nicht bemerkt. Mechanisch schlug er es auf, es war handgeschrieben, wie die alten Bücher der Raskolniki, die er früher einmal zu Gesicht bekommen hatte. Jetzt aber fehlte ihm die Kraft, hineinzuschauen und sein Augenmerk auf etwas anderes zu richten. Das Buch entglitt ihm. Still schloß er Katerina in die Arme und bemühte sich, sie zur Vernunft zu bringen.

„Genug, genug!" sagte er. „Man hat dich erschreckt, ich bin bei dir, ruh aus bei mir, mein Herz, meine Liebste, mein Augapfel!"

„Du weißt von nichts, von gar nichts!" sprach sie und drückte kräftig seine Hände. „Ich bin immer so! ... Ständig fürchte ich mich ... Hör auf, hör auf mich zu quälen! ..."

„Ich gehe dann zu ihm", hob sie nach einer Weile an und holte tief Luft. „Manchmal beschwört er mich einfach mit seinen Worten, manchmal aber nimmt er sein Buch, das allergrößte, und liest mir vor. Immer liest er etwas Grauenhaftes, Düsteres vor! Ich weiß nicht, was es ist, und verstehe nicht jedes Wort, doch mich packt die Angst, und wenn ich seiner Stimme lausche, dann ist mir, als spräche nicht er, sondern ein anderer, ein böser Geist, den man nicht beschwichtigen, nicht erweichen kann, und das Herz wird mir schwer, so schwer, daß es brennt ... Noch schwerer als damals, als das Elend begann!"

„Du darfst nicht zu ihm gehen! Warum gehst du auch zu ihm?" sagte Ordynow und erkannte die eigenen Worte kaum wieder.

„Warum bin ich zu dir gekommen? Du magst fragen – ich weiß es nicht ... Ständig ermahnt er mich: Bete, bete! So manches Mal stehe ich in finsterer Nacht auf und bete stundenlang; oft beugt mich wohl der Schlaf, doch die Angst weckt mich immer wieder, immer wieder weckt sie mich, und dann ist mir, als braue sich rings um mich ein Gewitter zusammen, als werde es mir übel ergehen, als werden mich Unholde zerfetzen und zerfleischen, als werden meine Gebete bei den Heiligen nichts ausrichten und diese mich nicht vor entsetzlichem Leid bewahren. Mein Inneres zerreißt, in Tränen möchte sich der ganze Leib auflösen ... Und dann bete ich wieder, ich bete und bete, bis mich die Himmelsherrscherin auf der Ikone gnädiger anschaut. Dann stehe ich auf und gehe zu Bett wie erschlagen; gelegentlich schlafe ich auf dem Fußboden ein, wenn ich vor der Ikone knie. Dann kommt es wohl vor, daß er wach wird, mich zu sich ruft, mich streichelt, liebkost, tröstet, dann weicht die Last von mir, und selbst wenn ein Unheil geschieht, ich würde mich mit ihm nicht fürchten. Er ist mächtig! Groß ist sein Wort!"

„Aber was für ein Leid, was für ein Leid bedrückt dich?" Ordynow rang verzweifelt die Hände.

Katerina wurde entsetzlich blaß. Sie schaute ihn an wie eine zum Tode Verurteilte, die nicht auf Gnade zu hoffen hat.

„Mich? Ich bin eine verfluchte Tochter, eine Mörderin; mich hat meine Mutter verflucht! Die eigene Mutter habe ich ins Verderben gestürzt! ..."

Ordynow umarmte sie wortlos. Zitternd schmiegte sie sich an ihn. Er spürte, wie ein krampfhaftes Zucken ihren Körper erbeben ließ, und es schien, als löste sich ihre Seele vom Leib.

„Ich habe sie in kalter Erde verscharrt", sagte sie, erregt

von ihren Erinnerungen, ganz den Visionen ihrer unwiederbringlichen Vergangenheit hingegeben. „Ich wollte längst reden, doch immer hat er es mir mit Bitten, Tadel und zornigem Wort verwehrt, und bisweilen hält er mir mein Leid selber vor Augen, wie mein Feind und Widersacher. Und immer, wie auch jetzt in der Nacht, immer kommt er mir in den Sinn … Hör nur, hör! Das ist schon lange her, sehr lange, ich weiß gar nicht mehr, wie lange, doch mir ist, als sei es gestern gewesen, gleichsam ein Traum von gestern, als habe er eine ganze Nacht lang mein Herz bedrängt. Gram läßt die Zeit doppelt lang werden. Setz dich, setz dich zu mir, ich werde dir all mein Leid erzählen; zerschmettere mich Verfluchte, vom Fluch der Mutter Getroffene … In deine Hand gebe ich mein Leben …“

Ordynow wollte sie davon abhalten, doch sie faltete die Hände, seine Liebe um Aufmerksamkeit anflehend, und begann dann, in noch größerer Erregung, zu sprechen. Ihre Geschichte war ohne Zusammenhang, aus den Worten sprach der Seelensturm, doch Ordynow verstand alles, da ihr Leben das seine geworden war, ihr Leid das seine und da sein Feind bereits in Wirklichkeit vor ihm stand, Gestalt annahm und vor seinen Augen mit jedem ihrer Worte wuchs, sein Herz mit unversiegbarer Macht bedrängte und seines Zornes spottete. Sein Blut wallte, strömte zum Herzen und verwirrte das Denken. Der böse Alte seiner Träume (so glaubte Ordynow) stand in Wahrheit vor ihm.

„Genauso eine Nacht war es“, hob Katerina an, „nur noch unheimlicher, und in unserm Wald heulte der Wind, wie ich es noch nie gehört hatte … vielleicht begann bereits in jener Nacht mein Untergang! Vor unserm Fenster brach eine Eiche, und zu uns kam ein alter, grauhaariger Bettler, der sagte, er habe diese Eiche schon als Kind gekannt und sie sei damals genauso gewesen wie am Tag, da der Wind sie bezwang … In dieser Nacht – ich weiß es noch, als wäre es heute! – zerschellten auf dem Fluß Vaters Kähne im Sturm, und er fuhr trotz seiner Gebrechen hin, kaum daß die Fischer zu uns in die Fabrik gelaufen kamen. Mütterchen und ich saßen allein, ich schlummerte, sie war betrübt und weinte bitterlich ... ja, ich weiß, warum! Sie kränkelte seit kurzem, war blaß und sagte mir immer wieder, ich sollte ihr das Leichengewand bereiten ... Um Mitternacht klopfte es plötzlich am Tor; ich sprang auf, alles Blut strömte mir zum Herzen, Mütterchen stieß einen Schrei aus ... Ich schaute sie nicht an, ich hatte Angst, nahm die Laterne und ging selber, das Tor zu öffnen ... *Er* war es! Mir graute, denn mir graute immer, wenn er kam, und so war es von Kindheit an gewesen, solange ich denken konnte! Sein Haar war damals noch nicht weiß; sein Bart war pechschwarz, die Augen glühten wie Kohlen, und kein einziges Mal hatte er mich (bis dahin) freundlich angesehen. Er fragte: ‚Ist Mutter zu Hause?' Ich verschloß die Pforte und erwiderte, daß Vater nicht zu Hause sei. Er darauf: ‚Ich weiß', und dann hat er mich plötzlich angesehen, er sah mich so an ... das war das erste Mal, daß er mich so ansah. Ich ging, aber er rührte sich nicht. ‚Warum kommst du nicht?' – ‚Ich überlege.' Wir gingen schon ins Zimmer. ‚Und warum hast du gesagt, daß Vater nicht zu Hause ist, wo ich doch gefragt habe, ob Mutter zu Hause ist?' Ich schwieg ... Mütterchen erstarrte, stürzte zu ihm ... er schaute kaum auf – ich habe alles mit angesehen. Er war ganz naß und fror, der Sturm hatte ihn zwanzig Werst lang gehetzt – aber woher er stammte und wo er wohnte, das haben Mütterchen und ich nie erfahren; neun Wochen lang hatten wir ihn nicht gesehen ... er warf Mütze und Handschuhe ab – er betete nicht vor den Heiligenbildern, begrüßte die Hausherren nicht, er setzte sich ans Feuer ..."

Katerina fuhr sich mit der Hand übers Gesicht, als ob sie etwas bedrückte und bedrängte, doch bald schon hob sie wieder den Kopf und fuhr fort: „Er sprach mit Mutter tatarisch. Mutter konnte es, ich aber verstand kein Wort. Sonst hatten sie mich immer fortgeschickt, wenn er da war, aber jetzt wagte Mutter nicht, ihrem Kind ein Wort zu sagen. Der Böse hatte meine Seele gekauft, und ich, eingenommen von mir selbst, schaute Mütterchen an. Ich sehe, sie blicken zu mir herüber, sie sprechen über mich; sie beginnt zu weinen, ich sehe, er greift zum Messer, er hatte in jüngster

Zeit schon öfter vor meinen Augen zum Messer gegriffen, wenn er mit Mütterchen sprach. Ich stand auf und hängte mich an seinen Gürtel, ich wollte ihm sein teuflisches Messer entreißen. Er knirschte mit den Zähnen, brüllte und wollte mich abschütteln – vor die Brust stieß er mich, doch ich ließ mich nicht abschütteln. Ich dachte, ich würde auf der Stelle sterben, mir wurde schwarz vor Augen, ich stürzte zu Boden, aber ohne einen Schrei. Ich sah, soweit ich Kraft zum Sehen hatte, daß er den Gürtel ablegte, den Ärmel an der Hand hochstreifte, mit der er mich geschlagen hatte, das Messer zückte und es mir gab. ‚Da, schneid sie ab, treib so viel Spaß mit ihr, wie ich dir Leid zugefügt habe, ich werde mich dafür vor dir, du Stolze, bis zur Erde verbeugen.' Ich legte das Messer beiseite, das Herz schlug mir bis zum Halse, ihn schaute ich nicht an, ich weiß noch, ich lächelte, ohne die Lippen zu öffnen, und blickte Mütterchen in die traurigen Augen, drohend schaute ich sie an, und dabei wich das schamlose Lächeln nicht von meinen Lippen, und Mutter saß da, bleich und halbtot ..."

Ordynow lauschte gespannt der verworrenen Geschichte; nach dem ersten Aufwallen hatte sich die Erregung der armen Frau allmählich gelegt, ihre Rede wurde ruhiger; sie gab sich ganz ihren Erinnerungen hin, ihr Leid war grenzenlos.

„Ohne Gruß griff er zur Mütze. Ich nahm wieder die Laterne, um ihn hinauszugeleiten, Mütterchen sollte nicht gehen, sie wollte zwar, obwohl sie krank war. Wir kamen ans Tor, ich sprach kein Wort, öffnete ihm die Tür und verjagte die Hunde. Da sehe ich – er zieht die Mütze und verbeugt sich vor mir. Ich sehe, er holt aus der Brusttasche ein Schächtelchen aus rotem Saffianleder, er öffnet das Schloß, und ich sehe – echte Perlen, für mich als Geschenk. ‚Vor der Stadt', sagte er, ‚habe ich eine Schöne, ihr wollte ich sie schenken, doch nicht ihr habe ich sie gebracht, du sollst sie haben, schöne Jungfer, schmück du dich mit ihnen, oder tritt sie in den Schmutz, doch nimm sie.' Ich nahm sie, in den Schmutz mochte ich sie nicht treten, ihm aber auch nicht allzuviel Ehre antun, und so nahm ich sie voller Tücke und sagte kein Wort. Ich ging zurück ins Haus und stellte sie vor Mutter auf den Tisch – dazu hatte ich sie genommen. Mutter schwieg eine Weile, kreidebleich; wie es schien, hatte sie Angst, mit mir zu sprechen. ‚Katja, was ist das?' Ich erwiderte: ‚Das hat der Kaufmann dir mitgebracht, meine Liebe, ich weiß es nicht.' Ich sehe, Tränen stehen ihr in den Augen, ihr Atem stockt. ‚Nicht mir, Katja, nicht mir, du mißratene Tochter, nicht mir.' Ich weiß noch, so wehmütig, so wehmütig sagte sie es, als wollte sie sich die Seele aus dem Leibe weinen. Ich hob den Blick, wollte mich ihr zu Füßen werfen, doch plötzlich gab mir der Gottseibeiuns ein: ‚Nun gut, nicht für dich, gewiß für Vater; ihm werde ich sie geben, wenn er zurückkommt; ich werde sagen, Kaufleute seien dagewesen und hätten ihre Ware vergessen ...' Da schluchzte sie auf, meine liebe Mutter ... ‚Ich werde ihm sagen, was für Kaufleute da waren und was für eine Ware sie holen wollten ... Ich werde ihm auch sagen, wessen Tochter du bist, du Bastard! Von jetzt an sehe ich in dir nicht mehr meine Tochter, sondern eine falsche Schlange. Ich verfluche dich, du mißratenes Kind!' Ich schwieg, die Tränen wollten mir nicht kommen ... ach! Als wäre alles in mir abgestorben ... Ich ging in meine Kammer und lauschte die ganze Nacht, wie der Sturm draußen heulte, und beim Heulen des Sturmes trachtete ich, meine Gedanken zu ordnen.

Unterdessen waren fünf Tage vergangen. Da kam am Abend des fünften Tages der Vater zurück, finster und unheimlich, eine Krankheit hatte ihn unterwegs befallen. Ich sah, seine Hand war verbunden, da wußte ich, er war seinem Feind begegnet; und sein Feind hatte ihn auch zermürbt und Leid und Krankheit über ihn gebracht. Ich wußte auch, wer sein Feind war, ich wußte alles. Mit Mütterchen wechselte er kein Wort, und er fragte nicht nach mir, er rief alle Leute zusammen und hieß sie die Fabrik stillegen und das Haus vor dem bösen Blick bewahren. Mein Herz spürte sofort, daß es schlecht um unser Haus stand. Wir warteten, die Nacht ging hin, auch eine stürmische Unwetternacht, und Angst hatte mein Gemüt befallen. Ich öffnete das Fenster – mein

Gesicht glühte, die Augen weinten, das unruhige Herz brannte, es war, als stünde ich in Flammen, und ich wollte hinaus aus meiner Kammer, weit fort, ans Ende der Welt, wo Blitz und Sturm geboren werden. Meine Jungmädchenbrust flog ... plötzlich, es war schon spät – ich mußte eingenickt sein, oder ein Schleier hatte sich auf mein Gemüt gelegt und den Verstand verwirrt –, da hörte ich, wie es ans Fenster klopfte. ‚Mach auf!' Ich sah, ein Mann war an einem Seil zum Fenster heraufgeklettert. Ich wußte sogleich, wer da zu Besuch kam, öffnete das Fenster und ließ ihn ein in meine einsame Kammer. *Er* war es! Ohne die Mütze abzunehmen, setzte er sich auf die Bank, ganz außer Atem, als ob sie hinter ihm her wären. Ich stand in der Ecke, ich weiß noch, wie blaß ich wurde. ‚Ist Vater zu Hause?' – ‚Ja.' – ‚Und Mutter?' – ‚Auch.' – ‚Kein Wort jetzt, hörst du!' – ‚Ja.' – ‚Was hörst du?' – ‚Das Pfeifen draußen am Fenster!' – ‚Nun, schöne Jungfer, willst du jetzt dem bösen Feind den Kopf abschlagen, nach dem Vater rufen und meine Seele ins Verderben stürzen? Deinem Jungmädchenwillen kann ich nicht entrinnen, hier ist die Schnur, fessele mich, wenn das Herz dir gebietet, eine Schmach zu rächen.' Ich schwieg. ‚Nun, meine Süße, so sprich.' – ‚Was willst du?' – ‚Ich muß einen Feind vernichten, von einer alten Liebe gütlich scheiden und einer neuen, jungen, so wie dir, schöne Jungfer, von Herzen huldigen ...' Ich lachte auf und wußte selber nicht, wie seine unziemliche Rede in mein Herz dringen konnte. ‚Laß mich hinuntergehen, schöne Jungfer, mein Herz erproben, dem Hausherren meinen Gruß entbieten.' Ich zitterte, meine Zähne schlugen aufeinander, und mein Herz war wie glühendes Eisen. Ich tat ein paar Schritte, öffnete ihm die Tür und ließ ihn ins Haus, erst an der Tür stieß ich mühsam hervor: ‚Da, nimm deine Perlen und schenke mir nie wieder was', und ich warf ihm die Schachtel hinterdrein."

Hier hielt Katerina inne, um Atem zu schöpfen; bald zitterte sie wie ein Blatt am Baum und wurde bleich, bald strömte ihr das Blut ins Gesicht, und jetzt, da sie innehielt, brannten ihre Wangen, die Augen glänzten unter den

Tränen, und der schwere, stoßweise Atem ließ ihre Brust erbeben. Doch unvermittelt erbleichte sie wieder, ihre Stimme wurde leiser und zitterte in leidvoller Erregung.

„Ich blieb allein zurück, und mir war, als ob der Sturmwind mich von allen Seiten packte. Auf einmal hörte ich einen Schrei, ich hörte, wie die Leute über den Hof zur Fabrik hin rannten, und ich hörte Rufe: ‚Die Fabrik brennt!' Ich verkroch mich, alle waren hinausgelaufen; Mutter und ich blieben allein im Haus. Ich wußte, daß ihr Ende nahte, drei Tage schon lag sie auf dem Sterbebett; ich, die verfluchte Tochter, wußte es!... Plötzlich hörte ich es unter meinem Kammerfenster schreien, so wie ein Kind schreit, wenn es im Schlaf erschrickt, und dann war alles still. Ich löschte die Kerze, mir wurde eiskalt; vor Angst, etwas zu sehen, schlug ich die Hände vors Gesicht. Plötzlich hörte ich einen Schrei in der Nähe, ich hörte, vom Werk her kommen Leute gelaufen. Ich lehnte mich ganz weit zum Fenster hinaus und sah, sie bringen Vater, tot, und dazu hörte ich: ‚Er ist gestolpert, von der Treppe in den glühheißen Kessel gestürzt; der Böse hat ihn hineingestoßen.' Ich sank aufs Bett und wartete, ich war völlig erstarrt und wußte nicht, auf wen und worauf ich wartete; mir war nur unendlich bang und beklommen zumute. Ich entsinne mich nicht mehr, wie lange ich wartete, ich entsinne mich nur noch, daß auf einmal alles schwankte, der Kopf wurde mir schwer, beißender Rauch fuhr mir in die Augen, und ich war froh, daß mein Ende nahte! Da fühlte ich, wie mich jemand an den Schultern hochhob. Ich reiße die Augen auf – er ist es, ganz versengt, sein Kaftan fühlt sich heiß an und raucht.

‚Ich komme dich holen, schöne Jungfer; bewahre mich vor dem Unheil, das du über mich gebracht hast; meine Seele habe ich für dich ins Verderben gestürzt. Diese verfluchte Nacht kann ich durch kein Gebet mehr sühnen! Es sei denn, wir beten gemeinsam!' Und er lachte, der böse Mensch! ‚Zeig mir den Weg', sagte er, ‚den wir gehen müssen, um den Leuten auszuweichen!' Ich nahm ihn bei der Hand und zog ihn hinter mir her. Wir gingen den Korridor entlang – ich hatte die Schlüssel bei mir –, ich öffnete die Tür zur Vorratskammer und wies aufs Fenster. Und dieses Fenster führte in den Garten hinaus. Er nahm mich in seine mächtigen Arme und sprang mit mir aus dem Fenster. Hand in Hand liefen wir dahin, wir liefen lange. Als wir uns umschauten, waren wir in einem dichten, dunklen Wald. Er lauschte. ‚Katja, man ist hinter uns her! Sie verfolgen uns, schöne Jungfer, dies ist nicht die Stunde, da wir uns niederlegen dürfen! Küß mich, schöne Jungfer, zum Zeichen der Liebe und des ewigen Glücks!' – ‚Und wovon sind deine Hände so blutig?' – ‚Warum meine Hände so blutig sind, Herzallerliebste? Eure Hunde mußte ich töten, sie fielen mit gar zu wildem Gebell über den späten Gast her. Komm!' Wieder liefen wir los, da sahen wir Vaters Pferd auf dem Weg stehen, es hatte das Zaumzeug zerrissen und war aus dem Stall fortgelaufen, hatte nicht verbrennen wollen! ‚Komm, Katja, laß uns aufsitzen! Gott hat uns Hilfe gesandt!' Ich schwieg. ‚Oder willst du nicht? Ich bin doch kein Ungläubiger. Wenn du willst, bekreuzige ich mich auf der Stelle', und er schlug ein Kreuz. Ich saß auf, schmiegte mich an ihn und vergaß alles an seiner Brust, so als wäre ich eingeschlummert, als ich zu mir kam, sah ich, daß wir an einem breiten, breiten Fluß standen. Er stieg vom Pferd, hob auch mich herunter und ging ins Röhricht – dort lag sein Boot versteckt. Schon wollten wir einsteigen. ‚Nun leb wohl, braves Pferd, troll dich zu einem neuen Herrn, die alten verlassen dich!' Ich stürzte zu Väterchens Pferd und umarmte es innig zum Abschied. Dann stiegen wir ein, er nahm die Ruder, und im Nu waren die Ufer unseren Blicken entschwunden. Und da, als wir kein Ufer mehr sahen, holte er die Ruder ein und schaute aufs Wasser.

‚Sei gegrüßt, Mütterchen', sagte er, ‚du stürmischer Fluß, frommer Menschen Tränker und mein Ernährer! Sag an, hast du mein Hab und Gut gehütet, während ich in der Ferne weilte, ist meine Ware unversehrt?' Ich schwieg, hielt den Blick gesenkt, und mein Gesicht loderte wie Feuer vor Scham. Er aber: ‚Und wenn du mir auch alles nähmst, Stürmische, Unersättliche, so solltest du mir doch geloben, meine kostbare Perle zu hüten und zu hegen! Sprich nur ein einziges Wort, schöne Jungfer, strahle inmitten des Sturms wie die Sonne, vertreib mit Licht die finstere Nacht!' Er sprach's und lächelte dazu, sein Herz brannte für mich, doch mir war sein Lächeln unangenehm, so schämte ich mich, und gern hätte ich etwas gesagt, aber ich war zu schüchtern und schwieg. ‚So sei's denn!' erwiderte er auf meine verzagten Gedanken, und es klang traurig, es schien ihm Schmerz zu bereiten. ‚Freilich, mit Gewalt läßt sich nichts erlangen. In Gottes Namen denn, hochmütige, holde, schöne Jungfer! Dein Haß auf mich muß grenzenlos sein, oder dein holdes Auge findet kein Wohlgefallen mehr an mir.' Ich hörte ihm zu, und das Böse gewann Macht über mich, das Böse aus Liebe; ich überwand mein Herz und sagte: ‚Ob du mein Liebster bist oder nicht, das weiß ich nicht, wohl aber weiß es die andere, die Unvernünftige, Schamlose, die in finsterer Nacht ihre Jungmädchenkammer schänden ließ, die für eine Todsünde ihre Seele hingab und ihr törichtes Herz nicht zu bezähmen vermochte; wissen werden es wohl meine heißen Tränen und derjenige, der sich diebisch über fremdes Leid freut und ein Mädchenherz verlacht.' So sprach ich und konnte nicht länger an mich halten – ich brach in Tränen aus ... Er blieb stumm und schaute mich so an, daß ich wie ein Blatt am Baum zu zittern begann. ‚Hör zu, schöne Jungfer', sagte er, und dabei glühten seine Augen ganz sonderbar. ‚Es ist kein leeres Wort, das ich dir sage, es ist ein großes Wort, das ich dir gebe: So lange, wie du mir Glück schenkst, so lange will ich dein Mann sein; wenn aber du mich dereinst nicht mehr liebst, sprich nicht davon, sag kein Wort, erspar dir die Mühe, ein Zucken deiner samtweichen Brauen wird genügen, ein Blick deiner schwarzen Augen, eine einzige Bewegung deines kleinen Fingers, und ich gebe dir deine Liebe und die goldene Freiheit zurück; nur wäre es dann, du Schöne, Stolze, Unbezwingbare, auch um mein Leben geschehen!' Bei diesen seinen Worten lachte meine Sinnenlust."

Eine tiefe Erregung unterbrach Katerinas Redefluß; sie holte tief Luft, lächelte über einen neuen Gedanken und wollte schon fortfahren, da begegnete ihr funkelnder Blick plötzlich Ordynows lodernden Augen, die starr auf sie gerichtet waren. Sie zuckte zusammen, wollte etwas sagen, doch das Blut schoß ihr ins Gesicht ... Als wäre sie ihrer Sinne nicht mächtig, schlug sie die Hände vors Gesicht und barg den Kopf in den Kissen. Ordynow war zutiefst erschüttert! Ein Gefühl der Qual, eine rätselhafte, unerträgliche Beklommenheit breitete sich wie Gift in seinen Adern aus und steigerte sich mit jedem Wort Katerinas – ein aussichtsloses Verlangen, eine gierige und unerträgliche Leidenschaft hatte von seinen Gedanken Besitz ergriffen und verwirrte seine Sinne. Doch zur gleichen Zeit legte sich immer bedrückender eine schwere, unstillbare Wehmut auf sein Herz. Einige Male wollte er Katerina anschreien, sie solle schweigen, er wollte sich ihr zu Füßen werfen und sie unter Tränen anflehen, ihm seine früheren Liebesqualen wiederzugeben, sein unbewußtes, lauteres Verlangen von einst, und es tat ihm leid, daß seine Tränen längst versiegt waren. Schmerzhaft blutete sein Herz und spendete seiner wunden Seele keine Tränen. Er verstand nicht, was Katerina ihm sagte, und seine Liebe schreckte vor dem Gefühl zurück, das die arme Frau so in Aufruhr versetzte. In dieser Minute verfluchte er die Leidenschaft, die ihn würgte und aufrieb, und er spürte, wie geschmolzenes Blei statt Blut in seinen Adern floß.

„Ach, nicht in dem liegt mein Leid", sagte Katerina und hob plötzlich den Kopf, „nicht in dem, was ich dir da erzählt habe; nicht darin liegt es", fuhr sie fort, und ein neues, unverhofftes Gefühl ließ ihre Stimme wie Kupfer klingen, während angestaute Tränen der Hoffnungslosigkeit ihr Herz in Stücke rissen. „Nicht darin liegt mein Leid, meine Qual, meine Sorge! Was bedeutet mir meine herzliebe Mutter, auch wenn ich auf der ganzen Welt keine zweite finde! Was bedeutet es mir, daß sie mich in ihrer schweren letzten Stunde verflucht hat! Was bedeutet mir mein goldenes Leben von einst, meine warme Stube, meine Jungmädchenfreiheit! Was bedeutet es mir, daß ich mich dem Bösen verkauft und meine Seele einem Verderber hingegeben, für Glück ewige Sünde auf mich geladen habe!

Ach, nicht darin liegt mein Leid, auch wenn ich schwer dafür sühnen muß! Was mich schmerzt und mir das Herz zerreißt, ist, daß ich seine elende Sklavin bin, daß Schimpf und Schande mir Schamlosen gar wohl gefallen, daß mein gierig Herz sich recht gern an seiner Qual ergötzt, als erwüchsen Glück und Freude daraus – mein Leid liegt darin, daß mein Herz kraftlos ist und nicht zürnt, daß man ihm Schmach zugefügt ..."

Der armen Frau benahm es den Atem, ein krampfhaftes, hysterisches Schluchzen unterbrach ihre Worte. Heiße, abgerissene Atemzüge versengten ihre Lippen, heftig hob und senkte sich die Brust, und ihre Augen funkelten in unergründlichem Unmut. Doch ihr Antlitz vergoldete in diesem Augenblick ein solcher Zauber, jede Linie, jeder Muskel erbebte in einer so leidenschaftlichen Gefühlsflut, in so unerträglicher, beispielloser Schönheit, daß die düsteren Gedanken in Ordynows Brust sogleich erloschen und das laute Weh verstummte. Es drängte sein Herz, sich an das ihre zu schmiegen, um leidenschaftlich und bis zur Besinnungslosigkeit erregt in ihm Vergessen zu finden, um mit ihm im gleichen stürmischen Takt, in der gleichen rätselhaften Leidenschaft zu schlagen und, wenn es sein müßte, mit ihm zu vergehen. Katerina fing Ordynows getrübten Blick auf und lächelte, so daß der Feuerstrom sein Herz doppelt stark umtoste. Er war seiner selbst kaum mehr mächtig.

„Erbarmen, Gnade!" flüsterte er mit bebender Stimme, während er sich, die Hand auf ihre Schulter gestützt, zu ihr hinabbeugte und das Gesicht dem ihren näherte, nah, so nah, daß sich ihrer beider Atem vereinte. „Du hast mich zugrunde gerichtet! Ich kenne dein Leid nicht, aber meine Seele ist verwirrt ... Was kümmert es mich, worüber dein Herz weint! Sag, was du begehrst, ich tu es. Gehen wir fort, gehen wir, stoß mich nicht von dir, töte mich nicht! ..."

Reglos schaute ihn Katerina an; die Tränen auf ihren glühenden Wangen waren getrocknet. Sie wollte ihn unterbrechen, nahm seine Hand, wollte etwas sagen, schien aber keine Worte zu finden. Ein eigenartiges Lächeln umspielte ihre Lippen, so als wollte sich durch dieses Lächeln ein Lachen bahnen.

„Natürlich habe ich dir nicht alles erzählt", sagte sie schließlich stockend. „Ich erzähl dir noch mehr – aber wirst du mir zuhören, du heißes Herz, wirst du das wohl? So hör deine Schwester an! Denn wenig weißt du von ihrem grausamen Leid! Gern würde ich dir erzählen, wie ich ein Jahr lang mit ihm gelebt habe, aber ich werde es nicht ... Als das Jahr vorüber war, zog er mit seinen Gefährten stromab, und ich blieb zurück am Fluß, den er sein Mütterchen nannte, und wartete am Anlegeplatz. Ich wartete einen Monat und noch einen, da traf ich in der Vorstadt einen jungen Kaufmann, ich schaute ihn an und dachte an frühere goldene Jahre. ‚Lieb Schwesterlein!' sagte er, nachdem wir ein paar Worte gewechselt hatten. ‚Ich bin Aljoscha, dein Bräutigam, als Kinder haben uns unsere Eltern einander versprochen, du hast mich vergessen, denk nach, ich bin aus eurem Ort ...' – ‚Und was reden die Leute dort von mir?' – ‚Sie sagen, du seist nicht den Pfad der Tugend gewandelt, hättest deine Mädchenscham vergessen und dich mit einem Räuber und Mörder eingelassen', erwiderte Aljoscha lachend. ‚Und was hast du von mir gesagt?' – ‚Vieles wollte ich sagen, als ich herfuhr', und sein Herz geriet in Verwirrung, ‚vieles wollte ich erzählen, jetzt aber, da ich dich gesehen, ist meine Seele kalt und leer; du hast Verderben über mich gebracht', sagte er. ‚Kauf auch meine Seele, nimm sie, und wenn du mein Herz, meine Liebe verlachst, schönes Mädchen. Ich bin jetzt verwaist, bin mein eigener Herr, und meine Seele gehört mir, keiner fremden, ich habe sie nicht verkauft wie eine andere, die ihr Andenken ausgelöscht hat, und mein Herz braucht man nicht zu kaufen, ich gebe es unentgeltlich hin, ein vorteilhaftes Geschäft!' Ich lachte, und er sprach nicht nur einmal so, einen ganzen Monat lebte er auf seinem Anwesen, den Handel hatte er aufgegeben, seine Leute entlassen, mutterseelenallein war er auf der Welt. Mich dauerten seine Waisentränen. Und da sprach ich eines Morgens zu ihm: ‚Aljoscha, erwarte mich heute abend, wenn es dunkel wird, unten am Anlegeplatz; laß uns zusammen in deine Heimat ziehen! Mein jammervolles Leben ist mir zuwider!' Als es dunkel war, packte ich mein Bündel, und das Herz schmerzte, es klopfte heftig. Da sehe ich auf einmal, mein Gebieter tritt unverhofft ein. ‚Sei gegrüßt, komm, es gibt Sturm auf dem Fluß, und die Zeit wartet nicht.' Ich folgte ihm, wir kamen zum Fluß, doch bis zu den Unseren war die Fahrt weit; da sahen wir ein Boot, und drinnen saß, so als wartete er, ein Ruderer, den wir kannten. ‚Sei gegrüßt, Aljoscha, Gott sei dein Helfer. Na, so spät noch am Anlegeplatz? Willst wohl zu deinen Schiffen? Guter Mann, sei so lieb und fahr mein Weib und mich zu den Unseren, zu unserem Ort, ich habe mein Boot verliehen, und hinschwimmen kann ich nicht.' – ‚Steig ein', antwortete Aljoscha, und mir tat es in der Seele weh, als ich ihn sprechen hörte. ‚Steig ein mit deinem Weibchen, der Wind ist für alle da, bei mir findet sich auch für euch ein Platz.' Wir stiegen ein, die Nacht war finster, die Sterne hatten sich hinter Wolken versteckt, der Wind heulte, Wellen erhoben sich, vom Ufer mochten wir einen Werst weit entfernt sein. Keiner sprach.

‚Sturm kommt auf!' sagte mein Gebieter. ‚Und das verheißt nichts Gutes. Einen Sturm, wie er jetzt losbricht, habe ich noch nie auf dem Fluß erlebt! Unser Boot ist zu schwer beladen! Es trägt uns nicht alle drei!' – ‚Nein, das tut es nicht', erwiderte Aljoscha. ‚Einer von uns ist hier zuviel.' Als er das sagte, zitterte seine Stimme wie eine Saite. ‚Nun, Aljoscha? Ich habe dich als kleines Kind gekannt, dein Väterchen und ich hielten zusammen wie Brüder, jeder war beim andern zu Hause; sag, Aljoscha, würdest du ohne Boot ans Ufer gelangen, oder würdest du untergehen, deine Seele in den Tod schicken?' – ‚Ich würde nicht ans Ufer gelangen. Und du, guter Mann, es ist eine widrige Stunde, auch du könntest Wasser schlucken. Würdest du hinüberkommen?' – ‚Nein, es wäre um meine Seele geschehen, der stürmische Fluß würde mich nicht tragen. So höre, Katerinuschka, du meine kostbare Perle! Ich erinnere mich noch an ebenso eine Nacht, nur gingen damals keine Wellen, die Sterne funkelten, und der Mond schien …

Und so will ich dich ganz schlicht fragen: Weißt du noch?' – ,Ja', sagte ich ... ,Und wenn du diese Nacht nicht vergessen hast, dann hast du auch nicht vergessen, wie ein junger Mann ein schönes junges Mädchen lehrte, sich die Freiheit von einem Verhaßten zurückzurauben, wie?' – ,Nein, auch das habe ich nicht vergessen', sagte ich, selber halbtot vor Angst. ,Aha, hast es also nicht vergessen! Sieh an, wir sind zu schwer für das Boot. Ob da nicht jemandes Stunde geschlagen hat? Sag es, Liebste, sag es, meine Holde, gurr uns nach Taubenart dein liebliches Wort ...' Ich habe damals das Wort nicht gesprochen!" flüsterte Katerina, sie war bleich ... Und ließ den Satz unvollendet.

„Katerina!" erklang eine dumpfe, rauhe Stimme über ihnen.

Ordynow fuhr zusammen. Murin stand in der Tür, von einer Pelzdecke nur spärlich umhüllt, totenblaß, und schaute sie an, mit einem nahezu wahnsinnigen Blick. Katerina wurde noch bleicher und schaute ihn ebenfalls an, reglos, wie gebannt.

„Komm zu mir, Katerina!" flüsterte der Kranke kaum hörbar und verließ das Zimmer. Katerina starrte immer noch reglos vor sich hin, als stünde der Alte noch vor ihr. Doch jäh rötete das Blut ihre bleichen Wangen, und sie erhob sich langsam vom Bett. Ordynow dachte an ihre erste Begegnung.

„Dann also bis morgen, ihr meine Tränen!" sagte sie und lächelte sonderbar. „Bis morgen! Merk dir, wo ich aufgehört habe: ,Wähle, wen von uns beiden du magst und wen nicht, schöne Jungfer!' Wirst du es dir merken und eine Nacht lang warten?" fragte sie noch einmal, und sie legte die Hände auf seine Schultern und sah ihn zärtlich an.

„Katerina, geh nicht, richte dich nicht zugrunde! Er ist wahnsinnig!" flüsterte Ordynow, der um sie zitterte.

„Katerina!" erscholl es hinter der Trennwand.

„Was denn? Glaubst du, er bringt mich um?" versetzte lachend Katerina. „Schlaf wohl, herzallerliebster Schatz, du mein Einziger, mein Bruder!" sagte sie und drückte liebevoll seinen Kopf an ihre Brust, während plötzlich Tränen ihr

Antlitz benetzten. „Dies sind die letzten Tränen. Überschlaf deinen Kummer, mein Geliebter, morgen wird es ein frohes Erwachen geben." Und sie küßte ihn voll Leidenschaft.

„Katerina! Katerina!" flüsterte Ordynow und sank vor ihr auf die Knie, um sie zurückzuhalten. „Katerina!"

Sie wandte sich um, nickte ihm lächelnd zu und verließ das Zimmer. Ordynow hörte, wie sie bei Murin eintrat, mit angehaltenem Atem lauschte er, doch er vernahm keinen Laut. Der Alte schwieg, oder er war wieder besinnungslos ... Schon schickte sich Ordynow an, zu ihr hinüberzugehen, doch seine Beine knickten ein ... Seine Kräfte schwanden, er setzte sich aufs Bett.

2

Als Ordynow erwachte, wußte er lange nicht, welche Tageszeit es war. Graute der Morgen, oder dämmerte der Abend? Im Zimmer war es noch dunkel. Er hätte auch nicht zu sagen vermocht, wie lange er geschlafen hatte, doch er fühlte, sein Schlaf war der eines Kranken gewesen. Zur Besinnung gekommen, fuhr er mit der Hand übers Gesicht, so als wischte er Schlaf und nächtliche Visionen fort. Als er aber die Füße auf den Boden setzte, fühlte er, daß sein Leib wie zerschlagen war, und die ermatteten Glieder versagten ihm den Dienst. Der Kopf schmerzte, ihn schwindelte, und bald wurde er von Schüttelfrost gepackt, bald von Hitze. Mit dem Bewußtsein kehrte auch die Erinnerung zurück, und sein Herz zuckte zusammen, da er in Sekundenschnelle noch einmal die vergangene Nacht durchlebte. Mit heftigem Pochen antwortete das Herz auf sein Sinnen, so ungestüm und frisch waren die Empfindungen, als wären, seit Katerina ihn verlassen hatte, nicht viele Stunden, sondern allenfalls ein paar Minuten vergangen. Er spürte, daß die Tränen in seinen Augen noch nicht getrocknet waren – oder waren neue, frische Tränen seiner lodernden Seele wie einem Quell entströmt? Und wie seltsam, sein Leiden dünkte ihn süß und wonnevoll, wenngleich ihm ein dumpfes Gefühl im Körper zeigte, daß er so gewaltigen Anstrengungen nicht lange gewachsen war. Für Minuten wähnte er, der Tod sei nahe, und er war bereit, ihn als lieben Gast willkommen zu heißen; so scharf traten die Eindrücke wieder hervor, so mächtig wallte nach dem Erwachen die Leidenschaft wieder auf, ein solches Entzücken erfüllte seine Seele, daß das von angestrengter Tätigkeit beschleunigte Leben, so schien es, abreißen, entzweigehen wollte, in Sekundenschnelle verglimmen und für alle Ewigkeit verlöschen. Im selben Augenblick erklang als Antwort auf seine Betrübnis, als Antwort für sein klopfendes Herz – gleich jener inneren Musik, die des Menschen Seele im Augenblick der Lebensfreude, im Augenblick ungetrübten Glückes kennt – Katerinas ihm so wohlvertraute, tiefe, silberreine Stimme. Ganz in seiner Nähe, fast an seinem Kopfende, sang sie ein Lied, anfangs leise und wehmütig ... Ihre Stimme schwang sich bald hoch hinauf, bald sank sie tief hinab, krampfhaft ersterbend, gleichsam in sich zerfließend und die wilde Qual eines unersättlichen, unterdrückten, im sehnenden Herzen tief verborgenen Verlangens zärtlich liebkosend; dann trillerte sie wieder wie eine Nachtigall und ergoß sich, zitternd und vor unbezähmbarer Leidenschaft schäumend, in ein ganzes Meer von Entzücken, in ein Meer von Tönen, mächtig und uferlos wie der erste selige Augenblick der Liebe. Ordynow unterschied auch die Worte – sie waren schlicht und innig und vor langer Zeit einem ehrlichen, ruhigen, reinen und sich seiner selbst bewußten Gefühl entsprungen. Doch er vergaß sie, er hörte einzig die Töne. Hinter der schlichten, treuherzigen Weise leuchteten für ihn andere Worte, Worte, aus denen das Verlangen klang, das auch seine Brust erfüllte, Worte, die auf die geheimsten, ihm selbst unbekannten Regungen seiner Leidenschaft Antwort gaben. Bald wähnte er das letzte Stöhnen eines in Leidenschaft hoffnungslos erstorbenen Herzens zu hören, bald den Jubel des Willens und des Geistes, der seine Ketten gesprengt hat und licht und frei ins grenzenlose Meer ungehemmter Liebe hinausstrebt, bald hörte er den ersten Schwur einer Liebenden, die sich des ersten holden Errötens schämt, die flehentlich bittet, Tränen vergießt und zaghaft und geheimnisvoll flüstert, bald einer Bacchantin Verlangen, die, ob der eigenen Kraft von Freude und Stolz erfüllt, bar aller Geheimnisse und Hüllen ist und mit strahlendem Lachen den trunkenen Blick schweifen läßt.

Ordynow wartete nicht, bis das Lied zu Ende war, er stand auf. Sogleich verstummte das Lied.

„Ein schöner Morgen und ein schöner Tag sind vergangen, mein Liebster!“ erklang Katerinas Stimme. „Guten Abend! Steh auf, komm zu uns, erwache zu heller Freude; wir warten auf dich, mein Hausherr und ich, brave Leute allesamt, die dir gehorchen; lösch Haß mit Liebe, wenn erlittene Unbill noch immer dein Herz bedrückt. Sprich ein liebevolles Wort! ...“

Ordynow hatte das Zimmer bereits bei ihrem ersten Ruf verlassen und war sich kaum bewußt, daß er zu seinen Wirtsleuten ging. Vor ihm tat sich die Tür auf, und hell wie die Sonne leuchtete ihm das goldene Lächeln seiner wundersamen Wirtin entgegen. In diesem Augenblick sah und hörte er nur sie. Im Nu vereinigten sich in seinem Herzen alles Leben, alle Freude – in der lichten Gestalt seiner Katerina.

„Zweimal hat sich der Himmel gerötet, seit wir voneinander Abschied genommen“, sagte sie und reichte ihm die Hände. „Das zweite Rot verlischt gerade, schau hinaus. So wird auch die Seele eines schönen Mädchens zweimal in Rot getaucht“, fuhr Katerina lachend fort. „Das eine Rot, die erste Scham, färbt ihr Angesicht, wenn in der Mädchenbrust das einsame Herz zum erstenmal spricht, das andere lodert auf wie Feuer, wenn ein schönes Mädchen die erste Scham vergessen hat, es macht die Brust des Mädchens beklommen und treibt ihr dunkles Blut ins Gesicht ... Tritt ein, tritt ein in unser Haus, wackerer Jüngling! Was stehst du an der Tür? Dir gelten Ehre und Liebe sowie der Hausherren Gruß!“

Mit hellem, melodisch klingendem Lachen nahm sie Ordynows Hand und führte ihn ins Zimmer. Zaghaftigkeit beschlich sein Herz. Alle Glut, alles Feuer, das in ihm brannte, war in einem Augenblick verglommen und verloschen; betreten schaute er zu Boden und wagte nicht, sie anzusehen. Er spürte, sie war so wunderbar schön, daß sein Herz ihren sengenden Blick nicht würde ertragen können. Noch nie zuvor hatte er seine Katerina so gesehen. Zum erstenmal erstrahlten Lachen und Frohsinn auf ihrem Antlitz, die Tränen des Kummers an ihren schwarzen Wimpern waren getrocknet. Seine Hand zitterte in der ihren. Und hätte er aufgeblickt, so hätte er gesehen, daß Katerina mit triumphierendem Lächeln auf sein von Verwirrung und Leidenschaft verschleiertes Antlitz blickte.

„Steh auf, Alter!" sagte sie schließlich, so als wäre sie selber gerade erst zu sich gekommen. „Sag unserm Gast ein freundliches Wort. Ein Gast ist wie der leibliche Bruder! So steh schon auf, starrsinniges, hochmütiges Alterchen, steh auf und mache eine Verbeugung, nimm den Gast bei den weißen Händen und biete ihm einen Platz an deinem Tisch!"

Ordynow hob den Blick, es war, als würde er erst jetzt zu Bewußtsein kommen. Erst jetzt dachte er an Murin. Des Alten Augen schauten ihn an, starr und wie von banger Todesangst erloschen; und es schmerzte ihn im tiefsten Innern, als er daran dachte, wie diese Augen ihn letzthin angefunkelt hatten – unter buschigen schwarzen Brauen, die auch jetzt vor Zorn und Gram zusammengezogen waren. Ein leichter Schwindel erfaßte ihn. Er blickte in die Runde, und da erst erkannte er alles klar und deutlich. Murin lag nach wie vor auf dem Bett, doch fast vollständig angekleidet, und er schien an diesem Morgen bereits aufstehen und ausgehen zu können. Wie auch früher trug er ein rotes Halstuch und Pantoffeln. Offensichtlich befand er sich auf dem Wege der Besserung, nur sein Gesicht war noch schreckenerregend fahl. Katerina stand am Bett, die Hand auf einen Stuhl gestützt, und sah beide aufmerksam an. Doch das freundliche Lächeln wich nicht aus ihrem Gesicht. Alles schien auf ihr Geheiß zu geschehen.

„Ja, da wärst du also", sagte Murin und setzte sich auf. „Du bist mein Mieter. Ich bin an dir schuldig geworden, Herr, hab mich versündigt, hab dich ohne Not schnöde behandelt und dir jüngst mit dem Gewehr einen Schabernack gespielt. Wer konnte wissen, daß auch dich das schwarze Übel befällt! Bei mir kommt das vor", fügte er mit heiserer, kränklicher Stimme hinzu, und dabei runzelte er die Stirn und schaute unwillkürlich an Ordynow vorbei. „Unheil klopft nicht ans Tor, das schleicht sich ein wie ein Dieb. Nicht viel, und ich hätte ihr neulich das Messer in die Brust gestoßen ...", sagte er mit einer Kopfbewegung zu Katerina hin. „Ich bin krank, so ein Anfall kommt eben, nun ja, laß es dabei bewenden. Setz dich, sei unser Gast!"

Ordynow sah ihn immer noch eindringlich an.

„Setz dich schon, setz dich!" rief der Alte ungeduldig. „Setz dich, wo sie's nun mal so will. Ach ihr! Steckt zusammen wie leibliche Geschwister! Seid wie Liebesleute ineinander verliebt!"

Ordynow setzte sich.

„Sieh nur, was für ein liebes Schwesterlein", fuhr der Alte fort und zeigte zwei lückenlose Reihen weißer Zähne. „Habt euch gern, ihr meine Lieben! Hast du nicht ein hübsches Schwesterlein, Herr? Sprich, antworte! Da, sieh mal, das lodernde Feuer auf ihren Wangen. So schau dich um, erweis der Schönen vor aller Welt die Ehre! Zeig, daß sich dein Herz nach ihr in Schmerzen verzehrt!"

Ordynow runzelte die Stirn und schaute den Alten unwillig an. Der zuckte unter seinem Blick zusammen. Blinder Zorn brodelte in Ordynows Brust. Mit tierischem Instinkt witterte er den Todfeind in seiner Nähe. Er vermochte selber nicht zu begreifen, was mit ihm geschah, die Vernunft versagte ihm den Dienst.

„Sieh nicht her!" erklang hinter ihm eine Stimme.

Ordynow schaute sich um.

„Sieh nicht her, sieh nicht her, sage ich dir, und wenn's der Teufel dir eingibt, hab Mitleid mit deiner Liebsten", sagte Katerina lachend und hielt ihm plötzlich von hinten die Augen zu, gleich darauf nahm sie die Hände wieder fort und schlug sie selbst vors Gesicht. Die Röte, die ihr in die Wangen schoß, drang förmlich durch ihre Finger. Sie ließ die Hände sinken und bemühte sich, tiefrot, dem Lachen und den erstaunten Blicken der beiden heiter und unbekümmert standzuhalten. Doch beide schauten sie wortlos an – Ordynow mit der Betroffenheit der Liebe, so als dränge eine derart unheimliche Schönheit zum erstenmal in sein Herz; der Alte – kalt und scharf. Nichts regte sich in seinem fahlen Gesicht, nur seine blauen Lippen bebten leicht.

Katerina lachte nicht mehr, sie ging zum Tisch, raffte Bücher, Schriftstücke, Tintenfaß, alles, was den Tisch bedeckte, zusammen und legte es aufs Fensterbrett. Sie atmete hastig und stoßweise und sog hin und wieder gierig die Luft ein, so als läge eine Zentnerlast auf ihrem Herzen. Schwer wie Wellen am Ufer hob und senkte sich ihr voller Busen. Sie hielt die Augen niedergeschlagen, und die pechschwarzen Wimpern glitzerten wie spitze Nadeln auf ihren hellen Wangen ...

„Eine Königstochter!" sagte der Alte.

„Du meine Gebieterin!" flüsterte Ordynow und erbebte am ganzen Leib. Er kam zu sich, als er den Blick des Alten auf sich ruhen spürte – einem Blitz gleich leuchtete dieser Blick für Bruchteile von Sekunden auf, gierig, gehässig, kalt-verächtlich. Ordynow schickte sich zum Gehen an, doch eine unsichtbare Kraft fesselte ihm die Beine. Er setzte sich wieder. Ab und an ballte er die Hand zur Faust, so als mißtraute er der Wirklichkeit. Ihm schien, ein Alp lastete auf ihm und er wäre immer noch von schmerzlichem, krankhaftem Schlaf umfangen. Aber seltsam! Er vermochte nicht zu erwachen ...

Katerina nahm den alten Teppich vom Tisch, öffnete eine Truhe, holte ein kostbares, mit Gold- und bunten Seidenstickereien geschmücktes Tischtuch heraus und breitete es über den Tisch; dann holte sie aus dem Schrank einen altertümlichen, urväterlichen Becherständer aus purem Silber, stellte ihn auf den Tisch und entnahm ihm drei silberne Trinkbecher – einen für den Hausherren, einen für den Gast und einen für sich, ein ernster, beinahe feierlicher Blick galt dem Alten und dem Gast.

„Wer von uns mag wem lieb oder unlieb sein?" fragte sie. „Ist einer dem anderen unlieb, so ist er mir lieb und wird seinen Becher mit mir leeren. Ich mag euch beide, mir gilt ein jeder von euch soviel wie ein leiblicher Verwandter, und so wollen wir denn gemeinsam auf Liebe und Eintracht trinken!"

„Laßt uns trinken und schwarze Gedanken in Wodka ertränken!" sagte der Alte in verändertem Tonfall. „Schenk ein, Katerina!"

„Soll ich?" fragte Katerina und schaute Ordynow an.

Wortlos hielt Ordynow seinen Becher hin.

„Halt! Und in Erfüllung möge gehen, was ein jeder denkt und wünscht!" sprach der Alte und erhob seinen Becher.

Sie stießen an und tranken.

„Komm, Alter, jetzt wollen wir beide trinken!" sagte Katerina, zum Hausherrn gewandt. „Laß uns trinken, wenn dein Herz mir hold ist! Auf das Glück, das wir erlebt. Laß uns vergangenen Jahren einen Gruß entbieten, laß uns mit Herz und Liebe dem Glück unsere Verehrung erweisen! Befiehl einzuschenken, wenn dein Herz für mich schlägt."

„Dein Wodka ist kräftig, mein Täubchen, und du benetzt dir nur die Lippen!" rief der Alte lachend und hielt ihr abermals seinen Becher hin.

„Ja, ich nippe nur, aber du mußt den Becher leeren! ... Warum grübelst du dein Lebtag, Alter, vom Grübeln wird einem das Herz nur schwer! Grübeln kommt vom Kummer, und Grübeln ruft den Kummer herbei; wenn man glücklich ist, grübelt man nicht! Trink, Alter! Ertränk deine schweren Gedanken!"

„Gewiß, viel Kummer hat sich in dir angestaut, wenn du so gegen ihn wetterst. Jetzt willst du ihm wohl mit einem Schlag den Garaus machen, mein weißes Täubchen. Ich trink mit dir, Katja! Und du, Herr, hast du einen Kummer, wenn die Frage erlaubt ist?"

„Den habe ich, doch nur für mich", flüsterte Ordynow, ohne den Blick von Katerina zu wenden.

„Hast du gehört, Alter? Ich habe mich selber lange nicht gekannt, habe nichts von mir gewußt, doch jetzt ist die Zeit gekommen, und ich habe alles erkannt, habe mich an alles erinnert; alles, was gewesen, habe ich mit unersättlicher Seele noch einmal erlebt."

„Ja, bitter ist es, wenn man nur noch vom Vergangenen zehrt", sagte der Alte gedankenvoll. „Vergangenes – das ist wie getrunkener Wein! Was liegt am vergangenen Glück? Einen durchgewetzten Rock legt man ab ..."

„Und dann braucht man einen neuen!" fiel Katerina ein und lachte gezwungen, während zwei große Tränen wie Diamanten an ihren glänzenden Wimpern hingen. „Ein Menschenalter ist freilich nicht so schnell durchlebt, aber ein junges Mädchen hat ein heißes Herz, da kannst du nicht mithalten! Verstehst du das, Alter? Sieh an, ich habe meine Tränen in deinem Becher begraben."

„Hast du dein Glück mit viel Leid bezahlen müssen?" fragte Ordynow, und seine Stimme zitterte vor Erregung.

„Du, Herr, hast wohl selber viel zu verkaufen", versetzte der Alte, „daß du dich ungebeten hier einmischst." Er lachte lautlos und gehässig und schaute Ordynow herausfordernd an.

„Den Preis, zu dem ich verkauft habe, den habe ich bekommen", warf Katerina ein, und es klang unzufrieden und verbittert. „Den einen dünkt's viel, den anderen wenig. Der eine möchte alles hingeben und nichts dafür nehmen, der andere verspricht nichts, und gehorsam folgt ihm das Herz! Schilt keinen Menschen", fügte sie hinzu und schaute Ordynow wehmütig an. „Der eine ist so, der andere so, was weißt du, weshalb die Seele dem einen, nicht dem anderen zustrebt! Schenk dir ein, Alter! Trink auf das Glück deiner lieben Tochter, deiner stillen, ergebenen Sklavin, die sie anfangs war, als sie dich kennenlernte. Heb deinen Becher!"

„So sei es! Schenk auch du dir ein!" sagte der Alte und griff nach dem Wodka.

„Halt, Alter! Wart mit dem Trinken, laß mich erst noch ein Wort sagen! ..."

Katerina stützte sich mit den Ellenbogen auf den Tisch und schaute mit glühenden, von Leidenschaft erfüllten Augen auf den Alten. In ihrem Blick lag eine sonderbare

Entschlossenheit. Doch alle ihre Bewegungen waren fahrig, ihre Gesten jäh, unberechenbar und hastig. Sie war gleichsam von Feuer umgeben, und das war seltsam anzusehen. Ihre Schönheit wuchs mit ihrer Erregung und Begeisterung. Über die lächelnden, halbgeöffneten Lippen, die zwei Reihen ebenmäßiger, weißer, perlengleicher Zähne entblößten, drangen heftige Atemstöße, die ihre Nasenflügel leicht zittern ließen. Ihr Busen wogte, der Zopf, den sie im Nacken dreifach gerollt trug, war auf das linke Ohr gerutscht und bedeckte zum Teil die glühende Wange. Feiner Schweiß trat an den Schläfen hervor.

„Alter, du mußt mir wahrsagen! Du mußt mir wahrsagen, mein Herzallerliebster, ehe du den Verstand vertrinkst. Hier hast du meine weiße Hand! Denn nicht umsonst haben dich die Leute bei uns einen Zauberer genannt. Hast schließlich Bücher studiert und bist in allen schwarzen Künsten bewandert. Schau her, Alterchen, sag mir, welch kummervolles Los mir beschieden ist, nur hüte dich zu lügen! So, sag an, was du weißt – wird deine Tochter glücklich werden, oder kannst du ihr nicht vergeben und beschwörst Jammer und Trübsal auf ihr Haupt herab? Sag an, werde ich eine warme Bleibe finden, oder werde ich wie ein Zugvogel mein Leben lang als armes Waisenkind einen Platz bei guten Menschen suchen müssen? Sag an, wer Feindschaft, wer Liebe für mich hegt, wer darauf sinnt, mir Böses zu tun. Sag an, wird mein junges, heißes Herz bis an sein Ende allein sein und vor der Zeit erkalten, oder wird es seinesgleichen finden und in freudvollem Gleichklang mit ihm schlagen – bis es von neuem Leid heimgesucht wird? Sag mir, Alterchen, unter welchem Himmel, hinter welchen Meeren und Wäldern mein lichter Falke lebt, wo und ob er mit scharfem Auge nach seiner Falkin ausspäht, ob er mit liebendem Herzen wartet, ob er mich innig lieben wird, ob ich ihm alsbald gleichgültig werde, ob er mich hintergehen wird. Ja, und um gleich alles beisammen zu haben, sag mir, Alterchen, zu guter Letzt auch noch, wie lange wir beide noch im finsteren Winkel beieinander hocken werden und in schwarzen Büchern lesen und wann es soweit ist, daß ich mich tief vor dir verbeuge,

Alter, und gütlich von dir Abschied nehme, mit Dank für Gastfreundschaft, für Speise und Trank und die Märchen, die du mir erzählt hast? … Doch hab acht, daß du mir die ganze Wahrheit sagst und keine Lügen auftischst; der Augenblick ist da, wo du für das, was du sagst, einstehen mußt."

Ihre Begeisterung wuchs mit jedem Wort, bis plötzlich ihre Stimme vor Erregung abbrach, so als risse ein Wirbelsturm ihr Herz fort. Ihre Augen blitzten, und ihre Oberlippe zitterte ein wenig. Hinter jedem ihrer Worte verbarg sich böser Spott, doch ihr Lachen klang, als weinte sie. Sie beugte sich über den Tisch zu dem Alten hin und schaute ihm eindringlich und mit gespannter Aufmerksamkeit in die trüben Augen. Ordynow vernahm, als sie geendet hatte, das laute Pochen ihres Herzens; er stieß einen Schrei des Entzückens aus, als er sie anschaute, und wollte sich schon von der Bank erheben. Doch ein kurzer, flüchtiger Blick des Alten fesselte ihn erneut an seinen Platz. Eine sonderbare Mischung aus Geringschätzigkeit, Spott, unduldsamer, verärgerter Unruhe und zugleich bösartiger, verschlagener Neugier lag in diesem kurzen, flüchtigen Blick, unter dem Ordynow zusammenzuckte und der sein Herz mit Ingrimm, Verdruß und ohnmächtigem Zorn erfüllte.

Sinnend und mit weher Neugier schaute der Alte seine Katerina an. Sein Herz war verwundet, die Worte waren gesagt. Doch nicht einmal eine Braue zuckte in seinem Antlitz! Er lächelte nur, als sie geendet hatte.

„Vieles auf einmal möchtest du wissen, mein flügge gewordener Nestling, mein aufgeschrecktes Vögelchen. Schnell, schenk mir den Becher voll, laß uns zuerst auf Entzweiung und guten Willen trinken, sonst könnte jemandes unlauterer böser Blick meine Wünsche verderben. Der Teufel ist mächtig! Und gar schnell hat man gesündigt!"

Er erhob seinen Becher und trank. Je mehr er dem Wodka zusprach, um so bleicher wurde er. Seine Augen wurden rot wie glühende Kohlen. Ihr fiebriger Glanz und das leichenhaft bläuliche Gesicht kündeten davon, daß ein neuer Anfall bevorstand. Der Wodka war stark, und so bewirkte schon ein einziger Becher, daß sich Ordynows Blick mehr und mehr trübte. Sein erhitztes, fiebriges Blut ließ sich nicht länger im Zaum halten – es überflutete das Herz und verwirrte den Verstand. Seine Unruhe wurde immer heftiger. Wieder schenkte er ein und nahm einen Schluck, ohne zu wissen, was er tat, wie er seiner wachsenden Unruhe abhelfen könnte, und immer schneller jagte das Blut durch die Adern. Er war wie im Fieber, und obwohl er sein Augenmerk aufs höchste anspannte, vermochte er den Dingen kaum zu folgen, die sich zwischen seinen merkwürdigen Wirtsleuten abspielten.

Klingend setzte der Alte den silbernen Becher auf den Tisch.

„Schenk ein, Katerina!" rief er. „Schenk wacker ein, böse Tochter, schenk ein, bis ich umfalle! Bette den Alten zur Ruhe, dann ist Schluß mit ihm! Darum schenk ein, schenk mir ein, meine Schöne! Laß uns miteinander trinken! Warum hast du so wenig getrunken? Oder habe ich es nicht gesehen? ..."

Katerina erwiderte etwas, doch Ordynow hörte es nicht der Alte ließ sie nicht aussprechen; er ergriff ihre Hand, so als wäre er nicht länger imstande, all das zurückzuhalten, was sich in seiner Brust drängte. Sein Gesicht war fahl, die Augen wurden bald trüb, bald leuchtete ein helles Feuer in ihnen auf, die farblosen Lippen bebten, und mit stockender, erregter Stimme, in der mitunter ein sonderbares Hochgefühl mitklang, sagte er zu ihr: „Gib mir deine Hand, meine Schöne! Laß mich weissagen, die ganze Wahrheit sage ich dir. Bin ich doch wahrhaftig ein Zauberer; gewiß, du hast nicht geirrt, dein goldenes Herzchen hat wahr gesprochen, daß allein ich sein Zauberer bin und ihm, dem ehrlichen, schlichten, die Wahrheit nicht verberge. Nur eines hast du nicht erkannt – nicht mir, dem Zauberer, kommt es zu, dich Sinn und Verstand zu lehren. Verstand bedeutet für ein junges Mädchen nicht Freiheit, und hört sie auch die ganze Wahrheit, so ist's doch gerade so, als hätte sie nichts gehört und erfahren. Ihr Kopf ist eine listige Schlange, selbst wenn das Herz Tränen vergießt. Die findet allein ihren Weg, kriecht und windet sich durchs Unglück und bewahrt sich ihren listigen Willen. Mal bringt der Verstand sie ans Ziel ihrer Wünsche, mal die Schönheit, die den Blick der Menschen vernebelt und ihren Verstand mit schwarzen Augen betört – Schönheit bricht Kraft, und ein Herz mag aus Eisen sein, es geht darüber entzwei. Ob dir wohl Kummer und Leid beschieden sind? Eine schwere Last ist menschliches Leid. Doch dem schwachen Herzen widerfährt kein Leid. Das Leid sucht sich ein starkes Herz, stillheimlich vergießt es manch blutige Träne und drängt sich braven Menschen nicht als süße Schande auf; dein Leid aber, Mädchen, ist wie eine Spur im Sand, die der Regen fortspült, die Sonne austrocknet und der Sturmwind verwischt, verweht. Und noch einiges mehr will ich sagen und zaubern: Wer seine Liebe dir schenkt, dem wirst du als Sklavin gehören, du selber wirst die Freiheit fesseln, sie als Pfand hingeben und nicht zurückbekommen; du wirst nicht verstehen, deiner Liebe rechtzeitig Einhalt zu gebieten, wirst ein Korn hinlegen, und dein Verderber wird es als ganze Ähre nehmen. Mein Kindchen, du süßes, goldköpfiges, du hast in meinem Becher deine Tränenperle begraben, und danach hast du nicht an dich halten können und noch hundert mehr vergossen, ein schönes Wort ist dir entschlüpft, und auf dein leidgeprüftes Köpfchen hast du dir viel zugute getan! Doch um sie, die Träne, den Tropfen himmlischen Taus, brauchst du nicht Gram und Trauer zu fühlen. Tausendfältig Ersatz wird dir werden für sie, deine Perlenträne, in langer, trübsalschwerer Nacht, wenn schlimme Sorgen und unlautere Gedanken an dir zehren – dann wird in dein heißes Herz für ebendiese Träne eines anderen Träne fallen, und sie wird blutig sein und nicht warm, sondern wie geschmolzenes Blei, bis aufs Blut wird sie die weiße Brust durchbrennen, und bis in den Morgen, einen traurigen, trüben, wie er grauen Tagen vorangeht, wirst du dich in deinem Bettchen wälzen, blutend, und auch am nächsten Morgen wird deine Wunde nicht verheilt sein! Schenk ein, Katerina, schenk noch mal ein, mein Täubchen, schenk mir ein für den weisen Rat, den ich dir gegeben; noch mehr der Worte zu verlieren wäre müßig ..."

Seine Stimme wurde schwächer und begann zu zittern, ein Schluchzen schien sich seiner Brust entringen zu wollen ... Er goß Wodka ein und leerte abermals gierig den Becher, wieder stieß er ihn heftig auf den Tisch. Noch einmal flammte sein Blick auf.

„Ach was, man muß das Leben nehmen, wie es kommt!" rief er. „Was vorbei ist, ist vorbei! Schenk ein, schenk mir immer wieder ein, reich mir immer wieder den vollen Becher, damit es den ungestümen Kopf von den Schultern trennt, damit die Seele stirbt. Bette mich zur langen Nacht, zur Nacht ohne Morgen, möge die Erinnerung vergehen. Hin ist hin! Ein Kaufmann gibt seine Ware umsonst ab, wenn sie verdorben ist und zu lange gelegen hat. Anderenfalls wäre er nie und nimmer bereit, sie unter ihrem Preis zu verkaufen, feindlich und unschuldig Blut müßte fließen und der Käufer seine verlorene Seele als Draufgeld geben. Schenk ein, schenk wieder ein, Katerina! ..."

Aber die Hand, die den Becher hielt, war wie erstarrt und rührte sich nicht, er atmete schwer und qualvoll, unwillkürlich sank ihm der Kopf vornüber. Ein letztes Mal richtete er den trüben Blick auf Ordynow, doch auch dieser Blick erlosch schließlich, und die Lider fielen zu, als wären sie aus Blei. Tödliche Blässe überzog sein Gesicht ... Die Lippen bewegten sich noch eine Weile und zitterten, so als wollten sie unbedingt noch etwas sagen – und plötzlich hing eine Träne, heiß und groß, an seinen Wimpern, sie löste sich und rann langsam über die fahle Wange ... Ordynow vermochte es nicht länger zu ertragen. Er stand auf und tat wankend einen Schritt, er trat auf Katerina zu und ergriff ihre Hand, doch sie schaute an ihm vorbei, so als würde sie ihn gar nicht wahrnehmen, gar nicht erkennen ...

Auch ihr schienen die Sinne zu schwinden, ein einziger Gedanke, eine einzige fixe Idee schien sie völlig gebannt zu haben. Sie sank auf die Brust des schlafenden Mannes, schlang ihren weißen Arm um seinen Hals, und so als wäre sie an ihn gefesselt, schaute sie ihn unverwandt an, mit feurigem, loderndem Blick. Sie schien gar nicht zu merken, daß Ordynow ihre Hand hielt. Schließlich wandte sie ihm das Gesicht zu und schaute ihn lange und aufmerksam an. Sie hatte ihn wohl am Ende verstanden, und ein gequältes, erstauntes Lächeln trat auf ihre Lippen, mühsam, als ob es ihr Schmerz bereitete …

„Pack dich, pack dich“, flüsterte sie. „Du bist betrunken und ein Bösewicht! Du bist nicht mein Gast! …“ Damit wandte sie sich erneut dem Alten zu, wieder heftete sie den Blick auf ihn.

Es war, als bewache sie jeden seiner Atemzüge, und ihre Augen liebkosten seinen Schlaf. Sie wagte kaum zu atmen und trachtete, das wilde Aufwallen ihres Herzens zu zähmen. Und so viel leidenschaftliche Hingabe war in ihrem Herzen, daß Verzweiflung, Raserei und wahnsinniger Zorn zugleich Ordynows Gemüt ergriffen.

„Katerina, Katerina!“ rief er, und wie ein Schraubstock preßte seine Hand die ihre.

Sie verzog das Gesicht vor Schmerz, wieder hob sie den Kopf, und sie sah ihn so spöttisch, so verächtlich an, daß er sich kaum auf den Beinen zu halten vermochte. Danach wies sie auf den schlafenden Alten und schaute Ordynow an, so als wäre aller Spott seines Feindes in ihre Augen übergewechselt; dieser Blick bereitete ihm Pein und ließ ihn zu Eis erstarren.

„Ja nun? Vielleicht will er dich umbringen?“ sagte Ordynow, in rasendem Zorn seiner selbst nicht mehr mächtig.

Es schien, als flüsterte ihm sein Dämon ins Ohr, daß er sie verstanden habe … Und sein ganzes Herz lachte über Katerinas fixe Idee …

„Meine Schöne, ich kauf dich deinem Händler ab, sofern du meiner Seele bedarfst. Töten ist wohl nicht sein Fall …“

Das starre Lachen, das Ordynow innerlich zermürbte, wich nicht von Katerinas Antlitz. Der unerschöpfliche Spott zerriß ihm das Herz. Seiner selbst nicht mehr mächtig, ja beinahe seiner selbst nicht mehr bewußt, stützte er sich mit den Ellenbogen gegen die Wand und nahm das wertvolle, altertümliche Messer des Alten vom Nagel. So etwas wie Betroffenheit spiegelte sich in Katerinas Zügen wider; heftig wie nie zuvor sprachen Zorn und Verachtung aus ihrem Blick. Ordynow fühlte sich elend, als er sie anschaute ... Ihm war, als risse jemand seine willenlose Hand zu aberwitzigem Tun empor, er zückte das Messer ... Reglos, fast ohne zu atmen, sah Katerina zu ...

Er schaute den Alten an ...

In diesem Augenblick schien ihm, das eine Auge des Alten öffnete sich langsam und schaute ihn lachend an. Ihre Blicke begegneten einander. Ein paar Minuten lang musterte ihn Ordynow, ohne sich zu bewegen ... Plötzlich war ihm, als lachte der Alte übers ganze Gesicht und als hallte das ganze Zimmer von eisigem, teuflischem, tötendem Gelächter wider. Ein häßlicher, düsterer Gedanke kroch wie eine Schlange durch seinen Kopf. Er zuckte zusammen, das Messer entglitt seiner Hand und fiel scheppernd zu Boden. Katerina schrie auf, so als käme sie nach Ohnmacht, Alptraum und erstarrender, beklemmender Vision zu sich ... Der Alte, bleich im Gesicht, erhob sich langsam vom Bett, und ärgerlich stieß er mit einer Fußbewegung das Messer in eine Ecke des Zimmers. Katerina stand dabei, bleich, stumm und reglos; sie schloß die Augen; unerträglicher Schmerz malte sich in ihren Zügen, sie schlug die Hände vors Gesicht und sank mit einem markerschütternden Schrei wie leblos dem Alten zu Füßen ...

„Aljoscha! Aljoscha!" entrang es sich ihrer gequälten Brust ...

Der Alte umfing sie mit kraftvollen Armen und zerdrückte sie beinahe an seiner Brust. Doch als sie den Kopf an seinem Herzen barg, lachte ein jedes Fältchen seines Gesichtes so unverhüllt und schamlos, daß es Ordynow graute. Betrug, Berechnung, kalte, eifersüchtige Schreckens- und Gewaltherrschaft über ein armes, zerrissenes Herz – das war es, was er aus diesem schamlos offenen Lachen heraushörte ...

3

Als Ordynow, bleich, erregt, von den erschütternden Erlebnissen des Vortages immer noch fassungslos, am nächsten Morgen, um die achte Stunde, Jaroslaw Iljitschs Zimmertür öffnete, den er aufsuchte, ohne übrigens zu wissen, warum, da prallte er betroffen zurück und blieb wie angewurzelt auf der Schwelle stehen, denn im Zimmer gewahrte er – Murin. Der Alte war noch bleicher als Ordynow und schien sich infolge seiner Krankheit kaum auf den Beinen halten zu können, trotzdem wollte er sich nicht setzen, sosehr ihn Jaroslaw Iljitsch, hoch beglückt von dem Besuch, auch nötigte. Jaroslaw Iljitsch stieß einen Schrei aus, als er Ordynow bemerkte, doch fast im selben Augenblick schwand seine Freude, und eine Verwirrung befiel ihn plötzlich, ganz unverhofft, auf halbem Wege zwischen Tisch und dem benachbarten Stuhl. Offensichtlich wußte er nicht, was er sagen und tun sollte, und war sich der Unschicklichkeit vollauf bewußt, in einem so heiklen Augenblick, da er den Gast ganz sich selbst überließ, an seiner Pfeife zu saugen, unterdessen aber – so stark war seine Verlegenheit – tat er es dennoch aus Leibeskräften, ja beinahe inbrünstig. Schließlich trat Ordynow ins Zimmer. Er blickte Murin flüchtig an. So etwas Ähnliches wie das boshafte Lächeln vom Vortag, das Ordynow auch jetzt noch vor Unmut schaudern ließ, glitt über das Gesicht des Alten. Im übrigen verflüchtigte und glättete sich alles Feindselige sogleich, und seine Miene wurde abweisend und verschlossen. Er machte eine tiefe, förmliche Verbeugung vor seinem Mieter ... Diese Szene ließ Ordynow schließlich wieder zu Bewußtsein kommen. Aufmerksam schaute er Jaroslaw Iljitsch an, um zu ergründen, was hier vorging. Jaroslaw Iljitsch war unruhig und kleinlaut.

„Treten Sie näher, treten Sie näher", sagte er schließlich, „treten Sie näher, wertester Wassili Michailowitsch, verleihen Sie mit Ihrem Kommen Weihe und Siegel ... all diesen trivialen Gegenständen ...", sprach er und wies in eine Ecke des Zimmers, dabei wurde er rot wie eine gefüllte Rose, er hatte den Faden verloren und ärgerte sich, bei einem solch edlen Satz steckenzubleiben, so daß er wirkungslos verpuffte, und polternd rückte er den Stuhl in die Mitte der Stube.

„Ich will Sie nicht stören, Jaroslaw Iljitsch, ich wollte ... auf zwei Minuten nur."

„Ich bitte Sie! Wie könnten Sie mich stören ... Wassili Michailowitsch! Doch erlauben Sie, eine Tasse Tee! He, Bedienung! ... Ich bin sicher, auch Sie werden ein zweites Täßchen nicht ablehnen."

Murin nickte zum Zeichen, daß er es beileibe nicht ablehnen würde.

Jaroslaw Iljitsch herrschte die eintretende Bedienstete an und verlangte barsch noch drei Gläser, dann setzte er sich neben Ordynow. Geraume Weile drehte er den Kopf hin und her wie ein Gipskätzchen, nach rechts, nach links, von Murin zu Ordynow, von Ordynow zu Murin. Er befand sich in einer sehr unangenehmen Situation. Offenbar hätte er gern etwas gesagt, etwas seiner Meinung nach überaus Heikles, zumindest für eine Seite. Doch trotz all seines Bemühens brachte er kein Wort hervor. Auch Ordynow war ratlos. Plötzlich setzten beide zum Sprechen an ... Der wortkarge Murin, der sie interessiert beobachtete, zog langsam den Mund in die Breite und zeigte sämtliche Zähne ...

„Ich komme, Ihnen mitzuteilen", begann Ordynow unvermittelt, „daß ich aus höchst unerfreulichem Anlaß gezwungen bin, die Wohnung aufzugeben und ..."

„Denken Sie an, welch merkwürdiger Zufall!" fiel ihm Jaroslaw Iljitsch ins Wort. „Ich war zugegebenermaßen äußerst bestürzt, als dieser ehrwürdige alte Mann mir heute morgen von Ihrem Entschluß berichtete. Aber ..."

„*Er* hat Ihnen davon berichtet?" fragte Ordynow erstaunt und schaute Murin an.

Murin strich sich den Bart und lachte hinter dem vorgehaltenen Ärmel.

„Jawohl!" fuhr Jaroslaw Iljitsch fort, „übrigens kann ich mich aber auch irren. Doch offen gesagt – und dafür verbürge ich mich mit meiner Ehre –, die Worte dieses ehrwürdigen Alten enthielten nicht die leiseste Schmähung gegen Sie! ..."

Hier wurde Jaroslaw Iljitsch rot und mußte seine Erregung gewaltsam unterdrücken. Murin, der sich nun wohl lange genug an der Befangenheit von Hausherr und Gast geweidet hatte, trat einen Schritt vor.

„Ich meine nur, Euer Wohlgeboren", hob er an und verbeugte sich artig gegen Ordynow, „ich war so kühn und habe Euer Wohlgeboren mit Ihrer Angelegenheit belästigt... Das heißt – Sie wissen es selber, Herr – ich und meine Hausfrau, ich will sagen, wir würden uns von Herzen freuen, und wir würden uns nicht unterstehen, ein Wort zu sagen ... aber wie mein Leben beschaffen ist, Sie wissen es ja selber, Sie sehen es selber, Herr. Wahrlich, nur dafür, daß der Herr uns den Leib erhält, dafür flehen wir seinen geheiligten Willen an, ansonsten, Sie sehen ja selber, Herr, welchen Grund hätte ich zum Jammern und Wehklagen!" Hier strich sich Murin abermals mit dem Ärmel über den Bart.

Ordynow wurde schwindlig.

„Ja, ja, ich habe Ihnen doch schon von ihm erzählt, er ist krank, ich meine, es ist ein Malheur ... ich meine, ich wollte mich eigentlich französisch ausdrücken, nur, entschuldigen Sie, französisch spreche ich nicht gut, das heißt ..."

„Ja ..."

„Ja, ich meine ..."

Ordynow und Jaroslaw Iljitsch vollführten voreinander eine halbe Verbeugung, jeder auf seinem Stuhl und ein wenig seitwärts, und beide überspielten die aufgekommene peinliche Situation mit einem Lachen, das Entschuldigung heischte. Der gewandte Jaroslaw Iljitsch hatte sich sogleich gefangen.

„Übrigens habe ich mich eingehend bei diesem ehrbaren Mann erkundigt", hob er an, „und er sagte mir, die Krankheit jenes Frauenzimmers ..."

Hier sandte der feinfühlige Jaroslaw Iljitsch geschwind einen fragenden Blick zu Murin hinüber, offenbar in dem Bestreben, die kleine Verlegenheit zu verbergen, die sich abermals auf seinem Gesicht zeigte.

„Ja, unsere Hausfrau ..."

Jaroslaw Iljitsch mit seinem Taktgefühl ging nicht weiter darauf ein.

„... die Hausfrau, das heißt Ihre bisherige Wirtin, nun ja ... ich finde ... also wirklich ... Sehen Sie, sie ist krank. Er meint, sie sei Ihnen hinderlich ... bei Ihrer Arbeit, und auch er selber ... Sie haben mir da einen wichtigen Umstand verschwiegen, Wassili Michailowitsch!"

„Nämlich?"

„Die Sache mit dem Gewehr", sagte Jaroslaw Iljitsch halblaut, im allernachsichtigsten Ton, wobei ganz sanft ein winzig kleiner Tadel in seinem wohlmeinenden Tenor mitschwang. „Aber", setzte er eilends hinzu, „ich weiß ja alles, er hat mir alles erzählt, und es ist edelmütig von Ihnen, daß Sie ihm, der wider Willen an Ihnen schuldig geworden ist, verziehen haben. Ich schwöre Ihnen, ich sah Tränen in seinen Augen!"

Wieder wurde Jaroslaw Iljitsch rot; seine Augen glänzten, und gerührt drehte er sich auf dem Stuhl um.

„Ich, das heißt wir, Herr, Euer Wohlgeboren, das heißt ich beispielsweise und meine Hausfrau, wie beten wir für Sie", begann Murin, zu Ordynow gewandt, und schaute ihn eindringlich an, während Jaroslaw Iljitsch seine übliche Erregung zu bezwingen trachtete. „Sie wissen ja, Herr, sie ist krank und einfältig, und auch mich wollen die Beine kaum noch tragen ..."

„Aber ich bin ja willens", sagte Ordynow ungeduldig. „Bitte lassen Sie es genug sein, von mir aus auf der Stelle."

„Nein, ich meine, Herr, wir sind mit Euer Gnaden sehr zufrieden." (Murin verbeugte sich tief.) „Aber das meine ich ja gar nicht, Herr, ich wollte vielmehr sagen, sie stammt doch beinahe aus meiner Familie, ich meine, sie ist sozusagen um sieben Ecken herum mit mir verwandt, ich meine, Sie dürfen uns unsere Rede nicht verargen, Herr, wir sind ungebildet, und sie ist von klein auf so. Ein krankes, hitziges Köpfchen, im Walde groß geworden, ein ungehobeltes Bauernweib, immerzu nur unter Schiffsknechten und Fabrikleuten, und dann ist ihnen das Haus abgebrannt, die Mutter, Herr, ist ihr verbrannt, der Vater in den Flammen umgekommen, wer weiß, was sie Ihnen alles erzählt hat, hör mir einer auf davon ... Ich mische mich da nicht ein, das chi-chi-rur-gische Konsilium in Moskau hat sie untersucht, ich meine, Herr, mit ihr ist es gänzlich aus, so ist das! Nur ich bin bei ihr geblieben, bei mir wohnt sie. So leben wir unsern Tag, beten zu Gott und setzen unsere Hoffnung auf den Allmächtigen, ich widerspreche ihr nicht mehr ..."

Ordynows Gesicht verfärbte sich. Jaroslaw Iljitsch schaute bald den einen, bald den anderen an.

„Aber ich meine nicht das, Herr ... nein!" berichtigte sich Murin und schüttelte ernst den Kopf. „Sie ist zum Beispiel so ein Wind, so ein Wirbelwind, ein liebestolles Ding, das immerzu einen Herzensschatz – wenn ich so sagen darf – und Liebesglut braucht, das ist so ihr Wahn. Ich lenke sie mit Märchen ab, das heißt, ich versuche es. Nun habe ich gesehen, Herr, wie sie – verzeihen Sie mir, Herr, mein einfältiges Geschwätz", fuhr Murin fort, wobei er sich verbeugte und mit dem Ärmel über den Bart strich, „beispielsweise Ihre Bekanntschaft gemacht hat; Sie, ich meine gewissermaßen Euer Durchlaucht, haben sich zwecks Liebe an sie schmiegen wollen ..."

Jaroslaw Iljitsch schoß die Röte ins Gesicht, vorwurfsvoll schaute er Murin an. Ordynow hielt es kaum auf seinem Stuhl.

„Nein ... das heißt, Herr, ich meine das nicht so ... ich rede einfältig daher, Herr, bin ein grober Kerl, gehorche Ihrem Befehl ... freilich, wir sind ungebildetes Volk, Herr, und stehen Ihnen zu Diensten", sagte er und verbeugte sich tief. „Und wie werden meine Frau und ich für Euer Gnaden beten! ... Was wollen wir schon? Wenn wir nur satt zu essen haben und gesund sind, dann murren wir nicht; und ich, Herr, was soll ich wohl tun? Mich vielleicht aufhängen? Sie wissen selber, Herr, wie es im Leben zugeht, haben Sie Erbarmen mit uns; denn was soll werden, Herr, wenn nun noch ein Geliebter da ist? ... Verzeihen Sie mir, Herr, das grobe Wort ... ich bin ein ungehobelter Kerl, Herr, aber Sie sind ein Herr, Euer Durchlaucht, Sie sind jung, stolz und heißblütig, während sie, Herr, ein kleines, unvernünftiges Kind ist – wie schnell hat man mit ihr eine Sünde begangen! Sie – ein schmuckes, rotwangiges, liebes Frauenzimmer, und ich – ein Greis, krank und siech. Ja nun? Gewiß hat der Teufel Euer Gnaden schon umgarnt! Ich lenke sie ja immer mit Märchen ab, ja, das tue ich. Und wie meine Frau und ich für Euer Gnaden zu Gott beten würden! Wie wir beten würden! Und was würde sie Ihnen nützen, Euer Durchlaucht, sie ist zwar lieb, aber eben ein Bauernweib, ein ungewaschenes, ein dummer Weiberrock, so recht das, was zu mir ungehobeltem Kerl paßt. Sie, Herr, Väterchen, Sie dürfen sich nicht mit Bauernweibern abgeben. Ach, und wie würden wir für Euer Gnaden zu Gott beten, so inbrünstig würden wir beten! ..."

Hier verbeugte sich Murin tief, ganz tief und machte den Rücken geraume Weile nicht wieder gerade, unablässig wischte er sich mit dem Ärmel über den Bart. Jaroslaw Iljitsch wußte weder ein noch aus.

„Tja, dieser wackere Mann", begann er höchst unsicher, „hat mir von Unstimmigkeiten erzählt, die es zwischen Ihnen gibt; ich wage nicht anzunehmen, Wassili Michailowitsch ... Ich habe gehört, Sie seien noch krank", unterbrach er sich geschwind, seine Augen tränten vor Erregung, und er schaute Ordynow verlegen an.

„Na schön ... Wieviel bin ich Ihnen schuldig?" fragte Ordynow schnell, an Murin gewandt.

„Wie bitte? Väterchen, Herr! Hören Sie auf! Wir sind doch keine Christusverkäufer. Herr, was soll das! Sie beleidigen uns! Sie sollten sich schämen, Herr. Was haben wir Ihnen Böses getan, meine Frau und ich? Ich bitte Sie!"

„Aber mein Freund, das verstehe ich nicht, er hat doch bei Ihnen gemietet; merken Sie nicht, daß Sie ihn mit Ihrer Zurückweisung kränken?" mischte sich Jaroslaw Iljitsch ein, der sich verpflichtet fühlte, Murin darauf aufmerksam zu machen, wie abwegig und unangebracht sein Verhalten war.

„Ich bitte Sie, Väterchen! Was wollen Sie, gnädiger Herr? Ich bitte Sie! Wann haben wir Ihrer Ehre nicht Genüge getan? Wir haben uns doch redlich bemüht und keine Anstrengung gescheut. Ich bitte Sie! Lassen Sie's gut sein, Herr, lassen Sie's gut sein, allerliebster Herr, Christus wird sich Ihrer erbarmen! Sind wir Ungläubige, was, wie? Hätten Sie bei uns gewohnt, hätten Sie sich an unserer Bauernspeise gütlich getan, hätten Sie bei uns gelegen, wir hätten nichts gesagt, kein Wort hätten wir gesagt, doch der Böse hat seine Hände im Spiel, ich bin krank, und meine Hausfrau ist auch krank, was soll da werden! Keiner könnte Ihnen aufwarten, auch wenn wir es sonst von Herzen gern täten. Aber so werden meine Frau und ich für Euer Gnaden zu Gott beten, und wie wir beten werden."

Murin verbeugte sich bis zum Gürtel. Eine Träne quoll aus Jaroslaw Iljitschs verzückten Augen. Enthusiastisch schaute er Ordynow an.

„Sagen Sie selber, was für ein edler Zug! Was für eine heilige Gastfreundschaft herrscht im russischen Volk!"

Ordynow sah Jaroslaw Iljitsch befremdet an. Fast war er entsetzt ... und musterte ihn von Kopf bis Fuß.

„Ja, wahrlich, Herr, die Gastfreundschaft halten wir in Ehren, und wie wir sie in Ehren halten, Herr!" fiel Murin ein, mit dem Ärmel den ganzen Bart bedeckend. „Wahrlich, da kommt mir jetzt ein Gedanke – Sie hätten unser Gast sein sollen, Herr, bei Gott, das hätten Sie", fuhr er fort und trat auf Ordynow zu. „Ein, zwei Tage, Herr, das hätte nichts ausgemacht, da hätte ich wirklich nichts gesagt. Aber nun hat uns die Sünde übel mitgespielt, meine Frau ist eben krank! Ach, wenn die Hausfrau nicht wäre! Wenn ich zum Beispiel allein wäre, welche Ehre, welche Pflege würde ich Euer Gnaden angedeihen lassen! Wem, wenn nicht Euer Gnaden, sollten wir denn Ehre erweisen? Ich würde Sie gesund pflegen, wahrlich, das würde ich, wo ich doch auch ein Mittel weiß ... Wahrlich, Herr, Sie hätten bei uns zu Gast sein sollen, bei Gott, mein großes Wort darauf, das hätten Sie ..."

„In der Tat, vielleicht gibt es ein Mittel?" warf Jaroslaw Iljitsch ein und stockte.

Zu Unrecht hatte Ordynow kurz zuvor Jaroslaw Iljitsch

von Kopf bis Fuß erstaunt und befremdet gemustert. Dieser war zweifellos ein höchst ehrenwerter, edelgesinnter Mann, doch er hatte erst jetzt alles begriffen, und seine Lage war zugegebenermaßen überaus schwierig. Er hätte, wie man so sagt, vor Lachen bersten mögen. Wäre er mit Ordynow allein gewesen – zwei Freunde dieses Schlages! –, dann hätte Jaroslaw Iljitsch natürlich nicht an sich gehalten, sondern sich ungehemmter Ausgelassenheit hingegeben. Jedenfalls aber hätte er dies höchst vornehm getan, er hätte sich vor Lachen ausgeschüttet und danach Ordynow gefühlvoll die Hand gedrückt und ihm ehrlichen und aufrichtigen Herzens versichert, er habe nun noch mal so viel Hochachtung vor ihm und sehe ihm die Sache unbedingt nach und werde überhaupt dem Treiben der Jugend keine Beachtung schenken. Jetzt aber war er mit seinem bekannten Feingefühl in der allerschwierigsten Lage und wußte nicht, wo er sich verkriechen sollte...

„Mittel, ich meine Arzneien!“ fiel Murin ein, der nach Jaroslaw Iljitschs unpassendem Einwurf heftig das Gesicht verzog. „In meiner Bauerneinfalt würde ich sagen“, fuhr er fort und trat noch einen Schritt vor, „daß Sie, Herr, mächtig viele Bücher gelesen haben und mächtig gescheit sind, das heißt, daß Sie, wie wir auf gut russisch, auf Bauernart dazu sagen, vor lauter Klugheit übergeschnappt sind...“

„Genug!“ unterbrach ihn Jaroslaw Iljitsch unwirsch.

„Ich gehe“, sagte Ordynow. „Haben Sie Dank, Jaroslaw Iljitsch; ich besuche Sie, besuche Sie unbedingt wieder“, entgegnete er auf Jaroslaw Iljitschs verdoppelte Artigkeiten; dieser vermochte ihn nicht länger zurückzuhalten. „Leben Sie wohl, leben Sie wohl ...“

„Leben Sie wohl, Euer Wohlgeboren, leben Sie wohl, Herr; vergessen Sie uns nicht, besuchen Sie uns Sünder.“

Ordynow hörte nichts mehr, er trat hinaus, halb von Sinnen.

Er konnte es nicht länger ertragen, er war wie erschlagen, sein Bewußtsein erstarrt. Dumpf spürte er, daß Krankheit ihn würgte, doch in seiner Seele herrschte kalte Verzweiflung, und er spürte nur einen dumpfen, drückenden, bohrenden Schmerz in der Brust. Am liebsten wäre er auf der Stelle gestorben. Die Beine knickten ihm ein, er setzte sich an einen Zaun und schenkte weder den Passanten noch der Menge, die sich allmählich um ihn sammelte, noch den Zurufen und Fragen der ihn umringenden Neugierigen Beachtung. Aber plötzlich hörte er aus der Vielzahl der Stimmen Murins Stimme heraus. Ordynow hob den Kopf. Tatsächlich, der Alte stand vor ihm; das bleiche Gesicht ernst und nachdenklich. Das war ein ganz anderer Mensch als der, der bei Jaroslaw Iljitsch sich auf so grobe Weise über ihn lustig gemacht hatte. Ordynow stand auf, Murin nahm ihn bei der Hand und führte ihn aus der Menge hinaus ...

„Du mußt noch deine Habseligkeiten holen", sagte er und schaute Ordynow scheel an. „Sei nicht traurig, Herr!" rief er. „Du bist noch jung, wozu Trübsal blasen!"

Ordynow erwiderte nichts.

„Bist du böse, Herr? Freilich, dir ist übel mitgespielt worden ... mach dir nichts draus; jedem ist das eigene Hemd am nächsten, jeder hütet sein eigen Gut."

„Ich kenne Sie nicht", sagte Ordynow, „und ich mag auch nichts von Ihren Geheimnissen wissen. Aber sie, sie! ...", fuhr er fort, und Tränen rannen in Strömen aus seinen Augen. Eine um die andere riß sie der Wind von seinen Wangen ... Ordynow wischte sie fort. Diese Gebärde, sein Blick, die unwillkürlichen Bewegungen der zitternden bläulichen Lippen – all das kündete von beginnendem Wahnsinn.

„Ich hab's dir doch schon erklärt", sagte Murin und runzelte die Stirn. „Sie ist nicht recht bei Verstand. Warum und wie es gekommen ist – was geht's dich an? Nur mir bedeutet sie so viel wie eine leibliche Verwandte. Ich liebe sie mehr als mein Leben und lasse sie keinem anderen. Begreifst du jetzt?"

Eine Sekunde lang blitzte ein Feuer in Ordynows Augen auf.

„Aber wieso ist mir ... wieso ist mir jetzt, als hätte ich mein Leben verloren? Warum schmerzt *mein* Herz? Warum habe ich Katerina kennengelernt?"

„Warum?" Murin schmunzelte und überlegte. „Warum – ich weiß es auch nicht, warum", sagte er schließlich. „Der Weiber Art ist nicht unergründlich wie das Meer, wenngleich hinterhältig, widerborstig und zäh. Man greift sie, und da liegt sie. Gewiß, Herr, hat sie mit Ihnen fortgehen wollen", fuhr er nachdenklich fort. „War des Alten überdrüssig, nachdem sie mit ihm erlebt hat, was man nur erleben kann. Freilich, Sie haben ihr anfangs mächtig gefallen. Aber gleichviel, ob Sie oder ein anderer ... Ich widerspreche ihr ja nie; und wenn sie Vogelmilch haben wollte, ich würde Vogelmilch beschaffen, ich würde ihr sogar den Vogel machen, wenn es ihn nicht gäbe. Sie steckt voller Eitelkeit! Der Freiheit jagt sie nach und weiß selber nicht, was ihr launenhaftes Herz will. Aber es hat sich gezeigt, daß man gut daran tut, alles beim alten zu lassen. Ach, Herr, du bist noch mächtig jung. Hast noch ein stürmisch Herz so wie die Jungfer, die, verlassen, mit dem Ärmel die Tränen fortwischt. Wisse, Herr, ein schwacher Mensch findet allein keinen Halt. Du kannst ihm alles geben, er wird kommen und alles zurückgeben, du kannst ihm die halbe Welt schenken, versuch's – was glaubst du? Er würde sich auf der Stelle in einen Bastschuh verkriechen, so klein wird er. Gib einem schwachen Menschen die Freiheit – er wird sie eigenhändig fesseln und zurückbringen. Für ein einfältiges Herz ist Freiheit kein Gewinn. Es würde sich im Leben nicht mehr zurechtfinden. Ich sage dir alles, weil du eben noch mächtig jung bist. Was bist du schon für mich? Ein flüchtiger Gast, einerlei, ob du oder ein anderer. Ich habe von Anfang an gewußt, daß es so kommt. Aber man darf nicht widersprechen, man darf nicht aufmucken, wenn man sein Glück bewahren will. Ja, weißt du, Herr", fuhr Murin fort zu philosophieren, „da redet man so, und was kommt nicht alles vor! Im Zorn greift man zum Messer, oder man stürzt sich sogar ohne Waffe, mit bloßen Händen auf jemanden, wie ein Hammel, und beißt dem Feind die Kehle durch. Aber wenn man dir das Messer in die Hand drückt und der Feind dir die breite Brust darbietet, dann weichst du möglicherweise auch zurück."

Sie betraten den Hof. Der Tatare erkannte Murin schon von weitem, er zog die Mütze und schaute Ordynow verschmitzt und scharf an.

„Ist Mutter zu Hause?“ rief Murin ihm zu.

„Ja.“

„Sag ihr, daß man ihm beim Umzug helfen soll. Los, hurtig!“

Sie stiegen die Treppe hinauf. Die alte Frau, die bei Murin aufwartete und in der Tat die Mutter des Hausmeisters war, machte sich mit der Habe des einstigen Mieters zu schaffen und schnürte sie brummend zu einem großen Bündel zusammen.

„Warte, ich bringe dir noch was, es gehört dir, liegt drüben ...“

Murin ging in sein Zimmer. Kurz darauf kam er zurück und reichte Ordynow ein mit Wolle und Seide reich besticktes Kissen, ebenjenes, das Katerina ihm hingelegt hatte, als er krank wurde.

„Das schickt sie dir“, sagte Murin. „Und jetzt geh im guten und hab acht, daß du uns nicht wieder übern Weg läufst“, setzte er halblaut und in verächtlichem Ton hinzu, „sonst ergeht dir's übel.“

Wahrscheinlich wollte er seinem Mieter nichts Kränkendes sagen. Als dieser ihm aber einen letzten Blick zuwarf, da war nicht zu übersehen, wie rasender Zorn seine Züge entstellte. Fast mit Abscheu schloß er hinter Ordynow die Tür.

Zwei Stunden später zog Ordynow zu dem Deutschen Spieß. Tinchen stieß einen Schrei aus, als sie ihn sah. Sogleich erkundigte sie sich, wie es ihm gehe, und traf, als sie alles erfahren hatte, allerlei Vorkehrungen, ihn gesund zu pflegen. Selbstgefällig gab ihm der alte Deutsche zu verstehen, daß er soeben habe zum Haustor hinuntergehen und einen neuen Zettel anbringen wollen, da just an diesem Tag sein, Ordynows, Vorschuß bis auf die letzte Kopeke aufgebraucht sei, sofern man die Miete für den Tag berechne. Dabei versäumte der Alte weitblickenderweise nicht, deutsche Genauigkeit und Redlichkeit zu rühmen. Am selbigen Tag erkrankte Ordynow und konnte erst drei Monate später das Bett wieder verlassen.

Allmählich machte seine Genesung Fortschritte, und er begann auszugehen. Das Leben bei dem Deutschen floß ruhig und einförmig dahin. Letzterer zeichnete sich durch keinen besonderen Charakterzug aus, und das hübsche Tinchen war, ohne der Sittsamkeit Abbruch zu tun, zu jedem Gefallen gern bereit; aber für Ordynow schien das Leben für alle Zeit seinen Glanz verloren zu haben. Er war grüblerisch und reizbar geworden; seine Empfindsamkeit hatte etwas Krankhaftes bekommen, und unmerklich verfiel er in eine bösartige, hartnäckige Hypochondrie. Die Bücher blieben mitunter tagelang unaufgeschlagen. Die Zukunft war ihm versperrt, sein Geld ging zur Neige, und er ließ von vornherein die Hände sinken, ja er dachte nicht einmal an die Zukunft. Seine einstige leidenschaftliche Hingabe an die Wissenschaft, das einstige Feuer, die einstigen Bilder, von ihm selber geschaffen, traten zwar gelegentlich klar umrissen aus der Vergangenheit hervor, doch sie konnten seine Energie nur ersticken und erdrücken. Der Gedanke verwandelte sich nicht in die Tat. Das Schöpfertum stagnierte. Es schien, als würden alle diese Bilder in seiner Vorstellungswelt absichtlich gigantische Formen annehmen, um sich über seine, ihres Schöpfers Ohnmacht lustig zu machen. Unwillkürlich verglich er sich in trüber Stunde mit jenem großspurigen Zauberlehrling, der, nachdem er dem Meister das Wort abgelauscht, den Besen Wasser holen ließ und in der Flut zu ertrinken drohte, da er vergessen hatte, wie ihm Halt zu gebieten wäre. Vielleicht würde sich in ihm eine originelle, eigenständige Idee verwirklichen. Vielleicht war ihm beschieden, ein Künstler in der Wissenschaft zu werden. Zumindest hatte er einst selber daran geglaubt. Und wahrer Glaube ist ein Unterpfand für das Kommende. Jetzt aber lachte er bisweilen über seine blinde Überzeugung und – kam nicht voran.

Ein halbes Jahr zuvor hatte er ein wohlgefügtes Werk entworfen und zu Papier gebracht, und er hatte daran – auf Grund seiner Jugend – in unschöpferischen Augenblicken größte Hoffnung geknüpft. Das Werk galt der Kirchengeschichte, und wärmste, glühende Überzeugungen führten ihm die Feder. Jetzt hatte er seinen Plan überdacht und umgearbeitet, und immer wieder überlegte, las und suchte er, bis er am Ende seine Idee verwarf, ohne auf den Ruinen etwas errichtet zu haben. Dafür drangen Mystik, Vorsehungs- und Geheimnisglaube in sein Denken ein. Der Unglückliche fühlte sein Leiden und flehte Gott um Heilung an. Die Zugehfrau des Deutschen, eine Russin, eine fromme Alte, pflegte genüßlich zu berichten, wie ihr stiller Mieter betete und wie er stundenlang reglos auf dem Kirchenfußboden lag...

Von dem, was mit ihm vorgegangen war, sprach er zu keinem ein Wort. Bisweilen aber, namentlich in der Dämmerung, wenn das Dröhnen der Glocken ihm jenen Augenblick in Erinnerung rief, da seine Brust unter einem bis dahin unbekannten Gefühl schmerzlich erbebte, da er im Tempel des Herrn, an ihrer Seite kniend, alles vergaß und nur das zaghafte Pochen ihres Herzens hörte, da er mit Tränen der Freude und des Entzückens die neue, lichte Hoffnung begoß, die in seinem einsamen Dasein aufleuchtete – dann erhob sich ein Sturm in seiner für alle Zeit wunden Seele. Dann erzitterte er im tiefsten Innern, und in seiner Brust loderte abermals brennende Liebesqual auf. Dann schmerzte sein Herz in Wehmut und Leidenschaft, und mit dem Jammer schien sich die Liebe zu mehren. Oft saß er stundenlang, sich und den Alltag, die ganze Welt vergessend, an ein und derselben Stelle, einsam und trübsinnig, dann schüttelte er wohl hoffnungslos den Kopf und flüsterte, während er stumme Tränen vergoß: „Katerina! Du meine Allerliebste, Holde! Du mein verlassenes Schwesterlein!..."

Ein häßlicher Gedanke peinigte ihn immer mehr. Stärker, immer stärker verfolgte er ihn, und mit jedem Tag gewann er an Wahrscheinlichkeit, an Wirklichkeit. Er vermutete – und am Ende glaubte er es felsenfest –, er vermutete, daß Katerina sehr wohl bei Verstande war, daß aber Murin auf seine Art recht hatte, wenn er sie ein schwaches Herz nannte. Er vermutete, daß ein Geheimnis sie an den Alten band und dieser sie, die sich gleich einer unschuldigen Taube keines Verbrechens bewußt war, in seiner Gewalt hatte. Wer waren sie? Er wußte es nicht. Doch unablässig sah er im Traum das arme, schutzlose Wesen unter einer abgrundtiefen, ausweglosen Tyrannei; und das Herz in seiner Brust bebte und bangte in ohnmächtigem Zorn. Ihm schien, den erschrockenen Augen der plötzlich sehend gewordenen Seele würde arglistig ihr Niedergang vorgehalten, arglistig würde das arme *schwache Herz* gequält, ihr die Wahrheit nur verdreht und verstümmelt gesagt, vorsätzlich bewahrte man, wenn nötig, ihre Blindheit, schlau schmeichelte man naiven Neigungen ihres ungestümen, wirren Herzens und stutzte so nach und nach die Flügel einer freien, unbändigen Seele, bis diese schließlich weder aufzubegehren noch mit kühnem Schwung zu wahrem Leben aufzubrechen vermochte ...

Mit der Zeit war Ordynow noch menschenscheuer geworden als je zuvor, und, wie man gerechterweise sagen muß, seine Deutschen taten nichts, ihn daran zu hindern. Gern und oft unternahm er lange, ziellose Wanderungen durch die Straßen der Stadt. Mit Vorliebe wählte er dafür die Dämmerung und dunkle, abseitige, verlassene Gegenden. An einem unwirtlichen, ungesunden Abend im Frühling begegnete er in einer dieser Seitengassen Jaroslaw Iljitsch.

Jaroslaw Iljitsch war sichtlich abgemagert, seine freundlichen Augen blickten trüb, und überhaupt machte er den Eindruck eines zutiefst enttäuschten Mannes. Atemlos jagte er einer dringlichen Angelegenheit nach, durchnäßt und schmutzig, und groteskerweise wollte sich den ganzen Abend lang ein Regentropfen nicht von seiner recht passablen, jetzt aber blaugefrorenen Nase lösen. Zudem hatte er sich einen Backenbart stehenlassen. Dieser Backenbart sowie der Umstand, daß Jaroslaw Iljitsch dreinschaute, als wäre er seinem alten Bekannten lieber nicht begegnet, machten Ordynow stutzig ... ja sonderbar, seinem Herzen, das bislang kein Mitleid gebraucht hatte, wurde so etwas wie eine schmerzliche Kränkung zugefügt. Er hatte den Mann, so wie er früher gewesen, lieber gemocht, den schlichten, gutmütigen, naiven und – um es endlich rundheraus zu sagen – ein wenig einfältigen Menschen, dem aber die Ambition fernlag, den Enttäuschten und Kluggewordenen hervorzukehren. Es berührt uns nun mal unangenehm, wenn ein *einfältiger* Mensch, den wir einst gern gelitten haben, vielleicht gerade ob seiner Einfalt, *plötzlich gescheit wird*, es berührt uns entschieden unangenehm. Im übrigen aber schwand das Mißtrauen, mit dem er Ordynow betrachtete, alsbald dahin. Bei all seiner Enttäuschung hatte er keineswegs sein früheres Gebahren abgelegt, das den Menschen bekanntlich bis ans Grab begleitet, und darum schlich er sich genüßlich, so wie er war, in Ordynows Freundesseele. Zuerst bemerkte er, daß er stark beschäftigt sei, danach, daß sie sich seit langem nicht gesehen hätten; doch plötzlich nahm das Gespräch wieder eine sonderbare Wendung. Jaroslaw Iljitsch fing von der Falschheit der Menschen im allgemeinen an, von der Vergänglichkeit der Güter dieser Welt, von der Eitelkeit alles Strebens, er unterließ es auch nicht, sich beiläufig und mehr als gleichgültig über Puschkin zu äußern und – mit einem gewissen Zynismus – über gute Bekannte, und zum Schluß spielte er auf die Falschheit und Niedertracht derer an, die sich in der Welt als Freunde bezeichnen, während doch noch nie wahre Freundschaft in der Welt gewesen sei. Kurzum, Jaroslaw Iljitsch war gescheit geworden. Ordynow widersprach ihm kein einziges Mal, doch ihm wurde unendlich traurig zumute, so als hätte er seinen besten Freund begraben.

„Ach ja! Stellen Sie sich vor, beinahe hätte ich vergessen, es zu erzählen", sagte Jaroslaw Iljitsch plötzlich, so als wäre ihm etwas höchst Bedeutsames eingefallen. „Wir haben eine Neuigkeit. Ich erzähle sie Ihnen unter dem Siegel der Verschwiegenheit. Sie erinnern sich doch an das Haus, in dem Sie gewohnt haben?"

Ordynow zuckte zusammen und erbleichte.

„Nun stellen Sie sich vor, in diesem Haus ist kürzlich eine ganze Diebesbande ausgehoben worden, das heißt, mein lieber Herr, eine Räuberhöhle – Schmuggler, Spitzbuben aller Art und wer weiß was alles! Etliche sind festgenommen, die anderen werden noch gesucht, man hat allerstrengste Anordnungen getroffen. Und können Sie sich vorstellen, Sie wissen doch, der Hauswirt, der augenscheinlich so fromme, ehrbare, anständige ..."

„Nun?"

„Urteilen Sie nach alldem über die ganze Menschheit! Er war der Häuptling der ganzen Bande, der Anführer! Ist das nicht Wahnwitz?"

Jaroslaw Iljitsch sprach mit Pathos und verurteilte in Gestalt eines einzigen Mannes die ganze Menschheit; anders konnte er nicht, das war so seine Art.

„Und die anderen? Und Murin?" fragte Ordynow flüsternd.

„Ach, Murin, Murin! Nein, das ist ein anständiger, ehrwürdiger alter Mann. Aber erlauben Sie, Sie werfen da neues Licht auf die Sache ..."

„So? Gehörte er etwa auch zu der Bande?"

Die Brust wollte Ordynow fast vor Erregung zerspringen ...

„Apropos, was Sie da sagen ...", fügte Jaroslaw Iljitsch hinzu und heftete die bleigrauen Augen eindringlich auf Ordynow, ein Zeichen, daß er überlegte. „Murin konnte nicht unter ihnen sein. Auf den Tag genau vor drei Wochen ist er mit seiner Frau in seine Heimat gereist... Ich habe es vom Hausknecht erfahren... von dem kleinen Tataren, wissen Sie noch?"

Anhang

Zu diesem Band

Die frühe Prosa Fjodor Dostojewskis umfaßt dreizehn Werke. Sie sind zwischen 1844 und 1849 entstanden. Der vorliegende Band vereint fünf Prosaarbeiten, die in den Jahren 1846 und 1847 erschienen sind.

Dostojewski kam im Mai 1837 im Alter von sechzehn Jahren von Moskau nach Petersburg, um ein Studium an der Ingenieurschule der Militärakademie aufzunehmen. Kurz vorher hatte er seine Mutter verloren, die im Frühjahr 1837 an Lungentuberkulose gestorben war. 1839 verlor er auch seinen Vater, der von leibeigenen Bauern erschlagen wurde. Wenngleich der junge Dostojewski seinen Vater niemals geliebt hatte, so traf ihn dessen gewaltsamer Tod doch schwer. Der Nachricht vom Ableben des Vaters folgte ein heftiger konvulsivischer Anfall, offenbar das erste Anzeichen der Epilepsie, unter der Dostojewski sein Leben lang schwer litt. Bereits an der Ingenieurschule, die er von 1838 bis 1843 besuchte und deren technische Disziplinen ihn nicht sonderlich interessierten, fühlte Dostojewski sich zur Literatur hingezogen. Seine Liebe galt zunächst Puschkin, Walter Scott und vor allem Friedrich Schiller. Später kamen Gogol, Byron, Shakespeare, Balzac, George Sand und E.T.A. Hoffmann hinzu. Die ersten dichterischen Versuche Dostojewskis waren historische Stücke in der Art von Puschkins „Boris Godunow“ oder Schillers „Maria Stuart“. Die Texte konnten bis heute nicht aufgefunden werden. 1844 erschien Dostojewskis erste Veröffentlichung, eine Übersetzung von Balzacs Roman „Eugénie Grandet“. Noch im gleichen Jahr gab Dostojewski den Beamtendienst im Kriegsministerium auf, den er nach Beendigung der Militär-Ingenieurschule angetreten hatte und widmete sich ganz der literarischen Tätigkeit. Dabei wußte er, daß er einer höchst ungewissen Zukunft entgegenging. Nicht nur materielle Not, auch seine unheilbare Krankheit und eine verhängnisvolle Passion, die Spielleidenschaft, brachten den sensiblen, menschenscheuen und lebensuntüchtigen Dostojewski immer wieder in einen Zustand tiefster Verzweiflung.

So war der überragende Erfolg seines literarischen Erstlings, des Briefromans „*Arme Leute*", für ihn eine bedeutsame Bestätigung seiner dichterischen Berufung. Der Roman erschien im Januar 1846 im „Petersburger Sammelband", einer programmatischen Schrift der sogenannten Natürlichen Schule.

Dostojewski fühlte sich auch später seinem literarischen Erstling besonders verbunden. Das Buch sei ein seltener Glücksfall seiner Jugend gewesen, betonte Dostojewski. „Damals träumte ich auch noch eine andere Geschichte: in irgendwelchen dunklen Ecken gab es einen gutherzigen Titularrat, einen ehrlichen und reinen, einen sehr sittsamen und den Vorgesetzten sehr ergebenen, bei ihm war ein Mädchen, ein armes und trauriges; ihre Geschichte wollte mir das Herz zerreißen", schrieb Dostojewski 1861 über seine frühe Romanidee.

Der Roman „Arme Leute" wurde nicht in einem Zug vollendet. Im Herbst 1844 war das Manuskript fast abgeschlossen. „Ich beende gerade einen Roman im Umfang von ‚Eugénie Grandet'", hieß es im Brief vom 30. September an den Bruder Michail. „Das ist ein recht origineller Roman. Ich schreibe ihn bereits ins reine ... Mit meinem Roman bin ich äußerst zufrieden. Ich kann mich gar nicht genug freuen. Für ihn werde ich gewiß Geld bekommen." Doch kurz darauf entschloß sich Dostojewski, den Roman grundlegend zu überarbeiten. „Noch im November hatte ich ihn beinahe völlig beendet", berichtete Dostojewski am 24. März 1845 seinem Bruder, „doch im Dezember kam mir in den Sinn, ihn ganz und gar umzuarbeiten: Ich arbeitete ihn um und schrieb ihn ab, doch im Februar fing ich wieder an zu korrigieren und zu feilen, Einschübe und Streichungen vorzunehmen. Ungefähr Mitte März war ich fertig und zufrieden." Dennoch arbeitete Dostojewski an dem Roman weiter. Am 4. Mai 1845 schrieb er an seinen Bruder: „Dieser Roman, von dem ich mich nicht losmachen kann, hat mir soviel Mühe bereitet, daß ich ihn, hätte ich das geahnt, gar nicht begonnen haben würde. Es kam mir in den Sinn, ihn noch einmal umzuarbeiten, und das hat ihn weiß Gott verbessert; er ist fast doppelt so gut wie zuvor. Doch nun ist er wirklich abgeschlossen, und diese Korrektur war die allerletzte. Ich habe mein Wort gegeben, ihn nicht mehr anzurühren. Das ist das Los aller Erstlingswerke: Man arbeitet sie endlos um." Dostojewskis Korrekturen bezogen sich nicht allein auf stilistische Änderungen. Dostojewski war ein leidenschaftlicher Leser und ließ sich von Werken anderer Autoren gern anregen. Zu diesem Zeitpunkt beeindruckte ihn besonders stark der von Nikolai Nekrassow herausgegebene Almanach „Die Physiologie Petersburgs" (1844/45), ein programmatisches Werk der Natürlichen Schule, deren Vertreter häufig das Leben von „kleinen Leuten" darstellten. Mit großer Aufmerksamkeit las der junge Dostojewski die damals sehr populären Franzosen Eugène Sue und George Sand sowie Rousseaus „Neue Héloïse" und Goethes „Leiden des jungen Werther". Die letzteren Werke dürften Dostojewski dahingehend beeinflußt haben, für sein eigenes Werk die Form des Briefromans zu wählen, der seinerzeit in Rußland beliebt war. Sehr intensiv arbeitete Dostojewski an der sprachlichen Gestaltung des Romans. Er reproduzierte die Sprache der unteren Volksschichten. Elemente des Kanzleijargons wechselten – wie im Falle des Hauptheldhen Dewuschkin – mit gelöster poetischer Rede und konstituierten einen Stil, der mit den sprachlichen Schablonen einer volkstümelnden und sentimentalen Literatur rigoros brach.

Noch vor dem Erscheinen des Romans „Arme Leute" wußte Dostojewski, daß sein literarisches Debüt erfolgreich sein würde. Er hatte das Romanmanuskript den angesehenen Dichtern Nekrassow und Grigorowitsch zur Prüfung anvertraut. Dreißig Jahre später kam Dostojewski im „Tagebuch eines Schriftstellers" (1877) auf dieses Ereignis zurück. Das Manuskript hätte den beiden so gefallen, berichtete Dostojewski, daß sie beschlossen, es Wissarion Belinski, dem gefürchteten Kritiker, zu zeigen. Dieser war so beeindruckt, daß er den literarischen Debütanten umgehend zu sehen wünschte. „Die Wahrheit ist Ihnen, dem Künstler, enthüllt und verkündet worden, sie ist Ihnen als ein großes Geschenk zugefallen", soll er dem verschüchterten jungen Mann gesagt haben. Dostojewski bezeichnete diesen Besuch bei Belinski als den „herrlichsten Augenblick" in seinem Leben.

Das Echo auf sein Erstlingswerk war jedoch nicht so einhellig, wie es Dostojewski erwartet hatte. „Ach, Bruder, mit welch erbittertem Geschrei wurde es aufgenommen", schrieb Dostojewski am 1. Februar 1846. „Es sind die fürchterlichsten Debatten entstanden. Sie zetern, zetern und zetern, aber sie lesen dennoch. Ich habe ihnen eine harte Nuß zu knacken gegeben! Sollen sie sich die Zähne daran ausbeißen – mir verhelfen die Dummköpfe damit zu Ruhm." Dostojewski war sich ziemlich sicher, daß sein erstes Buch etwas Neues in die zeitgenössische Literatur einbrachte. „Sie begreifen nicht, wie ich einen solchen Stil schreiben kann", hieß es im gleichen Brief über einige Kritiker, die Dostojewskis Buch negativ beurteilt hatten. „Sie haben sich daran gewöhnt, hinter allem die Fratze des Verfassers zu sehen; ich aber habe ihnen meine nicht gezeigt. Und sie kommen überhaupt nicht darauf, daß Dewuschkin redet, nicht ich, und daß Dewuschkin gar nicht anders reden kann." Doch dominierten in der Kritik die positiven Stimmen, die vorwiegend aus dem demokratischen Lager kamen. „Stell Dir vor, die Unsrigen und sogar Belinski finden, ich sei selbst über Gogol hinausgegangen", schrieb Dostojewski an den Bruder, um dann nicht ohne Stolz zu verkünden: „Ich habe eine höchst glänzende Zukunft vor mir, Bruder!" In der

Tat wurde Dostojewski mit „Arme Leute“ über Nacht ein bekannter Schriftsteller. Das Buch stärkte sein dichterisches Selbstbewußtsein. So sah er seinem nächsten Werk erwartungsvoll entgegen.

Im Februar 1847 erschien in der Zeitschrift „Vaterländische Annalen“ die längere Erzählung *„Der Doppelgänger. Die Abenteuer des Herrn Goljadkin“*. Dostojewski glaubte fest daran, daß ihm ein neuer großer literarischer Wurf gelungen war. Am 1. Februar 1847 schrieb er an seinen Bruder: „Goljadkin ist zehnmal besser als ‚Arme Leute‘! Die Unsrigen sagen, es habe seit den ‚Toten Seelen‘ nichts Vergleichbares in Rußland gegeben, es wäre ein geniales Werk und was nicht noch alles! Mit welchen Erwartungen sie alle auf mich schauen! Goljadkin ist mir wirklich über alle Maßen gelungen.“ Dostojewski schätzte gerade diese Erzählung außerordentlich. Noch dreißig Jahre später bekannte er im „Tagebuch eines Schriftstellers“ (1877): „Ich habe nichts Ernsthafteres in der Literatur zustande gebracht als diese Idee.“ Die Goljadkin-Gestalt nannte Dostojewski im Hinblick auf ihre Bewußtseinslage seinen „wichtigsten Untergrundmenschen“.

Die Arbeit am „Doppelgänger“ begann Dostojewski im Mai 1845, unmittelbar nach Beendigung der „Armen Leute“. Er schrieb sehr konzentriert, mit der festen Absicht, spätestens im Frühjahr 1845 fertig zu werden. Doch schon sehr bald stellten sich erhebliche Komplikationen ein. Dostojewski kam offenbar mit der Hauptgestalt seines Werkes nicht zurecht. Am 8. Oktober 1845 teilte er seinem Bruder mit: „Jakow Petrowitsch Goljadkin bleibt seinem Charakter vollkommen treu. Er ist ein schrecklicher Schurke, an den man nicht herankommt; er will einfach nicht vorrücken, gibt vor, daß er nicht ganz fertig ist, daß er vorläufig noch so dasteht, aber gar nicht so ist, von nichts weiß, er könne aber, wenn es denn sein müsse, dann kann er auch, warum auch nicht, wieso denn nicht? Ist er doch wie alle, nur eben so, aber sonst wie alle. Was schert es ihn! Er ist ein Schurke, ein ausgesprochener Schurke. Vor Mitte November will er seine Karriere keinesfalls beenden." Erst Ende Januar 1846 konnte Dostojewski berichten, die Erzählung sei fertiggestellt. „So geht es mit den Plänen des Menschen: bis August habe ich abschließen wollen und es nun bis Februar hingezogen!"

Dostojewski war fest davon überzeugt, daß „Der Doppelgänger" den Erfolg seines literarischen Erstlings noch übertreffen würde. Um so größer war seine Enttäuschung, als nach der zunächst positiven Aufnahme des Werkes in zunehmendem Maße kritische Töne laut wurden. „Die eigenen Leute, Belinski und andere, sind mit mir unzufrieden wegen des Goljadkin", schrieb er am 1. April an seinen Bruder. „Unter dem ersten Eindruck hat er spontan Begeisterung ausgelöst, Gerede, Aufsehen und Auseinandersetzungen hervorgerufen. Der zweite war Kritik, und zwar: Alle, die Unsrigen und das Publikum, fanden einmütig, Goljadkin sei derart langweilig, fad und ausgewalzt, daß man ihn nicht lesen könne." Dostojewskis Idee, einen Geisteskranken in das Zentrum der Erzählung zu rücken, nannte Wissarion Belinski, die Kritikerautorität dieser Jahre, kühn, sie wäre vom Autor mit erstaunlicher Meisterschaft ausgeführt, allerdings fehle noch „das Feingefühl für Maß und Harmonie". Im Unterschied zu „Arme Leute" hatte Dostojewski die sozialpsychologische Thematik auf die Ebene des Tragischen und Phantastischen verlegt. Dabei knüpfte er bewußt an Nikolai Gogols „Petersburger Erzählungen" und die grotesk-romantischen Geschichten von E.T.A. Hoffmann an. Dostojewskis phantastische Darstellung psychopathologischer Erscheinungen empfanden aber die meisten zeitgenössischen Kritiker als unangemessen, die Bewußtseinsspaltung einer Persönlichkeit als zu wenig sozial motiviert. Bezeichnend hierfür war die Meinung Belinskis, der den jungen Autor mit den Worten warnte: „Das Phantastische kann in unserer Zeit nur in Irrenhäusern seinen Platz haben, nicht aber in der Literatur, und den Ärzten, nicht den Dichtern, kommt es zu, sich darum zu bekümmern."

Dostojewski zeigte sich von der recht kritischen Aufnahme des „Doppelgängers" beeindruckt und plante einige Zeit später eine Umarbeitung des Werkes. „Warum soll ich eine hervorragende Idee, einen in seiner sozialen Bedeutung grandiosen Typ aufgeben, den ich als erster entdeckt und vorausgesagt habe?“ fragte er am 1. Oktober 1859 seinen Bruder. Die beabsichtigte Neubearbeitung des „Doppelgängers“ kam jedoch nicht zustande. Allerdings konzipierte Dostojewski in den frühen sechziger Jahren mehrere neue Szenen des „Doppelgängers“, die in der Hauptsache die Gestalt Goljadkins betrafen. Diese Entwürfe sind in den Notizheften des Autors erhalten geblieben. Ihnen ist zu entnehmen, daß der Held der Erzählung in seiner weiteren Entwicklung Mitglied des Petraschewzenkreises werden sollte.

Dieses Konzept korrespondierte mit den persönlichen Erfahrungen Dostojewskis. Der junge Autor schloß sich im Frühjahr 1847 dem Kreis um den revolutionären Publizisten M.W. Butaschewitsch-Petraschewski an und besuchte regelmäßig die „Freitagsgespräche“ dieses oppositionellen Zirkels. Für die Gedanken der sozialen und demokratischen Erneuerung, die dort unter Berufung auf die französischen Aufklärer und Utopisten des 18. Jahrhunderts diskutiert wurden, war der junge Dostojewski sehr empfänglich. Er sympathisierte mit dem linken Flügel der Petraschewzen, ohne jedoch ihre revolutionären Ideen zu teilen. Wie einige andere Mitglieder des Kreises interpretierte Dostojewski den Sozialismus als einen eigenwilligen Zweig des Christentums. Hieraus erklärte sich sein Zerwürfnis mit seinem ersten geistigen „Lehrer“, dem Kritiker Belinski, mit dem Dostojewski wenig später hart ins Gericht ging.

Nach dem Erscheinen der „Armen Leute“ und des „Doppelgängers“ war Dostojewski ein bekannter Schriftsteller. Keine der nachfolgenden Erzählungen erreichte die Anerkennung seiner Erstlingswerke. Noch vor dem Abschluß des „Doppelgängers“ verfaßte Dostojewski den *„Roman in neun Briefen“*, eine Gelegenheitsarbeit im besten Sinne. Die näheren Umstände, unter denen diese Erzählung entstand, schilderte Dostojewski seinem Bruder

Michail am 16. November 1845: „Und so bin ich kürzlich, als ich kein Geld hatte, zu Nekrassow gegangen, und während ich bei ihm saß, kam mir die Idee zu einem Roman in 9 Briefen. Ich habe ihn, als ich wieder zu Hause war, in einer Nacht geschrieben; er umfaßt 1/2 Druckbogen. Frühmorgens brachte ich ihn zu Nekrassow ... Abends bei Turgenjew wurde mein Roman unserem ganzen Kreis vorgelesen, also mindestens 30 Personen, und er hat Furore gemacht." Mit dieser heiteren Erzählung, die im Januar 1847 in der Zeitschrift „Der Zeitgenosse" (Sowremennik) erschien, präsentierte sich Dostojewski erstmals als ein lustiger Geschichtenerzähler.

In der Erzählung „*Herr Prochartschin*" führte Dostojewski die sozialpsychologische Thematik des „kleinen Mannes" weiter. Das Werk wurde von der Zeitschrift „Vaterländische Annalen" (Otetschestwennyje sapiski) im Oktober 1846 veröffentlicht. Als Vorwurf zu der Geschichte diente eine Zeitungsnotiz, die von einem subalternen Beamten berichtete, der in seiner armseligen Behausung mit einer halben Million Rubel in der Matratze verstorben war. Dostojewski reizte an dieser Nachricht der Charakter des Amtsschreibers, den er in seiner Erzählung aus Geiz zu Tode hungern ließ. Die Zensur strich jedoch den Text rigoros zusammen. Verärgert berichtete Dostojewski darüber seinem Bruder am 17. September 1846: „Eine gewisse Stelle hat meinen ‚Prochartschin' entsetzlich verstümmelt. Die Herren haben mir sogar, Gott weiß warum, das Wort ‚Beamter' gestrichen; das Ganze war ja ohnehin völlig unschuldig, doch haben sie es furchtbar zusammengestrichen. Sie haben in dem Buch alles Leben getötet. Geblieben ist nur ein Skelett ..."

Ende Oktober 1846 teilte Dostojewski seinem Bruder mit, er schreibe an einer anderen Erzählung. Die Arbeit gehe „wie einst bei den ‚Armen Leuten' frisch, leicht und erfolgreich voran". Dostojewski meinte damit die Erzählung „*Die Wirtin*", die er Anfang 1847 abschließen wollte. Die Arbeit verzögerte sich jedoch. „Ich schreibe noch an meiner ‚Wirtin'", hieß es im Brief von Januar/Februar

1847 an den Bruder, „sie gelingt mir schon besser als die ‚Armen Leute'. Sie ist in der gleichen Art. Meine Feder führt der Born der Eingebung, der direkt in seiner Seele entspringt. Anders als beim ‚Prochartschin', unter dem ich den ganzen Sommer gelitten habe." Erst im Herbst beendete Dostojewski die Erzählung, die noch im gleichen Jahr im Oktober- und Dezemberheft der „Vaterländischen Annalen" erschien.

Dostojewski knüpfte gerade an diese Erzählung hohe Erwartungen, zumal darin Menschen figurierten, die als literarische Gestalten für sein Prosawerk neu waren. Bereits zu dieser Zeit beschäftigte Dostojewski die Frage, ob er sich nicht als Schilderer des Lebensmilieus der „kleinen Leute" wiederholen würde. Deshalb beschritt er in der „Wirtin" erzählerisches Neuland. An die Stelle des „kleinen Beamten" trat ein in psychologischer Hinsicht viel komplizierterer Charakter: der Typ des Träumers und Phantasten. Fortan interessierten Dostojewski in besonderem Maße träumerische, schwärmerische Menschen. Problematisch erwies sich freilich die Schilderung der Seelentragödien dieser Typen mit den Mitteln einer folkloristisch stilisierten, sentimentalen Romantik. Das aber prägte die Erzählstruktur seines neuen Werkes.

Die zeitgenössische Kritik honorierte Dostojewskis Bemühungen um eine eigene künstlerische Handschrift nicht. Die Ablehnung der „Wirtin" war ziemlich einhellig. Dostojewski selbst gab später zu, daß ihm die Erzählung künstlerisch mißlungen sei. Für seine weitere Entwicklung bedeutete jedoch „Die Wirtin" einen wichtigen Einschnitt. Unberechenbare, leidenschaftliche Menschen, die abenteuerliche, geheimnisumwitterte, sprunghaft ablaufende Handlung, die mystisch getönte Phantastik – alles das wies bereits auf die erregend-prickelnde Atmosphäre der künftigen Romanwelt Dostojewskis hin.

Der Roman „Arme Leute" leitete die Rezeptionsgeschichte Dostojewskis in Deutschland ein. Ein Fragment der „Armen Leute" erschien bereits um 1846 oder 1847 in einer kleineren Zeitschrift, die bisher nicht ermittelt werden konnte. Der Übersetzer war Wilhelm Wolfsohn, ein bekannter Vermittler der russischen Literatur in Deutschland. Die vollständige Übersetzung der „Armen Leute“ besorgte im Jahre 1887 L.A. Hauff (H. Minden, Dresden-Leipzig). In den achtziger Jahren erschienen auch die anderen frühen Prosawerke Dostojewskis: „Die Wirtin“ 1884 (Zeitschrift „Die Gegenwart“, Bd. 26), nochmals 1886 zusammen mit „Christbaum und Hochzeit“, „Helle Nächte“, „Weihnacht“ und „Der ehrliche Dieb“ (Frei nach dem Russischen von W. Goldschmidt. Philipp Reclams Universalbibliothek, Leipzig), „Herr Prochartschin“ 1888 (Deutsch von F.O. Maksimow. Russische Taschenbibliothek, Nr. 17, Greßner und Schramm, Leipzig) und „Der Doppelgänger“ 1889 in der Übersetzung von A.L. Hauff (O. Janke, Berlin). „Ein Roman in neun Briefen“ kam erstmals 1893 in der Zeitschrift „Die Gegenwart“, Nr. 16 (Deutsch von H. Putze) heraus.

Die Übersetzungen im vorliegenden Band folgen den Texten im Band 1 der russischen Gesamtausgabe der Werke Fjodor Dostojewskis in dreißig Bänden (1972–1990).

Michael Wegner

Anmerkungen

5 *Ach, diese Märchenerzähler...* – Epigraph der Erzählung „Der lebende Leichnam“ (1839) des russischen Schriftstellers W. F. Odojewski (1803–1869).

8 *Brambäus* – Baron Brambäus, Pseudonym des russischen Schriftstellers O. I. Senkowski (1800–1858); seine Artikel und Erzählungen waren besonders beliebt in den wenig gebildeten Beamtenkreisen; trat gegen den kritischen Realismus auf.

19 *Therese und Faldoni* – Unglückliches Liebespaar aus dem gleichnamigen sentimentalen Roman (1783) des französischen Schriftstellers N.-G. Léonard (1744–1793), der sich Anfang des 19. Jahrhunderts in Rußland großer Popularität erfreute.

28 *die Grammatik von L'Hamond* – 1831 in Moskau erschienene Grammatik der französischen Sprache.

die von Sapolski – 1817 in Moskau erschienene Grammatik der französischen Sprache.

45 *die neueste Ausgabe von Puschkins gesammelten Werken* – Gemeint ist die erste postume Ausgabe der Werke A. S. Puschkins, die in 11 Bänden von 1838 bis 1841 in Petersburg erschienen war.

68 *Paul de Kock* – (1793–1871), französischer Schriftsteller; schrieb eine Reihe amüsanter, derb-schlüpfriger Romane über das Leben der Kleinbürger und Bohemiens, die in Frankreich und Europa nach 1820 sehr beliebt waren, jedoch durch die russische reaktionäre Literaturkritik eine abschätzige Bewertung erfuhren.

70 *„Die Erzählungen Belkins“* – 1831 erschienener Erzählungszyklus A. S. Puschkins, dessen voller Titel „Die Erzählungen des verstorbenen Iwan Petrowitsch Belkin“ lautet.

76 *„Bildnis des Menschen“* – Gemeint ist die Abhandlung „Bildnis des Menschen. Versuch einer belehrenden Darstellung über die Gegenstände der Selbsterkenntnis für alle gebildeten Schichten“ (1834) des russischen Psychologen und idealistischen Philosophen A. I. Galitsch (1783–1848).

„Der kleine Glockenspieler“ – 1809 erschienener Roman des französischen Schriftstellers F.-G. Ducray-Duminil (1761–1819), der bereits 1810 ins Russische übersetzt worden war.

76 *„Die Kraniche des Ibykus"* – 1797 erschienene Ballade von Schiller, die der russische romantische Dichter W. A. Shukowski (1783–1852) 1813 ins Russische übertragen hatte.

„Der Postmeister" – Bedeutendste Erzählung aus dem Zyklus „Die Erzählungen Belkins". Puschkin hat in ihr zum erstenmal in der russischen Literatur die Gestalt des „kleinen Mannes" zum Gegenstand einer realistischen Darstellung erhoben.

77 *Samson Wyrin* – Hauptgestalt aus der Erzählung „Der Postmeister".

Bücher mit Bildchen und allerlei Darstellungen – In den vierziger Jahren des 19. Jahrhunderts war in Rußland das Genre der „physiologischen Skizze" sehr verbreitet. Diese milieuschildernden Skizzen enthielten in der Regel Abbildungen von Personen aus verschiedenen sozialen Schichten und Berufen.

96 *Beamter der vierzehnten Klasse* – Niedrigste Beamtenrangklasse im zaristischen Rußland.

109 *Lovelace* – Gestalt aus dem Roman „Clarissa Harlowe" (1747) des englischen Schriftstellers S. Richardson (1689–1761); wurde zum Prototyp des Frauenhelden in der damaligen europäischen Literatur.

„Ptschelka" – Gemeint ist die reaktionäre literarisch-politische Zeitung „Sewernaja ptschela" (Nördliche Biene), die von 1825 bis 1864 in Petersburg erschien.

147 *Canezou* – (franz.) ärmellose Jacke.

156 *Schestilawotschnaja-Straße* – Heute die Majakowskistraße.

157 *des Packens von ... bunten Scheinen* – Im zaristischen Rußland wurden die Banknoten in der Umgangssprache nach ihrer Farbe bezeichnet (grün = 3 Rubel, blau = 5 Rubel, rot = 10 Rubel, grau = 50 Rubel).

178 *ein erbärmliches nationalistisches Blättchen* – Gemeint ist die „Sewernaja ptschela" (vgl. Anm. zu S. 109).

182 *sans façon* – (franz.) ohne Umstände, zwanglos.

186 *aus den Geschäften von Jelissejew und Miljutin* – Größte Feinkostgeschäfte im vorrevolutionären Petersburg.

192 *Villèle* – J.-B. de Villèle (1773–1854), führender konservativer französischer Politiker unter den Königen Ludwig XVIII. und Karl X.

Geschichte von dem türkischen Wesir Marzimiris – Gemeint ist der damals sehr populäre Roman „Die Geschichte von dem Abenteuer des englischen Mylord Georg und von der brandenburgischen Markgräfin Friederike Luise im Zusammenhang mit einer anderen Geschichte vom ehemaligen türkischen Wesir Marzimiris und der sardinischen Königin Theresia" (1782) des russischen Unterhaltungsschriftstellers M. Komarow (1730–1812), eines Leibeigenen.

220 *die siamesischen Zwillinge* – Gemeint sind Hang und Jeng (1811 bis 1874), am Brustkorb verwachsene Zwillinge, die in verschiedenen europäischen Ländern und in Amerika von Schaustellern gezeigt wurden.

223 *ließ sich das Kästchen spielend öffnen* – Anspielung auf die Fabel „Das Kästchen" (1808) des russischen Fabeldichters I. A. Krylow (1769 bis 1844).

224 *daß der berühmte Suworow gelegentlich wie ein Hahn krähte* – Diese Anekdote über den russischen Feldherrn A. W. Suworow (1729–1800) entstammt dem von E. Fuchs 1827 herausgegebenen Sammelband „Anekdoten des Fürsten von Italien, des Grafen Suworow".

232 *dem Brjullowschen Bild* – Gemeint ist das Gemälde „Der letzte Tag von Pompeji" (1834) des russischen Malers K. P. Brjullow (1799 bis 1852).

233 *Wenn du mich vergessen solltest...* – Zeilen aus einem der zahlreichen Poesiealbumverse, die im 19. Jahrhundert in Rußland vor allem unter den jungen Mädchen weit verbreitet waren.

234 *des türkischen Propheten Mohammed* – Anspielung auf die Streitgespräche, die in Westeuropa u. a. von dem deutschen Orientalisten G. Weil und dem englischen Historiker und Philosophen T. Carlyle über den Islam und die Persönlichkeit Mohammeds geführt wurden und von denen in der russischen Presse berichtet wurde.

249 *Grischka Otrepjew* – (gest. 1606), bekannt auch unter der Bezeichnung „der falsche Demetrius I.", russischer Mönch; gab sich für den rechtmäßigen Thronfolger Dimitri, den Sohn Iwans IV., des Schrecklichen, aus und bemächtigte sich mit Hilfe des polnischen Hochadels 1605 des russischen Throns; wurde bei einem Volksaufstand in Moskau ermordet.

294 *Faublas* – Gestalt eines Frauenhelden aus dem Roman „Die Liebesabenteuer des Kavaliers de Faublas" (1790) des französischen Schriftstellers J.-B. Louvet de Couvray (1760–1797), der 1796 und 1805 in russischer Übersetzung erschienen war.

313 *„Polizei-Anzeiger"* – Monarchistische Lokalzeitung in Petersburg, die von 1839 bis 1917 erschien.

321 *Falballat* – Fingierter Name; Vorsteherin eines Instituts, die Puschkin in seinem Poem „Graf Nulin" (1828) erwähnt.

334 *in einer Hütte am Meeresufer...* – Anspielung auf eine Episode aus dem Gedicht „Der Jüngling am Bach" (1803) von Schiller, das W. A. Shukowski 1838 ins Russische übertragen hatte.

335 *nach gewissen albernen Romanen richten...* – Gemeint sind Episoden aus der Ballade „Ritter Toggenburg" (1797) von Schiller, die W. A. Shukowski 1818 ins Russische übertragen hatte, und aus dem sentimentalen Roman „Sigwart" (1776) des englischen Schriftstellers L. M. Miller (1750–1814), der lange Zeit in Rußland sehr populär war.

349 *Patschuli* – Stark duftendes, zur Parfümherstellung verwendetes ätherisches Öl.

„Verstand schafft Leiden" – 1824 entstandene Komödie des russischen Dramatikers A. S. Gribojedow (1795–1829).

350 *Padam do nóg* – (poln.) Ergebenster Diener.

358 *daß sich unter lauter Blüten...* – Ironische Periphrase der Worte Julias aus dem Drama „Romeo und Julia“ (1595; 3. Akt, 8. Szene) von Shakespeare.

362 *„Don Quijote de la Mancha“* – 1605 bis 1615 entstandener Roman des spanischen Schriftstellers Miguel de Cervantes (1547–1616), der 1838 von K. Massalski ins Russische übersetzt worden war.

nach Zarskoje – 1838 wurde zwischen Petersburg und Zarskoje Selo (heute Puschkin) die erste russische Eisenbahnlinie eröffnet.

373 *Prüfung in sämtlichen Fächern* – Nach einer Anordnung aus dem Jahre 1809 mußten Beamte Prüfungen ablegen, um zivile Titel zu erlangen. Faktisch wurde diese Verordnung aber nicht angewandt.

375 *Peski* – Entlegener Stadtteil im vorrevolutionären Petersburg.

378 *„Näschen“* – Ein Kartenspiel, bei dem man dem Verlierer mit den Karten auf die Nase schlug.

384 *Pulcinello* – Komische Figur des frühen italienischen Theaters (16./17. Jh.); trat in schwarzer Halbmaske auf.

390 *Man knabbert dir die Nase ab...* – Anspielung auf die Erzählung „Die Nase“ (1836) von N. W. Gogol.

401 *Napoleondor* – Französische Goldmünze.

403 *Diesen plötzlich vereinsamten Winkel...* – Anspielung auf das Gedicht „Die Schwalbe“ (1792) des russischen klassizistischen Dichters G. R. Dershawin (1743–1816).

408 *Flaneur* – Dieses Wort fand in den vierziger Jahren des 19. Jahrhunderts unter dem Einfluß der französischen Literatur Eingang in die russische Sprache. Dostojewski hebt es deshalb im Text besonders hervor.

491 *mit jenem großspurigen Zauberlehrling* – Gemeint ist die Ballade „Der Zauberlehrling“ (1797) von Goethe.

Inhalt

Arme Leute 5
Deutsch von Wilhelm Plackmeyer
Der Doppelgänger 156
Deutsch von Georg Schwarz
Ein Roman in neun Briefen 349
Deutsch von Wilhelm Plackmeyer
Herr Prochartschin 365
Deutsch von Georg Schwarz
Die Wirtin 405
Deutsch von Wilhelm Plackmeyer

Anhang

Zu diesem Band 499
Anmerkungen 509